Dioses despiadados

Primera edición: julio de 2022

Título original: Ruthless Gods
Copyright © 2020 by Emily A. Duncan

First published by Wednesday Books. Translation rights arranged by Sandra Djikstra Literary Agency and Sandra Bruna Agencia Literaria S.L. All rights reserved.

© De esta edición: 2022, Editorial Hidra, S.L.
red@editorialhidra.com
www.editorialhidra.com

Síguenos en las redes sociales:

 EdHidra   editorialhidra   editorialhidra

© De la traducción: Cristina Zuil

BIC: YFH

ISBN: 978-84-18359-20-0
Depósito Legal: M-2568-2022

Dioses despiadados

EMILY A. DUNCAN

TRADUCCIÓN DE CRISTINA ZUIL

Editorial Hidra

Para los raritos.
Y para mis hermanos, Noah e Ian.

Frontera
en disputa

Tierras de los lagos

Kazatov

Catedral

Palacio

Grazyk

Tvir

TRANAVIA

Rosni-
Ovorisk

Tanow

Kyętri

Minas de sal

Laszczow

Haa'ti

LIDNADO

Narjeen

Prólogo

LA CHICA ATRAPADA
EN MEDIO

Todo era oscuridad, vasta, fría y viva. Podía sentirla respirando, agitándose y deseándola. No había nada que le impidiera consumirla.

Tenía los brazos atados a un pedrusco. No había manera de escapar de este lugar que no conseguía identificar. No podía recordar cuándo había dejado de luchar, pero el auténtico miedo, el horror abrasador que amenazaba con destrozarla, se resumía en que no sabía quién era ella misma.

—Volverá. —Una voz suave se enroscaba a su alrededor con calma y una mano le acariciaba el pelo con delicadeza donde otros la habían tratado con dureza y crueldad—. Se te permitirá una cosa, ¿sabes? Se te devolverá cuando se acabe el proceso. Sin embargo, solo ocurrirá cuando el sabor se convierta en un vino amargo que desees y detestes al mismo tiempo, cuando sea algo por lo que matarás, pero que te matará si lo consigues. Solo entonces, se te devolverá.

Deseaba alcanzar esa voz. Le parecía terriblemente familiar. Sonaba a huesos, oro y sangre, demasiada sangre. Un chico con un trono, un chico tratando de alcanzar otro y una chica extranjera con el pelo como la nieve. Sin embargo, nada de eso importaba.

La oscuridad se arrastraba bajo su piel para asentarse dentro de ella, encontrar un hogar en sus huesos y navegar por sus venas mientras la rompía en pedazos y la transformaba en otra cosa.

Si pudiera gritar, lo haría. Si pudiera luchar, lo haría. Pero no podía hacer nada. Solo sufrir su destino.

Solo quedaba la oscuridad, que se expandía desde hacía tanto tiempo que se preguntó si se lo habría imaginado. Nunca había existido una voz. Ni la mano suave que le acariciaba el pelo. No había nada, nada excepto esta oscuridad.

1

SEREFIN
MELESKI

Una víbora, un sepulcro, un juego de luces. Velyos siempre busca aquello que no le pertenece.

Las Cartas de Włodzimierz

Serefin Meleski vivía en esa franja de la noche perfecta para la traición. Era el momento en el que se desenfundaban los cuchillos, los planes se gestaban y se llevaban a cabo. Era el momento idóneo para los monstruos.

Conocía esas horas íntimamente, pero incluso el conocimiento de lo inevitable no era suficiente para que fuera menos doloroso. A ver, no pasaba las noches despierto porque esperara otra tragedia. No, lo hacía porque le resultaba más fácil beber hasta el olvido que enfrentarse a las pesadillas.

Estaba despierto cuando Kacper se deslizó hasta sus aposentos. Era evidente que quería despertarlo, pero probablemente no se sorprendió demasiado al encontrar a Serefin tumbado en el diván de la sala de estar, con un pie apoyado en el suelo y la otra pierna levantada sobre el respaldo. Había un vaso vacío en el suelo y un libro descansando en el brazo del sofá donde Serefin lo había dejado para marcar la página mientras reflexionaba sobre aquello que había considerado cada noche durante los últimos cuatro meses: sueños de polillas, sangre y monstruos.

Los horrores en los límites de su consciencia y esa voz. La voz débil y aflautada que lo molestaba desde un lugar más allá de la muerte. Nunca se marchaba. Esas extrañas entonaciones tarareaban de manera constante por sus venas.

—*Cualquier problema es culpa tuya* —le provocaba la voz.

Hizo todo lo posible por ignorarla.

—¿Quién es? —le preguntó Serefin a Kacper. Hacía ya bastante tiempo que le habían colocado la corona de hierro en la cabeza y le habían hecho un corte en la palma de la mano para que sangrara sobre un altar, con lo que le habían nombrado rey de Tranavia. Su perdición estaba cerca. Nunca le había gustado a la nobleza, ni siquiera cuando era el Gran Príncipe y, sobre todo, desde su coronación. No era una cuestión de cómo o cuándo, sino de quién sería el primero lo bastante valiente para dar el golpe.

Había dejado que continuaran los tensos rumores y postergado la explicación de cómo había muerto su padre. Estaba tentando al destino. Los políticos tranavianos eran muy turbios. Muy muy turbios.

—Ahora mismo hay una reunión —contestó Kacper con voz suave. Serefin asintió sin molestarse en incorporarse. Se lo esperaba de los *slavhki* que habían apoyado a su padre—. *Ksęszi* Ruminski está involucrado —continuó Kacper.

Serefin se estremeció y se puso de pie al final. Tras cortarse en el dedo, encendió algunas velas con la magia que salía de su sangre y agitó la mano con movimientos lentos.

La familia de Żaneta llevaba meses exigiendo respuestas. Serefin no tenía ni idea de qué decir. «Oh, lo siento mucho, cometió una pequeña traición y el Buitre Negro decidió que sería de más ayuda entre los de su clase. Una situación extraña y trágica, pero así es. No se puede hacer nada».

Era una cuestión enconada de ansiedad constante que se había hecho hueco bajo su piel. Sí, Żaneta lo había traicionado y, sí, había muerto por su culpa, pero ¿de verdad se merecía el aterrador destino que Malachiasz había elegido para ella?

—Te lo has tomado con una calma inusual —dijo Kacper.

—Me pregunto qué harán. ¿Me colgarán? ¿Me llevarán a las mazmorras y se olvidarán de mí?

Kacper se desinfló un poco y dejó caer los hombros.

—Odio cuando te pones derrotista —murmuró y empujó a Serefin para pasar hacia su cuarto.

—¿Adónde vas? —preguntó Serefin. Contempló las botellas en el mueble y sacó de forma milagrosa una botella entera de vodka—. No soy derrotista —susurró—. Soy pragmático, realista. Esto era inevitable.

—Un golpe de estado no es inevitable —replicó Kacper desde el interior de la sala. ¿Estaba haciendo las maletas?—. Nada de esto hubiera ocurrido si hubieras ahorcado a la maldita clériga en lugar de obligarla a entrar en la misma especie de limbo extraño en el que has metido al resto del país. Pero no lo hiciste. Y aquí estamos, con un golpe de estado entre manos porque no tenemos a nadie a quien culpar. ¿Quieres acabar como tu padre?

Serefin se estremeció. Dio un largo sorbo. Sueño de polillas, sangre y el cuerpo de su padre a sus pies. No había dado el golpe final, pero era culpa suya igualmente.

—No —susurró, alejando a una pálida polilla de la llama de la vela.

—No, no quieres.

«Pero eso también es inevitable», pensó Serefin de manera taciturna.

Kacper no se lo tomaría bien si lo dijera en voz alta.

—Las polillas se han comido la mitad de tu ropa. —Kacper parecía desesperado.

La puerta se abrió de golpe. Serefin se llevó la mano al libro de hechizos mientras le aumentaba la adrenalina. Sintió un escalofrío y suspiró. Solo era Ostyia.

—Ah, estás despierto —dijo con voz monótona.

—Cierra la puerta —le ordenó Serefin.

Lo hizo.

—Le he contado lo que estaba ocurriendo y se ha quedado ahí, bebiendo —se quejó Kacper.

Serefin le ofreció la botella de vodka a Ostyia. Kacper sacó la cabeza y gruñó cuando la aceptó y le dio un trago. Le dedicó un guiño a Serefin, lo que consistía en cerrar de manera exagerada su único ojo.

—Ven aquí, Kacper —dijo Serefin.

El aludido soltó un fuerte resoplido y se inclinó contra el marco de la puerta.

—¿Cuánto tiempo llevan reuniéndose?

—Estoy bastante seguro de que esta es la primera vez —contestó Kacper.

—No atacarán esta noche.

—Pero…

—No atacarán esta noche —dijo Serefin con firmeza.

Ocultó su pánico creciente recuperando la botella de las manos de Ostyia. La ansiedad le había estado pisando los talones desde hacía meses, esperando que flaqueara. Si se detenía y lo pensaba demasiado, se lo comería vivo. Debía fingir que no estaba pasando. Kacper se derrumbó contra el marco de la puerta.

—Por supuesto, aprecio tu preocupación por mantenerme seguro —dijo Serefin, ignorando la mirada seca que le había lanzado Kacper—. Eres un buen jefe de espías, pero un poco histérico.

Kacper se deslizó hasta el suelo.

—Descubramos primero qué quieren —dijo Serefin.

Dejó la botella sobre la mesa y apartó otra polilla. Ostyia frunció el ceño, anduvo hasta el diván y se posó sobre el brazo. Soltó un bostezo.

—Sabíamos que Ruminski querría respuestas al final —comentó Serefin.

—Lleva meses pidiéndolas. Se ha cansado de esperar —gruñó Kacper.

Serefin encogió los hombros, cansado.

—Tal vez se pueda razonar con ellos, ¿no? Seguro que hay algo de lo que quieren que puedo darles.

—Las reuniones clandestinas de tus enemigos no sugieren una lista de peticiones a las que se pueda responder —dijo Ostyia.

—La corte entera es mi enemiga —murmuró Serefin, derrumbándose sobre una silla tapizada—. Ese es el problema.

Ostyia asintió, pensativa.

Serefin había tratado de conseguir el favor de la corte, pero nada había funcionado. Había demasiados rumores que combatir y que no podía explicar. No podía revelar quién había matado de verdad a su padre y los murmullos que giraban en torno a las partes más bajas de la corte comenzaban a acercarse de manera peligrosa a la verdad.

Una asesina kalyazí. El Buitre Negro. Traición. Desastre. Una noble perdida. Un rey muerto. Títulos del pueblo llano de los que Serefin no podía desprenderse: rey de las polillas, rey de sangre. Serefin había sido bendecido con algo que nadie podía explicar. ¿Qué más, excepto una bendición, podía ser la sangre que cayó del cielo?

Serefin no tenía nada, salvo preguntas y resistencia por parte de la nobleza. Los kalyazíes estaban presionando a las fuerzas de Tranavia y, aunque Tranavia no supiera que la única clériga de Kalyazin había matado al rey, estaba claro que los kalyazíes sí. Esperanzas renovadas para Kalyazin era lo último que Serefin necesitaba.

No podía detener la guerra. No podía contestar a las preguntas de la nobleza a menos que deseara ahorcar a Nadya y descubrió que no quería. Había hecho lo que él no había conseguido lograr y, a pesar de provenir de territorio enemigo y tener una fuerza en la que Serefin no confiaba ni creía, no la ejecutaría.

—¿Qué hacemos? —preguntó Ostyia.

Serefin se pasó una mano por el pelo.

—No lo sé.

* * *

Había una solución obvia para aplacar a Ruminski, pero Serefin no estaba seguro de cómo intentar rescatar a Żaneta. Por lo que percibía, los Buitres se habían dividido de manera significativa. No había visto a muchos merodear por palacio, pero no iba a ir a la puerta de la catedral y llamar para ver quién contestaba.

Se frotó los ojos, cansado. Por una vez, deseaba dormir toda la noche. Sin embargo, en lugar de eso, buscó a la clériga, refugiada en la biblioteca como siempre porque, como ella misma decía, ¿adónde iba a ir si no?

—Su majestad se ha dignado a honrar a la pobre *boyar* encerrada en la torre, desperdiciada —dijo Nadya cuando la encontró. Estaba sentada en el hueco de la enorme ventana, con una pierna colgada del borde. Llevaba el pelo rubio, casi blanco, suelto sobre los hombros. Serefin no recordaba la última vez que se lo había trenzado.

Se tensó, observando a través de los huecos de las estanterías para ver si había alguien por allí que pudiera escucharlos. Sin embargo, era demasiado temprano para que cualquier *slavhka* estuviera despierto.

—Es como si quisieras obligarme a ahorcarte —murmuró Serefin.

La chica resopló con suavidad, con los ojos de color marrón oscuro llenos de desprecio. Había dejado atrás el papel de *slavhka* despistada de procedencia rural y la joven que había aparecido en el lugar de Józefina era mordaz, ingeniosa y totalmente exasperante. El guapo akolano con el que siempre estaba, Rashid, le había dado a Serefin nuevos documentos sobre la chica, quien tenía pecas claras, piel clara y pelo claro, pero unos curiosos ojos oscuros y unas cejas igual de oscuras, nada que ver con la pelirroja Józefina. Los documentos eran falsos, pero la explicación, sólida de una manera sorprendente. El camino se había inundado debido a los lagos esparcidos por todo el trayecto y habían llegado demasiado tarde para participar en el *Rawalyk*, pero no podían volver a casa. Eso bastaría. Su nombre era lo bastante pasable como para parecer tranaviano si se escribía distinto.

Nadya suspiró, removiéndose en la esquina de la ventana, y le hizo un gesto para que se colocara a su lado. Serefin se sentó junto a ella y rebuscó entre la pila de libros que tenía amontonados. Los textos tranavianos de las antiguas religiones estaban tan destartalados y frágiles que parecían a punto de romperse entre sus manos.

—¿Dónde narices los has encontrado? —le preguntó.

—No quieras saberlo —contestó la chica, ausente, mientras se centraba de nuevo en el libro—, pero avisa al bibliotecario. No me gustaría que ese mago de sangre vieja sufra un susto de muerte cuando descubra que han saqueado su colección de textos prohibidos.

—No sabía que teníamos textos prohibidos.

Hizo un sonido de confirmación.

—Claro que sí. Hay que mantener todas esas herejías en primera línea del reino de alguna manera, ¿verdad?

—Nadya...

—Tengo que decir que me sorprende que no los hayan quemado —continuó la chica—. Parecéis el tipo de personas a las que les gusta quemar libros.

No iba a picar en ese cebo en particular. Se mantuvieron en silencio mientras Nadya leía y Serefin hojeaba otro libro. No conseguía entender del todo qué estaba estudiando.

—¿Has visto a algún Buitre últimamente? —preguntó Serefin por fin.

Bajó el libro y le dedicó una mirada de incredulidad.

—¿Que si qué?

Serefin había esperado que la respuesta fuera sí y que todo le resultara más fácil, un desastre fácil de limpiar.

—Creo que el rey de Tranavia tiene más que ver con ese culto que una granjera cautiva —dijo con delicadeza la chica.

—Espero que alguien te oiga decir esas cosas y me obligue a ponerte en tu lugar —contestó.

Aquello recibió una pequeña carcajada por parte de Nadya. Esta inclinó la cabeza y meció las piernas en el aire. Serefin no sabía siquiera por qué se lo estaba preguntando, excepto porque había aparecido en Grazyk al mismo tiempo que Malachiasz y estaba claro que lo conocía. No sabía qué había habido entre los dos, no se lo había preguntado, pero Nadya, de manera descuidada, había dicho bastante como para suponer que el Buitre Negro y ella habían sido más que extraños aliados y lo que había hecho él era más que una simple traición.

¿Por qué había asumido que sabría más de los Buitres que él? Ella, la clériga de Kalyazin. Era ridículo y no le iba a llevar a ningún sitio. Serefin apoyó la cabeza en la pared.

—¿Por qué me lo preguntabas? —dijo la chica.

—No tengo que darte explicaciones —le recordó.

—Serefin, cada día haces que me arrepienta un poco más de no haberte matado. —Sin embargo, no había fervor en sus palabras. Tenían una incómoda tregua y, aunque Nadya estaba furiosa porque la tuviera más o menos cautiva en Tranavia, no parecía del todo deseosa de marcharse.

— Żaneta —dijo Serefin en voz baja.

Nadya palideció y él asintió de manera cortante.

—¿Qué pasa con ella? —preguntó la chica con delicadeza.

—Malachiasz se la llevó.

Se tensó al oír su nombre y comenzó a tirar de un padrastro, negándose a sostenerle la mirada.

—Żaneta te traicionó —dijo Nadya. Parecía estar convenciéndose de que lo que había hecho Malachiasz tenía justificación.

—Y morí.

—Y moriste.

—Supuestamente.

—Comienza a haber rumores, ¿sabes? —comentó Nadya. Se llevó la mano al cuello y la dejó caer cuando sus dedos no encontraron nada más que aire. Un tic distraído que le había visto hacer incontables veces. Durante un tiempo, había llevado un amuleto pequeño y plateado, pero eso también había desaparecido—. No éramos los únicos en la catedral esa noche. Dicen que ni siquiera la sangre manda sobre este nuevo y joven rey. —Serefin se estremeció—. Mi diosa es la muerte —continuó Nadya—. Nadie entra en su territorio y vuelve.

Sangre, estrellas y polillas. Y esa voz, ¡esa voz! Serefin la alejó antes de que pudiera hablarle.

—¿Y qué piensa tu diosa?

Nadya se encogió de hombros sin energía, dedicándole un vistazo con la mirada perdida a la biblioteca.

—Ya no me habla.

Esta no era la conversación para la que había ido Serefin hasta allí, pero la desolación en la voz de Nadya lo sorprendió.

—¿Qué pensará Tranavia de un rey que ha vuelto de la muerte? —preguntó después de que se prolongara bastante el silencio.

Nadya lo miró con una ceja levantada. Serefin recordó el halo que le había brillado a la chica en torno a la cabeza, fracturado y sucio. La clériga levantó una mano y una de las pálidas polillas grises que revoloteaban a menudo alrededor del rey aterrizó sobre su dedo índice.

—Serefin Meleski —dijo de manera reflexiva—. Hay una marca en ti que se vuelve más oscura cada día. Pensé... —Se acalló y señaló con la mano las pilas de libros—. No sé qué pensé... ¿Que podía ayudar, que quizás quisiera? No importa.

—¿Ayudarme? ¿O ayudarle?

—No importa —repitió con un hilo de voz.

—Si la sospecha crece, ninguno de los dos saldrá de aquí ileso —comentó Serefin.

Nadya asintió. Que siguiera allí era peligroso. Si la corte se volvía en su contra, Serefin no podría hacer nada. Aun así, él seguía sin estar del todo seguro de por qué quería protegerla.

—No debería querer ayudaros. Destruisteis mi hogar —dijo Nadya.

El rey había evitado traer aquello a colación y se sorprendió cuando ella lo hizo. Cerró el libro y lo dejó sobre el montón. Serefin nunca había tenido intenciones de incendiar el monasterio y no podía responder por lo que había hecho Teodore después de que se fuera. Había encontrado lo que estaba buscando: a ella. Y la presión de su padre para capturar a la clériga y ver cómo su poder podía potenciar la sangre de un mago había desaparecido. Serefin no tenía un interés particular en descubrir la respuesta a esa pregunta. Quería que la guerra terminase y le sería más fácil con esa chica como rehén.

—Así es. Mentiría si dijera que no he estado esperando alguna especie de venganza —anunció Serefin.

—Mentiría si dijera que no lo he deseado.

—Míranos, siendo sinceros el uno con el otro.

La chica puso los ojos en blanco.

—¿Te arrepientes?

—Es la guerra —contestó. Le dedicó una mirada mordaz y él suspiró—. Nadya, si me permitiera arrepentirme por todo lo que he hecho, no sería capaz de levantarme por la mañana.

Emitió un sonido, reflexiva.

—¿Esa es tu manera de decir «Bueno, vamos a por la venganza entonces»?

—No merece la pena el esfuerzo. Serefin, tras haber observado a la corte, puedo decir con seguridad que ningún caos producido tras tu muerte sería suficiente para que se decidiera nada en el frente.

—Vaya, salvado por mi propia corte altamente disfuncional.

Nadya le dedicó una mirada.

—¿Qué tiene que ver todo esto con Żaneta?

—Su padre dará un golpe de estado si no la llevo ante él pronto.

—¿No crees que lo hará con independencia de tus acciones?

—Vaya, destrozado por mi propia corte altamente disfuncional.

Tenía razón, no iba a detener lo que había puesto en movimiento. El misticismo que crecía a su alrededor lo estaba empeorando todo. ¿Cómo podía gobernar Tranavia alguien que se había visto afectado por algo que nadie entendía? Y esa voz. Le susurraba de manera constante, pero, si no contestaba, no era real. Si no se lo contaba a nadie, no era real. O quizás solo fuera como su padre y también estuviera perdiendo la cabeza.

Permanecieron en silencio. No sabía qué hacer y no podía ayudarle. Si lo destronaban, la ahorcarían.

—No podemos llegar hasta ella sin un Buitre —dijo Nadya. Entonces, con mayor suavidad, preguntó—: ¿Has sabido algo de...?

Él negó con la cabeza, interrumpiéndola. Cada pocas semanas, la chica preguntaba por Malachiasz y Serefin le daba la misma respuesta. Era mentira, pero Nadya no querría oír lo que él sabía. Rumores de muertes y magia oscura que solo su primo podía haber causado.

—Ya se te ocurrirá algo —dijo Nadya—. Tienes que hacerlo.

Menuda novedad que «tenemos» se hubiera convertido en «tienes» a la hora de arreglar la situación. Ese era el problema, no tenía elección. Nada cambiaría si no les paraba los pies.

2

NADEZHDA
LAPTEVA

Una diosa del invierno conoce el sabor del frío punzante y los huesos rotos, del suelo helado y yermo. Una diosa de la muerte conoce la venganza y el odio ardiente que impulsan las guerras de los hombres. Marzenya es benevolente cuando quiere, pero la crueldad se asienta con mayor facilidad sobre sus hombros.

Códice de las Divinidades, 399:30

Había un número sorprendente de textos sagrados tranavianos a disposición de la última (¿quizás la última?, bueno, esperaba que no porque había fracasado estrepitosamente) clériga de Kalyazin para que los leyera mientras dejaba pasar el tiempo, cautiva en el corazón de Tranavia.

«En teoría, no estás prisionera», le hubiera reprendido Serefin. «Solo que no deberías marcharte».

«Esa es la definición de cautiva», habría replicado, pero lo entendía. Nadya estaría en peligro constante mientras permaneciera en Grazyk, pero quedarse en palacio suponía encontrarse dentro de la frágil esfera de protección de Serefin. Es cierto que a este le sorprendía tener que extender la protección hasta ella. No tenía magia y no sobreviviría el camino de vuelta a casa a través de Tranavia. El pozo de poder que había alcanzado o se había secado o nunca había sido suyo. Por mucho que lo odiara, languidecía a la espera de la llegada del chico triste y destrozado que la había llevado hasta allí. Le frustraba la gran esperanza que sentía cada vez que le preguntaba a Serefin si tenía noticias y lo rápido que desaparecía cuando le decía que no.

¿Por qué tenía esperanzas sobre el chico que la había traicionado con tanta intensidad? Su rabia se había atemperado hasta convertirse en un dolor insensible a medida que los meses de silencio pasaban. No le quedaba más rabia en su interior para pelearse con Serefin, mucho menos para hacerlo con el fantasma de Malachiasz.

Por eso, merodeaba por palacio y arrastraba cualquier texto religioso que encontraba a su pequeño rincón. Ninguno le resultaba de gran ayuda. Sus dioses eran suyos, eso era así, y había poco que no supiera de lo escrito hacía siglos por un sacerdote tranaviano.

Sin embargo, había retazos ocasionales entre las páginas de lo que había perdido, indicios de por qué había fracasado tanto, de por qué los dioses ya no le hablaban y de cómo un chico transformado en un monstruo era capaz de hacerse pedazos y reconvertirse en algo quizás divino.

A veces, los libros que encontraba hablaban de viejas sectas religiosas y santos que Nadya no conocía. ¿A cuántos clérigos habían abandonado como a Nadya? Se le rompería el corazón, pensó, si hubiera algo todavía que quedara por romper.

Después de que Serefin se marchara, evidentemente igual de perdido que antes a la hora de tomar una decisión, ella también abandonó la biblioteca y el montón de textos prohibidos y oscuros que se apilaban en la esquina. Escondía la escalera en una parte cualquiera de la habitación cada día. Todavía nadie había tocado su pila cada vez más grande, pero se había enzarzado en una guerra silenciosa con el viejo bibliotecario que actuaba de manera permanente como si que alguien usara la biblioteca fuera lo peor que podía pasarle.

—¡Estás aquí! —Parijahan tiró de Nadya y la alejó de la cocina, donde pensaba conseguir a hurtadillas pan y queso, para dirigirla a sus aposentos—. Hay una cena en la corte esta noche y deberías ir.

Nadya gimió.

—Serefin no ha dicho nada de eso.

—Dijo que, si lo hacía, harías un acto de desaparición tan espectacular que ni siquiera yo sería capaz de encontrarte. Está claro que tenía razón.

—Voy a matarlo —murmuró Nadya mientras dejaba que Parijahan la arrastrara a las habitaciones que compartían.

—Ya lo habrías hecho si esa fuera tu intención —replicó su amiga con voz monótona.

La chica akolana llevaba unos pantalones sencillos y anchos y una blusa a juego en tono dorado oscuro. Tenía el pelo negro trenzado y sobre el aro de oro de la nariz se le reflejaba la luz cada vez que pasaban cerca de una ventana. Habían dejado de fingir que Parijahan era su sirvienta, aunque esta no paraba de rechazar las ofertas de Serefin de conseguirle una habitación propia y de que la trataran como la noble que era en realidad. Dijo que sería demasiado sospechoso y Nadya se había dado cuenta de que había un puñado de *slavhki* que Parijahan siempre evitaba.

Incluso después de que el rey de Tranavia hubiera muerto, Parijahan estaba más al límite que nunca y mantenía sus secretos guardados con llave ante Nadya. La traición de Malachiasz había sido igual de inesperada para Parijahan, pero, al preguntarle sobre el tema, Nadya solo conseguía respuestas encriptadas que no significaban nada. Preguntarle a Rashid era peor. Al chico akolano se le daba demasiado bien darles la vuelta a las palabras, por lo que no contaba nada, pero se tiraba diez minutos para hacerlo.

—¿Serefin dijo algo más? —inquirió Nadya.

Parijahan negó con la cabeza.

—¿Es cosa mía o tiene aspecto de no haber dormido mucho últimamente?

—Yo también lo he notado. —Serefin tenía manchas oscuras bajo los pálidos ojos azules y la barba de varios días le oscurecía la piel clara de la mandíbula y las mejillas. Además, apestaba a alcohol—. Para serte sincera, no le puedo culpar.

Nadya no iba a confesar que tampoco podía dormir bien. Los meses después de esa noche en la catedral le estaban resultando duros y, cuando se acostaba, veía cosas sobre las que no deseaba reflexionar. Sin embargo, al menos cuando dormía no debía enfrentarse al silencio en su mente. No estaba acostumbrada a estar sola con sus pensamientos y descubrió que lo odiaba.

—¿Has leído algo interesante? —preguntó Parijahan. Era su frase habitual tras las visitas de Nadya a la biblioteca.

Esta se encogió de hombros sin una respuesta clara. Ni siquiera sabía lo que estaba buscando. En general, se estaba escondiendo. De ella misma, de Serefin y de Parijahan.

—Hubo una santa tranaviana llamada Maryna Cierzpieta a quien le cortaron la cabeza, pero la recogió y siguió con su vida.

Parijahan le dedicó una mirada de soslayo.

—No sé si te lo estás inventando.

Nadya se llevó una mano al corazón.

—Es mi religión, Parj, ¿crees que mentiría? —Parijahan resopló—. ¡Lo digo en serio! Inició un culto a la personalidad y todo. Llegó a su fin ciento treinta años antes de que Tranavia rompiera relaciones con los dioses.

Parijahan hizo un sonido reflexivo mientras llegaban a su habitación. Nadya se desplomó en un diván en la sala de estar.

—No te encierras en la biblioteca cada día para leer historias de santos que ya sabes —comentó su amiga.

Frustrada, Nadya dirigió los dedos hacia el collar de oración y se sorprendió de nuevo cuando descubrió que tenía el cuello desnudo. Le ocurría todos los días y seguía esperando que dejara de doler. Se recogió el pelo y comenzó a trenzarlo.

—¿Cómo decidió Malachiasz el camino que debía tomar? —preguntó al final—. ¿Cómo se le ocurrió la idea de que debería ser él quien derrocara a los dioses? Debió leerlo en algún sitio. Algo debió empujarle por esa vía. Tengo que encontrarlo.

Parijahan se movió por la habitación para sentarse junto a Nadya.

—O solo era un chico idealista que encontró algo a lo que culpar. No vas a averiguar respuestas para ese problema en los viejos libros.

—No sé qué más debo hacer —comentó Nadya con suavidad.

Parijahan le levantó la barbilla y le desplazó la cara hacia la suya.

—No te atrevas. Te hará daño. No te lances a intentar salvarlo cuando es evidente que no quería que lo salvaran.

—Lo sé. —Nadie sabía que los dioses ya no hablaban con Nadya. Era solo una campesina kalyazí. Buena en poco y útil para menos. No estaba tratando de salvarle, quería entenderle. Era su peor defecto, ese deseo por comprender. Malachiasz lo había utilizado para el tapiz de mentiras que había entretejido a su alrededor.

—Además... —dijo Parijahan con voz cambiante, calculadora y pícara—, si encontró sus grandes ideas en un libro, ¿no deberías buscar en la catedral?

Nadya sintió un escalofrío. Había estado meses evitando aquel lugar. La idea de volver le congelaba las entrañas...; aun así...

Parijahan notó sus dudas.

—No está allí —dijo—. Estás a salvo.

«Una posición imposible, odiarlo y echarlo de menos a la vez».

—¿Me estás regañando o animando? No lo tengo claro.

Parijahan sonrió, arrepentida.

—¿Quizás un poco de ambos?

—¿Cuánto falta para la cena?

Parijahan observó la posición del sol a través de la ventana con un encogimiento de hombros.

—Tenemos tiempo.

* * *

Nadya contempló las estatuas rotas que se alineaban a la entrada de la enorme catedral negra y se preguntó si le daba más miedo ahora que sabía lo que albergaba su interior. Si el terror se le asentaba en las extremidades era porque esta vez entraba sin protección.

Parijahan le dedicó a la fachada derruida de la catedral una mirada errante, impávida. Nadya había llegado a sentir esa indiferencia como un aspecto reconfortante de la chica akolana. Parijahan tiró de las enormes puertas de madera para abrirlas.

Dentro reinaba un silencio mortal. Nadya tragó saliva con fuerza. No quería acordarse de la última vez que había estado allí, cuando había entrelazado los dedos con los de Malachiasz y confiado en él en contra de su propia lógica. Además, no deseaba entrometerse en la vida de ningún Buitre mientras estaba en su hogar.

«Pero, en el pasado, no era su casa», pensó. Pasó una mano por la pared, preguntándose a qué dios habría pertenecido esa iglesia cuando a Tranavia aún le importaban esas cosas. El pánico comenzó a extendérsele por el pecho debido al silencio en su cabeza, por lo que alejó los pensamientos y siguió a Parijahan, quien, por desgracia, había decidido a dónde quería ir.

—Ay, Parj, ¿es necesario?

—¿Adónde si no?

Tenía razón. Solo se conocían rumores acallados sobre lo que le había ocurrido al Buitre Negro. Aunque Nadya había preguntado, en realidad no quería saberlo. Conocer la verdad sería aceptar la cicatriz oscurecida de su palma cada vez que le quemaba, un picor ardiente que duraba horas antes de que desapareciera, aceptar el impulso de su corazón hacia algo lejano, como si estuviera unido a alguien. No sabía qué había ocurrido la noche que se había grabado el símbolo de Velyos en la palma y luego el de Malachiasz. Algo había sucedido cuando le había robado el poder para usarlo junto con el suyo, cuando había hecho lo imposible.

Permanecía allí, inmóvil. La oscuridad fangosa y lóbrega de la magia de Malachiasz dormía en algún lugar de su interior. Parijahan trató de abrir la puerta de los aposentos del Buitre Negro y una pequeña sonrisa le recorrió las comisuras de los labios cuando descubrió que no estaba cerrada con llave.

Nadya dudó. Nada había cambiado desde la última vez que había estado allí. La chaqueta militar llena de remiendos seguía colgada en el respaldo de la silla donde Malachiasz la había dejado. Los cuadros seguían amontonados en cada rincón vacío de la habitación y había pilas de libros rodeando las estanterías. Pilas y más pilas de libros.

Parijahan soltó un pequeño silbido.

—Ahí la tienes. —Cogió la chaqueta y se la tendió a Nadya tras fruncir el ceño.

Esperó hasta que su amiga se hubo alejado para ponérsela sobre el vestido y pegar la cara al cuello. Aún olía a él, a hierro, tierra y al chico de una manera reconfortante y dolorosa. La punzada en el pecho era como una puñalada despiadada.

Le resultaba difícil analizar sus sentimientos acerca de la traición de Malachiasz. Con el tiempo, esperaba desenmarañar ese desorden de emociones. Sabía cómo debería sentirse y cómo esperaba todo el mundo que se sintiera, pero no conseguía entender si alguna de esas cosas era real.

Sí, estaba furiosa y dolida, pero también se encontraba esperando que irrumpiera en sus aposentos con el torbellino de pelo negro, los chistes malos y esa dolorosa y brillante sonrisa. Lo echaba de menos. Sin embargo, ya no era así. Idealista, pero poderoso y cruel, su cuerpo se le había retorcido y su mente, hecho pedazos.

Nadya quería con desesperación dejar de pensar en él. Le había mentido durante meses, fingiendo ser un chico ansioso que había cometido un error y que necesitaba ayuda para arreglarlo. En lugar de eso, la había usado para ganar un poder tan terrible que le había arrebatado los últimos restos de humanidad que le quedaban.

El chico tranaviano tonto y condescendiente con una sonrisa pícara que se mordía las uñas cuando se ponía nervioso había desaparecido. Quizás para siempre. Y ella sentía tal tristeza que se había tragado el ardor de su ira. No se la merecía, pero eso no suponía diferencia alguna para su corazón.

—¿Crees que planificó todo esto desde el principio? —preguntó Nadya en voz baja.

Parijahan la miró desde donde estaba hurgando en la pila de cuadros.

—¿Estás preparada al fin para hablar del tema?

Nadya se encogió de hombros.

—Me pasé meses con él y nunca pareció interesarle lo más mínimo encontrarte —dijo Parijahan—. Tuve que convencerle para que viniera con nosotros cuando comenzamos a seguir los rumores sobre una clériga. Al final, algo le obligó a huir hacia Kalyazin y después a volver aquí. Nunca nos contó qué.

—Bueno, es un mentiroso.

—Se le da muy bien —le confirmó Parijahan—. Porque en realidad te cuenta la verdad mientras lo hace.

La puerta del estudio parecía una mancha negra en la pared. ¿Qué había esperado encontrar allí? ¿Aquello por lo que se había embarcado en la imprudente misión de destruir a los dioses o algo más?

Hojeó los libros de manera mecánica. Formaban un montón ecléctico: historia, novelas y teoría de la magia. No entendía la magia de sangre lo bastante bien para comprender esta última. Estaba perdiendo el tiempo.

Parijahan abrió la puerta de su estudio. Tosió al entrar en la sala. Nadya no la siguió de inmediato, aunque algo la empujó hacia el umbral. Oyó que su amiga revolvía los papeles del escritorio y sufrió un escalofrío, un estremecimiento repentino que le recorrió la columna.

Magia.

Algo que no había experimentado en bastante tiempo.

—¿Qué has encontrado? —preguntó. Le ardía el estómago. Había algo familiar y espeluznante tirando de ella, una llamada que enviaba una profunda oleada de pavor que la demolía.

—Algunos de sus hechizos, creo —dijo Parijahan, ajena a la ansiedad repentina de Nadya.

Esta se estremeció al entrar en el estudio. La palma de la mano izquierda le ardía, un tenue dolor constante y lento subiéndole por el brazo. Las sienes se le inundaron de sudor. Tenía demasiado calor y frío y sentía… sentía…

Le arrancó los papeles a Parijahan de la mano y los arrugó apretando con fuerza el puño. Respiraba con dificultad y no podía desprenderse de la sensación de que algo iba mal. Algo se movía, algo hambriento con un deseo tan profundo y un anhelo tan potente que se lo iba a tragar todo si no se le detenía.

—¿Nadya?

Golpeó la mano contra el escritorio.

—No —dijo con voz monótona—. Así no es cómo funciona la magia.

Estiró los hechizos ante ella. Le dio un vuelco el corazón ante la visión de la caligrafía desordenada y casi incomprensible de Malachiasz. No debería ser capaz de sentir su poder ni de sentirlo a él. Ahora no, no después de tanto tiempo.

Sabía tranaviano, pero las palabras se volvieron borrosas. Frenética, hojeó las páginas para desenterrar notas garabateadas y diagramas bajo los hechizos. Había marcas infinitas que no entendía.

—No debería haber venido —susurró mientras el horror seguía enroscándosele en las entrañas. Levantó una página manchada de sangre con el borde inferior oscuro y rígido. Podía leer la parte superior y deseó no hacerlo.

Eran notas sobre la magia kalyazí, la divina, la suya; notas sobre cómo su magia y la de sangre se podían entrecruzar, sobre cómo no deberían, aunque se pudiera, sobre cómo había algo que cambiaba con mucha lentitud para convertirse en algo nuevo o quizás en una mezcla de ambas.

Una vez, Serefin mencionó que había encontrado en el campo de batalla libros de hechizos tranavianos con oraciones kalyazíes garabateadas dentro. Era una combinación imposible. ¿Por qué Malachiasz la estaba estudiando?

Se quedó de piedra. Ese algo al otro extremo del hilo de conexión se había vuelto casi tangible, como una mirada que se girara hacia ella donde antes no había nada. Era un poder mucho más grande que el suyo, infinitamente oscuro. Una magia que no le pertenecía le vibraba en las venas con un doloroso impulso hacia su auténtico propietario. Nunca debería haberle robado ese poder.

Sin embargo, seguro que Malachiasz había reconocido sus intenciones cuando ella le había pasado el filo de la daga por la palma, ¿verdad? En el pasado había sido idea de él, una observación maliciosa de que Nadya sería más fuerte si usaba su sangre. Abominable y horrible, pero, al final, había hecho justo lo que él quería. Otro giro de la verdad para empujarla a ayudarle con sus planes incomprensibles sin que ella se diera cuenta.

Nadya había ido demasiado lejos al sacrificar todo en lo que creía por una oportunidad de cambiar el mundo y se la castigaba con silencio. Exhaló, un puño ardiente le apretó el corazón. El fangoso poder había cambiado. La atadura o cuerda se puso tensa a toda velocidad. «No debería haber venido».

El monstruo, Malachiasz… Nadya se alejó del poder que de repente era demasiado fuerte, abrumador, malvado.

Tomó aire varias veces de manera irregular, al mismo tiempo que el sonido amortiguado de Parijahan llamándola retumbaba en sus oídos, dejó que su consciencia la presionara y empujó de forma cuidadosa con las yemas de los dedos el panel de cristal negro que separaba a Malachiasz de ella, a pesar de seguir unidos.

«Es culpa mía». Había creado algo al robarle el poder y lo había conectado al suyo. Por supuesto, allí permanecía y, por supuesto, habría consecuencias. Dioses, podía sentirlo. Se estaba desmoronando, erosionándose como la superficie de un acantilado acariciado por las olas del océano.

Entonces, con tanta claridad como si estuviera ocurriendo ante ella, oyó el sonido de una garra de hierro rayando un cristal. El chirrido doloroso y corrosivo parecían agujas en el oído de Nadya. Más y más profundo. Una mano golpeó el cristal y unos dedos delgados se apoyaron sobre él con goteantes garras de hierro.

Nadya se alejó. Se separó a trompicones del escritorio. No quería vomitar su última comida. Aquello no podía estar ocurriendo. ¿Cómo era posible?

Pasaron unos segundos agonizantes sin que la perversa conexión se reavivara, ese roce contra el caos agitado de su locura. Sin embargo, se parecía a Malachiasz. El monstruo seguía siendo él. Entonces, ¿sería la esperanza lo que acabaría matándola?

Nadya miró a Parijahan, quien la observaba horrorizada.

—Bueno —comentó la primera con voz áspera—, supongo que no está muerto.

Interludio 1

EL BUITRE
NEGRO

El hambre no cesaba. El roer de los límites de su ser era demasiado insoportable, pero nunca suficiente. Solo tenía hambre, necesidad, hasta que al final cayó en un olvido perfecto sin sentir nada. Ni el hambre ni ese vacío infinito e incesante le presionaban las entrañas, tampoco notaba esa amenaza siempre presente de hacerse añicos por completo.

La oscuridad era reconfortante. Había pocas luces distantes desde aquí, fáciles de evitar. Era una huida agradable permanecer lejos de esos puntos de luz que le recordaban a lo perdido, a aquello que titilaba fuera de su consciencia, justo al límite para que no pudiera alcanzarlo, las insistentes alas batientes de un pequeño pájaro que se negaba a ahogarse en la oscuridad.

Era una molestia lo bastante dulce para llevarlo un poco más profundamente hacia la locura. Pero la ignorancia era más dulce. Nunca se movía más allá de ese roce inicial.

Había retazos que no le pertenecían, que no pertenecían a nadie y era frustrante lo fuera de lugar que se encontraban. Una chica con el pelo como la nieve, con una mirada feroz y pálidas pecas salpicándole la piel. Una chica que discutía, arraigada, terca y apasionada. Preciosa, brillante y ausente de manera tortuosa. No tenía ni idea de quién era y eso lo hacía todo más frustrante.

Eterno e instantáneo, el tiempo se volvió superfluo. Los retazos, las distracciones, se desvanecieron. Solo quedó el hambre, siempre el hambre. Solo la sensación de que lo despedazaban, lo reconstruían y lo rompían en pedazos de nuevo (deshacerlo era, al parecer, un proceso continuo).

Había un pequeño pinchazo que le informaba de que debía actuar, pero la nada era algo que lo era todo y... ¿no podía esperar? Todo podía esperar hasta que la oscuridad fuera menos asfixiante y el hambre menos empalagosa, hasta que sus pensamientos estuvieran ordenados en una fila o línea, en lugar de ser fragmentos incoherentes y esparcidos que saltaban, revoloteaban y...

Revoloteaban.

Alas.

De nuevo.

Allí.

El pajarillo.

Estiró la mano, pero no lo alcanzó. Chocó con algo frío y lo arañó con las garras, con lentitud y cautela. El sonido lo calmaba porque era cristalino. Le sangraban las manos. Como siempre.

Había algo allí. Alas que revoloteaban de nuevo, demasiado rápidas, demasiado afiladas, demasiado pronto, demasiado reales.

Había
algo
    más.
Un recuerdo roto,
    disperso,
huidizo.
    Desaparecido.

3

SEREFIN
MELESKI

Svoyatova Elżbieta Pientka: una tranaviana a la que quemaron en lugar de a la clériga Evdokiya Solodnikova. Se dice que los muertos pueden hablar con los vivos donde está enterrado su cuerpo.

Libro de los Santos de Vasiliev

Serefin había avanzado hasta la mitad de las escaleras de la torre para visitar a la bruja antes de darse cuenta de lo que estaba haciendo. Se detuvo y presionó el pasamanos mientras se preguntaba si debería ir solo. Sin embargo, era demasiado tarde para darse la vuelta. Pelageya sabía que estaba allí desde el momento en el que había abierto la puerta hacia la torre.

Subió los escalones de dos en dos. A Serefin no le gustaba del todo verse obligado a dirigirse a la bruja, pero era inevitable, por extraño que pareciera. Le había indicado el camino que debía tomar, ¿no? Seguro que tenía algún consejo esotérico y horrible que no entendería y le aterraría con sus extensos presagios sobre fatalidades futuras.

Alcanzó la parte más alta de la torre y encontró la puerta entornada. Esta se balanceó bajo el rápido golpeteo de sus nudillos. «Bueno, esto dista de ser ideal», pensó con el ceño fruncido.

Una nube de polillas revoloteó por el aire y las apartó con un movimiento de la mano.

—¿Pelageya? —gritó, abriéndose paso.

A Serefin le dio un vuelco el estómago. La habitación estaba vacía. Era como si la bruja nunca hubiera estado allí. Había telarañas en todos los rincones. La chimenea tenía restos de ceniza, pero estaba casi limpia. El círculo de una bruja destacaba en el centro del suelo. Se le escapó un suspiro. Solo era carbón, nada de sangre. Se movió alrededor del círculo y rozó con los dedos el lomo del libro de hechizos. No era aquello lo que esperaba.

Se arrodilló y se cortó el dorso del dedo con la cuchilla de la manga antes de hojear el libro de hechizos. Pelageya no se marcharía así sin razón alguna y, aunque Serefin no entendía los signos mágicos garabateados en el interior del círculo (los signos eran cosa de los Buitres), sí podía cargar el hechizo.

Dudó. Lo que estaba haciendo era una soberana estupidez. Si Kacper u Ostyia lo hubieran acompañado, antes le pondrían el filo de un cuchillo sobre la garganta que permitirle involucrarse con una magia incierta.

Sin embargo, allí no estaban sus razonables palabras. A toda velocidad, presionó la palma ensangrentada. Se centró en un solo punto bajo esta y desde allí se encendió el fuego, como la pólvora que prendía los cañones mágicos. Con lentitud llenó el círculo, estirándose hacia cada símbolo hasta que el fuego ardió con unas extrañas llamas acres y verdes. Pero eso fue todo.

Se incorporó para alejarse del hechizo, bastante decepcionado, aunque aliviado al mismo tiempo. Solo era un hechizo vacío que la bruja habría dejado atrás para reírse de Serefin. Con la punta del zapato, desfiguró el círculo, interrumpiendo con cuidado el flujo de poder, con la esperanza de que el hechizo no le explotara en la cara. Las llamas se extinguieron.

—Había hecho apuestas conmigo misma, ¿sabéis?, sobre quién de vosotros vendría primero.

Serefin estuvo a punto de morirse del susto.

—La chica que es clériga, pero no lo es, que es bruja, pero no lo es. —Pelageya estaba sentada en el centro del círculo destruido, contando con los dedos huesudos—. El monstruo que se sienta en un trono de huesos dorados y estira los brazos hacia un cielo que se escapa a su entendimiento o el principito bendecido con un poder en el que no cree.

Serefin dejó la mano sobre el libro de hechizos mientras esperaba que el corazón dejara de tamborilearle en el pecho.

—¿Ganaste?

—¿El qué? —preguntó Pelageya, aún contando.

—La apuesta.

—No. ¿Dónde está la bruja?

—No es una bruja, es una clériga.

—No puedes ser clérigo si los dioses no te hablan —comentó Pelageya con un gesto de la mano—. Tampoco puede ser bruja tal y como es ahora. Corrompida, pero santa. Un puzle. Es muchas cosas, pero no está aquí. No es eso lo que esperaba. Pero vos sí. La mitad de mi pareja de magos de sangre encantadores, sanguinarios, patéticos y delirantes.

Serefin entrecerró los ojos mientras observaba la habitación vacía.

—¿Qué ha pasado aquí?

Un pestañeo. La habitación dejó de estar vacía. El círculo de la bruja en el suelo era ahora de tiza en lugar de carbón. Los cráneos de ciervo colgaban de sus astas en el techo y Serefin se encontró sentado en un sillón negro tapizado mientras las polillas revoloteaban nerviosas alrededor de su rostro y la cabeza le daba vueltas.

—¿Qué ha pasado dónde? —preguntó Pelageya, que ahora, de repente, tenía la edad de Serefin. Llevaba los rizos recogidos y apartados de la cara, negros, pero con un sorprendente mechón blanco que desaparecía entre la masa de pelo enrollado en la coronilla.

—Queréis algo —canturreó la bruja, tomando un cráneo (humano) de una mesita antes de sentarse en la silla frente a Serefin con dicho cráneo sobre el regazo, mirándolo.

—En realidad, debería irme —comentó, al mismo tiempo que se removía para levantarse. Sin embargo, estaba atrapado en el sillón. Una punzada de miedo le recorrió el cuerpo.

—Ah —dijo Pelageya, tocándose la barbilla—. Ah, no. Ya tengo a uno y el otro acabará viniendo. Meleski y Czechowicz, pero más cerca de lo que creéis, más cerca de lo que esos que mienten han dicho. Vendrá, pronto, y luego, por fin, podré tratar con la bruja que es clériga, pero ni es bruja ni clériga.

—¿Qué tiene que ver Malachiasz con todo esto?

Pelageya se inclinó sobre el cráneo.

—Todo, querido principito.

—Rey —murmuró Serefin.

—¿Perdón?

—Ahora soy el rey —anunció el chico, pasándose los dedos por la corona de hierro que portaba sobre el cabello. Aún le parecía un error, como si alguien le hubiera dado algo que no le perteneciera. Suponía que todos pensaban así. Lo único que deseaba era probar que el trono era suyo de verdad, incluso aunque tuviera que demostrarlo colaborando con la nobleza.

Pelageya asintió, pero Serefin no pudo desprenderse de la sensación de que no estaba convencida. La bruja fijó la mirada en su ojo izquierdo y el chico levantó una mano, cohibido.

—*Lo sabe.*

Serefin se mordió el interior de la boca para evitar reaccionar ante la voz aguda.

—Negro, dorado, rojo y gris. Buitres, polillas y sangre, siempre sangre. Un chico nacido en un vestíbulo dorado y otro nacido en la oscuridad. Criados en amargura y criados entre mentiras. Cambiad de lugar, cambiad de nombre. Nada a cambio, es un espejo, ¿lo veis? La sangre es la misma, la oscuridad más abrumadora para uno, pero un reflejo. Os miráis para encontraros a vos mismo y encontráis al otro en el que os aterra convertiros. Dos tronos, dos reyes, dos chicos que sumergirán a este mundo en la oscuridad al intentar salvarlo.

Un estremecimiento le recorrió el cuerpo a Serefin. Se arrepintió de haber ido hasta allí solo. Deseó la mano firme de Kacper contra su hombro para alejarle de nuevo de los desvaríos incoherentes de la bruja.

—¿De qué estás hablando? —preguntó Serefin en voz baja.

—Esconderse y olvidar. Esconderse y recordar. Os escondéis de la verdad, disfrutando de la mentira de una familia deshonesta desde el principio. Él se esconde bajo la magia que ha destruido entre llamas el recuerdo de lo que solía ser. Un día, ambos lo recordaréis y ¿qué pasará entonces?

—¿Recordar el qué? —A Serefin se le crisparon aún más los nervios.

Pelageya miró a una distancia media mientras acariciaba la parte superior del cráneo con dedos pálidos.

—¿Debería contaros una historia, querido rey de las polillas, rey de la sangre, rey de los horrores?

—Sí. —La palabra se le escapó en forma de suspiro antes de que pudiera detenerla y empequeñeció. Deseaba con desesperación huir de cualquier revelación que estuviera a punto de exponerle.

—La historia de dos hermanas de un país lleno de lagos. La historia de una chica que se casó con un príncipe que no le gustaba, quien se convirtió en un rey al que odiaba. La chica se

45

transformó en una mujer que dio a luz a un niño al que no entendía, pero al que de igual manera quería. Sin embargo, no era suficiente. Y ella buscaba olvidarse del marido que detestaba. Un segundo hijo, de la oscuridad, escondido y nacido de pasiones y mentiras enmascaradas.

—No... —susurró Serefin, negando con la cabeza—. No. —Las paredes comenzaron a cerrarse a su alrededor y todo se volvió negro en los límites de su visión.

—¡Los tranavianos lo hacen tan fácil! —dijo Pelageya, encantada—. Ah, no, no, ya veo. Ese chico pertenece a la hermana, no a la mujer, o eso dicen. Escondedlo en una verdad distorsionada y nadie sospechará. Enviadle a la orden más alta de Tranavia y nadie recordará que era más que un *slavhka* prescindible. Quemadle los huesos, destrozadle el cuerpo y no importará de dónde viene. Convertidle en un arma; convertidle en rey.

«Miente», pensó Serefin, frenético, aunque sabía, de alguna manera, en lo más profundo de su ser, en ese lugar en el que mantenía a Malachiasz en sus pensamientos mucho después de que se hubiera marchado, que no era así. Quizás por eso le había dolido tanto cuando Malachiasz había abierto la puerta de la torre de Pelageya y en su sonrisa de dientes afilados no había encontrado rastro alguno de reconocimiento.

—¿Dónde está vuestro hermano, querido rey? ¿Adónde ha ido el Buitre Negro?

La palabra «hermano» le sentó a Serefin como un puñetazo en el pecho.

—¿Cómo lo sabes? —preguntó con voz cansada.

Pelageya soltó una carcajada.

—Me preguntáis como si dudarais. Pero sabéis, lo sabéis, que la sangre es la misma.

—¿Por qué me lo cuentas? —¿Por qué ahora, cuando lo único que le quedaba era un odio burbujeante y ardiente hacia el Buitre Negro porque había muerto por su culpa, por la de Malachiasz, por su hermano?

—¿Quién os lo iba a contar si no? —preguntó la bruja—. Está claro que vuestra madre no.

Serefin sintió un escalofrío. ¿Cuánto sabía su madre sobre el destino de Malachiasz? «¿Cómo es posible siquiera nada de esto?».

Pelageya siguió con los ojos negros azabache las polillas que revoloteaban en torno a la cabeza de Serefin.

—Es un desarrollo interesante de los acontecimientos —comentó la bruja—. ¿Os ha hablado ya? Seguro que sí. Sin embargo, susurros, solo susurros, porque sois tranaviano y, por lo tanto, muy difícil de romper. No sois el que quería.

Pelageya inclinó la cabeza y se puso en pie para descorrer las gruesas cortinas que cubrían todo de oscuridad. Las echó hacia atrás e inundó la sala con una luz cegadora.

—Las sombras insidiosas serpentean por la oscuridad y el castigo cae del cielo —murmuró—. Tenéis tiempo, pero se escabulle rápido. Y se escabullirá. Las cosas se ponen en marcha y debéis ver si caeréis o permaneceréis en pie.

Serefin se esforzó por levantarse y sintió cómo se le liberaban al fin las extremidades. Era más de lo que quería. No le importaba si había más que decir. Pelageya se giró desde la ventana y le dedicó una sonrisa sarcástica. El chico huyó.

* * *

Serefin irrumpió en los aposentos de su madre mientras ignoraba las protestas de la doncella.

—Soy su hijo —escupió, al mismo tiempo que la criada se movía afanosamente tras él, murmurando algo acerca de la decencia. Encontró a su madre en la sala de estar y le cerró la puerta en la cara a la sirvienta. Un florero de cristal cerca de la puerta se tambaleó de manera precaria.

Klarysa levantó la vista del libro y les dedicó una mirada deliberada a la puerta y al florero.

—¿Cuándo me lo ibas a contar? —preguntó Serefin, sorprendido por el volumen de su voz.

—Vas a tener que ser mucho más específico, querido —respondió su madre, ajena a su inquietud. Levantó una mano para pedirle que se acercara y se quitó la máscara de la cara.

Serefin no se movió. Quería coger ese maldito florero y estamparlo contra la pared. No lo hizo tampoco.

—Sabías lo que estaba haciendo mi padre —dijo Serefin con cautela y lentitud—. Me avisaste, lo supiste en todo momento.

La mujer entrecerró los ojos azules y pálidos y, de manera ausente, Serefin pensó que tanto Malachiasz como él habían heredado esos ojos.

—Y lo detuviste —contestó su madre de forma apacible, volviéndose a colocar la máscara en la cara—. La corona es tuya.

—Sabías que colaboraba con los Buitres.

—Sí.

—Sabías de qué Buitre era culpa todo eso.

Frunció el ceño ligeramente.

—Del Buitre Negro.

—¿Cómo sabes quién es? —preguntó Serefin y por fin la voz se le quebró. Se pasó las manos por el pelo. Durante meses, había estado ocultando información sobre Malachiasz a medida que llegaba a sus oídos porque al final tendría que lidiar con el Buitre Negro, hacerle pagar por su traición. Sin embargo, ahora no sabía qué se suponía que debía hacer.

—Serefin, ¿de qué estás hablando?

—La bruja me lo ha contado —respondió con la voz rota con auténtico pánico—. Ni siquiera tuviste la decencia de contármelo tú misma. ¿Sabías en qué se convertiría cuando lo enviaste con los Buitres?

Klarysa por fin se tensó.

—¿Qué?

—Nunca estabas aquí. Por supuesto que no lo sabías. Por supuesto que nunca lo viste cuando pasabas por palacio. Sin embargo, podías habérmelo contado. Estuvo aquí en todo momento, tan cerca, y yo no sabía nada.

Su madre palideció. Serefin se dejó caer en una silla y posó la cabeza entre las manos.

—¿Pelageya te lo ha contado? —preguntó Klarysa con amargura mientras el hilo de tensión entre ambos amenazaba con romperse.

Asintió sin levantar la cabeza.

—Se suponía que Malachiasz debía quedarse con Sylwia —susurró—. Un bastardo no tiene lugar en la corte y había demasiadas personas que sospechaban sobre el tema.

—Nunca fue primo mío —dijo Serefin—. Y dejaste que los Buitres se lo llevaran.

—No te pongas sentimental, Serefin, no te pega. Era demasiado poderoso para ir a cualquier otro sitio.

—Bueno, ahora es el Buitre Negro y conspiró con mi padre para matarme, así que felicidades, supongo que tienes razón.

Klarysa parecía mareada y tenía la piel muy pálida.

—Te equivocas.

—Te aseguro, madre, que no. Mi hermano pequeño ha cometido traición y no puedo hacer nada porque tiene el otro cargo más alto de Tranavia. No existe ninguna legislación oficial en vigor porque ningún Buitre se ha atrevido nunca a extralimitarse así.

Algunos se habían aventurado cerca, ya que no todos los Buitres Negros se habían contentado con permanecer en la catedral y las minas. Sin embargo, ninguno había llegado tan lejos como Malachiasz.

Su madre se llevó la mano a la boca y Serefin tuvo la vaga noción de que estaba a punto de sufrir uno de sus frecuentes ataques. Para ser sincero, le sorprendía que se hubiera quedado tanto tiempo en Grazyk. La magia residual del aire no le sentaba bien.

—Los rumores...

—Los rumores son falsos. Lo que ocurrió es peor. —Serefin suspiró y reclinó la cabeza sobre la silla. El techo de la sala de estar de su madre estaba pintado con flores luminosas y símbolos mágicos que evocaban salud se esparcían por el yeso. No había ningún Buitre a la vista—. Durante años, pensé que había muerto. Ahora casi deseo que hubiera sido así.

«Porque su destino está en mis manos».

—Serefin...

—No quiero excusas, madre, después de todo, fue solo por una cuestión de decencia. ¿Cómo ibas a saber que tu hijo bastardo se convertiría en un depravado sin alma? Ah, sí, espera, ¿ese no es el destino de todos los Buitres?

Levantó la cabeza como si la hubieran golpeado. Serefin se desanimó. Aquella revelación no cambiaría nada. Malachiasz debía responder por sus acciones.

—Dos tronos y un par de hermanos destrozados por ocuparlos —murmuró—. Sin embargo, supongo que pronto no será así. —Se quitó la corona de la cabeza y pasó el pulgar por el frío hierro.

Su madre se relajó, aliviada por tratar un tema de conversación que no fuera Malachiasz. Se había llevado las manos temblorosas al regazo en un intento por inmovilizarlas.

—Hay un grupo de *slavhki* que desea verme lejos del trono —dijo Serefin—. Y no sé qué hacer.

Klarysa se puso en pie. Se ató el libro de hechizos a la cintura y se movió con rapidez por la sala antes de posar las manos sobre los hombros de Serefin.

—Sabes a la perfección lo que debes hacer. Haz que se arrepientan de que esos susurros poco entusiastas hayan llegado a tus oídos. —Le levantó la barbilla—. Eres el rey. ¿Crees que tu padre no tenía enemigos que murmuraban para echarlo del trono cada noche?

—Yo era uno de esos enemigos —comentó Serefin cansado.

Su madre le besó la coronilla.

—Hiciste lo que debías.

—¿Es así como justificas lo que le ocurrió a Malachiasz? Suspiró.

—Si lo hubiera podido mantener a mi lado, lo habría hecho. Los dos erais lo único que hacía que este palacio fuera soportable.

—Entonces, ¿por qué lo mandaste lejos? ¿Por qué nunca me lo contaste?

—Los Buitres vinieron a por él. No había nada que pudiéramos hacer. —Le acarició el pelo tras abrazarlo—. No te lo conté porque habrías tratado de alejarlo de la orden. Eres muy terco, Serefin, y no debemos entrometernos en los asuntos de los Buitres. —Se estremeció cuando le arañó el cuero cabelludo ligeramente con las uñas—. La traición es otra cuestión —continuó la mujer pensativa—. Por muy poético que suene que mis dos hijos se sienten en los dos tronos de Tranavia, no podemos aceptar la traición. Pero primero centrémonos en esos *slavhki*, ¿no?

* * *

A Serefin el pánico se le había enfriado hasta convertirse en frustración cuando se encontró con Ostyia en el vestíbulo. La cogió del brazo e ignoró su grito de sorpresa mientras la arrastraba hasta sus aposentos y cerraba la puerta de golpe.

—Sabías lo de Malachiasz —dijo con un tono más acusatorio de lo que pretendía.

51

—¿Qué?

—Lo sabías. Sabías que era el Buitre Negro en todo momento. Puso el ojo en blanco.

—¿Qué importa eso ahora? No te lo conté porque no pensé que importara.

—Pensé que estaba muerto. Durante años me dejaste creerlo.

—¡Bien podría estarlo! —exclamó con incredulidad—. ¿De qué va esto, Serefin? —Durante un breve instante, consideró contarle la verdad. ¿O ya lo sabía también? ¿Qué más le había ocultado, supuestamente por su propio bien? Ostyia gruñó—. Fue hace unos años. Lo vi sin máscara. Sabía que erais íntimos, pero estaba... —Se calló y negó con la cabeza—. Estaba envenenado. No quería romperte el corazón cuando por fin lo habías olvidado.

—No era asunto tuyo, no debiste ocultármelo —contestó Serefin.

Se encogió de hombros, desconcertada.

—¿Por qué sacas el tema ahora?

Serefin negó con la cabeza y desestimó la pregunta con la mano. Aquella era una cuestión de disputa creciente y estaba dispuesto a dejar que se enconara.

—No importa —murmuró, odiando que todos le escondieran la verdad—. Nada importa. Tengo que ir a la cena.

—No, así no. —Le cogió de la muñeca y tiró de él—. Arréglate primero. No les des más munición en tu contra.

Apretó los dientes y se pasó una mano por la mandíbula. Necesitaba afeitarse.

Si se hablaba de Malachiasz... Serefin ya estaba moviéndose en terreno pantanoso. No podía endosarle la muerte de su padre al Buitre, aunque en última instancia le gustaba creer que era culpa suya. El pueblo llano y los *slavhki* idolatraban a los Buitres hasta el punto de arriesgarse a provocar una guerra civil si amenazaba sus reglas.

Malachiasz debía saber que tenía la inmunidad que no se le garantizaba a nadie más por pura falta de precedentes. Pero una traición era una traición.

Ostyia paró a un sirviente y esperó mientras Serefin se esforzaba para parecer medio presentable.

—Debemos encontrar a Żaneta —dijo, moviéndose para coger la cuchilla antes de que Cyryl, su criado, le diera un manotazo para apartarlo. Suspiró y dejó que Cyryl le guiara hasta un taburete.

Ostyia se apoyó en su escritorio con aspecto reflexivo.

—Es probable que esté en Kyętri...

Serefin se estremeció y se ganó el ceño fruncido de Cyryl. Debía jugar de una manera que los *slavhki* entendieran, con el poder. Żaneta era una pieza en su posesión que aquellos que lo querían fuera del trono deseaban. El problema era que su madre quería que acabara con ese asunto primero y dejara a Malachiasz en paz hasta que llegara el momento de tratar con él también. Para Serefin, era matar dos pájaros de un tiro.

—¿Le corto el pelo, *Kowesz Tawość*? —preguntó Cyryl—. Ya que estamos aquí...

Serefin hizo un gesto con la mano sin dejar nada claro.

—Por fin —murmuró Ostyia. Sabía de lo que hablaba porque se había metido un hachazo en el flequillo y lo tenía torcido—. Sería un riesgo abandonar Grazyk —dijo—. Debes descubrir cómo hacer todo esto sin irte de la ciudad.

Serefin frunció el ceño.

—¿Y si no puedo? —musitó.

—Se lo quedarán todo.

* * *

Serefin no conseguía dar un paso sin toparse con un nuevo *slavhka* de rango bajo que había llegado desde algún lugar de Tranavia con la esperanza de conseguir el favor del joven rey. Era agotador.

Se suponía que la cena iba a ser un asunto de lo más relajado, pero incluso así había demasiadas personas para el gusto de Serefin. Si fuera al menos del tipo de persona que se crece con la interacción social..., pero le hacían desear con desesperación huir de allí.

La habitación tenía una tenue iluminación por las muchas velas semiderretidas que se extendían por la mesa. Las antorchas ardían en las paredes, desprendiendo una luz errática y titilante por el vestíbulo inferior. Las pinturas del techo sorprendieron a Serefin al resultarle vagamente familiares de una manera distinta a la habitual, como si hubiera visto en un sueño esa extensa batalla entre osos y águilas.

El *slavhka* que encontró sentado a su izquierda era nada más y nada menos que Patryk Ruminski. Serefin reprimió un suspiro cuando lo anunciaron. Iba a ser una velada muy larga.

Nadya captó su atención desde donde estaba sentada, un poco más lejos, tensa y rígida antes de percibir a los nobles cerca de él. Le lanzó una mirada de compasión y se giró hacia la persona a la derecha. Para desgracia de Serefin, las máscaras no habían pasado de moda, pero Nadya llevaba lo mínimo imprescindible, una cinta de encaje blanco sobre los ojos.

Serefin reconoció la forma lánguida en la que se comportaba la chica que estaba junto a la clériga. Con un denso pelo negro y ojos de color azul oscuro, mantenía la atención fija en la habitación detrás de la máscara de hierro que le escondía todo el rostro, a excepción de un cuarto.

Una Buitre, la segunda al mando a la que no se le había visto en meses. Serefin observó la sala. No había ningún otro Buitre a la vista. Nadya levantó la mano con suavidad para hacerle una señal a Serefin, pidiéndole que se acercara. ¿Sería correcto menospreciar a *Ksęszi* Ruminski al hablar primero con una chica a la que no debería prestar atención y con una Buitre o sufrir por no saber qué estaba haciendo la Buitre allí durante toda la cena? Serefin decidió arriesgarse. Solo era diplomacia.

Murmuró un saludo a Ruminski y al muchacho sentado al otro lado, a quien no reconoció, antes de moverse hacia donde estaba Nadya, totalmente consciente de que debería ser al revés, de que debía ser la chica quien se acercara a él. Era el rey y estaba rompiendo todo tipo de protocolo.

—Después de esto, voy a tener que sufrir la conversación más incómoda del mundo —comentó Serefin tras posar una mano en el respaldo de la silla de Nadya e inclinarse hacia ella.

—Pensaba que hablar con aquellos que quieren destituirte era una ordinariez —murmuró Nadya.

—Lo es, pero... —Se interrumpió. No servía de nada hablar de este tipo de cosas con ella.

Nadya señaló a la Buitre, pero Serefin habló antes de que ella pudiera hacerlo.

—Nos hemos conocido —dijo el rey a toda velocidad—. Dale recuerdos a *Jen Eczkanję*.

La Buitre resopló.

—Algo me dice que no los quiere. Me llamo Żywia y tenéis razón, nos conocimos.

Serefin sintió un escalofrío. Los Buitres no solían dar sus nombres. Nadya miraba a Żywia con curiosidad y cautela.

—¿De qué va esto? —preguntó Serefin. Miró con deseo la copa de vino de Nadya. Necesitaba tomar algo—. ¿Te envía él?

—Nos llevó un tiempo ponerlo todo en orden, ¿sabéis? Y no sé qué destrozo se habrá hecho aquí en nuestra ausencia.

A Serefin le dio un vuelco el estómago por ese «nuestra».
Sin embargo, de ningún modo debía estar allí. Nadya, que había estado jugueteando con el cuchillo de la cena, ahora lo sujetaba de manera práctica de tal forma que podría matar sin
dificultad con su filo romo. Parecía relajada y desdeñosa, como
si todos los días tuviera que lidiar con los altos escalones del
culto más sanguinario de Tranavia.

«Bueno», pensó Serefin, «supongo que así es».

—¿Quién ha decidido ahora guiar a los Buitres? —preguntó Żywia—. No es que importe, dejamos que jueguen a que
son los dirigentes.

Serefin se había encontrado con un puñado de Buitres
desde su coronación. Le habían asegurado ser los líderes mientras el Buitre Negro estaba ausente, pero todos habían desaparecido y no se les había vuelto a ver.

—¿Esa es la única razón por la que estás aquí?

Negó con la cabeza.

—Hablaremos después, su majestad. Solo soy la mensajera.

Serefin asintió, se incorporó y se preparó para volver a su
asiento. Captó un ápice de la expresión de Nadya mientras se
alejaba. Presionaba con fuerza el cuchillo.

4

NADEZHDA
LAPTEVA

Svoyatova Lizavieta Zhilova: cuando el mago de sangre Pyotr Syslo quemó su pueblo hasta los cimientos siendo ella una niña, Lizavieta, gracias a que la diosa Marzenya le había garantizado venganza, lo persiguió y le ofreció sus ojos al lobo que la seguía para que se los comiera.

Libro de los Santos de Vasiliev

—Tu historia pende de un hilo —dijo de manera casual la Buitre mientras estiraba el brazo hacia la copa de vino.

Nadya se tensó. Cogió el tenedor, apuñaló un champiñón salpicado de eneldo y esperó a terminar de masticar para contestar.

—No sé de qué hablas.

Żywia le lanzó una mirada irónica de soslayo antes de quitarse la máscara de la cara. Nadya oyó que algunos de los presentes en la mesa exhalaban, escandalizados. La Buitre era preciosa, lo que era inesperado. Tenía la piel suave y los rasgos finos. Una serie de meticulosos círculos tatuados en fila bajo la barbilla le estrechaban la garganta.

—Malachiasz no me oculta ningún secreto, querida.

—Serás la única —musitó Nadya.

—Me sorprende que llegaras tan lejos en un principio sin que ningún *slavhka* echara por tierra tu primera historia. Era un buen relato, con un toque macabro.

—Se le ocurrió a Malachiasz —comentó Nadya. Si la Buitre ya sabía que era kalyazí, no servía de nada seguir mintiendo. Aun así, estaban en una cena en la corte y había varios pares de oídos escuchando.

—Ese chico nunca deja de sorprenderme. Sin embargo, tu nueva historia, bueno…, en un momento tan conveniente…

Nadya entrecerró los ojos.

—No estás aquí para darme ningún aviso.

Żywia se encogió de hombros.

—No. ¿Darle un aviso a Tranavia? Sí. Pero ¿a ti? No. —Se llevó la mano al pelo y se enrolló un mechón negro en torno al dedo índice—. Sin embargo, deberías preocuparte. Solo llevo aquí un día y los *slavhki* murmuran. Hablan mucho de la *slavhka* con una historia sospechosa que es íntima del rey, aunque nadie sabe con exactitud quién es su familia.

Nadya tragó saliva con fuerza.

—Sé lo que ocurrió.

«Porque Malachiasz no le oculta ningún secreto», pensó Nadya con amargura. «Pero a mí me mintió sobre todo».

—¿Y?

—Y los rumores que los *slavhki* están extendiendo por ahí tienen, de manera peligrosa, una cierta sombra de verdad.

Nadya palideció. La única razón por la que había permanecido allí tanto tiempo era porque la verdad resultaba tan sorprendente que se la había tragado un remolino de rumores más mundanos. El pánico comenzó a presionarle la caja torácica. Le lanzó una mirada a través de la mesa a Serefin. Tenía aspecto deprimido al estar sentado junto al hombre que trataba de destituirlo del trono.

No habían creado la historia para que durara tanto, Había lagunas obvias y vacíos evidentes en los que las cosas no tenían sentido porque se basaban en unos documentos falsos y en un relato creado por desesperación cuando todos estaban demasiado devastados como para pensar con claridad.

—Cuando la corte se ponga en tu contra, ¿crees que tendrás la protección del rey? —preguntó Żywia. Nadya necesitaba salir de allí. Żywia sonrió con dulzura—. Te has quedado tras cumplir tu propósito, eso es todo, querida. Hiciste lo que se necesitaba de ti y devolviste al Buitre Negro a donde le correspondía. Es hora de que te marches. Considéralo ser altruista.

El aire entre ellas se había enfriado y la maldad se entrelazaba en la voz de la Buitre. Nadya tocó con el pulgar la empuñadura del cuchillo. Żywia dejó caer la mirada hacia la mano de Nadya y se le ensanchó la sonrisa.

—En mi opinión, solo tienes unos días antes de que los *slavhki* decidan hacerte prisionera o, peor, ahorcarte. Yo que tú huiría, *towy dżimyka*.

—No me llames así —replicó Nadya antes de echar la silla hacia atrás para alejarla de la mesa y salir ofendida de la sala.

Se arrancó el encaje de los ojos mientras caminaba, deseando poder quitarse también las prendas de gala. Quitárselo todo y aparecer en otro sitio, en cualquier sitio, en casa. Sin embargo, ya no sabía cuál era su hogar. No podía volver al monasterio. Y no tenía a los dioses para que guiaran sus acciones.

—No es justo —musitó. Se llevó la mano al bolsillo para sacar el collar de oración que había recuperado tras meses buscándolo en vano.

Estaba en la mesilla de noche junto a la cama de Malachiasz, al lado de la máscara de hierro y el pequeño libro que Nadya había utilizado, pero en el que no había vuelto a pensar. Claro que tuvo en todo momento el collar de oración, aquello hacía que le fuera más fácil convencerla de que podía confiar en él, que el modo herético en el que había usado la magia era necesario.

Se lo colocó en el cuello, acarició con una mano las cuentas y continuó hasta su nuevo escondite. Nadya había descubierto algunos de los secretos de Tranavia por aburrimiento mientras se encontraba en Grazyk. Más allá del ala este, donde los suelos no estaban tan pulidos y los sirvientes dejaban de aparecer con regularidad, había una vieja puerta. En la madera antigua y polvorienta, tenía grabados símbolos que Nadya no sabía descifrar.

La empujó para abrirla, consciente en exceso de lo vacío que estaba el vestíbulo, igual que ella. Sufrió un escalofrío. La sala estaba a oscuras y acalló el instinto de buscar el collar de oración para conseguir un hechizo de luz. Tenía una vela en el bolsillo debido a que a veces necesitaba deambular por la noche sin que Serefin lo supiera, por lo que la encendió.

Nadya se quedó de pie en la antigua y olvidada capilla. Giró con lentitud, asimilando las líneas de los iconos pintados en las paredes, santos y símbolos de dioses que bien conocía, además de otros de los que no sabía nada.

Dejó atrás algunos bancos cubiertos de un polvo tan denso que parecía estar tapizándolos. En la parte frontal de la capilla había un altar ornamentado, grabado con más símbolos que Nadya no reconocía.

Había permanecido mucho tiempo en esa capilla abandonada y aún no había logrado nada, pero eso nunca la detenía. Seguiría rezando. Lo intentaría hasta que oyera a su diosa de nuevo.

Pasó la mano por el collar de oración mientras acariciaba con el pulgar la madera suave y sentía los límites ásperos de los iconos grabados. «No sé qué hacer ahora», rezó, como había hecho mil veces. Mantuvo el pulgar sobre el icono de un cráneo, el icono de Marzenya, su diosa de hielo, invierno y magia. Y de la muerte. Siempre de la muerte.

Nadya había sido elegida como instrumento de esos aspectos por encima de los demás. Y había ignorado las peticiones de su diosa cada vez que Marzenya le había ordenado que matara a Malachiasz. Se había desviado del camino y unido a un monstruo. El silencio de los dioses había sido el paso siguiente. Era el vacío lo que más le asustaba, la sensación siempre cálida y presente se había desvanecido.

«Lo que hice estuvo mal. Tomé el camino fácil cuando debería haber luchado. Debería haber...». Nadya titubeó. Debería haber acabado con la vida de Malachiasz. Pero, incluso ahora, quería que le devolvieran al chico tranaviano, no matar al monstruo. Herejía. «Sé lo que debería haber hecho. Los errores que he cometido son imperdonables. ¡Por favor, no dejéis que este sea el final!».

No esperaba una respuesta, pero el silencio le encogió el corazón. No era una puerta que se cerrara como antes, sino que había lanzado la plegaria al aire porque allí no había nadie que la escuchara. Marzenya no la escuchaba.

Nadya se pasó el collar por la cabeza antes de secarse los ojos. Lo que quería era que algo bastante grande se la tragara para dejar de pensar, sentir y pasar tiempo dándole vueltas a cómo no solo había fallado, sino que también eso era todo, ese era el final. La magia que había conocido se había desvanecido. Era solo una campesina que había matado a un rey y a la que colgarían por ello. Lo que sintió fue rabia.

—Me he pasado meses —susurró con brusquedad— leyendo y rezando para que hubiese algo que pudiera hacer. No he encontrado nada. ¡Necesito ayuda! No entiendo cómo puedo ser la esperanza de Kalyazin un momento dado y al siguiente que me den la patada como si nada.

Tenía referencias indirectas del único clérigo en la historia que les había pedido magia a los dioses en persona, pero eso era imposible. Además, siempre presentes en el subconsciente, estaban los sueños que tenía sobre monstruos que eran algo más. Quería respuestas y quizás no consiguiera ninguna. No había nada esperándola. No había…

Se detuvo y levantó la cabeza. El aire en la sala se había espesado por un poder viril y conocido. «Ninguna de esas palabras iban dirigidas a ti». Lanzó la frase en tranaviano como un cuchillo. No deseaba compartir su dilema, sobre todo no con él.

Una locura agitada y revuelta giró a su alrededor como un depredador, lo que le aceleró la respiración demasiado e hizo que el corazón le martilleara tan rápido en el pecho que pensó que le iba a estallar.

La vela parpadeó en el banco junto a Nadya. La locura cambió. Se posó sobre el asiento para mirarla con atención, pero, cuando giró la cabeza, allí no había nada. Solo puntitos en la periferia de su visión. No quería aquello. Era demasiado pronto, aunque había pasado una eternidad, pero no podía soportar tenerlo tan cerca. Advertía la incoherencia mutante del monstruo. Lo que quería era sentir horror, enfado, asco o cualquier otra cosa, lo que fuera que lo alejara. Sin embargo, por encima de todo, Nadya tenía curiosidad.

«¿Puedes hablar?». Quizás él no fuera nada excepto locura.

Se produjo una agitación de fragmentos antes de que surgiera una chispa brillante de claridad.

—*Tak* —contestó. Una sola palabra, un tímido «sí», pero su voz era como una esquirla de hielo—. *Siempre estás ahí, pajarillo* —continuó con lentitud—. *Revoloteando lejos de todo, no se te puede atrapar. Intento alejarte, pero permaneces ahí, irritante, inútil, revoloteando una y otra vez.*

Hablaba con un tono bajo y suave, muy similar al de Malachiasz, pero mezclado con caos a medida que se deslizaba con delicadeza por su subconsciente. Por supuesto que cuando estaba en su peor momento, él aparecía para recordarle cuánto había fallado, cómo no había visto su plan a pesar de exponerlo ante ella. Le había dicho que no se podía fiar de él.

El corte en la mano le escocía y el corazón se le constriñó de forma dolorosa. Nada de esto debería estar ocurriendo. Ese brillo en los ojos mientras huía de la capilla, los posos de sus últimos retazos de humanidad. No la había reconocido. Y ella a él tampoco.

Cuatro meses eran mucho tiempo para vivir en la ignorancia, mucho tiempo para vivir con las sombras de todo lo que no había vislumbrado y no había podido detener, mucho tiempo para vivir en silencio. Nadya suspiró.

«¿Y qué consuelo sentirías al atraparme? ¿Disfrutas tanto de esa completa y total soledad tuya?».

—*Los huesos de un pájaro son ligeros y fáciles de romper.*

«Mejor, entonces, consumirse solo en las sombras y aplastar a todos los que se acerquen. ¡Menudo destino! ¡Criatura patética!».

¡Menudo destino para el chico que se había ganado su corazón con una lealtad tan ardiente hacia sus amigos! Era una de las pocas cosas que Nadya no creía que fueran mentira. Parijahan y Rashid no habían sido peones en ese enorme juego en el que estaba involucrado. Quizás la condena a la locura en soledad fuera lo que se merecía, pero se había sentido tan solo que aquel era un giro cruel del destino.

Malachiasz agitó el hilo entre ellos en busca de una debilidad que no creía que fuera a encontrar.

«Seguro que puedes romperlo. ¿No eres tan poderoso? ¿No eres un ser de oscura divinidad?».

Lo estaba provocando porque quería oír su voz, aunque sonara perversa y sibilante.

—*¿Quién eres?*

Aunque Nadya sabía que en algún momento formularía la pregunta, la sintió como un puñetazo en el estómago.

«No importa», consiguió decir.

Las piezas se recolocaron a medida que la concentración de Malachiasz se volvía más intensa por la curiosidad. Luego, la desdeñó como si no fuera nadie. No tenía magia con la que sorprenderle. Una acólita campesina de Kalyazin no podía albergar ningún interés para él. Nadya rechazó la punzada de dolor al darse cuenta de eso.

«Chico maldito. Seguro que puedes ignorar a un irritante pajarillo».

Nadya cerró la conexión, aunque no a la perfección. Volvería. Quizás ni siquiera se hubiera ido, pero la presencia ominosa en el aire desapareció con lentitud y, con eso, pudo respirar de nuevo. La grieta en el corazón se le volvió más profunda.

Huir de la capilla era admitir la derrota, pero ¿a quién quería engañar? No podía ayudar a nadie. Se restregó la cicatriz en la palma de la mano mientras andaba. Quería que todo acabara.

Interludio II

MALACHIASZ
CZECHOWICZ

—Chico estúpido, no voy a hablar contigo así. ¡Despierta! —Malachiasz jadeó y su mundo sufrió una sacudida de claridad, como si le hubieran lanzado un cubo de agua helada—. Ah, ahí estás. No ha sido tan difícil.

Le sabía la boca a sangre cuando tragó saliva, desorientado y con el corazón acelerado. No sabía dónde estaba…; espera, en la torre de la bruja. ¿Cómo había llegado allí? Pestañeó para alejar las lágrimas antes de que Pelageya se colocara frente a él con una sonrisa irónica en la cara.

—A ti, *Chelvyanik Sterevyani*, te esperaba primero. Me hiciste perder una apuesta y eso no me gusta.

Trató de no entrar en pánico mientras se le aceleraba demasiado el corazón en el pecho, al mismo tiempo que buscaba algo a lo que aferrarse, pero no había nada.

—Te pregunté si esto valdría la pena —dijo la bruja de manera reflexiva—. Te lo preguntaré de nuevo y me dirás por qué estás aquí.

«¿Por qué estoy aquí?».

Un fuego titilante inundaba la habitación de una extraña luz verde. El lugar tenía un aspecto distinto a la última vez. Estaba lleno de cráneos de criaturas tanto naturales como monstruosas. Uno con un par de cuernos mayores a los que podría tener cualquier ciervo colgaba del techo. Pestañeó. También tenía más cuencas de ojos de lo normal.

—¿Eso me preguntaste? —Notaba la voz más débil que la que le hubiera gustado utilizar. Todo le parecía borroso, como si estuviera avanzando a través de la niebla. Se acarició las sienes. ¿Por qué no conseguía recordar?

Había destellos, piezas; recordaba fragmentos. Todo estaba enturbiado y difuso. Se aferró a un recuerdo completo y se agarró con fuerza. Pelageya le estaba haciendo esa misma pregunta y Nadya fruncía el ceño mientras trataba de ajustar las palabras de Vatczinki a su entendimiento de tranaviano sin conseguirlo.

«Nadya». Infiernos.

La bruja llevaba los rizos blancos atados en la nuca, lo que hacía que destacaran las líneas de agotamiento de su rostro. Tenía un collar de dientes que chocaban entre sí mientras andaba por la habitación. ¿Era esta su torre? ¿O era otro lugar?

—Eso hice, querido, y debo decir que respondiste con mucha confianza, aunque sentí titubeos. ¿Valió la pena?

—Sí —contestó con firmeza.

Lo observó sin pestañear. El chico se obligó a mantenerse inmóvil bajo el peso de su escrutinio.

—Pareces diferente —dijo simplemente la bruja.

No quería saber lo que aquello significaba. Las garras de hierro que le sobresalían de los dedos eran suficientes. Levantó la mano. Tenía sangre fresca bajo las uñas.

—¿Y con qué nombre te conoceremos ahora, *sterevyani bolen*?

Negó con la cabeza, frunciendo el ceño.

—Me llamo…

—No servirá de nada —dijo la bruja con suavidad—. Lo retendrás durante un único segundo, huidizo y trivial.

—Malachiasz —contestó con firmeza—. Me llamo Malachiasz Czechowicz.

Pelageya esbozó una sonrisa triste, lo que desató una rabia en Malachiasz que no consiguió entender del todo. ¿Cómo se atrevía a fingir que sus decisiones le importaban?

—Chico estúpido —murmuró—, ¿por qué has venido a verme?

Cerró los ojos mientras un escalofrío de horror lo traspasaba. Debería irse. Tomar lo que le había dado y correr.

—No es suficiente —dijo Malachiasz—. Pensé... No importa. Falta algo. Casi funcionó, pero no es suficiente.

La bruja resopló.

—Nunca será suficiente, ¿verdad? Dejaron que probaras el poder siendo demasiado joven. Esa familia tuya tiene un linaje maldito, ya sabes, ¡ya lo sabes! En algún lugar en las profundidades de esa parte de tu ser que has bloqueado. ¿Qué ocurrirá cuando no te quede nada? Estás cerca del límite, pero pronto caerás y no habrá más piezas que perder a cambio de retazos de poder. ¿Qué vas a hacer con esta magia que acumulas?

Abrió la boca para hablar, pero le interrumpió:

—Ah, no, no, lo sé, lo sé, verás. Estoy esperando comprobar si vas a tener éxito donde todos han fallado. ¿Visionario o loco? Tantos ideales y tanta oscuridad y crueldad combinados nunca son buenos. Una mente inteligente, tan inteligente, pero un corazón vacío que bombea sangre oscura. Sin embargo, aún late y, mientras lo haga, se puede romper. —Malachiasz se tensó y ella añadió—: A menos que tú lo rompas primero... —Pelageya inclinó la cabeza, se dio media vuelta y miró al fuego—. ¿Quién te detendrá? ¿Quién?

No lo pararían. Ese era el horror y la genialidad.

—La chica, el monstruo, el príncipe y la reina —murmuró la bruja. Pasó la mano sobre las llamas. Le acariciaron la piel sin quemársela—. Sin embargo, él es un rey y ella no es una reina. No es como lo predije, lo habéis destruido todo de manera concienzuda, pero eso lo convierte en una melodía más interesante. Más astutos, más inteligentes, más tenaces de lo que esperaba, pero aún coinciden con las notas que les dieron. Y la oscuridad, los monstruos, las sombras en las profundidades se están despertando y están hambrientos. —Lo miró de soslayo—. Aquello con lo que te sientes superior te destrozará porque sí, eres poderoso, pero también estás ciego ante lo que acabará destruyéndote. Deberías tomar el poder que has adquirido y aceptar sus limitaciones.

—Una profecía de fatalidad. Qué curioso, de verdad, bruja —dijo con sequedad.

—No, no me quieres escuchar, ¿verdad? Chico arrogante, chico astuto e insensato. Algún día probarás el arrepentimiento. Te reclamará lo que más odias. Espera y verás. Pero tienes razón. No has venido a verme para oírme hablar de fatalidad, sino para otra cosa. Algo que te puedo dar y nadie más puede.

—O tomar —anunció Malachiasz.

La bruja dio una palmada.

—¡O tomar! Vaya, el chico se aleja cada vez más de lo humano y se amolda al disfraz de monstruo.

De repente, Pelageya estaba muy cerca y le sujetó la barbilla con los dedos para levantarle la cara.

—Me pregunto a qué sabrá tu arrepentimiento. ¿Será dulce o un veneno amargo, muy amargo? Tan confiado, tan inteligente, tan seguro de ti mismo.

—Tengo mil razones para ser todas esas cosas. —Pero su voz no sonaba tan segura.

—Por supuesto. —No se había dado cuenta del cambio, pero la bruja ahora no parecía mayor que él. Tenía los rizos negros desperdigados en torno a la cara pálida y sus ojos negros desprendían una agudeza inquietante. Las arrugas ya no le deterioraban la delicada piel y tenía los labios voluminosos y oscuros. Se curvaron en una media sonrisa—. Precioso, arrogante y poderoso. —Le rozó la boca con los dedos—. ¿Qué harás, *sterevyani bolen*? ¿*Chelvyanik Sterevyani*? ¿*Czarnisz Swotep*? ¿Qué has hecho?

Malachiasz se quedó paralizado. Había estado despierto demasiado tiempo y todo lo que se había roto volvía a la superficie. Pelo pálido, manos ásperas, facciones salpicadas de pecas y una nariz arrugada por el pensamiento. Una chica kalyazí con las manos llenas de sangre que estiraba los brazos hacia él mientras la apartaba. Le había dado mucho y la había destrozado porque no era suficiente. Odiaba a la bruja por despertarlo, por hacerle recordar.

Se inclinó hacia delante. La bruja le presionó el pulgar sobre los labios y se los abrió hasta rozarle con el dedo índice la punta de los colmillos. Saboreó la sangre de Pelageya, lo que desató algo en sus profundidades.

Un siseo se le escapó del pecho. La bruja extendió aún más la sonrisa. Levantó la mano y la sangre le recorría los dedos. Le tocó los cuernos que se le retorcían hacia el pelo.

—Eres una paradoja fascinante —murmuró—. De nuevo, te pregunto: ¿valió la pena?

—Sí —respondió con un hilo de voz que no era más que un susurro.

La bruja asintió.

—Sí. Y cuando estés dividido, cuando el chico y el monstruo ya no consigan ponerse de acuerdo, cuando te des cuenta de que has ido demasiado lejos, ansiado demasiado, y te hayas metido en una grieta en el mundo donde habita el más oscuro de los horrores, ¿valdrá la pena entonces? Es algo sobre lo que deberías reflexionar, pero no te importan las profecías sobre la fatalidad.

Le cogió de la muñeca para acercarle la mano a la luz. ¿Siempre había estado ahí, en la palma, esa cicatriz en espiral?

—Vaya —susurró Pelageya.

Tocó el centro de la espiral antes de que tuviera oportunidad de detenerla. El hilo conectado a su corazón se tensó y tembló como si alguien tratara de ver a través de él. La bruja trazó la espiral con un roce parecido al de una pluma.

—Una marca más allá de tu tiempo. ¡Qué fascinante! ¡Qué inesperado! ¿Cómo ha ocurrido esto?

Había un *voryen*. Aliento cálido en su oreja. Labios sobre la sien para un rápido beso. Robándole el poder de una manera que no debería ser posible para un mago. Malachiasz negó con la cabeza.

—Me pregunto qué cambia esto —musitó—. ¿Te consumirá más rápido o te salvará? Aunque... —Se echó a reír—. No hay salvación para ti. Chico maldito, criatura de la oscuridad, ¿qué horrores desatarás en el mundo bajo el disfraz de un protector benevolente? ¿Qué destrucción habrá bajo la mentira de la salvación? ¿A cuántos guiarás por un camino terrible?

Malachiasz se puso en pie con un temblor ansioso que le destrozaba el cuerpo. Había pensado que así se calmaría, pero se decepcionó al descubrir que no. «Chico maldito». Sin embargo, la voz era distinta, seguida de un suspiro nostálgico. No sabía lo que estaba recordando.

—Sería tan fácil —dijo Pelageya, observándolo caminar de un lado a otro—. La puerta está ahí. Podrías detener todo esto. Podrías volver con la pequeña clériga, ser un buen rey monstruo y dejar de intentar cambiar las estrellas. La chica está muy muy cerca.

Malachiasz se detuvo con el corazón en la garganta. Dejó escapar un largo suspiro irregular mientras miraba la puerta. Podía detenerlo. Abrirla y pedir perdón por los miles de mentiras.

Volver atrás. La clériga le perdonaría y, si no lo hacía, su daga en el corazón sería más dulce. Sin embargo, no sería suficiente. Se alejó de la puerta. Pelageya le dedicó una pequeña sonrisa salvaje y se lo preguntó por última vez.

—¿Valió la pena?

Esta vez dudó. Durante un único latido no lo supo, no lo supo, ¡no lo supo! «¿Qué le había hecho a Nadya?». Se había perdido mucho, pero lo que sí recordaba era a la clériga kalyazí, con los puños sangrientos relajados por la sorpresa cuando él le había tomado la mano y se la había llevado a los labios, la chica que le había presionado el cuello con el filo de su daga una y otra vez y la había dejado caer siempre al descubrir algo en él que valía la pena salvar, la chica preciosa y exasperante de la que no podía mantenerse alejado, ni siquiera cuando cada ardid para manipularla le clavaba aún más hondo una daga en el corazón.

No sabía cuándo sus planes de manipulación se habían convertido en sentimientos reales. Odiaba a la bruja por haberlo despertado.

—Sí —gruñó.

Pelageya sonrió.

—Entonces, te quitaré una pesada carga mortal. Te daré lo que deseas. Pero, ah, debes saber, *Chelvyanik Sterevyani*, que no hay vuelta atrás una vez que tomes ese camino. Puedo tomarla y sostenerla por ti, pero, si alguna vez quieres que te la devuelva, el dolor será mayor que nada de lo que hayas sufrido hasta ahora. —Le posó un puñado de huesos en la mano—. Este será solo el principio, pero hay mucho más.

No le dio más oportunidades de cambiar de idea. Lo besó. Y él se hizo pedazos.

5

SEREFIN
MELESKI

*Svoyatovy Aleksandr y Polina Rozovsky: gemelos nacidos bajo
la doble luna de Myesta, aunque ella no los eligió como clérigos.
Cuando unos magos de sangre tranavianos los separaron por diversión, sus almas reflejadas partieron el suelo por la mitad, lo
que se tragó vivos a los magos.*

Libro de los Santos de Vasiliev

K sęszi Ruminski se comportó con total cortesía hasta que
Nadya abandonó la sala. La siguió con los ojos, oscuros y entornados. Żywia le sostuvo la mirada a Serefin desde el otro lado de
la mesa con una sonrisa irónica y se levantó para seguir a Nadya.

—¿Es esa? —preguntó Ruminski con un gesto hacia el
umbral por el que había desaparecido Nadya.

—¿Perdona? —Serefin le hizo una señal a un sirviente
para que le rellenara la copa de vino. No estaba lo bastante borracho para aquello.

—La que elegisteis después de que ese *Rawalyk* se fuera a
la mierda. —Ruminski estaba borracho como una cuba y rozaba la agresividad.

—Eso es explicar lo que ocurrió con mayor delicadeza de
la que utilizaría yo —replicó Serefin, alegre—. Y no. ¿Quieres
que diga que sí? No creo que asesinarla vaya a ayudarme a encontrar a tu hija más rápido.

Ruminski frunció el ceño.

—El asesinato sería demasiado simple, *Kowesz Tawość*.

Serefin se tensó. Dio la vuelta a la copa con el dedo. Había esperado que fueran a por él, pero ¿Nadya? Si las cosas iban por ese camino, no sabía lo lejos que llegaría por salvar a una chica kalyazí, ni siquiera a ella.

—¿Y eso?

—Su majestad, sois consciente de que no es quien dice ser, ¿verdad?

Serefin levantó una ceja.

—¿Estás diciendo que tengo a una impostora en la corte?

—Estoy diciendo que tenéis algo mucho peor.

Ruminski creía que Serefin no tenía ni idea. Al menos eso iba bien.

—¿Qué quieres decir?

—Estamos en guerra, *Kowesz Tawość*.

Serefin nunca se acostumbraría a que le llamaran así. Apretó los dientes. Tampoco se acostumbraría a que le recordaran la guerra como si no se hubiera pasado la mayoría de su corta vida en la peor parte de esta, como si, desde hacía años, no hubiera sido incapaz de dormir una noche entera porque, si los horrores del campo de batalla no lo mantenían despierto, lo hacían las cosas que había visto después. Había perdido a muchas personas a las que consideraba amigos por culpa de los kalyazíes, había visto cómo la guerra dejaba yerma a Tranavia al acabar con todos sus recursos año tras año.

—Así es —contestó Serefin con un tono que, según fue evidente, pilló a Ruminski por sorpresa—. Por eso necesito que la corte nos respalde a mí y a mis acciones. Mi padre dejó en quiebra al país por culpa de esta guerra. Pretendo recuperar lo que éramos. Debemos devolverle a Tranavia su gloria anterior, ¿no estás de acuerdo?

Ruminski le dedicó un elegante asentimiento.

—Por supuesto —dijo—, pero sería un error que os pusierais demasiado cómodo. ¿No es eso, después de todo, lo que le ocurrió a vuestro padre?

—Te aseguro que no fue el exceso de confianza lo que mató a mi padre.

—No, fuisteis vos.

Serefin le dio un largo trago al vino antes de dedicarle una sonrisa a Ruminski.

—¿Estás preparado para lanzar esa acusación?

—Más de lo que creéis.

«Lo dudo». Serefin se reclinó en la silla y apoyó el codo en el reposabrazos.

—Mi padre murió por un experimento con la magia que fue demasiado lejos. No es el primero en morir de esa manera.

—Las mentiras con las que habéis alimentado a la corte no van a satisfacerla durante mucho tiempo.

—¿Es una amenaza, *myj ksęszi*? —preguntó Serefin con voz monótona.

—Es solo la verdad, *Kowesz Tawość*. No soy la única persona que se siente así.

—¿Así cómo? Se te olvida que, cuando mi padre subió al trono, lo hizo matando, bastante públicamente, debo decir, a su padre.

—¿Es una confesión?

—No, porque no lo hice.

—Hay otras personas que están de acuerdo conmigo.

—¿De acuerdo contigo en qué? No estás siendo demasiado claro. Lo único que sé es que sospechas que maté a mi padre, lo que está bien, todo perfecto, muy tranaviano, si me lo permites, pero tanto tú como yo sabemos que esa acusación no se sostiene en contra de la corona.

—Entonces, ¿de qué tenéis miedo? —preguntó Ruminski. Serefin tragó saliva. Temía la verdad porque era mucho peor y sería suficiente para destrozarlo—. No quiero pasar a la acción, debéis entenderme —continuó—, pero haré lo que sea para recuperar a mi hija y mantener el interés de esos que han confiado en mí. Así, si mi hija no vuelve a mi lado, haré lo que deba hacer.

Kacper tenía una lista de nobles que se habían aliado con Ruminski. Después de aquello, necesitaría echarle un vistazo. Tenía la sensación abrumadora de que ya conocía algunos nombres.

Ruminski se puso en pie.

—Buenas noches, *Kowesz Tawość*, espero haber dejado clara mi postura.

—En realidad, no —contestó Serefin.

Ruminski se inclinó aún más e hizo un vago gesto hacia el umbral por donde se había marchado Nadya.

—Sus documentos son falsos. Es una impostora. Y, *Kowesz Tawość*..., deberíais descansar, no tenéis buen aspecto.

El hombre se alejó y Serefin se apresuró a levantarse para huir de la sala antes de que más *slavhki* pudieran acorralarlo. Estaba borracho. Estaba cansado. Y aún tenía que lidiar con la Buitre.

Ruminski pensaba que había orquestado la muerte de su padre, ansioso por la corona. Que Serefin siempre hubiera dejado muy claro que el trono era lo último que quería no importaba. Tenía la sospecha de que había otra razón totalmente distinta: Serefin quería acabar con la guerra. Sus intentos hasta entonces habían sido infructuosos. Kalyazin se negaba a oír hablar de una tregua y todos los enviados de Serefin volvían medio locos o no regresaban.

A Serefin se le nubló el ojo izquierdo más de lo habitual y la visión se le volvió tan borrosa que durante un momento se quedó ciego por completo y dejó de andar. Nunca había visto bien y se había pasado la vida percibiendo borrosos los alrededores, pero aquello era diferente.

—*Podrías haber lidiado con eso mejor.*

A Serefin se le escapó un gemido y apretó los ojos. Cuando los abrió, una visión neblinosa se superpuso frente a la vista del rey, como si viera algo distinto con cada ojo. Había un bosque, oscuro, profundo y primitivo. Ominoso. Un lugar donde los árboles eran monstruosos y grandes, casi impenetrables. Eran los dominios de algo oscuro, algo que había dormido durante mucho tiempo y estaba agitándose.

—*Descubrirás que hay varias cosas despertándose.* —Era esa voz, ¡esa voz! Serefin negó con la cabeza. Se estaba volviendo loco, eso era todo. Aquellas alucinaciones eran el primer síntoma—. *Tu continua terquedad se está volviendo tediosa. Quería a la chica, pero ella, por desgracia, está demasiado atrapada entre los dedos de los otros.*

Serefin tomó aire, inquieto. Nunca había hablado con esa coherencia. Era demasiado real.

El bosque se estaba oscureciendo y la sangre surgía de entre las raíces de los árboles. El pánico se aferró a él y se cubrió el ojo malo con la esperanza de que desapareciera. Le alivió descubrir que se había desvanecido entre los pasillos de palacio.

—*No es tan fácil como eso* —comentó la voz—. *¿Crees que puedes vivir con un ojo cerrado?*

Serefin por fin cedió. «Solo tienes uno. No tienes los dos».

—*Aún.*

Se esforzó por mantener la calma y continuó a través de los pasillos como si nada hubiera ocurrido con una mano sobre el ojo. Sin embargo, algo había cambiado. Todo lo que había estado ignorando y que esperaba que desapareciera tras ignorarlo se estaba volviendo más ruidoso.

—*¿Kowesz Tawość?*

Serefin se detuvo y a punto estuvo de chocar con un *slavhka* que se encontraba ante él en el pasillo, observándolo con cierta preocupación.

—¿Estáis bien?

Levantó una mano. El chico debía tener más o menos su edad y le resultaba algo familiar. El nombre salió de él un segundo después: Paweł Moraczewski. Un *slavhka* que era probable que se hubiera aliado con Ruminski no era alguien a quien deseara contarle que estaba teniendo alucinaciones.

—Estoy bien —respondió con brusquedad.

Pasó junto al chico, sabiendo que los rumores se extenderían como la pólvora en cuestión de horas. A trompicones llegó a sus aposentos, bajó la mano y abrió el ojo. Entonces, se desplazó hacia el mueble de los licores. Cuando la puerta se abrió de golpe un segundo después, a punto estuvo de lanzar la botella contra la pared. Solo era Kacper.

—La Buitre quiere hablar contigo. —Le dedicó una mirada mordaz a la botella que Serefin tenía en la mano. Este se la ofreció sin palabras, lo que recibió un pesado suspiro como respuesta—. Me abstengo.

—Bueno, no te pongas tan altivo y arrogante —replicó Serefin.

Kacper se echó a reír.

—Venga, la he dejado con Nadya y me preocupa que se maten antes de que lleguemos. —Serefin lo observó—. Sangre y hueso, estás borracho. Siéntate, Serefin.

Frunció el ceño, pero dejó que Kacper le sentara en una silla.

—He visto… —Serefin se calló y Kacper se acercó.

—¿Qué? —Se agazapó frente a él y le posó una mano cálida sobre el temblor que sufría. Serefin de repente se sintió seducido por el marrón profundo y oscuro de los ojos de Kacper y la cicatriz que le cruzaba la ceja.

Sin embargo, Kacper tenía la atención puesta en el ojo malo de Serefin y este tuvo que luchar contra la necesidad de ocultarlo. Sabía que era diferente. El ojo izquierdo se le había vuelto del color azul oscuro de la medianoche, le había desaparecido la pupila y solo le quedaba el brillo de las estrellas. Constelaciones que giraban y se transformaban, siempre cambiantes.

¿Qué había visto? ¿Qué era ese lugar? Kacper estiró el brazo y le tocó la piel bajo el ojo izquierdo con suavidad. Cuando separó los dedos, los tenía llenos de sangre.

—Esto es nuevo —dijo Serefin con la voz rota. Sintió una calidez extraña y el lugar donde Kacper le había tocado casi le ardía. Debía estar más borracho de lo que creía.

Su amigo asintió con lentitud. Se limpió la mano y le puso un pañuelo doblado en la palma.

—No se lo cuentes a nadie.

Serefin resopló. No sabía ni la mitad…

—De cualquier manera, todos piensan que estoy perdiendo la cabeza —murmuró el rey—. O lo van a saber muy pronto. —Le contó lo de Paweł.

Kacper parecía inquieto. Serefin se masajeó con cuidado la cuenca del ojo. La visión y la voz eran un mal presagio. Kacper tenía razón, nadie podía saberlo. Ni siquiera él u Ostyia. Nadie.

Quizás si saliera de palacio, se alejara de ese lugar donde lo habían asesinado, desaparecerían. Había sentido demasiado miedo para contárselo a su madre, pero esta le habría dado un consejo parecido. El aire en Grazyk era agrio y la niebla que pendía sobre la ciudad era repugnante y densa. Tal vez necesitaba alejarse. Estaría bien. No estaría huyendo, sino haciendo lo que era mejor para su reino. Ruminski tenía razón en una cosa, Serefin estaba tan mal como parecía, pero no serviría, sería un movimiento peligroso dejar el trono sin protección.

No pensó que tuviera muchas opciones.

—¿Quiénes son los nobles que trabajan con Ruminski?

—Kostek, Bogusławski, Tuszynska, Moraczewska, Maslówski y Fijalkowski —recitó Kacper de memoria.

Serefin suspiró. La familia Maslówski eran encuadernadores de libros de hechizos. Los Kostek eran mercaderes de comercio fluvial en un río que usaba la mitad del país. Eran todos nobles con un interés especial en que la guerra continuara. Ruminski había conseguido que estuvieran a su favor debido a la guerra y, mientras Serefin deseaba desesperado que los nobles de la corte no fueran avariciosos ni mezquinos, él sabía que lo eran. Por eso odiaba tanto a la corte.

Se puso en pie y se tambaleó un poco al hacerlo.

—Oigamos lo que la Buitre tiene que decir.

* * *

Żywia estaba sentada con las piernas sobre la mesa y la máscara de hierro a los pies. Nadya caminaba de un lado a otro, extrañamente nerviosa. Ninguna hizo caso a Serefin cuando entró en la sala. Iba a ser una noche muy larga.

—Ruminski sabe que tus documentos son falsos —le comentó a Nadya mientras se sentaba.

La clériga parecía a punto de desmayarse antes de endurecer la expresión.

—Te lo dije —canturreó Żywia.

—Cállate —le espetó Nadya.

—No sabe con seguridad que seas kalyazí, no lo creo, pero lo hará. Lo sospecha —dijo Serefin—. Y, cuando caigas, queda por ver si seré el siguiente o si me perdonarán.

El silencio en la sala era tan tenso que, cuando la puerta se abrió, las dos chicas se sobresaltaron. Ostyia se deslizó en silencio hacia la silla junto al rey.

—Por supuesto —continuó Serefin—, podría endosárselo todo a Malachiasz.

—¿Y arriesgaros a una guerra civil? —preguntó Żywia, deleitándose.

—Esa es la cuestión, ¿no?

—Y no os lo podéis permitir, me temo.

Serefin hizo un gesto cansado.

—No me va a gustar lo que me vas a contar, ¿verdad?

—Para nada.

—¿Vienes de parte de Malachiasz?

Nadya se estremeció.

Żywia negó con la cabeza.

—Tiene otros asuntos de los que encargarse.

—Lo mismo dijiste la última vez y esos «otros asuntos» eran planificar mi muerte —anunció Serefin—. Algo que no he olvidado y de lo que me ocuparé a su debido tiempo.

Żywia le dedicó una mirada de pocos amigos.

—Los kalyazíes han descubierto una manera de usar la magia de la que sabemos muy poco —comentó—. Es increíblemente eficaz, aunque su alcance parece limitado. No estamos hablando del resurgir de los clérigos, sino de otra cosa. La magia tiene el mismo —hizo un gesto con la mano mientras buscaba la palabra correcta— sabor que la magia divina, pero un poco diferente.

Nadya fruncía el ceño y se frotaba la cicatriz de la palma. Parecía extraña, infectada de nuevo.

—Inquietante —murmuró Serefin—, pero eso explica la mejoría de Kalyazin.

—¿Cómo? —preguntó Nadya.

Le había ocultado muchas cosas y no estaba seguro de cuánto había descubierto por su cuenta. Que Kalyazin estaba presionando con fuerza y que Tranavia estaba teniendo problemas para retenerla no era algo en lo que hubiera caído, al parecer.

No podía entender cómo Tranavia había pasado de estar a punto de terminar la guerra a su favor para siempre a tener dificultades para evitar que los kalyazíes cruzaran la frontera. Ninguno de los informes tenía sentido y algunos días se veía casi tentado a volver al frente él mismo. Ignoró a Nadya.

—Cuando dices que la magia es eficaz...

—Aún no ha matado a un Buitre, pero casi —dijo Żywia. Miró a Nadya—. ¿Deberíamos hablar de esto con ella aquí?

—¿Qué podría hacer al respecto? —preguntó Nadya. Se sentó y de manera dramática posó la barbilla en la mano.

—Eres la enemiga.

—Estoy agotada.

Żywia le dedicó a Nadya una larga mirada antes de inclinarse hacia delante y dejar caer un puñado de huesos en la mesa. Nadya soltó un sonido grave y gutural. Serefin los miró con los ojos entornados, tratando de analizar su origen.

—Son reliquias —susurró Nadya. Estiró la mano hacia ellas con los ojos vidriosos antes de que Żywia le presionara el brazo contra la mesa con una jaula de garras de acero.

«Vaya, humanos, entonces».

Con una expresión difícil de interpretar, Żywia no desvió la mirada de Serefin en ningún momento.

—Sigue —le pidió el chico.

—Los *Voldah Gorovni* han resurgido —comentó Żywia, aún presionando a Nadya contra la mesa—. No sé si por esta magia o porque los Buitres se han vuelto más activos.

—Activos porque su rey ha perdido el control por completo —observó Serefin.

Żywia parecía querer debatirlo, pero asintió.

—¿Cuánto control le queda? —dijo Nadya con suavidad.

—Limitado. Su crisis de conciencia fracturó la orden de forma eficaz e incluso ahora que es... —Una punzada de asco se le reflejó a Nadya en el rostro—. No es suficiente para recuperar los vínculos rotos.

—Algunos *slavhki* han reclutado a Buitres para el campo de batalla —dijo Serefin. Esos informes eran desconcertantes. Había una razón por la que no se permitía a los Buitres ir al frente. Eran impredecibles y las muertes en el bando tranaviano en todas esas batallas se podrían haber evitado con facilidad si no hubiera habido Buitres presentes.

—Y los kalyazíes, de manera sorprendente, están poniendo en práctica la misma técnica ante la amenaza. A punto hemos estado de perder a unos cuantos ante los cazadores de Buitres.

—¿Solo has venido por eso? —preguntó Serefin—. Me parece información interesante y te lo agradezco, pero me sorprende que me la cuentes.

Żywia dudó y por fin soltó a la clériga antes de echarse hacia atrás. Nadya arrastró los dedos hacia las reliquias de nuevo antes de negar y apretar los puños. Żywia se pasó el pulgar por la línea de tatuajes de la barbilla.

—¿Por qué no las hemos visto antes? —le preguntó Serefin a Nadya.

—No funcionaban —contestó Żywia antes de que la chica pudiera hacerlo—. Así no.

—La magia está cambiando —murmuró Nadya.

Serefin frunció el ceño.

—El país no sobrevivirá con la orden dividida —comentó Żywia con cautela.

Tranavia dependía de la magia de sangre para todo y los Buitres eran la mayor autoridad en dicha magia. Serefin había estado evitando pensar en las posibles repercusiones de que no tuvieran un líder.

—¿Qué quieres que haga? ¿Que interceda? Algo me dice que Malachiasz se considera más allá de las reglas de los mortales.

—No, no hay manera de razonar con él —respondió Żywia.

—Entonces, ¿qué?

Hizo un gesto hacia Nadya.

Se produjo un segundo de silencio antes de que esta, todavía observando las reliquias, dijera:

—Para nada.

Serefin frunció el ceño.

—Hablaba maravillas de ti —dijo Żywia con un tono algo distinto. Comenzaba a desesperarse.

Nadya se inclinó sobre la mesa.

—No. Me. Importa —contestó con la mandíbula tensa—. Se ha metido él solo en ese infierno, déjalo que se pudra en él.

—Entonces, ¿por qué sigues aquí? ¿De qué sirve merodear por la capital de tus enemigos?

—Yo también me estoy pudriendo —dijo Nadya con voz monótona.

La Buitre hizo una pausa durante un segundo antes de sonreír con suavidad.

—Así que es eso… Bueno, debía intentarlo. Supongo que, entonces, venía a avisarte.

—¿De qué?

—Se va a poner en marcha pronto.

Nadya se tensó y se llevó una mano a las cuentas de madera del collar.

—No puedo contarte sus planes exactos…

—Muy útil —dijo Kacper con sequedad.

Żywia sonrió con dientes afilados.

—No puedo contároslo, literalmente, porque le soy leal y, por lo tanto, obediente.

—¿A qué viene el aviso? —preguntó Serefin—. Vosotros no sois especialmente magnánimos cuando se trata del bienestar del país.

—Solía interesarle —comentó Żywia—. En algún lugar de su interior, aún es así. A mí ni me importaba ni me importa, pero merecéis una oportunidad antes de que se ponga en marcha.

Nadya empalideció. Serefin asintió.

—¿No nos puedes decir en quién se centrará primero?

Żywia abrió la boca y la cerró antes de negar con la cabeza.

—Una pena. —Serefin iba a tener que decidirse. Y rápido.

—¿Contarnos esto no es una traición para esa lealtad tuya? —preguntó Nadya—. Además, no ha actuado en nuestra contra durante los últimos cuatro meses, ¿por qué ha esperado tanto?

Żywia levantó una ceja porque era evidente que estaba esperando que Serefin contestara. Nadya adoptó una expresión de cansancio cuando ambos dudaron.

—No me digáis lo que ha hecho. No quiero saberlo.

—No, mejor —respondió Żywia con tono monótono.

—No creo que tengas que preocuparte de que vaya a por ti —le dijo Nadya a Serefin con suavidad.

Este no podía hacer que la estabilidad de su reino dependiera de esa suposición, de que Malachiasz fuera contra su gente y sus dioses antes de intentar destronar a Serefin por segunda vez. Incluso si su siguiente movimiento era en contra de los kalyazíes, no acabaría con la guerra, sino que lo empeoraría todo.

Kacper de repente se removió, distante, al sentir algo. Se inclinó hacia Serefin.

—Alguien ha roto los hechizos en el exterior de tus aposentos.

«Mierda».

—¿Eres rápida haciendo el equipaje? —le preguntó a Nadya, cuya cara adoptó un color grisáceo.

—¿Por qué?

—Diría que tenemos unos minutos, como mucho, antes de que un pelotón de guardias sobre el que, para ser sincero, Ruminski no debería tener ningún control irrumpa en la habitación para arrestarte. No te harán un juicio. Te ahorcarán de inmediato. Después, es probable que me acusen de estar amparando a una espía enemiga. ¿Lo eres?

Nadya, con los ojos como platos, negó con la cabeza.

—Vaya, al menos eso es bueno. Sin embargo, lo van a utilizar para quitarme el poder. —comentó Serefin. Apartó una polilla—. Quiere a Żaneta y que la guerra continúe. Y... —dirigió los ojos hacia Żywia— la tienes tú.

—No dejamos que los nuestros se vayan sin razón alguna —comentó Żywia.

—Muy útil. —Serefin se puso de pie y le hizo un gesto a Nadya para que lo siguiera—. Gracias, de nuevo, por la información y el aviso. Sin embargo, si no me puedes dar lo único que me sería de ayuda, supongo que esta conversación ha terminado.

Abrió la puerta de golpe.

—No tengo esa potestad —dijo Żywia a toda velocidad—. Debéis pedírselo a Mal... al Buitre Negro.

Serefin hizo una pausa.

—¿Está en Grazyk?

—No, no se aleja de las minas.

Serefin cerró los ojos.

—¿Atacará desde las minas?

Żywia asintió. Había algo que no le estaba diciendo, pero que le producía escalofríos a Serefin. ¿A qué se iba a enfrentar con exactitud al plantarle cara a su hermano? No obstante, ya no tenía elección. Le estaban obligando.

—Por supuesto. En fin, supongo que le haré una visita.

Eso sería bueno para el reino. Y lo mantendría en el trono.

6

NADEZHDA
LAPTEVA

¿Qué hay de Milyena Shishova? ¿Qué hay de la chica bendecida por la diosa de la magia bajo cuyo puño se esforzó hasta que un buen día se despertó y la diosa había desaparecido? Lo único que dejan los dioses es un corazón roto.

Los Libros de Innokentiy

Nadya tuvo que correr para alcanzar a Serefin.

—¿Estás de broma? —gritó.

—Habla más bajo —siseó el chico antes de detenerse un par de segundos para permitirle llegar hasta él—. Esto es lo que vamos a hacer —susurró—. Tengo que hablar con mi madre. Vuelve a tus aposentos y prepárate para marchar. Enviaré a Ostyia a por ti y te sacará de palacio.

—¿Por qué me ayudas?

—No lo sé —admitió—, pero vienes conmigo a las Minas de sal.

—Serefin…

—No tenemos tiempo —replicó—. ¡Vamos!

No quería descubrir qué ocurriría si ese noble le ponía las manos encima. Ser kalyazí era una cosa, pero, si averiguaban que era una clériga, sería un desastre a un nivel diferente. Le alegraba irse, verse obligada a salir del lugar que la había convertido en prisionera por voluntad propia, junto a su culpa, pero por nada en el mundo iría a las Minas de sal.

La cicatriz de la palma le dolía desde la conversación en el santuario abandonado. Se había oscurecido de forma extraña, como si las venas sangraran en torno a ella. Escondió la mano.

—Nos vamos —anunció en cuanto entró en sus aposentos.

Parijahan se encontraba en el diván de la sala de estar con la cabeza de Rashid en el regazo. Estaba trenzándole de manera perezosa el pelo cuando levantó la cabeza.

—¿Qué?

—Saben que mis documentos son falsos.

Rashid se incorporó, maldiciendo a gritos. Les llevó un tiempo recoger las pocas posesiones que tenían. Se produjo un golpe en la puerta demasiado fuerte para que fuera Ostyia y Nadya se paralizó mientras intercambiaba una mirada aterrada con Parijahan. Esta tensó la columna vertebral.

—Tengo una idea —dijo— que nos hará ganar algo de tiempo. —Se desató la trenza y dejó que el pelo oscuro le cayera en suaves ondas sobre los hombros antes de quitarse los zapatos—. Detrás del diván —le siseó a Nadya—. Quédate en silencio y que no te vean. —Corrió pasándose una mano por el pelo mientras decía algo en voz alta en su idioma. Después abrió la puerta de golpe—. Será mejor que tengáis una buena razón para molestarme a estas horas de la noche. No, no, ni se os ocurra traspasar el umbral hasta que me contéis quiénes sois y qué queréis.

—¿Son estas las habitaciones de Nadzieja Leszczynska? —preguntó el guardia.

—¿Tengo pinta de llamarme Leszczynska? —escupió Parijahan—. Estáis avanzando y os he dicho que os quedéis fuera. Por favor, seguid empujándome, me encantaría alentar un incidente internacional con Tranavia.

87

Nadya se movió con lentitud alrededor del diván para ver lo que estaba ocurriendo. Un *slavhka* bien vestido a quien no reconoció empujó a un lado al guardia. Desdobló una hoja de papel y se la colocó a Parijahan en la cara.

—¿Puede Tranavia permitirse una guerra contra Akola? —preguntó Parijahan con voz monótona.

El *slavhka* bajó el papel.

—Traigo una orden para Leszczynska, debe venir con nosotros de inmediato.

—Bien por ella. Estáis en los aposentos equivocados.

El hombre se mostró perplejo.

—Te... te garantizo... que estos son...

—Soy Parijahan Siroosi, *prasīt* de la Casa Siroosi de Akola de los Cinco Soles, y, si no os alejáis de la puerta en los siguientes diez segundos, me aseguraré de que la magnánima relación que se ha creado entre los dos países se acabe esta noche.

Nadya se llevó una mano a la boca. Rashid tenía un aspecto casual e impasible, sentado en el reposabrazos del sillón, con las largas piernas estiradas y un toque de algo que recordó a Nadya lo peligroso que podía ser cuando quería.

El *slavhka* tartamudeó, increíblemente nervioso, pero Parijahan le cerró la puerta en la cara. Esperó un momento antes de girarse mientras algo en su postura mermaba.

—Tenemos que irnos —dijo con un hilo de voz.

Nadya se puso en pie detrás del diván.

—Parj, ¿qué...?

Parijahan desestimó la pregunta con un gesto de la mano. Se puso los zapatos y cogió la mochila que había metido en un estante de la biblioteca. Nadya sabía que su amiga pertenecía a una de las casas nobles más grandes, pero no tenía ni idea de lo importante que era la chica akolana. Rashid apretó la mandíbula.

—Tu familia sabrá que has estado aquí en unos tres días.

—Lo sé —contestó con brusquedad.

Se oyó un golpe más suave en la puerta y Ostyia entró.

—Princesa, ¿eh? —dijo a modo de saludo.

Parijahan cerró los ojos.

—¿Podemos irnos ya?

—Claro, claro, su alteza.

Parijahan estampó a la otra chica contra la pared y le puso una daga en la garganta un instante después.

—No —dijo con los dientes apretados— me llames así. Nunca. Más.

Ostyia le dedicó una sonrisa de entusiasmo.

—Por supuesto.

Parijahan dio un paso atrás, exhausta. Nadya buscó a tientas su mochila mientras Ostyia se escabullía por la puerta tras pedirles que la siguieran.

La chica noble los llevó a través de los mismos pasillos que Nadya había encontrado durante sus paseos a medianoche. Podría haber escapado hacía mucho tiempo si hubiera querido, pero no, había tenido que esperar como una idiota.

Serefin y Kacper se reunieron con ellos en los establos del extremo norte de palacio.

—¿Qué vas a hacer con Ruminski? —preguntó Nadya.

—Mi madre se ocupará del trono en mi ausencia —contestó Serefin—. Ruminski no se atrevería a orquestar un golpe contra ella.

Kacper no parecía tan seguro.

—Siempre y cuando vuelvas pronto —murmuró.

Serefin parecía a punto de decir algo mordaz, pero solo suspiró.

—Siempre y cuando vuelva pronto —repitió.

Rápidamente, prepararon los caballos y cabalgaron hacia el suroeste. La ciudad se desvaneció y los pueblos periféricos se convirtieron en nada más que un camino rodeado a cada lado por un oscuro y denso bosque. Ostyia no paraba de quejarse de que hubiera sido fácil salir de la ciudad. Serefin solo parecía sombrío. Nadya se iba a quedar dormida sobre el caballo y se iba a caer. Nunca se le había dado demasiado bien cabalgar.

Le dolía la mano y se resistió a quitarse el guante para estudiar la cicatriz. Hacía un frío punzante, atípico, como si el invierno hubiera cubierto aquel territorio y acabado con la primavera y el verano. Se sintió aliviada al salirse Serefin del camino para poder dormir unas horas antes de partir de nuevo. Pensó que el ritmo vertiginoso al que se movían era innecesario hasta que Rashid observó que Serefin no tenía ni idea de si Ruminski respetaría la regencia de su madre.

—Les has dejado el trono a esos buitres —comentó Rashid.

—La alternativa era dejárselo a los Buitres de verdad —respondió Serefin—. Y siento curiosidad por saber si Malachiasz sería un rey decente. —Dirigió la observación a Nadya, una indirecta espinosa.

La chica lo ignoró, se quitó el guante y se frotó la palma. ¿El poder de Malachiasz le estaba infectando la cicatriz? ¿Era él quien se descomponía bajo la superficie? Nadya había cometido un error terrible dejándolo vivir.

Serefin sacó una petaca plateada del bolsillo del abrigo y le dio un trago.

—Si resuelvo esto lo más rápido posible, no habrá de qué preocuparse —dijo con un toque descuidado.

Quizás Nadya también había cometido un error al dejar a Serefin vivo.

Rashid asintió con lentitud, cuestionándose de manera evidente la inteligencia del rey.

—Bueno, entonces, será mejor que terminemos cuanto antes.

—Ese es el plan.

—¿Crees que vendrán a por nosotros? —preguntó Nadya.

—¿A por ti? Probablemente. ¿A por mí? Lo dudo.

—No, contratarán a unos asesinos para que vayan a por ti —murmuró Kacper con preocupación.

Serefin le dedicó una mirada y cogió la tienda antes de moverse al otro extremo del claro para colocarla. Nadya se acercó a él mientras el resto montaba el campamento. Trabajaba con la facilidad de alguien que lo ha hecho mil veces. Le sorprendió. Sabía que era un soldado, lo había visto con sus propios ojos, pero había supuesto que el ejército lo trataría igualmente como a un príncipe y lo servirían en cuerpo y alma.

Tras un largo silencio, el chico dijo:

—No puedo dejarte a tu aire.

—¿Puedes evitar que me vaya? —preguntó, sentándose cerca de él mientras amontonaba los postes de madera de la tienda y comenzaba a montarla—. ¿Por qué no me entregaste a ese *slavhka*?

Serefin se encogió de hombros.

—Estaría mal dejar que te ahorcaran por algo que apenas fue culpa tuya.

—Me infiltré en el *Rawalyk* con la única intención de matar al rey —le recordó—. Y lo conseguí.

Se reclinó sobre los talones.

—Así es.

—Iba a matarte a ti también.

Se echó a reír con suavidad mientras se subía las mangas. Tenía los antebrazos llenos de cicatrices, que relataban una historia de golpes aleatorios de cuchillos mal afilados en mitad de una batalla, cortes descuidados con la magia como fin sin pensar en el daño que podría causar. Diferentes a los arañazos cuidadosos y cautelosos de un dolor autoinfligido que decoraban los pálidos antebrazos de Malachiasz.

—Me alegra que no lo hicieras, aunque toda mi corte, al parecer, no esté de acuerdo. —Serefin terminó de montar la tienda y se sentó junto a ella—. No juego mi papel como les gustaría. —Se pasó la mano por el pelo y cogió la corona de hierro que seguía exhibiendo sobre la frente. Se la quitó con un suspiro—. Esperaba que la corte o, al menos, la mayoría quisiera acabar con la guerra. Me avergüenza que mis *slavhki* no sean así. —Se frotó la mandíbula con una incomodidad evidente—. Y los rumores no son fáciles de acallar.

—¿Y crees que llevar a Żaneta ante su padre los aplacará?

—No tengo muchas opciones.

—¿Por qué parece que estés huyendo? —preguntó Nadya.

Serefin le dedicó una media sonrisa.

—Porque creo que es lo que estoy haciendo. —Se serenó—. Tengo otras razones para marcharme de Grazyk. La magia residual del aire no me sienta bien. Estoy teniendo... —hizo un gesto vago con la mano— alucinaciones.

Nadya se quedó paralizada.

—¿Cómo?

Desestimó su preocupación.

—Nada más que magia antigua. No estoy acostumbrado a estar en Grazyk tanto tiempo. El aire me ha afectado, eso es todo. Estaré bien ahora que hemos salido de la ciudad. En cualquier caso, sé que no quieres ir a las minas, pero necesito tu ayuda.

—No sabes lo que me estás pidiendo —dijo en voz baja. Se le llenó la boca de saliva como si fuera a vomitar. ¿Qué quería decir con «alucinaciones»? Se había sentido un poco extraña al llegar a Grazyk, pero el aire enrarecido no le había molestado tras un tiempo.

—Dímelo —le pidió con suavidad y ella negó con la cabeza. Serefin frunció el ceño—. Nadya...

—Ven conmigo —dijo Parijahan, caminando hacia ellos—. Yo te contaré todo lo que necesitas saber.

Nadya dejó que la chica se llevara a Serefin. No necesitaba saber la profundidad de la traición de Malachiasz. No de su boca. Los sonidos de los susurros de Parijahan explicándole lo ocurrido y los de Ostyia y Kacper peleándose sobre si deberían encender un fuego flotaban por el claro. Rashid se sentó junto a Nadya. Esta le apoyó la cabeza en el hombro.

—¿Está muy mal si lo echo de menos?

—No —contestó Rashid—. A mí también me pasa. No tenemos por qué ir con ellos, ¿sabes?

—No tengo ningún otro sitio al que ir, Rashid —dijo con voz suave.

—Vuelve a Kalyazin. Encuentra al ejército y a Anna.

Le dio un vuelco el corazón. No serviría de nada para el ejército. Y no sabría qué decirle a Anna si alguna vez la encontraba.

—Solo estoy cansada. No paro de pensar que quizás, si pasa el tiempo suficiente, podré volver a mi vida, pero... —Negó con la cabeza. No podía mencionar que sentía de manera constante la presencia de Malachiasz, aunque la sensación fuera la misma.

—¿Por qué estáis Parijahan y tú todavía por aquí? —Cambió de tema. Pensar que la abandonaran la desesperaba y le provocaba ansiedad, por lo que nunca se había atrevido a preguntar.

Rashid dirigió la oscura mirada hacia Parijahan, quien seguía hablando con Serefin. Estaba tensa y tenía la mano sobre la daga que llevaba en la cadera.

—No creo que haya terminado su misión aquí —dijo—. Tampoco está preparada para volver a casa. Por eso, yo también me quedo.

Nadya siguió con los ojos su mirada, un poco asombrada.

—¿Tú y ella...? —Se calló, insegura sobre cómo preguntarlo.

Rashid se echó a reír.

—No, ese no es mi rollo. Además, no soy el tipo de Parj. Mi familia estaba en deuda con la suya, pero la pagué hace mucho tiempo. Es una estrella fría en torno a la que orbitamos todos, pero la quiero igual.

Serefin le dedicó una mirada afilada a Nadya y se preguntó qué le estaría diciendo Parijahan.

—¿No ha conseguido su venganza? —preguntó Nadya.

Rashid se encogió de hombros.

—Para ser sincero, no lo sé. Esperaba que sí. Por este país monstruoso y condenado, espero que sí.

* * *

Nadya hizo la primera guardia. Pisoteó las brasas del fuego y se sentó de espaldas antes de arrebujarse el abrigo que llevaba puesto. No debería llevar su maldito abrigo. Nadya acercó la cara al cuello donde aún encontró su aroma y se preguntó cuánto tiempo pasaría hasta que desapareciera. No debería pensar en él, lo traería de vuelta y... Suspiró.

«Y aquí estás».

—*Estás en un lugar nuevo.* —Parecía tener curiosidad. Esta vez, no le había llevado mucho tiempo mostrarse coherente. Se preguntó qué significaría aquello. ¿Qué parte era Malachiasz y qué parte era el monstruo?

«Y tú estás justo en el mismo lugar. ¡Qué aburrido!». Una suposición fácil. Żywia había dicho que no salía de las minas. Le rompía el corazón. Una de las pocas verdades que había compartido con ella era su temor absoluto a ese lugar oscuro y terrible. Una chispa de irritación.

«No esperaba que regresaras», dijo Nadya. «Después de todo, se me evaluó en profundidad, y se me consideró insuficiente. Dioses, debe de ser frustrante para un ser con cierto poder divino encontrarse atado a una mortal sin magia».

Lo que más odiaba de esa conexión, aparte de todo lo demás, era la sensación de que estaba cerca de ella, que se encontraba sentado al lado, con su figura delgada y escuálida encorvada y las largas piernas estiradas. Sin embargo, no lo estaba. Se encontraba sola en la oscuridad con la espalda hacia un fuego debilitado.

—*¿Sin magia?* —Parecía asombrado.

«¿No dijiste que no era relevante?».

—*Un error de cálculo.*

«¿Eso te suele ocurrir?».

Esa pequeña chispa de irritación estalló en una llama. Nadya se quedó en silencio. No debería incitarlo, pero era demasiado fácil. Cogió aquella especie de pesadilla corrompida entre ambos y la convirtió en algo casi familiar. Sin embargo, no debería desearlo. Debía encontrar una línea en su interior para no traspasarla.

El claro en el que habían acampado no estaba lejos del camino, pero, de repente, parecía encontrarse a kilómetros de distancia. Los árboles eran demasiado grandes, las ramas larguiruchas eran como dedos estirados que se convertirían en una jaula y los atraparían dentro. La oscuridad ya no era natural, sino un frío denso, empalagoso y letal.

«¿Por qué has vuelto?», preguntó después de que el silencio entre ellos se hubiera vuelto agradable de una manera peligrosa, incluso mientras el mundo en torno a ella se volvía amenazador. Era consciente de que la estaba observando o como se llamase a través de ese retazo de magia que los unía.

—*No lo sé* —dijo y Nadya se odió por permitir que su resolución se debilitara.

Esa voz reflejaba caos y oscuridad, pero también al chico solitario que se había aislado aún más por una causa estéril. La clériga quería sentir la emoción de la justicia. Malachiasz tenía lo que quería y estaba abatido por su culpa. Sin embargo, la chica deseaba ofrecerle algún tipo de consuelo que no se merecía.

Era demasiado fácil fingir, de esa manera, incapaz de verle, solo oyendo su voz, que no se había convertido en algo terrorífico. Debería seguir buscando el lugar donde por fin pudiera sentir asco por lo que era.

«Bueno, no podemos seguir así, ¿verdad?», dijo Nadya. «Seguro que tienes otros asuntos más importantes de los que encargarte».

Silencio. Era como si se contentara con observarla. A Nadya aquello le resultó inquietante. No sabía cuánto veía, cuánto de su interior le llegaba. De repente, Malachiasz se tensó como un depredador preparado para atacar.

—*No estás sola.*

Nadya puso los ojos en blanco.

«Claro que no...».

—*Está aquí.*

«¿Quién?». A Nadya no le gustó la chispa de esperanza que se encendió en su interior. Malachiasz tenía un lazo con lo divino que ella no tenía, por muy perverso y terrorífico que fuera.

—*Hay brujas y luego está ella. No volveré a sufrirla nunca más* —dijo.

Con un pestañeo, desapareció. Nadya frunció el ceño, asombrada, y levantó la cabeza hasta encontrarse con el rostro joven y pálido de Pelageya.

Ahogó un grito. Pelageya le colocó un dedo sobre los labios y sonrió con malicia.

—Hola, niña —dijo. Sostuvo en alto la mano—. Ven conmigo, hay algo que debo mostrarte. Eres la última, ya lo verás, y ha llegado la hora. Ha pasado la hora. Es la hora adecuada.

Nadya miró hacia donde dormían los demás. No iba a dejarles sin protección, sobre todo cuando el aire se había enrarecido tanto a su alrededor mientras dormían. Parijahan había aceptado hacer la siguiente guardia. Se daría cuenta si Nadya no iba a despertarla.

—Ah, no, aquí no tenemos elección. —Pelageya cogió a Nadya por la muñeca.

Y aparecieron en otro sitio. Nadya se tambaleó mientras asimilaba la habitación apenas iluminada. Era la torre de palacio, pero la panorámica a través de las ventanas era la de un bosque oscuro. La sala se tambaleó y Nadya presionó una mano contra la pared para encontrar el equilibrio.

—Oh, que no te importe. Se inquieta la casa —dijo la bruja.

—Debo regresar —anunció Nadya.

—¿Por qué? ¿Para volver a aferrarte a ese chico patético que te rompió el corazón, a un páramo de tu propia creación? —Pelageya le tocó la nariz con un dedo—. No lo has sentido, ¿verdad? Lo que ha estado haciendo.

En los últimos tiempos, Nadya no había sentido mucho. Negó con la cabeza. No estaba segura de querer saber hacia dónde iría la conversación. La bruja la miró con una pena que la hizo sentirse furiosa.

—Para. Devuélveme al claro. No quiero nada de esto.

—Ay, niña. Te he dejado para el final porque el camino será duro y largo. Acérrima, entusiasta y, al final, abandonada. ¿O quizás no? O quizás sí. Es difícil decirlo con esos monstruos divinos a los que llamamos dioses. Es difícil ver lo que están haciéndote.

Nadya apretó el collar de oración con lágrimas en los ojos.

—¿Qué ha hecho Malachiasz? —preguntó con un susurro áspero.

Era inquietante lo coherente que se había vuelto la bruja desde la última vez que la había visto. No sabía de dónde provenía el poder de Pelageya, era una fuerza del viento, de la naturaleza, una magia extraña. No sabía si era una magia a la que ella misma podía acceder. Había usado el poder más allá de la voluntad de los dioses, pero, cuando ahora volvía a buscarlo, allí no había nada.

—Las cosas se están despertando. Cosas antiguas, cosas oscuras. Las viejas fuerzas que han estado durmiendo durante mucho mucho tiempo. Las has puesto en marcha. Tú y ese Buitre.

Nadya abrió la boca para quejarse, pero Pelageya le dio una palmada frente a la cara.

—Tus intenciones no importan. El chico y tú, aunque algo me dice que él no participó con tantas ganas, habéis liberado a Velyos de su prisión. Ha encontrado a un nuevo mortal. Despertará a esos que se aliaron con él en su larga batalla contra la líder de tu panteón.

Nadya frunció el ceño. Su panteón no tenía líder. No había un dios que destacara sobre los demás. Había más variedad que eso, mayor amplitud. ¿Y qué quería decir con que Velyos había encontrado a alguien? ¿A quién?

Pelageya inclinó la cabeza.

—¿No lo sabe la pequeña clériga? Sí, una clériga, no niegues con la cabeza. Quizás seas rara, quizás te bañes en sangre y te roce la oscuridad, pero no puedes esconderte de tu destino al negar la realidad con tanta facilidad. Siéntate, niña, tenemos mucho de lo que hablar.

Nadya se sentó, vacilante.

—¿Té? A los chicos no se lo ofrecí. ¡Qué par tan extraño y salvaje! Querían información o magia, nada más. ¡Qué desagradables! Su madre nunca les enseñó modales, eso está claro.

«¿Madre?». No sabía qué hacer con eso, por lo que lo ignoró.

Pelageya se entretuvo con un samovar.

—Esos tranavianos, el Buitre y el principito, ah, rey, supongo. El chico moldeado con sombras y el chico moldeado con oro.

—¿Lo has visto? —susurró Nadya. Pelageya levantó la cabeza—. Da igual, no contestes. No me...

—Te importa, pequeña kalyazí, y es tu debilidad. Podría ser tu punto fuerte, en otra época, en otra vida. Pero ¿aquí, en este mundo de monstruos y guerra? Te importa demasiado.

Nadya se mordió el labio inferior, intentando alejar las lágrimas amenazadoras. Aceptó la cálida taza de té que Pelageya le estaba tendiendo y le dio un sorbo lento.

—No sé qué se supone que tengo que hacer —dijo Nadya.

—Verás, tienes poco tiempo —respondió Pelageya—. Muy poco antes de que el cielo se desgarre y todo ese fuego y las maldiciones caigan en forma de lluvia. ¿Crees que solo Tranavia se inundará? ¿Crees que no llegará a la preciosa Kalyazin?

—No importa —comentó Nadya, cansada. Subió las piernas a la silla.

—Destrozada tan fácilmente por las travesuras divinas.

—La bruja chasqueó la lengua—. Es una pena, es una pena. Tenía tantas esperanzas puestas en ti, niña. Salvación o destrucción, capaz de ambas, pero rendirse frustrará todas las oportunidades.

Nadya apretó la taza con más fuerza. No iba a quedarse ahí sentada para que se riera de ella. Pelageya la cogió de la mano cuando pasó junto a su silla. La chica protestó, trató de alejarla, pero la bruja le dio la vuelta.

—Tú también —dijo—, pero la tuya es diferente.

—Le robé la magia —anunció Nadya.

—Chica lista. Seguro que al Buitre eso no le gustó. —Nadya se encogió de hombros y la bruja siguió hablando—: Algo imposible, pero debería haberme esperado lo imposible de ti, visto lo visto.

—¿Qué significaba aquello? —. Quizás ahora debería esperar menos.

Pelageya trazó con el dedo la cicatriz oscurecida sobre la palma de Nadya. Esta se estremeció.

—¿Un poder sin usar que se ha infectado o algo más oscuro esperando a salir a la superficie? —preguntó la bruja. Nadya retiró la mano—. No conseguiste el infierno en llamas que te prometieron. ¿Ahora qué?

—Yo no quería un infierno en llamas…

—Ay, mentiras. Te dices que te viste influida por algún tranaviano guapo, pero sé la verdad que esconde tu alma viciosa. —Nadya se removió, incómoda—. Conozco la verdadera oscuridad que albergas.

—No sé de qué hablas —le espetó Nadya. Sus palabras no significaban nada. Aquella mujer estaba loca.

—Eso solo irá a peor —comentó Pelageya, señalándole la mano—. Eso y el silencio. No me mires así, niña, ¿crees que no lo sé?

—¿Me has traído aquí por alguna razón o solo quieres provocarme?

Pelageya se echó a reír.

—Qué lengua tan afilada. Si quieres respuestas, hay un sitio al que puedes ir. Sin embargo, deberías tener cuidado con esa mano.

—¿Adónde?

—Eres una chica lista. Seguro que has oído hablar de Bolagvoy. —El nombre le sonaba familiar, pero no sabía ubicarlo—. ¿En las montañas de Valihkor? —Nadya resopló. Aquello sí lo sabía—. ¡Cuánta desconfianza! Te olvidas de que venimos del mismo lugar. Conozco los códices y los versículos. Conozco a los santos. Y sé las historias de Valikhor.

Nadya gruñó.

—No puedo pedir perdón. —La sede de los dioses era una leyenda antigua y, por mucho que Nadya pensara que había algo de verdad en ella, no sobreviviría al viaje. Había surgido a menudo durante su solitario estudio en Grazyk y había decidido al final que sus esperanzas no dependieran de mitos.

Pelageya se tiró de un rizo negro.

—¿No puedes?

—Solo los divinos pueden llegar a la montaña. Bolagvoy está sellado.

—Bueno, es una pena que no conozcas a nadie con un toque de divinidad.

A Nadya se le aceleró el corazón.

—No puedes decirlo en serio. No se le puede salvar.

—¿Salvar? No. ¿Traerlo de vuelta? Mmm, bueno, tampoco. Sin embargo, ¿tienes la llave para arrancarle la armadura de locura que se ha construido a su alrededor? Es posible.

—¿Y qué bien haría todo eso? —exclamó Nadya, poniéndose en pie, lo que hizo que el té hirviendo le cayera en la mano—. He matado a un maldito rey, pero no he podido detener la guerra. No puedo parar lo que sea que esté haciendo Malachiasz. No puedo hacer nada porque no tengo nada. ¿Qué quieres de mí?

Pelageya se echó a reír con un sonido extraño y estridente.

—No se trata de lo que yo quiera, niña. ¿Qué quieres tú? Tú, la que ha vivido para los caprichos de los demás durante toda su vida. ¿La libertad de verdad te debilita?

«Sí».

—Quiero… —Nadya se humedeció los labios secos. Quería oír la voz de Marzenya. Quería ver la sonrisa de Malachiasz, oírle reírse de sus propios chistes malos. Quería con todo su corazón hacer lo que le mandara la voluntad de los dioses. Quería demasiadas cosas. Se pasó la parte inferior de las palmas de las manos por los ojos. Pelageya estaba hilando una red a su alrededor—. No lo sé —susurró al fin. Ya no tenía amarras y no podía encontrar el camino de vuelta—. ¿Ir a las montañas funcionaría? —Se odió por lo esperanzada que parecía.

Pelageya se encogió de hombros.

—Puede que sí, puede que no.

Las respuestas enigmáticas no la iban a llevar a ninguna parte.

—El bosque pide. Sacrificios, siempre sacrificios, ¿es un sacrificio que estás dispuesta a hacer? Arde, cambia, consume. Tiene hambre, las cosas antiguas están muy hambrientas. Y el hambre, la corrosión, te destruirá, devorará y comerá viva. —Nadya cerró los ojos. La bruja continuó—: Asolará lo divino como destrozará la humanidad.

—Entonces, aunque consiguiera que me ayudara...

—Haría trizas su mente y retorcería su cuerpo incluso más. Sería el exterminio de un ser como él. ¿Crees que merece la pena? ¿Vale la pena su destrucción por tu salvación? ¡Menuda elección! ¿Puedes amar a alguien y pedirle que se desmorone por ti?

—Tengo que hacerlo —susurró Nadya.

Pelageya sonrió.

—¿Un chico de Tranavia conocerá las historias? ¿Sabrá que el bosque siempre tiene hambre, que se fijará en él, divino, loco y destrozado, y lo querrá?

Tendría que mentirle como él había hecho con ella.

—¿Un chico tan enamorado de su propio país sabrá lo de Nastasya Usoyeva con su corazón de oro y su lengua de plata, quien sufrió los juicios del bosque y contempló las caras de los dioses? —continuó Pelageya—. ¿Quién consiguió el discurso de los dioses solo con una petición y voluntad?

—Nadie puede sobrevivir tras mirar a los dioses —contestó Nadya, agotada.

—Tú lo has hecho. —Nadya se quedó inmóvil. No lo había hecho. Había tenido visiones de monstruos. Horrores, pesadillas, nada más—. El sabor de la divinidad es un veneno dulce, pero es igualmente veneno. Es una infección, un parásito, la destrucción... Bueno, lo consume todo. Como el bosque lo consumirá. Como consumirá esa mano tuya.

Nadya cerró los dedos. Nada de aquello tenía sentido.

—¿Por qué me estás ayudando? ¿Por qué ahora? —No había sabido nada de la bruja desde antes de que mataran al rey.

—Porque algo ha cambiado —dijo Pelageya. Le lanzó un objeto a Nadya, quien lo cogió por poco. Un *voryen*, forrado con cuero negro y con el mango blanco y pálido. Lo sacó de la funda. El filo era del mismo tono marfil. Cogió aire. El *voryen* estaba tallado en hueso.

Le dolía la palma de la mano. Frunció el ceño porque sintió una extraña palpitación en la daga de hueso al cerrar los dedos a su alrededor.

—Eso te comerá viva si se lo permites —comentó Pelageya con un gesto hacia la mano de Nadya.

—¿Qué es esto?

—¿Tú qué crees? Poder. Los monstruos siempre han estado durmiendo en los confines del mundo. Tu Buitre ha creado un velo que aísla a los dioses del mundo. ¿Qué crees que ha hecho con su poder ahora?

A Nadya se le estrechó la visión.

—¿Cómo? —susurró, y Pelageya levantó la cabeza.

—Ay, nos quedamos sin tiempo. Buena suerte, *koshto dyzenbeek, koshto belsminik*.

Cuando Nadya pestañeó, estaba sentada frente al fuego apagado y el sol salía por el horizonte. En el regazo tenía la daga de hueso.

—Vaya, infiernos —maldijo.

7

SEREFIN
MELESKI

El agua canta. Omunitsa aúlla.

Códice de las Divinidades, 188:20

—Estoy preocupado.

—Tú y literalmente todos los demás. —Serefin levantó la mirada desde donde estaba sentado. Habían cambiado los caballos por el que sería el primero de muchos barcos (supuso que mejor para evitar a los asesinos) y las piernas le colgaban por el borde mientras cruzaban uno de los cientos de lagos de Tranavia. Kacper se quedó a su lado con la inquietud inundándole las duras líneas del cuerpo. Como si estuviera listo para salir corriendo. Los otros estaban bajo la cubierta. Aún era pronto y la luz de la mañana seguía teniendo un color grisáceo y lleno de sombras sobre la superficie. Solo el capitán y la tripulación indispensable estaban cerca.

Kacper suspiró y se sentó junto a Serefin antes de estar a punto de apoyarse en él para protegerse del frío. Serefin le ofreció la petaca y se sorprendió cuando la aceptó. Eso no era buena señal.

—¿Y si todo esto era una estratagema para sacarte de Grazyk? ¿Y si no tiene nada que ver con Żaneta? ¿Y si...?

—Kacper.

—Tu madre es de acero, pero sus nervios no. ¿Y si...?

—¡Kacper!

—Volverás a ponerte en modo derrotista, lo sé —gimió Kacper.

—No, todas tus preocupaciones son válidas.

—Entonces, ¿qué hacemos aquí?

Serefin estaba viendo cosas que no existían ante él y, quizás si se alejaba de toda esa magia, dejaría de suceder. Serefin estaba perdiendo la cabeza y la mejor opción que tenía era escapar y esperar que recuperar a Żaneta arreglara las cosas.

—Me estoy... derrumbando —dijo en voz muy baja—. Y quizás no sea nada, pero creo que me ocurrió algo cuando morí.

—¿Aparte de todas esas polillas que se comen la ropa? —preguntó Kacper con voz cansada.

—Aparte.

—¿Y lo del ojo?

—El ojo es definitivamente parte del problema.

Incluso mientras Serefin hablaba, todo cambiaba a su alrededor.

—*Algo se agita. Algo tiene hambre.*

Esta vez fue peor. El cuerpo se le quedó rígido al suceder, una visión que no era tal, sino algo más, real y justo frente a él. No estaba en el barco, ni siquiera en Tranavia. Estaba en otro sitio, en algún lugar que no lo quería allí y lo destrozaría si tuviera la oportunidad. La sangre se deslizaba por la corteza de unos árboles tan grandes que no podía ver más allá de ellos. El repentino golpe de ramitas era ominoso, repleto de la promesa de un terror futuro, lo que hizo que Serefin sintiera el corazón en la garganta. Este lugar quería algo más: su muerte, su vida, no lo sabía.

Algo se escabullía a través de los árboles, cerca del suelo, y Serefin solo vio el relampaguear de dientes llenos de sangre, demasiados para los que puede contener la boca de cualquier criatura.

—*Cuanto más te acerques a mí, más fácil se volverá. No puedes luchar contra eso, chico, solo puedes entregarte o dejarte atrapar.*

La visión desapareció y Serefin se quedó allí, sobre la cubierta del barco, con la respiración acelerada. Kacper lo había alejado del borde y le apretaba con tanta fuerza la chaqueta que pensó que le iba a rasgar la tela.

—¿Estáis bien, chicos? —preguntó el capitán.

—Todo bien —gritó Kacper con algo que su amigo no consiguió identificar en su voz. Era miedo. Luego, murmuró—: Serefin... —Le pasó los dedos fríos por el pelo y le posó la palma contra la cara—. Has estado a punto de lanzarte por ahí. ¿Qué ha sido eso?

Serefin resistió la necesidad de inclinarse sobre la mano de Kacper mientras se alejaba y se ponía de pie con dificultad. No valía de nada preocuparle. No había nada que pudiera hacer para ayudarle.

—Esa —dijo con la voz rota— es la razón por la que tengo que marcharme.

Sin embargo, le sorprendió que la idea opuesta pudiera ser cierta. ¿Y si cuanto más lejos de casa estuviera, más fuerte se volvía la voz?

* * *

—Tienes un plan, ¿verdad? —preguntó Nadya con evidente frustración mientras caminaba hacia él.

Serefin estaba en la barandilla de otro barco. Había perdido la noción del tiempo después de asustar a Kacper, en gran medida por la pesadilla andante en la que se había convertido su vida. Se estaba masajeando el ojo malo tras ver a alguien empalado en los cuernos de un monstruo que no conseguía identificar. Las alucinaciones se habían superpuesto con lentitud sobre su visión cada vez más hasta volverse constantes de una forma aterradora. Le daba miedo estar despierto porque sabía que ahí era cuando aparecían las visiones, pero temía aún más dormir.

—Solo tenemos planes —replicó—. Ya se verá si funcionan o no.

Nadya se tiró de las mangas para cubrirse las manos. Era una chaqueta militar tranaviana, demasiado grande para ella. Serefin no tenía la más mínima idea de dónde la había sacado, solo una parte del ejército tenía charreteras plateadas y, en teoría, nunca pisaba un campo de batalla, pero no le correspondía a él preguntar.

Nadya pestañeó mientras la nieve caía a su alrededor. Puso la palma hacia arriba y observó cómo los copos se fundían sobre la piel.

Un sonido extraño procedente del agua aumentó de volumen, seguido de un golpe contra el lateral del barco, una sacudida tan fuerte que hizo que se torciera de manera peligrosa hacia un lado. Serefin y Nadya se intercambiaron una mirada con los ojos como platos. Se inclinaron sobre la barandilla, ignorando a Hanna, la capitana del barco, quien les gritó que se alejaran del borde.

El tiempo cambió en un abrir y cerrar de ojos. Lo benigno se volvió violento de repente. El agua comenzó a agitarse y el barco se balanceó con tanta violencia que a Serefin le preocupó caer. Una mano fuerte le sujetó el hombro y le alejó de allí.

—Atrás, chico —dijo Hanna con brusquedad—. Si te caes, te arrastrarán dentro y no habrá manera de salvarte.

—¿Quiénes? —preguntó Nadya.

—Los *rusałki* —dijo la mujer—. Hoy están enfadados.

El barco se meció y unos bloques de hielo cayeron sobre la cubierta. Hanna maldijo. Serefin se llevó la mano al libro de hechizos, pero Nadya se la cogió y negó con la cabeza.

—No creo que esa sea la solución —dijo.

Kacper se inclinó sobre la barandilla cuando se oyó otro golpe violento. Hanna lo arrastró lejos de allí a toda velocidad y le ordenó con una mirada que se refugiara bajo la cubierta. En medio del agua revuelta y oscura, surgió un retazo de piel clara.

—¿Estamos en peligro? —preguntó Serefin.

Hanna no parecía segura.

—Si hay muchos debajo y desean con demasiada fuerza lo que hay en este barco, sí, pero no debería ser un problema. Normalmente nos dejan tranquilos.

Serefin no podía imaginarse qué querrían de ese barco. Nadya tenía el rostro tan pálido como el de un muerto. Gimió al frotarse la cicatriz de la palma de la mano antes de llevársela al collar del cuello.

Una mano golpeó un lateral del barco, justo por encima del agua. La piel era traslúcida y enfermiza y las uñas que se curvaban sobre las yemas eran largas y negras. Se clavaron en el casco del barco, astillando la madera. Una nota musical única y penetrante cruzó el agua antes de convertirse en una extraña melodía cautivadora.

Vacilante, Serefin miró por encima de la barandilla. La cara de una chica apareció en la superficie. Tenía los ojos de color negro azabache y demasiado grandes para ser naturales, lo suficiente para que parecieran falsos, pero eran los ojos más bonitos que Serefin había visto.

Con la cabeza, rompió la superficie y su rostro cambió por completo. El pelo negro y grasiento se le pegaba a la frente y abrió la boca demasiado. Cuando sonrió, Serefin vio las filas y filas de diminutos dientes afilados. Se lanzó hacia delante y el chico se retorció para alejarse cuando los dientes se cerraron a centímetros de su rostro.

—Estúpido —murmuró Nadya, tirando de él para alejarlo.

Las garras se hundieron en la madera de nuevo cuando la *rusałka* comenzó a escalar por el casco. Una docena de pálidos brazos desgarbados la siguieron, aferrándose a cada costado de la embarcación. Estaban rodeados.

—Llevo en estas aguas toda mi vida y nunca los había visto actuar así —gritó Hanna, esforzándose por estabilizar el barco.

Serefin volvió a encontrarse cerca de la barandilla, pero no sabía cómo había acabado allí. Las garras se agitaron a centímetros de su piel. Era levemente consciente de que lo iban a meter en el agua y ahogarlo, pero no le importaba.

—¡No! —Nadya tiró de él de nuevo, moviendo la mano mala ante los *rusałki*.

Estos se quedaron paralizados. Se giraron con lentitud, con un único movimiento, y miraron con aspereza a Nadya, quien tenía la cara pálida y la boca abierta. Le sostuvo la mirada a Serefin con pánico en los ojos.

¿Qué tipo de magia tenía esta chica?

NADEZHDA
LAPTEVA

Le dolía la cicatriz y la oscuridad se le clavaba en el centro. El corazón le martilleaba el pecho. No debería estar ocurriendo aquello. Algo iba mal.

Parijahan se alejó con facilidad de la sujeción de un *rusałka*, ya que tenía la atención puesta en la mano de Nadya. Esta la dejó caer con lentitud y todos observaron cómo lo hacía. Había una pizca de poder que no reconocía, pero que la ataba a los *rusałki*, aunque no sabía qué significaba, solo sentía cómo se agitaba. En cuanto desapareció el control que tenía sobre los monstruos, volvieron a tirar del barco hacia las profundidades.

Flexionó la mano y cerró los ojos mientras una extraña mirada por parte de Serefin le perforaba la espalda. ¿Qué era esa magia? Un *rusałka* le clavó las garras a Nadya en el antebrazo, con fuerza y de manera dolorosa. La nieve se había convertido en cellisca y le caía sobre la piel como miles de golpes fríos. Nadya chocó la cadera contra la barandilla del barco.

No era magia de una bruja, no era magia de sangre ni magia divina. No había nada más... ¡No había nada más! Entonces, ¿qué acababa de hacer? ¿Y podría hacerlo de nuevo?

El hilo que la ataba a Malachiasz cambió. Tenía la atención puesta en ella, pero no importaba, no cuando aquellos monstruos estaban a punto de ahogarlos a todos. ¿Para qué? Hanna había dicho que querían algo, pero ¿qué?

Con ansias, Nadya tiró de ese hilo de poder, buscando más allá de la oscuridad. Un *rusałka* le clavó con más fuerza aún las garras en el brazo y, si no sabía cómo usarlo, iba a morir. Todos lo harían.

«Ahí».

El hilo se tensó y sintió una oleada emocionante de poder, ese poder que había echado de menos, con una forma mágica muy distinta a la que conocía.

Nadya sometió su voluntad a ese poder. Se marcharían. Dejarían de maltratar al barco. No herirían a nadie.

«Marchaos».

Todo tembló a su alrededor y Nadya dejó escapar un suspiro irregular antes de que le fallaran las piernas y se desplomara sobre la cubierta.

El silencio que le siguió se alargó tanto que pensó que renovarían sus esfuerzos. Entonces, todos los *rusałki* huyeron. Serefin se abrió paso desde donde había estado a punto de caer y se agazapó junto a ella. Las polillas echaron a volar por el aire a su alrededor.

—¿Qué ha sido eso?

—Estoy bien, gracias por preguntar —consiguió decir Nadya con un jadeo.

La fulminó con la mirada, malhumorado. Los únicos sonidos que se oían procedían de la lluvia que caía sobre la cubierta, menos violenta que antes, pero igual de helada.

«Sangre y hueso». La maldición tranaviana apareció de manera espontánea. Nadya acababa de usar una magia imposible de definir frente a la capitana del barco. Miró a la mujer, que se encontraba cerca, observándolos con cautela.

—No voy a hacer preguntas —dijo Hanna. Se quitó el sombrero y lo estrujó, aunque seguía lloviendo, antes de volver a colocárselo sobre el pelo oscuro—. No quiero saberlo. Ha sido demasiado raro. Los *rusałki* son criaturas tranquilas, se han llevado por delante su buena ración de vidas, pero nunca me han prestado demasiada atención. —Negó con la cabeza—. Hoy hay algo horrible en el ambiente.

«No solo hoy». Nadya se pasó el pulgar por la cicatriz. La oscuridad reaccionó a su roce y se estremeció. Parijahan se desmoronó contra la barandilla con la cabeza entre las manos.

—¿Estás bien? —preguntó Nadya, alarmada.

Parijahan respiraba rápido con un jadeo de pánico.

—Podría haberme ahogado —dijo con voz temblorosa.

«Como su hermana». Nadya se acercó a su amiga con cuidado de mantener cierta distancia, pero Parijahan de inmediato le posó la cabeza sobre el hombro. Serefin las observó en silencio.

—Todo va bien —murmuró Nadya, pero la mentira le ardió en la lengua. No podía dejar de frotarse la cicatriz.

Se sentaron en la lluvia un tiempo, ya tenían la piel tan empapada que no valía de nada trasladarse bajo la cubierta. A Parijahan le costó bastante tiempo tranquilizarse.

—¿Qué es eso? —preguntó tras ver a Nadya trazar la espiral de la palma mil veces.

Seguía llevando el collar de Velyos, por lo que se metió la mano en el bolsillo y se lo tendió a Parijahan.

—Era la única manera de conseguir el poder suficiente para hacer lo necesario —dijo con lentitud—. Usar a un antiguo dios que pide sacrificios de sangre. Bueno, creo que Velyos es un dios. En realidad, no lo sé. Suena mal. Y lo peor es que le robé parte del poder a Malachiasz gracias a esto.

Seguía siendo demasiado pronto: el peso de la muñeca del Buitre, densa por la docilidad, el roce del filo sobre su palma, grabándole una petición contra la que tenía que luchar incluso ahora. ¿Por qué se lo había permitido Malachiasz?

Parijahan le dedicó a Nadya una mirada furtiva. Serefin le arrebató el collar y lo giró entre los dedos, frunciendo las cejas de forma casi imperceptible. Nadya pensó lo que había dicho y se rio sin ganas, aterrada.

—Ay, no —susurró.

—No es posible que le hayas robado la magia —dijo Serefin con suavidad.

—Eso es lo que Pelageya dijo también —murmuró Nadya—. Pero así es.

Serefin negó con la cabeza.

—La magia no funciona así. Hay reglas...

—¡Vaya! Te pareces a él.

Eso hizo que se callara, pero no durante demasiado tiempo.

—¿Lo notas? —preguntó Serefin cuando la sorpresa se convirtió en curiosidad, igual que le ocurría a Malachiasz. Se estremeció. Los tranavianos y su destructiva fascinación por la magia.

—Siempre lo he sentido —dijo con suavidad—. A él —aclaró, bajando un poco la voz.

Serefin pestañeó, sorprendido, pero Parijahan se mostró preocupada. Nadya les dedicó una mirada mientras presionaba el pulgar contra el centro de la palma.

—No... Eso no se parecía a su magia. No sé qué era.

—«No sé lo que me está ocurriendo».

—Me preocupa más que siempre seas consciente de la presencia del Buitre Negro.

Nadya se encogió de hombros, impotente.

—Hice lo que debía y estas son las consecuencias.

—¿Eso significa que al revés también funciona?

Nadya se mordió el labio inferior. No conseguía animarse a contarles lo de las conversaciones.

—No lo sé —dijo al final—. Sé que es consciente de mi presencia. No de quién soy, solo de que estoy aquí.

Parijahan soltó un suave suspiro. Serefin parecía mareado. Se restregó el ojo malo. Nadya se preguntó si le estaba molestando. No era la primera vez que lo había visto tocárselo.

—Bueno —comentó Serefin en voz baja—, eso lo cambia todo.

—¿Aún empeñado en liberar a Żaneta de las Minas de sal? —preguntó con sequedad Nadya.

—No podemos hacer nada más —replicó Serefin con un tono tan desesperado como ella se sentía.

—Podrías empezar contándome qué te ocurrió aquella noche. Lo que pasó de verdad —dijo Nadya, quien no le había contado toda la verdad y no esperaba esa cortesía por su parte tampoco, pero quizás entender mejor lo que ocurrió serviría de ayuda—. Sé que moriste, Serefin. Lo veo.

—¿Es el momento adecuado para esa conversación?

—¿Hay alguno mejor?

Serefin suspiró. Kacper y Ostyia estaban bajo la cubierta, lejos de su rey, por sorprendente que pareciera. Hanna hacía tiempo que se había ido a la popa, murmurando «las chicas buenas no actúan así». Por fin, Serefin se sentó con las piernas cruzadas. Abrió la mano y el collar le cayó de los dedos antes de balancearse cuando la cadena se le enganchó en los nudillos. Se lo lanzó a Nadya.

—No tengo la más mínima idea de lo que me ocurrió. —Se restregó el ojo, esta vez con más fuerza.

Nadya rozó el grabado con el pulgar. ¿Cómo lo había encontrado Kostya, su travieso, pero beato amigo, en primer lugar? ¿Por qué había llegado hasta ella?

Cuando miró a Serefin, observó con horror cómo la mano se le estaba manchando de rojo por la sangre. Le cogió de la muñeca para apartarle el brazo. Serefin hizo un suave sonido de protesta, pero lo acalló.

El ojo era de un profundo azul medianoche y todo rastro de la pupila había desaparecido. Ahora lo salpicaban estrellas que cambiaban de manera constante de constelación, pero la parte blanca se había vuelto roja, como si le hubieran estallado todas las venas. Le salía sangre por el rabillo.

A Serefin se le aceleró el pulso bajo el pulgar de Nadya. Apenas fue consciente de que Parijahan se marchaba, supuso que para traer a los tranavianos, pero no servirían de mucho. No estaba enfermando por culpa de la magia de sangre ni por el aire enrarecido de Grazyk.

—¿Nadya? —dijo. Parecía pequeño y perdido, como un niño que se encuentra de repente solo en el bosque. A la chica el corazón le dio un vuelco con absoluto pavor. Las polillas que le seguían crearon una nube frenética de polvo en torno a su cabeza.

Nadya emitió un sonido grave y reconfortante mientras le presionaba la piel bajo el ojo con los dedos. Lo tenía oscurecido, como si fuera un moratón, y la sangre se le acumulaba ahí también.

—No puedo cerrarlo —dijo Serefin con el pánico impregnándole la voz—. Se ha apoderado de él y ya no puedo controlarlo.

—¿Quién?

Serefin no respondió. La pupila del ojo bueno se dilató hasta que el iris de hielo era solo una mera franja. Pasaba de la consciencia a la inconsciencia. El sudor le empapaba las sienes y respiraba rápido.

—Serefin, ¿qué pasa? —preguntó Nadya. Se tragó el pánico.

Alguien le puso un parche a Serefin en el ojo. Kacper le cogió cuando se paralizó y cayó, desmayado. El chico tenía el rostro tenso, abstraído y tan preocupado que a Nadya se le constriñó el corazón. Le ató el parche y le acarició el pelo a Serefin antes de limpiarle la sangre que comenzaba a salirle por debajo. La suavidad de su roce hizo que Nadya se sintiera como una intrusa.

—¿Qué le está pasando? —preguntó Kacper, girándose hacia Nadya.

Esta negó con la cabeza.

—No lo sé.

—Bueno, será mejor que lo averigües y lo soluciones, kalyazí. O toda esa charla sobre mantenerte con vida no servirá de nada porque te mataré con mis propias manos.

8

SEREFIN
MELESKI

Svoyatovi Zakhar Astakhov: Astakhov comulgaba con las voces del bosque. Algunos dicen que era Vaclav, otros, algo más antiguo, y los últimos aseguran que hablaba con nada más y nada menos que el leshy, quien acabó haciéndose con su mente y lo arrastró al bosque de Tachilvnik para darse un festín con sus huesos.

Libro de los Santos de Vasiliev

Había reconocido el símbolo del collar de Nadya. ¿Era un dios kalyazí el que estaba controlando su ojo? Serefin pensó que los dioses aborrecían la magia de sangre. De eso trataba toda la maldita guerra, ¿no? Y su alucinación se había parecido demasiado a algo que se pudiera alcanzar con la magia de sangre.

Serefin le había devuelto el parche del ojo a Ostyia, algo más estropeado que antes, después de que el último barco atracara y tuvieran que buscar nuevos caballos. Nadya le había inspeccionado el ojo y había declarado que, dadas las circunstancias, estaba bien, lo que entendió que significaba que ella tampoco tenía ni idea de lo que estaba ocurriendo.

Lo que más le había aterrado no era la visión, sino la impotencia que le había atrapado. No podía cerrar el ojo ni detener lo que estaba viendo. No podía apenas moverse.

Iba a perder la cabeza por culpa de esa cosa si no hacía nada al respecto. Y ahora tenía el estrés añadido por la preocupación de que Nadya estuviera conectada de manera extraña con Malachiasz, lo que podía poner en peligro todo el plan.

Żywia había ido por voluntad propia, lo que significaba que Malachiasz estaba conspirando para usurparle la autoridad o peor. Por desgracia, Serefin no podría exactamente matar a Malachiasz en las Minas de sal, aunque quisiera.

En realidad, no sabía cómo matar a un Buitre. Solo morían en circunstancias extraordinarias. Así que eso era lo que debía crear. Los *Voldah Gorovni* quizás acabaran de resurgir, pero no podía acercarse a un grupo de cazadores kalyazíes de Buitres y preguntarles cuáles eran las mejores prácticas para matar a esos monstruos.

Hacía ya tiempo que habían pasado por el último pueblo que se atrevía a vivir cerca de Kyętri y la magia oscura que albergaba. El terreno allí era liso con árboles atrofiados si había alguno vivo. Todo era más lóbrego debido a la nieve que caía del cielo siempre gris. Serefin estaba acostumbrado a viajar con frío, pero hacía tanto tiempo que no tenían ningún respiro que comenzaba a volverse insoportable.

—Sabe que estoy cerca. —La voz de Nadya sobresaltó a Serefin mientras movía el caballo para acercarse al suyo. Seguía llevando la chaqueta, casi escondida bajo el segundo abrigo que tenía puesto, con la capucha sobre el cabello y una bufanda de pelo congelada sobre los hombros. Con las manos, agitaba el collar de cuentas de madera en torno al cuello.

Los otros estaban lejos. Serefin les lanzó una mirada sobre su hombro. Kacper parecía aburrido mientras Ostyia, tan animada como siempre, hablaba con Rashid.

—¿Solo tú? —Se giró hacia Nadya.

—Sí, no sabe quién soy.

—¡Qué raro!

Nadya arrugó la nariz.

—No es exactamente coherente. —Serefin levantó una ceja y Nadya añadió—: Se me olvidaba que estuviste inconsciente ese tiempo.

—Sé lo que hizo.

—Sí, pero es más difícil de explicar si no lo viste. ¿Cuál es el plan?

—Debe reconocer mi autoridad, aun así... —Se calló al ver la expresión en la cara de Nadya. Serefin suspiró, al mismo tiempo que tiraba del gorro con firmeza para cubrirse las orejas.

—Solo te digo que apenas es coherente. Siguiendo el protocolo no vas a lograr nada.

—Nadya, lo que me gustaría hacer con todo mi corazón es clavarle un cuchillo en el pecho, recuperar a Żaneta y acabar con todo esto.

La chica se estremeció.

—¿Eso arreglaría...? —Se presionó el ojo con los dedos. Serefin gruñó.

—Estoy perdiendo la cabeza.

La clériga parecía pensativa.

—Es posible, sí.

El rey frunció el ceño. Esperaba... ¿qué? ¿Que no estuviera de acuerdo? ¿La chica que hablaba a todas horas con los dioses? Estúpido.

Un retazo del bosque oscuro con su aroma a hojas viejas y musgo húmedo le inundó la nariz. Negó con la cabeza, tratando de alejar la escena antes de que se convirtiera en una alucinación completa.

—¿Tienes algún plan mejor?

—Ir sola.

Serefin entrecerró los ojos.

—Creía que no querías ir, para nada.

Nadya se quedó en silencio, observando el campo estéril, lleno de árboles muertos que al final llevaban a la puerta del infierno. Había un buitre en un árbol cercano y Serefin no pudo deshacerse de la sensación de que los estaba observando para informar después.

—No hay razón alguna para que todos muramos allí —dijo.

—¡Qué noble! —contestó Serefin de forma monótona.

—Soy increíblemente noble.

—Dime los motivos, Nadya.

—No tengo por qué.

Serefin inclinó la cabeza hacia atrás antes de mover el cuello para mirarla. Nadya abrió mucho los ojos.

—¿Qué? —Serefin se enderezó sobre el caballo.

—Na… nada —contestó Nadya—. Necesito a Malachiasz para una cosa.

—Me acabas de decir que apenas es coherente y que ir allí sería un desastre.

—Yo no he dicho eso.

—Estaba implícito. Quizás deberíamos confiar el uno en el otro —propuso Serefin. Cuando Nadya soltó un resoplido incrédulo, añadió—: ¿Solo un poco? —La chica sonrió—. ¿Para qué lo necesitamos?

—Es algo complicado y muy religioso.

Serefin no consiguió ocultar su desagrado, ante lo que ella se echó a reír.

—No hay un «nosotros». Tú solo quieres a Żaneta para presionar y que te devuelvan el trono.

—Oh, no lo digas así.

—La dejaste con los Buitres durante meses y solo vas a buscarla ahora porque te es útil.

Serefin tragó saliva. No podía contradecirla.

—Los tranavianos sois crueles —dijo Nadya.

Si el rey mordía el anzuelo, nunca le contaría lo que tenía planeado. Templó su frustración creciente.

—¿Para qué? —la presionó con suavidad—. Cometió traición, Nadya, y, en teoría, eres la enemiga. Necesito saber lo que planeas.

Tras unos segundos de silencio malhumorado, la chica suspiró.

—Hay un lugar en Kalyazin que, según la leyenda, es la sede de los dioses. Voy a ir allí. Deja de mirarme así. Sé lo que Malachiasz quiere hacer. Está rodeado por un bosque al que solo puede acceder la divinidad. —Ante el silencio de confusión de Serefin, ella continuó—: Los dioses ya no me hablan. Sé que no te importa, pero ¿esto? —Señaló con la mano la nieve que cubría el suelo—. Y el ataque de los *rusałki*, los rumores de otros seres, horrores, emergiendo desde las profundidades oscuras donde duermen... Va a pasar algo, Serefin.

«Algo se agita. Algo tiene hambre».

Se estremeció de manera violenta.

—Eso implica que te deje marchar —comentó Serefin.

—Me da igual lo que pienses sobre los dioses, pero hay algo en el aire y tengo intenciones de descubrir qué es y cómo detenerlo. No tienes que venir conmigo. Conseguiré a Żaneta por ti, recuperarás el trono y quizás detengas esta maldita guerra mientras lo ocupes. Y me dejarás marchar porque necesito volver a casa y necesito a Malachiasz para eso.

—Entonces, ¿crees que es divino?

—Creo que es idiota. Pero, con ese ritual, tu padre se iba a convertir... si no en un dios, en algo parecido y creo que Malachiasz consiguió algo de ese estilo. Puede llevarme a donde necesito ir.

—¿Has hablado con los demás? —La voz de Serefin denotaba cansancio.

Nadya negó con la cabeza.

—Es probable que muera mientras esté allí.

Serefin no quería que fuera sola, pero la perspectiva de lidiar con su hermano, una palabra que le seguía sonando extraña, poco familiar y correcta de un modo incómodo, no era algo que deseara hacer. No quería admitir lo mucho que prefería que Nadya se ocupara del problema.

—Dime que al menos tienes un plan.

—Él y yo hemos estado hablando. Hay una fisura en su coraza.

—No me parece un plan.

—¿Acaso los tuyos tenían muchos detalles? —Nadya puso los ojos en blanco—. Sea lo que sea lo que hizo... no creo que le llevara tan lejos como pretendía.

—Estoy perdido.

Nadya se rio, lo que sorprendió a Serefin, quien nunca la había oído reír así; no burlona, sino delicada y apacible.

—Se hizo pedazos, sí, pero, si tuviera el poder de destronar a los dioses, bueno, ¿no habríamos visto ya el resultado?

«No si los dioses no existen», pensó Serefin, malhumorado.

—*Oh, qué pensamiento tan esperanzador* —anunció la voz aflautada.

Levantó una mano y una enorme polilla gris y oscura le aterrizó en el dedo índice, agitando las alas sobre las que se reflejaba la luz decadente.

—¿Crees que se le puede salvar? —preguntó Serefin. Estaba decidido a seguirle el rollo. Así sería más fácil matar a Malachiasz.

—No creo, pero quizás pueda recuperar algo parecido a la coherencia.

—¿Y si no?

—Si no... —Nadya hizo una pausa. Miró al buitre que los seguía observando—. Entonces, los Buitres por fin conseguirán aquello para lo que se les creó y será el fin para los clérigos de Kalyazin.

—Creía que querías que se pudriera.

—Así es —dijo Nadya con pasión—. Se merece la pesadilla en la que está, pero es el único que me puede llevar al lugar donde tengo que estar.

Cabalgaron en silencio hasta que uno a uno todos los caballos comenzaron a resistirse, plantando las pezuñas con firmeza y negándose a continuar. Serefin no podía culparles. Él mismo no quería seguir y, a regañadientes, decidió dejarlos atrás.

—¿Aquí? —protestó Rashid. Estaban a kilómetros de distancia de cualquier signo de vida y los campos de los alrededores estaban secos y estériles.

—No soy un monstruo —contraatacó Serefin.

—Debatible.

Serefin lo ignoró, cortándose el antebrazo con la cuchilla de la manga antes de hojear el libro de hechizos. Arrancó una página, la manchó sin demasiada sofisticación y sopló las cenizas que aparecieron a continuación hacia los caballos. Tocó con los dedos la sangre y se la untó en el flanco a cada caballo, con suavidad, sin necesidad de armar un estropicio.

—Estarán bien. Volverán sanos y salvos a casa.

—Con eso te vas a quedar sin energía —murmuró Kacper con desaprobación—. Déjalos por aquí y punto.

—¡Tú eres el monstruo! —exclamó Rashid.

Kacper puso los ojos en blanco. Serefin se giró hacia Nadya. La chica tenía la mirada perdida en el horizonte, en dirección a las Minas de sal. Deseaba no tener que confiar tanto en ella, ya que necesitaba a Żaneta y, si fracasara, perdería mucho más en este proyecto que ella.

Una clériga de Kalyazin y el rey de Tranavia. Enemigos acérrimos convertidos en agotados aliados. En aquel momento, no había razón alguna para aliarse, aparte de una auténtica desesperación.

Iba a dejar que lo intentara. Se necesitaba mucho para matar a un Buitre. Y se necesitaría incluso más para matar a Malachiasz, pero Serefin tenía la sensación de que sería más complicado ahora que si Nadya conseguía su propósito.

—No hagas que me arrepienta —la avisó.

Ella le dedicó una sonrisa tranquila.

—Yo ya me arrepiento de habértelo pedido.

9

NADEZHDA
LAPTEVA

El sabor de la sangre a través de los dientes rotos y una promesa, un recordatorio de que nada dura para siempre. El hambre es eterna.

El Volokhtaznikon

Cuando se escabulló del campamento, los terrenos estériles tenían un aspecto extraño bajo la oscuridad que los cubría. Por muy indiferente que se hubiera mostrado ante Serefin, no tenía ningún plan. Solo contaba con la esperanza y una plegaria. Con cada paso, se acercaba a la muerte.

Inquietaba lo modesta que era la entrada a las Minas de sal. Comparada con la extravagancia de la catedral en Grazyk, aquella tranquilidad era siniestra. ¡Qué fácil sería para los despistados toparse con la sencilla cabaña y entrar en un lugar terrorífico! ¡Qué fácil le resultó entrar en algo terrorífico!

—Entonces, el pajarillo se arriesga al olvido —dijo él, de repente junto a ella.

Nadya trató de no estremecerse por el sonido de su voz, pero no consiguió controlarse. Mantuvo los ojos fijos con firmeza en la puerta grabada con símbolos y en las marcas sangrientas que cubrían las paredes de madera.

—No me había dado cuenta de que habías salido de tus vestíbulos santificados —respondió.

«No mires».

Resopló con suavidad y pasó junto a ella. Nadya dejó caer la mirada antes de posarla sobre el chico.

—Sígueme.

Dio un paso tras él, con la mirada baja, paseándola por las plumas sangrientas de sus pesadas alas negras a medida que las arrastraba por el suelo.

«No mires».

Dudó en la puerta. La oscuridad más allá del umbral era asfixiante. Era como entrar de verdad en el infierno. Lo iba a seguir a un lugar del que quizás no escapara nunca.

—Has venido hasta muy lejos. —Nadya estuvo a punto de sufrir un sobresalto cuando oyó una voz justo al lado de su oído. Alguien la cogió del brazo y la guio en la dirección correcta mientras el mundo se volvía negro a su alrededor. Żywia.

—¿Dónde está el rey? ¿Esta locura no era idea suya? —Se produjo una pausa. Żywia colocó tras la oreja de Nadya un mechón rebelde y le rozó con suavidad la mejilla con las garras de hierro. Cuando Nadya no contestó, Żywia se echó a reír—. Ah, esto es distinto, ¿verdad? Se trata de él.

La Buitre no se había portado así en palacio. ¿Era este lugar el que los rompía en mil fragmentos oscuros y los hacía ser más monstruos que humanos?

—Cariño, me alegro mucho de que te abriera los ojos, aunque esto solo vaya a acabar en miseria. Estoy deseando que lo intentes. Ven y no tropieces. Tenemos un largo camino por delante.

Żywia entrelazó los dedos con los de Nadya con un movimiento brusco.

—No se lo cuentes, yo no lo haré —dijo—. Está tan desconcertado contigo, tan confuso. No le contaré que sé lo que sabes. Inténtalo, *towy Kalyazi*, lo que no se sabe seguro es si lo conseguirás.

La Buitre llevó a Nadya por las escaleras. Cuanto más avanzaban, más frío hacía y la clériga pensó que no acabaría nunca. Se quedaría atrapada en esas escaleras, en la oscuridad, para siempre, y así es cómo moriría. Nunca hubiera llegado al final sin Żywia y odiaba tener que depender de la Buitre.

En ningún momento se hizo la luz, por lo que no veía nada. El aire sabía a hierro, con un matiz metálico que se aferraba a él. La oscuridad era insoportable. Los seres se movían en las profundidades de las penumbras y no sabía si las criaturas que se agazapaban en los rincones de los pasajes laberínticos y se escabullían por las puertas, con filas y filas de dientes y aspecto apenas humano, eran reales o si se las estaba imaginando su cerebro.

No tenía ni idea de si Malachiasz (no Malachiasz, sino el Buitre Negro) estaba cerca o si la había dejado en manos del destino. Algo gritó en la oscuridad y Nadya se paralizó, jadeando en busca de aire. No parecía humano o sí, pero solo un poco, los últimos retazos de humanidad a la espera de que las garras de hierro acabaran con todo lo demás.

Żywia dejó de caminar y esperó a que Nadya se moviera.

—¿Qué ha sido eso? —siseó la chica.

—No quieres saberlo —contestó Żywia. Nadya notó la sonrisa en su voz.

No, era cierto, no quería saberlo.

El corazón le palpitaba demasiado rápido, alojado en la garganta, y no importaba la fuerza con la que tragara, no conseguía moverlo. No le llegaba el aire a los pulmones. Parecía que no hubiera aire allí abajo y se estuviera asfixiando mientras las paredes se cerraban sobre ella. Żywia redujo el paso para evitar que Nadya se chocara con una áspera pared de piedra a medida

126

que el pasadizo se estrechaba, dejando solo un resquicio por el que pasar. Nadya nunca había considerado que temiera los lugares pequeños, pero, al cruzar por ese pasadizo, no pudo evitar pensar que estaba yendo directa a una trampa y que las paredes se la iban a tragar viva.

Se centró en la mano de Żywia sobre la suya. Real. La respiración en sus pulmones. Real. Los gritos cercanos. Irreales. Aunque pareciera totalmente que estaban allí.

Comenzó a caminar de nuevo y, por fin, ¡por fin!, el pasillo se abrió a una amplia sala del trono. Las antorchas inundaban la habitación con una nauseabunda luz pálida. Los símbolos sangrientos manchaban las paredes y había huesos incrustados en el suelo, como los de la catedral, pero sin ninguna elegancia. Lo que reflejaba aquello era algo más primitivo. El trono en ese lugar de locos estaba tallado en hueso, con paneles de oro y amatistas engastadas. Era una construcción preciosa y aterradora, muy similar a la que se encontraba en la catedral de Grazyk, que refulgía bajo la luz titilante.

«No mires, no mires, no mires».

Sin embargo, aun así, lo encontró con los ojos. Estaba tumbado de lado sobre el trono de una manera que le resultaba dolorosamente familiar, con la pierna colgando del reposabrazos. Venas negras le recorrían la piel pálida. Le sobresalían del cuerpo espigas de hierro que rezumaban sangre. Las pesadas alas negras cubrían el otro reposabrazos del trono. Con desinterés, se mordisqueaba, con dientes de hierro relampagueantes, el final puntiagudo de una garra tan afilada como una cuchilla.

Eso no fue lo peor. Eso no fue lo que hizo que se le revolviera el estómago y se le subieran las bilis por la garganta. Había algo tembloroso en su contorno, algo que no conseguía identificar. Como si todo en lo que se había convertido lo hubiera vuelto incluso más oscuro mientras acechaba en las sombras.

Tenía grietas en la piel, pero un escalofrío lo cambiaba todo. Cada vez que el cerebro de Nadya lo asimilaba, se le alteraban las facciones monstruosas. Un escalofrío. Nuevos ojos le resbalaban sobre las mejillas y la mandíbula, abriéndose a intervalos. Un escalofrío. Dientes afilados que le abrían la piel de la mejilla. A Nadya se le nublaron los ojos. Los de Malachiasz de repente estaban en la frente, sangrientos y pálidos, en lugar de parecidos a ónices negros. Un horror cambiante y caótico.

La desesperación amenazaba con ahogarla. Aquello era mucho peor de lo que había imaginado.

Sus ojos de ónice la observaban mientras ella los evitaba, desesperada. Llevaba el pelo negro azabache largo y enmarañado, entrelazado con cuentas doradas y trozos de hueso. La peor parte, el atisbo que hacía tambalear la frágil armadura que se había construido a su alrededor, aparecía cuando el plano cambiante de sus facciones reposaba de manera huidiza sobre su rostro humano y dolorosamente bello. Pasajero, tranquilo, desaparecido en un instante. Solo un monstruo.

Una lenta sonrisa se le extendió por la boca, revelando unos dientes de hierro y retazos de colmillos mientras la estudiaba con cuidado y cautela. Nadya tenía que hacer algo. Hizo una reverencia.

—*Kowej Eczkanję*, estoy aquí para hacerte la vida miserable.

No tuvo tiempo de incorporarse tras la falsa deferencia. De repente, estaba al otro lado de la habitación, la sujetó de la nuca con una mano y tiró de ella hacia atrás.

—Ahora es más fácil matarte —dijo, pensativo—. Aquí.

—Mejor que a través de un hilo de magia, ¿no? Supongo. También me resultará más fácil contraatacar —observó.

Le clavó las garras de hierro en el cuero cabelludo. Sería tan fácil. Si presionara un poco más, estaría muerta. Nadya tendría que convencerle de que la idea de su muerte no era tan atractiva.

—Pero... —dijo la clériga, burlándose de su tono reflexivo— eso supondría un fin amargo para tu curiosidad.

Malachiasz permitió que se incorporara y movió la mano hacia su barbilla para levantársela con una de las garras de acero, obligándola a alzar el rostro hacia el suyo. Se había olvidado de lo alto que era.

—Supongo que ya lo veremos, pajarillo.

Y, en medio del infierno cambiante en el que se encontraba, vislumbró al chico solitario y asustado que se había roto en pedazos y buscaba algo, cualquier cosa, que pudiera salvarle de su destrucción. Una grieta en la armadura. Una debilidad que Nadya podía explotar.

El Buitre Negro la dejó marchar y ella dio un paso atrás. La observó como lo haría un depredador, con los ojos entrecerrados y la cabeza inclinada a un lado.

—¿A qué has venido? —preguntó.

—Hay una *slavhka* a la que reclutasteis para vuestras filas hace varios meses —dijo Nadya—. Quiero que la devolváis.

Żywia miró con curiosidad al Buitre Negro, como si no tuviera ni idea de por qué Nadya estaba allí. No podía fiarse de la Buitre, pero se preguntó por qué no le había contado ya quién era. Malachiasz frunció ligeramente el ceño y le devolvió la mirada a Żywia. Algo relampagueó en sus ojos de ónice.

—Ah, el error, claro. Ve a buscarla, Żywia. Pero ten cuidado, hace mucho que no ve la luz.

El horror consumió a Nadya por dentro. No conocía a Żaneta lo suficiente, pero la *slavhka* la había tratado bastante bien cuando fingía competir por la mano de Serefin para casarse. Si lo pensaba, Nadya se alegraba de que el *Rawalyk* hubiera acabado siendo un desastre. Ahora que conocía a Serefin, no podía imaginarse un destino peor que casarse con él y había estado a punto de ganar aquella pesadilla.

—¿Por qué necesitas a mi Buitre? —preguntó Malachiasz.

—Si es un error, no me parece que os sirva de mucho —replicó Nadya.

Malachiasz estaba cerca, sujetándole el collar de oración con la garra. El tiempo era un círculo y Nadya tuvo que revivir el pasado en una nueva realidad retorcida. Un chico en la nieve con demasiada curiosidad para su propio bien. Un monstruo en la oscuridad, contemplando un puzle. Con sus ojos de ónice, recorrió los símbolos de las cuentas antes de fruncir ligeramente los labios.

—Magia de bruja y divinidad —murmuró—. Aún no me has dicho quién eres, *towy dżimyka*.

Al oír el apodo sin la calidez con la que Malachiasz solía pronunciarlo, Nadya sintió un dolor más profundo del que quería admitir.

—Tú tampoco, así que estamos en paz —contestó la chica.

Un parpadeo.

—Kalyazí, claro.

—¿Sí? Pensaba que mi tranaviano era bastante impecable. —No lo era, Nadya lo sabía, pero su dominio del lenguaje había mejorado mucho desde que lo habían practicado juntos.

—¡Qué valiente por pensar que ibas a salir de aquí ilesa! ¡O qué ingenua! Estamos en guerra, pequeña kalyazí.

Nadya se encogió de hombros.

—Pensaba que los Buitres no participaban en ella. ¿Contra qué tenéis que luchar? No hay más clérigos.

—Hay una —dijo, pensativo.

—Sí —contestó Nadya con suavidad—. La hay.

Malachiasz sabía que era ella. Incluso en su estado impersonal, apenas coherente y disperso. Tenía la mente hecha pedazos, pero no dormida.

—¿Me matarás?

Malachiasz frunció el ceño, pensativo. No. Aún no.

«Aún no. "No tienes motivos para temerme, Nadya", dijo; el "aún no" estaba implícito en sus palabras», pensó la clériga con tristeza. «Y lo ignoré».

Nadya se tensó cuando dio un paso tras ella. La oscuridad de su presencia la rozó al pasar y su miedo se hizo tan grande que se sintió mareada. «No debería haber venido sola». Un pavor auténtico le recorrió la columna vertebral.

—¿Me vas a decir cómo te llamas? —preguntó Malachiasz.

—¿Me vas a decir tú cómo te llamas?

El Buitre Negro soltó una carcajada grave y chirriante, un sonido doloroso.

—Yo no tengo nombre. —Habló con suavidad, con el rostro cerca del suyo—. Soy más que eso. Más que todo. La oscuridad a la que se venera, el veneno en los corazones de los hombres, herejía, sombra.

—Parece agotador.

—¿Qué haces aquí? —continuó Malachiasz, rozándole la mejilla con una garra con tanta suavidad que la piel bajo el hierro afilado no se rasgó. Sintió su aliento caliente en la oreja—. ¿Por qué has venido apestando a magia de bruja y santidad? ¿De qué sirves si no es para llevarme a la ruina? ¿Vales tanto la pena como para que no te rompa los huesos?

—Oh, por favor, pregúntame lo que quieres saber de verdad. —No era más que un pajarillo y él, un buitre horrendo que masticaba huesos hasta convertirlos en polvo y se tragaba el sol. Temerlo era normal y lo que él esperaba, pero no le iba a dar esa satisfacción.

La giró para que lo mirara con manos ásperas sobre los hombros. Tuvo que dejar caer los ojos porque el horror cambiante de su rostro era demasiado.

—¿La magia es tuya? —preguntó Malachiasz.

Nadya le levantó la mano derecha de su hombro y se la giró para colocarle la palma hacia arriba. La chica frunció el ceño, tenía la cicatriz limpia. Sin palabras, se quitó el guante y le dio la vuelta a su propia mano. La cicatriz estaba oscurecida y tenía venas negras dibujadas por toda la palma. Una había comenzado a rodearle el dedo anular. ¿Por qué la suya estaba limpia mientras que la de ella se había alterado así?

Pareció sorprendido. Cerró los dedos sobre su propia cicatriz y con la otra mano trazó la suya con un roce casi delicado.

—Esta magia no es mía —dijo Nadya.

Dirigió los ojos hacia ella.

—Pero sabes lo que es.

Había supuesto que era el poder de Velyos, pero ¿y si no lo era? ¿Acaso él sabía algo?

—No sé cómo romperlo. —Nadya le tocó un trozo de hueso que tenía entrelazado en sus mechones oscuros, rebeldes y enmarañados. Había ido demasiado lejos, pero no se apartó.

La chica necesitaba hundirle los dedos en la grieta de la armadura para romperla. Tenía su nombre y sabía lo atado que estaba a él, pero ¿sería suficiente? Malachiasz debía querer que fuera su ancla. Debía querer ser Malachiasz Czechowicz. De alguna manera, tenía que encontrarlo, al chico, mientras convencía al monstruo para que le dejara llevarse a Żaneta. Era una misión imposible.

La tensión se palpaba entre ellos. Era inquietante descubrir que no sentía deseos de sacar el *voryen* y clavárselo en el corazón.

—¡Aquí está! —anunció Żywia, rompiendo el silencio, mientras lanzaba una forma frágil y encorvada al interior de la sala del trono.

Nadya siseó al soltar el aliento. El Buitre Negro se alejó de vuelta al trono y el momento entre ambos se rompió. Żywia saltó al estrado para colocarse a sus pies.

—¿Qué quieres hacer con ella? —preguntó, como si Serefin no se lo hubiera contado.

Nadya la fulminó con la mirada. Żywia negó con la cabeza, con suavidad. ¿La estaba ayudando o no?

La clériga se acercó a Żaneta, convertida en una forma desmoronada. Temía lo que encontraría bajo la cortina de rizos lacios.

—Me han dicho que cometió traición —dijo el Buitre Negro.

—¿Te lo han dicho? —preguntó Nadya—. Tú estabas allí.

Żywia le dedicó una mirada con los ojos muy abiertos cuando la expresión de Malachiasz se volvió distante y confusa.

—¿Qué? —Se le rompió la voz bajo esa única palabra, un chico perdido, desorientado en la oscuridad hasta que lo arrastraran de nuevo dentro.

«Para». Nadya no debería separar a ambos así. Todo él era Malachiasz.

La chica se encogió de hombros. Era evidente que el Buitre Negro quería hacerle más preguntas, pero, en lugar de eso, se encorvó en el trono con el ceño fruncido, casi malhumorado. Nadya le dio la espalda.

—¿Żaneta? —susurró, asustada, mientras estiraba la mano hacia ella.

—Su conexión con ese nombre es cuestionable —comentó el Buitre Negro. Apoyó la barbilla en la mano mientras las observaba—. Su relación con… la realidad es cuestionable.

—Habla por ti —musitó Nadya.

Captó cómo Malachiasz arqueaba las cejas y Żywia entrecerraba los ojos. Estaba siendo demasiado familiar.

Nadya estiró la mano y se sobresaltó cuando unos dedos curvos con las uñas rotas e irregulares la cogieron de la muñeca. La cortina de pelo se abrió.

—Ay, cariño, ¿qué te han hecho? —susurró la clériga.

10

SEREFIN
MELESKI

Rompe la piel, destroza el hueso y observa en qué se convierte
el corazón palpitante de un ser que fue en el pasado y ya no es.
Velyos es engaño. Velyos es paciencia.

Las Cartas de Włodzimierz

Serefin había aprendido muy pronto que enfadar a Ostyia solo daría como resultado su propio sufrimiento, por lo que intentaba evitarlo a toda costa. Sin embargo, cuanto más trataban con Malachiasz, más inevitable se volvía.

—¿Qué quieres decir con que la dejaste ir? —preguntó Ostyia con voz monótona.

—No podíamos irrumpir en las Minas de sal, ¿no? —replicó Serefin.

Al despertarse y descubrir que Nadya se había marchado, Serefin se había sentido más aliviado que otra cosa. No estaba preparado para enfrentarse a Żaneta, y Nadya se había echado esa carga a la espalda.

—¿La has dejado ir para qué? ¿Recuperar a Żaneta?

Serefin asintió.

Ostyia lo fulminó con el ojo.

—¿Y eso es todo?

—Lo que haga allí es asunto suyo. —Pasó junto a ella y atizó el fuego antes de rebuscar en la mochila algo que comer. Los akolanos se habían marchado para obtener una mejor panorámica de la entrada a las minas, probablemente en detrimento suyo—. Deja de cuestionar mis decisiones.

Apretó los puños.

—No puedes decirlo en serio, Serefin.

—¿Tienes un plan mejor? —escupió el rey.

—Nadya va a traer de vuelta a la persona que te asesinó cuando lo estamos pasando en grande haciéndonos cargo de las cosas sin su intromisión, así que sí, tengo un plan mejor. Sin embargo, no importa porque nunca me escuchas.

—¿Por qué debería escuchar a alguien que me ha mentido durante años?

Ostyia se quedó boquiabierta.

—Nunca te he mentido —dijo con frialdad—. No me preguntaste.

Kacper observaba la pelea como si tuviera miedo de que se fueran a girar hacia él a continuación. Serefin no recordaba ni una sola vez en la que se hubiera peleado así con Ostyia, pero no podía soportar que cuestionara cada decisión que tomaba cuando todo se le escapaba entre los dedos.

No le extrañaba que nadie en Tranavia lo tomara en serio. Nunca decía una palabra sin que alguien se la rebatiera.

«¿Estás seguro de que eso es lo que quieres hacer, Serefin? ¿No hay una manera mejor de lidiar con esto, Serefin? ¿No podías haberlo dicho con más tacto, Serefin?».

—Actúas como si te hubiera fallado cuando has sido tú el que ha mandado a la enemiga a recuperar a la persona que te mató. No me puedo creer que tenga que decirlo dos veces.

—Da igual —dijo Serefin—. Da igual. La decisión está tomada y lo hecho hecho está.

—Si tomas una decisión así de estúpida que acabará en tu muerte, ¿crees de verdad que no voy a intentar detenerte?

—Lo haces con todas las malditas decisiones que tomo, Ostyia. No solo las estúpidas. Con todas. No puedo hacer nada sin que lo cuestiones. —La chica frunció el ceño y Serefin añadió—: Los dos lo hacéis.

Kacper se incorporó y le dedicó a Serefin una mirada afligida.

—*¿Cómo puedes gobernar si tus subordinados no te respetan?* —dijo la voz asentada en el subconsciente de Serefin. Necesitaba una copa, pero la voz tenía razón.

—Sangre y hueso, por eso toda la corte piensa que soy un débil borracho contra el que es fácil conspirar, ¿no? Porque vaya a donde vaya vosotros dos menospreciáis mis decisiones.

—Serefin… —comenzó a decir Kacper.

—O porque eres un borracho —contraatacó Ostyia.

Serefin cerró los ojos y la rabia le recorrió el cuerpo.

—¡Ostyia! —dijo Kacper con brusquedad, desesperado al tratar de que aquello no se saliera de control.

—No deberíamos habernos marchado —continuó la chica—. Tu madre no va a ser capaz de oponerse a Ruminski y nadie creerá que te has ido por tu salud, justo aquello sobre lo que les gusta rumorear a los *slavhki*. Y todos ellos han determinado que estás tan loco como tu padre, pero al menos él sabía lo que estaba haciendo porque es evidente que tú no. Tienes razón, te digo cuándo eres un irresponsable porque nadie lo hará. Todos están encantados, esperando ver cómo caes, y…

—Para —dijo Serefin con voz monótona.

—*A la espera de ver al joven rey caer. A la espera de ver cómo los enemigos del oeste se lo tragan. Un animal, hambriento y a la espera, para despedazarte con las fauces y que todo vuelva a ser como era hace un siglo. Dará vueltas y más vueltas y tendrás que dejar que ocurra.*

—¿Por qué? —preguntó Ostyia—. ¿De qué valdría? A este paso no habrá nada a lo que volver. Y el Buitre Negro te va a matar porque se lo vas a permitir.

—¿Crees de verdad que te puedes librar de mí, chico? ¿En serio eres tan ingenuo?

—¡Para! —Serefin no sabía si estaba hablando con la voz o con Ostyia, pero la palabra le salió de entre los labios agotada, irritable y tan contundente que la chica se quedó callada—. Es mi hermano —dijo al final.

Kacper soltó un grave jadeo. Ostyia abrió mucho el ojo por la sorpresa.

—No —susurró—. No, es tu primo.

Serefin negó con la cabeza.

—No se parece en nada a Sylwia o a Lew y lo sabes. Sin embargo, se parece una barbaridad a Klarysa. —Malachiasz era más alto que Serefin, más delgado, con la piel más pálida y las facciones más afiladas. Pero ambos tenían esos ojos pálidos y gélidos.

Ostyia negó lentamente con la cabeza.

—Eso no cambia nada. —Aun así, estaba desconcertada.

—Bueno, sí, al menos ahí tienes razón. —Serefin se puso en pie. Ostyia dio un paso atrás—. No hay manera de cambiar lo que hizo. Tendré que vivir con la agonía de preguntarme si habría hecho algo para detenerlo si hubiera sabido que estaba vivo los últimos ocho años. —Ostyia se estremeció y Serefin le preguntó—: ¿Desde cuándo lo sabías?

La chica tomó aire de manera irregular y no respondió. Una idea surgió en la mente de Serefin y se asentó allí. Era horrible y no estaba seguro de qué le llevó a pronunciarla, pero ya no parecía ser él quien hablaba.

—Estabas celosa.

Ostyia volvió a negar, con vehemencia, pero hubo un cambio en su postura, un golpe que había llegado a su destino.

—Eras el único amigo que tenía —dijo la chica con voz suave, a punto de quebrarse—. Después del ataque..., después... —Levantó la mano para llevársela a la cuenca del ojo llena de cicatrices.

Muchos niños nobles habían muerto en ese ataque. Serefin y Ostyia habían sobrevivido. Nadie echaría la culpa al heredero del trono, pero Ostyia se había tenido que enfrentar al resentimiento de ser de los pocos que huyeron.

—He tomado una decisión. No me volverás a hablar así —dijo Serefin con lentitud, aún inseguro de con quién estaba hablando—. Si me cuestionas de nuevo, te enviaré de vuelta al frente en una gira sin fin.

Y no supo si fue por el toque de hierro en su voz, la manera en la que esta se había trasformado en una vibración muerta y sin tono o las propias palabras, pero a Ostyia se le inundó de lágrimas el ojo azul. Apretó el puño, llena de rabia, y se alejó, enfadada. Un silencio nervioso ocupó el campamento antes de que Kacper dejara escapar un largo suspiro.

—Sea lo que sea lo que vas a decir, no lo hagas —atacó Serefin.

Kacper levantó las manos. Aún seguía observando el lugar por el que Ostyia había desaparecido.

—¿Estará a salvo marchándose sola?

—¿Quieres ir tras ella? Adelante. —Lo dijo con un tono más venenoso de lo que había pretendido. Sentía la piel caliente y el sudor se le extendió por las sienes. Rebuscó la petaca en la mochila.

Kacper se estremeció, pero buscó con la mirada la de Serefin.

—¿Te encuentras bien?

—Deja de preguntarme eso. —Examinó los campos. Ostyia estaba lo bastante lejos para no poder verla con su maltrecha visión—. ¿También tú vas a decidir lo que es mejor para mí? Porque a ti tampoco te necesito.

—¿Sabes qué? Voy tras Ostyia. No voy a ser tu saco de boxeo. Adelante, bebe hasta que mueras.

Serefin se dejó caer en el suelo con la petaca y observó cómo se alejaba.

* * *

El bosque estaba a oscuras. Las hojas eran densas y pesadas, por lo que la luz de la luna no traspasaba las ramas. Una oscuridad total y completa se extendía por la maleza. Una sombra se movió entre los árboles, demasiado rápida para verla con claridad. Se oía un gruñido en la tierra, como si algo antiguo y vasto se estuviera despertando y presionando la superficie desde abajo. Un aire frío soplaba como fauces gélidas que punzaban la piel de Serefin mientras este se despertaba con un jadeo.

No sabía cómo había acabado en ese lugar. No sabía siquiera dónde estaba. Se giró en busca de un camino que seguir para volver a casa, pero solo había maleza y hojas muertas.

—*Bueno, tienes un talento inesperado para estar en dos sitios a la vez.*

Serefin se dio la vuelta al reconocer la voz. Aguda, melódica, como una flauta de juncos. No veía a nadie, pero había oído a alguien hablar.

—¿A qué te refieres? —dijo en voz alta. Al menos, pensó haberlo hecho. Se estremeció.

—*Me refiero a lo que me refiero. Estás aquí, pero a la vez no. No me sirves de mucho allí, pero vendrás con el tiempo.*

A Serefin no le gustaba lo confiada que parecía la voz.

—¿Qué quieres de mí?

—*Ah, tu poder, tu rango, tu mente inteligente, muy inteligente. El reino de lo divino es amplio y está lejos del alcance de nadie, pero*

139

son los mortales quienes cambian el mundo y hacen realidad nuestros
caprichos.

—¿Nos necesitáis? —preguntó Serefin. Odiaba tener que admitir aquello. Era tranaviano. Los dioses eran inútiles. Eso era aquello, ¿no? ¿Un dios?—. Por desgracia, tengo mis propios problemas con los que lidiar y no incluyen venir... hasta aquí... —Serefin se calló. Fuera lo que fuese «aquí».

—*¿Cuánto crees que puedes correr, chico? ¿Cuánto crees que puedes sobrevivir mientras me hago contigo, parte por parte?*

El tono de la voz le provocó un escalofrío. Serefin se tocó el ojo malo. El miedo a perder el control de su ojo estaba demasiado cerca y era demasiado real. Tenía que salir de allí.

—Cueste lo que cueste —dijo al fin.

—*Ha pasado mucho tiempo* —dijo la voz—. *Mucho, metido en una prisión creada por sacerdotes mortales. Tu mundo se ha convertido en un lugar donde mi especie observa desde las sombras mientras construís muros y velos y destruís el equilibrio que ha habido en este lugar desde el origen de los tiempos. Vuestra arrogancia es valiosa. Creéis que podéis controlar las estrellas, cambiar los cielos. Ingenuos. No puedes correr, ingenuo, no puedes esconderte de esto.*

Serefin se cubrió los ojos. Si dejaba de ver el bosque, dejaría de estar en él. No era real. Estaba en el campamento, fuera del nido de los Buitres. Era una artimaña, solo eso.

Se despertaría, Ostyia y Kacper habrían vuelto menos enfadados y ella dejaría de provocarle. Todo iría bien. Todo tenía que ir bien.

Serefin se despertó, jadeante. Seguía en el bosque.

11

NADEZHDA
LAPTEVA

*Sofka Greshneva era preciosa, extraordinaria. La había elegido
Marzenya. Hasta que dejó de hacerlo. Hasta que no hubo nada.
Hasta que solo quedó el silencio.*

Los Libros de Innokentiy

Nadya no sabía qué la perseguiría más: los ojos de Żaneta,
de un negro profundo, destrozados, con la parte blanca
absorbida por la oscuridad, su piel bronceada con un desagradable tono cetrino, sus sollozos frenéticos o que, cuando había
dejado los dientes al descubierto, estos consistían en filas de
uñas de hierro y fauces.

Żaneta se había apresurado a tocarle la mano a Nadya
cuando la estaba retirando, desesperada y aterrada. Hablaba de
manera confusa y equívoca, pero le suplicaba que no dejara que
se la llevaran. La chica noble estaba allí, en algún lugar, igual
que Malachiasz dentro del monstruo.

Żywia quiso guiar a Nadya fuera de la sala, pero el Buitre
Negro la detuvo.

—No —dijo con suavidad—, déjala.

Nadya tomó aire de manera irregular a medida que algo
sutilmente peligroso comenzaba a cambiar.

—No tiene miedo, ¿no te parece curioso? —Se reclinó en el trono—. No desprende su aroma. Nerviosa, quizás, pero sin miedo. Deja que se quede, deja que lo vea. —Sonrió—. Deja que se asuste.

Żywia dejó que Nadya se quedara, guiándola de nuevo a un rincón al que la chica huyó, agradecida.

—En cualquier caso, tengo cosas mejores con las que lidiar que con una bruja kalyazí —musitó Malachiasz, alejándose del trono—. Dile a Tomasz que me traiga uno nuevo.

A Nadya le temblaban las manos. Poco a poco se dejó caer hasta el suelo, captando la atención de Żywia. Esta asintió mientras Nadya se deslizaba entre las sombras.

El nuevo, como había dicho, era un hombre aturdido. Tenía la ropa destrozada y Nadya no sabía si era tranaviano o kalyazí, pero no quería saberlo. Fuera lo que fuese lo que le iba a ocurrir no sería menos horrible si lo supiera.

Żywia se agazapó junto a Nadya.

—¿Qué está haciendo? —susurró esta.

—Siempre avanzando —contestó Żywia, observando al Buitre Negro, absorta—. Siempre dando el siguiente paso, buscando el siguiente retazo de magia que lo hará más…, mejor y lo alejará todo lo posible de lo humano.

A Nadya le dio un vuelco el estómago. El Buitre Negro le levantó la barbilla al hombre con una garra de hierro. El hombre lo miró sin verle.

—Sería mejor si estuviera más lúcido —musitó el Buitre Negro—, pero no estoy seguro de que hubiera sobrevivido a tanta magia entrando en él de ninguna otra manera, ¿no lo crees, Żywia?

—Eso y se habría resistido cuando se lo quitaras.

—Ah, pero la pelea no es ni la mitad de divertida —dijo Malachiasz de manera ausente.

Nadya se cubrió la boca, jadeando cuando le clavó al hombre en el pecho las garras de la mano para abrirle las costillas y quitarle el corazón aún palpitante.

La chica enterró la cabeza entre las rodillas, paralizada por el miedo, mientras la imagen se repetía una y otra vez ante sus ojos. Y los sonidos, los sonidos... ¿Era peor que el hombre no hubiera gritado? No se había oído nada más que el chirrido y la rotura de huesos, así como el sonido húmedo de la sangre extendiéndose por todas partes. Nadya podía oírla cayendo al suelo frío de piedra, el golpe seco del cuerpo al desfallecer. Levantó un poco la cabeza para ver al Buitre Negro observando el corazón de forma reflexiva, pero sin emoción.

Malachiasz sonrió con desprecio y crueldad.

—¡Ah, ahí está el miedo! —Le lanzó el corazón a Żywia, quien lo atrapó lo bastante cerca de Nadya para que esta sintiera cómo la sangre la rociaba. Seguía caliente. Se lamió la sangre de los esbeltos dedos—. No es perfecto —dijo—, pero algo es.

Żywia, con menos entusiasmo, pero con la misma curiosidad, probó la sangre que le cubría las manos. Hizo un sonido suave y afirmativo.

—Siempre podríamos... comérnoslo todo entero, supongo.

—Acabo de cenar —comentó el Buitre Negro, triste, y su voz se asemejó tanto a la de Malachiasz que Nadya sufrió un sobresalto.

Żywia le dedicó una mirada de soslayo antes de devolverle el corazón. El monstruo se lo llevó a la boca y le dio un mordisco. Nadya se desmayó.

* * *

Nadya dejó que Żywia la arrastrara por los pasillos, demasiado oscuros para que pudiera escapar. Trató de bloquear los gritos, pero eran constantes.

—¿Cómo lo soportas? —preguntó.

—Me basta con saber que esta vez no soy yo la que grita —contestó Żywia, sombría.

Nadya se había despertado casi de inmediato tras desmayarse, pero el Buitre Negro había desaparecido. Solo quedaba Żywia. La cabeza le palpitaba y notaba la garganta dolorida y seca. Sintió ganas de vomitar y tragó con fuerza cuando la boca se le llenó de saliva.

—No te vas a ir —había dicho Żywia—. No te va a dejar, pero puedes venir conmigo.

—¿Adónde?

—Donde están nuestros invitados, claro.

—¿Me estás ayudando o tratando de sabotear mis esfuerzos?

Żywia se echó a reír.

—Seguro que parece que estoy haciendo ambas cosas.

La Buitre llevó a Nadya a una habitación apenas iluminada y casi vacía de muebles. No era incómoda, de hecho, era bonita de una manera a la que Nadya estaba acostumbrada. La Buitre encendió una antorcha y la colocó en un aplique de la pared. Cerró la puerta.

—Pensaba que el rey se estaba encargando de esto —dijo—. Pensaba que Malachiasz iba a tener lo que se merecía.

Nadya suspiró. Se sentó en la cama, exhausta de repente, aunque no fuera a dormir allí.

—La situación ha cambiado.

Żywia cruzó los brazos sobre el pecho y se apoyó contra la puerta cerrada. Llevaba una túnica carmesí, con las mangas largas y harapientas, sobre un par de pantalones bombachos negros.

Nadya se llevó la mano a la empuñadura de la daga de hueso del cinturón. Żywia puso los ojos en blanco.

—Me cuesta creer que hayas cambiado de repente de idea.

144

No se trataba de los sentimientos de Nadya. Se trataba de ser pragmática. Si no iba a entender lo que le estaba consumiendo la mano, si no iba a arreglar nada, necesitaba a Malachiasz.

—Eso es justo lo que ha ocurrido.

La Buitre la miró con el ceño fruncido mientras se pasaba el pulgar por los tatuajes de la barbilla.

—Todo lleva al mismo fin —observó Nadya.

La mirada de Żywia se volvió distante.

—En lo que se ha convertido ahora es en lo único en lo que podemos convertirnos todos nosotros. Sin embargo, está muy disperso y parece que su brillo se atenúa debido al caos del que es cautivo. Además, echo de menos a mi amigo de una manera egoísta.

—¿Un monstruo puede sentir eso? —preguntó Nadya.

—Nosotros, los monstruos, podemos sentir muchas cosas.

—Pero no crees que vaya a tener éxito. —Nadya tampoco lo creía, para ser sincera, pero tenía que intentarlo.

—No lo sé. Sabía lo que estaba haciendo. Me alegra que tengas ganas. Veré qué puedo hacer con Żaneta, aunque no prometo nada. Es decisión de Malachiasz si se queda o se va.

—Gracias, no esperaba un gesto tan amable.

—No es amabilidad —dijo Żywia—. Eres kalyazí, querida, y seguro que esto te parece una catástrofe, pero iré a por algo de comida. Esto sí que es amabilidad.

—Gracias por eso, entonces.

* * *

Se encontró vagando medio adormilada a través de los pasillos oscuros al día siguiente, consciente de que la decisión podría acabar con facilidad en su muerte, pero incapaz de esperar a que Żywia fuera a buscarla.

—Dime… —El chico apareció en medio de la oscuridad, lo que sobresaltó a Nadya tanto que sacó el *voryen*. Le dedicó una mirada desdeñosa y divertida antes de que, durante un segundo, sus facciones fueran las de Malachiasz, al mismo tiempo que apartaba con facilidad el filo a un lado.

Lentamente, Nadya envainó la daga y esperó a que continuara. En lugar de eso, comenzó a caminar despacio por un pasillo adyacente. La chica dejó escapar un suspiro de cansancio.

—¿Qué quieres que te diga? —preguntó, trotando tras él.

—¿Por qué una clériga creería que está a salvo en estos pasillos?

De repente, chocó la espalda contra la pared mientras le temblaba la mano al dirigirla hacia el *voryen*, aunque sabía que sería inútil si él la atacaba. Le tamborileó el corazón a un ritmo salvaje y el aire se le bloqueó en los pulmones.

Malachiasz le colocó una mano detrás de la cabeza. Oía el roce de las garras de hierro contra la piedra. Con la otra mano, le levantó la barbilla.

—Aquí no estoy a salvo —musitó Nadya—. No necesitas recordármelo.

El calor de su cuerpo la rodeó. Solo tenía que moverse un poco para tocarle. Le miró la boca, las venas negras de veneno que se le asentaban bajo la piel. En una milésima de segundo, podría cambiarle el estado de ánimo y atravesarla. Sin embargo, había un brillo curioso en sus ojos mientras la apretaba contra la pared.

—Si te mato —dijo reflexivo—, ¿se acabaría? ¿Ese sería el final? —Le pasó una de las garras por la mejilla.

—Para mí, sí —contestó Nadya, incapaz de resistirse a soltar la seca ocurrencia.

No esperaba que curvara la boca en una sonrisa o que una perplejidad divertida le recorriera el rostro. Le tocó una de las charreteras plateadas de la chaqueta y, al fruncir el ceño, se le arrugaron los tatuajes de la frente. Nadya había olvidado que llevaba su maldito abrigo. A Malachiasz un ojo se le abrió en la mandíbula, chorreando sangre.

Tras un largo silencio, se echó hacia atrás, giró sobre los talones de inmediato y continuó por el pasillo. «Es literalmente tan insufrible como siempre», pensó mientras daba un paso tembloroso hacia delante, dándose un segundo para tomar aliento. Seguía siendo exasperante y condescendiente y confiaba demasiado en su propia importancia. Aún no se había consumido.

Nadya lo alcanzó y trató de ignorar la mirada de soslayo que le devolvió porque, de nuevo, se parecía mucho a algo que haría Malachiasz. Debía mantener las esperanzas en perspectiva. Las piezas del chico al que amaba eran solo eso, piezas dispersas. El chico al que no debería amar.

Sin embargo, Nadya solo conseguía pensar en el muchacho apoyado en la barandilla del barco, con el pelo negro mecido por la brisa, bromeando sobre que nunca había tenido a nadie en la vida a quien le importara lo suficiente como para preocuparse por él, revelando tras ese disfraz frívolo lo desesperado y solo que estaba. El corazón astillado de Nadya no iba a permitir abandonar a ese chico, incluso aunque lo necesitaba solo para poder, en última instancia, destruirlo.

No sabía a dónde la estaba llevando, pero cada pasillo era más aterrador que el anterior y la idea se le asentó en la boca del estómago como un nido de serpientes. Pensó en preguntarle, como cuando estaba con Malachiasz, quien habría recibido esas preguntas con ese aire delicado y ligeramente superior, aunque las hubiera respondido igual. No obstante, no le daría a ese monstruo aquella satisfacción. Por fin, se detuvieron en una puerta insulsa y miró a Nadya a escondidas.

—¿Adónde me has traído? —preguntó.

Se llevó un dedo a los labios y le dedicó una sonrisa.

—Paciencia, *towy dżimyka*, paciencia.

Un pinchazo de dolor la traspasó.

Un grito se hizo eco a través del pasillo y Nadya se sobresaltó. Malachiasz abrió la puerta y dio medio paso atrás, como si le sugiriera que entrara primero, pero, en lugar de eso, penetró en el espacio oscuro y con su magia iluminó las antorchas cercanas al umbral.

Poco a poco, ahuyentó las sombras a medida que encendía un centenar de velas por toda la sala. De alguna manera, Nadya supo lo que iba a ver cuando la oscuridad por fin retrocediera.

—Tienes que dejar de llevarme a tus venenosos santuarios —musitó la clériga. Malachiasz iluminó las velas en un altar cubierto de sangre seca. Todo era demasiado familiar.

Con lentitud, Nadya examinó los pilares de piedra, grabados con símbolos que no entendía. Un candelabro, hecho de huesos, se encendió en el vasto techo abovedado, pero había un trasfondo de oscuridad que agitaba las sombras.

Un hilo de poder discordante la sobresaltó al avanzar por la sala. Le escocía la mano.

—¿Son...? —Se detuvo porque se había olvidado de que estaba con el Buitre Negro.

Este le dedicó una sonrisa perversa. Demasiado parecida a la de Malachiasz.

—Sí —dijo con la voz desfigurada por un supremo placer hacia sí mismo.

«Huesos humanos. Genial».

A medida que la luz ahuyentaba las sombras, iluminaba paredes cubiertas de calaveras, con símbolos grabados en la frente. Las lágrimas le inundaron los ojos ante toda la muerte que estaba presenciando en un solo instante.

La catedral del Buitre Negro era bonita, pero aquello... No entendía el propósito.

—¿Por qué me has traído hasta aquí? —preguntó Nadya. Malachiasz tosió con violencia y se encorvó. Al incorporarse, observó la sangre que le cubría la mano. Un ojo se le abrió en la mandíbula y, al presionárselo ausente, la sangre se le escurrió entre los dedos.

—No lo sé —dijo por fin—. Falta algo. —«Está fingiendo. Sabe cómo manipular, incluso así»—. No estás aquí por la chica —continuó Malachiasz. Tosió y de nuevo escupió sangre.

«Lo está destruyendo». Lo observó levemente asqueada.

—No, ¿la dejarás marchar?

Malachiasz se encogió de hombros.

—No me gusta perder cosas que son mías.

—Eres la mitad de la esfera política de Tranavia, ¿no? —Nadya se movió a su alrededor, con cautela, hasta subirse a un banco de piedra.

El Buitre Negro emitió un profundo sonido indefinido. Algo gruñó bajo sus pies, algo animal y monstruoso. Malachiasz inclinó la cabeza para escucharlo.

—¿Qué ha sido eso? —susurró Nadya. Sufrió un escalofrío y el temor la recorrió, temblorosa. Había cosas en ese lugar que eran más oscuras de lo que conocía y más antiguas de lo que podía imaginarse—. Żaneta es un peón político. Estoy aquí casi por un propósito noble. —Deseaba que fuera así. Deseaba estar allí para salvar a Żaneta y no por el monstruo ante ella que no deseaba ser salvado.

Malachiasz se colocó un mechón de pelo oscuro tras la oreja antes de decir:

—En su actual estado, no está haciéndole demasiado bien a nadie.

—¿Qué le ocurrió?

—¿Por qué deseas saberlo?

Nadya se encogió de hombros.

—La llamaste «error».

La observó en silencio, claramente confuso entre si debería o no molestarse en responder. ¿Quién era ella para hacerle esas preguntas?

—Algunos no se toman los cambios muy bien. Se resistió con bastante fuerza y eso desembocó en complicaciones.

Nadya sintió náuseas ante la manera impasible en la que relataba ese horror.

—¿Dejarás que me la lleve, entonces?

—No lo he decidido.

Nadya asintió con lentitud. Otro grito, de los que te destrozan la garganta, penetrante, cruzó la capilla. La chica se estremeció y se rodeó el cuerpo con los brazos.

—¿No te gustan las canciones de mi especie? —preguntó Malachiasz, curvando los labios con una sonrisa.

—¿Qué es eso?

—¿Crees que no hay más monstruos aparte de nosotros viviendo aquí abajo? Los Buitres solo somos los más capacitados para parecer aceptables.

Nadya paseó la mirada hasta la puerta. ¿Vería más horrores estando ahí abajo? Ya la turbaban bastante las figuras que reptaban entre las sombras, agazapadas como personas, pero con demasiados dientes y ojos.

Captó un movimiento por el rabillo del ojo y, mientras lo observaba, la sangre comenzó a salir de las cuencas y las mandíbulas abiertas de los cráneos en la pared. Cerró los ojos y se presionó las palmas de las manos contra ellos.

Malachiasz soltó una suave carcajada.

—La mayoría de los humanos que descienden hasta aquí no duran tanto como tú.

A Nadya se le escapó de la garganta un suave gemido, pero eso era todo. El miedo se había convertido en su modo por defecto. Ese lugar era demasiado malévolo para aceptarlo. Las cosas parecían estar mal, no le daba buena espina y, cuando echó un segundo vistazo, el horror reapareció.

—¿Tú no eres humano? —preguntó Nadya.

Una mirada seca, pero, después, solo una tristeza insondable.

—Nadie aquí abajo lo es. —A Nadya le dolía el pecho de una manera extraña. Malachiasz preguntó—: ¿A qué más has venido?

«Por ti», pensó. «Porque, de alguna manera, mi vida se ha entrelazado con un horror del que no puedo escapar. Y te necesito para encontrar mi camino de vuelta a los dioses». Los dioses que él quería destruir. A la chica le dolía la cabeza.

—¿Te acuerdas de tu nombre? —preguntó con suavidad.

Se quedó muy quieto, como si se hubiera convertido en piedra. A Nadya se le aceleró el pulso y quiso echar a correr. La tensión en la sala se volvió mortal. Malachiasz se giró con lentitud y se dirigió hacia ella. Se deslizó por el respaldo del banco hasta que no hubo sitio alguno al que ir.

—¿Qué insinúas, *towy Kalyazi*?

Nadya estiró la mano hasta golpearse con el siguiente banco, deslizándose hacia atrás, para colocarse entre ambos asientos mientras él se acercaba de un modo que la aterraba.

—¿Has venido para ser mi salvadora? ¿Una santa kalyazí benevolente que viene a purificar a los monstruos de Tranavia? —Utilizó un tono venenoso.

—No —susurró Nadya—. A… A ver, quizás en el pasado, pero ahora no. —Levantó una mano.

Malachiasz se subió al banco del que se había deslizado ella. Se agazapó allí, con los antebrazos sobre las rodillas y las manos acabadas en largas garras al descubierto.

—Conocí a un chico tranaviano en Kalyazin —dijo Nadya con voz temblorosa, hablando demasiado rápido. Tenía que arriesgarse con eso—. Era extraño y emocionante y me robó el corazón. Me mintió y lo perdí. Estoy aquí porque necesito la ayuda del rey de los monstruos para traer de vuelta algo que perdí. Me temo que este mundo va a arder y te necesito para que me ayudes a evitar que eso ocurra.

Malachiasz inclinó la cabeza. Eso. Eso era lo que necesitaba para atraerlo. Esa curiosidad. Esa era la grieta en la armadura. Eso era lo que necesitaba para romperla. Allí era más coherente de lo que había esperado. Tenía que utilizarlo.

—¿Por qué debería ayudarte?

¿Por qué debería ayudarla? ¿Qué podía decir para convencerlo de que lo necesitaba, y no debería matarla allí, en la oscuridad?

—Porque falta algo. —Nadya se incorporó, poniéndose de rodillas. Malachiasz se quedó quieto a medida que los centímetros entre ellos se desvanecían.

Nadya extendió una mano temblorosa y le rozó la mejilla con las yemas. Trazó con los dedos los cuernos que se le enrollaban sobre el pelo. Malachiasz le cogió la mano y tiró de ella para mirarle la cicatriz que se le extendía por la palma. Nadya sintió un pulso extraño de poder cuando su piel tocó la de ella. ¿Aquella era su magia o una fealdad totalmente distinta?

—¿Qué eres? —murmuró Malachiasz.

Nadya negó despacio con la cabeza.

—No lo sé. —Se le rompió la voz.

Con un fogonazo rápido de dolor, el Buitre Negro le presionó la espalda contra el banco, con lo que se golpeó la cabeza con la piedra, al mismo tiempo que la cogía por la garganta.

—Consideraré tu propuesta.

Entonces, desapareció, cruzando el santuario sin más palabras. Además, todas las velas parpadearon hasta apagarse, dejando a Nadya en medio de la oscuridad.

12

NADEZHDA
LAPTEVA

Esta diosa de la magia, esta diosa de la muerte, arrancó las gargantas de aquellos que se le oponían.

Las Cartas de Włodzimierz

Nadya se quedó sola en aquella sala de los horrores. Deambuló por los pasadizos oscuros, desesperada por encontrar algo de luz y hallando muy poca. Sin embargo, fueron los sonidos los que comenzaron a molestarla. Los gritos y el extraño canto que vibraba debajo eran constantes y no podía ignorarlos, por lo que se veía obligada a escuchar el coro de agonía que ocupaba aquel lugar. Además, cada vez que captaba una chispa de luz, veía los símbolos grabados en las paredes, pintados con sangre, y, de inmediato, deseaba estar a oscuras. Había demasiados horrores allí. Entendió por qué había rumores de que aquellos que viajaban bajo tierra se volvían locos antes de llegar a la superficie.

Los Buitres que pasaban la rodeaban sin una mirada. Era el juguete que el Buitre Negro atormentaba y, por lo tanto, era intocable. Los Buitres a los que ella sí miró se parecían a Żywia o a Malachiasz cuando era solo un chico. Personas normales.

Nadie diría que eran miembros de un terrible y monstruoso culto. Eso la volvía demasiado atrevida a medida que exploraba.

Estaba segura de que Żywia la encontraría poco después. Nadya entró en un espacio frío, húmedo y desagradable, más gélido que el resto de las habitaciones en las que había estado. Podía oír el suave repiqueteo de cadenas que le vibraba en los huesos. Una prisión. Miró a través de los barrotes de las jaulas y a punto estuvo de ahogarse con su propia respiración. En la parte trasera de una celda había una silueta encorvada a la que reconoció.

«No. No, lo perdí. Lo perdí, no puede ser real».

—¿Kostya? —se aventuró.

La figura levantó la cabeza con oscuros ojos nublados y la cara sucia.

—¿Nadya? —Entonces, se lanzó contra los barrotes y los envolvió con manos sangrientas.

Nadya se acercó a él un instante después y metió las manos por los barrotes para tocarle los hombros, los brazos y la cara. Estaba vivo. Parecía estar…, si no bien, al menos entero. Demacrado, pero vivo.

—¿Qué haces aquí? —preguntó, incrédulo. Con los dedos, le recorrió el rostro casi de manera respetuosa.

Nadya abrió la boca y la cerró. Habían ocurrido demasiadas cosas, dioses, había cambiado mucho desde el día que había huido del monasterio. No había una buena manera de contar lo que estaba haciendo, lo que había hecho.

—Es una larga historia —dijo con suavidad. Se echó hacia atrás para escrudiñar la puerta de la celda. No era cerrajera ni tenía las herramientas necesarias para abrir un candado. Sin embargo…

Flexionó los dedos y le lanzó una mirada a Kostya mientras se alejaba de él y este la dejaba ir a regañadientes.

—¿Qué haces? —susurró, siguiéndola por los barrotes de las celdas mientras buscaba el candado de la puerta.

—Sacarte de ahí.

Él lo sabría en cuanto usara aquella locura de magia. ¿Valía la pena instigar su ira? Las facciones marcadas de Kostya estaban destrozadas y cubiertas de moratones desvaídos. Los dioses tenían un perverso sentido del humor devolviéndoselo justo cuando estaba tratando de salvar a un chico abominable.

Con los dedos encontró el cerrojo y no se permitió pensárselo demasiado. Se le caldeó la cicatriz de la mano con magia tóxica y oscura. Sin embargo, se aferró a ella y esperó a que el mecanismo cediera. El candado cayó al suelo con un repiqueteo tan estridente como una alarma.

El dolor le traspasó la palma a Nadya, quien siseó entre dientes, observando horrorizada cómo las líneas negras de la cicatriz se le extendían aún más por la mano como senderos de veneno que le ennegrecían las yemas de los dedos.

«Bien, no volveré a hacer eso», pensó. Sin embargo, la puerta se abrió y Kostya la abrazó, llenándola de una calidez tan grande que casi sollozó aliviada. Tenía que sacarlo de allí.

Notó rabia en la agitación del hilo que la unía a Malachiasz. Estaría allí pronto.

Kostya la soltó, pero tenía el mismo brillo de miedo en los ojos que el día del ataque al monasterio, lo que llenó a Nadya de tal terror que habló antes de que él pudiera decir nada.

—Te mostraré la puerta que da al exterior —dijo—. Al este hay dos akolanos. Encuéntralos y diles quién eres.

La confusión le inundó el rostro.

—¿Qué? Pero ¿tú vas a…?

Nadya se alejó de él.

—Vaya, *towy dżimyka*. —La voz del Buitre Negro sonaba cerca, como si tuviera la boca en su oreja—. Mal hecho.

La expresión de Kostya se transformó en puro terror. El Buitre Negro tomó a Nadya por la mano y le presionó el pulgar contra la cicatriz de la palma. Se estremeció debido al dolor que le ascendía por el brazo y se le debilitaron las rodillas. Se apoyó sobre él para evitar caerse.

—Parece que terminamos la conversación demasiado pronto —comentó Malachiasz—. Y aquí estás, robándome.

—¿Qué...? —Se calló. Se humedeció los labios secos y agrietados—. ¿Qué te cuesta dejarlo en libertad?

—Nadya, no —susurró Kostya.

El Buitre Negro se paralizó al escuchar el nombre. Nadya lo miró, temerosa de moverse. Se abrió una grieta en su expresión y dejó escapar un jadeo tembloroso. Tiritaba contra el cuerpo de la chica. La cogió por la muñeca y la apretó tan fuerte que le abrió la piel. Pestañeó y negó con la cabeza.

—Bueno, Nadya —dijo y a la clériga se le cortó la respiración—. Supongo que tenemos un trato que hacer. Solo uno podrá marcharse de este lugar. ¿Vas a salvar a la *slavhka* o al...? —Se le pintaron de desdén las facciones—. ¿Al campesino?

Kostya no entendía tan bien como ella tranaviano, por lo que es probable que solo entendiera que Nadya iba a sacrificar algo por su libertad. El noble de Kostya no iba a permitirlo.

—No lo vuelvas a encerrar —le pidió a toda velocidad—. Iré contigo. Tomaré una decisión.

El Buitre Negro la observó y asintió. De inmediato, otro Buitre apareció allí, tomó a Kostya por los brazos y se lo llevó a rastras.

—¿Nadya? —dijo Kostya alarmado y suplicante.

—No va a pasar nada —mintió—. Te lo prometo.

La cara aterrada y esperanzada de Żaneta apareció ante ella. No podía hacer aquello, no podía tomar una decisión. Serefin necesitaba que Żaneta saliera de allí. El trono estaba en juego y no era algo que pudiera ignorar frente a lo que su corazón deseaba. Kalyazin estaría mejor con él en el trono tranaviano. Sin embargo, no podía abandonar a Kostya. El tiempo se le acababa.

—Vamos, pajarillo —dijo el Buitre Negro—. El juego ha cambiado.

Lo siguió hasta el santuario de huesos, de vuelta al infierno, metiéndose en algo de lo que no conseguiría escapar nunca. Solo podía salvar a uno y ella no era parte del trato, no cuando tenía un pedazo de su nombre. Cuando lo alcanzó, estaba dándole suaves vueltas a un cáliz sobre un altar lleno de sangre. No quería saber lo que había en el interior.

—Lleva una eternidad en estos pasillos —dijo Nadya—, ¿por qué sigue vivo?

El Buitre Negro se encogió de hombros.

—No lo sé.

—¡Mentiroso!

A Nadya le brillaban los ojos y el ambiente se volvió peligroso a su alrededor.

—La chica o el chico —dijo Malachiasz, moviendo una mano—. Elige.

—La estabilidad de tu país corre peligro —replicó—. Y vas a convertirlo en un juego.

Malachiasz sonrió, lo que le sentó como un puñetazo en el pecho.

—Entonces, piensa en lo mucho que tienes que perder tú también.

Ninguna opción era buena. No podía abandonar a Kostya a la voluntad de Tranavia. Era su mejor amigo, la única familia que le quedaba. Sin embargo, salvar a Żaneta significaba que Serefin recuperaría su trono de las manos de aquellos que querían que una guerra sin objetivo continuara hasta que los dos países no fueran más que cenizas. Era perverso e imposible.

157

—No es a él a quien he venido a salvar —dijo en voz baja—, pero es a quien elijo. —Era la decisión incorrecta y lo sabía. Estaba condenando a todos con esa decisión, pero no podía abandonar a Kostya. Era kalyazí, y ella debía proteger primero a su pueblo.

No obstante, tenía otra oportunidad con el Buitre Negro. Un último intento. Quizás Żywia, que entendía lo que había en juego, la ayudara como había dicho. Tal vez la Buitre se hiciera con Żaneta y salvara el reino destrozado de Serefin. Aunque era muy improbable. Nadya acababa de fastidiarlo todo.

—Entonces, así será —dijo Malachiasz.

Se preguntó si los demás del monasterio seguirían allí. Se dio cuenta, horrorizada, de que no tenía forma de salvarlos a todos. No había manera de que hiciera nada. Solo tenía retazos de un poder que la estaba matando. No podía siquiera convencer a Malachiasz de que liberara tanto a Kostya como a Żaneta. No podía siquiera encontrar al chico tras el monstruo.

La desesperación la consumió. No debería haber ido allí abajo. Se acercó un paso más, moviéndose con cautela. No tenía nada que perder.

—Tienes mi nombre —dijo— o al menos parte de él. Yo sé el tuyo, *Chelvyanik Sterevyani*, te conozco. ¿Lo quieres?

—No —respondió él con el ceño fruncido. Los cambios agitados de su rostro se producían ahora de manera más caótica que antes, como si hubiera una tormenta violenta en su interior. Un conjunto de ojos se le abrió en el cuello y se cerró de nuevo unos segundos después.

Nadya lo calló, presionándole un dedo contra los labios. Malachiasz se puso rígido y deslizó una mano por el altar para estabilizarse a medida que ella se acercaba. La chica le colocó la otra mano en la cadera antes de moverla hasta su cintura, con la piel desnuda caliente al tacto.

A pesar de la oscuridad de su mirada, tenía una expresión extraña y confusa en el rostro que hizo que a ella le resultara más fácil continuar. Recorrió con el dedo sus labios separados, entre los que se veían fauces y dientes de hierro, un recordatorio de que no debería estar haciendo aquello. Así no era como lo iba a salvar.

Quizás no tuviera salvación. Y ella moriría allí. Por eso, lo besaría una vez más antes de que ocurriera lo inevitable. El chico había cruzado hacía mucho el punto de no retorno y Nadya no sabía siquiera lo que estaría salvando.

Con la mano (acabada en garras de hierro que la podrían hacer pedazos con facilidad), Malachiasz le acarició la mejilla y el cuello. Nadya deslizó la suya por el pelo enmarañado de él. Luego, dio un tirón para aproximar el rostro de Malachiasz al suyo y lo besó con pasión. Él emitió un sonido, una mezcla de sorpresa y deseo, y dio un paso atrás, tembloroso, que le hizo chocar con el altar. La cogió de la nuca y le deslizó una mano por el costado para acercarla. Nadya sangraba debido a esas estúpidas púas de hierro que le rompían la piel, y sentía las garras de él clavándose en su espalda. Además, estaba segura de que aquello era una herejía, pero ¿qué más daba? De todas maneras, los dioses la habían abandonado.

La besó con una desesperación aterradora que le hizo pensar que quizás, solo quizás, podía salvarlo. Malachiasz le deslizó las manos por el cuerpo, provocándole un calor que la hizo jadear contra su boca. Se echó hacia atrás solo lo suficiente para levantarla del suelo y colocarla en el altar, donde tiró el cáliz, lo que esparció la sangre por todas partes. Ahora estaban al mismo nivel y Nadya le rodeaba la cadera con las piernas. Malachiasz dirigió entonces la atención a su cuello, lo que hizo que soltara todo el aire de golpe. La chica se echó hacia atrás sobre las manos, resbalándose sobre la sangre que cubría el altar. Él, con los dientes afilados, le rozó la delicada piel de la garganta, haciendo que todo su cuerpo reaccionara con un sobresalto.

Entonces, Nadya se dejó caer. No había tenido en cuenta la manera en la que le hacía sentir, como si tuviera estrellas en la sangre. Incluso allí. Lo sujetó por la cara con las manos ensangrentadas para besarle la frente, el puente de la afilada nariz, las mejillas, una y otra vez, hasta que por fin, ¡por fin!, le envolvió el cuello con los brazos y susurró:

—Malachiasz, por favor.

El Buitre Negro se tensó. Allí donde sus manos se habían comportado con una delicadeza inusual se volvieron rígidas, por lo que le clavó las garras en los costados. Jadeó de dolor y cerró los ojos cuando se le llenaron de lágrimas. Lo mantuvo inmóvil y posó la nariz sobre su mejilla.

—Te llamas Malachiasz Czechowicz —dijo mientras el dolor le ahogaba la voz y la suya era un siseo de inquietud que se le clavó como diez dagas más en el cuerpo—. Eres el chico más estúpido que he conocido. Eres el Buitre Negro, pero eres más que eso. Eres exasperante, amable y, malditos los dioses, demasiado inteligente para ser bueno para ti mismo. Por favor, Malachiasz, recuérdalo, por favor.

Se produjo el silencio. Nada, excepto el sonido de su respiración pesada contra la suya. Nada, excepto la sangre que le caía a Nadya de los costados. Estaba mareada porque había perdido demasiada muy rápido. Gritó cuando separó las manos de ella, retirándole las garras de la piel. Malachiasz se alejó a trompicones. Tenía los ojos de un azul muy claro y la expresión llena de auténtico horror.

—Nadya —susurró.

«Sí, dioses, por favor, permitid que funcione».

El chico tomó la mano con la suya. Unos dedos pálidos, llenos de sangre, con uñas normales. Le cogió la cara entre las manos y la recorrió con la mirada, incrédulo.

—Estás aquí —murmuró mientras le acariciaba la mejilla con el pulgar. Pestañeó al darse cuenta de dónde era «aquí». Observó el altar sangriento, perplejo, y dejó escapar todo el aire con la respiración irregular—. ¿Nadya? —Parecía confuso, como si no supiera cómo había acabado allí.

La chica estiró las manos para colocarlas sobre las suyas.

—*Dozleyena*, Malachiasz.

Se estremeció y cerró los ojos ante el nombre. Lo vocalizó para sí con manos temblorosas. La descomposición negra volvió reptando sobre sus pómulos. Un ojo se le abrió en la sien. La sangre se le escapaba por el rabillo de los ojos y, cuando los abrió, eran de color negro ónice. Sacudió la cabeza una vez y una sonrisa lenta y amarga se le extendió por los labios.

—No —musitó—. No es suficiente. —Se alejó de ella con brusquedad y le crecieron las garras a toda velocidad mientras la contemplaba—. Tienes algo más que no te pertenece, pequeña kalyazí —dijo con los dedos fríos sobre su mejilla.

Entonces, le colocó la palma sobre la cara y Nadya sintió que se le salía el alma del cuerpo. Se asfixió, por lo que se aferró a su antebrazo, le clavó las uñas en la piel y trató de alejarle la mano. Sin embargo, era demasiado fuerte y ella había perdido demasiada sangre.

Algo la golpeó en el pecho. Soltó un sollozo al abandonarle una oleada de poder que no le pertenecía cuando Malachiasz recuperó el hilo de magia que le había robado. Apartó la mano con las uñas negras.

—Se me ha saciado la curiosidad —observó, desapasionado—. Tu muerte es solo tuya, *towy dżimyka*.

Se alejó y la dejó desangrándose en el altar.

13

SEREFIN
MELESKI

Svoyatovi Ivan Moroshkin: un clérigo de Devonya, donde caye-
ron las flechas de Ivan y el fuego lo consumió.

Libro de los Santos de Vasiliev

Serefin se sentía como si hubiera estado caminando durante
días sin parar. Le dolía todo y ya no veía nada con el ojo izquierdo. Por fin, se rindió y se sentó bajo un enorme árbol, con
los ojos cerrados.

«¿Qué me está pasando?».

Había vivido toda su vida en total normalidad. Su propia
magia de sangre era la parte más rara, pero era completamente be-
nigna en Tranavia. Todos podían usarla si querían. Pero aquello…
era más de lo que podía soportar. De repente, la idea de parecerse
demasiado a su padre se acercaba de manera incómoda a la verdad. Quizás la locura fuera un destino del que no podía escapar.

Le llevó más tiempo del que quería admitir que estaba
solo. Si aquello era real, entonces, ¿dónde estaban los demás?
¿Dónde estaba él?

Toda la frustración y la rabia que había sentido con Ostyia y
Kacper le parecían minucias ahora. Debería haberlo dejado estar.

Ostyia siempre había querido ayudarle, no era culpa suya que fuera tan desastre. Y Kacper... Él... Kacper merecía algo mejor.

El pánico amenazó con tragárselo. Sin embargo, Serefin ya había tratado con horrores y también lidiaría con ese. Aun así, le daba miedo que no fuera cierto y lo derrumbara. Cerró el ojo malo. Seguía en el bosque.

—¡Vaya mierda! —exclamó.

Se puso en pie y trató de descubrir en qué dirección estaba el este antes de rendirse tras solo unos minutos mirando frustrado al abismo donde todo parecía igual sin marca alguna de dirección.

«No he sobrevivido todo este tiempo para morir en un bosque», pensó con amargura.

—Claro que no.

A punto estuvo de morirse del susto debido a la débil voz aflautada que había surgido junto a él. La voz que solía oír en su cabeza parecía estar fuera. Despacio, se giró, aterrado por lo que pudiera encontrar. La figura de pie a su lado era alta y negra, excepto por los huesos de mandíbula que tenía atados al cuello. Serefin no sabía si era humana, pero su cabeza era el cráneo de un ciervo con musgo colgando de las astas rotas, cuencas oscurecidas donde deberían haber estado los ojos y nada más. Una araña salió de una de las cuencas antes de disponerse a crear una telaraña en el enorme y frío vacío. La figura apestaba a la descomposición de una tumba. La calavera se inclinó hacia arriba, como si mirara al toldo de hojas sobre ella.

—Me he cansado de los bosques tranavianos —observó.

Serefin ahogó un jadeo. ¿Ya no estaba en Tranavia? ¿Acaso era eso posible?

—No me extrañaría que la razón por la que estoy aquí fuera culpa tuya. —Serefin fue levemente consciente de la manera tan casual con la que había hablado con... ¿un dios?

El ser tenía largos dedos delgados acabados en garras destrozadas e irregulares. Se presionó una mano contra el pecho.

—¿Yo? Querido, has venido tú solo, andando con tus dos piececitos.

—No eres muy... impresionante para ser un dios —dijo, ignorando esa revelación imposible. ¿No se suponía que los dioses quemaban los ojos de los mortales solo con mirarlos? ¿No se trataba justo de eso por lo que los kalyazíes no tenían fotos de los dioses, porque sus auténticas formas eran demasiado hermosas para que un mortal las soportara? Quizás Serefin se lo estaba inventando.

—No soy un dios. En el pasado, tal vez, ahora soy algo más, una mezcla entre la esencia del cambio, del caos y de los muertos que esperan bajo la superficie.

Serefin sintió un escalofrío recorriéndole la columna. Si iba a ser como hablar con Pelageya, no quería saber nada de eso.

—Un dios sería diferente, claro, tienes razón. Siempre agitándose, siempre cambiando. Nunca se queda aquí, en el ahora, sino que está en el futuro, el pasado y en otro sitio, en un lugar totalmente distinto, todo a la vez. Verlo mataría a un mortal como tú. Bueno... —El ser hizo una pausa y Serefin sintió cómo ese vacío negro y enorme lo observaba con atención—. Quizás no como tú. Un ojo quemado y otro en su sitio, pero nadie sale ileso. Nadie se aleja indemne.

—No te entiendo —dijo Serefin, desesperado.

—¿Estás preparado para cooperar, para hacer lo que te pida, ya que es muy poco?

Serefin frunció el ceño.

—Ah, entonces, no. A su debido tiempo, supongo. Seré paciente, mucho más que un chico que solo lleva unos años dando palos de ciego por este mundo y pensando que lo sabe todo. Puedo vivir más que tú, chico. He sobrevivido a muchos otros.

—Estaría más inclinado a considerarlo si supiera lo que me vas a pedir.

—Presuntuoso.

—Eso dicen.

El ser estiró una mano hacia Serefin.

—Ven. —Comenzó a adentrarse en el bosque.

* * *

Serefin estaba a punto de colapsar. ¿Cuánto tiempo había pasado? El bosque seguía a oscuras y, por el aspecto del horizonte, no parecía que fuera a amanecer.

Pensó que lo único que lamentaba era que, como probablemente muriera allí, debería haber arreglado las cosas con Ostyia y Kacper. Sentía un deseo desesperante de que estuvieran cerca. Kacper se quejaría de que era una idea terrible y Ostyia trataría de alejarlo de allí. Había sido muy cruel con ellos. Demasiado parecido a su padre. No quería convertirse en eso. Cualquier cosa, cualquiera, menos eso.

—¿Adónde vas? —preguntó con aspereza, trotando para alcanzar a la figura imponente mientras jadeaba por el esfuerzo—. ¿Alguna vez me vas a decir cómo te llamas?

La figura se detuvo y se giró hacia Serefin, quien se había acercado demasiado. La sensación de una soledad alocada y espeluznante era tan abrumadora que tuvo que retroceder unos pasos cuando se le extendió por el pecho y se le aovilló entre las costillas, palpitándole sobre el corazón. Extraña y oscura.

—¿Estás preparado para cooperar? —preguntó la voz aflautada, complacida.

—No.

La figura se giró sin más palabras y siguió caminando.

—No puedes obligarme a seguirte —dijo Serefin, malhumorado.

Sin embargo, era justo eso lo que estaba haciendo la figura. Dejó escapar una risa asustada cuando trató de forzarse a permanecer inmóvil y descubrió que era incapaz.

—¿Qué sabes, tranaviano, de los clérigos de Kalyazin?

Serefin se tambaleó tras el dios que, al parecer, no era tal. Sabía lo mismo que cualquier otro tranaviano. Habían matado a todos los clérigos menos a uno cuando le enviaron al frente y los kalyazíes estaban aguantando por los pelos.

Además, aunque podía decir con bastante confianza que conocía a Nadya, no tenía ni idea de cómo funcionaba su poder. La habilidad que había mostrado en el duelo contra Felícija era una magia de sangre que Serefin no había visto nunca. Por otro lado, la había usado en Tranavia, donde se suponía que los dioses no tenían acceso. ¿No debían los clérigos rezar para conseguir su poder? Se le ocurrió que no la había visto utilizar magia alguna desde esa noche en la catedral del Buitre. ¿Qué significaba eso? ¿Y qué era esa cicatriz oscurecida de la palma?

Serefin conocía la magia de sangre. Nunca necesitó entender ninguna otra vía. En retrospectiva, le había permitido mucha libertad a Nadya si pensaba en lo que podría haberle hecho a su país. Sin embargo, no había visto signo alguno de juicio divino, por lo que nunca había actuado siguiendo el deseo de castigarla por acabar con el velo que se suponía que existía.

No había hecho demasiado por demostrar que los dioses eran seres poderosos. Si tenían de verdad tanto poder, ¿no habría ocurrido algo? ¿No habrían castigado a Tranavia por sus supuestas transgresiones?

Nadya no pudo mostrarse en desacuerdo cuando trajo el tema a colación. Al hacerlo en ese momento, la criatura solo se echó a reír. Sus carcajadas emitían un sonido terrible y chirriante.

—Vuestras insignificantes vidas son un tic en el ojo para ellos, nada más. Esa clériga hizo muchas cosas cuando llegó a Tranavia. Aún te quedan por ver las ramificaciones de cualquiera de ellas. Pero ya vendrán, con el tiempo.

»Está claro que no sabes nada sobre los clérigos de Kalyazin. Una pena. Sin embargo, ¿qué bien te haría saberlo? Aunque, quizás, te vendría bien para comprender cómo lidiar con la futura tormenta.

Serefin suspiró. Estaba muy cansado. Si caminaba más, iba a desfallecer. Tal vez eso era lo que intentaba el ser, pero Serefin no se iba a rendir tan fácilmente. No iba a aceptar hacerlo todo a ciegas.

—¿Qué crees que vas a sacar de mí, chico? ¿Una historia? ¿Una explicación? No te debo respuesta alguna. No te debo nada. Tú me lo debes todo. Tu padre seguiría vivo si no fuera por mí. Tú seguirías muerto si no fuera por mí.

Serefin se paralizó y se detuvo. El ser se giró hacia él. Parecían estar bajo el mismo árbol de antes. Enorme y vasto, irreal por su tamaño, con temblorosas hojas marrones aún colgando de las ramas mientras el frío viento punzante las arremolinaba. A Serefin le dio un vuelco el estómago.

—Ah, ¿no lo sabías? Claro que no. Tranaviano, se me olvidaba. ¿Crees que mucha gente sobreviviría a lo que te hizo tu padre? ¿Crees que mucha gente sobreviviría a una cicatriz así?

¿Cicatriz? No tenía ninguna, a excepción de la que le cruzaba el ojo. El ser chasqueó los dedos.

—Bien, bien, bien. Qué poco ven los de tu especie. Qué poco saben. Como niños, tambaleándose por el mundo, jugando con fuerzas que no entienden. Eres terco, pero acabarás desmoronándote. Ya lo estás haciendo.

Serefin cerró los ojos. Se pasó la mano temblorosa por el pecho y con los dedos rozó la piel suave y en relieve que le cruzaba la garganta, la consecuencia de un cuchillo al abrirle la piel. No recordaba lo que había ocurrido después de que Żaneta lo hubiera arrastrado a la oscuridad. Seguro que era mejor así, no quería recordar cómo había muerto. Sin embargo, no se había dado cuenta, no lo había notado.

¿Por qué no lo había notado? ¿Todos los de su alrededor lo habían ignorado por cortesía?

—Tu especie creó a los Buitres, criaturas fascinantes, pero tú no eres uno de ellos. Tú, querido chico, eres algo totalmente distinto y ha sido cosa mía. Te diré lo que quiero, aunque no en términos sencillos porque te romperás y tendré que reconstruirte, lo que es agotador. Apenas deseo ir detrás de un niño que no puede mantenerse a flote él solo.

»Ah, espera, ese es el otro. Es difícil saber quién es quién, todos sois parecidos. Ese será para otro, pero tú, tú eres mío. He alargado este juego demasiado tiempo.

Serefin se desmoronó contra el lateral del árbol.

—¿Todavía no has unido las piezas? ¿Todavía no lo has descubierto? Eres muy listo y, aun así, no lo suficiente por el momento. —El dios que no era dios inclinó la cabeza y Serefin habría jurado que esa calavera del infierno le estaba sonriendo—. Quiero venganza.

𝕴𝖓𝖙𝖊𝖗𝖑𝖚𝖉𝖎𝖔 𝕴𝕴𝕴

EL BUITRE
NEGRO

Si deshacerse era violento, rehacerse era un horror. Los gritos de las Minas de sal, intrascendentes antes, se le incrustaban en los huesos, clavándole las garras, dejándolo a medio transformar y muy roto.

Aquello era... peor, de alguna manera, que antes. No lo deseaba. Había trabajado muy duro para olvidarse, para conseguir ese poder oscuro y puro y sentía cómo se le escabullía de las manos.

Además, por mucho que no quisiera que se alejara, por mucho que agradeciera el silencio, sentía las manos de la chica en el pelo, su boca sobre la piel. Había abierto la puerta y lo había empujado hacia algo que no creía que pudiera volver a ser. Era exasperante y poderosa, muy poderosa. Ya había caído en su fuego en el pasado y no había nada que evitara que se quemara por completo una vez más.

Sentía destellos, pedazos de él despertándose, y trató de aplacarlos de nuevo, pero no sabía cómo parar aquello.

Con los dedos escarbaba en los huesos de la pared mientras le fallaban las piernas y se le rebelaba el cuerpo. El tranquilo canto que siempre había reptado por las profundidades de las minas se volvió agonizante. Se esforzó por ponerse en pie

y golpeó la puerta con el hombro para entrar en la capilla de huesos. Ella estaba allí, tumbada en un charco de sangre, demasiada sangre. Podía olerla, aguda, metálica y suya.

Al Buitre Negro le temblaban las manos. Le sangraban las manos. Necesitaba acercarse, pero no podía enfrentarse a la posibilidad de que había hecho lo imposible. No cuando estaba en el límite de la coherencia, no cuando había estado a punto de conseguirlo, sino cuando lo había atrapado.

Se llamaba...

Se llamaba...

Estaba ahí, fuera de su alcance, y no podía luchar para recuperarlo. No lo quería, pero sí, ¡sí! ¿Cómo era posible querer algo y odiarlo tanto?

Estaba lo bastante cerca de Nadya para ver la ligera elevación de sus pulmones, sentir el pulso revolotearle en la garganta como un tambor contra la piel, palpitante, pero débil, suave y decadente. La sangre le salpicaba el pelo claro y le recorría la cara.

El suyo no era un poder que pudiera salvarse. No estaba hecho de nada que no fuera destrucción, caos, desastre, dolor, dolor, ¡dolor! Sin embargo, la chica se estaba muriendo y él sabía su nombre. Lo recordaba. Había nieve en el suelo y, en el pelo de su gorro, hielo incrustado. El frío le enrojecía las mejillas y le cubría las pálidas pecas que le salpicaban la piel. Nadya había apoyado las manos en las empuñaduras de los *voryens*, observándolo con una curiosidad cautelosa que nunca se fundió con el odio que había esperado, que deseaba, porque, si lo hubiera odiado, todo aquello habría sido más sencillo. Todo habría sido perfecto.

Nadya no había renunciado tan fácilmente. Lo mantenía cerca y a salvo y se lo había dado a él. ¿Cómo había acabado allí? ¿Qué había hecho?

La chica susurró su nombre. El único sostén, lo único que no le habían quitado a Malachiasz, que no había dejado atrás. Hasta que el monstruo lo había hecho.

No sabía cómo reconciliar el deseo y el asco. Saber que era demasiado tarde, pero al mismo tiempo desear mirar atrás. Estaba a su alcance. Le dolía, era demasiado abrumador, demasiado lejano. Huyó del dolor. El latido de la chica estaba desapareciendo. Pensó que nada sería más doloroso que un hecho que no se podía deshacer, pero aquello era peor.

Las pulsaciones volviéndose cada vez más débiles eran demasiado fuertes. Y, aunque era un ser destrozado, roto, no podía permitir que ese pulso se detuviera. Le había susurrado su nombre al oído. El sostén de algo humano. Malachiasz despertó.

—Infiernos —gruñó y escupió sangre. Le palpitaba la cabeza y sentía un dolor cegador en los ojos. Dio un último paso tembloroso hacia el altar, con el pecho constreñido por el daño que había causado, pero que no podía recordar.

«Dista de ser ideal».

Seguía oyendo el pulso decadente de Nadya y no había nada que pudiera hacer. No podía morirse allí, de entre todos los lugares, no lo permitiría.

«Bueno, hay una solución, supongo».

—Me va a matar —susurró. El santuario estaba vacío, pero reconoció los huesos tirados por todas partes. Sangre y hueso, ¿qué estaba haciendo allí?

Le falló la visión, convirtiéndose en un caleidoscopio de luz fracturada, y se desplomó, jadeante. Le llevó un segundo recomponerse. Observó cómo se le habría un ojo en el dorso de la mano. La visión se le volvió a dividir hasta que se cerró y vio con claridad.

—Esto... también dista de ser ideal —dijo, poniéndose en pie, a pesar del dolor del cuerpo, antes de escupir sangre de nuevo.

La magia de sangre no podía curar. No servía de nada y ella se estaba muriendo. Pero podía hacer una cosa.

Utilizó la uña del pulgar para cortarse el antebrazo tras observar, ausente, los cortes que él no se había hecho y que le recorrían los brazos. La degradación le consumía la piel hasta la muñeca, como un cadáver tras meses en la tumba. Luego, desapareció, dejándole el brazo entero y a él más agitado que antes.

—Tendré que disculparme por esto, pero fuiste tú la que me robaste la magia —dijo. Hablar era lo único que le impedía entrar en pánico y volverse inútil. Si pensaba en lo cerca que estaba de perderla, se iba a desmoronar.

Le tocó los labios con las yemas ennegrecidas, dejando que la magia penetrara en ella. Oyó que se le fortalecía el latido del corazón a medida que un poder más oscuro que la magia de sangre le recorría el cuerpo. El Buitre Negro apretó los ojos cuando se le fragmentó la visión.

—*Taszni nem, Malachiasz Czechowicz* —susurró con los dientes apretados mientras comenzaba a desvanecerse. No tenía sostén ni equilibrio, era menos humano que nunca.

No podía quedarse allí. No quería que lo viera así. Sin embargo, si Nadya estaba allí... había visto cosas peores.

Malachiasz le apartó de la cara un mechón lleno de sangre y, con delicadeza, le besó la frente. Se marchó del altar y esperó no arrepentirse. Żywia lo atrapó en el pasillo y lo arrastró por un pasadizo diferente, ignorando sus protestas.

—¡Cállate, cállate! —le replicó, apretándole el brazo—. ¿La has matado?

—¿Qué? No. —Se masajeó las sienes. Le dolía la cabeza. Cada vez que se le transformaba el cuerpo, un dolor ardiente le traspasaba. De nuevo, las rodillas comenzaron a cederle. La decadencia se le extendió por el brazo, donde le aparecieron ojos. Se llevó una mano a la boca que se le abrió en el cuello con un suave gemido. La mano de Żywia era lo único que lo mantenía firme.

—Nunca me he sentido así —dijo con los dientes apretados. La neblina de poder había sido suficiente para no percatarse de los cambios. Aquello era una agonía.

—Tienes que matar a la chica. Malachiasz, tiene algo malo.

Todo se volvió borroso y el chico frunció el ceño.

—Es una clériga —dijo confuso.

—No es eso, es otra cosa. —El Buitre Negro hizo un ruido desdeñoso y comenzó a alejarse—. He lanzado huesos, leído entrañas y hecho todo lo que se supone que debo hacer. Te lo juro, Malachiasz, te vas a arrepentir del camino por el que te va a guiar. Hay una oscuridad en ella que está esperando a salir.

—Żyw...

—Escúchame por una vez en tu maldita vida, Malachiasz —le suplicó—. El rey apenas se ha hecho con Tranavia y Kalyazin tiene...

—Reliquias —musitó Malachiasz sin entender cómo lo sabía.

—Esta es nuestra oportunidad de evitar que Tranavia se encuentre al borde del caos mientras reúnes a la orden desde el interior. Eso es lo más importante, no alguna noción fantástica de los dioses kalyazíes, sino los Buitres. Tu especie. Tu orden.

Żywia lo soltó y se giró para marcharse. La sujetó y tiró de ella para que se diera la vuelta antes de colocarle una mano en la mandíbula.

—Llévala a la superficie. Y no te atrevas a hacerle daño. —Invocó la magia que unía a los Buitres con él y Żywia se estremeció.

—Estás cometiendo un error —murmuró la mujer.

—Entonces, lidiaré con las consecuencias.

14

NADEZHDA
LAPTEVA

No todas las historias son dulces. Había una clériga de Zlatek, Anastasiya Shelepova, a la que se le descubrió coqueteando con la magia de sangre. Se la quemó como hereje después de que Zlatek le quitara su magia y voz, dejaron de contar sus milagros y todas las referencias de ella desaparecieron de los textos por aquella transgresión definitiva.

Las Cartas de Włodzimierz

Nadya no recordaba haber abandonado las Minas de sal. Debía de haber puesto un pie tras otro; debía de haber subido a trompicones los cientos de escalones. Debía de haberlo hecho, porque fue así cómo llegó al campamento, congelada e incoherente por la pérdida de sangre.

Parijahan se levantó de un salto para estabilizar a Nadya y le dedicó una fría mirada de arriba abajo antes de preguntar:

—¿Cuánto tiempo debería esperar para decir: «Te lo dije»?

—Al menos, una semana —contestó Nadya.

Parijahan suspiró. Palideció cuando se fijó en el vestido lleno de sangre de Nadya.

—¿Esa sangre es tuya?

—¿Mía? Sí, en su mayoría, pero también suya. Mucha, para ser sincera, no tengo ni idea de dónde salía porque ahí abajo hay demasiada sangre. Está... está por todas partes y...

—Nadya, estás conmocionada.

Asintió, pensativa.

—Sí, me pasa a menudo. —Luego, colapsó.

En los pocos momentos en los que Nadya estuvo consciente después, todo era una neblina confusa. Cada vez que volvía a caer en la inconsciencia, pensaba que tal vez ese sería el final. No sabía en realidad si valía la pena volver. Morir habría significado no tener que reconciliarse con su fracaso. Sin tranavianos ni nada más.

Cuando por fin se despertó, Nadya estaba en una cálida habitación en lo que parecía una granja. Había un horno quemado en la esquina y de las vigas colgaban flores y hierbas secas. Le habían vendado con fuerza los costados y llevaba una muda limpia. Aovillado y dormido en una silla de madera, de una manera que parecía terriblemente incómoda, estaba Kostya.

A Nadya le dio un vuelco el corazón. El pensamiento huidizo de que había salvado al chico equivocado se le deslizó por el subconsciente y, aunque no podía evitarlo, se arrepentía. No era justo para Kostya. No era justo para su mejor amigo, a quien pensaba que había perdido para siempre.

Sin embargo, tal vez era por eso por lo que estaba teniendo problemas para comprender que Kostya había vuelto. Había llorado y pasado página, se había convertido en una persona que no creía que él fuera a reconocer y no estaba preparada para saber cómo iba a afectar eso a su amistad.

Se despertó cuando se movió, pestañeó adormilado con un gesto que sugería que no sabía dónde se encontraba, hasta que se le aclaró la visión y se colocó junto a Nadya un instante después. Se miraron en medio de un pesado silencio.

—Hola, Kostya —dijo Nadya por fin.

Le sonrió. Parecía a punto de abrazarla, pero ella le posó una mano en el pecho.

—Seguro que eso me dolería —dijo.

Kostya se echó a reír.

—Claro. —Una sombra le cruzó la cara—. Voy a matarlo —comentó con una seriedad mortal—. Por lo que le ha hecho a nuestro pueblo, a ti.

«Oh, directo al grano, ¿no?». Aquella no era la conversación que deseaba tener. Había estado muy cerca. Durante una titilante fracción de segundo, había vuelto a ver a Malachiasz, pero lo había perdido. No se le daba demasiado bien salvar a las personas que le importaban, pensó. Sin embargo, había salvado a Kostya, ¿no?

No obstante, lo había hecho a expensas de Serefin, quien podría haber detenido la guerra que estaba matando a mucha gente. Y no sabía cómo iba a lidiar con esa culpa, aparte de con todo lo demás.

Le pidió a Kostya que se callara y dejó que le tomara la mano, aunque recordaba la mirada que le había dedicado antes del ataque al monasterio. Ahora sabía mejor lo que eso quería decir.

—Dejémoslo para otro día —dijo.

Kostya asintió, aunque era evidente que no estaba satisfecho. No estaría notando ya en quién se había convertido Nadya, ¿verdad? La chica tan cansada de la guerra que no conseguía encontrar la indignación suficiente para odiar a los tranavianos solo por lo que eran. Solo porque se esperaba que lo hiciera.

La antigua Nadya habría estado de acuerdo con él con vehemencia. La antigua Nadya habría ignorado que tenía los costados cubiertos de vendas e hilo y se hubiera apresurado a matar al Buitre Negro con sus propias manos. Sin embargo, la antigua Nadya tenía a los dioses y poder y se enamoró igualmente de un monstruo. Y la dejaron sin nada.

La clériga estiró la mano para apartarle de la frente un mechón oscuro.

—Nunca te había visto con el pelo tan largo. —Siempre lo llevaba corto con el símbolo sagrado de Veceslav grabado a un lado.

—No había muchas posibilidades de tener cierta higiene en las Minas de sal —dijo Kostya, apesadumbrado. Los ojos oscuros reflejaban aflicción y tenía la estancia en las minas escrita por todo su demacrado rostro.

Nadya se acarició el collar de oración y se acordó del otro. Debía tener por algún lado el collar en el que estaba atrapado Velyos y que, según había dejado entrever Pelageya, había puesto en movimiento aquella locura.

—Nadya, ¿qué ha pasado?

Negó con la cabeza, sin palabras. No sabía por dónde empezar. No podía contarle lo de Malachiasz. Ni lo de Serefin. Hizo un intento por relatar los eventos de los meses posteriores a que destruyeran el monasterio. Bailó alrededor del claro agujero en la historia que había creado para que Malachiasz no apareciera. No pudo explicar por qué hablaba tranaviano con fluidez, por qué había accedido a las Minas de sal ni por qué se había relajado tanto con una persona que era más enemiga de Kalyazin que las demás.

«El enemigo de mi pueblo es un ridículo chico de dieciocho años», pensó la clériga, no por primera vez.

Era obvio que Kostya notaba sus palabras esquivas. Nadya no estaba haciendo demasiado buen trabajo ocultando sus titubeos.

—Pero ¿el rey está muerto? —preguntó después de que le contara una versión edulcorada y, para ser sinceros, abiertamente incierta de aquella noche en la catedral. Nadya asintió—. ¿Y el príncipe?

—¿Serefin? —preguntó sin pensarlo.

Kostya entrecerró los ojos. Si se encontraba allí con ella y no lo había conocido…, ¿dónde estaba?

—Serefin está vivo —dijo con suavidad.

—Pero...

—Lo sé, Kostya —respondió Nadya con la voz rota—. Lo sé.

Serefin era la razón por la que todos los que conocía estaban muertos. Dioses, había cometido demasiados errores terribles. Por suerte, Parijahan al entrar en la habitación la salvó.

—Madre bendita —murmuró aliviada—. No estaba segura de que fueras a sobrevivir. ¿Cómo saliste de allí?

Nadya negó con la cabeza despacio.

—¿Él no...? —Le dedicó una mirada a Kostya.

Parijahan le dedicó otra fulminante. Era evidente que no se había comportado con demasiada amabilidad con ellos. Nadya frunció el ceño, esforzándose en pensar. Aquellos últimos segundos volvieron como fogonazos confusos. La mano de alguien, suave sobre su rostro. Un toque de magia que le inundaba el cuerpo. Aunque recordaba con claridad que Malachiasz la había recuperado, podía sentirla aún.

Nadya le dio la vuelta a la mano, donde las venas ennegrecidas se le extendían por la palma. Kostya se movió para cogérsela, pero ella la apartó.

—Fracasé —le dijo a Parijahan—, pero lo conseguí durante un momento.

Su amiga frunció el ceño y Nadya asintió.

—Perdimos al otro.

—¿Cómo?

—Nos despertamos una mañana y... se había ido.

—¿Y Kacper? ¿Y Ostyia? —Nadya fue consciente del lenguaje corporal de Kostya al reconocer los nombres tranavianos porque se le tensaron los anchos hombros.

—Ya se habían ido. Esos tres tuvieron alguna discusión. Se oyeron muchos gritos. A decir verdad, no creo que Serefin esté bien.

Kostya se estaba sintiendo cada vez más impaciente junto a ella.

—¿Qué quieres decir con que se han ido?

—Nadya —dijo con urgencia Kostya.

La chica lo ignoró y le dedicó una mirada suplicante a Parijahan.

—Ojalá tuviera respuesta. Las cosas se desmoronaron muy rápido y no pensé que debía ponerle vigilancia a Serefin. Creía que de eso se encargaría su gente.

Nadya se echó hacia atrás. ¿Era un regalo o una maldición?

—Entonces, ¿qué hacemos?

—Por desgracia, por insufribles que sean esos tranavianos, son muy útiles. No estoy segura. Por ahora, deberías descansar. —Parijahan le dedicó una mirada de odio a Kostya que este le devolvió—. Vamos, kalyazí, sal de aquí.

Kostya no respondió. Nadya le empujó la mano.

—Te lo explicaré después, te lo prometo. Solo... —Se resistió a las ganas de suspirar—. No te va a gustar, así que prepárate.

Confuso y más que un poco preocupado, asintió y abandonó la sala sin mediar palabra. Parijahan le dedicó una mirada cómplice a Nadya.

—No me mires así.

—Y yo que pensaba que eras un poco extremista...

—Voy a dormir un rato, Parj.

Parijahan se echó a reír y se sentó en el borde de la cama antes de pensarlo mejor y moverse para estar más cerca de Nadya. Esta apoyó la cabeza sobre su hombro.

—Lamento que no funcionara.

—Estuve cerca —comentó Nadya mientras alejaba las lágrimas con un pestañeo—. Sigue ahí, pero se ha desvanecido demasiado.

Parijahan se quedó callada antes de decir al fin:

—Tendremos que quedarnos aquí un poco más. Rashid no tiene ni idea de cómo has sobrevivido porque perdiste mucha sangre. Necesitas curarte.

—¿Dónde estamos?

—En un pueblo unos días al oeste de Kyętri. Un granjero muy generoso nos ha dejado quedarnos en esta casa vacía por el módico precio de diez *łowtek* la noche.

—Madre santa.

Parijahan se encogió de hombros.

—Puedo pagarlo, pero estoy a punto de acabar con los ahorros. Dijo que la casa era propiedad de su hijo, pero está en el frente y el comercio ha dejado de existir aquí.

—Nada ha cambiado —dijo Nadya con suavidad—. Como mucho, ha empeorado.

—Tal vez —respondió Parijahan—. O quizás sea solo el primer paso y haya que dar más.

—No estoy segura de cuánto podré aguantar. —Estaba desconcertada y exhausta. Además, no podía dejar de pensar en la expresión afligida de Malachiasz antes de que todo desapareciera.

Parijahan tiró de la mano corrompida de Nadya para dejarla sobre el regazo.

—Me parece que esto debería ser prioridad.

Nadya flexionó los dedos.

—Tampoco estoy segura de cómo actuar al respecto.

—Descansa —le aconsejó Parijahan—. Es lo único que puedes hacer.

* * *

Nadya ya no estaba en la granja.

—¿Por qué no dejas de hacerlo?

Pelageya levantó la mirada de un collar de patas de gallinas que tenía en las manos.

—¿Hacer qué?

Nadya gesticuló, señalando a su alrededor. Se encontraban en la sala de estar donde ya se había reunido con Pelageya. La luz del mediodía traspasaba las ventanas cubiertas de polvo. Un ramo de flores secas ahora colgaba del techo junto a las calaveras unidas por las cuencas de los ojos. Nadya estaba en una silla y, entre las manos, tenía una cálida taza de té. Le dolían los costados, pero era soportable. Pelageya la ignoró.

—Fracasaste en tu noble misión, ¿no?

—Vale, llévame de vuelta —le pidió la chica, esforzándose por levantarse de la silla.

—Qué sensible —dijo Pelageya tras chasquear la lengua—. Te quedarás donde estás si sabes lo que es bueno para ti.

—Ya hemos quedado en que no lo sé.

Pelageya soltó una carcajada. Nadya se estremeció mientras volvía a sentarse en la silla, preocupada por si se había abierto algún punto. Pelageya la observó.

—Deberías estar muerta.

—Muchas veces, seguro —dijo con sequedad Nadya. Era más fácil mostrarse susceptible cuando Pelageya no parecía mayor que ella.

—Las garras de los Buitres son venenosas. Estoy segura de que las de tu chico son peores que las de cualquiera de su especie.

Nadya frunció el ceño. Se llevó la mano al costado. ¿Cómo había sobrevivido?

—Pero vives y persistes. No puedo darte respuestas, solo consejos.

—Nunca te he pedido consejo —replicó Nadya, ignorando que sus palabras implicaban que Pelageya tenía respuestas que estaba callando.

—¿Qué vas a hacer? No tienes a tu monstruo mascota para que tire de la correa y entre en el país de sus enemigos...

—Y no tengo magia —musitó Nadya.

—¿Alguna vez has pensado por qué existes? —preguntó Pelageya.

«Eso me ha parecido muy desagradable», pensó Nadya. Pegó la cara al cálido vapor que salía del té.

—Una clériga que conversa con todo el panteón, algo inaudito, llega en un momento de conflicto en el que no existe ningún otro clérigo. ¿Qué te hace tan especial? —Nadya la ignoró. No era cosa suya cuestionarlo—. Pensé que eras como cualquier otro clérigo, con un talento para la magia propia que los dioses explotaban y exageraban para parecer que no podías hacer nada sin ellos, pero me equivocaba.

—¿Te equivocabas porque ya no tengo magia de la que hablar?

—Me equivocaba porque tu poder procede de un lugar totalmente distinto —dijo Pelageya. Se puso en pie y dejó las patas de gallina sobre una mesa antes de tomarla de la mano. Los tentáculos negros se le habían extendido por el dedo anular y el índice—. ¿Qué creemos que es esto? ¿Eh?

—Utilicé a Velyos para robarle el poder a Malachiasz —contestó Nadya.

—Entonces, ¿esto te convierte en una especie de *kashyvhes* mágico? No, niña, esto es algo de lo que no se ha sabido nada durante mucho tiempo y que has despertado, por lo que ahora busca lo que le pertenece.

Un escalofrío de miedo le recorrió la columna vertebral a Nadya.

—No suelo equivocarme —musitó Pelageya—, pero contigo lo hice.

¿Por qué no podía ser una clériga ingenua que solo había tomado malas decisiones? Eso era más sencillo. No quería saber qué había de diferente en ella porque, entonces, no era solo una clériga, que era lo único que deseaba ser. Sin embargo, lo era, pero, además, estaba destinada a detener la guerra y había fracasado.

—No sé lo que se supone que tengo que hacer —susurró Nadya. Pelageya se dejó caer en el reposabrazos del sillón enfrente de ella—. Creía... —Nadya se quedó callada—. Creía que arrancar el velo cambiaría las cosas, incluso si matar al rey no lo hacía..., pero he hecho ambas cosas y todo sigue igual.

—¿No ves la recompensa divina?

—Está claro que no.

—No piensas de manera lo bastante abstracta, niña. ¿Creías que la ira de los dioses llegaría en forma de fuego del infierno y destrucción? Los dioses no trabajan así. Ahí tienes tu recompensa, está cayendo sobre Kalyazin también.

Nadya palideció. El invierno. Un invierno incesante. Iba a congelarlos a todos y se iban a morir de hambre. Además, sería también un castigo para Tranavia, claro, pero ¿de qué serviría si los tranavianos no entendían quiénes lo habían causado?

—¿Crees que eso es todo? ¿Un tiempo desagradable? Nadezhda, eres mucho más lista.

¿En serio? No lo había sido para ver más allá de las mentiras de Malachiasz. O para traerlo de vuelta. No se sentía especialmente lista. Pelageya suspiró.

—¿Crees que el nuevo y joven rey está teniendo problemas para mantener el trono por su incompetencia? Es tan despiadado y sanguinario como se espera de un rey tranaviano..., incluso más.

—Ah —jadeó Nadya—, ¿Bozidarka?

—O Veceslav. Cualquier combinación de tus dioses podría estar obstaculizando los planes del rey hasta que caiga de verdad.

Nadya observó la oscura madera del techo. Tenía sentido de una manera retorcida. Había esperado un apocalipsis, pero había recibido justo lo que deseaba para Tranavia: caos.

—¿De verdad quieres que Tranavia se desmorone? —preguntó Pelageya—. Están sobre el precipicio y bastaría un mínimo toque para lanzarlos por el borde.

—¿Cómo? —preguntó Nadya. Solo había una manera de detener la guerra, una forma de redimirse.

Una pequeña sonrisa se le dibujó en la boca a la bruja.

—Pronto —murmuró—. Muy pronto.

* * *

Pasaron algunos días más antes de que Nadya estuviera lo bastante bien para salir de la cama. Cada movimiento era una pequeña agonía, le dolía hasta respirar, pero, si se quedaba más tiempo en ella, iba a deprimirse y arrastrarse por el suelo.

Kostya seguía revoloteando a su alrededor, pero la tensión aumentaba, lista para explotar con cada día que pasaba sin que ella le contara la verdad. Para ser sincera, había esperado irse de rositas. No quería ver su decepción.

El chico se sentó en la mesa y empujó una taza de té hacia ella. Los moratones en la cara se le estaban curando, ahora más amarillos que negros.

—Nadya, tienes que hablar conmigo —dijo en voz baja. «No es del todo cierto», pensó malhumorada. La lluvia caía sobre las ventanas sucias. La clériga clavó un dedo del pie en el suelo embarrado. Kostya continuó—: Solo quiero saber lo que ocurrió, todo. ¿Por qué estabas viajando con el príncipe?

—Espera —dijo, levantando una mano—. Espera, hay cosas que tú también me tienes que contar. —El chico se detuvo, sorprendido—. Esto no va a ser un interrogatorio, va a ser un intercambio de información.

—Pensaba que iba a ser una conversación —contestó Kostya.

184

—Lo sería si no estuvieras tan decidido a odiar todo lo que te voy a contar.

—Yo no...

—Es peor de lo que crees, Kostya. Es peor que probablemente la cosa más terrible que puedas imaginar. Y no me vas a interrogar, sino que te lo voy a contar si me quieres escuchar.

—Quiero escucharte —respondió sin dudarlo.

—Entonces, tienes que contestar también a mis preguntas.

Asintió, inseguro sobre lo que eso significaba. Su expresión no se resintió demasiado cuando le explicó por qué estaba con Serefin, aunque apenas trató la otra razón por la que se encontraba en las Minas de sal. Sin embargo, antes de que pudiera preguntarle por el collar y Velyos, alguien llamó a la puerta, vacilante y con suavidad. Nadya intercambió una mirada de confusión con Kostya cuando Parijahan fue a abrirla con cautela.

Se oyó un jadeo de sorpresa y el sonido de algo golpeando el suelo. La clériga se levantó para investigar, llevándose consigo la taza de té, y se quedó paralizada al reconocer la voz que hablaba en un rápido tranaviano.

15

SEREFIN
MELESKI

Nadie sabe por qué Lev Milekhin despreciaba a los dioses. Nadie
sabe qué ocurrió cuando fue de peregrinaje a Bolagvoy; solo que,
cuando regresó, lo había elegido otro dios diferente al que lo había
abandonado y nunca volvió a hablar.

Los Libros de Innokentiy

Serefin se despertó de una horrible pesadilla, pero descubrió
que no había sido tal. Seguía en ese maldito bosque.

Al menos, la noche eterna se estaba acabando. Había oscuridad, pero también la chispa ocasional de luz que traspasaba el
espeso toldo de hojas y el sonido de los pájaros paseándose entre
los árboles le produjo mayor alivio del que se puede expresar
con palabras.

Estaba cansado y hambriento y, por supuesto, no tenía
ningún deseo de quedarse en ese maldito claro, por lo que se
levantó y comenzó a andar. El temor pegajoso había desaparecido. El bosque era... normal. Sería agradable si no estuviera
tan aterrado porque quizás nunca volviera a ver a sus amigos.

Tenía la vaga sensación de que la voz no había mentido
cuando había dicho que ya no estaba en Tranavia y no entendía
cómo era eso posible, incluso mientras comenzaba a caminar a
trompicones por los alrededores de un pueblo kalyazí.

«¿A qué distancia me ha traído esa criatura?», pensó, horrorizado. Rápidamente, se quitó la chaqueta militar y la introdujo en la mochila. Iba a quitarse también el sello, pero se detuvo al sentir el metal frío en los dedos. Hacerlo no le parecía bien, aunque era muy probable que lo mataran por eso. Si no, lo matarían por su acento. Lo más inteligente sería evitar el pueblo, pero estaba mareado por el cansancio y el hambre.

El invierno había sido duro en ese lugar y lo estaban sufriendo. Los campos deberían haber germinado con cultivos y los granjeros estaban esforzándose al máximo para compensar la mordida del invierno. Los edificios cerca de los que pasó estaban erosionados con finos y desiguales tejados de paja. Era una pobreza similar a la de Tranavia e intentó que aquello no le afectara. esa guerra estaba destruyéndolos a todos.

Quería llorar de alivio cuando encontró una posada porque significaba que los vecinos no lo estaban observando con demasiada atención, aunque se había llevado algunas miradas de extrañeza. En aquel lugar, habrían visto a viajeros e, incluso aunque no les gustaran, estarían acostumbrados. Se caló aún más el sombrero en un intento por ocultar la cicatriz de la cara, aunque sabía que era en vano. El sombrero era de corte tranaviano, otro error.

Entró en el edificio, agradecido por alejarse de los lugareños del exterior, aunque eso significara enfrentarse a los de dentro. Sintió la calidez del fuego ardiendo en el centro de la sala. Serefin notó de inmediato el penetrante olor terroso de las hierbas secas colgadas de la pared. Todo eso era una locura, pero no le importaba. Estaba cansado, en un país enemigo y, lo peor, lo reconocerían como tranaviano y después... ¿qué? ¿Lo ahorcarían? ¿Lo llevarían ante los militares? Con eso seguro que le hacían un favor.

Deseó que Kacper estuviera allí. Había cien mil razones para desear que estuviera allí, pero sobre todo porque se le daba muy bien ese tipo de asuntos. Nunca se habían encontrado en realidad en esa situación, pero a su amigo le gustaba aprender cosas, sobre todo si tenían que ver con cómo actuaban las personas y qué les hacía aceptarte. Podría hacerse pasar de manera convincente por un kalyazí.

«No me han formado para esto», pensó Serefin, frenético. Era un soldado, no un espía. No podía fingir así, pero tenía que arriesgarse.

Serefin se tocó con suavidad el forro de los bolsillos y sacó una pequeña bolsa que contenía un puñado de *kopecks* kalyazíes. No era demasiado, pero sí lo suficiente para una comida caliente y un lugar cálido en el que dormir. También una copa. Tal vez dos. Con suerte, dos.

El grupo sentado en una larga mesa cercana le dedicó una mirada rápida y se enzarzó en una apasionada conversación demasiado acelerada para comprenderla. Entendió algunos fragmentos. Era una especie de debate político. Un hombre viejo con una larga barba grisácea regañaba a un chico más joven y le decía que estaban en un *korchmy* y que el *neznichi krovitz* no tenía poder allí.

Serefin frunció un poco el ceño. ¿Estaban cerca de la fortaleza de un príncipe menor? Seguro que no. ¿Y por qué un príncipe menor no tendría jurisdicción en una posada?

Habló lo menos posible con el dependiente. El hombre solo le hizo un gesto hacia una de las dos largas mesas que había en la sala. Serefin evitó al grupo grande. Solo necesitaba sobrevivir a aquello y encontrar a sus amigos, además de ignorar la atracción que sentía por seguir al oeste, aunque no sabía hacia dónde. La voz quería venganza, pero ¿contra quién? Serefin quería venganza también, aunque lo llamaría justicia para dormir mejor por las noches. Matar a un padre y a un hermano sería suficiente para derrumbar a cualquiera. De hecho, estaba muy cerca de desmoronarse.

—¡Qué feo es tu sombrero!

Serefin levantó la mirada de la sopa, que sabía fatal, pero estaba caliente. Al menos, el pan negro estaba bueno y el alcohol ya había puesto en práctica su encanto, su pequeña misericordia. Una mujer un poco más allá en la mesa, con un pañuelo bordado sobre el pelo y aspecto de saber con exactitud de dónde era un sombrero como el suyo, lo estaba observando.

—Un sombrero feo de un soldado feo —contestó Serefin con voz ronca—. No se puede ser tiquismiquis con este tiempo.

Había dicho siete palabras más de las que pretendía, pero la mujer asintió y dejó de prestarle atención. Serefin estaba soltando un suspiro de alivio cuando la puerta de la posada se abrió de golpe y un aire gélido cruzó la sala. Reaccionó sin pensarlo y se cortó el dorso de la mano.

Alguien gritó y la otra mesa volcó cuando el grupo se apresuró a alejarse del Buitre que entraba en la sala. Serefin cerró los ojos durante un segundo. No se encontraba en el estado adecuado para luchar con uno de esos. Y era evidente que estaba allí por él, por haber salido de una pieza.

Se agachó cuando un cuchillo impregnado de magia voló hacia él. Le daba vueltas la cabeza. ¿Por qué siempre esperaban a que hubiera bebido? Supuso que era culpa suya por querer emborracharse siendo consciente de que los asesinos de Ruminski eran inevitables. Sin embargo, ¿cuál era la alternativa? ¿No emborracharse? Poco probable. ¿Y por qué un Buitre?

Quizás venía de parte de Malachiasz, no de Ruminski. No debería usar la magia. Usarla sería señalarlo de inmediato como el hereje que era porque todos sabían que había una sola clériga y estaba muy lejos de allí. Sin embargo, el Buitre se estaba acercando. El poder se le agitaba bajo la piel, al mismo tiempo que las polillas revoloteaban alrededor de su cabeza y su pelo; no le costó ningún esfuerzo echarle un vistazo al lugar y conseguir del aire estrellas que envió hacia la máscara de hierro puntiaguda. Se produjo un grito terrible y devastador cuando la luz traspasó la máscara y llegó a la piel del Buitre. La carne le burbujeaba debajo. Serefin apartó la mirada, pero no pudo ignorar los gritos desgarradores de dolor.

«Interesante», pensó.

Esperaba que aquello no le fuera a pasar factura. No le parecía inteligente utilizar un poder que no entendía.

El Buitre le pilló desprevenido y le arañó el costado con las garras. Solo llevaba una sencilla camisa sin protección. Siseó con los dientes apretados mientras la sangre le fluía por el costado. Sin embargo, con toda esa sangre, notó una oleada no intencionada de poder que tuvo que aplacar porque, si sobrevivía a aquello, iba a tener problemas.

Esquivó a toda velocidad el siguiente intento del Buitre, presionándose la mano contra la parte que le sangraba. De repente, la visión le cambió, se volvió aguda de una manera extraña, centrada de una forma que le desorientó tanto que estuvo a punto de tropezarse consigo mismo. Durante un precioso segundo reluciente, pudo ver.

Sin embargo, tan pronto como ocurrió desapareció y todo se volvió terrorífico. Aquellos que huían de la posada eran cadáveres con la piel ennegrecida y podrida. Extremidades convertidas en huesos, miembros rotos y sangre negra que les salía de los ojos. Mientras, Serefin permanecía en un bosque oscuro y opresivo que iba a tragárselo y escupirlo siendo apenas humano, solo una criatura, nada más que un chico con la mente dividida en dos tras haberlo zarandeado y expulsado los dioses.

Luego, el bosque desapareció y Serefin se aclaró la mente. La magia se acumulaba en su mano y le dio un puñetazo en la cara al Buitre con tanta fuerza que el monstruo cayó como una piedra. Se le abrieron los nudillos. Serefin dejó escapar un largo suspiro irregular y se restregó los ojos. No ocurría nada, tenía que ser así, no podría soportar la alternativa. Se agazapó junto al Buitre, aturdido, pero vivo.

—*Czijow* —dijo con amabilidad. No merecía la pena no usar el tranaviano. Dudaba que fuera a salir de ese pueblo vivo—. Supongo que vienes de parte de Ruminski. —Se detuvo y le quitó la máscara al Buitre.

Tenía más o menos la edad de Serefin. Los rizos de color rubio claro le caían por la frente. Le sangraba la cara donde le había alcanzado su magia a través de la máscara y tenía unos malvados ojos de color azul oscuro.

—¿Sí? ¿No? ¿El Buitre Negro, entonces?

El Buitre escupió y estuvo a punto de alcanzarle la cara.

—Ah, eres de los que lo odian. Tenemos eso en común. Ruminski, pues. Excelente. ¿Dijo que yo era un débil borracho fácil de matar? Está teniendo algún que otro problema para hacerse con mi trono, ¿verdad? ¿Hay un puñado de *slavhki* que le impiden conseguirlo sin una causa justificada y sin una prueba de mi muerte?

El Buitre no habló. Comenzó a rebuscar en el cinturón, pero Serefin le sujetó de la muñeca, le quitó el vial y agitó el líquido del interior.

—¿Vas a matarte en lugar de hablar conmigo? Me parece exagerado. —Tiró el frasco sobre el hombro y oyó cómo se rompía en mil pedazos—. Vas a correr hasta Tranavia y a decirle a Ruminski que espero que se pase las noches sudando porque sus planes no van a funcionar jamás. Si cree que le voy a dejar quedarse con el trono al abandonar la ciudad, está más loco de lo que parece. Dile —se inclinó hacia delante— que su hija está bien entre los Buitres y que ninguna negociación ni amenaza a mi trono va a darle lo que quiere. Puede hacer tratos con el Buitre Negro, pero ya lo sabes, ¿no? Solo que nunca se lo has contado,

¿verdad? Debería disfrutar del tiempo que tiene. Primero debo encargarme de algunas cosas y luego lo voy a despedazar miembro por miembro, disfrutando de cada segundo.

Cogió una polilla del aire y la presionó entre los labios del Buitre. Se resistió, pero al final se la tragó con los ojos como platos.

—Ah, sí, eso pensaba —dijo Serefin con una sonrisa sarcástica—. Ve directamente y entrega el mensaje. Además, por favor, si quieres contarlo con mayor crudeza, no te cortes. —Dejó que el Buitre se pusiera en pie con dificultad y caminara bajo el cielo nocturno como si estuviera en trance.

«No tengo ni idea de lo que acabo de hacer», pensó Serefin con suavidad. Seguro que alguien había ido ya al puesto militar más cercano. Tal vez podría salir del pueblo antes de que llegara el ejército kalyazí.

Se puso en pie, aturdido él también. Dio un paso al frente y le falló una pierna. Se puso otra vez de pie para dirigirse a la puerta. Y directamente a la punta de una espada.

«Mierda», pensó, levantando las manos, mientras paseaba la mirada por toda el arma hasta llegar al abrigo azul kalyazí con las medallas de una orden superior decorando la chaqueta. Una trenza negra le envolvía el hombro delgado. Y, justo ante él, unos astutos ojos verdes de alguien a quien reconoció, aunque desearía no haberlo hecho.

—¡Mierda! —dijo en voz alta.

Yekaterina Vodyanova, la *tsarevna* de Kalyazin, le dedicó una sonrisa luminosa.

—Vaya —comentó, encantada—, el rey de Tranavia ha recorrido un largo camino desde su casa, ¿no?

16

NADEZHDA
LAPTEVA

Las tormentas no siempre vienen de la mano de Peloyin, ese usurpador, ese fraude. En el pasado hubo otro... y otro y otro y otro. Humo, sombras y una voz atronadora, el cadáver de un árbol golpeado por un rayo. Él controla cada movimiento del aire antes de su abrupta profanación.

Los Libros de Innokentiy

Nadya jadeó cuando el té ardiendo se le derramó entre los dedos temblorosos. Rápidamente, dejó la taza en la mesa.

Malachiasz tenía un aspecto espantoso. Estaba empapado hasta los huesos y lleno de barro. La sangre seca le cubría un lado de la cara, como si le hubieran golpeado en la mandíbula. Le goteaba el pelo y estaba tiritando, con los labios azules por el frío. Le notaba las líneas de las venas bajo la piel pálida. Sin garras. Sin dientes de hierro. Sin púas de metal clavadas en la piel. Solo un adolescente que se rodeaba el cuerpo con los brazos para enfatizar lo delgado que estaba. Llevaba una túnica gris deshilachada sobre unos pantalones llenos de barro, con una mochila destrozada colgada al hombro.

Nadya sintió alivio. Y, después, hirvió en su interior toda la rabia que no había notado antes. Estaba lo bastante enfadada para matarlo. Cauteloso, Malachiasz le sostuvo la mirada con los ojos claros. Nadya apretó los puños. Rashid la agarró del brazo.

—Ni hablar. Te abrirás los puntos.

—No hay nada que desee más ahora mismo que golpearle en esa estúpida cara. No me lo impidas, Rashid —replicó Nadya, pero sentía punzadas en el costado.

—¿Puntos? —preguntó con suavidad Malachiasz, y pareció que todo el aire de la sala había desaparecido. Se mordía las cutículas y ya le sangraban los dedos de la mano derecha. Tosió de manera violenta.

Era el chico que la había convencido con tanta firmeza de que le importaba antes de restregárselo por la cara. ¿Cómo se atrevía a volver y actuar como si pudieran recuperar la cómoda y extraña amistad que tenían cuando todo había sido una mentira?

—Es lo que ocurre cuando atraviesas a una persona con diez de tus malditos dedos afilados —ladró, furiosa.

«Dedos afilados», vocalizó él, asombrado, antes de apretar los puños con lentitud, no de forma combativa, sino protectora. Una punzada de pánico le atravesó el rostro. Miró a Parijahan, suplicante, pero esta dio un paso hacia Nadya. El súbito cambio de alianzas hizo que su pánico se volviera más pronunciado.

—¿Qué he hecho? —preguntó con lentitud.

Nadya se rio, resistiendo las ganas de poner los ojos en blanco. Rashid frunció el ceño. Malachiasz había pasado de apoyarse en la puerta a parecer que estaban a punto de cederle las piernas.

—Pero es lo que querías —le dijo Rashid a Nadya.

—Dije que quería que volviera, no que fuera a perdonarle —contestó.

Malachiasz se estremeció como si lo hubiera golpeado. Nadya lo observó mientras intentaba ahuyentar al chico ansioso y... fracasó. El chico levantó una mano y comenzó a morderse una uña. La clériga no se fiaba, no era posible, pero había algo extraño en la manera en la que él actuaba.

—Malachiasz... —Se sobresaltó al oír su nombre y cerró los ojos durante un breve momento—. ¿Qué es lo último que recuerdas?

El chico frunció el ceño y negó con la cabeza lentamente. Kostya había aparecido detrás de ella, apoyado en el marco de la puerta, mientras el odio salía de él en gélidas oleadas.

—Me desperté en las minas —dijo Malachiasz—, pero antes recuerdo Grazyk, la catedral. Yo... Hay otras cosas, destellos, pero...

—Lo de la catedral pasó hace casi seis meses —respondió Nadya.

Malachiasz negó con la cabeza de nuevo y se pasó una mano por el pelo. Con los dedos encontró un trozo de hueso entrelazado entre las cuentas de oro de los mechones y eso lo agitó aún más.

—Muy bien —dijo con suavidad—. Este no era el resultado que había calculado.

Parijahan resopló.

—Idiota.

Le dedicó una débil sonrisa. Volvió a mirar a Nadya antes de dejar caer la mirada en el collar. Palideció.

—No...

—¿Tu gran plan? No —dijo la chica con voz áspera—. ¿O quizás sí? Quién sabe. Tenemos que hablar.

—Sí. —Parecía que prefiriera hacer cualquier otra cosa.

—Deberías asearte primero —comentó Parijahan.

Dejó que lo arrastrara por la habitación. Se quedó ahí de pie, sin energía, perdido y asombrado antes de que tirara de él en la dirección correcta.

Rashid se marchó a calentar el baño y Malachiasz lo siguió lo más rápido posible, ya que era evidente que deseaba alejarse de Nadya. Aquello, por muy enfadada que estuviera, le dolió porque lo había echado de menos y lo tenía justo frente a ella, muy cerca, pero no podía ser suyo porque le había mentido y había tratado de destruir a los dioses en favor de una idea extrema, porque no sabía lo que era ni veía más allá del monstruo en la oscuridad.

Tembló con fuerza y se abrazó. El monstruo al que había besado no se acordaba. Esa auténtica blasfemia tendría que soportarla ella sola, olvidarla sola. Había sido un beso de despedida. Parijahan miró a Kostya por encima del hombro de Nadya.

—Déjalo en paz —le avisó.

—Nadya… —Kostya tiró de ella para que lo mirara. La ira, la confusión y el desconcierto eran una cortina de fuego en su rostro.

—Era mi amigo —respondió con voz áspera—. Ocurrió algo y ya no lo es, pero lo necesito. Tengo una misión importante que quizás lo resuelva todo. Sin embargo, no puedo llevarla a cabo sin él.

Kostya frunció el ceño.

—No lo entiendo.

—No sé si puedo ayudarte a entenderlo —susurró.

Un silencio doloroso se extendió entre los dos hasta que, con un gruñido asqueado, pasó junto a Nadya y Parijahan y salió por la puerta bajo la lluvia.

Nadya se mordió el labio para alejar las lágrimas.

—No esperaba que fuera tan duro.

—¿Quieres que hable con Konstantin? —preguntó Parijahan.

—Gracias por la oferta, pero no, ya lo haré yo. Ya se le pasará —contestó Nadya, aunque no estaba segura de que fuera verdad.

—¿Y?

—Ah, definitivamente voy a hablar también con el otro —dijo Nadya—. ¿Cómo se atreve a actuar así, como si nada hubiera pasado, como si no se acordara?

—Quizás sea verdad —comentó Parijahan.

—Incluso si es así, estoy cien por cien segura de que recuerda que todo lo que me contó era mentira —respondió Nadya. Sin embargo, eso suponía un problema. ¿Cómo iba a saber en qué había estado metido si no se acordaba? No podía desestimar ese tiempo perdido, aunque, optimista, estuviera ignorándolo con la explicación de que se había mostrado demasiado incoherente para hacer algún daño real. No era cierto.

Parijahan frunció el ceño.

—Sí, mintió —dijo, pero su mirada gris era, como siempre, muy perspicaz—. Entonces, ¿es así como le vas a castigar?

—Merece lo que decida hacer. —Y era cierto, pero sabía que eso no era lo que Parijahan estaba tratando de insinuar.

No podía evitarlo. Estaba enfadada con todos: con Malachiasz por mentir y con Marzenya por darle la espalda cuando más la necesitaba. Pero terminaría con eso porque lo utilizaría como él había hecho con ella. Si se suponía que su propósito era detener la guerra, entonces, maldita sea, era justo lo que iba a hacer sin importar lo que le costara.

PARIJAHAN
SIROOSI

Parijahan solo podía soportar cierto número de informes militares tranavianos antes de desear quemar ella misma el país entero. Se alejó de Rashid, quien seguía desconcertado por un informe que Parijahan consideraba con bastante seguridad que no significaba nada y Serefin no había tenido intenciones de llevar consigo. Deambuló por la diminuta cocina para encontrarse con un Malachiasz mucho más limpio que hervía agua para hacer té. Observó la forma en la que se tensaba al oír sus pasos y se relajaba de nuevo sin mirarla.

—Parj.

—¿Estás tratando de encontrar la manera de que te perdonemos?

—Eh... —dijo Malachiasz, con voz inocente—. Estoy intentando encontrar la manera de que no me rebanen la garganta ni me rompan la nariz. El perdón es casi un factor más y requiere arrepentimiento.

Parijahan se echó a reír y se sentó en la mesa.

—Pareces desdichado.

—Gracias —contestó—. Eso es justo lo que quería oír ahora mismo. Sabes cómo hacerme sentir mejor, Parj.

Había encontrado frambuesas y unas manzanas mustias en algún lugar y estaba haciendo un té con ellas, pero Parijahan supuso que sabía con exactitud dónde encontrar los ingredientes para una bebida tan tranaviana en esa pequeña granja de Tranavia.

La venganza personal de Parijahan contra el país no se parecía en nada a la de Nadya y no se preocupaba demasiado por los monstruos y las herejías, significara eso lo que significase. Si Malachiasz fuera un *slavhka* rico, sentiría algo distinto.

—Te he echado de menos —comentó—. Ojalá me hubieras contado la verdad de lo que estabas planeando.

—No he tenido oportunidad de echar a nadie de menos —contestó con falsa alegría.

La chica se quedó callada. Su tono arrogante no conseguía ocultar todo como siempre. Comenzaba a tener fisuras. Sabía lo solo que se encontraba, pero no se había dado cuenta de lo asustado que estaba también. Además, deseaba con todo su corazón que las cosas no hubieran acabado como lo hicieron porque, a pesar de todo, quería ayudarle y ahora no estaba segura de si podía. Las circunstancias de Parijahan estaban cambiando muy rápido y no sabía cuánto tiempo le quedaba allí. Pronto tendría que dejarlo atrás.

—Nada de remordimientos, entonces —dijo al fin.

Tamborileó los dedos sobre la mesa.

—No sabía si confiarías en mí o se lo contarías —respondió con un tono casi inaudible. Parijahan abrió la boca para protestar, pero él puso una mano en alto—. No puedes echarme la culpa de eso cuando soy muy consciente de que te gustaría ver arder el país entero —observó.

La chica suspiró. Una serie de ojos de colores desconcertantes que chorreaban sangre se le abrieron en la mejilla. Se alejó de la mesa antes de que pudiera manchar algo de sangre. Unos segundos después, desaparecieron y se pudo limpiar. Parijahan hizo una mueca. Era repugnante.

Parecía obvio que tendría consecuencias perturbadoras por lo que había hecho, pero la chica no se esperaba algo así. Pensó en la noche en la que Malachiasz había perdido el control y le había admitido lo que era, la manera en la que le había temblado la voz, cómo había pensado que se echaría a llorar cuando había contestado a la revelación con un encogimiento de hombros y le había dicho que le tocaba a él hacer la cena. No había esperado que quisiera volverse peor de lo que era. Había fallado al juzgarle.

—Tenemos que hablar.

—¿Sí? —De inmediato se mostró cauteloso.

Parijahan casi se echó a reír.

—No es sobre nada de esto. —No sabía por qué Malachiasz era la persona cuya ayuda necesitaba para tomar la decisión que estaba ante ella. Había mentido y ¿cómo iba a saber que no utilizaría lo que le contara en su contra? Era una cuestión políticamente delicada y Malachiasz era ambicioso, como mínimo.

El chico inclinó la cabeza, perplejo. Vertió el té en dos grotescas tazas sin forma y le ofreció una.

—Ya sabes que soy un poco tiquismiquis con el té.

—Si no te gusta, mi nueva misión vital será conseguirte té de Akola.

Parijahan arrugó la nariz.

—Es cierto que necesitas una nueva misión vital.

—No se te permite odiarlo basándote en ese principio.

No lo odió. Era mucho más dulce de lo que solía gustarle, pero no era empalagoso, sino agradable.

—Supongo que tendrás que seguir con tu alocada búsqueda.

Malachiasz sonrió. La akolana lo observó sobre el borde de la taza. Iba descalzo, tenía el pelo recogido en la nuca de cualquier manera y apenas se parecía al monstruo incoherente que Nadya había insinuado muchas veces.

—¿De qué quieres hablar?

Parijahan negó con la cabeza.

—Aquí no, en otro lugar donde no nos puedan oír los demás, luego. —No quería hablar de Akola mientras Rashid pudiera escucharlos, por muy mal que se sintiera al ocultárselo. Esperó a que continuara—. Estoy metida en un lío.

—¿Y necesitas mi ayuda?

—Necesito consejo. —Parijahan dio otro sorbo—. Deberías llevarle a Nadya el té. Quizás no te pegue.

Malachiasz frunció el ceño, debatiéndose entre presionarla o esperar. Sin embargo, la conocía y entendía que se lo acabaría diciendo porque, aunque había demostrado que no sentía lo mismo, la chica confiaba en él. Por terrible que fuera la traición que había llevado a cabo Parijahan lo entendía, aunque deseara que lo hubiera hecho de otra manera. Sabía lo mucho que quería cambiar las cosas, lo deseoso que estaba de llevarlo al extremo. Podría habérselo dicho, aunque solo fuera una parte. Entonces, no habría esa incomodidad entre ellos donde antes solo había tranquilidad. Se habían topado el uno con la otra, de manera bastante literal, pero había encajado bien con la extraña banda de kalyazíes que Parijahan había reunido a su alrededor tras huir de Akola. Echaba de menos a los que había dejado atrás y siempre había sido muy consciente de que él fue el único que se quedó, el tranaviano, el Buitre Negro, el chico que deseaba, sabía y era demasiado. No quería perderlo igual que le había ocurrido con las gemelas y la querida y dulce Lyuba. Sin embargo, tampoco quería perder todo por culpa de Malachiasz y sus acciones precipitadas y mentiras.

Por eso, le daría lo que él se había negado a darle, incluso aunque acabara en desastre. Para ser sincera, no estaba segura de que fuera a empeorar aún más las cosas.

Malachiasz le dedicó un rápido asentimiento. Luego, con aspecto de estar mirando un patíbulo, tomó la taza de té y se la llevó a la otra habitación. Parijahan no oyó al instante grito alguno, así que supuso que Nadya había decidido darle una oportunidad. Aquella vez al menos.

NADEZHDA
LAPTEVA

Kostya aún no había regresado de pasear bajo la lluvia cuando Nadya estaba sentada a la mesa con un mapa abierto ante ella, tratando de ver cómo llegar a Bolagvoy en menos de medio año. Las expectativas no eran buenas.

Ya tendría los dieciocho cuando se hubieran adentrado tanto en Kalyazin, lo que consideró con gran aflicción. El país era enorme y las montañas de Valikhor estaban casi en el lado opuesto, justo en la frontera con el imperio de los aecii con sus llanuras y sus jinetes.

Una taza de té recién hecho se deslizó por la mesa hasta Nadya. Malachiasz se sentó frente a ella con movimientos lentos y cuidadosos, como si le supusieran un dolor significativo. Un puñado de ojos se le abrieron en la mejilla. Se estremeció y se llevó a toda velocidad una mano temblorosa a la cara para cubrírsela. Nadya lo observó en silencio mientras el chico dejaba escapar un largo y trémulo suspiro antes de bajar la mano. Los ojos habían desaparecido.

—Bueno —dijo la clériga.

Malachiasz se presionó los dedos contra la mejilla, buscándolos. No había manera de ocultar lo que era. El escudo de adolescente nervioso lo fracturaba con demasiada facilidad el monstruo que se escapaba a su control. Dioses, Nadya quería estallar de rabia porque parecía muy triste y no sabía si estaba fingiendo ser humano para conseguir la respuesta que quería.

Le dio un pequeño sorbo al té y encontró semillas de frambuesa flotando en él. Era dulce y bueno. No quería pensar en que Malachiasz era la única persona en la granja en preparar un té así.

Se había aseado, se le estaba secando el pelo negro, largo y enmarañado, disperso alrededor de las facciones afiladas. El cansancio se le dibujaba en forma de sombras alrededor de los pálidos ojos y tenía el rostro demacrado bajo los pómulos. Los rasgos ya no le cambiaban con tanta violencia como antes, pero la descomposición se le extendió por la mejilla mientras lo observaba.

Estaba callado, arañando la mesa con una uña comida, pero Nadya había echado de menos sus silencios reflexivos y aquello la frustraba también.

—Nadya, yo...

—¿Alguna...?

Hablaron al mismo tiempo. Nadya lo fulminó con la mirada y continuó:

—¿Alguna vez te has arrepentido de lo que has hecho? ¿Alguna vez te has sentido mal por todas esas mentiras? —Malachiasz se aclaró la garganta, pero no habló. Asintió con lentitud—. Nunca lo suficiente para contarme la verdad.

—Tenía que hacer lo que era mejor para Tranavia —respondió con voz áspera.

—Por supuesto.

—Yo… Gracias. Por…

—Para, de verdad, para, Malachiasz. Si para ti esto es solo un juego, no quiero formar parte de él.

—Sí —respondió con brusquedad—, porque solo soy un monstruo y siempre lo seré. No importa lo mucho que reces, no importa las veces que me reduzcas a la apariencia de algo humano. Apenas soy así. Apenas podía contenerme antes y apenas puedo hacerlo ahora. —Nadya apretó la mandíbula—. Sin embargo, al parecer, me necesitas —continuó. Así era. Malachiasz suspiró—. Nunca he querido hacerte daño.

—No importa. No importa lo que quisieras. Te sentaste en el trono y observaste cómo el rey estaba a punto de asesinarnos a mí y a Serefin. Llevaste a cabo un plan para destruir a mis dioses. Hiciste todas esas cosas. Ocurrieron. —Nadya se detuvo y se presionó el puente de la nariz con los nudillos—. Fui a esas minas por ti, no solo porque te necesitara, pero no puedo…, no puedo hacerlo, ahora mismo no. —Malachiasz levantó una ceja, distante—. Sin embargo, tienes razón, te necesito por aquello en lo que te has convertido. —El chico se estremeció—. ¿No era lo que esperabas?

—No.

—¿Creías de verdad que sería por algo sentimental?

Malachiasz le lanzó una mirada sombría y sus ojos pasaron del azul pálido al negro como un rayo, tan rápido que a punto estuvo de perdérselo. Un escalofrío gélido le recorrió a Nadya la columna vertebral. ¡Qué rápido había pasado de chico tembloroso bajo la lluvia a algo violento!

—¿No puede uno de tus dioses ayudarte?

Nadya bajó la mirada, lejos de sus ojos claros, demasiado capaces de ver una parte de ella que no quería que nadie más viera. A la chica que sencillamente no sabía qué hacer. Tal vez él era la razón por la que se encontraba en esa situación y sus palabras la sumergían en un océano de dudas. Puesto que era Malachiasz Czechowicz, no necesitaba que ella le explicara nada. El chico abrió mucho los ojos y se le resquebrajó la expresión por la tristeza.

—Vaya —dijo Malachiasz con una delicadeza que Nadya no deseaba porque no quería nada de él que la empujara a perdonarlo.

—Para —contestó, ya que aquel chico extraño y terrible la atraía más allá de la razón. Además, debía luchar contra aquello. No se atrevería a dejar que le mintiera de nuevo.

Le dedicó una pequeña sonrisa salvaje. Apretó las manos tatuadas contra la mesa y se inclinó sobre el mapa.

—¿Adónde vamos?

—No te he dicho cuál es el plan —contestó Nadya.

—Ya lo harás. Seguro que será algo imprudente que irá en contra de mi delicada sensibilidad…

—¿Tienes de eso?

Malachiasz, pensativo, se tomó un momento para considerarlo antes de negar con la cabeza, triste. A Nadya se le escapó una carcajada y se le tambaleó el corazón por la forma en la que su sonrisa se volvió auténtica, más relajada, menos astuta que antes. Tenía los dientes un poco más afilados y la oscuridad seguía presente a su alrededor. Cada pequeña faceta suya que antes era algo difusa se había vuelto monstruosa.

La clériga suspiró con fuerza y señaló a un punto del mapa. Malachiasz lo observó antes de levantarse y acercarse al otro lado de la mesa. Se inclinó sobre su silla. Nadya no podía saber si había palidecido o si su tez tenía ese aspecto enfermizo por la tenue luz de la granja.

—Eso está al otro lado de Kalyazin —dijo el tranaviano. Su voz ahogada le confirmó que sí, definitivamente había palidecido.

—Sí.

Se rascó la mandíbula, perplejo, y preguntó de manera distraída:

—¿Quién es el chico?

Nadya le lanzó una larga mirada sin estar segura de si iba en serio. Malachiasz levantó las cejas.

—Se llama Konstantin. Crecimos juntos en el monasterio.

—Vaya —dijo Malachiasz.

—Ha estado en las Minas de sal.

—¡Vaya!

Tiró de un fragmento de hueso que tenía enredado en el pelo, buscando ansioso algo que hacer con las manos. Nadya no podía vislumbrar si el pequeño trozo de columna vertebral era de un animal o de algo... más grande. Decidió no pensarlo. Se apartó de él y este regresó a su sitio, frente a ella. La tensión volvió a palparse en la sala cuando la comodidad temporal entre ambos desapareció.

—¿Has tenido en cuenta que quizás me niegue a cruzar todo tu frío país sin ninguna otra razón aparte de porque tú me lo has pedido?

—Podrías, claro —contestó Nadya—. Y ese sería el final de todo esto. —«Y el final de lo que sea que tengamos». No obstante, quizás fuera mejor así. Se separarían allí, en ese momento, y ella ya no tendría que llevarle a su propia destrucción. Sobreviviría un poco más, igual que ella. No tendría que mentir así. El chico frunció el ceño, por lo que añadió—: Apenas te estoy reteniendo aquí, Malachiasz.

Cada vez que Nadya decía su nombre, había un segundo en el que él cerraba los ojos y sufría un escalofrío, en el que se acercaba un poco más a la apariencia de algo humano y lo tenía un poco más a su lado antes de que volviera a convertirse en un monstruo.

Tosió como si le estuvieran perforando el pecho. Los labios se le llenaron de sangre que se limpió a toda velocidad.

—A riesgo de parecer sospechosamente interesado —dijo de manera cautelosa con voz rasposa—, me gustaría ayudar.

—Quizás cambies de idea cuando te cuente lo que necesito de ti —musitó, mirando al mapa—. Y tienes razón, es sospechoso.

Cuando levantó la cabeza, Malachiasz la estaba observando. No, estudiándola, como si quisiera recuperar los meses perdidos que habían pasado separados. El sentimiento era ridículo. Apenas se conocían desde hacía un año, menos, en realidad. Le había mentido sobre todo, por lo que cualquier cosa que hiciera sería otro juego para volver a conseguir su aceptación. Aunque… ¿de qué valdría? Ya había obtenido de ella todo lo que quería. ¿Y si estaba siendo sincero? Nadya le sostuvo la mirada gélida. Iba a ser más duro de lo que pensaba.

17

SEREFIN
MELESKI

Svoyatovi Arkadiy Karandashov: tsarevich de Kalyazin, unió el
este y el oeste. Muchos milagros se han llevado a cabo sobre su
tumba.

Libro de los Santos de Vasiliev

Serefin estaba rodeado. Incluso mientras la *tsarevna* levantaba la espada y apoyaba la parte plana sobre su hombro, mi-
rándole con una sonrisa sarcástica de arriba abajo, no encontró
manera alguna de huir. La magia de sangre no servía de mucho
cuando tenía varias espadas a unos centímetros de sus arterias
más importantes.

—Es gracioso —comentó la chica—. Cuando alguien
irrumpió en el puesto militar diciendo que había un tranaviano
en el pueblo de al lado, esperaba algo así como a un soldado mo-
ribundo, no a …, bueno, el tranaviano más importante de todos.
—Bajó las cejas oscuras y afiladas con una confusión burlona—.
¿Quién creería que el rey de Tranavia sería tan irresponsable?

Serefin suspiró. Iba a pasarse una mano por el pelo cuando encontró la punta de una espada a centímetros de su cuello.

—Tranquilidad —dijo—. Acabo de defenderme de un
asesino de mi propio pueblo, no quiero otra pelea.

—No —respondió la *tsarevna* con suavidad—. Claro que no.

Se desató el libro de hechizos y dejó que cayera al suelo.

—Me has dejado sin poder alguno, felicidades.

La chica le hizo un gesto a uno de los soldados, que lo cogió a toda velocidad. Serefin no pudo evitar sentir el ligero roce del pánico por haberlo perdido, pero había cosas peores que podía perder allí.

Yekaterina observó a Serefin.

—Y cortadle las mangas del abrigo.

—¿Dejarme indefenso ante el invierno kalyazí? ¡Qué cruel!

—En primer lugar, no deberías estar en Kalyazin —contestó—. Y espero que tengas una buena explicación. No creía que fuera así como hacíais las cosas. De manera encubierta o lo que sea. —Hizo un vago movimiento con los dedos—. O que te mancharas las manos...; bueno, más allá de la sangre, supongo.

—Es complicado.

—Una pena. —Levantó la espada y apoyó la punta en el esternón de Serefin—. Supongo que matarte no me llevará a ninguna parte, ¿no? He oído que las cosas no van muy bien en Tranavia.

—¡Vaya! ¿Así de buenos son vuestros espías?

La chica lo miró con desdén. Tenía unas facciones finas y la piel pálida. A la familia real kalyazí no le iba mucho mejor que a la de Tranavia porque, por lo que sabía Serefin, Yekaterina solo tenía una hermana pequeña inválida. Por eso, igual que el padre de Serefin, el *tsar* había enviado al frente a Yekaterina cuando era solo una adolescente. Sin embargo, a diferencia de su padre, el suyo no había pedido que la asesinaran por un ritual de magia de sangre. ¡Qué suerte tenía ella como miembro de la realeza!

Yekaterina lo examinó y suspiró.

—Tendré que hablar contigo, ¿verdad? Uf, qué desgracia.

—En serio, lamento mucho que no sea el momento de un asesinato sin sentido. Me llora el corazón.

—Dioses, eres peor de lo que imaginaba.

—Me siento infinitamente halagado.

Yekaterina puso los ojos en blanco. Serefin percibió el collar de dientes que le rodeaba el cuello y le dio un vuelco el estómago. Jamás le llegaría a Ruminski su mensaje porque el Buitre nunca iba a conseguir salir de Kalyazin. No sabía que la *tsarevna* fuera *Voldah Gorovni* y, aun así, tenía un sentido repugnante. Aquello le dio una idea terrible a Serefin.

—Entonces, ¿lo has añadido a tu colección? —preguntó el rey de Tranavia, haciendo un gesto con la cabeza hacia los dientes. Yekaterina frunció el ceño y levantó la mano para tocar el collar—. Esperaba que enviara un mensaje por mí, pero es lo que hay. Trató de matarme —continuó Serefin—. ¿Se te da bien cazar Buitres?

—Arreglad este lugar —ordenó Yekaterina antes de que los soldados corrieran a obedecer sus órdenes—. Estoy muerta de hambre. Llevadle a algún sitio mientras encuentro algo de comida.

Empujaron a Serefin hasta un banco con las muñecas atadas a la espalda. Yekaterina se sentó frente a él con un plato de arenques y pan de centeno en la mano. Llevaba el atuendo militar de un oficial kalyazí, aunque el chico no sabía su rango, por lo que supuso que no tendría un auténtico rango militar y el ejército solo la respetaba por la sangre. ¡Qué raro!

—Qué amable por tu parte no matarme en el acto —comentó Serefin.

—Hay rumores de que asesinaste a tu padre para convertirte en rey —replicó la chica.

Serefin inclinó la cabeza.

—En realidad, fue tu clériga quien lo mató.

Yekaterina se quedó inmóvil, paralizada.

—¿Qué?

—¿Nadezhda Lapteva? ¿Nadya? Una chica exasperante. Una persona tan pequeña no debería ser tan testaruda.

—¿La clériga estaba en Tranavia?

—Pensaba que vuestros espías eran buenos. —La chica se ruborizó—. No te preocupes. Está bien, bueno, quizás no. La última vez que la vi iba a entrar en las Minas de sal para hacer un trato con el Buitre Negro. —La expresión de Yekaterina se ensombreció aún más—. Una historia un poco aburrida, la verdad, y, para serte sincero, me encantaría acabar con mi actual Buitre Negro. No obstante, es probable que saliera viva porque los dos tienen una relación extraña y sorprendente, pero ¿quién sabe? —La mujer se quedó callada, aturdida. Serefin sonrió—. Ah, veo que tengo algo que quieres.

—¿Sabes dónde está? —preguntó Yekaterina con voz apremiante.

Serefin no tenía ni idea de dónde estaba Nadya, pero esperaba que Kacper y Ostyia siguieran con ella. Debía creer que estaban bien porque no sería capaz de sobrevivir si no fuera así. Los echaba de menos con desesperación. Sobre todo a Kacper, observó con sorpresa. Se había acostumbrado tanto a la calma y constante presencia de su amigo que los días sin él le provocaban a Serefin un tipo concreto de soledad que no estaba preparado para analizar.

Yekaterina se reclinó en la silla. Oyó que juraba con suavidad en kalyazí.

—Me has puesto en una situación incómoda, ¿sabes? —dijo la joven.

—Es raro, no siento una gran lástima por ti.

—¿Qué te ha pasado en el ojo?

—Eres encantadora, ¿sabes? ¿Te lo dice mucha gente?

—Hay rumores de que... —Se echó hacia delante de nuevo y apoyó la barbilla en la mano—. Sin embargo, son tan ridículos que los he ignorado.

—La guerra ha cambiado y todos lo hemos percibido, pero nadie sabe cómo detenerla —observó Serefin—. ¿Por qué luchamos?

—Porque sois unos herejes.

—Y vosotros estáis equivocados —contestó Serefin—. ¿De qué hablan esos rumores?

—De que moriste la noche antes del asesinato de tu padre. Y de que volviste a la vida en una marea de sangre.

—Sí.

Yekaterina se tensó, pero se recuperó de una manera sorprendente.

—Sin embargo, nadie habla de que la clériga estuviera involucrada.

—Todo el asunto es bastante lioso. Traté de alejarla del tema por razones obvias.

—¿Por qué la protegías?

—Porque no necesitaba que los kalyazíes entraran a las bravas en mi capital para recuperarla. Soy un estratega, querida, y saber dónde está la clériga solo traería más esperanza a tu pueblo.

Yekaterina reflexionó sobre aquello.

—Das más problemas vivo que muerto —comentó.

—No tienes por qué halagarme. —Aun así, se estremeció. La *tsarevna* lo encerraría o lo ejecutaría. No había una situación intermedia.

La mujer se terminó la comida y se puso en pie para rodear la mesa. Le pasó una mano por el pelo a Serefin antes de echarle la cabeza hacia atrás.

—Eres guapo para ser tranaviano —musitó.

—¿Gra... cias? —Tenía que salir de allí.

211

—Una pena. Mi padre dice que un rey hermoso siempre esconde intenciones crueles. —Inclinó la cara aún más y le acercó la boca a la oreja—. Sería mejor si fueras feo. —Trazó con el dedo la cicatriz de su rostro—. Sería mejor si esto hubiera hecho su trabajo. —A Serefin el frío se le asentó en la boca del estómago. Yekaterina se echó hacia atrás—. ¿Qué crees, ahorcarte o decapitarte? ¿Debería cortarte la garganta? Parece que alguien ya lo hizo una vez, solo tendría que terminar el trabajo. ¿Qué tipo de ejecución se merece el rey de Tranavia? —La chica sonrió—. En realidad…, tengo una idea mejor.

Serefin cerró los ojos. No había manera de salir de allí negociando.

* * *

Habían llevado a Serefin a la iglesia de piedra a las afueras del pueblo. No era tanto un edificio como un pedrusco tallado de cualquier manera que parecía salido de entre las montañas hacía miles de años con una cúpula bulbosa encima.

La *tsarevna* se había cubierto el pelo con un velo negro y unos medallones de hierro en las sienes que se le mecían a cada lado de la cara. Abrió la puerta con el hombro y saludó a la sacerdotisa de la entrada con un asentimiento de cabeza. Se besó los dedos y tocó un símbolo cerca de la puerta del santuario.

En la iglesia reinaba un frágil silencio, como el del fino hielo a punto de romperse, y debajo había algo aterrador. Serefin había estado en muchas iglesias kalyazíes durante su época en el frente, pero ninguna parecía tan… viva.

Al tranaviano se le fragmentó la visión. Siseó entre dientes cuando los símbolos cambiaron (caras que se arrastraban ante él y se desfiguraban). Las velas se derretían sobre charcos de cera y los patrones grabados en las paredes se convertían en huesos incrustados en la piedra. Se quedó paralizado y le recorrió un estremecimiento antes de que el soldado kalyazí lo empujara hacia delante. Sin embargo, el ojo malo aún no había terminado. Deseó cubrírselo para hacerlo parar.

—*No puedes vivir siempre con un ojo cerrado.*

Podía intentarlo, pero, como en el barco, el ojo izquierdo se negaba a cerrarse, por lo que se vio obligado a observar cómo sombras aterradoras con demasiados dientes y ojos reptaban entre los rincones oscuros de la iglesia. Había entrado en el terreno de algo grande y antiguo que había clavado la mirada en él.

El sudor le perlaba las sienes. Su visión volvió a dividirse una y otra y otra vez hasta que dejó de haber iglesia y peñasco tallado, solo un claro y un bloque antiguo de piedra por cuyos lados caía la sangre. Sobre el polvo había un cuchillo manchado de carmesí. El ojo de los dioses en un lugar sagrado.

Había movimiento alrededor del altar o el recuerdo de este, de personas que hacía tiempo se habían convertido en nada más que polvo y cenizas, y una acción, llevada a cabo más veces de las que recuerdan los huesos de la tierra. Una vida acabada una y otra vez en ese altar, un círculo que volvía a su punto de origen.

Todo lo que Serefin sabía de los kalyazíes estaba resultando ser un engaño increíble. Pensaba que eran personas beatas y atrasadas, asustadas de la magia que no fuera autorizada por sus dioses. Sin embargo, también pensaba que estos solo aceptaban un tipo específico de magia, la de los clérigos. Ya no estaba seguro de que fuera verdad.

Respondía a por qué Kalyazin se había pasado un siglo luchando en una guerra contra un país que usaba gran cantidad de magia cuando ellos tenían tan poca. Sin embargo, ¿qué magia estaban utilizando y por qué Tranavia no se había enterado tras todo ese tiempo? Tuvo la terrible sensación de que lo iba a descubrir pronto.

—Llévalo abajo —ordenó Yekaterina con voz aburrida—. Quiero más respuestas antes de hacerme cargo de él.

Un hombre de mediana edad lo cogió por el brazo. Tenía un físico modesto; pelo rubio, ojos oscuros, la mitad de la cara tapada por una capucha asimétrica, no especialmente memorable, a diferencia de los miembros de culto de Tranavia..., hasta que se echó hacia atrás la capucha y Serefin vio las cicatrices que le recorrían la mitad del rostro. Estaban hechas con garras, garras con la distancia adecuada para que fueran dedos. Llevaba un collar de dientes como el de Yekaterina.

—Has vuelto pronto —comentó el hombre, observando a Serefin.

—Sí, bueno, tuve que cambiar de planes por él —contestó la chica—. Estaré con los dos en un momento.

El hombre arrastró a Serefin por el pasillo, abrió una puerta que llevaba a unas escaleras y descendió hacia la oscuridad. Tomó una antorcha de la pared y guio el camino. El pasillo se prolongaba cada vez más, parecía que nunca iban a llegar al final, pero por fin el hombre se detuvo. No abrió la puerta, sino que se giró hacia Serefin tras colocar la antorcha en un aplique.

—Nadie ha cruzado estos pasadizos desde hace mucho tiempo, al menos nadie de la orden y mucho menos el enemigo —le dijo.

—¿No? Me sorprende.

El hombre lo observó un poco más. Serefin soltó un suspiro de alivio. No tenía ni idea de quién era. Era muy probable que solo la *tsarevna* supiera qué aspecto tenía, igual que le ocurría a él con ella, por si se encontraban en la batalla.

Ese era justo el tipo de problemas en el que se metería al no tener a Kacper junto a él, evitando que hiciera alguna estupidez. El hombre empujó a Serefin hacia la habitación, un estudio apenas iluminado. Le pidió al chico que se sentara y esperó cerca de la puerta.

Estaba claro que era un *Voldah Gorovni*, igual que Yekaterina. Aunque Żywia había mencionado que los cazadores de

Buitres habían resurgido, Serefin no esperaba encontrárselos. Aquel era el tipo de suerte que necesitaba, por raro que pareciera. Esa era la solución para su problema con Malachiasz.

Después de todo, quizás sí pudiera salir de allí negociando. Yekaterina apareció unos minutos después.

—¿Qué sabes de lo que ocurrió en Kartevka?

Serefin la miró de manera inexpresiva. ¿Qué? Pensó en la montaña de informes militares que Ostyia le había restregado por la cara en Grazyk. Había leído alrededor de la mitad antes de quedarse dormido sobre la mesa. Kacper lo había despertado y, con delicadeza, lo había empujado hacia su cuarto mientras, en todo momento, hablaba de que debería haberle dejado allí porque quizás el dolor de espalda al día siguiente hubiera sido suficiente para que cuidara de sí mismo.

—Entiendo que esto es una especie de interrogatorio, pero ¿puedo hacer una pregunta? —dijo esperanzado.

Yekaterina frunció los labios. Pensó que se iba a negar, pero asintió y le hizo un gesto para que continuara.

—¿De verdad matáis Buitres o los dientes son de adorno? —Yekaterina levantó una ceja—. Porque no he oído hablar de los cazadores de Buitres hasta hace poco, lo que me sugiere que no se os da demasiado bien vuestro trabajo —continuó Serefin—. Sin embargo, aparte de eso, ¿os gustaría matar al Buitre Negro?

La chica se quedó paralizada.

—Está claro que no quieres compartir el poder del país entero con un monstruo.

—Mi confianza en vuestras habilidades está decayendo cada vez más porque parece, de nuevo, que tenéis información equivocada.

Yekaterina frunció el ceño, rebuscó en el bolsillo de la chaqueta y le lanzó algo a Serefin. Se inclinó hacia delante (no le habían atado las manos, un descuido por su parte porque podía hacer magia siempre y cuando consiguiera derramar algo de sangre) y cogió una cadena de dientes de hierro.

—¡Qué asco! —comentó mientras examinaba el trofeo—. Pero te escucho.

—Los monstruos monstruos son —contestó la chica—. Se los puede matar a todos.

—¿Cómo?

—¿Crees que voy a revelarte nuestros secretos?

—Ah, claro, con el ojo raro no es suficiente, ¿no?

Serefin la había pillado. Sabía lo que significaba el ojo, aunque quisiera negárselo a sí mismo.

—Me gustaría añadir los dientes del Buitre Negro a mi colección —comentó Yekaterina, pensativa.

—Tiene unos dientes preciosos, te lo prometo.

Aunque todo estaba saliéndole a pedir de boca y aquello era algo que debía hacer, cuando Serefin oyó esas palabras, se desconcertó. Lo único en lo que podía pensar era en el chico escuálido con el pelo negro y rebelde y una sonrisa resplandeciente al que había arrastrado por todo el palacio cuando eran críos, el chico que había llevado un montón de libros a su habitación para leérselos mientras Serefin se recuperaba de la herida del ojo y no veía nada, quien había evitado que se volviera loco de aburrimiento.

Pensar en ese chico inteligente le produjo otra punzada de arrepentimiento. Malachiasz tenía el potencial de ser un poderoso aliado. En lugar de eso, se había convertido en su enemigo. Su hermano debía morir y Serefin tenía que matarlo antes de que fuera lo que fuese lo que estaba tirando de él lo empujara hacia el bosque y lo hiciera pedazos.

18

NADEZHDA
LAPTEVA

Svoyatova Aleksasha Ushakova: elegida por Devonya, le quita-
ron todo el poder. Sus huesos están malditos y descansan en una
cámara bajo el monasterio de Baikkle, destrozando a todo aquel
que los toca.

Libro de los Santos de Vasiliev

Alguien sujetó a Nadya por el antebrazo y la arrastró hacia
el desvencijado granero de la granja. Sacó un *voryen*, con
lo que se le tensaron los puntos del costado de manera peligrosa y la calidez se le extendió por la cintura. Estaba cara a
cara con Kostya, quien ignoró la daga dirigida hacia su costado
mientras la estudiaba con una expresión extraña e impasible.
Nadya se relajó.

—Aquí estás, te he estado buscando.

—He intentado entender qué le ha ocurrido a la Nadya
que conocí —dijo el chico. La clériga se estremeció. La frialdad
en su oscura mirada era la de un extraño. Kostya continuó—:
Porque la que conocí nunca haría ningún pacto con el enemigo, estaría tan dedicada a los dioses que nunca dejaría viva a
una abominación que estuviera en su contra. —Nadya cerró los
ojos y él añadió, mirándola con atención—: La que conozco no
haría nada de esto. ¿Sabes lo que ha hecho ese monstruo? —La

chica asintió sin abrir los ojos. ¿Era tan cobarde como para ser incapaz de enfrentarse a él? Tal vez—. No lo creo —concluyó él con cautela.

—Kostya —respondió Nadya con la voz rota. Quería pensar bien de ella y eso solo empeoraba las cosas. Estiró la mano, pero el chico dio un paso atrás—, lo sé.

La clériga se llevó las manos al pecho, consciente de una manera dolorosa de la humedad pegajosa que le resbalaba por la túnica.

—¿Sabes qué ocurrió en el monasterio después de que te marcharas?

—No —susurró. Nadya no había llorado por el hogar que había perdido. En realidad, no, no había tenido tiempo. Estaba aterrada porque hubiese seguido adelante, porque se hubiera vuelto tan resentida y estuviera tan destrozada que dijera lo que dijese su amigo permaneciera entumecida y fría.

Kostya tomó aire de manera irregular.

—Estás sangrando —musitó, estirando la mano hacia ella en contra del sentido común.

—Estoy bien —respondió—. No vas a dejar de estar enfadado conmigo porque me haya abierto algunos puntos.

Hizo un gesto para desestimar el comentario.

—No estoy... —Se detuvo—. No, tienes razón, lo estoy. Nadya, no lo entiendo.

—No puedo hacer que lo entiendas —contestó con lentitud—. La mayoría del tiempo ni yo misma lo hago.

—Mataron a Anton —anunció Kostya con suavidad.

A Nadya se le constriñó el corazón. Kostya y su hermano pequeño habían llegado juntos al monasterio cuando Anton era solo un bebé. El niño siempre corría tras Kostya y Nadya o se ponía en medio. Por lo general, era un hermano pequeño adorable y pesado para ambos.

—Kostenka... —musitó, acortándole el nombre a un diminutivo más cariñoso.

Apenas había luz en el viejo cobertizo, pero vio la película resplandeciente de lágrimas que le brillaban en los ojos.

—Murió mientras seguíamos en el monasterio —dijo Kostya—. El príncipe lo usó como cebo mientras me torturaban.

Nadya apretó los ojos y las emociones que se había empeñado en alejar amenazaron con derrumbarse sobre ella todas a la vez.

—El padre Alexei murió en las Minas de sal —continuó Kostya—. No les servía, era demasiado viejo, por lo que los Buitres se deshicieron de él. Nadie sabe en realidad lo que eso significa. Día a día, se llevaban cada vez a más personas hasta que solo quedábamos unos pocos. Luego solo quedé yo.

Por mucho que lo intentara, Nadya no podía alejar las lágrimas ni fingir internamente que todos habían salido ilesos, todos a los que había querido. La única familia que tenía había desaparecido.

—Eso es lo que hacen los tranavianos, Nadya. Solo conocen la destrucción y el caos. Así es como ha sido siempre y siempre lo será.

La chica se presionó las manos contra los ojos para tratar de luchar contra las lágrimas. No podía romperse allí, no en ese momento, todavía no. Había mucho que hacer.

—No pongas excusas, por él no —le pidió Kostya con voz más suave.

Nadya sintió que le cogía el brazo para atraerla hacia él. Se lo permitió y escondió la cara contra su hombro.

—Lo siento —susurró.

E incluso tras todo ese tiempo en las Minas de sal, incluso a pesar de su estado diezmado y desmoronado, Kostya seguía oliendo a incienso. Olía a hogar, y ella lo echaba de menos. El mundo era frío y cruel y quería irse a casa.

Necesitaba que Kostya entendiera que había hecho lo que debía, que los fracasos de su corazón eran los suyos propios y que estaba tratando de ser mejor. Sin embargo, había fallado a su gente. Era tan simple como eso.

—No podía pensarlo —dijo, vacía—. Tenía que seguir adelante y la única manera de hacerlo era solo... pasar página.

—¿Qué ocurre, Nadya?

Se echó hacia atrás y sacó el collar que le había metido Kostya entre las manos antes de que el monasterio ardiera.

—¿De dónde lo sacaste?

El chico palideció.

—Te lo quedaste —dijo con suavidad.

Nadya le dio vueltas al collar por la cadena hasta que aterrizó en su palma.

—¿Sabes lo que es?

Kostya asintió. Las cosas quizás fueran peores de lo que había pensado.

—¿Por qué me lo diste?

—Para protegerlo —contestó—. La Iglesia..., me refiero..., se suponía...

—¿Quién te lo dio, Kostya? —Sus palabras la habían dejado fría. Se suponía que no debía haberlo usado, pero, por supuesto, lo había hecho. Había extraído la sangre necesaria para sacar a Velyos de su prisión y ¿no era ella la gran clériga bendita que no debía mancillarse de esa manera? «¿Qué he hecho?».

—Hace unos años, vino una mujer al monasterio —respondió Kostya—. Pidió hablar conmigo. El padre Alexei dijo que buscaba a la persona más cercana a ti para que te vigilara.

—¿Me vigilara? —repitió Nadya. ¿Qué se suponía que significaba aquello? ¿Qué pensaba la Iglesia que iba a hacer?

Kostya frunció el ceño.

—Me dio el collar, pero no se mostró muy clara sobre lo que se suponía que debía hacer con él, solo que era esencial que estuviera a salvo y cerca de la clériga porque evitarías que sucediera lo inevitable y lo terrible. Esas fueron las palabras que utilizó —dijo—. Lo inevitable y lo terrible.

Nadya había permitido que ocurriera. Peor aún, casi había provocado que sucediera.

—Dijo que era tan peligroso como necesario que estuviera cerca de ti, pero nunca entendí a qué se refería.

«Se suponía que no debía usar el poder de Velyos», pensó Nadya, y sintió náuseas al comprenderlo. Comenzó a temblar. «Se suponía que no debía liberarlo».

—No me has contado por qué el Buitre Negro está aquí —continuó Kostya con la voz gélida una vez más.

—Necesito utilizar su poder. Necesito ir al oeste.

Kostya negó con la cabeza.

—No necesitas a ese monstruo para nada.

—Kos… —comenzó a decir, exasperada, pero la presionó.

—No, estás poniendo excusas —contestó—. Tenemos que irnos. Estás lo bastante bien para viajar. Si nos marchamos esta noche, solo nos llevará una semana llegar al monasterio de Privbelinka. Ven conmigo, Nadya, volveremos juntos a Kalyazin, encontraremos al ejército y todo lo demás será como debió haber sido.

«Como debió haber sido». Pero ¿para quién? ¿Para la vieja Nadya, quien no conocía nada más allá de las paredes del monasterio y a la que se suponía que debían arrastrar por todo el país como figura insigne y arma? No podía volver a esa situación.

No respondió, pero Kostya no se desalentó. La cogió de las manos y su comportamiento cambió al instante. «Cree que me voy a ir con él», pensó y le dio un vuelco el corazón. ¡Cómo deseaba que fuera así de fácil!

—Kostya —dijo con lentitud, suplicante—, no puedo.

La perplejidad le inundó las facciones.

—¿Qué? Claro que puedes. Lo arreglaremos, Nadya, juntos. Todo irá bien. —La besó en la frente antes de que pudiera detenerlo y se puso en pie para volver a la granja.

—Infiernos —susurró. Se quedó ahí mucho tiempo, permitiendo que el frío le calara los huesos antes de seguirlo al final.

Malachiasz levantó la cabeza cuando Nadya entró en casa y, con cautela, tomó asiento a la mesa. Le dedicó una mirada recelosa y extraña cuando vio la sangre que tenía en la túnica.

—Se fue por ahí —dijo, señalando hacia la otra habitación—. ¿Qué ha pasado?

—Técnicamente, tú —respondió con sequedad antes de que Parijahan hiciera un gesto de desaprobación y fuera a buscar a Rashid.

—Claro —contestó Malachiasz con voz apacible.

—¿Sabes? Visto lo visto, ensartarme no ha sido tu peor ofensa.

Malachiasz puso los ojos en blanco. Nadya suspiró. Entonces, iba a ser así, ¿no? Bien. No necesitaba ser amiga suya. Solo tenía que sufrir su presencia un poco más hasta arreglar la situación. Luego, todo terminaría.

Rashid entró, vio la sangre en la túnica de Nadya y bufó antes de hacerle un gesto a Malachiasz.

—No le he golpeado —dijo Nadya—, aunque quizás aún lo haga.

Rashid se deslizó hasta el taburete junto a Nadya.

—¿Puedo?

—Solo si él no mira —contestó. Malachiasz puso de nuevo los ojos en blanco y dejó caer la cabeza sobre la mesa.

Rashid soltó una carcajada y tiró de la túnica para quitarle la venda del costado y limpiarle la herida que sangraba con lentitud.

—Tranquilízate o no se te curará nunca —dijo con suavidad.

Nadya emitió un sonido de indiferencia. Rashid, con las manos cálidas, le cubría las heridas con vendas nuevas.

—No quiero seguir aquí sentada de brazos cruzados. Deberíamos averiguar a dónde fue Serefin. —Malachiasz levantó la cabeza y Nadya gritó—: ¡No!

Dejó caer de nuevo la cabeza sobre la mesa con un golpe suave.

—¿Por qué lo necesitas?

—¿No le has puesto al día? —le preguntó Nadya a Rashid.

—Es directamente responsable de una parte, así que asumí que lo sabía.

—No me acuerdo de nada —musitó Malachiasz, afligido. Levantó la cabeza con cautela. Rashid había terminado ya, así que Nadya decidió permitírselo. Un conjunto de ojos dolorosos y llenos de sangre se le abrieron en la mejilla y se sobresaltó (la visión se le debía fragmentar cada vez que le ocurría). Se le contrajo la expresión y la chica se preguntó si sería mentira.

—Ves por qué me cuesta creerte, ¿verdad?

Malachiasz asintió malhumorado.

—Ha sido muy conveniente.

Apoyó la barbilla sobre las manos con el ceño fruncido. Sin embargo, Nadya recordaba la mirada que le había dedicado antes de huir del santuario y su pérdida de memoria no era del todo improbable.

Apoyó la cabeza en el hombro de Rashid. Parijahan entró y colocó un mapa sobre la mesa. Kostya se acercó tras ella, le tendió una taza de té a Nadya y, tras descubrir que el único asiento libre estaba al lado de Malachiasz, se apoyó contra el marco de la puerta.

—¿Qué hacemos?

Nadya le dio un sorbo al té. La manera en la que se lo había preparado Malachiasz había sido mejor. Cerró los ojos durante un breve momento, regañándose internamente, antes de echarse hacia delante. Señaló las montañas de Valikhor.

—Necesito ir hasta aquí.

—Eso está al otro lado de Kalyazin —comentó Parijahan con cautela—. ¿Y para qué lo necesitamos? —Hizo un gesto con la cabeza hacia Malachiasz.

—Pensaba que lo necesitábamos por su brillante personalidad —propuso Rashid—. Y porque lo echábamos de menos.

—Los halagos te abrirán muchas puertas, Rashid —contestó Malachiasz.

—Solo las tuyas.

—Hay un templo a los pies de las montañas. Existen rumores de que tiene línea directa con los dioses.

—Pensaba que eso lo hacías tú por naturaleza —dijo Malachiasz.

Por alguna razón, la ironía en sus palabras era mucho peor que la falsa empatía. Era muy consciente de la mirada ardiente de Kostya a su perfil.

—Está muy lejos —comentó Parijahan, pensativa—. Lo bastante para que nadie pueda encontrarme.

Malachiasz le dedicó una mirada de curiosidad. Parijahan no se explicó, pero lo que ocurrió entre ellos reflejó entendimiento. Nadya frunció el ceño. Colocó la mano en la mesa con la palma hacia arriba. La cicatriz en espiral se le había oscurecido casi entera y se le contorsionaba hasta mancharle las yemas de los dedos. Kostya exhaló, aterrado, pero su reacción era la esperada. Había algo mucho más espantoso en la manera en la que Malachiasz palideció.

—Aparte del hecho de que mis interacciones con tu poder, para ser sincera, deberían ser imposibles, ahora mismo no tengo nada. Bueno, tengo esto, pero creo que me está matando —dijo Nadya.

Malachiasz se inclinó sobre la mesa y le dedicó una mirada incierta antes de tomarle la mano. Su cicatriz estaba curada, apenas visible. Le pasó una uña convertida en garra de hierro por la palma. Nadya siseó por el frío y la sensación repentina de algo más, una magia que no había sentido en meses. Malachiasz frunció el ceño, concentrado. Luego, una sonrisa le curvó los labios. Dejó que el mapa se enrollara solo y se subió a la mesa para encorvar su desgarbada figura y sentarse en ella con las piernas cruzadas. Se acercó aún más su mano a la cara.

—Es como si estuviera retenido ahí —comentó, pensativo—. Yo… —Dudó—. Deberías haber muerto por las heridas en las Minas de sal.

—La magia de sangre no puede curar —dijo Parijahan.

—No…, la mía no, pero le di un toque de mi poder para mantenerla viva. —Levantó la mirada hacia ella bajo la nube de pelo negro enmarañado—. Sin embargo, no debería haberse quedado así.

—Ya estaba así antes —respondió Nadya—. Lleva así desde que te lo robé en la catedral.

—¿He mencionado ya lo desagradable que me resultó? —preguntó, distraído, mientras seguía inspeccionándole la palma. La calidez de sus manos sobre las de ella la despistaba. Malachiasz le separó el índice y pasó la yema de su dedo sobre la uña de Nadya. Luego emitió un sonido reflexivo y le mostró el dedo. Le sangraba. Un escalofrío fatídico se le instaló a Nadya en la boca del estómago—. Interesante —murmuró él—. ¿Puedo abrirlo?

—¿Abrirlo?

Le presionó la garra de hierro sobre la palma y levantó ambas cejas, expectante.

—Preferiría que no lo hicieras —le pidió Nadya.

—Si fuera tú, kalyazí, no daría otro paso —dijo, complacido, Malachiasz—. Esto no es de tu incumbencia.

Nadya miró a Kostya y negó con la cabeza. Tenía una expresión tempestuosa cuando regresó hacia el marco de la puerta y cruzó los brazos sobre el pecho.

Malachiasz le hizo un corte en un lado de la palma. Nadya se mordió el labio. En realidad, no dolía, pero le sobrevino una extraña sensación de horrible pánico. Se estremeció y Malachiasz levantó la mirada hasta su rostro. La chica trató de cerrar los dedos y él, con delicadeza, se los volvió a abrir.

—No es mi magia —comentó, perplejo.

Nadya frunció el ceño. Al sentir un poder que no era magia divina, había asumido que era suya. Entonces, ¿qué era? ¿Por eso no podía hablar con los dioses? ¿Y si no la estaban ignorando?

Malachiasz se sacó un pañuelo del bolsillo y le limpió la sangre de la palma.

—No tengo ni idea de qué es.

—Me encanta oírte decir eso.

El chico se echó a reír. A Nadya le dio un doloroso vuelco el corazón en el pecho y quiso pellizcarse. Se suponía que no debía estar haciendo aquello, no con él, no de nuevo. Eso era justo lo que necesitaba evitar. No apartó la mano de la suya.

—No hay ningún sacerdote al que pueda ir en busca de respuestas —observó Nadya en voz baja—. Si no consigo respuestas... —Negó con la cabeza—. Tal vez nada, quizás esté exagerando mi propia importancia y haya hecho lo que se suponía que debía hacer, pero nada ha cambiado para mejor. Kalyazin y Tranavia siguen en guerra. Serefin quizás pierda el trono por un grupo de nobles belicistas. Tú... —Se detuvo y espero a que Malachiasz percibiera aquella palabra. Su evidente reticencia era esclarecedora—. Has destrozado algo de este mundo y es solo cuestión de tiempo que veamos cómo se manifiesta. Necesito llegar a ese templo, pero está rodeado por un bosque que solo lo divino puede traspasar. —Malachiasz hizo una mueca, arrugando la nariz, pero Nadya continuó—: Eres lo más cercano a eso que tenemos, pero será difícil. —Tirando a imposible. Requeriría algo de él que no estaba segura de que estuviera dispuesto a dar.

Tenía la mano acunada en la suya, sobre el regazo del chico. Estaba ausente jugueteando suavemente con sus dedos de una forma que era bastante íntima. La había traicionado. ¿Por qué no podía odiarlo por eso? ¿Por qué la ira que hervía constante bajo la superficie no se derramaba y se convertía en algo más? ¿Por qué quería que entrelazara los dedos entre los suyos y presionara el pulgar contra la palma?

—Tregua —pidió Malachiasz con un susurro apenas audible.

Nadya cerró los ojos, tragó saliva con fuerza y apartó la mano.

—No es suficiente.

Cuando los abrió, él se había alejado del todo. Se observaron durante largo tiempo y, ah, fue muy consciente del asco que emanaba Kostya, pero se sentía abstraída por la mirada incolora del chico.

—No. Es. Suficiente —dijo con los dientes apretados.

Algo se le constriñó en el pecho cuando él inclinó la cabeza y los huesos de su maraña negra de pelo cayeron en su campo de visión. Curvó los labios en una sonrisa cruel y salvaje y se acercó más a ella. La tomó por la barbilla y, con brusquedad, tiró de su rostro hacia el suyo.

—No, por supuesto que no —musitó mientras el aliento le acariciaba la cara—. Pero nunca lo será, ¿verdad? Una pequeña joven campesina de un monasterio que no quiere nada más que ver al monstruo autoflagelarse a sus pies. No lo haré, Nadya. No voy a jugar a ese juego. —Levantó la otra mano—. Ni te atrevas —le escupió a Kostya, quien había dado un paso hacia delante.

—Jugarás —contestó Nadya, ignorando a Kostya y a todo lo demás. No podía ahuyentarlo hasta que la hubiera ayudado a recorrer el bosque—. Te habrías quedado en esas minas del infierno si no quisieras jugar. ¿Esperabas regresar y encontrarlo todo como antes de que lo quemaras hasta los cimientos? Solo quedan cenizas tras un incendio, Malachiasz, y te tendré a mis pies.

Entrecerró los ojos sin que una leve sonrisa llegara nunca a abandonar sus labios, incluso mientras el ambiente a su alrededor se volvía peligroso. Le colocó un mechón de pelo tras la oreja.

—Ya lo veremos, pajarillo.

19

SEREFIN
MELESKI

Svoyatova Kseniya Pushnaya: nombrada Svoyatova de Espinas, Kseniya vivía en las profundidades del bosque y garantizaba dones de poder a aquellos que la buscaban y sobrevivían a las pruebas que su dios, Vaclav, les ponía.

Libro de los Santos de Vasiliev

Era difícil oír lo de las conquistas de las fuerzas tranavianas sin sentirse abiertamente orgulloso. De lo que Serefin no se había percatado era de lo peliaguda que era la situación para los kalyazíes, lo cerca que estaban del final. Aun así, estos estaban dándole la vuelta a la situación y Serefin tenía que detenerlos antes de que empeorara aún más.

La *tsarevna* quería información sobre lo que había ocurrido en algún puesto militar y Serefin no tenía nada que ofrecerle.

—Entonces, no estuviste en Kartevka.

—Solo tengo una mínima noción de dónde está.

Yekaterina hojeó el libro de hechizos de Serefin y aterrizó en uno del centro. El chico no recordaba cuál podría ser, pero hizo que se detuviera y reflexionara. La magia que tenía en el libro era sobre todo ofensiva con una diminuta colección de hechizos de persuasión.

—Fue una masacre —dijo la *tsarevna*—. Me sorprende que vosotros, los tranavianos, no lo hayáis considerado un milagro gracias al monstruo que estaba allí.

Serefin se removió incómodo en su asiento. Sabía a dónde iba todo aquello.

—¿Cuándo sucedió?

—Hace unos tres meses —dijo—, pero esto pasó después. El frente estaba recibiendo constantes ataques de una criatura que solo podía provenir del amparo de la oscuridad. Hemos luchado en esta maldita guerra con tanta justicia como vosotros, los herejes, os merecéis, pero...

—La guerra no es justa —replicó Serefin con voz monótona—. Nunca lo ha sido. Y no es culpa nuestra que no tengáis magia.

Yekaterina inclinó la cabeza.

—Qué poco sabes, tranaviano.

—Oye —respondió a toda velocidad Serefin antes de que pudiera continuar—, no te estoy pidiendo confianza, pero me parece que nuestros objetivos coinciden. ¿Cuántos Buitres se han mandado al frente? ¿Desde cuándo?

—Demasiadas preguntas.

—No me has matado ni hecho prisionero de guerra, por lo que está claro que piensas que seré útil.

—Útil quizás sea una exageración.

—Sin embargo, quiero que los Buitres caigan, si no es para siempre (soy tranaviano, después de todo), al menos, durante un tiempo. Quiero al Buitre Negro muerto. Si sigue vivo, no importará quién gane esta guerra interminable.

Malachiasz quería ambos tronos. Serefin no podía permitirle que se quedara con el suyo. Y su conspiración para matar a los dioses de Kalyazin no serviría de nada.

—Lo de Kartevka ocurrió sin aviso. Un segundo era una apacible noche como puede serlo cualquiera en el frente y, al siguiente, los cielos se abrieron y cayó la magia. Una criatura apareció con ella y asoló el campamento entero hasta convertirlo en cenizas.

—¿Qué tiene de especial la localización?

Yekaterina frunció el ceño.

—¿A qué te refieres?

—Si fue el Buitre Negro quien hizo esto..., ¿sobrevivió alguien? ¿Algún testigo? ¿No? Bueno, es inteligente, no lo hizo sin razón. No suele buscar la destrucción masiva porque le apetezca.

—Sorprendente —comentó Yekaterina con sequedad.

—Es extremadamente inteligente —continuó Serefin, ausente, mientras lo consideraba—. ¿Había algo ahí que pudiera interesarle?

—*Vashnya Delich'niy* —dijo el hombre en la puerta, un aviso.

Sin embargo, la *tsarevna* solo se mostró reflexiva.

—Dioses, qué más da si seguro que ya lo sabes. Teníamos nuestras reliquias y símbolos más poderosos en Kartevka.

«Las reliquias de nuevo...».

—¿Todo eso por unos huesos? —observó Serefin.

Yekaterina le dedicó una pequeña sonrisa.

—Reza para que nunca veas esos huesos en acción.

—Oh, creo que se ha perdido algo con la traducción. Soy un hereje, yo no rezo.

Serefin pensó en los libros de hechizos que había encontrado en el campamento kalyazí. Tenían que estar relacionados.

—Sea como sea, ¿ahora están en manos del Buitre Negro?

—No se encontraron entre los escombros, por lo que suponemos que sí.

«Interesante». ¿Para qué podrían necesitar los Buitres un puñado de huesos viejos?

—Podríais recuperarlos si me ayudáis a matar al Buitre Negro —comentó.

Yekaterina negó con la cabeza, incrédula.

—No entiendo el juego al que juegas —respondió. Echó la silla hacia atrás y se puso en pie para recuperar la cadena con los dientes de metal y colgársela al cuello—. Tráelo —le dijo al hombre antes de salir de la sala.

Llevó a Serefin a más profundidad dentro de la iglesia hacia una sala amplia con velas de cera que caía sobre los apliques y extrañas vidrieras incrustadas en las paredes. La luz titilaba detrás de ellas, desprendiendo arcoíris sobre el pulido suelo de piedra. Había estatuas de criaturas extrañas en cada esquina que, con una mirada, le inquietaron.

—Es suelo sagrado. Quítate los zapatos —le pidió Yekaterina, haciendo lo propio con las botas.

Serefin frunció el ceño.

—¿Suelo sagrado para quién? —musitó. Yekaterina continuó mirándolo, por lo que suspiró, se desató las botas y se las quitó para posar los pies sobre el suelo frío.

—No me imagino a un tranaviano esperando entender los asuntos de la divinidad.

—Te sorprendería —contestó, frotándose el ojo. Cuando separó la mano, estaba húmeda por la sangre. «Infiernos, ahora no».

Algo le cosquilleaba bajo la piel, un presentimiento que no podía identificar hasta que Yekaterina cruzó la habitación y abrió una puerta. Serefin captó solo un pequeño retazo del altar de piedra del interior antes de que el pánico le inundara. La *tsarevna* le hizo un gesto al hombre y este le golpeó la nuca, haciéndole caer como una piedra.

* * *

El altar de piedra estaba desgastado por el paso de miles de años. Ya lo conocía y ahora lo veía. Bueno, lo sentía, mejor dicho.

Tenía las manos atadas al altar. Tiró de las cadenas para ver si cedían. Nada. El aire estaba cargado por el aroma del incienso, acre y turbio bajo la tenue luz de las parpadeantes velas.

—Los dioses han estado callados desde que murió tu padre —comentó Yekaterina desde algún lugar lejos del campo de visión de Serefin. Su voz parecía tranquila y reflexiva.

Con el ojo izquierdo veía extraños patrones en la neblina difusa del incienso sobre él. Comenzó a morderse el interior de la mejilla. No necesitaría mucha sangre, solo un poco, una pizca para recuperar la magia.

—Hacía mucho tiempo que no se llevaban a cabo las viejas prácticas. Desde que los clérigos comenzaron a desaparecer. Kalyazin se olvidó de que nuestra magia está tan cargada de sangre como la de los herejes, solo que la derramamos por propósitos divinos. La derramamos para subyugarnos a ellos y, así, se considera santificada.

Serefin echó la cabeza hacia atrás para apoyarla.

—¿Y en qué difiere un ritual de sacrificio a lo que hacen nuestros Buitres en sus cavernas bajo tierra?

Pensativa, Yekaterina emitió un sonido.

—Te lo acabo de decir.

Oyó el roce de unas yemas contra la piedra justo detrás de la oreja y sintió un agudo dolor en el pecho cuando le hizo un corte en horizontal con la punta de una daga bajo la clavícula. Una nube de polillas echó a volar por el aire. Yekaterina retrocedió e hizo un gesto extraño con los dedos sobre el pecho.

«Kalyazí supersticiosa», pensó Serefin.

—¿Qué eres? —siseó.

En la boca, el rey de Tranavia saboreó la sangre provocada por la herida y se estremeció por el poder. Yekaterina frunció el ceño y le hizo un corte en el pecho, dibujándole un símbolo en la piel, con lo que envió más polillas a revolotear por el aire.

La *tsarevna* musitó palabras en kalyazí demasiado rápido para que Serefin las entendiera, pero el zumbido de su voz le llenó las entrañas de pánico. Iba a morir. Tiró de las cadenas, pero se mantuvieron en su sitio.

Notó la tensión del poder en las heridas de la piel, pero no era su magia, sino un poder al que no podía acceder, a pesar de que era su sangre la que estaba derramándose. Se le constriñó el pecho y tuvo dificultades para respirar. Yekaterina lo observó, indiferente.

—¿Qué te va a aportar esto? —jadeó con la cara contorsionada por las repentinas oleadas de agudo dolor que le lamían la piel—. ¿Poder?

—Busco un mensaje —dijo, limpiando el filo de la daga e incorporándose desde el altar—. Quiero que mi diosa me preste atención. Quiero enviar una señal a Tranavia de que no nos intimida vuestra magia herética y que no sufriremos más en esta guerra. —Sonrió con timidez—. Quiero matar al rey de Tranavia. Y tienes razón, también al Buitre Negro. Esto ayudará.

Levantó la daga y se la clavó en el corazón.

* * *

Las paredes de palacio siempre hacían que Serefin se sintiera como si estuviera caminando por el hogar de unos gigantes. Todo era tan alto y ruidoso que prefería mucho más las estaciones en las que su madre declaraba que el aire de Grazyk la estaba matando y lo sacaba de casa a un hogar cerca de los lagos y de la mansión de su hermana.

—¿Qué haces?

Había estado tumbado en el suelo de uno de los grandes salones, mirando las pinturas del techo. Los pintores que trabajaban en el extremo más alejado del salón hacía muy poco que habían acabado la zona que estaba observando Serefin. Más de una vez, un sirviente le había pasado por encima, en vez de dar la vuelta.

Su primo se había inclinado sobre él antes de mirar al techo. Suspiró, resignado, como si el chico más joven siempre tuviera algo mejor que hacer, lo que a Serefin le hacía gracia porque Malachiasz tampoco había asistido a las clases de aquella mañana y nadie había sido capaz de encontrarlo. Lo hacía a veces, lo de desaparecer. A *Ćáwtka* Sylwia no le preocupaba especialmente, pero volvía loca a la madre de Serefin.

Tenía polvo en la ropa y en el pelo negro y enmarañado que Serefin sabía que Wiktoria, la sirvienta de Sylwia, se había pasado con gallardía la mitad de la mañana tratando de domar. Tenía sangre seca en las manos, apenas una rareza, aunque se suponía que ningún niño debía practicar la magia sin supervisión, sobre todo Malachiasz. Serefin le había pillado el truco a la magia de sangre, pero su primo tenía algo totalmente distinto y, en general, mayor.

Malachiasz, al final, se dejó caer de manera poco ceremoniosa junto a Serefin. Un sirviente soltó un suspiro de irritación y les pasó por encima con las bandejas de la cubertería en las manos.

—Nada —contestó Serefin porque, de hecho, no había estado haciendo nada—. ¿Qué está pasando allí? —Hizo una señal hacia donde los pintores estaban trabajando.

Malachiasz se quedó callado, debatiéndose entre el deseo de permanecer indiferente y el amor por el arte. A Malachiasz le gustaba seguir al retratista de la familia real igual que Serefin transportaba viejos libros de historia tranaviana.

—Buitres —dijo, pensativo.

El techo sobre ellos estaba cubierto de buitres, pájaros pintados enormes y oscuros. Serefin sufrió un estremecimiento. Apenas se había percatado de los poderosos magos de sangre que se escabullían por los pasillos de palacio y habían tomado el nombre de aquellos pájaros carroñeros para su orden. A Malachiasz le horrorizaban tanto como le fascinaban.

—¿Dónde has estado esta mañana? —preguntó Serefin.

Malachiasz lo ignoró y señaló al techo.

—Es una batalla.

—¿Qué?

—Están pintando una batalla.

Serefin frunció el ceño e inclinó la cabeza para tratar de ver lo que Malachiasz había visto. Le recordaban mucho a animales, pero había algo violento en ellos.

—Los osos son kalyazíes. Las águilas blancas y los buitres, tranavianos.

Los osos estaban perdiendo esa batalla en particular. Serefin ahora podía verlo.

—¿Crees que es alguna en concreto?

Serefin sabía demasiado sobre la historia militar de Tranavia y la guerra en la que habían estado luchando contra el país enemigo durante casi un siglo. Entrecerró los ojos para intentar descubrir los rasgos definitorios que quizás denotaran a los generales tranavianos importantes.

—Kwiatosław Rzepka —dijo al final.

El punto central de la pieza era un águila blanca con una sola ala y las garras doradas, que le estaba arrancando el corazón a un oso con una espada llameante a sus pies.

Rzepka no era un antiguo general tranaviano, sino que procedía de uno de los mitos tranavianos más vetustos. Incluso antes de la guerra con Kalyazin, Tranavia nunca se había llevado demasiado bien con su vecino más grande al oeste y había muchos cuentos de niños sobre Rzepka y su magia. No era magia de sangre, ya que aún no existía Tranavia, sino magia antigua, una que se había perdido hacía mucho, después de que Kalyazin se esforzara en borrarla por completo.

—¿Por qué querrá tu padre pintarlo en el techo? —Serefin no estaba seguro. Su padre prefería mucho más los fríos hechos militares que las leyendas inventadas de un viejo mago sin una mano que había partido una montaña por la mitad y matado dragones en las colinas de las tierras bajas. Se encogió de hombros. Malachiasz, casi con seguridad, sabía más sobre Rzepka que Serefin. Le gustaba cualquier cosa relacionada con la magia. Inclinó la cabeza aún más, curioso.

—No son los mejores —comentó, escéptico.

—Es uno de los salones pequeños —contestó Serefin.

—Supongo que eso lo explica todo.

Serefin deseó no estar tumbados y poder tirarle algo a Malachiasz. Su primo se sentó y le sonrió.

—Tengo hambre —anunció, y se puso en pie—. Ven, no estás haciendo nada mejor.

—Si no te hubieras perdido el desayuno y la comida, no tendrías ese problema —dijo Serefin, pero se levantó y lo siguió—. A todo esto, ¿dónde estabas?

—Por ahí —comentó Malachiasz.

—Mi madre te va a matar.

No parecía preocupado por su misión en las cocinas de palacio. No se metía en problemas, nunca. Era frustrante. Todo lo que Serefin hacía se recibía con una mirada de desaprobación por parte de su padre y una regañina por la de su madre. Sin embargo, él era un príncipe y Malachiasz, no.

Esquivaron las piernas de los sirvientes y los *slavhki* hasta que Malachiasz se chocó con una alta figura que llevaba una máscara de hierro. Se detuvo, paralizado, mientras aquel ser se giraba con lentitud y la máscara de hierro no revelaba nada, excepto los ojos verdes de una Buitre.

—Cuidado —dijo y en la voz introdujo un toque de algo que hizo que Serefin quisiera huir de inmediato.

Malachiasz dio un paso atrás, por lo que se chocó con Serefin. Él también iba a huir, pero se quedó paralizado de nuevo cuando la Buitre se agazapó ante él con movimientos relajados y le cogió la mano.

—¿Practicando? —preguntó—. Eres el chico de Czechowicz, ¿no? —Malachiasz asintió—. Muéstrame lo que puedes hacer.

Adoptó una expresión aterrada cuando descubrió que Serefin seguía tras él.

—No tengo un libro de hechizos —dijo.

—Yo sí —contestó la mujer, desatándose el grueso libro cubierto de cuero negro que llevaba en la cintura.

Malachiasz negó con la cabeza.

—Se supone que no debo usar la magia.

Le dedicó un ruego suplicante a Serefin para que interviniera. Sin embargo, a Malachiasz se le daba muy bien la magia y Serefin no quería decirle que no a una Buitre. Asintió para darle ánimos mientras la Buitre arrancaba una página del libro de hechizos.

—Yo no…

De repente, a la mujer le salieron unas garras de hierro de los dedos y le hizo un corte en el brazo a Malachiasz. Se sobresaltó con los ojos llenos de lágrimas, pero su expresión enseguida se volvió cristalina y estiró la mano hacia la página del libro de hechizos. Durante un terrible segundo, fue como si el tiempo se detuviera. El aire se volvió blanco y nebuloso y Serefin se estrelló contra la pared. La Buitre se incorporó, inescrutable detrás de la máscara de hierro.

—Interesante —comentó con voz suave y, sin más palabras, se alejó de ellos.

Malachiasz se quedó allí con la sangre goteándole de los dedos y las mejillas llenas de lágrimas antes de que se diera cuenta de que Serefin ya no estaba a su lado. Gimió y se estremeció cuando su primo se puso en pie con dificultad.

—Estoy bien —dijo Serefin, tratando de parecer seguro hasta que la sangre le volviera a la cara. Le dolía, en realidad, la cabeza.

—No lo cuentes —le susurró Malachiasz.

No importaría si lo contaba o no si alguien los veía. Serefin cogió a Malachiasz del brazo y lo llevó al salón de los sirvientes.

—Acabas de dominar el hechizo de una Buitre —dijo Serefin, a lo que Malachiasz asintió con los ojos como platos—. ¿Por dónde sangro?

—Es solo un corte en la frente. Lo siento, Serefin. Podría haberte matado. —Estaba entrando en pánico.

Necesitaban contarle a Andrzej la hazaña de Malachiasz. El mago sabría qué hacer con un chico que había dominado tanto el hechizo que una Buitre le había dado que había explotado. Por lo general, los Buitres formaban a los niños de la realeza en magia, pero eran demasiado pequeños aún. Seguían aprendiendo magia de un mago mortal y, después de eso, Serefin no tenía deseo alguno de que les formara un Buitre. Sin embargo, Malachiasz estaba temblando y trataba con valentía de limpiarse las lágrimas que le caían por las mejillas. Serefin suspiró.

—Vamos a asearnos —dijo—. Luego, comeremos algo.

—¿No lo vas a contar?

—Nadie tiene por qué enterarse.

20

NADEZHDA
LAPTEVA

Marzenya y Velyos tenían una amarga rivalidad, una era la diosa de la muerte y el otro, el dios de los muertos.

Las Cartas de Włodzimierz

N adya se sentó con las piernas cruzadas y el collar de oración en el regazo mientras Parijahan dormía en la cama, junto a ella. Rezar solía producirle consuelo, pero en el pasado había recibido algo a cambio por sus plegarias. Era una locura pensar que los dioses eran algo parecido a sus amigos, pero, cuando Nadya se encontraba en su peor momento, siempre habían estado ahí, constantemente.

Presionó el pulgar sobre la cuenta de Marzenya y flexionó la mano corrompida. ¿Y si aquel era el origen de todos los problemas? ¿Y si Marzenya se olvidaba de aquello y las cosas volvían a cómo se suponía que tenían que ser? Era un pensamiento ingenuo y alocado. No había vuelta atrás.

¿Y si la respuesta era matar a Malachiasz? ¿O a Serefin? ¿Destruir a dos chicos dinámicos y extraños que encontraba fascinantes porque eran muy muy diferentes a todo lo que había conocido hasta entonces? Por mucho que odiara con todo su corazón los horrores que Tranavia había provocado, no le parecía correcto.

Deseó tener un códice. Necesitaba algo a lo que aferrarse. Kostya no era suficiente, no con Malachiasz allí, no cuando lo único que su amigo quería era hablar de tragedia. La iría a buscar de noche y lo único que podría hacer sería decepcionarlo. No podía huir. Tenía que arreglarlo primero, encontrar su camino de nuevo. El templo y las montañas eran lo único que sentía que quizás, solo quizás, la devolverían a donde pertenecía. No a la chica del monasterio, sino a una clériga de Kalyazin, de los dioses, que sabía en qué creer y de qué era capaz, en alguien que podía cambiar esa maldita guerra interminable por una situación mejor. No había funcionado antes, pero tal vez tuviera una segunda oportunidad.

Kostya se adentró en su habitación y pareció perplejo cuando vio a Nadya sentada en la cama. Esta se llevó un dedo a los labios mientras miraba a Parijahan antes de colocarse el collar de oración en el cuello y levantarse. Lo arrastró hasta la sala principal.

—¿Qué haces? Vamos. —Había una amenaza en su tono que la asustó.

—No me has escuchado —respondió Nadya—. No me voy a ir contigo, Kostya.

Toda su actitud se ensombreció.

—¿Quién eres?

Lo miró con tristeza. Solo quería que viera lo que estaba intentando conseguir, incluso con las transgresiones que se había visto forzada a hacer, y le asustaba que él nunca consiguiera ver más allá de los pactos con los tranavianos.

—Iba a ignorar lo que vi antes, pero... te ha embrujado, de alguna manera. Yo... —Se calló cuando Nadya levantó la mano corrompida.

—Por muy bestia que sea, sabe mucho sobre magia. ¿Y qué es esto? Magia.

Kostya le tomó la mano y el horror le inundó las facciones. La dejó caer, asqueado.

—Eres tú —dijo en voz baja.

—Kostya...

—Te han hecho suya. Me avisaron, dioses, me dijeron que serías susceptible, que flaquearías. —Comenzó a dar vueltas.

—¿Quién? —¿La mujer que le había dado el collar?

Kostya negó con la cabeza.

—No debí dejarte marchar. Lo he arruinado todo.

—¿Tú?

—Se suponía que tenías que ir al oeste, se suponía que debías escuchar a los dioses, no a un monstruo que te ha hecho esto... —Hizo un gesto hacia su mano, asqueado—. A ti.

—Se suponía —contestó Nadya con voz monótona—. Nunca hubo un plan definitivo. Se suponía que iría a la base militar más cercana, pero, cuando quemaron el monasterio, me vi abandonada en un bosque con un montón de tranavianos por las montañas. Hice lo que debía para sobrevivir.

—Sería mejor si no lo hubieras hecho —musitó Kostya.

Nadya retrocedió. Algo se le rompió en el corazón. Ya no la veía. Solo era la suma de sus errores.

—No lo dices en serio. —Su amigo no habló—. Kostya, ¿quién te dijo que flaquearía?

—¿Acaso importa?

«Más de lo que crees», pensó. La idea de que había algún otro plan más grande del que no sabía nada la aterraba. Cerró los ojos y dejó escapar un suspiro.

—Si te digo la verdad, ¿prometes escucharme?

—¿Qué más tienes que contarme? —preguntó Kostya.

—Los dioses ya no me hablan —musitó. No abrió los ojos. No quería verle la cara.

—Nadya. —Oyó el horror en su voz, la rabia y la traición.

—Estoy intentando solucionarlo —respondió—. Estoy tratando de arreglar lo que he hecho mal. Si me voy contigo, no podré.

Abrió los ojos. Kostya la observaba con el rostro inexpresivo y una mirada dura. Estiró la mano y, con cuidado, le cogió el collar de oración.

—Pensé... —dijo con suavidad—. Pensé que eras mejor que todos los demás, perfecta. Pensé que los rumores sobre ti no eran ciertos, pero... —Cerró los dedos con más fuerza—. Entonces, no hay esperanza.

Nadya no tuvo oportunidad de preguntarle qué se suponía que significaba aquello. Tiró con fuerza del collar para acercarla, rompiendo la cuerda. El sonido de las cuentas de madera sobre el suelo le retumbaron en los oídos. Y algo se rompió en su interior. Las lágrimas le inundaron los ojos. Lo único que le quedaba de los dioses estaba roto.

—¿Qué has hecho? —gritó antes de empujarlo y esforzarse por coger una cuenta para tratar de meterla de nuevo en la cuerda rota. No consiguió deslizarla por el extremo deshilachado y, de repente, todo lo que había estado ignorando subió a la superficie. Ahogó un sollozo, presionándose el dorso de la mano sobre la boca.

Kostya emitió un sonido de asco y se fue de la casa dando un portazo. A Nadya se le deslizó entre los dedos una nueva cuenta que echó a rodar mientras colapsaba en el suelo y se llevaba las manos a los ojos en un intento por acallar los sollozos.

No había dejado que se lo explicara, no la había escuchado. Pensaba que... ¿qué? ¿Que Kostya la iba a perdonar? ¿Que ignoraría la manera en la que le había obligado a estar en la misma casa que el monstruo que lo había mantenido prisionero?

Una mano suave le acarició el pelo al pasar. Malachiasz se paseó descalzo por la sala y se agachó para coger un puñado de cuentas. Se giró y se sentó frente a ella. Se quedó callado. Ahora mismo, era la última persona a la que Nadya deseaba ver. No podía percibir la cuerda deshilachada a través de las lágrimas, pero eso no le impedía intentar meter de nuevo una de las cuentas. ¿Sería siquiera capaz de recordar el orden?

—Me están quemando la mano, literalmente —comentó Malachiasz al fin—. Por favor, cógelas.

Aquello le provocó una carcajada. Extendió las manos y él se las colocó con suavidad en las palmas antes de cerrarle los dedos. Se echó hacia atrás, levantó una pierna y apoyó la barbilla en la rodilla para observarla.

—Lo siento —dijo Nadya antes de sorberse los mocos—. Os habré despertado a todos.

—No tienes que disculparte por nada, no estaba durmiendo. Sin embargo, es probable que Rashid te mate por la mañana.

Aquello le provocó una nueva carcajada. Juntó las cuentas sobre el regazo y las contó. Aún faltaban algunas.

—Creí que conseguiría que me entendiera. —Se limpió los ojos—. Si le explicaba... —Sin embargo, había demasiadas cosas a las que no les encontraba explicación—. Quiere que sea la chica del monasterio y la perdí hace mucho.

Malachiasz inclinó la cabeza.

—¿Quieres hablar de esto conmigo?

—No, quiero... quiero que te vayas, Malachiasz.

La tristeza le cruzó el rostro antes de que pudiera ocultarla.

—Es justo —susurró. Comenzó a levantarse.

—Pensaba... —Nadya se calló. Malachiasz hizo una pausa antes de sentarse con lentitud—. No lo sé, soy estúpida. No debería haber esperado que confiara en mí. —Se metió la cuerda en la boca para tratar de alisar los extremos y poder introducir las cuentas—. Era mi mejor amigo y pensé que me conocía, pero supongo... —Se detuvo, incapaz de contar en voz alta lo que temía, que Kostya solo hubiera sido amigo de la clériga y no de Nadya. No quería pensar mal de él. Tenía derecho a estar enfadado, tenía derecho a querer matar a Malachiasz. Lo que estaba haciendo no tenía sentido y era imposible pedirle que lo entendiera. Solo deseaba que la hubiera escuchado.

—No eres ni estúpida ni ingenua —comentó Parijahan mientras se sentaba a su lado.

—Bueno, un poco ingenua sí —la interrumpió Malachiasz.

Parijahan le dio una patada. Nadya soltó una carcajada que pronto se convirtió en un sollozo. Algo cruzó la cara de Malachiasz, pero la chica no quiso pensar en eso. Iba a perder al único miembro de la familia que le quedaba por su culpa y no podía soportarlo. Deseó no necesitarlo para una causa mayor. Deseó no querer al chico que había arruinado tantas cosas. Parijahan le quitó con delicadeza la cuerda de las manos.

—Dame las cuentas en orden y las meto yo.

Nadya asintió. Le tendió la que pensó que iba después, pero le preocupó confundirse.

—¿Crees que volverá? —preguntó Malachiasz. Tosió en el hueco de su codo con un ruido áspero y doloroso.

Nadya se encogió de hombros. Seguían en Tranavia y Kostya apenas sabía hablar el idioma. No iba a aguantar mucho ahí fuera, pero no sabía si podría soportar mirarla de nuevo.

—¿Y si nunca puedo regresar? —preguntó Nadya con suavidad.

Él suspiró. La clériga se restregó los párpados antes de sostenerle la mirada. La comprensión atravesó los pálidos ojos de Malachiasz, lo que la asustó. Nunca se había planteado que el sentimiento de solidaridad entre el monstruo y ella sería algo con lo que tendría que batallar.

Parijahan recogió el resto de las cuentas del regazo de Nadya y, aunque eran objetos sagrados, la chica se lo permitió. Su amiga se puso en pie y dejó la cuerda y las cuentas sobre la mesa.

—Venga —dijo tras girarse hacia Nadya con las manos extendidas—. A la cama. Las cosas no te parecerán tan desalentadoras por la mañana. La mañana es más sabia que la noche.

—Aún le parecerán bastante desalentadoras —comentó Malachiasz.

Esta vez fue Nadya quien le dio una patada.

—Es un dicho kalyazí —le dijo a Parijahan, frunciendo el ceño.

—Así es.

Nadya dejó que su amiga la levantara. Todo era raro y parecía no ser lo correcto. No podía dejar de ver a Kostya. La decepción que le había teñido la cara no dejaba de carcomerla por dentro. Siguió a Parijahan hasta la habitación. Parj tenía razón. Dormir la ayudaría.

La mañana era más sabia que la noche. Todo sería mejor entonces. Haría las cosas bien.

21

SEREFIN
MELESKI

Una lenta corrosión, un hambre profunda. Decenas sobre centenas y sobre millares encerrados en una tumba, vivos, enteros, gritando y esperando. Esperando. ¡Esperando!

El Volokhtaznikon

Serefin se despertó en ese maldito bosque de nuevo. Tenía el ojo derecho totalmente ciego. Comenzó a entrar en pánico, el corazón le palpitó alocado en el pecho porque el ojo derecho era el que siempre le había funcionado, pero una parte distante de su interior sabía que aquello no era real.

Sintió la sangre seca en la mejilla, pero no le sangraba el ojo izquierdo. Era cristalino, estremecedor. Estaba acostumbrado a compensar su ojo malo y algo le ocurría a su sentido del equilibrio.

«No es real, no es real, no es real», pensó, dándose la vuelta.

Aquel no era... como el último bosque. Este no era real como el último bosque. El árbol a la derecha era pálido y tenía cicatrices. Extendía las ramas hasta el cielo y se astillaba en esquirlas de hueso. Había algo oscuro que goteaba con lentitud de un hueco del tronco. «Sangre».

Un grito cruzó el bosque, agonizante y desgarrador. Un fuerte crujido como el de la rama de un árbol rompiéndose por la mitad. Serefin se dio media vuelta. Se olvidó de respirar. Donde había aparecido la calavera del ciervo como una máscara la última vez, ahora había una entidad grotesca. La hiedra le crecía en torno al cuello y en las grietas de la calavera. El hueso de la mandíbula estaba descompuesto y tenía dientes afilados como uñas.

—Me sorprende verte tan pronto —dijo—. Pensaba que te estabas resistiendo.

—No he venido porque lo deseara —respondió Serefin de mal humor.

La criatura, monstruo o dios, apoyó una mano larguirucha sobre el árbol de hueso. La calavera se inclinó hacia un lado. La oscuridad infinita en los ojos era inquietante. Serefin tuvo que desviar la mirada, pero todo en lo que la centraba era algo aterrador. ¿Lo había matado la maldita *tsarevna*? ¿Era así como había acabado allí? ¿Podría despertarse después de eso?

—¿Estás preparado por fin para hablar? —preguntó la criatura.

—Cada vez que hablamos, me contestas con respuestas enigmáticas y me dices que quieres venganza. Eso no me ayuda demasiado —comentó Serefin. Sin embargo, estaba preparado para hablar. Estaba listo para ponerle nombre a ese horror y así descubrir cómo escapar. No iba a ser capaz de defenderse de ese impulso mucho más tiempo. Pero ¿había cedido? ¿Había dejado que la criatura se apoderara de su ojo y mente para que hiciera lo que deseara con Serefin? Debía haber otra manera.

Trató de alejarse de la criatura y a punto estuvo de caer, poco acostumbrado a que le hubieran dado la vuelta a su centro de gravedad.

—Supongo que es fácil deducir los detalles de tu objetivo —dijo Serefin—. Eres un dios kalyazí, eso está claro, pero cuál.

—Ya te lo he dicho, no soy un dios. Me llamo Velyos. No te lo has ganado, pero te puedes quedar con mi nombre si así te muestras menos reticente.

En otro momento, aquello no le hubiera parecido cierto. Estaba claro que los dioses pensarían en sí mismos como... ¿algo más?

—Entonces, por favor, dime qué eres.

—¿Qué le ocurre a un dios que deja de serlo? —contestó Velyos.

Se convierte en un monstruo.

—Entonces, ¿te desterraron? —preguntó Serefin.

—Me desterraron, condenaron, encarcelaron, hay muchas palabras para lo que me sucedió —respondió Velyos.

—Y quieres vengarte del panteón que te echó —dijo Serefin con voz monótona.

¿Cómo narices podía él hacer algo al respecto?

—Todos queremos cosas —continuó Velyos—. La diosa de la muerte quiere que esa pequeña clériga suya queme tu irrisorio país y lo convierta en cenizas. Tomará medidas drásticas para conseguirlo. Es la diosa de la venganza. Yo soy una criatura más especial.

Serefin notó cómo el pavor le recorría el cuerpo. Sabía que no podía fiarse de Nadya, pero quería hacerlo. Le decepcionaba cada vez que le recordaban que no podía. Solo era cuestión de tiempo que le apuñalara por la espalda. Pero tal vez aquella era la solución, un trato mortal, un trato cósmico, uno que le llevaría al objetivo que estaba buscando. Los dioses le garantizaban a Nadya su poder. A lo mejor...

—Si quiero matar a un Buitre... —comenzó a decir.

Las garras del árbol de huesos se movieron, arañando y dejando sangre y marcas de rasguños a su paso.

—Si quieres matar a un monstruo, has acudido a aquel cuyo dominio alberga al mayor de los monstruos —contestó Velyos—. Y, por lo tanto, has venido al lugar correcto.

Serefin temió haber cometido un grave error, haberle dado algo a Velyos que no debería. Sin embargo, era demasiado tarde para recuperarlo. Serefin estaba lidiando con una situación mucho mayor que él.

Temió que la criatura llevara a cabo sus amenazas y se hiciera con su ojo. Aunque apenas le era útil, Serefin quería que permaneciera en el lugar al que pertenecía, su cabeza. ¿Qué escondía bajo esa calavera? A Serefin no le interesaba descubrirlo.

El bosque de hueso se despejó para dejar al descubierto un enorme templo de piedra. Oscuros pilares estaban incrustados en la puerta frontal, que se extendía más allá de donde alcanzaba la vista. Serefin se detuvo para asimilarlo. Sentía el poder que emanaba de ese lugar, pero no pudo identificarlo. Era un poder puro y auténtico. Un anhelo en el pecho y los huesos. Algo más antiguo que la tierra con profundos deseos, esperando, siempre esperando, a fragmentarse y devorarlo todo.

—¿Qué es eso? —preguntó.

—Quieres matar monstruos —contestó Velyos—. Te he traído hasta el ser que puede concedértelo.

Serefin sintió cómo el cuerpo se le helaba.

—¿No eres tú, entonces? —Había pensado que solo tendría que inmiscuirse en los asuntos de uno de los horrores de Kalyazin.

—No soy yo, no, este es más fuerte. Este sí que conoce a los monstruos. Sin embargo, duerme, ¿ves?

Bueno, aquello no le hacía sentir mejor.

—El problema de elegir —comenzó a decir, aunque Serefin odiaba aquella palabra— a un tranaviano es que no saben nada —se quejó Velyos.

—¡Vaya! —contestó con sequedad—. Supongo que deberías buscar a otro que encaje mejor.

—Querido, me temo que ella no está disponible, por lo que ahora el único que encaja bien eres tú.

Serefin tragó saliva con fuerza.

—No tengo tiempo para darte una lección sobre los que son como yo —comentó Velyos, cansado—. Encuentra a otra persona para que te ayude con eso. Mi dominio fue, en el pasado, el bosque... y los muertos.

—¿Y el del otro, el que duerme?

—La oscuridad y el hambre que alberga —respondió Velyos—. La entropía. Mantenía a raya a los monstruos de la oscuridad. Se están despertando, ¿sabes? Ese chico, el otro...

—Malachiasz —murmuró Serefin.

—Sí, otro tranaviano, qué divertido. Ha despertado una oscuridad que esta tierra no conocía desde hace muchos siglos. En todo, en sí mismo, en alguien cuya oscuridad no debería utilizarse.

—¿Se puede detener?

—¿No es para lo que estás aquí? —preguntó Velyos.

Suponía que sí. ¿Detener a Malachiasz pararía lo que fuera que estaba despertándose?

—Por supuesto, tenemos un tiempo limitado. El resto del panteón acabará haciendo que la destrucción caiga del cielo sobre tu irrisorio país. Tal vez ya hayan comenzado. La forma en la que lo divino toca el mundo es muy suave: el desacuerdo que algunas personas han sembrado durante varios años, la ira de los dioses...

Serefin sintió náuseas. Miró hacia la enorme puerta.

—¿Qué los ha detenido?

—Los dioses no pueden tocar directamente el ámbito de los mortales. Para eso están los clérigos.

—Pero Nadya...

—¿Crees que esa pequeña clériga ha perdido su poder, la chica que no solo está en manos de la vengativa Marzenya, sino de todo el panteón? ¡No! Esa chica es más de lo que ella misma sabe.

Serefin frunció el ceño.

—No confundas una lección moral con revocar el poder. No subestimes lo fácil que esa chica puede obstaculizar tu camino, lo rápido que todo puede convertirse en desastre si se despierta. Déjala dormir para siempre y que no sepa la verdad.

Serefin no sabía qué hacer con esa información o si era asunto suyo, pensándolo bien.

—Solo quiero matar al Buitre Negro —comentó—. Quiero mi trono y que acabe esa guerra infinita. Quiero que nuestra relación se acabe.

—La mayoría de esas cosas pueden hacerse realidad.

«La mayoría».

—No voy a continuar por aquí —dijo Velyos, deteniéndose—. No es mi territorio, aunque limite con el mío.

—¿Te parece bien que acepte el poder de otro?

—Tienes una imagen muy simplista de las cosas. —Velyos parecía divertido.

—Apenas tengo una imagen, en realidad —dijo Serefin.

Velyos hizo un gesto con la mano. Serefin no quería entrar en el templo antes que él. La última vez que se había encontrado con algo desconocido, había muerto. Si lo pensaba con la fuerza suficiente, buscando en los recovecos oscuros de su mente, casi podía recordar lo que había sentido, el fogonazo de dolor, la penumbra.

Sin embargo, su padre apenas sabía hacer un hechizo, por lo que solo quedaba otra persona que hubiera podido matarlo. Serefin podía llamarlo proteger a su pueblo de un horror, castigo por traición o utilizar el nombre de lo que era en realidad: venganza. Con una última mirada a la criatura a su lado, Serefin comenzó a subir los escalones hacia las puertas.

Alrededor de las columnas había unos grabados extraños e inquietantes. Calaveras con la boca abierta y rasgos faciales desdibujados en el rostro. Dientes en sierra y ojos grandes y aterrados. Caóticos y obscenos. Serefin se apresuró para cruzar las puertas, que no eran mucho mejores. Se detuvo. Fuera lo que fuese lo que le esperaba dentro, no iba ser bueno. Pero era el rey de Tranavia, el rey de un país de monstruos, por lo que no tenía miedo.

Se estaba engañando a sí mismo, pero no estaba despierto ni dormido. Estaba... ¿muerto? ¿De nuevo? En serio, ¿qué podía ocurrirle allí? «Cosas terribles. Bueno, al menos Ruminski no se tendrá que gastar dinero en asesinos».

—Te dije que dormía y sigues demorándote —dijo Velyos, con un enfado evidente.

—Si duerme, ¿cómo puede ayudarme?

—Tonto de mente cerrada —murmuró la criatura.

Serefin puso los ojos en blanco, pero tenía razón. Cuanto más se demorara, más tiempo pasaba en realidad, si eso era importante. ¿Cuánto tiempo había estado Serefin atado a ese altar? Colocó una mano plana sobre la puerta. Algo cedió, algo lo atrapó y se posó en su corazón. La puerta comenzó a moverse.

—Magnífico —dijo Velyos con un deleite extraño. Serefin lo miró sobre su hombro—. Los demás se convirtieron en un montón de huesos cuando tocaron la puerta. Sabía que me gustabas, tranaviano.

Serefin apretó los dientes. Apartó una polilla de la puerta. Luego, la abrió del todo.

* * *

La cuestión de mirar a algo que no se podía conocer era que el cerebro humano hacía todo lo posible por volverlo conocible. Coherente, al menos.

Serefin caminó descalzo por la nieve, pero no sintió frío. No sintió... nada, en realidad. Aquello habría sido muy inquietante si no hubiera estado ya, de manera voluntaria, desconectado de la realidad.

—La última vez que me pasó algo así, estaba muerto —dijo en voz alta, y descubrió, aliviado, que aún podía hablar. Sin embargo, no veía. Su visión se había girado en dirección opuesta a la anterior y se había vuelto borrosa y apagada hasta el punto de la inutilidad. Debería haberle provocado un pánico mayor al que le provocó. No tenía otra opción que continuar.

No obstante, no sabía a dónde se suponía que tenía que ir. No había nada a su alrededor. Y era posible que aquel fuera el aspecto más aterrador.

Ser incapaz de ver hacía que todo se volviera más complicado. Sabía que estaba en un espacio abierto y amplio, cubierto de nieve. Lo que no sabía era lo que se suponía que debía pedirle al ser durmiente. Sería un tonto de mente cerrada, pero seguía sin encontrarle sentido.

Además, el interior de aquel lugar, de ese templo, no tenía sentido. El techo era demasiado alto y una puerta enorme que era imposible ignorar apareció de repente ante él. Sabía que no debía cruzarla. Le producía un horror espantoso del que no se podía desprender. Como si supiera con total y completa seguridad que detrás de esa puerta se encontraba la locura.

La puerta se abrió. Serefin dio un paso atrás.

«Oh, dioses», pensó.

La voz que surgió de las profundidades oscuras era grave, gutural y terrible. Era como si alguien le estuviera presionando carbones ardiendo contra los oídos mientras algo implacable le arañara los huesos con garras, convirtiéndolos en astillas.

Le sangraba el ojo izquierdo. Se dio cuenta de manera distante. La calidez se le deslizaba por la mejilla. Debía haber un camino mejor que aquel. Sin embargo, sabía que no, no después de lo que había hecho Malachiasz.

—He tratado con reyes. Reyes muertos cuyos huesos han petrificado los límites del bosque. Viejas e insignificantes bolsas de carne putrefacta que se hacen llamar «humanidad». Y te atreves a venir ante mí, ponerte a mi alcance, en los límites de mi dominio, apenas un rey, no más que un chico. Lo sé. Lo veo. No hay nada que puedas ocultarme, Serefin Meleski, hijo de Izak, hijo de Bogumił, hijo de Florentyn. Llevas la marca de la muerte. Entonces, ¿cuánto tiempo pasará hasta que lance tus huesos a los límites de mis bosques?

Serefin se quedó paralizado. El poder lo destrozaba a medida que permanecía allí. Toda esa facilidad para la incredulidad que había mostrado a la hora de lidiar con Velyos no le servía en ese lugar. Fuera lo que fuese aquello… era diferente. Vasto, antiguo, incómodo y aterrador por lo real que era.

—No perturbes mi soledad con tus irritantes palabras mortales —continuó la voz—. Podemos hacer un pacto, tú y yo. Necesitas poder para matar al intruso. Quiero al intruso muerto.

—Qué casualidad —gruñó Serefin.

Una mano, enorme y con garras, mucho más grande que cualquier cosa que había imaginado, apareció ante él. Y otra y otra hasta que una docena de manos sangrantes con garras intentaban con desesperación escapar. Empujaban, tiraban y desgarraban la puerta, peleándose por salir, mientras el poder masivo e incomprensible que emanaba del interior no dejaba de aumentar. Una enormidad ante la que Serefin era muy muy pequeño.

—Qué casualidad, sí.

Una de las manos cogió a Serefin y lo arrastró a la oscuridad.

22

NADEZHDA
LAPTEVA

Cautelosa y cuidadosa es Zvonimira porque su luz puede ser un bálsamo, pero también destrucción, y hay algunos que quieren quitarle dicha luz.

Códice de las Divinidades, 35:187

Parijahan despertó a Nadya con una sacudida.

—Recoge tus cosas, tenemos que irnos —dijo. Llevaba el pelo negro enmarañado, aunque apenas había dormido.

Nadya salió de la cama un instante después, preparada para huir. Le dolían los costados y se movía con precaución por miedo a que se le soltaran los puntos de nuevo.

—¿Qué pasa?

Unas voces distantes gritaban en kalyazí y en el fondo de su corazón supo que esas voces significaban que habría una batalla. Sin embargo, seguían en Tranavia. ¿Cómo era posible?

—¿Te sientes mejor? —le preguntó Malachiasz, con una alegría sospechosa, cuando Nadya entró en la sala principal.

—¿Ha vuelto Kostya?

Una chispa de fastidio le cruzó el rostro.

—Sí.

Nadya se sintió aliviada. No había esperado que regresara. Se acercó a la ventana. No veía nada, pero sabía demasiado bien lo que estaba oyendo.

—Tu amigo trató de matarme anoche.

Nadya le dedicó una mirada de soslayo.

—Vaya, ¿lo consiguió?

Malachiasz frunció el ceño.

—¿No?

—No pareces seguro.

—Bueno, lo estaba hasta que lo has preguntado.

—Una pena, en realidad, que fracasara —contestó la chica más mordaz de lo que pretendía.

Malachiasz asintió sin parecer ofendido. Nadya suspiró y dejó caer la cortina.

—En cualquier caso, todos estamos a punto de morir, por lo que supongo que es irrelevante —comentó el primero.

—¿Las tropas kalyazíes han llegado hasta los territorios de Tranavia? —preguntó Nadya, insegura. Sabía que la guerra había cambiado. Kalyazin se había recuperado, pero el conflicto nunca se había trasladado a Tranavia. ¿Qué le había proporcionado los medios para conseguirlo? Llevaba demasiado tiempo en Tranavia.

Malachiasz se encogió de hombros.

—Kalyazin y Tranavia han sufrido derrotas significativas recientemente.

Se había girado hacia la ventana sin saber que Nadya lo observaba. Parecía menos destrozado que los días anteriores, como si hubiera dormido una hora más o menos a pesar de los acontecimientos. Llevaba el pelo negro atado en la nuca, lo que les aportaba un alivio evidente a las líneas de su rostro. Llevaba la raída chaqueta militar y ella sintió una punzada en el pecho por la pérdida. Sin embargo, ya no podía consolarla.

—Algunos Buitres han ido al campo de batalla —continuó, distraído.

Nadya lo contempló y él captó su expresión de incredulidad.

—Solo tengo el control de la mitad de la orden —comentó—. No es cosa mía.

—No te creo. —Malachiasz no le respondió, por lo que preguntó—: ¿Cómo sabes lo de las derrotas? —El chico abrió la boca y la cerró—. Mientes. —Por supuesto que sí. ¡Por supuesto!—. No puedes saberlo todo y no recordar nada desde lo de la catedral —dijo en voz baja. Se produjo movimiento en la puerta. Kostya.

Malachiasz levantó una ceja.

—¿Esperas pillarme mintiendo?

—Es lo único que sabes hacer.

Una sonrisa despiadada le curvó los labios.

—Serefin dejó una pila entera de informes militares. Los tiene Rashid.

Ella se relajó. A él la sonrisa se le volvió fría.

—Me consuela saber la intensidad con la que no te fías de mí.

—Te lo mereces —respondió—, sobre todo porque cada palabra que me has dicho ha sido mentira.

Malachiasz le colocó un único rizo de la nuca que hizo que Nadya se estremeciera, deseando no haber dejado suelto ese mechón al trenzarse el pelo.

—No todas las palabras —musitó Malachiasz. Su expresión se volvió distante—. Se están acercando. Es hora de irnos.

Nadya se giró, hizo contacto visual con Kostya y, enseguida, pasó junto a él mientras se colocaba la mochila. Oyó su voz, al mismo tiempo que abandonaba la casa. También oyó que Malachiasz le respondía con suavidad, pero no fue capaz de captar las palabras. No podía imaginarse a esos dos diciéndose algo bueno.

Se metió la mano en el bolsillo y pasó el pulgar por la serie de cuentas de oración. No podía usarlas de collar hasta que encontrara una nueva cuerda y no conseguía deshacerse de la sensación de que le faltaba una cuenta, aunque, cada vez que las había contado, acababa teniendo el número correcto. Fuera aún era de noche y parecía que la batalla cercana estaba librándose en el suroeste.

—¿Nos mantenemos ocultos? —preguntó Parijahan.

Malachiasz se arremangó y un corte ya le sangraba con lentitud por el antebrazo mientras arrancaba una página del libro de hechizos. A Nadya le alivió ver que usaba la magia de sangre como era habitual. De una manera herética y totalmente banal. Era probable que pudiera hacer magia sin el libro de hechizos, algo que la inquietaba solo con pensarlo.

Malachiasz inclinó la cabeza y pareció que el cuerpo entero se le relajaba. La magia se volvió densa en el aire que los rodeaba. Era peor que antes, más oscura, pero Nadya había vivido con ella sobre la piel durante tanto tiempo que se había insensibilizado.

Cuando el chico abrió los ojos, los tenía de color negro azabache. La clériga frunció el ceño y miró a los demás, a la vez que se llevaba la mano a la empuñadura del *voryen* de hueso. Agarró a Malachiasz por el pelo y tiró de él para ponerlo a su altura antes de presionarle la punta del arma contra la garganta. Se quedó paralizado y el ambiente se volvió extraño y nocivo, asfixiante.

—Será la última vez que dude —murmuró Nadya. Le atravesó la piel con el *voryen*, lo que provocó que cayera una diminuta gota de sangre. Se le abrió la carne y apareció una boca con dientes afilados en el corte que ella le había hecho. El chico se sobresaltó, jadeante, y pestañeó hasta que sus ojos se aclararon. Nadya lo dejó marchar y él se llevó la mano a la garganta, perplejo. Ella lo cogió de la muñeca y le levantó la otra mano, donde tenía largas garras de hierro. Malachiasz frunció el ceño y le dio la vuelta a la mano de la chica para dejar al descubierto el cuchillo de hueso. Nadya añadió—: No necesitamos al Buitre. Con el mago de sangre bastará.

La ignoró.

—¿De dónde lo has sacado? —preguntó en voz baja.

Parijahan se metió entre ambos, lo que lo sobresaltó.

—Vamos hacia el norte —anunció con brusquedad—. Dejad de perder el tiempo.

Rashid marchó tras ella con grandes zancadas y Kostya los siguió sin mirar a Nadya.

—¿Duele? —le preguntó la chica a Malachiasz, rozándole el antebrazo con el filo. Se le agitó un músculo en la mandíbula. Con precaución, Nadya pasó la punta del cuchillo por la parte interior del brazo, abriéndole un pequeño corte en la piel. Una descomposición ennegrecida le subió por el brazo desde el punto de contacto.

Malachiasz siseó entre dientes antes de alejarse. Se pasó la mano por el corte.

—¿Qué es eso?

Nadya tocó la parte plana de la daga con el pulgar. No había pensado en ella desde que Pelageya se la había dado, pero ahora que la tenía en la mano con la sangre de Malachiasz cayendo por el borde, podía sentir que estaba viva, que había probado su sangre y quería más.

—Una reliquia, creo —dijo, pensativa.

Con cautela y decisión, Malachiasz tenía colocada la mano sobre el brazo y al fruncir el ceño se le tensaban los tatuajes de la frente.

—¿Cómo se puede matar a un Buitre? —musitó Nadya.

Un dolor auténtico le recorrió el rostro a Malachiasz antes de que desapareciera.

—¿Preparada para matarme ahora que tienes algo con lo que hacerlo?

—¿Creías que las otras amenazas eran mentira?

—Nadya, es difícil asustarse por tus amenazas cuando los *voryens* kalyazíes son solo un inconveniente.

La chica miró el cuchillo de hueso que tenía en las manos.

—Pero este quizás... —musitó.

—Me mataría con facilidad —comentó con un temblor en la voz que no se esperaba. Había fallado a la hora de ocultar lo dolido que estaba ante su alegría por encontrar un arma que podía herirlo.

—No sería fácil —susurró Nadya—, aunque debería.

Malachiasz negó con la cabeza y comenzó a seguir a los demás. Ella lo hizo con lentitud. Odiaba todo aquello.

—Si te vas a quejar todo el rato, monje —oyó que decía Malachiasz en kalyazí con un fuerte acento cuando por fin los alcanzó—, el ejército está justo ahí. Ve a llorarles.

Kostya contraatacó, lanzándose hacia él, quien apenas dio un paso a un lado, lo cogió por el brazo y se lo colocó en la espalda.

—Dejemos el pasado atrás, ¿quieres? —dijo Malachiasz con amabilidad—. Por supuesto, estoy bastante desanimado por la manera en la que has tratado a nuestra querida clériga, pero no deseo involucrarme en vuestras insignificantes peleas religiosas.

Kostya le dirigió una mirada asesina. Sostuvo la de Nadya y, antes de desviarla, la chica vio algo que, con demasiadas esperanzas, creyó que era arrepentimiento.

—Te mataré —gruñó Kostya.

—Ya lo has intentado y solo has conseguido destrozarme una buena camisa —contestó con sequedad Malachiasz. Le guiñó un ojo a Nadya. La tensión entre ellos se había disipado ahora que tenía un nuevo objetivo—. Me la has rajado en el pecho.

—¿Intentaste apuñalarle? —preguntó, incrédula, Nadya.

—¡Lo hice! —contestó Kostya—, pero no es normal.

—¡Vaya revelación! —dijo. Le soltó el brazo antes de darle una patada que lo tiró al suelo. Luego, le pisó la espalda—. Y qué manera de subestimarme. No tenemos que llevarnos bien, tú y yo, y prefiero que sea así, pero, si tratas de hacer algo como lo de anoche, te mataré y Nadya se enfadará conmigo.

—Eso sí que es subestimarme —replicó Nadya.

—¿Ves? Entonces, nadie estará contento. Si deseas irte, vete. Si deseas quedarte, controla tu fanatismo devoto cuanto antes, por favor, para que los demás podamos seguir intentando parar esta condenada guerra.

Nadya se arrodilló y le alisó el pelo a Kostya con la mano.

—Kostenka, por la amistad que compartíamos, y compartimos, no puedo seguir con esto —hizo un gesto entre ambos—, sea lo que sea.

Malachiasz le quitó el pie de la espalda a Kostya. Parijahan resopló, enfadada, y comenzó a andar. Nadya les hizo un gesto a los demás para que la siguieran. Malachiasz la miró antes de acercarse a los akolanos con grandes zancadas.

Nadya se sentó junto a Kostya. Apoyó la mejilla sobre el puño y suspiró.

—Lo sé, ¿vale? Sé que no tiene sentido que Malachiasz esté aquí. Siento lo que sufriste por su culpa, pero, Kostya, ya no estamos en el monasterio. Las cosas no son tan simples como «nosotros contra ellos».

Su amigo se puso de rodillas y escupió un puñado de barro.

—Pero las cosas son tan simples como «buenos y malos».

—¿Sí? —Nadya pensó en la voz, en los sueños llenos de monstruos. Ya no estaba segura.

La desesperación con la que Kostya la miraba se le clavó en el corazón.

—Lo siento —dijo—. Lo siento, no soy quien te pensabas que era. No me puedo imaginar por lo que has pasado y a ti te ocurrirá lo mismo conmigo, pero Malachiasz tiene razón. Puedes irte, no te voy a retener. Te saqué de las Minas de sal, pero no me debes nada. Te echaba de menos, Kostya. Cada día desde la caída del monasterio he pensado en ti. Nunca me imaginé que volvería a verte con vida, pero… —Levantó una mano hacia la nuca y la dejó caer cuando no encontró el collar de oración sobre el que posarla. Kostya se estremeció—. Si nuestros caminos nos han separado, no te obligaré a permanecer junto a él.

—Pero… —Le tembló la voz—. ¿Lo estás eligiendo?

Nadya lo miró, dudando sobre qué decir y sabiendo que lo tenía que hacer rápido. Las voces en la distancia se estaban acercando cada vez más.

—Cuando seas una criatura medio divina medio loca que me pueda ayudar a cruzar el bosque de Dozvlatovya hasta el templo de Bolagvoy, entonces hablamos —comentó, dándole un ligero golpe con el hombro en el suyo.

—No estoy hablando de eso —musitó Kostya.

—Lo sé —respondió en voz baja—, pero ahora mismo es lo único que importa. Tengo que volver a encontrar mi camino y lo necesito para conseguirlo.

—No tiene sentido.

Nadya se encogió de hombros.

—Lo necesitaba para llegar a Tranavia y matar al rey y ahora lo necesito también. No tiene sentido, pero así son las cosas.

Kostya dejó escapar un suspiro de agonía.

—Estoy cansada de sentarme aquí a tratar de convencerte cuando hay una escaramuza a nuestras espaldas. —Se puso en pie—. Si eliges marcharte, lo entenderé. Si prefieres venir… —se encogió de hombros con tristeza—, eso es lo que me gustaría, Kostenka. No espero que Malachiasz y tú os llevéis bien. Infiernos, ni siquiera yo me llevo bien con él, pero creo que merece la pena escuchar a los tranavianos de vez en cuando. —Kostya resopló—. La razón por la que esta guerra no termina es porque no nos escuchamos los unos a los otros —dijo Nadya al final. Se giró para alcanzar a los demás—. Aunque a Malachiasz no valga la pena escucharlo todos los días, es demasiado hereje.

* * *

El viaje fue extraño. Nadya no se deshacía de la sensación de que los estaban observando. Como ella, Malachiasz estaba siempre al límite y se sobresaltaba con cualquier sombra. Al menos, la chica esperaba que fuera por eso. No sabía si podría hacerlo regresar por segunda vez. Era cosa suya alejarse de su transformación en monstruo y no estaba segura de que quisiera hacerlo.

Lo evitó mientras viajaban y se pegó a Kostya, quien, gracias a los dioses, estaba haciendo el esfuerzo de comportarse de manera civilizada. Ya era bastante agotador estar con Malachiasz, quien se pasaba casi todo el tiempo con la cara pegada al libro de hechizos. Nadya sentía curiosidad por saber qué estaba tratando de entender, pero sentía que no le gustaría la respuesta. El grupo se sumió en una paz endeble. Aquel viaje sería largo y todos parecían reconocer que los ataques constantes entre ellos lo iban a hacer más insufrible. Era una situación casi cómoda, casi como el viaje de Kalyazin a Grazyk hacía una eternidad. Las discusiones entre Nadya y Malachiasz nunca trataban más que de trivialidades. Kostya se había calmado y parecía disfrutar de la compañía de Rashid.

Nadya sabía que no duraría y que la única razón por la que todo no empeoraba era porque estaban esforzándose tanto en mantener la paz que se encontraban demasiado cansados para luchar.

No obstante, pasar de Tranavia a Kalyazin fue como respirar aire fresco por primera vez en meses. El momento en el que Nadya pisó suelo kalyazí, algo en su interior se aplacó y descansó. Se relajó. No quería llamarlo esperanza, pero era una buena sensación la de estar en casa, incluso a pesar de que el mundo se estuviera desmoronando.

No obstante, hacía frío. Debería ser ya verano. ¿Cómo iban a sobrevivir? El monasterio siempre había dependido de lo poco que conseguían cultivar en el frío perpetuo de las montañas y en lo que Rudnya les donaba, pero, para el resto del país, las cosas debían estar rozando la desesperación. Aquel sería un golpe mortal para Kalyazin, más allá de la guerra.

Había un monasterio en Takni'viyesh, resguardado en el bosque. Desde allí, salía una larga extensión de bosque que cruzaba el corazón de Kalyazin y llevaba hacia el noroeste al punto más alejado al que deseaban llegar. Sería una tontería cruzar el bosque, sobre todo porque los ojos de monstruos dormidos en el pasado estarían puestos sobre ellos.

Nadya solo había visto destellos por el rabillo del ojo: la cornamenta de un *leshy*, un trozo de tela negra y el único ojo llameante de un *likho* y otras criaturas más oscuras que hacía tiempo que solo pertenecían a los mitos y las fábulas y que Nadya estaba cada vez más segura de que no eran tan falsas.

No obstante, el monasterio fue un mar de calma en medio de los peligros del bosque. Altas paredes de madera rodeaban el complejo. Aun así, a medida que avanzaban, Nadya se notaba cada vez más aterrada, lo que era inexplicable. ¿Sentiría el monasterio como si fuera su casa? ¿O la Nadya en la que se había convertido lo consideraría algo extraño y ajeno? De repente, decidió que aquello no era buena idea. Alguien asomó la cabeza por encima del muro mientras se acercaban. Kostya entrecerró los ojos con una extraña mirada en el rostro.

—¿Ese es...?

No tuvo tiempo de acabar la frase cuando la figura desapareció. Las puertas se abrieron poco después. Nadya le dedicó una mirada de confusión a Kostya. Un hombre gigantesco con una larga barba grisácea, ojos oscuros e ingeniosos y la piel bronceada salió de entre las puertas. Llevaba una espada al descubierto en el cinturón.

—Vaya —musitó Kostya—. Ivan Novichkov.

Nadya pestañeó, perpleja, mientras el hombre se les acercaba. Reconocía el nombre, pero era una evocación vaga procedente de muy lejos, de mucho antes.

—Iba a preguntaros qué hacíais aquí, pero ahora veo dos caras que hacía muchos años que no veía —dijo el hombre con una voz cálida e inesperada.

Era evidente que Kostya no estaba tan confuso como Nadya. ¿Habría conocido a aquel hombre en algún momento? ¿Por qué no lo recordaba? Kostya inclinó la cabeza hacia el monje.

—¿Nos conoces?

—De Baikkle, ¿no? —contestó el hombre, que paseó la mirada por los demás y entrecerró los ojos un poco al llegar a Malachiasz antes de regresar a Nadya y Kostya, quienes asintieron—. Es imposible olvidar a la única kalyazí que está viviendo lo que me he pasado la vida estudiando.

Nadya pestañeó e Ivan hizo una pequeña reverencia.

—Nadezhda.

—¿Nos conocemos? —preguntó.

—Mis paseos me han llevado muchas veces al monasterio de Baikkle —dijo—, pero erais muy jóvenes. No habéis crecido mucho más en cuanto a estatura.

Kostya se echó a reír. A Nadya se le constriñó el corazón al oírlo. Ahí estaba el chico con el que había crecido, una vez más entre las paredes de un monasterio.

—¿Y con qué compañeros viajáis?

—Bueno, somos un grupo extraño —contestó Nadya, al mismo tiempo que la formalidad acababa con parte de su nerviosismo—. Buscamos la ayuda y el cobijo del monasterio.

Ivan asintió como si no necesitara siquiera pedirlo. Llamó a una hermana y le dio instrucciones para que calentara el baño para los viajeros.

—Hermano Ivan —dijo en voz baja la clériga, dando un paso hacia delante. Dudó. Tenía que avisarles sobre Malachiasz, pero no sabía cómo reaccionaría el monje—. Uno es tranaviano.

Su expresión no cambió, pero a Kostya se le oscureció el rostro y puso los ojos en blanco. Ivan le dedicó una sonrisa irónica a Nadya.

—Ya veo. ¿Y cómo ha acabado la pequeña Nadezhda en compañía de un tranaviano? ¿No estamos en guerra, niña?

—Así es, pero es una larga historia.

—Me encantaría oírla.

Nadya asintió, animando a los demás, mientras algunos miembros del monasterio salían para llevárselos a comer y descansar. Malachiasz se colocó de inmediato junto a Nadya.

—No creo... —comenzó a decir en tranaviano antes de callarse y pasear la mirada entre Ivan y el monasterio—. No creo que pueda entrar. —Nadya tomó a Malachiasz del brazo para alejarlo—. Es suelo sagrado, Nadya. No puedo...

—Tienes que creer en los dioses para creer que el suelo sagrado existe —contestó Nadya.

La mirada de desesperación que le dedicó Malachiasz le informó de que no pensaba que fuera el momento adecuado para hacer bromas o debatir sobre teología.

—¿Qué crees que va a pasar? —le preguntó Nadya.

Malachiasz negó con la cabeza.

—No lo sé... Solo...

—Entonces, ¿me estás diciendo que ese gran plan tuyo funcionó y eres una especie de dios? —preguntó con la voz lo bastante baja para que nadie la oyera.

—No, sangre y hueso, está claro que, si estoy aquí, no funcionó, ¿aún no lo has pillado?

Pestañeó a toda velocidad, ansioso, y comenzó a toquetearse las cutículas, por lo que la piel alrededor de la uña del pulgar se le llenó de sangre. Cuando un puñado de ojos se le abrió en la mejilla, a Nadya le dio un vuelco el estómago. Estaban rodeados de... dientes. «Está empeorando».

—Seguro que los dioses están esperando un momento mejor para derribarte —comentó.

Malachiasz la fulminó con la mirada.

—¿Puedes ocultarlo? —Ignorando su sentido común, estiró la mano y le tocó la mejilla cerca de los ojos.

El chico se estremeció y ella dejó caer la mano.

—Lo dudo, pero lo intentaré —dijo, cubriéndose la zona. Alejó la mano con un grito. Tenía los dedos húmedos por la sangre. Parecía aterrado.

—¿Te acaba de morder tu propia cara?

Emitió un sonido extraño y ahogado mientras asentía con lentitud.

—Vamos —dijo Nadya antes de que hiciera algo deplorable y lo empeorara.

La energía temblorosa alrededor de Malachiasz se calmó mientras se enfriaba hasta convertirse en afilados pedazos de hielo.

—No tengo ninguna razón para seguirte adentro.

Nadya alargó la mano para cogerle la suya, lo que hizo que se tensara.

—Estarás bien —dijo con suavidad, a la vez que le presionaba el pulgar en la palma de la mano, igual que había hecho cuando habían llegado a Grazyk y él había visto la catedral de los Buitres. Sin embargo, aquello era mentira. ¿Lo sería eso también?—. Hablaremos dentro, lo prometo.

Lo había estado evitando. Y había sido una decisión equivocada. Si lo seguía presionando, se iría y no tendría manera de llegar a las montañas. Había sido el maestro perfecto a la hora de enseñarle a manipular y a ella no se le daba peor utilizar sus propios métodos en contra suya.

Era evidente que no quería entrar, pero lo arrastró hasta una hermana que lo esperaba para mostrarle el monasterio y Malachiasz aceptó. Nadya se giró hacia Ivan, quien observaba al chico.

—La oscuridad se aferra a él como una mortaja —comentó el monje con suavidad.

—Ah, sí, ese es el tranaviano, es extraño —le confirmó Nadya, ignorando por completo que acababan de darle algo muy parecido a un presagio.

También ignoró la mirada que le dedicó el monje. Al menos no se mostraba ajena y despreocupada, era bien consciente de lo que era Malachiasz. Kostya lo observaba, como si esperara verlo morir al instante en el momento en el que cruzara el umbral.

—Me gustaría saber qué te ha traído a este rincón de Kalyazin —dijo Ivan.

¿Podía hablar con ese hombre, confiar en él? Ivan creía en ella a ciegas porque era la clériga, pero no lo recordaba. Apenas le había relatado a Kostya lo que le había ocurrido, ¿podía en serio contarle la verdad a otro kalyazí y esperar que la escuchara sin juzgarla?

—No es una historia especialmente feliz —respondió Nadya con suavidad.

Aquello no disuadió a Ivan.

—No vivimos una época especialmente feliz, Nadezhda, pero me gustaría oírla. Ve con la hermana Vasilisa y luego hablamos.

Nadya esperó hasta que Kostya se marchó porque no quería que fuera él quien le contara a Ivan quién era Malachiasz. Era evidente que Kostya sabía lo que estaba haciendo porque fue la receptora de otra de sus sombrías miradas mientras entraba en el monasterio.

—No es una historia feliz, para nada —musitó Nadya antes de entrar junto a Vasilisa.

Interludio IV

TSAREVNA YEKATERINA VODYANOVA

K atya se limpió la sangre del tranaviano de las manos con cierto asco. Casi se sentía mal por todo aquello, sobre todo al saber que había un par de tranavianos esperando en la posada que seguro que conocían al rey y con los que tendría que tratar. Sin embargo, debía hacerse, y ella disfrutaba del drama que rodeaba todo el asunto.

—¿Lo vas a dejar ahí? —preguntó la sacerdotisa de la pequeña iglesia, Pavlina.

Fyodor tenía la cara llena de cicatrices tan impasible como siempre.

—Si no se levanta en unas horas, estará muerto. Haced con él lo que queráis —dijo Katya mientras se secaba las manos—. Sin embargo, es probable que esté bien y salga de aquí dentro de una hora más o menos.

Pavlina apretó los labios con desaprobación.

—Yo no le voy a contar a nadie que tu iglesia tiene un altar en honor a los antiguos dioses debajo y tú no le vas a contar a nadie que probé una teoría y le abrí el pecho al rey de Tranavia en tu sótano —comentó Katya.

—*Vashnya Delich'niy* . . .

—No pasa nada.

—Si sigues con esta guerra por una teoría, los dioses nunca te perdonarán.

—Los dioses —respondió Katya mientras se arrebujaba el abrigo— han dejado que la guerra continúe todo este tiempo, por lo que, para ser sincera, no puedo decir que me preocupe su perdón demasiado.

Con aquello se ganó otra mirada desaprobatoria. Tal vez debería haber hecho esa extraña confesión después, no allí y quizás a una sacerdotisa diferente. Ya la había asustado bastante. Debería esperar hasta llegar a casa. «Has regañado a una sacerdotisa en medio de la nada y has abierto en canal al rey de Tranavia. Te lo has pasado en grande últimamente». A Dionisy, su sacerdote en Komyazalov, no le haría tanta gracia como a ella.

Se fue antes de que pudiera decir nada que hiciera que la sacerdotisa rezara con más fuerza por el alma condenada de la *tsarevna*. En cualquier caso, debía enfrentarse a esos malditos tranavianos. Había recibido el informe de sus soldados de que los habían arrastrado desde el bosque justo cuando ella había entrado en la iglesia, pero no estaba de humor para lidiar con más tranavianos. Katya había leído suficientes informes militares para saber el aspecto que tenían los dos que seguían al rey. No iba desencaminada si asumía que aquellos estaban allí por él.

Katya pensó que ya había tenido bastante drama por ese día, pero, cuando regresó a la posada y fue a la estancia en la que tenían a los tranavianos, irrumpió en ella gritando:

—¡El rey ha muerto! Larga vida a la reina.

Disfrutó, quizás demasiado, del silencio aterrador que siguió a aquello. Sin embargo, el chico dejó caer los hombros de una manera angustiosa de verdad y sintió una punzada de arrepentimiento.

—¡Es broma! Debería estar bien, solo un poco machacado. Vais con él, ¿no? —Cerró la puerta de una patada para ignorar las protestas del guardia, Milomir. Les habían quitado los libros de hechizos a los tranavianos, por lo que en realidad no corría peligro.

El chico intercambió una mirada con la chica.

—Lo estábamos buscando, sí. ¿Qué le has hecho? —Había un trasfondo de enfado en su tono, pero en general parecía preocupado. Era guapo. Tenía la piel oscura, largas pestañas y un toque de algo que le hizo pensar que, si el rey estaba de verdad en peligro, sería de él de quien debería preocuparse.

—Ah, no, sigo siendo yo la que hace las preguntas aquí —comentó Katya antes de tomar una silla y sentarse. De inmediato, la hizo equilibrarse sobre las dos patas traseras para poder posar las piernas contra la mesilla.

La chica tranaviana estaba apoyada en la cama. También era guapa. Pálida, con un precioso ojo centrado en ella. Si Katya no estuviera tratando de decir algo importante, quizás la pondría nerviosa.

—Dejar que vuestro rey deambule por sí solo mientras está en territorio enemigo no es una decisión muy inteligente —observó.

Ambos tenían aspecto de no haber dormido en mucho tiempo, como si hubieran cabalgado con ímpetu una larga distancia. Katya frunció el ceño. ¿Se les había perdido? Se sentía intrigada por Serefin, pero sobre todo por el dios que lo tenía entre sus garras. ¿Cómo había ocurrido aquello?

—¿Ha actuado raro últimamente?

—Perdona, ¿quién eres? —preguntó la chica.

—Ah, ¿la...? —Katya señaló la puerta—. ¿La introducción no ha sido suficiente? Me llamo Yekaterina, Katya para los amigos...

—¿Somos amigos? —preguntó la chica.

—¿Lo somos?

—Ostyia —exclamó el chico, y en su voz había un toque de desaprobación.

—La *tsarevna* de este glacial espectáculo de los horrores a vuestro servicio. —Katya hizo algo parecido a una reverencia sin levantarse o quitar los pies de la mesilla.

Los tranavianos intercambiaron una mirada.

—En cualquier caso, Serefin... ¿Actuaba raro por culpa de ese ojo extraño? ¿Sí?

—Sí —dijo la chica, Ostyia. No llevaba el parche sobre la cuenca llena de cicatrices y parecía que se hubiera cortado el pelo oscuro con una navaja roma.

El chico, llamado Kacper si los informes eran correctos, frunció el ceño antes de cruzar los brazos sobre el pecho y reclinarse contra la pared, junto a la ventana.

—Interesante... Desde que mató a su padre, ¿no? —preguntó Katya.

Kacper se estremeció y ella hizo un gesto de desestimación con la mano.

—Tenemos buenos espías y vosotros, los *slavhki*, dejáis escapar muchos rumores.

—¿Por qué nos lo preguntas? —inquirió Ostyia.

—No soy un *slavhka* —musitó Kacper.

Katya guardó aquel pequeño dato.

—Fue él quien se topó conmigo con todas esas cosas extrañas a su alrededor. Solo trato de entender si son útiles.

—¿Útiles para qué? —replicó Kacper.

Bueno, estaba claro que era el más hostil de los dos.

—Me gustaría que esta guerra acabara tanto como a los demás, pero no tengo ese poder —reconoció.

—Pero tu padre...

—Mi padre no aceptará una tregua. Aceptará vuestra rendición y nada más —les aseguró Katya—. Nos estamos arriesgando

274

a que nos invadan los aecii con cada año que pasamos en guerra, pero... —hizo un movimiento rápido con la mano— es o victoria o muerte. —Tras una pausa, añadió—: Dioses, no os lo he contado, ¿vale?

—¿Dónde está Serefin? —preguntó Kacper.

—Para cuando se haya terminado nuestra conversación, estará aquí. No está muerto. Bueno, es probable que no lo esté. Si tengo razón, no lo estará.

Kacper se tensó. Cuando Katya posó por primera vez los ojos sobre el rey de Tranavia, lo que más le llamó la atención fue que algo iba mal. Había oído rumores sobre que el heredero Meleski era un borracho (y estaba segura de que estaba bebido o tratando de emborracharse cuando llegó), pero había algo más. En el ojo tenía la huella de los dioses. Quería pruebas y eso es lo que había conseguido. Y tal vez, si lo mataba allí, la guerra acabaría, pero Tranavia tenía a los Buitres, que se estaban volviendo un problema cada vez mayor con cada día que pasaba. El Buitre Negro debía morir para detener a la orden y, si el rey de Tranavia lo quería muerto, Katya pensó que quizás llegarían a un acuerdo.

El rey llegó no mucho después. Milomir prácticamente lo empujó dentro. Tenía la camisa destrozada abierta, por lo que mostraba el excelente, como se dijo a sí misma, trabajo que Katya le había hecho en el pecho. La sangre y la suciedad le manchaban la cara.

Dejó escapar un gemido al ver a sus amigos y caminó hasta ellos con dificultad antes de estar a punto de desmayarse. Kacper cruzó la sala en un segundo para sujetar a Serefin del brazo y estabilizarlo. Serefin hizo una pausa, con torpeza le presionó a Kacper una mano contra la mejilla y dio un paso atrás para girarse hacia Katya. Tenía un cuchillo en las manos.

—Vaya, tonta de mí, me lo dejé, ¿no?

—¿Qué. Has. Hecho? —soltó con los dientes apretados y el filo del arma contra la garganta de la chica.

Katya le estudió el rostro. La cuestión era que ninguno de los rumores que habían traído los espías desde Grazyk tenía sentido. Esperaba que el ritual arrojara algo de luz sobre lo que había ocurrido, pero seguía sin estar segura. ¡Y, por alguna razón, Serefin conocía a la clériga! Katya la había buscado sin mucho éxito durante meses.

Miró a Serefin con atención. Sus ojos se habían transformado en un extraño azul medianoche con estrellas dispersas en lugar de pupilas.

—Velyos, ¿eh? —dijo—. Te ha elegido un dios caído. —Serefin pestañeó—. La mayoría no sabe siquiera quién es —continuó Katya.

—Pero tú sí —contestó con voz monótona.

—Exacto.

Serefin hizo una mueca. La observó y se llevó una mano, de forma ausente, a la cicatriz del pecho.

—Duele, ¿sabes?

Katya se encogió de hombros.

—Seguro que lo has pasado peor.

—Lo ha pasado peor —anunció Kacper.

Serefin le dedicó una mirada dolida antes de guardarse el arma en el cinturón.

—¿Qué quieres? —preguntó.

—El final de la guerra, riquezas y fortuna sin tener que trabajar por ellas y la admiración de la mayor cantidad posible de personas hermosas.

Serefin se dirigió al borde de la cama para sentarse con precaución junto a Ostyia.

—Creo que la guerra es el menor de nuestros problemas —comentó Katya, ahora más seria—. Si pudiera sentarme aquí contigo y terminar esta maldita guerra ahora mismo, lo haría, pero ni tú ni yo tenemos ese poder.

—A ver, en teoría, yo sí. Sangre y hueso, no me pidas una tregua —dijo Serefin con un gruñido—. Llevo meses intentando que me escuchéis sin éxito. Esto no es culpa mía.

Katya negó con la cabeza. Ella no tenía poder y el mero hecho de que Serefin estuviera en Kalyazin significaba que él tampoco tenía el poder que debería. Sería una tontería matarse entre sí, aunque la idea de asesinar al rey de Tranavia le resultaba muy atractiva. A Katya le gustaba el drama, pero no tanto los homicidios. Si esto último llevaba a lo primero, era aceptable, pero matar al rey de Tranavia por derecho propio en un diminuto pueblo kalyazí pegado al límite de Dozvlatovya no era demasiado dramático.

—¿Por qué estás aquí? —preguntó. Serefin se apoyó sobre una mano, dejando claro que no quería contestar. Katya podía esperar por él si lo necesitaba—. ¿Velyos?

Serefin asintió con lentitud.

—¿Y tú?

Aquella pregunta era más complicada de contestar. Oficialmente, a Katya la habían enviado al frente. En realidad, la habían enviado a un campamento militar en el que no pasaba nada. Era un aburrimiento. Además, con el aumento del número de Buitres, la orden a la que se había unido con trece años como curiosidad, de repente, era útil y nada aburrida.

—Me he dirigido a los sitios que prometían ser más dramáticos —contestó, guiñándole un ojo. El asco le cruzó la cara. Iba a ser difícil ganarse a ese tranaviano—. Kalyazin no puede sobrevivir a este invierno —comentó con un suspiro—. Algo me dice que Tranavia tampoco. —Serefin miró a Kacper, quien negó despacio con la cabeza—. No lo creo —prosiguió Katya con suavidad—. Esperaba entender por qué estaba ocurriendo todo esto y tengo la sensación de que quizás tengáis alguna pista.

—En realidad no —respondió Serefin—. Seguro que no quieres oír mi teoría de que son tus dioses los que están causando todo esto. —Katya frunció el ceño. Aquello no tenía sentido. No obstante, parecía una teoría muy tranaviana—. Algo ocurrió con el Buitre Negro el día en que murió mi padre —continuó Serefin con delicadeza—. Era su plan definitivo y lo que sufrimos ahora es culpa suya.

—No lo entiendo.

Serefin sonrió, pero el gesto no le llegó a los ojos.

—¿Qué sucede cuando un monstruo trata de convertirse en un dios?

El hielo le inundó las venas a Katya.

—¿Lo consiguió?

—Bueno, ese es el problema. ¿Cómo vamos a saberlo?

—¿Y quieres matarlo?

—Creo que es lo que debemos hacer.

Katya se llevó la mano al collar de la garganta. Había luchado con un gran número de Buitres, pero la mayoría, en los últimos meses. En el pasado, los Buitres no eran más que cuentos *babas* para asustar a los niños y que estos se fueran a la cama. Vete a dormir o los Buitres te chuparán la sangre y, a diferencia de los *kashyvhes* que también beben sangre, se la tomarán toda y te dejarán seco.

—¿Está en Kalyazin? —preguntó, casi temerosa de la respuesta. Se había encontrado con esos monstruos incontables veces, pero siempre había rumores sobre el Buitre Negro, que se habían vuelto más aterradores cuando el nuevo subió al trono. Este ansiaba poder de una manera distinta a los anteriores. Había cometido atrocidades en una escala que nunca habían visto.

—No solo eso, sino que es muy probable que esté con tu clériga. —Serefin se restregó el ojo lleno de cicatrices—. ¿Me puedes hablar de Velyos? ¿Qué quiere? No consigo nada de él, solo me empuja hacia el oeste, a pesar de que me resisto.

Katya estaba intrigada. Aquello se acababa de volver mucho más interesante. Quizás incluso tenía el potencial de volverse dramático en exceso.

—Espera, ¿sabes lo que planea?

—¿Quién? ¿Malachiasz? —Serefin se encogió de hombros—. Quiere matar a un dios.

A Katya le dio un vuelco el corazón.

—¿Qué cree que va a conseguir con eso?

—Me parece bastante obvio. Los dioses no se meterán con Tranavia si están muertos.

Katya tragó saliva con fuerza y sintió la boca seca de repente.

—Si lo consigue, eso destruirá vuestro pequeño e insensato país.

Serefin palideció.

—¿Cómo?

—Los dioses trabajan más allá del tiempo. Una muerte lenta y meticulosa. El castigo no es rápido, sino una serie de fatalidades una detrás de otra. Si incitara a ese tipo de guerra, si derrocara a ese tipo de imperio, el castigo no sería silencioso, sino una destrucción total. —Katya cerró los ojos. Sangraría sobre Kalyazin. Todo el mundo caería bajo la ira de los dioses.

—Si vamos a seguir con esto, necesito una copa de vino —murmuró.

—Sangre y hueso, yo también —musitó Serefin.

Katya sonrió, inclinó aún más la silla y abrió la puerta. Milomir la iba a matar.

—Pórtate bien, ¿vale? —le pidió con dulzura.

El hombre suspiró con fuerza. Cuando volvió con una expresión sufridora, una garrafa de vino y unas copas, Katya estaba preparada para comenzar.

—El mundo se olvidó, ¿sabes?, se les olvidó a todos. A Velyos se le echó hace mucho mucho tiempo. Del Códice desaparecieron todas las referencias a él y a los demás.

—¿Los demás? —preguntó Serefin.

Katya se había olvidado de que estaba hablando con un tranaviano.

—Había más, muchos más. Los veinte que tenemos ahora no siempre fueron veinte. Velyos, Cvjetko, Zlatana, Ljubica y Zvezdan. —Hizo una pausa antes de añadir—: Chyrnog. —Sin embargo, no quería hablar de los ancianos. Con los dioses caídos ya tenía bastante.

Serefin frunció el ceño y se echó hacia atrás para apoyarse sobre una mano. Katya era muy consciente de lo atentamente que la estaba mirando la chica tranaviana. Dio un sorbo al vino para esconder su rubor.

—¿Qué les ocurre a los dioses a los que se les echa? —preguntó Ostyia.

Katya se encogió de hombros.

—Se les conoce como «los caídos». Se dice que los clérigos de los dioses que quedaron los capturaron. —Sin embargo, aquella no era la pregunta correcta—. ¿Por qué los echaron? —Serefin volvió a frotarse el ojo, confuso. La manera en la que se lo tocaba comenzaba a hacer que Katya se pusiera nerviosa. Aun así, continuó hablando—: ¿Qué ocurre cuando los dioses deciden interactuar de manera directa en el ámbito de los mortales? ¿Qué pasa cuando luchan entre sí hasta el punto de que afecta a nuestro mundo?

—¿Un desastre?

Katya asintió.

—Así es. La guerra sería la menor de nuestras preocupaciones porque ya no tendrían prudencia a la hora de tratar con los mortales. Nos destrozarían para conseguir lo que quisieran.

Estudió la incredulidad que le cruzó el rostro a Serefin. Si estaba de verdad en contacto con Velyos, ¿cómo podía aún aferrarse a eso?

—No me crees.

—Me parece ridículo, tienes que entenderlo —respondió Serefin.

—Tienes los ojos más inhumanos que he visto nunca y polillas en el pelo. ¿Sabes lo que estas significan para los kalyazíes? —El chico se encogió de hombros—. Las dos caras, la de los dioses y la de los muertos. —Serefin sintió un escalofrío, pero Katya añadió—: También las de los *kashyvhes*, quizás. Lo que es un poco raro y seguro que menos relevante en este caso. Supongo que, entonces, tres caras.

Serefin le dio un largo trago al vino.

—¿Los qué? —preguntó Kacper.

—*Striczki* —contestó Serefin con un tono monótono. Bebedores de sangre.

—¿Es broma? —le preguntó Ostyia en voz baja.

—No lo sé —murmuró, echándose hacia delante para apoyar los codos sobre las rodillas. Serefin parecía a punto de derrumbarse—. Me dijo que quería venganza, pero se negó a contar nada más.

Katya se quedó sin aliento.

—Hay dos dioses sobre los que Velyos querría vengarse y eso explica por qué no ha intentado elegir a nuestra clériga. Una es Marzenya y el otro, Peloyin. —Serefin entrecerró los ojos—. Los cinco que fueron condenados trataban constantemente de usurparle el poder a Peloyin —continuó Katya. Había crecido con historias sobre mezquinas batallas entre los dioses, pero las menciones sobre las tretas de Velyos eran pocas y distantes hasta que, al final, desaparecieron del todo. Le llevó mucho tiempo unir las piezas. En realidad, solo lo había hecho por puro aburrimiento y el deseo de volverse lo más difícil y obstinada posible para su sacerdote.

Nunca había pensado que ese conocimiento esotérico fuera útil, sobre todo no para el rey de Tranavia, sobre todo no... ¿para ayudar al rey de Tranavia? ¿Era lo que estaba haciendo? Por mucho que su cerebro se rebelara ante la idea, se preguntó si sería eso lo que debía hacer. Algo la había llevado a ese punto específico de Kalyazin, algo la había mantenido allí, a la espera, como si una parte de su ser hubiese sabido que el rey acabaría apareciendo.

No obstante, Katya no tenía un deseo especial por pensar en la posibilidad de que los dioses guiaran sus acciones porque, entonces, tendría que enfrentarse a todas las cosas que había hecho y que la condenarían ante sus ojos.

—De los caídos, Velyos era el más vengativo. La batalla entre Velyos y Peloyin se conoce como la guerra eterna. Marzenya fue la que lo desterró. Lo encerró en un collar de hierro que estaba en una cámara bajo tierra.

—Entonces, no es solo venganza lo que quiere —dijo Serefin con lentitud.

—Muy poco probable. Quiere empezar la guerra eterna de nuevo. Y no solo se refiere a esta atrocidad santa en la que estamos atrapados, sino a una entre los dioses. Me apuesto lo que sea a que quiere despertar a los otros.

Serefin palideció. A Katya no le estaba gustando hacia donde iban sus pensamientos. Si Velyos quería que el chico despertara al resto, bueno, con la mayoría se podía sobrevivir, pero nadie sobreviviría al regreso de ninguno de los ancianos.

23

NADEZHDA
LAPTEVA

Svoyatova Nedelya Ojdanic: de joven, Svoyatova Nedelya oyó la voz de Vaclav y entró en un bosque oscuro cerca de su pueblo. Nunca regresó, pero, cuando las fuerzas tranavianas atacaron a su gente, un leshy *movió el bosque y los consumió. Se cree que lo hizo bajo su influencia.*

Libro de los Santos de Vasiliev

A Nadya el baño le pareció glorioso para sus cansados huesos. Después, se vistió con ropa limpia y sencilla. Se metió el puñado de cuentas de oración en el bolsillo, se hizo una trenza en el pelo y se la enrolló en la nuca. Por un momento, sintió que todo iba bien, que volvía a ser ella misma.

La sensación acabó tan pronto como encontró al hermano Ivan en la nave del monasterio. Se deslizó en el banco a su lado y miró hacia el iconostasio. Se le constriñó el corazón y la pérdida amenazó con asfixiarla.

Iba a ser un acto de confesión, pero, aun así, dudó. No sabía si podía confiar en el hermano Ivan. Se regañó por el pensamiento. No debería estar protegiendo a un tranaviano a costa de su propio pueblo. Pero ¿y a ella misma?

—No sé por dónde empezar —dijo al fin.

—El principio suele ser la mejor parte —contestó Ivan con amabilidad—. Nadezhda —comentó con un suspiro—,

solo eras una cría cuando te vi por última vez. Sé que no me recuerdas y no espero que lo hagas. No pasa nada. Solo quiero ayudarte si puedo.

Nadya dejó escapar un suspiro.

—He cometido muchos errores.

Estaba viviendo entre tantas mentiras y medias verdades que no podía mantenerlas todas o iba a derrumbarse bajo su peso. Si pudiera esconderse y no tener que confesar que había fallado, que había cometido herejía, que había un agujero en el mundo por su culpa que solo iba a empeorar... Había muchas cosas que eran culpa suya y no sabía si podría detenerlas. Marzenya le pidió una dedicación total y completa y la había fallado, había fallado a todo el mundo.

Sin embargo, Ivan tenía razón, podía empezar por el principio. Sus palabras se volvieron vacilantes a medida que la historia se acercaba a la capital de Tranavia, a medida que encandilaba al príncipe que debería haber matado y se enamoraba de un chico que hacía chistes horribles y al que, en retrospectiva, tenía demasiadas ganas de ayudar.

Ivan la escuchó en un silencio cómodo, sin hacer preguntas, dejando que Nadya se detuviera y considerara cuándo la historia había llegado a un lugar demasiado oscuro y duro para recordarlo. Sin embargo, la chica tuvo cuidado y no le contó quién era en realidad Malachiasz.

—Lo que importa es... —dijo Nadya, alejándose de la herejía de haberse enamorado de un monstruo, incluso si ya se hubiera consumido por eso, y acercándose a otro tipo distinto de herejía—. Mientras estaba en Tranavia, había un velo sobre el reino que casi cortaba todo acceso a los dioses. Era la magia de sangre. Un hechizo que había cubierto el país durante décadas, perfeccionado por el Buitre Negro para hacerlo incluso más fuerte.

Le explicó cómo había superado esa magia, el *Rawalyk*, que los Buitres la hubieran secuestrado y cómo le habían extraído la sangre porque el rey de Tranavia se iba a convertir en un dios. Ahí fue cuando obtuvo cierta reacción por parte de Ivan. Había fruncido los labios. Alarma.

—Cuando estuve en Tranavia, vi... cosas... —Nadya no sabía cómo explicar aquella parte: los monstruos que Velyos le había mostrado y de los que le había hablado eran verdad, las pesadillas que seguían visitándola cada noche y que ignoraba para tratar de olvidarlas, el conocimiento de que algo se había roto, aunque no supiera qué.

—He cometido una herejía y ahora los dioses están en silencio. No sé si oyen mis plegarias. La única magia que tengo es la que soy capaz de extraer de mi interior y usarla es como envenenarme. Pensaba que podía detener la guerra, pero... —Negó con la cabeza—. Luego, está esto —comentó, apretando la mano—. No sé lo que he hecho y tengo miedo.

Ahora los monstruos de Kalyazin se estaban agitando, monstruos que habían estado durmiendo más tiempo que los de Tranavia, monstruos que solo la fe mantenía a raya. Aquello suponía un cataclismo.

Ivan le miró la mano. El silencio se alargó y extendió entre ellos. Nadya se hundió cada vez más en la desesperación. Aquel era, en realidad, el final. Era lo que la estaba consumiendo. Por fin, el hermano rompió el silencio.

—Ha habido alboroto en el cielo —dijo con lentitud—, pero los sacerdotes no sabían por qué. Nos has dado parte de la respuesta.

—¿Me excomulgarán? —susurró Nadya.

Ivan le pasó los dedos fríos bajo la barbilla para alzarle la cara. El monje era impenetrable y Nadya se estremeció de miedo.

—Siempre fuiste una niña curiosa, Nadezhda. Llena de preguntas. Llena de problemas. Sin embargo, eres la única clériga que camina por Kalyazin hoy en día —comentó—. No sabemos por qué los dioses no han elegido a otros. No sabemos por qué te han elegido en la manera en la que lo han hecho. Tal vez eso signifique que se va a producir un cambio, uno para el que no estamos preparados. No deseo que revivas antiguos dolores y, en tu pasado, no veo pecado alguno por el que merezca la pena que mueras.

Nadya pestañeó y soltó una carcajada nerviosa, a pesar de que quería llorar.

—Quizás los dioses piensen algo distinto y creo que su opinión es más importante. —Su absolución le dio cierto consuelo, pero no entendía por qué ese viejo monje la conocía tan bien—. ¿Venías a Baikkle a menudo?

—Bastante, pero eso fue hace mucho tiempo. Cuando el pobre Alexei... —Nadya sintió una punzada en el pecho. Alexei ya no estaba—. Cuando dejaron en su puerta a una niña elegida por los dioses sin saber nada de magia, me pidió ayuda.

—Pero ¿sabías...? ¿Sabes...? —Nadya se incorporó.

—Sé todo lo que alguien sin una experiencia personal completa puede saber.

Nadya flexionó los dedos.

—No creo que entienda la magia —comentó en voz baja. Y la única persona que tenía para que se la enseñara era un chico tranaviano salvaje y condescendiente que la consideraba como algo que debía controlarse.

—¿Es cosa nuestra entender la divinidad? —preguntó Ivan. Hizo una pausa para contemplarle el rostro—. Pero tienes razón, veo que no te has vuelto menos curiosa.

—¿La naturaleza de la divinidad siempre es tan fija?

—Me apuesto lo que sea a que ver a un hombre tratar de convertirse en un dios y fracasar provoca preguntas como esa.

—No fracasó. —Ivan se quedó paralizado—. El rey falló, sí, pero otra persona hizo el ritual y lo logró.

—¿Y?

Negó con la cabeza con la mirada en el iconostasio. Estaba decorado con una hoja dorada y santos con expresiones impasibles.

—Tal vez, si los dioses me hablaran, obtendría respuestas, pero no. De todas maneras, no les gusta hablar sobre la naturaleza de la divinidad.

—La magia y la divinidad son dos cosas distintas, entrelazadas en la realidad. ¿Puede haber divinidad sin magia, dado que la magia está conectada a la divinidad?

—Pero puedes tener magia sin que te elijan los dioses —respondió Nadya—. Los tranavianos son la prueba de ello, ¿no?

Ivan inclinó la cabeza.

—Eso es herejía y están condenados por ello.

«Es muy probable que sí». «Sin embargo,», pensó Nadya, «no en la manera en la que esperan los kalyazíes». No obstante, ¿qué había de las palabras de Pelageya con las que dijo que el poder de Nadya no procedía de su interior, sino de otro lugar? Una cosa era sentir curiosidad por la magia de Tranavia y otra preguntarle a ese monje si conocía la magia de bruja.

—Entonces, ¿crees que esto sigue procediendo de los dioses? —preguntó, flexionando los dedos.

Algo cruzó el rostro de Ivan.

—¿Qué si no? —comentó con amabilidad.

¿Qué si no?, era verdad. Sería tan fácil aceptar su respuesta como cierta y alejarse de aquello, ignorar lo que le había ocurrido, incluso si iba en detrimento suyo... No quería descubrir otra magia espantosa, solo que fuera un nuevo castigo de los dioses. Sería más fácil de entender. No estaba satisfecha, pero sentía el corazón cansado y no deseaba resistirse.

—¿Qué hay del tranaviano? —Ivan cambió de manera abrupta de tema.

Nadya suspiró.

—Malachiasz —susurró.

Ivan asintió.

—Te costó convencerle para que entrara. ¿Los tranavianos tienen miedo de la verdad?

—Quiero... Quiero confiar en ti igual que hizo el padre Alexei, de la manera en la que debería, pero, si te lo cuento, necesito que me jures que Malachiasz no sufrirá ningún daño. He desafiado las órdenes de mi diosa para mantenerlo a salvo y vivo con las consecuencias. Sin embargo, no debe sufrir ningún daño. Lo necesito. Si quiero arreglarlo todo, lo necesito. —Ivan frunció sus pobladas cejas—. Por favor, hermano, por favor, júralo.

Con lentitud, Ivan asintió.

—Mientras esté bajo tu protección, no le haré daño, lo juro. —Nadya no hizo comentario alguno sobre la laguna legislativa que había incluido en la frase—. ¿Quién es, Nadezhda?

Dudó. No quería decepcionar a nadie más.

—El Buitre Negro de Tranavia.

Ivan permaneció con una expresión neutra.

Dentro de Nadya había una guerra en la que luchaba con los dos bandos. Encontrar a Malachiasz y salir corriendo de aquel lugar o dejar que Ivan lo matara y así se acabaran allí todos sus problemas. Casi se sobresaltó cuando Ivan se levantó sin mediar palabra y salió por la puerta.

Nadya se puso en pie tan rápido que a punto estuvo de volcar el banco.

—¡Lo has jurado, hermano Ivan!

Este detuvo a una de las hermanas.

—¿Dónde está el chico, el de aspecto enfermizo?

Nadya le pisaba los talones mientras ambos seguían a la monja hacia una de las celdas. Malachiasz caminaba por la habitación cuando la puerta se abrió de golpe. Se quedó paralizado y miró con ojos como platos al enorme monje que había aparecido en la entrada. Al ver a Nadya, se relajó un poco.

Malachiasz se había aseado. Ya tenía el pelo casi seco en una maraña puntiaguda. Si las hermanas le habían ofrecido ropa, la había rechazado, pero llevaba una túnica negra bordada con botones rojos en los puños y unas mallas.

Miró a Ivan durante un segundo antes de que Nadya viera cómo cambiaba de comportamiento. El chico ansioso desapareció y el Buitre Negro recuperó su lugar, las partes frías, calculadoras y crueles de Malachiasz que pertenecían al líder del culto.

—No te ha llevado mucho tiempo —comentó. La mirada que le dedicó a Nadya no era de decepción, pero se le acercaba. La chica se estremeció.

—¿Qué esperas conseguir viniendo aquí? —preguntó Ivan—. ¿Qué destrucción planeas causar?

—¿Crees que me importa un monasterio en medio de la nada en Kalyazin? —Malachiasz posó los dedos largos y pálidos alrededor de su corazón—. Estoy aquí porque ella lo está, nada más y nada menos.

—Ven —le dijo Ivan a Malachiasz con un gruñido.

El chico miró a Nadya, quien había bajado la mirada. Malachiasz había aconsejado a reyes, así que podría soportar lo que quisiera de él el hermano Ivan. Nadya le tocó el dorso de la mano al pasar, lo que le sorprendió e hizo que se tensara antes de entrelazar los dedos con los suyos.

Nadya lo observó marcharse, aterrada por la manera en la que el corazón comenzaba a enmendarse por la esperanza que había aparecido en sus ojos tras ese delicado roce. Aquello era un desastre. El hermano Ivan no le había proporcionado lo que quería. Necesitaba respuestas. Una vez hubieron desaparecido de su vista, volvió a la nave. Todo estaba en silencio cuando se arrodilló ante el altar.

Tiró del hilo oscuro de magia de su interior y una llama blanca se encendió en sus yemas. Era lo único que podía hacer. Prendió un bol de incienso. El olor a sándalo la inundó y respiró hondo antes de suspirar. Con cuidado, se sacó las cuentas de oración del bolsillo y colocó ante ella aquellas que estaban en la cuerda. Alineó el resto. Se mordió el labio y observó el iconostasio en busca del icono de Marzenya hasta que lo encontró.

«No estoy segura por qué pienso que está bien intentarlo aquí de nuevo. ¿Será porque estoy fuera de ese maldito país? No lo sé. Espera. No quería empezar así». Detuvo de golpe la plegaria. Se frotó el rostro con las manos. Lo que antes era tan natural ahora le parecía extraño. «Lo siento. Sé que no es suficiente, pero no sé qué hacer». Se restregó la cicatriz de la palma. «¿Velyos me contó la verdad?».

—*Oh, niña…*

Nadya cogió aire de golpe. Tanteó con los dedos hasta encontrar la cuenta de Marzenya, pero no sabía dónde estaba entre el montón ante ella. Ahogó un sollozo.

«No entiendo qué está ocurriendo», rezó. «Pensaba que estaba haciendo lo que debía. No vi venir sus planes».

—*¿No los viste o no quisiste verlos?* —La voz de Marzenya era severa.

«Ambos», admitió Nadya.

—*¿Con cuántas ganas, de verdad, quieres arreglarlo?*

«Haré lo que sea». Se produjo un largo silencio y Nadya comenzó a entrar en pánico.

—*El chico es intrascendente. Una criatura a la que erradicar, solo eso.*

«Pero…».

—*Hay otro. Se está levantando de la oscuridad y le ha dado poder a alguien de tu mundo mortal. Hablaste con él. Está despertando uno a uno a aquellos a los que echamos por la seguridad de este reino y cosas peores empiezan a agitarse. Lo dejaste en libertad.*

«Velyos».

—*Lo echamos, pero no está solo. La oscuridad nunca trabaja sola.*

«Pero ¿y…?

—¿*El ritual?* —La voz de Marzenya era punzante—. *Una larva tratando de convertirse en dragón. Patético. Ha creado un temblor, una grieta, sí, juega con poderes que ningún mortal debería poseer y tú lo has permitido.*

«No sabía cómo detenerlo».

—*Mentirme no es inteligente por tu parte.*

Apretó la cuenta entre los dedos, pensativa.

—*Has fracasado y se te debe castigar.*

A Nadya comenzaron a temblarle las manos. Bajó la cabeza.

—*Pero aún puedes lograr mucho* —continuó Marzenya—. *Queda mucho por hacer y aún eres mi elegida en este mundo.*

La chica tragó saliva con fuerza. Presionó el pulgar contra la cicatriz de la palma. Las venas negras habían crecido y le rodeaban la muñeca. Se preguntó qué le ocurriría si continuaban así hasta el corazón.

«Iba de camino hacia Bolagvoy. Necesitaba respuestas… ¿Por qué dejaste de hablarme?».

—*Sigue ese camino. Hablaremos de nuevo.*

Marzenya se había marchado. Nadya sintió el gusto a cobre y escupió sangre en la mano.

24

SEREFIN
MELESKI

*Castigados bajo los pies de sus superiores y echados de los cie-
los, confinados en tumbas, bajo montañas y en el agua. Son los
silenciados. Son los muertos. Saben que el elegido va a liberarlos
uno a uno.*

El Volokhtaznikon

Como era de suponer, que un monstruo te escupiera de entre
sus fauces no era una experiencia agradable. Serefin se había
despertado sintiéndose como si en cada parte de su cuerpo tuviera
moratones hasta los huesos y, de inmediato, se ahogó con la sangre.

Pestañeó varias veces, esperando que la visión se le agu-
dizara, pero incluso ese movimiento le dolía, como si alguien le
estuviera clavando dagas en los ojos. Se sentía extraño, diferente, agitado y mal. No sabía qué había ocurrido cuando lo había
arrastrado a través de esas puertas. Su recuerdo se interrumpía
de manera hostil de un modo que lo aterraba.

No sabía a qué había renunciado y temía lo que ocurriría
cuando, de forma inevitable, lo averiguara. Ahora se encontraba de nuevo en la posada kalyazí y Kacper estaba allí. Había
echado mucho de menos tanto al chico como a Ostyia. Katya
se había marchado con el hombre de la cara llena de cicatrices
para averiguar qué necesitaría para matar al Buitre Negro.

Serefin se echó hacia atrás en la cama hasta quedar tumbado. Cerró los ojos y se tocó el puente de la nariz. Le dolía todo y le palpitaba la cabeza. Debería estar dirigiéndose hacia el oeste y estaba muy cansado de resistirse.

—Serefin, tienes un aspecto de mierda —comentó Ostyia, tumbándose en la cama junto a él.

—Muy adecuado porque me siento una mierda —contestó—. La chica no me dio suficiente vino.

Kacper aún no había hablado más allá de la bienvenida inicial y Serefin trataba de no preocuparse por eso. Ostyia hizo un pequeño sonido de angustia. Le tocó el cuello con dedos fríos. Se había olvidado de la cicatriz.

—¿Siempre ha estado ahí? —preguntó Ostyia con un hilo de voz.

Serefin soltó un gruñido de indiferencia. Sentía que sí, pero alguna magia la había ocultado para evitar que alguien se diera cuenta hasta que Velyos la había destruido.

—Te cortaron la garganta.

—Sí, bueno, morí.

Ostyia se quedó en silencio. Serefin no abrió los ojos.

—No me lo has pedido, pero te conseguiré más vino porque soy magnánima y te he echado de menos —comentó tras un largo silencio con la voz áspera y llena de una emoción con la que Serefin no estaba, en ese momento, preparado para lidiar.

El rey abrió los ojos y tomó a Ostyia por la muñeca mientras se bajaba de la cama.

—Siento lo que dije.

Su amiga se detuvo.

—No eras tú mismo —comentó—. No es una excusa, en absoluto, porque si me vuelves a hablar así, te sacaré uno de los ojos. Sin embargo, lo he pensado y tienes razón, a veces te presiono demasiado.

—Me lo merezco.

—Por supuesto, pero me he olvidado de que tu papel ha cambiado y el mío también. No puedo tomarte el pelo en público y esperar que la pesadilla que tienes por corte te respete después.

—Será un aburrimiento si no me tomas el pelo en público.

—De alguna manera, sobrevivirás.

Kacper seguía mirando por la ventana. Serefin no estaba seguro de que el otro chico estuviera de acuerdo con esa facilidad para perdonarle. Ostyia le dio unos golpecitos en la mano antes de abandonar la sala.

Serefin se sentó con un gruñido y se pasó la mano por el pelo. Necesitaba un baño, ropa que no fuera la que llevaba y sentir que no estaba a punto de desmoronarse, pero, por desgracia, no creía que fuera posible en ese momento.

—¿Kacper? —El aludido se giró un poco para mirarle con una ceja levantada. Bueno, más o menos. No se le daba demasiado bien—. He perdido la mochila y llevo demasiado tiempo con esta ropa —continuó Serefin—. ¿Puedes prestarme algo?

La tensión en los hombros de su amigo se relajó un poco. El cansancio le inundaba el rostro cuando asintió. Serefin se puso en pie, al mismo tiempo que Kacper comenzaba a revolver en la mochila. Aquella tirantez entre ellos no era normal. Había sido tan cruel con él como con Ostyia, pero quizás no tenía tanta facilidad para perdonar. Tenía muchos hermanos; le gustaba guardar rencor.

—Kacper. —No obtuvo respuesta, solo le sacó una camisa y unos pantalones de la mochila y se los colocó en la cama—. Kacper, lo siento…

—Sangre y hueso, Serefin —contestó con exasperación mientras se incorporaba—. Eres imposible.

Entonces, lanzó a Serefin contra la puerta cerrada, tomó su cara entre las manos y le besó. Vaya. ¡Vaya!

Las manos de Serefin se pusieron en marcha sin consultar con su cerebro, que seguía treinta segundos atrás, inmóvil por la sorpresa, y agarraron las solapas de la chaqueta de Kacper para acercarlo. Un solo instante perspicaz y todo cobró sentido: cada vez que Kacper se había quedado para recoger a un Serefin borracho e incoherente y arrastrarlo de vuelta al campamento sin que nadie supiera que el Gran Príncipe no estaba lidiando bien con la guerra, o cada vez que Kacper se había sentado en su tienda para oírle hablar incesantemente del pánico que sentía hacia su padre, mostrándole siempre atención. Creía que solo era una de esas personas demasiado amables que no tenía por qué quedarse con alguien tan destrozado como Serefin. Sin embargo, Kacper lo besó con un abandono imprudente y apasionado, procedente de la desesperación. «Tal vez me he perdido un gran número de señales».

Su amigo se alejó. Tenía una expresión tierna y estaba tan cerca que Serefin pudo ver la cicatriz que cruzaba su ceja. Kacper le retiró un mechón de pelo que le había caído sobre la frente.

—No te enteras de nada, Serefin.

Era evidente que se había perdido algunas señales.

—¿Ah, no? —preguntó Serefin sin aliento—. Hazlo otra vez.

Kacper sonrió y se acercó a él para presionarle la cadera de una manera que hizo que Serefin soltara un sonido extraño. Lo besó de nuevo con mayor delicadeza y suavidad. Le enredó las manos entre el pelo mientras recorría la línea de su mandíbula con los labios.

—Pues no —dijo cuando se separó y dejó a Serefin sintiéndose mareado contra la puerta—. Además, estás muy sucio y tienes los ojos vidriosos.

—Me da miedo preguntar —comentó Serefin. Echó la cabeza hacia atrás y la apoyó en la puerta—. Entonces..., eh..., ¿desde cuándo?

—¿Desde cuándo qué? —preguntó Kacper.

—Por favor.

Kacper sonrió con timidez y a Serefin le costó un mundo no tirar de él para besarlo de nuevo. El corazón le martilleaba de una forma inquietante mientras pensaba en todo el tiempo perdido que podían haber pasado haciendo aquello.

—Voy a hacer que te preparen un baño —anunció Kacper, sonrojado. Quiso que Serefin se apartara de donde estaba, frente a la puerta, pero este se puso firme.

—Kacper, ¿desde cuándo?

—Sangre y hueso —murmuró Kacper, levantando los ojos hacia el techo—. Desde hace mucho, Serefin.

—Entonces, ¿por qué... ahora?

Kacper suspiró.

—Porque te fuiste, porque Ostyia y yo no podíamos encontrarte y no funcionaba ninguno de nuestros hechizos de rastreo, como si hubieras desaparecido. Después, estabas en Kalyazin, tan lejos...; y te iba a perder y nunca ibas a saber lo que sentía. —Sonrió con timidez—. Y porque no me dejaban de echar chicas encima cuando estábamos en Grazyk y quería que pararan.

—¿No fue agradable? —preguntó Serefin con inocencia.

—No me gustan las chicas —contestó Kacper, exasperado, pero ese era su tono habitual para hablar con él—. Ya lo sabes.

—¿Sí? —De hecho, no lo sabía.

Kacper frunció el ceño.

—Pensaba que sí. Sabes que a Ostyia no le gustan los chicos.

—Ostyia se asegura de que todos sepan que no le gustan —dijo. Observó a Kacper, quien se estaba esforzando al máximo para no sostenerle la mirada—. Ostyia —continuó con cuidado— tontea con cualquier chica que se le cruza en el camino. Es difícil no darse cuenta. Seguro que está ahí abajo flirteando con Katya. A ti no te he visto ligar con ningún chico especialmente guapo.

—Porque me paso todo el tiempo llamando la atención de un chico en concreto —respondió, y Serefin se estremeció—. Por favor, no entres en pánico.

—Estoy un poco asustado, pero en el buen sentido, creo —dijo Serefin—. Tal vez. No lo sé.

Kacper resopló.

—Solo pensé que... tú y Żaneta... Pensé... Nunca dije nada porque nunca te vi con nadie y porque, debido a Żaneta, nunca creí que fuera posible.

«Kacper es el que está entrando en pánico», pensó de manera vaga Serefin.

—Me gustaba Żaneta antes de todo ese asunto de la traición —dijo Serefin con un encogimiento de hombros—. Nunca me ha importado demasiado nada de eso.

La tez oscura de Kacper se volvió de un tono enfermizo.

—No debí hacerlo. Se supone que no debo besar al rey.

—Si me quito el sello del dedo, ¿ayudará?

—Voy a darte una paliza.

—Se supone que no debes darle una paliza al rey. Aún tengo el sello puesto. —Levantó la mano.

—Quítatelo y solo sé Serefin —le pidió Kacper.

Lo hizo y se metió el sello en el bolsillo de la chaqueta.

—Siempre soy solo Serefin —dijo—. Creo que ese es el problema.

—Nunca ha sido un problema —contestó Kacper.

—Estamos en medio de la nada, en Kalyazin, y la *tsarevna* está ahí abajo. Además, creo que nos acabamos de convertir en sus aliados, ¿no? No veo cómo ser yo y subir al trono no es un problema enorme.

—Ibas a tener problemas con Ruminski y el resto sin importar cuándo o cómo subieras al trono. ¿Cuántos *slavhki* tuvo que ejecutar tu padre cuando subió al trono?

Serefin se reclinó sobre la puerta.

—A la mitad de la corte —respondió con suavidad.

—Continúa —le apremió Kacper.

—Mi abuelo era muy tolerante, pero solo porque envió a la mayor parte de la corte a la zona de los lagos. Antes de eso, ejecutó al menos a un cuarto de la misma.

—¿A cuántos *slavhki* has castigado o ejecutado cuando has subido al trono?

«A ninguno». Serefin se quedó en silencio.

—Quería ser mejor —respondió. Lo único que quería era ser mejor rey que su padre, pero ¿y si era imposible?

—Sere, no eres una persona demasiado agradable. Sé que no quieres tomar estas decisiones duras y desagradables, pero sí que puedes.

Nadie le había llamado por ese apodo desde hacía mucho tiempo, por lo que el corazón le dio un vuelco cuando lo oyó.

—Te pones mucho menos nervioso cuando me avisas de que me van a asesinar —observó Serefin.

Kacper se echó a reír.

—Se me da bastante bien avisarte de que te van a asesinar.

—Se te da bastante bien otra cosa también.

Kacper le pasó la mano por sus rígidos rizos negros, muy sonrojado. Serefin le dedicó una sonrisa.

—¿Eso significa…? ¿Qué significa? Nunca esperé llegar tan lejos. Todo se vuelve borroso desde aquí porque siempre he pensado que me rechazarías.

—Kacper —gruñó Serefin. Pensó en cómo se había portado durante el *Rawalyk*, cómo Serefin se había colocado siempre lo más cerca posible de él como si una parte de su ser lo supiera, aunque el resto no. Tomó la cara de Kacper entre las manos. Este se tensó, como si pensara que iba a rechazarle después de todo aquello—. Tengo un antiguo dios kalyazí agitándose en mi cabeza y has elegido el peor momento para esto —continuó—. Pero, sangre y hueso, me alegra que lo hayas hecho. —El chico estuvo a punto de derrumbarse con un resoplido de risa. Serefin le besó en la sien—. Nunca se nos han dado bien los tiempos —dijo al pensar en que, cuando se conocieron, Ostyia le acababa de romper el brazo a Kacper.

—Voy a ver si pueden prepararte el baño —anunció, alejándose con reticencias.

—No eres mi criado. Nunca lo has sido.

—¿Ves? Sabía que ocurriría. Confundes a alguien que se ve obligado a hacer cosas por ti para ganarse el salario con lo que hacemos Ostyia y yo, que es trabajo voluntario porque nos importas.

Serefin frunció el ceño.

—No soy tan malo, ¿no?

—No tengo por hábito decirte solo lo que quieres oír, al contrario de lo que pareces pensar, dadas las acusaciones que hiciste en mi contra...

Serefin frunció el ceño. Kacper sonrió.

—No voy a empezar con eso ahora. Eres un peligro total, Serefin.

—Ah.

—No me gustarías de cualquier otra manera —continuó Kacper cuando por fin pasó junto a él y abrió la puerta.

—Bueno, un baño no suena mal.

—Deberías... —Frunció el ceño y le acarició la mejilla a Serefin con el pulgar—. Tus ojos.

El rey se estremeció y se acercó al espejo mientras Kacper se escabullía de la habitación. Ahora el ojo derecho iba a juego con el izquierdo, de un profundo color azul medianoche sin pupila. En su lugar había puntos de luz como estrellas que daban vueltas en las profundidades imposibles. Era inquietante. Espantoso sería la palabra más adecuada. Serefin suspiró. Esa era una de las muchas cosas terribles que debía esperar de su pacto con el diablo.

25

NADEZHDA
LAPTEVA

Peloyin es un dios de gran benevolencia, gran ira y grandes tor-
mentas. Puede enviar aguas de vida o incendios de destrucción.

Códice de las Divinidades, 355:23

Nadya se deslizó en un banco del comedor junto a Malachiasz. Este la ignoró de manera deliberada y la tensión
se le aovilló entre los delgados hombros. Ella le robó un pedazo
caliente de pan negro de la bandeja y lo masticó al tiempo que
se inspeccionaba la mano bajo la luminosa luz natural que salía
de las ventanas.

Malachiasz le tendió la bandeja. Nadya se apresuró a sacar
el *voryen* y cortar un pedazo de *tvorog* antes de dividir un rábano
blanquecino en pedazos del tamaño de un bocado. Hacía mucho
tiempo desde la última vez que había comido algo que no fuera
pan rancio y sopa de col aguada, y tenía que admitir que se había
vuelto un poco malcriada tras la comida tan refinada que toma-
ban en Grazyk antes de marcharse. Sin embargo, también había
echado de menos la comida sencilla del monasterio.

El chico posó la mejilla sobre la palma y la observó.

—No tenías que contarle nada al monje —dijo al final.

—Merecía saber lo que estaba alojando entre estas paredes —contestó Nadya con voz monótona. Se sirvió una taza de *kvass*. Después de una pausa reflexiva, le sirvió una a Malachiasz.

—Me parece justo —dijo. Nadya percibió su tono calculador.

—¿Te molesta que tu actuación a las puertas no funcionara?

—Me subestimas —respondió Malachiasz.

—Es culpa tuya.

—Sangre y hueso, Nadya, solo dime que me vaya. No me quieres aquí, vale, lo entiendo. Deja que me marche si lo que quieres es que me largue.

Nadya tocó la mesa con una uña de la mano corrompida. Estaba más afilada que antes.

—Por fin he hablado con Marzenya —dijo, y sintió un pequeño sobresalto de sorpresa junto a ella porque, dioses, aunque se suponía que debía mantener la distancia, estaban sentados tan cerca que se rozaban los hombros—. Ha hablado de manera desdeñosa sobre ti. —Se estiró ante él para coger una manzana blanquecina antes de cortarla—. Dijo que eras «una larva tratando de convertirse en dragón».

Malachiasz frunció el ceño.

—No sabes lo implacables que son sus órdenes, la frecuencia con la que me ha dicho todas las maneras en las que podría y debería matarte —continuó Nadya—. Las he ignorado todas porque, por alguna razón, te quería vivo.

—Por alguna razón —repitió con un tono monótono.

Ya no la miraba, por lo que Nadya le dio la vuelta al *voryen* y utilizó el mango para girarle la cara hacia la suya.

—No quiero que te vayas, pero me traicionaste —le recordó—. Eres el líder de un culto que ha estado atormentando a mi pueblo durante generaciones y no puedo estar tan loca como para dejarlo pasar una segunda vez.

Malachiasz estudió su rostro antes de apartar el cuchillo y girarse en el banco. Puso un pie sobre él como si se tratara de una barrera entre ellos.

—Si hubiera matado a un dios, ¿no crees que ya lo sabrías? —le espetó en voz baja—. Si hubiera hecho algo para salvar a mi país de las antorchas fanáticas de tu pueblo, ¿no crees que ya habría ocurrido?

—No —respondió Nadya a modo de única respuesta. Malachiasz le dedicó una mirada de incredulidad—. Me metiste en un juego muy largo y me manipulaste durante meses.

—Para llegar a un final que ayudaría a Tranavia a sobrevivir a esta condenada guerra, pero Kalyazin ha presionado hasta entrar en mi país. Me metí en un juego más largo de lo que te imaginas y fallé. Nadya, fracasé.

Aunque la prueba de dicho fracaso se encontraba ante ella, porque que estuviera allí implicaba que no había llegado al estado al que pensaba que llegaría, no podía creerlo. Pero ¿qué era la divinidad? ¿Qué era ese poder que Malachiasz estaba intentando alcanzar? ¿Era posible? No era asunto suyo saber la génesis de los dioses, y aun así... aun así...

—¿Qué te has hecho? —preguntó Nadya en voz baja.

—No he dormido durante meses —contestó con voz desdichada—. Recuerdo algunas cosas de cuando era... —se calló— así. Pero solo fragmentos. Tienes razón sobre otros asuntos. Soy el monstruo con el que hablaste en las Minas de sal. No hay distinción entre él y yo. Solo soy yo. Soy el horror al que besaste en un altar hecho de huesos. Solo soy yo. —Nadya se ruborizó y agradeció que hubiera dicho esa última parte en un susurro tan bajo que apenas lo había oído—. Pensaste que al dejar entrar a tus dioses en Tranavia la destruirían, lo sé. Querías hacerlo, sin importar lo mucho que tratara de mostrarte que ese no era el camino. —Lo dijo en voz cada vez más baja y a Nadya la inundó el miedo—. Nadezhda Lapteva, sé muchas cosas. —En las manos le habían aparecido garras de hierro y le acarició la mejilla con el dorso de una de ellas—. El final del rey y del velo no fue el final de nada. Solo el principio. Y ahora tu diosa te usará para crear un ajuste de cuentas que se lo tragará todo.

Nadya negó con lentitud. Marzenya era una diosa vengativa, pero ella tenía voluntad propia y no quería destruir Tranavia. Acallarla, pero no destruirla. Ya no. Se removió un poco y colocó el filo del cuchillo a un suspiro de las costillas de Malachiasz. Este curvó los labios hacia un lado en una pequeña sonrisa.

—No dejaré que Tranavia caiga —dijo el chico—, ni siquiera si tengo que pasar por encima de ti para salvarla. —Le estudió el rostro—. Necesitarás magia propia, magia que estás deseando reclamar, ya que esperas seguir jugueteando con poderes que se escapan a tu comprensión.

—¿Por qué sigues aquí, Malachiasz?

—Tengo curiosidad. Me has pedido que te ayude.

Tenía demasiadas ganas de ayudarle de nuevo, pero... ¿y si estaba reparando el daño? Odiaba aquel círculo imposible en el que estaba encerrada. Malachiasz la observó durante otro instante antes de levantarse para salir de la habitación. Nadya dejó el *voryen* en la mesa y apoyó la cabeza en las manos.

No había nadie a quien pudiera acudir para que la ayudara. No podía confiar en Malachiasz, aunque ya lo sabía. No estaba segura de Marzenya, cuyo silencio solo la había dejado confusa sobre lo que había visto en Grazyk. Temía lo que le estaba ocurriendo. Temía lo que Malachiasz estaba planeando. Reclamar el pozo oscuro de poder la aterraba más allá de su credulidad. Y ahora también temía, a pesar de todo, de toda su rabia y frustración, no poderse alejar de él ni decirle que se fuera. Pensar en perderlo era devastador. No debería serlo, no debería importarle, pero así era.

Tal vez valiera la pena arriesgarse a que la volviera a traicionar, tal vez valía la pena saber que ella iba a traicionarle de manera inevitable. O quizás debería olvidarse de todo aquello.

Intentó colocar las piezas de lo que sabía, pero no dieron como resultado una imagen coherente. Seguía sentada en el comedor cuando entró Kostya, con mejor aspecto del que le había visto desde hacía días.

Dudó cuando la vio, pero se deslizó en el banco frente a ella. Estaba aseado y por fin se le habían curado los moratones del rostro provocados en las Minas de sal. Además, llevaba el pelo corto con el símbolo de Veceslav afeitado a un lado. Verlo la alegró. Había echado de menos a Veceslav.

—*Dozleyena* —dijo.

Kostya le dedicó una sonrisa tímida, pero se parecía tanto a su viejo amigo que el alivio le recorrió el cuerpo.

—¿Cómo lo llevas?

La chica se encogió de hombros. Kostya suspiró y, tras una pausa, colocó ambas manos sobre la mesa. Dudó antes de entrelazar los dedos con los de él.

—Me ha resultado difícil darme cuenta de que no pude estar ahí cuando me necesitaste y que tuviste que tomar decisiones que nadie debería tomar nunca —comentó su amigo.

—No te culpes por lo que hice. Sabía en lo que me estaba metiendo.

Kostya negó con la cabeza de forma apenas perceptible.

—Se suponía que debía ayudarte. Quería hacerlo. En lugar de eso, me encerraron en ese antro con aquellos monstruos. Me sentía inútil, débil, y pagué la frustración contigo. Lo siento.

—Tienes todo el derecho del mundo de estar enfadado conmigo. No espero que entiendas mis decisiones.

—Odio a ese tranaviano con todo mi corazón —dijo con brusquedad Kostya—. Odio que te importe. —Nadya miró sus manos cuando él se las apretó—. Pero eres mi mejor amiga. No dejaré que destroce nuestra amistad.

No estaba segura de merecerse aquel perdón. Sonrió de manera débil cuando le pasó el pulgar sobre el suyo.

—¿Quieres ir a misa? —preguntó Kostya.

—Sí, claro.

Kostya hizo una pausa. La estudió con atención. Luego, se puso en pie y esperó a que lo siguiera. Cuando lo hizo, la apretó entre los brazos. A Nadya le sorprendió una vez más que oliera a hogar y lo cerca que estaba de hacerla llorar, por lo que lo apretó con fuerza durante un trémulo momento.

—Quiero que volvamos a ser amigos —susurró contra su hombro—. Y me aterra que sea imposible.

Kostya se echó hacia atrás y le acunó la cara entre las manos.

—Nunca dejamos de serlo, Nadya. —La besó en la frente—. Ven.

Su amigo nunca entendería lo que había cambiado en su interior, pero él también había cambiado. Era más callado, ya no hablaba ni la provocaba de manera constante. Se había vuelto solemne y más piadoso. No podía imaginarse lo que había sufrido en las Minas de sal. No podía enfadarse porque hubiera tratado de matar a Malachiasz, los dioses sabían las ganas que ella había tenido de hacerlo a menudo. No podía enfadarse por nada de lo que había hecho. Allí era Nadya la que estaba actuando mal. Sin embargo, no sabía cómo salir de aquel lío en el que se había metido. No podía hacer que el corazón se le detuviera ante esa atracción traicionera hacia un monstruo.

—Es agradable, ¿no? —comentó, siguiéndolo hacia el patio—. Volver a un monasterio. Lo he echado de menos. —Quería rezar por la noche, amoldarse a la rutina del monasterio, un patrón al que su cuerpo deseaba volver, tan conocido como respirar.

—Es agradable —le confirmó Kostya—. Puedes quedarte, ¿sabes? —dijo tras un breve titubeo.

—Sabes que no —contestó Nadya, entrelazando el brazo con el suyo.

—No, Nadya. Me parece que has hecho todo lo que se esperaba de ti.

La chica arrugó el ceño. Entonces, ¿por qué sentía que no era suficiente? Kostya le dedicó una mirada de soslayo.

—Siempre estuviste destinada a la gloria.

—No sé de qué hablas —contestó Nadya con delicadeza.

—Mi designación divina —dijo Kostya, imitando con asombrosa habilidad la voz de ella.

Nadya lo empujó entre risas, alejándolo de su camino.

—Sin embargo, es cierto.

—Pero no tiene por qué ser verdad toda tu vida —comentó Kostya mientras la sonrisa se le transformaba en seriedad.

Nadya no era ingenua, al menos no tanto como antes. Sabía lo que Kostya estaba intentando decir, pero no se trataba de pronunciar las palabras: «Sí, cuando toda esta locura divina acabe, encontraré un bonito monasterio y viviré con tranquilidad». Hacer ese tipo de promesas era tentar al destino. Había probado algo distinto fuera de las paredes del monasterio y no estaba preparada para renunciar a ello todavía. No estaba preparada para alejarse de Parijahan y Rashid. No estaba preparada para abandonar su país y el de sus enemigos en una guerra infinita. No iba a hacerle una promesa que no podía cumplir, por lo que se encogió de hombros.

La expresión de Kostya se endureció antes de que este pudiera suavizarla y asentir. Una fractura en el alma de Nadya comenzó a curarse durante el oficio. No estaba en casa, pero se le parecía. No importaba lo que ocurriera, la rutina litúrgica del Códice de las Divinidades siempre era la misma. Algunas cosas no cambiarían nunca, aunque ella sí lo hiciera. Lo que no esperaba era que su diosa fuera a hablarle en medio de la misa.

—*No te abandoné, niña* —dijo Marzenya.

Nadya se tensó y el corazón se le aceleró. Kostya se movió para acercarse, pero lo ignoró.

«Entonces, ¿qué ha pasado?».

—*Magia mancillada, veneno. He conseguido volver a ti, pero los demás no pueden, aún no.* —Nadya frunció el ceño. ¿Se refería a la magia de Malachiasz? Tendría sentido que la ausencia de Marzenya fuera culpa suya, pero no lo explicaba todo—. *¿Creías que los tranavianos habían terminado con sus atrocidades? Solo han comenzado.*

Malachiasz le había dicho que aquello solo era el principio. Nadya se estremeció. Recibió otro codazo preocupado por parte de Kostya.

«¿Qué hago? ¿Sigo hacia el oeste?».

—*Sigue hacia el oeste* —le confirmó Marzenya—. *Ya no se trata de una herejía de Tranavia. Debemos hacer algo para detenerlos por completo.*

Nadya apretó los labios, precavida.

«No quiero destruirlos. No os ayudaré a aniquilarlos».

—*¿Destruirlos? No he dicho nada de destrucción. No* —contestó Marzenya con un suave canturreo en su subconsciente—. *Nuestra táctica debe cambiar. Haremos que parezca que los kalyazíes pueden hacerlo. Les mostraremos por qué deberían dejar las armas.*

A Nadya le gustó cómo sonaba aquello. Podía acabar con la guerra sin la destrucción total de un país que había llegado a apreciar, incluso aunque aborreciera sus prácticas.

«¿Qué hago en el oeste?», preguntó.

—*Es una manera de llegar a los demás. No puedes hacerlo sola, niña bendita. Debes venir al oeste, probar la divinidad y mostrarles a los herejes que se les ha acabado el tiempo.*

Nadya se volvió aún más resoluta. El plan no iba a cambiar. Malachiasz seguiría pensando que ella lo necesitaba para llegar al templo del oeste. Nunca sabría lo que estaba haciendo.

Marzenya tenía razón, lo que había conseguido no era suficiente. Tranavia seguiría buscando y extendiéndose hasta que encontraran lo que quería Malachiasz, el dominio total y completo alejado de los dioses.

—*Acabaremos con esto de una vez por todas.*

Nadya sonrió ligeramente. De una vez por todas.

26

SEREFIN
MELESKI

Svoyatovi Nikolay Ostaltsev: de él se habla solo entre susurros, fragmentos de textos incompletos que hablan de un chico bendecido por Veceslav y destrozado por los monstruosos Buitres de Tranavia.

Libro de los Santos de Vasiliev

Serefin ya no dormía. Por la noche, todo lo que había apartado por el bien de su propia y frágil cordura volvía: el templo de piedra y sus enormes puertas, las muchas muchas manos que se estiraban hacia él. Era más fácil estar despierto. Hacía que fuera más fácil encarar la batalla perdida que lo atraía hacia el oeste. Un día se despertaría y se encontraría a kilómetros de allí, como le había pasado ya. No podía quedarse, tenía que marcharse.

Sin embargo, debió dormirse porque se despertó a medio camino por el pasillo de la posada mientras Kacper tiraba de él hacia su habitación, preocupado.

—Otra vez no —dijo su amigo y le cogió de una mano mientras lo arrastraba consigo.

Serefin se pasó la mano libre por el rostro. ¿Otra vez? Claro. Con suavidad para que no pareciera intencionado, apartó a Kacper. Sentía una extraña sensación en la nuca, como si lo

estuvieran observando, como si fuera lo que fuese lo que se aferrara a él estuviera esperando para llevárselo.

—*Creía que habías dejado de luchar. Hicimos un trato, tú y yo. No me tientes, no me obligues a empeorar las cosas.* —Serefin ignoró a Velyos—. *Sería una pena, ¿verdad? Los mortales son tan frágiles. Lo único que necesitaría sería que un kalyazí decidiera que aquí hay demasiados tranavianos. Y me aseguraría de que el cuchillo encontrara el corazón de ese chico.*

«No». Serefin había dejado de caminar y Kacper lo miraba con sorpresa y cansancio. El sueño le afilaba los rasgos y llevaba la camisa abierta. Serefin quería enterrar la cara en su cuello y esconderse de todo lo que sus ojos malditos le mostraban. En lugar de eso, se cubrió el ojo izquierdo. Todo iba bien. Los límites del mundo ya no sangraban. Seguía teniendo uno, aunque hubiera perdido el otro por completo.

—*¿De verdad crees que te puedes deshacer de mí con tanta facilidad?*

Serefin no podía seguir resistiéndose.

«Si hago lo que me pides, ¿se acabará?».

—*Ya no te necesitaré para nada, eso seguro.*

Serefin tragó saliva. Con mucho cuidado, bajó la mano, preparado para cambiar a una horrible visión. Se estaba volviendo difícil saber qué era real. Tomó a Kacper de la mano y se la apretó antes de soltársela.

—Estoy bien —dijo de manera demasiado forzada.

Kacper buscó los ojos de Serefin con los suyos, pero solo suspiró y regresó a su montón de mantas en el suelo.

—*Ya no están dispersos, ¿sabes?* —siseó Velyos—. *En el pasado, estaban atados a objetos, metidos en tumbas, pero aún había algunos que conservaban la fe. Llevaron los fragmentos a Tachilvnik. Allí esperaban el roce de alguien cuya magia pudiera liberarlos. Allí esperaban un ajuste de cuentas.*

«Si lo único que necesitas es un mago de sangre», dijo Serefin con sequedad, «no tenías por qué elegirme a mí».

—*Quería a la chica* —replicó Velyos—. *Conseguir a la chica habría arreglado muchas equivocaciones. Esperé durante mucho tiempo hasta que estuve por fin en sus manos, pero el infantil de tu padre lanzó ese hechizo y me hizo una llamada que no pude ignorar. Me bastará contigo. Verás, estás lo bastante desesperado. Y ya no estamos solos tú y yo.*

Serefin no podía respirar. Necesitaba salir. Se inclinó sobre el borde de la cama para comprobar que Kacper se había quedado dormido. Se le constriñó el corazón de manera dolorosa. Quería retirarle los rizos negros de la frente. Quería acurrucarse junto a él y apoyarle la cara en el hombro, sentir algo.

Salió de la cama, con cuidado de no hacer ruido. Kacper tenía el sueño ligero. Se estremeció. ¿Qué más haría mientras estuviera dormido? Se dirigió a la sala común de la posada. Dos de los soldados de Katya estaban sentados en la entrada, jugando a un juego en el que se utilizaba una amplia selección de piezas de distintas formas. Uno levantó la mirada cuando se acercó. Serefin puso las manos en alto.

—Voy desarmado y solo quiero salir. No sé cuáles son las órdenes de vuestra *tsarevna*...

—Puedes marcharte —contestó uno encogiendo los hombros—. Sin embargo, no podemos garantizarte que algún habitante del pueblo no te vaya a clavar un puñal por la espalda mientras estés ahí fuera.

Soltó un largo suspiro. Entonces, todos lo sabían. La falta general de interés de Katya de aprovecharse de tener cautivo al rey de Tranavia no se extendería a otros kalyazíes. Los soldados tenían pinta de querer clavarle una daga en el corazón también.

Serefin no podía fingir de manera despreocupada que el noble tranaviano con el que deberían estar enfadados era su padre. Le había hecho cosas terribles a su pueblo durante la guerra. Las haría de nuevo. No estaba allí para ser agradable con Kalyazin. Que tuviera a los dioses hablándole en la cabeza era culpa de los kalyazíes. Aquella era la única razón de esa endiablada guerra. La rabia se le aovilló en las entrañas y cruzó la puerta de la posada para salir a la oscuridad.

Antes de los malditos kalyazíes y los condenados dioses, todo iba bien. Todo iba bien cuando lo único que se requería de él era la victoria en el campo de batalla y asesinar a esas personas ingenuas. Además, Tranavia había estado muy cerca de la victoria. Mucho. Después, Izak Meleski había enviado una misiva en la que ordenaba que Serefin se dirigiera a las montañas de Baikkle porque había rumores de que tenían a una clériga escondida allí.

Debería haber ignorado la carta, haberla quemado. No habría sido la primera vez que se «perdía» uno de los mensajes de su padre. Serefin había favorecido a Tranavia en las batallas al ignorar las órdenes de este. La guerra se habría acabado ya si no le hubiera hecho caso aquel día.

Sin embargo, había querido ver a la clériga con sus propios ojos. Había querido saber si la chica a la que se aferraban los kalyazíes en busca de esperanza, como salvadora, era real. Luego... se había producido el desastre.

Este dios la había deseado. ¿Podría convencerle de que le dejara en paz y fuera a atormentarla a ella en su lugar?

—*No funciona así, chico. Siempre huyes demasiado rápido de tus demonios.*

«Vaya, ¿eso es lo que eres?».

—*Eso sería demasiado fácil.*

Serefin tuvo cuidado al alejarse de la posada, ya que el aviso de los soldados había sido demasiado premonitorio. Debía haber una manera de romper aquella conexión sin destruirse a sí mismo. No quería depender de la *tsarevna*, pero si alguien podía ayudarlo sería la princesa con sus conocimientos esotéricos.

Las cicatrices del pecho de repente le dolían con una violencia punzante y se cubrió el ojo izquierdo mientras la distorsión del mundo se volvía incluso más sombría.

—*Deja de luchar, muchacho.* —Serefin estaba a punto de desmayarse. Era la nueva presencia, la oscuridad persistente, la que merodeaba en los límites de un bosque en el que había huesos esparcidos, la que Serefin había deseado con desesperación que no se atreviera a hablar con él—. *Hay poderes en juego que no puedes parar* —continuó la voz. Era grave y chirriante, como huesos rotos, un derrumbe que consume todo a su paso—. *Si no haces nada, si no actúas, ¿qué harán los dioses de tus enemigos?*

Serefin se recostó contra un árbol. No debería haber dejado que Velyos lo guiara hacia el bosque, pero solo le quedaba una pizca de control y le estaba costando horrores mantener la mano sobre el ojo para que siguieran allí encerradas las atrocidades. Le temblaba la mano.

«Vosotros sois los dioses de mis enemigos», dijo. Lo hizo malhumorado, pero no pudo evitarlo.

—*Eres muy simple. Un día quizás descubras que se derrumba tu hogar porque todo lo que se usó para construirlo ha desaparecido. Los dioses a los que odias tanto serán a los que acudas.*

A Serefin la boca se le llenó de un regusto a cobre. El pensamiento era abominable. Se había resistido demasiado por su causa porque creía en ella.

«Nunca».

—*No entiendes nada. No tendrás opción. Solo haría falta una sencilla acción de alguien con suficiente poder para tomar una sola decisión y cambiar este mundo para siempre.*

Serefin frunció el ceño. Casi había apartado la mano del ojo.

—*La chica. La localizaste una vez y se te escapó. Ahora debes acercarte bajo el disfraz de la amistad.*

«Pensaba que querías al Buitre Negro muerto».

—*No necesitas entender cómo se mueven las piezas de este juego. No puedes verlo. No puedes entender lo grande que es y lo insignificante que eres tú. Quiero muchas cosas, chico, y tú te has entregado a mí, por lo que quizás las consiga. Detén a la chica, mata al chico o perderás más de lo que imaginas.*

Serefin cerró los ojos. Aquello lo iba a destrozar.

27

NADEZHDA
LAPTEVA

Svoyatova Maruska Obukhova: cuando solo era una joven, Maruska profetizó la muerte de Tsaritsa Milyena y la quemaron en la hoguera por ello. Tsaritsa Milyena murió por la mordedura de una serpiente apenas una hora después de Maruska.

Libro de los Santos de Vasiliev

Nadya salió de la celda que le habían asignado y caminó por los terrenos del monasterio. Estaba deseando continuar y un dolor apagado e incesante en la mano no le permitía pensar en nada más, mucho menos dormir.

El aire nocturno desprendía un frío punzante que conocía bien, de ese tipo que cala hondo en los huesos y permanece en ellos, algo que casi había echado de menos en Tranavia. Caminó hasta las murallas, donde apoyó los codos entre los huecos de las estacas de madera que se alineaban en la pared.

Unas voces amortiguadas cruzaban la oscuridad. Al otro lado de la muralla, Nadya vislumbró la figura alta de Parijahan, apoyada sobre la pared. La forma desgarbada y espatarrada de Malachiasz estaba sentada a sus pies, según pudo identificar, con la espalda contra la madera.

Odió la punzada de desconfianza en el pecho. Habían sido amigos antes de que ese topara con ellos y, aunque sabía

con seguridad que no podía fiarse del chico, no estaba del todo segura con Parijahan, quien tenía su propio código moral, que no coincidía con el pragmatismo de Nadya ni con la pura indiferencia de Malachiasz. Nadya no sabía en qué juego estaba involucrada su amiga y aquello la preocupó.

—Vaya, parece que no hay nadie durmiendo.

Se sobresaltó mientras Rashid se apoyaba contra la pared, junto a ella. Observó a Parijahan y a Malachiasz antes de girarse hacia la clériga.

—¿Qué traman? —preguntó Nadya.

Rashid se encogió de hombros.

—A Parijahan le preocupa que alguien de su *Travasha* la encuentre.

—La *Travasha* es como la familia real, ¿no?

—Es una manera simplista de considerarlo, pero sí. Su casa lleva tres generaciones albergando poder en Akola, lo que, para el país, es un período muy largo de tiempo.

—¿Perteneces a una casa diferente?

—Eso es también más complicado.

—Ilumíname —contestó Nadya antes de acercarse un poco a la calidez de Rashid. Este se movió para pasarle un brazo amigable sobre los hombros.

—¿Quieres decir que no conoces la larga y convulsionada historia de Akola? —El chico fingió sorpresa.

—Mi educación fue bastante escueta.

Rashid sonrió con suficiencia.

—Solía haber cinco países: Tehra, Rashnit, Tahbni, Yanzin Zadar y Paalmidesh, todos con culturas e idiomas muy distintos. Soy de lo que una vez se consideró Yanzin Zadar. Parijahan es de la antigua Paalmidesh. Su pueblo estaba más cerca de…, bueno, Lidnado, si pensamos en las fronteras. El mío, del centro de Kalyazin.

—Son los extremos contrarios del país —comentó Nadya.

—Así es. La *Travasha* fue un intento de unificación que...
—Hizo una pausa para buscar el término correcto—. Que, en
general, fracasó. Los tres países más ricos han desgastado a los
demás mientras las familias luchaban entre sí por el poder a
cada oportunidad que se les presentaba.

Nadya reflexionó sobre aquello.

—Entonces, ¿cuál es el idioma akolano?

—Esa palabra la usáis sobre todo vosotros, los extranje-
ros, que no sois muy listos. —Nadya resopló—. Es el paalmideshi. En realidad, no espero que ninguno de vosotros sepa
nada de esto. En el norte estamos bastante ocupados. Nuestros
enfrentamientos no son del tipo que terminaría con el mundo.

—Eso es subestimarnos por todo lo alto, Rashid.

El chico soltó una carcajada.

—Entonces, ¿cómo os conocisteis Parijahan y tú? Nunca
lo habéis contado.

Se le descompuso la expresión antes de suavizarla.

—Mi familia necesitaba pagarle una deuda, por lo que
trabajaba en su casa.

Nadya oía las cosas que no le estaba diciendo. Todo un
mundo de historias que el escriba aún no estaba preparado
para contar. No le presionaría. Conocía parte de la historia de
Parijahan y de Rashid. No necesitaba más.

—Sigo sin estar seguro de cómo Parj y yo nos metimos en
este lío —comentó con suavidad—. Pero me alegra que nuestros caminos se cruzaran con el tuyo.

—Los halagos te abrirán muchas puertas, Rashid —dijo
Nadya con sequedad, pero el chico le guiñó un ojo y entrelazó
su habitual irreverencia con sinceridad—. ¿Lo echas de menos?

—¿A Akola? Sí, aunque no me queda mucho allí. Mi hermana está casada y feliz y mis padres murieron por una enfermedad

que a punto estuvo de acabar con la mitad de Irdistini. Yo estaba en Paalmidesh cuando ocurrió aquello.

Nadya apoyó la cabeza sobre su hombro.

—Bueno, me alegra que estés aquí.

—Me bastaría sin los detalles dramáticos que casi nos llevan a la muerte.

Parijahan por fin caminó hacia ellos, dejando a Malachiasz sentado junto a la muralla con la cabeza apoyada hacia atrás y la mirada en el cielo.

—¿Está bien? —preguntó Nadya mientras Parijahan se colaba bajo el otro brazo de Rashid.

—No —contestó.

Nadya suspiró. Se deshizo del brazo de Rashid y cruzó la muralla. Malachiasz no se movió cuando se reclinó contra la pared a su lado.

—*Dozleyena, sterevyani bolen* —comentó con suavidad.

—*Czijow, towy dżimyka.* —Tenía los ojos cerrados, pero curvó los labios en una pequeña media sonrisa.

Nadya posó la mano sobre el pelo del chico. Un extraño brote de poder acalló por un momento la presencia constante del dolor en su palma antes de que Malachiasz estirara el brazo y entrelazara los dedos con los suyos.

«¡Qué raro!».

Sin embargo, no apartó la mano. Su discusión en el comedor había hecho que se diera cuenta de que estaba cansada de fingir que no lo quería cerca. Si iba a traicionarlo al final, ¿sería mejor o peor dejarle acercarse, aunque fuera un poco? ¿Habría luchado él con esos mismos sentimientos cuando estaba conspirando para traicionarla?

—Ay. —Alejó la palma de la suya cuando el dolor se volvió una molestia punzante. Malachiasz frunció el ceño, preocupado—. No hay nada que hacer, no me mires así.

318

—Siéntate —le rogó con delicadeza.

Nadya dudó, pero acabó haciéndolo, con la espalda contra la pared.

—No vas a poder arreglarlo.

—¿Te duele ahora? —Seguía sujetándole la mano, pero con la palma sobre el dorso y los dedos entrelazados.

Nadya asintió y se mordió el labio inferior. Malachiasz le subió la manga y ella se estremeció al notar el frío en la piel. El chico sonrió y trazó la línea de su brazo con el pulgar antes de agachar la cabeza y besarle el interior del codo. A Nadya se le cortó la respiración y cerró los ojos mientras él le pasaba los labios por la piel sensible del interior del antebrazo. La besó en la muñeca y estuvo segura de que las entrañas le habían dado un vuelco. Entonces, con mucho cuidado, Malachiasz presionó la boca sobre su palma.

Todo su interior se iluminó. Movió la palma hasta la mejilla del chico para poder tirar de él. Lo besó con intensidad, satisfecha por el sonido de sorpresa que emitió Malachiasz y por cómo le envolvía el costado con la mano para acercarla.

—Es tuya —dijo Malachiasz cuando se separaron y su cálido aliento se mezcló con el gélido aire nocturno. Tenía la piel pálida enrojecida y las pupilas enormes. Era tan humano que dolía. La besó de nuevo antes de atraparle el labio inferior con los dientes de una manera que la quemó por dentro.

Nadya se tuvo que forzar para apartarse, para traspasar la niebla y centrarse en lo que había dicho. Malachiasz parecía tener la boca magullada bajo la luz de la luna y eso solo hacía que lo deseara más.

—¿El qué?

—La magia que anida en la mano es tu poder.

Nadya negó con la cabeza, confusa, a la vez que alzaba la mano entre ambos.

—Entonces, ¿por qué me hace esto? —«¿Por qué duele?».

Malachiasz frunció el ceño, con lo que se le tensaron los tatuajes de la frente.

—Aún no lo he entendido del todo, pero creo que puede ser porque lo rechazas. —Subió la voz, esperanzado.

Pelageya le había dicho a Nadya que estaba atrayendo poder de algún otro lugar, pero ni siquiera ella sabía lo que significaba. Se lo contó a Malachiasz y este frunció el ceño. La apretó contra su costado para que entrara en calor y siguió inspeccionándole la mano. El chico tenía las esbeltas manos rojas y Nadya comenzaba a echar de menos el guante.

—¿Qué ha cambiado? —preguntó él después de que el silencio se volviera cómodo entre ellos.

—Nada —contestó mientras enrollaba y desenrollaba un mechón del pelo de Malachiasz en su dedo. «Marzenya quiere que acabe con Tranavia y no puedo soportar alejarte porque voy a perderte para siempre», pensó. «Porque no le he contado a nadie la historia del bosque y que cruzar la frontera te va a destruir».

Malachiasz le dedicó una mirada seria.

—No... No lo sé. No sé cómo luchar contra esto. —Era cierto. Al menos, podía confesarle aquello.

El chico emitió un sonido, pensativo. Solo la escuchaba a medias.

—Parece tu poder, pero distinto, más oscuro, como si fueras tú, pero también algo más.

—¿Cómo lo sabes?

—Siempre he sido capaz de sentir la magia. La de cada uno evoca una sensación única.

Nadya había estado evitando la mano, pero, cuando apoyó la cabeza sobre su hombro, la estudió. La parte negra de la cicatriz rodeaba los dedos como una vid oscura que se derramaba sobre la muñeca antes de estrecharse como venas por el antebrazo. Las uñas de los dedos se le estaban convirtiendo en garras. Esperó a que la sobrepasara una sensación nauseabunda, pero solo encontró curiosidad. No era la misma niña aterrada por todo lo monstruoso.

—¿Qué sensación desprende mi poder? —preguntó.

—¿Cuando es tuyo o cuando es de uno de tus dioses?

—¿Hay diferencia?

Asintió.

—Cuando es su poder, parece distorsionado. Cuando es tuyo... —Se calló para reflexionar—. Es cálido, luminoso, pero no necesariamente por la luz porque siempre tiene un hilo de oscuridad, como un incendio en el centro de una tormenta de nieve.

—¿Oscuridad?—. Se parece a ti, no como algo que estés canalizando. ¿Y si lo usaras? ¿Y si dejaras de resistirte?

—No puedes explicarlo todo —contestó, retorciendo los dedos ante él—. Hasta que sepa que no va a matarme, paso.

—¿Qué es la vida sin experimentar? —preguntó, alegre. Cambió la sujeción de su mano para volver a sostenérsela.

La manera en la que la miraba hacía que Nadya quisiera huir. Sin embargo, sobre todo, quería presionarse contra su calidez y besarlo. Odiaba estar atrapada en aquella situación en la que lo quería cerca y lejos al mismo tiempo.

Malachiasz tosió, escondiendo la cara en el interior del codo, mientras un sonido incómodo le retumbaba en el pecho. Cuando bajó el brazo, tenía sangre en la manga. Nadya le apoyó los dedos en el pecho.

—¿Te encuentras bien? —susurró.

Se alejó de ella y escupió sangre con la cara contorsionada. Dejó escapar el aliento de manera irregular.

—Ya sabes que no te tienes que preocupar por mí.

—No es por interrumpir —anunció la voz de Rashid desde el otro lado de la muralla—, pero tenemos compañía.

Nadya enrojeció y escondió la cara entre las manos. Malachiasz le dedicó una sonrisa perversa antes de besarle la sien. Luego, se levantó y se inclinó sobre la pared.

«Ahí va lo de mantener la distancia».

—Esto es una pesadilla —murmuró Nadya. Le llevó unos segundos recuperarse antes de ponerse en pie.

—En efecto, lo soy —le dijo Malachiasz cuando ella se apoyó en la pared a su lado.

—Por favor, no quieras que te lance por un precipicio más de lo que deseo hacerlo ya.

Malachiasz le dedicó una mirada titubeante.

—Bueno, sobreviviría.

—Una pena.

—¿Por qué deseas de corazón defenestrarme?

—No he involucrado a una sola ventana en todo esto.

—Tema de semántica.

—Dioses —le dijo Rashid a Parijahan—, me debes tanto dinero...

Parijahan suspiró. Bailando por el bosque oscuro había puntos de luz que solo podían ser antorchas.

—Ay, no —susurró Nadya.

—Hagamos una apuesta —propuso Rashid—. ¿Serán tranavianos o kalyazíes?

Ninguna opción era buena. Malachiasz se estremeció. Fuera cual fuese el hechizo que había utilizado para ocultar el aspecto cambiante de su rostro se desvaneció.

—Tranavianos —dijo con voz lúgubre.

—¿Cómo lo sabes?

—Hay un Buitre con ellos. —La voz se le enredó entre los afilados dientes de hierro y se le oscurecieron los ojos.

Nadya tenía el *voryen* en la mano y le apoyó el borde plano contra la cara para girársela hacia ella.

—Si caes, ¿podrás volver?

Apretó los dientes mientras asentía una vez. Nadya esperó que estuviera diciendo la verdad. Estaba bastante segura de que mentía.

—Los Buitres siguen queriéndote —dijo Malachiasz—. Desean el potencial que se puede desprender de tu poder.

—Entonces, ¿por qué no me atraparon en las Minas de sal?

Le dedicó una mirada inexpresiva antes de señalarse.

—Te crees muy importante —dijo Nadya con delicadeza.

—Soy increíblemente importante —contestó antes de saltar la pared y desaparecer.

—También es increíblemente estúpido —dijo Rashid con sequedad, observando por encima de la pared.

—El monasterio está fortificado —observó Nadya con un suspiro. Enormes estructuras hechas de troncos afilados se alineaban junto a la pared, trampas que solo podían saltar con magia de sangre—. No se habrá empalado, ¿verdad?

—No —respondió Rashid—. Está bien.

—Lo odio.

Rashid salió corriendo para alertar al monasterio. Nadya observó las luces en la distancia y una calma nerviosa se le asentó en el cuerpo.

—¿Deberíamos huir? —preguntó Parijahan.

Nadya negó con la cabeza.

—Ya hui una vez. No voy a volver a hacerlo.

Aquel monasterio estaba mucho más preparado para un ataque que el hogar de Nadya. No había necesidad de tocar las campanas, lo que habría alertado a los enemigos. Los kalyazíes sabían que estaban allí.

Una mujer se unió a las chicas en la muralla con una mirada desdeñosa antes de identificar a Nadya como a la clériga. Esta deseaba que no esperara ningún milagro por su parte.

—¿Qué tal tu puntería? —le preguntó la mujer a Parijahan.

—Buena.

Le pasó una ballesta y una funda con flechas. Malachiasz regresó, al mismo tiempo que las alas de plumas negras se convertían en dos manchas gemelas de sangre en la parte trasera del abrigo destrozado mientras aterrizaba en la muralla. Presionó una mano contra una de las puntas afiladas de la pared y la sangre cubrió la madera bajo su palma. Nadya lo observó con cautela. Le estaba llevando demasiado tiempo aclararse la visión. Un puñado de ojos se le abrió y cerró en la mejilla antes de desaparecer. Retiró la mano con una mueca. Nadya supuso que era un modo igual de efectivo que cualquier otro para volver a pensar con claridad.

La mujer kalyazí palideció como un fantasma y le tembló la mano cuando sacó el *venyiornik*. Malachiasz, de manera casual, se limpió la sangre de la palma y se vendó la mano antes de atarse el pelo en la nuca.

—¿Y? —le presionó Nadya.

—Tres Buitres. Una compañía al completo.

La mujer miró a Nadya con los ojos como platos. «Vaya, esperan que mate a los Buitres».

Malachiasz se rascó la mandíbula, cubierta por un extraño remolino de descomposición que le consumía la piel.

—¿Eres la responsable aquí?

Ella asintió y el miedo se convirtió en perplejidad.

—Anya.

—Malach... En realidad, no, eso no importa. Ese monje no le contó a nadie que yo estaba aquí, ¿no?

Anya negó con la cabeza.

—Excelente —dijo él. Luego escaló la pared y se equilibró sobre las puntas afiladas de una manera elegante, incómoda y casi inhumana.

—Está conmigo —comentó Nadya, cansada, mientras las luces se acercaban. Había asumido que Ivan se lo habría contado a todos—. Solo... avisa a tus hombres.

La sorpresa de Anya aún no se había convertido en enfado. Con suerte, seguiría siendo práctica. Nadya se movió hacia donde Malachiasz estaba agazapado, con el cuerpo larguirucho encorvado y rígido y el monstruo a punto de traspasar la superficie. Sin palabras, este último extendió la mano y Nadya colocó la suya, la corrompida, contra la de él.

—Deja de resistirte —dijo con suavidad—. Si tu diosa no te da el poder que necesitas, debes usar el tuyo.

—No me estoy resistiendo —siseó.

Malachiasz tenía los ojos turbios, pero la tocaba con delicadeza. Le levantó un mechón de pelo que se le había salido de la trenza enrollada y se lo colocó tras la oreja. Nadya aún podía sentir la presión de su boca contra los labios.

De repente, le abrió un corte en la palma con una garra de hierro. Nadya gritó, más por la sorpresa que por el dolor, y él le pidió silencio. Sin embargo, a medida que la sangre brotaba a toda velocidad de la herida, el poder le recorrió el brazo y le inundó el cuerpo, como un torrente, en el pasado contenido y lejano. Se sujetó a la pared y apretó con la otra mano la de Malachiasz mientras le temblaban las rodillas. El Buitre Negro ni siquiera se desequilibró cuando le apretó la mano con más fuerza, sujetándola, mientras la sangre se filtraba entre ambas palmas.

—Blasfemia en terreno sagrado —murmuró Malachiasz, reflexivo—. Mira lo lejos que has llegado, Nadezhda Lapteva.

—Una blasfemia requiere intención —replicó Nadya. Se limpió la sangre que le salía de la nariz y metió la mano en el bolsillo para hacer rodar de manera ansiosa la cuenta de Marzenya entre los dedos. Recibió un apático desprecio a cambio.

Malachiasz estaba mirando algo por encima de su cabeza.

—*Towy szanka* —dijo con suavidad, lo mismo que le había llamado en la catedral antes de que se marchara. «Pequeña santa».

—¿Te molesta luchar contra tus compatriotas? —preguntó Nadya. Se sentía mareada, agitada, como cuando Marzenya le daba un hechizo especialmente poderoso. Y esa magia era solo... ¿suya? ¿Inherente? Le aterraba la idea de arder desde el interior. No sabía cómo funcionaba la sangre de bruja, no sabía cómo funcionaría esa magia.

—Lo odio. —Malachiasz hizo una pausa antes de añadir—: Trata con los Buitres como puedas.

—No creo...

—No te subestimes, *towy dżimyka*.

—Tú lo has hecho muchas veces —dijo Nadya con voz monótona.

Malachiasz sonrió de manera sarcástica y le levantó la mano para besarle los dedos sangrientos. La dejó caer justo cuando Kostya apareció en la pared junto a ella.

—Que no te alcancen las flechas de la ballesta esta vez —comentó la chica, dándole un golpecito en el hombro.

—¿Están aquí por ella? —le preguntó Kostya a Malachiasz.

El primero retrocedió cuando el segundo paseó los ojos turbios hacia él. Malachiasz se volvió pensativo y movió la mano para tirar de uno de los huesos que tenía atado en los mechones negros antes de encogerse de hombros.

—No lo sé. Podría ser un movimiento aleatorio de guerra. Sin embargo, que haya Buitres me indica lo contrario.

—¿Podrían estar aquí por ti? —preguntó Nadya.

—Eso sería un suicidio. No se me da demasiado bien perdonar a los traidores.

—¿Cuántos de la compañía son magos de sangre? —preguntó Kostya.

—En teoría, todos podrían serlo —contestó Malachiasz con un toque condescendiente en el tono que Nadya conocía demasiado bien—. Así es cómo funciona la magia de sangre.

Kostya apretó la mandíbula.

—Anya —gritó por encima del hombro—. ¿Tenéis alguna reliquia?

Anya se detuvo desde donde estaba lanzando órdenes. Una lenta sonrisa se le extendió por el rostro.

—Sí, claro.

—¿Reliquias? —preguntó Nadya—. ¿Qué reliquias? —Malachiasz se había quedado inmóvil junto a ella—. ¿Qué reliquias? —le preguntó, esta vez a él.

Recibió una mirada muy seca por su parte que le hizo pensar en el *voryen* de hueso y en lo fácil que sería haberlo herido cuando nada más podía. ¿Qué conseguiría hacer con eso unido a algo divino? ¿Esa era la salida fácil? ¿Usar la divinidad a través de un objeto impregnado de ella, en lugar de dirigirse a Marzenya? No confiaba en que esta le fuera a dar la magia que necesitaba y tenía esa cosa, esa oscuridad, ese poder…, pero utilizarlo sería darle la espalda a su designación divina. Sería dar un paso que nunca podría retroceder. Cerró la mano corrompida en un puño y sacó el *voryen* de hueso del cinturón.

—Ve a por ellas —dijo—, las usaré.

—¿Y malgastar tus valiosos y pocos recursos con un grupo maciento de tranavianos lejos de casa? —preguntó Malachiasz con la voz áspera y un puñado de garras de hierro en la boca.

—Dejaremos uno vivo para que le cuente al resto del país lo que les hemos hecho mientras arrasaban nuestros pueblos e iglesias hasta convertirlas en polvo —replicó Kostya.

Malachiasz le sostuvo la mirada y los ojos se le volvieron cada vez más oscuros. Nadya intuyó su decisión antes de que se moviera. Estiró el brazo para detenerlo, pero se le resbalaron los dedos del codo cuando saltó de la pared con una sacudida de sus alas de plumas negras para desaparecer en la oscuridad.

—Mierda —maldijo.

—¿Adónde va? —preguntó Kostya.

—A avisar a los Buitres.

28

NADEZHDA
LAPTEVA

*Svoyatova Inessa Besfamilny: una clériga de la que no hay re-
gistros sobre qué dios o diosa la eligió. La vida de Inessa estuvo
llena de amargura. A su amante, Marya Telkinova, la corrompió
un* kashyvhes, *lo que obligó a Inessa a matarla, junto a todo el
pueblo al que Marya había corrompido al convertirse. Se dice que
el río Govanitsy se formó por las lágrimas de Svoyatova Inessa.*

Libro de los Santos de Vasiliev

Nadya cogió el relicario con manos temblorosas y abrió la
caja. Dentro había un velo, manchado de sangre. El poder
emanaba de él y le palpitó la mano llena de cicatrices como
si tuviera el latido en la palma. Que el poder fuera suyo no
explicaba por qué le dolía o actuaba así. Tal vez Malachiasz le
estuviera mintiendo. Sin embargo, por alguna razón, sabía que
no era así. Le pasaba algo malo, pero no sabía qué.

Con cuidado, sacó el pañuelo del relicario y cerró los ojos
cuando una corriente de poder divino se extendió por su cuerpo. Nadya se estremeció. Anya tomó aliento. Miraba a un punto
más allá de la cabeza de la clériga.

—¿Cualquiera puede usarlas? —le preguntó Nadya.

Anya negó con la cabeza.

—Solo algunos pueden sentir el poder que alberga y menos utilizarlo.

Entonces, no había sustitutos para los clérigos de Kalyazin. Una pena. Nadya se envolvió el velo en la mano y siseó a través de los dientes ante el influjo de poder. Pero sabía controlar una cantidad ingente de poder. Era la falta de este lo que la confundía.

El velo pertenecía a Svoyatova Vlada Votyakova. El segundo en el que le rozó la piel vio a la niña, de su edad o quizás unos años mayor, con el pelo cortado de manera brusca a la altura de la barbilla. Le caían lágrimas por las oscuras mejillas mientras se presionaba el velo inútilmente contra la herida que le sangraba en el estómago.

Nadya reflexionó sobre aquello y, con cuidado, se liberó la mano para envolverse el velo sobre el pelo. Anya le quitó a una hermana cercana una banda del pelo con medallones de hierro oscuro en las sienes. Los medallones de una alta sacerdotisa. Nadya tragó saliva con fuerza y se colocó la banda sobre el velo. No se merecía llevar aquello.

—Hemos perdido toda ventaja porque ese monstruo...

Nadya no dejó que Kostya terminara de hablar, sino que le rodeó la mandíbula con la mano y tiró de su cara para ponerlo a su nivel.

—No necesitas contarme lo que ha hecho Malachiasz, soy muy consciente. Cállate y mantente con vida.

Un relámpago traspasó los ojos oscuros del chico. Miró a un punto por encima de su cabeza. ¿Por qué todos hacían aquello?

—Se supone que tengo que protegerte.

—Se suponía, pero no necesito protección. Ya no.

Se estremeció bajo su mano. Hizo una pausa y tiró aún más de él para presionar la frente con la suya.

—Mantente con vida —le pidió—. No puedo perderte de nuevo.

Nadya se dirigió hacia las escaleras y sacó el *voryen* de la funda. Rashid la cogió del brazo cuando pasó.

—¿Cuál es el plan?

—Saludar a los tranavianos —contestó Nadya.

Rashid frunció el ceño.

—No era eso lo que te estaba preguntando.

Nadya puso los ojos en blanco.

—Lo ha dejado muy claro. Tranavia por encima de todo esto —contestó, moviendo la mano—. Que así sea.

—No lo mates —gritó Rashid mientras subía las escaleras.

—No puedo prometerte nada —respondió en el mismo tono.

Ordenó que abrieran las compuertas y nadie se lo cuestionó. Nadie se cuestionó por qué una chica tan pequeña y con los medallones de una gran sacerdotisa se iba a enfrentar sola a un grupo de tranavianos. El poder, pensó Nadya, tenía la tendencia de volverla un poco irresponsable. Sacó otro *voryen*, le dio una vuelta en el aire y lo cogió por el mango.

Votyakova había sido clériga del dios Krsnik. Nadya estaba encantada de tener acceso al fuego sin suplicarle a Krsnik por él. Sin embargo, no sabía cuánto tiempo duraría aquel poder ni de cuánta magia estaba impregnada una reliquia después de que muriera el clérigo.

Unas frías llamas le rozaron el filo de los cuchillos mientras trabajaba a toda velocidad. Pasó dicho filo por la tierra ante la entrada del monasterio. Las llamas surgieron del suelo allí donde tocaba con el cuchillo hasta crear una pared de fuego que los tranavianos se verían obligados a atravesar. Volvió hasta las compuertas para no tener que enfrentarse sola a todo el grupo. Irresponsabilidad no tenía que significar locura.

Se tensó ante el movimiento entre los árboles, quedándose inmóvil al ver la figura delgada de Malachiasz. Él le dedicó una sonrisa medio histérica con los ojos negros como el ónice. Estaba totalmente cubierto de sangre y, por lo que vislumbró, solo la mitad era suya. Apretó el *voryen* sin entender si estaban a punto de luchar o...

Entre gruñidos, una forma se chocó con él. Los tranavianos habían llegado hasta ellos. Era distinto acceder a un tipo muy poderoso de magia que a toda ella, lo que la entorpecía. Una bola de fuego salió de la punta del cuchillo y no alcanzó su destino. Se movía con tanta lentitud que el hechizo de un mago de sangre la golpeó en el hombro y la tiró hacia atrás.

Aquel era el modo en el que habían luchado los clérigos anteriores a ella, pero podía sentir algo bajo el calor que le rozaba la piel, aunque no ardía. Era algo más antiguo y mucho más peligroso que aquello a lo que había acudido, un solo hilo bajo un tapiz que presentaba un tipo definido de magia. Los restos de un dios, puro y sin filtros. El tipo de poder que un dios atemperaría antes de garantizárselo a un mortal, expuesto allí para que degenerara en algo amplio e incontrolable.

«Ah, a esto se refería», pensó Nadya mientras se zambullía bajo un rocío de poder y apartaba a un monje kalyazí. El fuego les había permitido mayor preparación, una manera de recuperar la ventaja que habían perdido. Sin embargo, quedó muy clara la única razón por la que los tranavianos estaban allí: por Nadya.

La clériga tiró del hilo de poder de la reliquia justo cuando una Buitre traspasó las llamas. Una magia antigua, indomable y putrefacta tras décadas de soledad, se estremeció en el interior de Nadya. Le supo la boca a cobre y escupió sangre. La máscara de la Buitre era extraña, compuesta solo por los huesos de la mandíbula y dientes atados por cuerdas que le cruzaban la cara. Tenía los ojos convertidos en un charco negro.

—No me puedes matar con lo que tienes —la provocó la Buitre.

Nadya sentía el fuego detrás del monstruo, una extensión de su voluntad. Le dedicó una sonrisa y tiró de él con fuerza, engullendo a la Buitre, cuyos chillidos rasgaron el aire caótico. Había alguien más a su lado y se giró, pero solo era Kostya, que observaba las llamas que mantenían a raya a los tranavianos y les daba la oportunidad a los kalyazíes de lanzarles flechas con las ballestas. Le dedicó una sonrisa.

El caos aún no se había producido y Nadya se preguntaba qué los estaba deteniendo. Seguro que tenían un mago que pudiera contrarrestar su magia. Seguro que uno de los Buitres podía hacerlo. Una oleada de poder cruzó las llamas y Nadya apenas pudo retirarse de su camino. La Buitre que había quemado chocó con ella y la lanzó al suelo. Las llamas se apagaron.

Lo que de verdad sacudió a Nadya fueron los sonidos de la batalla. Una fuerte cacofonía de gritos, chillidos y filos de armas al alcanzar la piel, así como el olor de la magia ardiente. Hierro y calor.

Consiguió sacar las piernas bajo la Buitre, le dio una patada y se golpeó la espalda con la pared del monasterio. Si los Buitres atacaban a los monjes, ninguno sobreviviría. Nadya debía mantener a los monstruos concentrados en ella, solo en ella, pero no sabía dónde estaban los otros dos. Esperaba que Malachiasz estuviera lidiando con ellos, en lugar de avisándoles de que ella tenía una reliquia que podía hacerles mucho daño. Mucho daño si lograba entender cómo aprovecharla. El poder era fluido y distinto a lo que estaba acostumbrada. No quería doblegarse a su voluntad, sino que se movía de manera caótica por su cuerpo. Dio un paso y el suelo bajo sus pies tronó. Un pedrusco golpeó a la Buitre y otro, a un monje.

No había tiempo para disculparse. Las garras de la Buitre se quedaron a centímetros del pecho de Nadya. La sangre le salía de los ojos, lo que le manchaba de rojo los huesos de la mandíbula cuando traspasaba los dientes.

Nadya tenía un mal presentimiento sobre la procedencia de esos huesos. Dio otra patada y golpeó a la Buitre en la cabeza hasta romperle el cuello. Sin embargo, los golpes físicos no servían de nada. Había visto a Malachiasz atravesar a una Buitre con las garras y que esta se alejara como si nada hubiera sucedido. No obstante, la magia, la magia sí podía detener a una de esas bestias. O eso esperaba.

Nunca le habían contado cómo Malachiasz había matado al último Buitre Negro y ascendido al trono. Nunca le contaría ese secreto ni cómo su especie seguía siendo mortal a pesar de soportar los horrores que les hacían a sus cuerpos. No obstante, el cuchillo de hueso, la reliquia, había herido a Malachiasz y seguro que esa magia también lo haría. El poder de fuego de la reliquia resurgió, desesperado porque lo usaran, y Nadya se giró hacia la Buitre antes de extender una mano y lanzar un rocío de llamas blancas que alcanzó a unos soldados tranavianos que se acercaban. El poder divino se acalló y tiró del viejo hilo de nuevo hasta alcanzar el caos.

Todo se volvió blanco. La visión se le desvaneció. Solo era vagamente consciente de la magia en las manos sangrientas de la Buitre. Le alcanzó la garganta con las garras. El pelo rubio de la Buitre brillaba bajo las llamas que seguían quemando partes del suelo.

Los dioses eran antiguos e incomprensibles, pero había cosas más antiguas y profundas. Sin embargo, ¿cuánto podría retrotraerse el cerebro de un mortal para comprender a esos seres eternos? Nadya tenía demasiado que aprender sobre los dioses que la habían elegido y la guiaban por ese oscuro y terrible camino.

La reliquia retenía el poder de la clériga que había muerto con ella, pero también poseía algo más y era ese algo más lo que Nadya había alcanzado cuando el tiempo se volvió fangoso a su alrededor.

Nadya rozó la voluntad de un dios. Todo se detuvo. Retrocedió, respirando con fuerza, pero nada se movió. Estiró la mano y se tocó el velo que le envolvía la cabeza. No se parecía en nada a su magia divina, esa era más densa, era el poder garantizado por la divinidad para que lo usara un mortal. Lo justo para que su frágil cuerpo lo contuviera. Esto era mucho más, mucho más de lo que podría alcanzar cualquier mortal. Y allí estaba, guardado en esa pieza de una santa muerta.

¿Cuántas reliquias albergaban un poder así? ¿Qué podía hacer con un poder de esa magnitud? Se estaba formando dentro de ella y la luz le recorría la piel como si fueran venas, lo que la destruiría. La traspasaría y no habría manera de recuperarla. Calor, llamas y una rabia tan profunda e intensa que se convirtió en su núcleo. ¿Cómo iba a sobrevivir a aquello?

Nadya lo sacó de su cuerpo. La magia la rodeó en forma de oleada de fuego. Golpeó a la Buitre y la abrasó. No como la última vez, no como un calor fácilmente extinguible. Lo único que quedó de ella fue un montón de huesos carbonizados a los pies de Nadya.

Sintió cómo la bilis, mezclada con sabor a cobre, le subía por la garganta y tuvo una arcada. Se giró y se limpió la boca con el dorso de la mano. Oía la batalla, pero parecía más calmada y menos caótica, como si estuvieran venciendo a sus enemigos.

Aún había más que unos pocos tranavianos, quizás siete u ocho. No obstante, Nadya había alcanzado a más personas que a la Buitre y los huesos chamuscados estaban esparcidos por el claro como la basura desechada. Se llevó la mano a la boca y el horror le recorrió el cuerpo. Estaba claro que no solo habría alcanzado a tranavianos con aquel golpe, los kalyazíes debían haberse visto envueltos en aquel caos. Acababa de matar a muchas personas.

Dio un paso vacilante hacia atrás. El resto de tranavianos hicieron uso de sus libros de hechizos. Un par de monjes les estaban cortando las mangas de los abrigos y Nadya sintió el horror de su pueblo a su espalda. Aquello no era lo que pretendía. No quería tener tanto poder.

—Esto es lo que ocurre cuando un mortal juega con el poder de los dioses. —La voz de Marzenya desprendía un tono tranquilo y calculador, así como mordaz.

Nadya volvió a vomitar. Algo la sacudió y la lanzó al suelo. Se golpeó la cabeza con una piedra y comenzó a verlo todo en blanco y negro, dividido, cuando el dolor le sobrevino.

«Dijo que si caía podría volver», pensó de manera frenética, pero le había mentido y, en lo más hondo de su ser, sabía que la mataría por destruir a una de sus Buitres. Se puso en pie mientras la cabeza le daba vueltas, al mismo tiempo que buscaba el *voryen*. Malachiasz le dio una patada en la mano y se le escapó un grito ahogado de dolor. El otro *voryen* no era tan accesible y la oleada de poder la había dejado mareada y débil. Debería tirar del hilo de poder de la reliquia, pero ya había hecho más de lo que podía soportar. Que hubiera sobrevivido era imposible.

El miedo se le convirtió en adrenalina cuando Malachiasz se agazapó y se apoyó sobre su mano. Tuvo que morderse el labio para evitar gemir.

—¿Qué te dije sobre llevarte cosas que son mías, *towy dżimyka*? —preguntó de manera entrecortada y caótica. El pelo negro le ensombrecía las facciones cambiantes y monstruosas. La sangre le salía de los ojos color ónice.

—Dijiste que hiciera lo que debía —replicó. Buscó con la otra mano el *voryen* de hueso en el cinturón, pero unas garras de hierro le bloquearon la muñeca.

—¿En serio crees que lo decía de verdad?

Inclinó la cabeza y se movió de repente, justo cuando el cuchillo de Kostya cruzó el aire donde, unos momentos antes, se encontraba el Buitre Negro. Nadya se puso en pie a duras penas. Malachiasz iba a matar a Kostya. Se movió más rápido de lo que creía posible, tambaleándose para colocarse entre ambos. Los dos se quedaron paralizados. Kostya desvió los ojos de Malachiasz a los suyos. En ellos encontró consuelo. Siempre habían sido Kostya y Nadya, dos pequeños huérfanos causando el caos en el monasterio para alejarla de su destino. Él le dedicó una pequeña sonrisa.

Unas manos con garras se le clavaron en el cuerpo a Kostya y el horror le cruzó la cara cuando uno de los últimos Buitres lo apartaba de allí. Malachiasz se lanzó para golpear a Nadya. El pánico le palpitó en el pecho. Buscó a Marzenya más allá de la magia de la reliquia. El fuego no le serviría de nada allí y le daba pavor usar la magia más intensa de nuevo.

Marzenya le garantizó una línea de poder cautelosa y controlada. Un mensaje definitivo: Nadya estaba presionando demasiado y necesitaba retroceder. Ella lo aceptó. Se hizo con el poder y se alejó de las garras de Malachiasz antes de atacarle y golpearle en la mandíbula con el pie. Oyó el sonido del hueso al romperse bajo la bota.

—Lo siento —dijo Nadya cuando Malachiasz siseó de dolor, al mismo tiempo que la sangre le caía por la mejilla.

Nadya no sabía cómo detenerlo estando así. Kostya se tambaleó hasta ella y el enfado se transformó en horror. La sangre que cubría al chico era la suya propia.

—¿Kostya?

Todo pasó demasiado rápido. La flecha de una ballesta golpeó a Malachiasz en el hombro. Luego, otra, hasta derribarlo contra un árbol. Se golpeó la cabeza contra la dura madera y cayó como una piedra.

Parijahan cargó otra flecha en la ballesta y disparó al otro Buitre, quien solo se echó a reír mientras la observaba. Nadya, desesperada, tiró con más fuerza del pedazo de moderada magia que le había ofrecido Marzenya y lanzó el *voryen*. El filo se le clavó en el ojo al Buitre y cayó. No estaba muerto, eso era esperar demasiado, pero, por suerte, estaría inconsciente lo suficiente para no tener que lidiar con él.

Se desequilibró cuando Kostya cayó. Aquello no podía estar pasando. Kostya estaría bien, tenía que estarlo. Sin embargo, tenía el pecho despedazado en jirones de piel. Un sollozo se le subió por la garganta a Nadya. Buscó más poder, cualquier cosa, pero se le resbaló entre los dedos.

—*Te destrozará, niña* —dijo Marzenya con suavidad.

«No me importa», replicó. «Dame más. Dame suficiente para salvarlo o utilizaré mi propio poder». Buscó el dolor en la palma y el poder se aovilló bajo su piel, Sin embargo, este también se resistió a su llamada. Se suponía que nadie debía albergar tanta magia.

Si canalizaba otro retazo de poder a través de su cuerpo, no sería nada más que un montón de huesos abrasados. Sin embargo, no le importaba. Kostya se iba a morir. Ya había llorado su muerte una vez, pero era diferente ver cómo ocurría ante ella, ver cómo la vida le abandonaba con lentitud.

Se preguntó durante demasiado tiempo por qué todo estaba borroso y por fin se dio cuenta de que estaba sollozando, de que el aire se le agitaba en los pulmones y no veía a través de las lágrimas. No podía perder a Kostya de nuevo.

—Esta vez estás aquí —dijo débilmente—. No quiero morir solo.

—No, no digas eso —le pidió Nadya—. Vas a ponerte bien.

Sin embargo, no era verdad y ambos lo sabían. Todos la habían tratado siempre como una reliquia, algo cerca de lo que pasar de puntillas y susurrar, pero Kostya la había aceptado por quién era, una chica que podía ser a veces un desastre, dolorosamente humana y con un destino demasiado grande para ella. Sus caminos se habían vuelto confusos, pero él no había hecho otra cosa que quererla. Nadya ahogó un sollozo y le acarició el pelo sobre el regazo mientras trazaba el símbolo de Veceslav sobre un lateral de la cabeza.

—Siento haberte fallado —susurró Kostya.

—No, Kostenka, no, nunca.

Tomó aire de forma entrecortada.

—Hay dioses más antiguos, peores, dioses de los que los demás temen hablarte porque... —Tosió y se esforzó por continuar a través de la sangre que le caía de la comisura de la boca—. Nadya, eres peligrosa. Te tienen miedo.

No entendía por qué le estaba diciendo aquello en ese momento, pero asintió a través de las lágrimas y le acarició la cabeza con la mano.

—Kostya, no entiendo, yo...

Sin embargo, un último suspiro espantoso le cruzó los labios al chico y se marchó. Algo se rompió en el interior de Nadya. Pensaba que no le quedaba nada sin romperse, pensaba que creer que estaba muerto había sido suficiente para destrozarla, pero aquello era mucho peor. Se hizo un ovillo a su lado y se desmoronó.

29

SEREFIN
MELESKI

Tramposo, vengativo y como una serpiente entre la hierba, Velyos observaba, esperaba y se movía para lanzar un ataque contra Marzenya y Peloyin que haría que los cielos cayeran. Fracasó y lo desterraron al éter.

Los Libros de Innokentiy

—No puedes hacer lo que quiere Velyos, eso es imprescindible —le dijo Katya a Serefin mientras dejaban atrás el pequeño pueblo kalyazí.

Serefin había mantenido el ojo cerrado de manera permanente. Le había pedido un parche a Ostyia que le estaba siendo de ayuda, pero a veces se le seguía nublando la visión y el mundo se teñía de horrores.

—¿En qué dirección vamos? ¿Hacia el oeste? —preguntó Serefin.

Katya asintió con el ceño fruncido.

—Bueno, quiere que vaya hacia el oeste, así que estamos fracasando en esa parte de la solución.

Katya resopló.

—¿Seguro que hay alguna manera de desprendernos de esto? —comentó Serefin.

Katya alejó una polilla de su cara, que regresó a la órbita de Serefin. Este levantó la mano y el insecto aterrizó en su palma, grande, negro y blanco.

—Tengo una idea, pero eso supondría ir más hacia el oeste todavía —respondió Katya. Su decisión de marcharse con el rey de Tranavia no había encontrado el apoyo de los soldados. Había permitido que solo uno, Milomir, un chico de aspecto hosco, fuera con ella, pero nadie más. Había enviado al resto hacia el este, lo que le había hecho pensar a Serefin que estaba permitiendo que un grupo de soldados bien entrenados reavivara una zona de guerra inevitable contra Tranavia. Aquello se había vuelto mucho más enmarañado de lo que se había imaginado.

Era demasiado temprano y hacía un frío punzante. A Serefin se le formaban nubes ante la cara al respirar. La nieve había caído durante la noche, por lo que ahora cruzaban sobre ella hacia un bosque oscuro y amenazador que ocupaba el horizonte. Katya se arrebujó el sombrero de pelo sobre las orejas.

—Lo único que sé procede de textos apócrifos —anunció Katya—. Que Velyos se haya despertado es mala señal. Será peor si lo hace también el resto.

«Ah, vale, todos esos que me están esperando para que arme jaleo», pensó de manera sombría Serefin.

Ostyia frunció el ceño. Siempre estaba revoloteando alrededor de la *tsarevna*. Serefin se preguntó si debería disuadirla del enamoramiento sano que era obvio que sentía por la chica kalyazí. Sin embargo, no, dejaría que Ostyia se lo pasara bien porque no hacía daño a nadie.

—Se cuentan historias —continuó Katya—. Es difícil saber qué es cierto, sobre todo acerca de los caídos. Como he dicho, Velyos siempre quiso montar escándalo y destruir a Peloyin. —Hizo un gesto con la mano—. Lo que, en sí mismo, no suena a apocalipsis. Siempre nos encontramos en medio de cualquier guerra entre dioses.

—Habla por vosotros.

—Los tranavianos no sois inmunes —comentó Katya.

—Lo éramos hasta que apareció la clériga y lo fastidió todo —respondió Serefin. El velo que separaba Tranavia de los dioses había servido mucho más que para proporcionar simple protección. Tan pronto como se había roto, el invierno había invadido Tranavia, despiadado e implacable. Se preguntó si podría recuperarlo.

Katya puso los ojos en blanco.

—Igualmente. Te has encontrado en medio de una batalla eterna entre dioses. Ni siquiera tú puedes negarlo.

—Puedo negar los sentimientos que me provoca la palabra «dios».

—No estoy aquí para hablar sobre teología contigo, tranaviano.

Serefin se encogió de hombros.

—De todas maneras, no soy muy versado en ese tema.

—Aun así, aquí estás.

—Aquí estoy.

No obstante, era preocupante. Quería que parara. Incluso con el parche, el ojo bueno se le inundaba de oscuridad. No dejaba de sobresaltarse por cosas que no estaban allí, de oír susurros en el subconsciente que no se parecían a los de Velyos o a la otra voz. Solo deseaba silencio y, si no lo conseguía pronto, se iba a volver loco.

—Lo raro es que se esté produciendo todo este caos cuando Velyos no es un dios del caos. No tenemos a ninguno de esos. Los teníamos, pero murieron —musitó Katya.

—¿Murieron?

—El caos es volátil. Uno de los otros suele acabar con ellos.

—Perdona, ¿tenéis dioses muertos? ¿Vuestros dioses se asesinan entre sí por regla general?

—¿Estás así de espeso por voluntad propia o es un rasgo con el que solo yo tengo que lidiar?

—Ahora soy tu problema.

Katya resopló.

—Entonces, ¿cuál es el plan?

—Hay unas viejas ruinas en las montañas de Valikhor. Es donde le quitaron el poder a Praskovya Kapylyushna. Fue el incentivo para que los dioses les dieran la espalda a los mortales elegidos, incluso a la fuerza.

—¿Y crees que me podré liberar de Velyos si voy hacia allí? —preguntó Serefin, escéptico. No le gustaba. Cada paso hacia el oeste era acercarse un poco más hacia donde Velyos lo quería.

—Quizás sea la única opción —contestó la chica—. Si estás tratando con algo antiguo y olvidado, debes hacer algo antiguo y olvidado para solucionarlo. Sin embargo, en primer lugar, debemos encontrar a la clériga porque creo que la necesitaremos para llegar a ese templo.

Serefin miró a Kacper, quien levantó las cejas y se encogió de hombros. Demasiadas tonterías divinas para un antiguo granjero de Tranavia.

De alguna manera, Malachiasz y Velyos se encontraban conectados, pero Serefin no estaba seguro de cómo. El primero había querido el poder para matar a los dioses kalyazíes. Por lo que sabía, no había asesinado a ninguno con sus propias manos, pero Malachiasz había estado robando reliquias de los kalyazíes, ¿con qué propósito?

¿Una cosa llevaría a la otra? ¿Debía prepararse para que todo... explotara? La otra voz, el otro dios, supuso Serefin, quería que Malachiasz muriera también. Lo había llamado el intruso, aunque aquello era un poco sospechoso. Era lo que Serefin quería oír. No le había contado a Katya nada del otro. Algo en la forma en la que le dolían las cicatrices del pecho cada vez que aquella voz terrible hablaba y cómo había desmontado sus defensas tan rápido lo aterraba. Por eso, se había guardado para sí mismo a aquel otro, para que pensaran que el único problema era Velyos, no ese ser más grande sin nombre.

No tenía ni idea de a dónde necesitaba Velyos que fuera, por lo que dirigirse al oeste era un riesgo increíble. No obstante, debía hacer algo.

—¿Dónde estamos exactamente? —le preguntó a Katya.

—Acabamos de pasar Rosni-Ovorisk.

El nombre le resultaba familiar. Allí era donde se suponía que la guerra había cambiado en favor de Kalyazin. Era inexplicable el vigor reavivado del enemigo. Su padre había planeado destruirlos con un plan salvaje, pero era obvio que no había funcionado. Cuando Serefin había subido al trono, la batalla se había quedado estancada. Sin embargo, dicho estancamiento estaba cambiando y Tranavia salía perdiendo.

Serefin no lo sabía, ni siquiera a raíz de los rumores que oía en las posadas por las que pasaban mientras viajaban. Katya no se molestaba en ocultarse ni un ápice cuando cruzaban los pueblos kalyazíes. Decía que el país era demasiado grande, por lo que nadie tenía ni idea de quién era.

—Está claro que mi cara no aparece ni en billetes ni en monedas —bromeaba. Sin embargo, una noche había desaparecido bajo la mesa de una posada porque un príncipe menor había cruzado la puerta. Sin mediar palabra, Ostyia le había pasado la comida. Ella había permanecido bajo la mesa y no se había incorporado hasta que el príncipe menor se hubo marchado; luego se había ido a la cama como si nada hubiera ocurrido.

Estaban fuera del alcance de los ejércitos y ahora los pueblos por los que pasaban no estaban destrozados por la batalla, aunque sí por la pobreza causada por las décadas en guerra. No obstante, de alguna manera, era peor estar al alcance de la civilización. El ambiente era distinto y a Serefin no le gustaba. Las noches eran frías y la sensación de que los observaban, constante. Sin embargo, nunca descubría a nadie contemplándolos, daba igual cuánta magia esparciera por la zona. Era evidente que Katya se había dado cuenta y Serefin no creía que tuviera ninguna magia real de la que hablar, aunque quizás estaba volviéndose paranoico.

Por extraño que parezca, Serefin y la *tsarevna* se llevaban bien. Ambos tenían experiencias comunes en la vida mientras crecían en cortes a las que poco les habían importado sus jóvenes herederos, por lo que los habían embarcado para que se marcharan a la guerra tan pronto como fueron lo bastante mayores. Sin embargo, allí las historias cambiaban. Serefin era un oficial de alto rango y Katya se había unido a una secta de culto de cazadores de monstruos.

Pasaron por las ruinas de un pueblo. Las casas solo eran esqueletos con tablones de madera, casi totalmente quemados.

—¿Qué ha pasado aquí? —preguntó Kacper.

—*Zhir'oten* —respondió Katya—. Estamos cerca del bosque de los monstruos. Los pueblos no sobreviven demasiado tiempo por aquí. Este cayó hace unos años.

«Licántropos». Serefin se estremeció. ¿Debían esperarlos?

Seguir los pasos de la clériga estaba resultando ser una ardua tarea. Serefin no conseguía entender lo lejos que estaban y, un buen día, su hechizo de rastreo simplemente desapareció. No tenía ni idea siquiera de hacia dónde estaba yendo.

Acamparon en el pueblo destrozado, a pesar de lo inquietante que era.

—Quizás no la encontremos —comentó Serefin mientras se sentaba junto a Katya con un mapa ante ellos.

Milomir discutía con Ostyia sobre los suministros y cuánto podían permitirse utilizar para la cena si iban a llegar pronto al bosque. Al final, Katya zanjó la disputa al ordenarle a Milomir que retrocediera y buscara algo de caza menor antes de que oscureciera. Se marchó enfurruñado.

—Es un rastreador fabuloso —dijo Katya, poniendo los ojos en blanco—. Nos irá bien. —Volvió al mapa.

—La perdí por aquí —anunció Serefin, indicando un punto en el mapa que estaba más o menos cerca, aunque podía haberse movido desde entonces.

—Valikhor está aquí —contestó Katya, señalando en el mapa.

Kacper, tras inclinarse sobre el hombro de Serefin, soltó un pequeño sonido de angustia. Estaba muy lejos y cruzaba la enorme franja de bosque que dividía Kalyazin en dos.

—¿No hay ningún camino más fácil hacia ese lugar? —preguntó Serefin, tratando de no pensar en lo cerca que estaba Kacper.

Katya se encogió de hombros.

—Si quieres que tomemos el camino de los mercaderes, tardaremos alrededor de medio año en llegar.

Kacper hizo una mueca. Serefin llevaba ya mucho tiempo alejado de Tranavia. Por lo que sabía, a su madre la podía haber sustituido Ruminski y ahora quizás estuviera exiliada en la zona de los lagos. Tal vez ni siquiera tuviera un trono al que volver. Necesitaba que aquello funcionara, no solo por él, sino por Tranavia.

—¿Cuánto tiempo ganaremos si tomamos el camino del bosque? —preguntó Kacper, reticente, mientras se movía un poco para apoyar la barbilla en el hombro de Serefin.

—Unos meses. Todavía nos llevará bastante tiempo, pero la ruta es más directa. —Hizo una pausa, pensativa—. Aunque es increíblemente peligrosa. Pocas personas sobreviven a los caminos del bosque.

—Bueno —comentó Serefin, sombrío—, tampoco tenemos mucha opción.

—No si no podemos seguir rastreando a la clériga. —Parecía decepcionada. Habría sido más fácil si la hubieran encontrado porque la motivaban las locuras divinas, así que seguro que habría sido de ayuda. Serefin debería haber hablado del tema con ella en primer lugar.

—¿No tenéis alguna manera de rastrear a los Buitres? —le preguntó Serefin.

Katya se encogió de hombros.

—Si tienes algo suyo que sea importante, sí.

A Serefin le dio un vuelco el estómago.

—¿Y si...? ¿Y si usas sangre?

—No me involucraré en herejías —replicó Katya.

—¿Y si tuvieras que usarla?

La *tsarevna* se apoyó sobre las manos mientras se mordía el labio inferior.

—¿Acaso llevas encima un vial con la sangre del Buitre Negro?

Serefin negó con la cabeza.

—Es mi hermano.

Katya abrió mucho los ojos verde oscuro y se quedó boquiabierta.

—En teoría, es un bastardo —explicó Serefin—. Es complicado, pero supongo que sería una manera de hacerlo si tu forma de usar magia se parece en algo a la nuestra. Pensaba que solo los clérigos podían hacer magia.

—Es algo complejo —comentó Katya con voz áspera—. Los santos pueden conceder poder. Es mucho más débil que el de los dioses y la formación para escuchar incluso a los santos es rigurosa. Podemos hacer muy poco en comparación.

—Pero ¿podrías hacerlo?

Katya pestañeó rápidamente.

—Creo que sí.

—Bueno —contestó Serefin mientras sacaba un cuchillo del cinturón e ignoraba la manera en la que Kacper se tensó. Le ofreció el arma a Katya—. Encontremos a mi hermano.

30

NADEZHDA
LAPTEVA

Las lágrimas de Ljubica llenaban todos los lagos de Kalyazin y aún su agonía no ha llegado a su fin.

Las Cartas de Włodzimierz

Nadya se encontraba en el tranquilo cementerio del monasterio, rota bajo el dolor de la pena. No había hecho nada, excepto fallar una y otra vez, y ahora Kostya estaba muerto de verdad y ella había acabado con diez de sus hermanos y hermanas porque había sido imprudente y no había podido controlar su poder. Su magia los había aniquilado. Sin embargo, lo que hacía que todo fuera más terrible era que esa magia le había provocado buenas sensaciones.

Las repercusiones eran como vivir en una pesadilla. Se limpió las lágrimas, pero le caían sin cesar. Le habían permitido preparar el cuerpo de Kostya para el funeral, inscribirle las plegarias a Veceslav en la banda de la cabeza y en el cinturón con los que se enterraba a los muertos. Por lo general, solía ser Marzenya quien recibía las plegarias de los entierros, pero Kostya habría preferido a Veceslav. Era lo mínimo que Nadya podía hacer. Los muertos se enterraban con ropas blancas sin adornos ni bordados para liberarlos de las ataduras mortales.

Nadya no quería pensar que fracasaría al lidiar con los días de duelo. Debía destinar el tercero, el noveno y el cuadragésimo para el recuerdo, pero no podía permanecer allí tanto tiempo. ¿De qué valía ser quien era si no era capaz de mantener a salvo a la gente que le importaba? Cada vez que hacía algo, la situación empeoraba. Nunca habrían atacado su monasterio si no se hubiera encontrado allí y todos estarían vivos. Kostya seguiría vivo. Muchas personas seguirían con vida si no hubiera existido nunca.

Tocó la lápida y pasó los dedos por el símbolo de Veceslav grabado en la piedra, así como por las incisiones que formaban el nombre de Kostya. Konstantin Ruslanovich. Estaba tan lejos de donde había muerto su hermano, de todo lo que había conocido.

Nadya se había pasado tanto tiempo frustrada y asustada porque él deseaba que fuera algo que no era que había desperdiciado el poco tiempo que les quedaba juntos desde que lo había encontrado.

Estaba sentada fuera, bajo el frío, cuando Ivan se topó con ella. El viejo monje se sentó a su lado en el suelo congelado.

—Paz, hermana —murmuró cuando Nadya se tensó, preparada para huir.

Pasó los dedos por la piedra.

—Lo siento —susurró la chica, aunque no sabía si estaba hablando con Ivan o con Kostya.

Ivan suspiró con pesadez.

—Niña, solo has hecho lo que se te ha pedido.

Parecía mucho mayor que cuando habían llegado y el agotamiento le inundaba los ojos oscuros.

—Han muerto muchas personas —comentó Nadya—. Si se me diera mejor, si tuviera mayor control, todos estarían vivos. Kostya entre ellos.

—Si los Buitres no existieran, Konstantin no estaría muerto —dijo Ivan—. No puedes culparte por las tragedias que les sucedan a los que te rodean.

Vaya si podía.

—Si Malachiasz no estuviera aquí, Kostya seguiría vivo —musitó Nadya.

No le había hablado desde el ataque. Parijahan le había dicho que nadie le quería curar las heridas, por lo que Rashid se había esforzado al máximo con lo que tenía a mano. A Nadya aquello no le había preocupado. Era un Buitre y podía sobrevivir a lesiones más graves que una mandíbula rota y heridas de flechas. En retrospectiva, la noche era un remolino confuso e irreal, como un sueño. Sin embargo, no había sido tal, sino una pesadilla de la que no podía despertarse y en la que la lápida que estaba tocando era muy real.

Las últimas palabras de Kostya la atormentaban de manera constante. ¿Quiénes eran los viejos dioses sobre los que los demás temían hablarle? ¿Quiénes eran «los demás»? ¿Y por qué?

—Hermano Ivan, ¿conoces a dioses más antiguos que los que veneramos? —preguntó mientras, de manera casual, hacía rodar una de las cuentas de oración entre los dedos.

De soslayo, vio que se tensaba.

—¿A qué te refieres?

—Alguien me dio esto en el monasterio, en casa —contestó mientras levantaba el colgante de Velyos que llevaba al cuello—. Kostya dijo que era el símbolo de un dios más antiguo que los nuestros, que había más.

—No sé dónde ha oído algo tan descabellado —resopló Ivan—. Son los Veinte Grandes. Ni más ni menos.

—Que haya Veinte «Grandes» significa que hay otros menores —observó Nadya.

—¿A eso te dedicas ahora, niña? ¿A cuestionar a tus superiores? —Ivan trató de parecer amable, pero su aspereza sorprendió a Nadya.

—¿Y si hay otros? —murmuró, ignorándolo.

—Te acercas de manera peligrosa a la herejía, Nadezhda.

¿Por qué no le contaba la verdad? ¿Por qué la Iglesia pensaba que sería peligroso que supiera que había otros dioses? ¿Cuánto tiempo le habían estado mintiendo y qué otras mentiras le habían contado?

—No podemos ver los hilos que los dioses han usado para entretejer este mundo —continuó Ivan—. Ni siquiera tú, Nadezhda. ¿Podría esa batalla haber sido diferente? ¿Cuántos Buitres has matado, niña?

Estaba cambiando de tema para evitar las preguntas. ¿Por qué estaba mintiendo? ¿Podía confiar en alguien?

—Siempre hemos estado luchando en una guerra contra un pueblo que ha ido tan lejos en contra de los dioses que ha alcanzado un poder que no tenemos —dijo Ivan—. Y esas abominaciones son la prueba. Confío en que, cuando llegue la hora, harás lo que es mejor para Kalyazin.

Nadya cerró los ojos. Era mucho peor oír de otra persona lo que tenía que hacer que cuando se lo decía a sí misma.

—Sin embargo —prosiguió Ivan—, ninguna batalla es fácil. Esto es una guerra. Se pierden vidas durante las guerras. Tú, Nadezhda, eres la única que puede detenerla.

—¿Y si no? —preguntó, desesperada.

Ivan se encogió de hombros.

—Continuará. Y morirán más almas buenas como Kostya. —Nadya percibió lo que no había dicho en voz alta: «Y sobrevivirán más almas malas como Malachiasz».

—Marzenya quiere que vaya al oeste, a la sede de los dioses.

—¿Y desde ahí?

—Rozaré la divinidad y haré que los tranavianos por fin la vean —dijo Nadya. Ivan se quedó callado, por lo que añadió con suavidad—. No sé si saldré viva de esto.

—Si no lo haces, condenarás a Kalyazin —respondió Ivan.

«Reconfortante».

La dejó sentada sola en el cementerio, sintiéndose aún más perdida y confusa. Hacía tiempo que había sorprendido a los sacerdotes al poder comunicarse con todo el panteón, pero ahora se daba cuenta de que la Iglesia no confiaba en ella. ¿Por qué le tenían miedo?

Sintió náuseas en la boca del estómago. Solo había una persona con la que podía hablar sobre magia sin que le ocultara la verdad. Quizás mintiera sobre todo lo demás, pero no lo haría sobre magia. Tenía que hablar con Malachiasz.

* * *

Nadya detuvo a Malachiasz en el pasillo y lo empujó contra la pared con más fuerza de la que pretendía. Oyó su silbido de dolor y a punto estuvo de no creerle. Le hundió un brazo en el pecho (sería fácil presionarle la garganta con el antebrazo) y levantó el *voryen* de hueso hacia él.

—Estaría vivo si no fuera por ti —dijo Nadya. Malachiasz, cansado y destrozado, se estremeció—. ¿Puedes hablar? —No sabía con qué fuerza le había roto la mandíbula. Asintió de manera casi imperceptible—. Bien, tenemos que hacerlo, pero primero dame el nombre del Buitre que lo mató. —Necesitaba otro punto de venganza sobre el que apoyarse.

A Malachiasz se le oscureció la mirada pálida. Cambió de postura bajo el brazo mientras se alejaba del chico para convertirse en el monstruo. No dijo nada.

—Ya veo. —Nadya movió la daga entre los dedos para posicionarla en dirección a la garganta. Unas venas negras se le extendieron desde el punto de contacto y observó el fino hilo de sangre contra la piel pálida—. Has dejado muy claro lo que te importa de verdad, Malachiasz. —Dijo su nombre con tanto veneno como pudo reunir—. Tranavia. Los Buitres. Yo no. Supongo que era inevitable.

Malachiasz apoyó la cabeza contra la pared y cerró los ojos. Un feo moratón le oscurecía la mandíbula y se volvía más nauseabundo a medida que la descomposición se le extendía por ella. Sería tan fácil acabar con él. No la detendría como había hecho hacía una eternidad en el bosque.

—¿Por qué los avisaste? —preguntó Nadya. Las lágrimas le quemaban los ojos, pero se negó a llorar. Malachiasz no respondió—. Te da igual —continuó con voz monótona—. No sé por qué me esforcé en volver a por ti. Está claro que no te lo mereces. No quieres.

El Buitre Negro tembló bajo su antebrazo con el ceño fruncido, pero en silencio. Nadya quería cogerle por la mandíbula y tirar de él para colocarlo a su nivel, para que viera cuánto daño le había causado y provocarle el mismo. Hubo un momento de desconexión y oyó su punzante gemido mientras movía la mandíbula bajo sus tensos dedos.

—Me dijiste que no querías hacerme daño —dijo Nadya despacio, tratando con valentía de que no le temblara la voz—. Pero eres lo único que me hiere una y otra vez. ¿Cómo voy a saber que tu dolor no es más que una actuación para mantenerme lo bastante cerca y hacerme daño?

Le fallaron las rodillas y cayó. Nadya no se molestó en soltarle o alejar el cuchillo del cuello. Se arrodilló ante ella, en una súplica forzada, con la respiración irregular en el pecho. El sol a través de la ventana delineaba su silueta, discontinua y corrupta, pero, bajo la luz, se convirtió en algo hermoso.

No había piezas contradictorias en ese chico. Había tomado la decisión de hundirse en la oscuridad y no había forma de sacarlo de ella. No podía salvarlo y seguir intentándolo iba a terminar en más miseria.

—Tengo a un dios de rodillas ante mí —susurró con un tono desapasionado que le sonó extraño—. Te dije que acabarías así.

Una lágrima le brilló en la mejilla a Malachiasz. Estaba temblando. Alejó las manos, horrorizada por su propia crueldad. No era un dios, por mucho que quisiera. Era un monstruo, un horror, una pesadilla. Solo un chico. Dejó caer la cabeza y se llevó la mano a la mandíbula mientras un estremecimiento le sacudía los delgados hombros.

—Yo... —Dio un paso atrás.

Malachiasz estiró la mano y la cogió por el borde de la falda antes de cerrar el puño con fuerza sobre la tela. Un escalofrío de miedo la traspasó. Con lentitud, el chico se puso en pie, aún acariciándose la mandíbula con la mano, al mismo tiempo que el dolor le cruzaba la cara. La acercó y, con cuidado y esfuerzo, se levantó.

Sin embargo, solo apoyó la frente sobre la suya. Pasó un segundo y la grieta en la coraza de Nadya se volvió más amplia. Cayeron entonces las lágrimas que se había estado aguantando.

—Así es —dijo Malachiasz con aspereza—. Te sienta bien la crueldad, *towy dżimyka.*

Nadya dio un paso atrás y lo miró. La muerte de Kostya era tan culpa de él como de ella y eso solo servía para añadir leña al doloroso distanciamiento entre ambos. Otro recordatorio para Nadya de que no podía ceder a las demandas de su corazón. Aun así, cada vez le estaba costando más resistirse.

Lo cogió de la mano. La tenía fría, aunque solía estar caliente. Entrelazó los dedos.

—Ven conmigo —le pidió Nadya en voz baja, agitada—. Quiero que hablemos.

El santuario estaba vacío, gracias a los dioses. Nadya tiró de él hacia el interior, ignorando su reticencia. Se sentó en el primer banco, flexionó las piernas y se colocó de lado para mirarlo. Estudió el enorme iconostasio ante ellos, dorado y brillante bajo la luz decadente procedente de las enormes ventanas. Malachiasz llevaba el pelo suelto y enmarañado sobre los hombros. No se había molestado en utilizar un hechizo para cubrirse el caos cambiante de sus facciones. Un puñado de ojos se le abrió en la mejilla. Eran de un blanco nauseabundo y rezumaban sangre. Se llevó la mano, de inmediato, hacia ese punto.

—Todos me mienten...

—Ksawery Opalki —dijo Malachiasz al mismo tiempo. La miró antes de bajar los ojos claros—. El nombre del Buitre. Nadya, lo siento mucho.

Se le desmoronó la coraza. Cerró los ojos y trató de reconstruirla. Necesitaba una barrera entre él y su corazón.

—¿Sabías en todo momento que Kostya estaba en las minas?

—No soy omnisciente. Tengo solo una pizca de control sobre los Buitres. Bueno, la tenía. No, no lo sabía.

—Sin embargo, tú eras la razón por la que seguía vivo, ¿verdad?

Malachiasz soltó una suave carcajada.

—Sabes que no soy tan noble. La suya ha sido una muerte sin sentido y mereces tu venganza.

Quedaba mucho sin decir entre ellos. Había elegido a su país y su orden por encima de ella, y Nadya debería elegir a Kalyazin por encima de él. ¿Qué pasaría cuando llegara el tiempo en el que esa decisión fuera la final? Lo que tenían no estaba destinado a durar.

—¿Por qué los avisaste?

—No lo hice. Traté de darles la orden de que se desviaran del monasterio. No funcionó.

Nadya ocultó su sorpresa con cautela.

—No estoy segura de creérmelo —dijo. Malachiasz asintió—. Siento haberte roto la mandíbula.

—¿Solo vamos a intercambiar disculpas? Porque, entonces, vamos a estar aquí toda la noche —comentó, tomándola por la mano llena de moratones.

—¿Cómo te la rompí? —insistió Nadya.

—Si esperamos el golpe, podemos prepararnos.

—Entonces, si os pillan con la guardia baja...

—No me mataría —contestó Malachiasz, alegre—. Es mucho más difícil que eso, Nadya.

—Pero no eres irrompible. —No obstante, podía hablar, por lo que se curaba a una velocidad impresionante, aunque eso ya lo sabía.

—No lo soy. ¿Estás pensando en romperme? —preguntó con voz áspera.

Nadya se estremeció por el tono.

—Debí encadenarte en el sótano del monasterio.

Reflexionó sobre aquello.

—Eso habría sido bastante eficaz.

—La próxima vez, quizás —dijo Nadya con seriedad.

Malachiasz emitió un sonido, pensativo. Nadya suspiró. Aquello no le estaba llevando a ningún sitio. Buscó en sus entrañas y diminutos puntos de llamas blancas se le encendieron en las yemas de los dedos. Pero eso era todo. La magia le dolía en la palma, pero no sabía cómo acceder a ella. No era fácil evocar la magia procedente de la desesperación.

El chico alzó una ceja y una pequeña sonrisa le curvó la boca cuando entendió lo que quería. Se desató el libro de hechizos de la cintura y se lo dejó de manera poco ceremoniosa sobre el regazo.

—No lo quiero —dijo, dubitativa.

Malachiasz la ignoró. Sacó la daga de la funda y se la ofreció también tras una mirada irónica hacia el iconostasio.

—No la necesito.

—¿No?

Negó con la cabeza. Se mordió el labio inferior, contemplando el libro de hechizos. Malachiasz no había quitado los iconos que ella había añadido a la portada cuando se lo había prestado en Grazyk. Pasó las yemas de los dedos sobre el de Marzenya.

—Malachiasz... —¿Por qué los había dejado allí? Él malinterpretó sus intenciones y abrió los ojos un poco.

—No tienes por qué hacerlo —dijo rápidamente.

Nadya se echó a reír y el chico se relajó.

—No voy a hacerlo. —La clériga comenzó a levantar uno de los iconos y se sobresaltó cuando él posó la mano sobre la suya.

—Eso no lo tienes por qué hacer tampoco —añadió Malachiasz con un tono delicado.

Nadya se incorporó, sorprendida, estudiándole el rostro. Con cuidado, evitó tocar los iconos mientras alejaba la mano. No ofreció nada más a modo de explicación y, por mucho que quisiera saber la razón, Nadya no se la preguntó.

—La Iglesia me está ocultando algo —comentó—. Y creo que tiene que ver con cómo uso la magia.

Distraído, se mordió la uña del pulgar, mirando el iconostasio de nuevo. Nadya podía nombrar cada símbolo y pintar a todos los santos. Su fe era lo único que conocía sin cuestionársela. Sin embargo, allí estaba con un chico que había profanado todo lo que defendía su fe. Saber aquello era inútil cuando se comparaba con algo tan distinto a lo que le habían enseñado.

—Ya usaste mi libro de hechizos, sin querer, y forjaste un vínculo mágico inexplicable a través del poder robado —dijo por fin Malachiasz. Había un hilo subyacente en su voz que no conseguía descifrar, pero que hizo que se le calentara la nuca.

—¿Y?

El chico hojeó el libro.

—La magia magia es —contestó con lentitud, como si esperara que lo rebatiera.

Nadya pasó las páginas del libro de hechizos y recorrió docenas de ellos elaborados de manera meticulosa con su desastrosa caligrafía extendida de un lado a otro del folio. Hizo una pausa cuando llegó a una página cubierta de bocetos de carboncillo, emborronados e imperfectos.

Eran bocetos de ella. Había lienzos en cada rincón de sus aposentos en la catedral. Pensaba que coleccionaba cosas bonitas cuando, en todo momento, era él el que las creaba. Tenía el rostro encendido porque la delicadeza con la que la había capturado era demasiado visible.

—¿Qué tal un enfoque distinto? —preguntó Malachiasz con palabras apremiantes. Cerró el libro de golpe y lo dejó a un lado. Se había ruborizado, un poco avergonzado.

«Oh, dioses, estoy en peligro», pensó, indefensa.

—Se te da muy bien —comentó Nadya.

Malachiasz movió la mano sobre el libro. De manera obcecada, evitó posar la mirada en ella.

—Gracias —dijo en voz baja.

«Un peligro absoluto e irreversible».

—Kostya dijo que la Iglesia tenía miedo de que descubriera a los antiguos dioses externos al panteón, que tenía miedo de que me corrompiera. —Levantó la mano de manera sarcástica.

Malachiasz se la tomó y cerró la suya sobre ella.

—¿Porque tienen miedo de que te relaciones con esos seres?

Era muy posible.

—Se suponía que no debía haber liberado a Velyos y lo hice. No puedo evitarlo, pero siento que está relacionado con eso.

Malachiasz dudó.

—Si... Si descubres cómo acceder a tu poder, ¿seguirás necesitando dirigirte al oeste?

—Sí —contestó. Sí, porque tenía que poner punto final a los horrores de Tranavia. Sí, porque lo que había entre ellos estaba condenado. Sí, porque lo iba a destruir y era demasiado tarde para detenerla. Las piezas ya estaban en su lugar. No había vuelta atrás.

Malachiasz asintió.

—Bueno, has hablado tanto sobre ese tema que tengo curiosidad, la verdad. —Le subió la manga a Nadya. La mancha oscura que le subía hasta el codo quedó al descubierto—. No creo que te vayan a gustar las respuestas que encontremos para esto —comentó, sosteniéndole la mirada bajo las largas pestañas oscuras. Malachiasz se removió, flexionó las piernas y las cruzó, encaramándose al banco de manera bastante precaria—. Vale, conocemos a Velyos, que no es parte de tu panteón, ¿no? —continuó. Esperó la confirmación y, cuando ella asintió, prosiguió—: Muy bien. Entonces, es un dios caído, sea lo que sea eso. Tu poder es tuyo, con independencia del lugar del que saliera en un principio. Utilizaste el poder de Velyos en la catedral. ¿Sentiste algo parecido?

—No, lo mismo que con cualquier otro dios.

Malachiasz inclinó la cabeza y observó la vidriera manchada tras ella. Nadya sonrió mientras observaba al chico inquisitivo y curioso al que le encantaban los puzles.

—En ese caso, podemos descartar que el poder sea de un dios caído porque lo habrías sentido así.

—En realidad, tras eso, no nos queda mucho más. No soy una bruja, como Pelageya. Ella me dijo que yo lo extraía de otro sitio. —Pero ¿era de otra persona? ¿O de otra cosa? ¿O, si de verdad solo se trataba de su magia, qué era lo que hacía que pareciera tan oscura y fuera de su alcance? ¿Por qué no podía acceder a ella por sí misma?—. Pelageya me contó que la magia de bruja y la de clériga no eran diferentes, así que ¿por qué no puedo hacer nada con esto? ¿Por qué me está cambiando?

A Malachiasz se le arrugaron las líneas tatuadas de la frente cuando frunció el ceño.

—La divinidad sabe a cobre y cenizas —musitó. Le mantuvo en alto la mano corrompida con suavidad y la observó durante largo rato antes de alzar la mirada más allá de Nadya, sobre su hombro.

La chica se quedó inmóvil. Deslizó la otra mano sobre la suya.

—Y un halo fracturado... —Malachiasz le hizo un corte en la palma.

Nadya se estremeció y se mordió el labio.

—¡Podrías preguntar antes de hacer eso!

Malachiasz no respondió, solo se manchó el dedo índice con su sangre. Se lo metió en la boca.

—Dioses, ¿qué haces?

Se alejó cuando el chico hizo un vago movimiento con los dedos llenos de sangre ante su cara, acallándola de manera ausente.

—Tengo una teoría.

—¿Que das asco?

—No, no hay bastantes pruebas de eso como para concluir que es cierto —contestó, distante, mirando más allá de ella. Hizo una pausa y, con un toque extraño en la voz, susurró—: Divinidad. —Seguía sin centrar la mirada.

Nadya sintió frío y lo miró horrorizada mientras él le daba vueltas a las piezas que estaban apareciéndole en la mente. No podía saber qué estaba descubriendo y no le estaba contando.

—No es de tus dioses ni de los caídos, sino de algo más lejano y viejo. Antiguo, hambriento, enfadado.

—¿Malachiasz?

Se retorció y pestañeó para volver en sí antes de bajar la mirada hacia el charco de sangre que se le estaba acumulando en la palma a Nadya y palidecer.

—Lo siento —dijo, mientras sacaba un pañuelo del bolsillo de su chaqueta para vendarle la mano con cuidado.

Nadya esperó mientras el miedo se aovillaba en su interior. Malachiasz le tomó la cara entre las manos y en sus ojos había algo que nunca había visto, algo que la aterraba.

—No te hará daño si lo aceptas —dijo en voz baja y en un tono casi reverente, de una manera que no tenía sentido al proceder de aquel chico herético—. Solo te volverás magnífica.

—¿Qué...?

Malachiasz la besó. El chico era una tormenta y Nadya se estaba ahogando. Se separó demasiado pronto, dejándola sin sujeción y temblorosa. Malachiasz le besó con suavidad el dorso de los dedos de la mano corrompida.

—Te prometo que todo irá bien —dijo—, pero tienes que dar el siguiente paso tú sola. Lo tienes que hacer tú, Nadya, solo tú. —Se levantó para marcharse. Le acaricio con suavidad el pelo antes de escabullirse de la sala.

—¿Qué? —susurró Nadya, llevándose una mano a la boca.

Mientras pertenecieran a bandos opuestos en aquel conflicto, serían crueles el uno con el otro, incluso aunque quisieran ser tiernos. Y, cuando lo eran, el corazón le latía con demasiada fuerza. No había manera de escapar. En cuanto se fue, la presencia de Marzenya le recorrió el cuerpo.

«¿Qué significa? ¿Qué quiere decir? ¿Qué quieres que haga?». La diosa no contestó enseguida. Nadya se levantó de su asiento y estuvo a punto de caerse antes de llegar al altar y encender otra ramita de incienso. «¿Alguna vez volverán a hablarme el resto de los dioses?».

—*No pueden* —contestó Marzenya como única respuesta sin dignarse a responder a las otras preguntas.

A Nadya se le paró el corazón. Vaya.

«Pero ¿y el velo?».

—*Otro velo, una magia diferente* —dijo Marzenya—. *Diferente en la creación, pero con un fin similar. Más centrado, más definido. Más fuerte. Los tranavianos han creado algo que partirá en dos a Kalyazin si tienen la oportunidad. Por eso debes hacer que cambien de opinión.*

«¿Hacer que cambien de opinión?», preguntó Nadya. Llevaban en guerra casi un siglo. Había tranavianos como Malachiasz y Serefin que querían que la guerra terminara. Pero ¿y la propia Tranavia? ¿Y Kalyazin? ¿Querían que se acabara la guerra? Serefin había mencionado lo lucrativa que era para los nobles tranavianos y Nadya se preguntaba si sería igual para Kalyazin. Aquello la agotó.

—*Haremos que cambien de opinión* —repitió Marzenya—. *Para siempre. Hay un pozo del que debes beber. Lo arreglaremos. Traeremos el equilibrio de vuelta. Conseguiremos de nuevo el favor de Tranavia.*

Nadya tragó saliva. Aquella era una canción distinta a la que la diosa solía cantarle.

«¿Sabes por qué me ha mentido la Iglesia sobre los dioses antiguos, los caídos, sobre lo que es este poder mío?».

Se produjo una larga pausa.

—*No es el momento de preguntar. Es el momento de actuar. Vamos.*

Nadya debería estar agradecida porque ya no se barajara la posibilidad de una destrucción absorbente. Debería estar agradecida de poder terminar aquello sin destruir el país que el chico que le importaba quería tanto, incluso si debía destrozarlo para hacerlo. El extraño comportamiento de Malachiasz seguía presente y desconcertándola. Enterró sus dudas, encendió otra ramita de incienso y abandonó el santuario.

Interludio V

PARIJAHAN
SIROOSI

Había doblado la carta en un diminuto cuadrado y la había dejado en el extremo más alejado posible, en el fondo de la mochila. No sabía cómo la había encontrado el mensajero. Los hilos de su familia se estiraban mucho más de lo que pensaba.

> *Su altísima majestad, rey de reyes, gobernador de la* Travasha *de la Casa Siroosi, en cuyas manos descansa el vínculo de los cinco países bajo el gran sol, Daryoush Siroosi, se está muriendo. Pronto caminará entre la tierra.*
> *Regresad a casa, su alteza.*

Observó el fuego. Se habían marchado del monasterio hacía unos días. Ir al extremo opuesto de Kalyazin solo porque Nadya quería había sido razón suficiente para Parijahan porque eso significaba estar lejos, muy lejos de Akola.

Rashid estaba dormido con la cabeza sobre su regazo, por lo que le pasó los dedos por el pelo oscuro. Nadya estaba, a veces, malhumorada y extrañamente centrada en algo sobre lo que Malachiasz y ella se pasaban varias horas al día hablando. Parijahan hacía mucho que había dejado de oír el suave murmullo de las voces de ambos mientras discutían en la extraña mezcla de tranaviano y kalyazí en la que solían sumergirse cuando hablaban. Parijahan no creía que fueran conscientes de que lo hacían. Hablaban en un idioma hasta que uno de los dos se chocaba con un muro que la lengua del otro no le permitía sobrepasar y, entonces, cambiaban al suyo y continuaban.

Su padre se moría.

«Regresad a casa».

Se suponía que debía sentir tristeza, pero sobre todo estaba aterrada por lo que significaba estar tan lejos de Akola. Se sobresaltó cuando Malachiasz se sentó junto a ella.

—¿Está dormida Nadya? —preguntó.

Malachiasz asintió.

—¿Se lo has contado a Rashid?

—No puedo.

El chico levantó una ceja.

—Durante décadas, Yanzin Zadar ha estado esperando a que Paalmidesh muestre debilidad. Han intentado derrocar a la *Travasha* paalmideshi desde que tengo memoria. No puedo confiarle esto.

—Vaya. —Posó la barbilla sobre las manos—. Me encanta escuchar que la política de otro país es tan enrevesada como la de Tranavia.

—Me cuesta creer que algo sea peor que la de Tranavia.

—¿Cómo va eso de la unificación de los cinco reinos? —preguntó Malachiasz.

Parijahan se quedó callada.

—Verás, sabía que sería una mala idea. Al menos, dos reyes son manejables.

—Si los Cinco Padres te hubieran preguntado hace siglos, podrías haberles dado ese maravilloso consejo político.

—Es una pena que no me consultaran.

Parijahan puso los ojos en blanco.

—A ti al menos se te da bien la política.

—¡Menuda acusación! —exclamó Malachiasz.

—Con fundamento.

—Solo soy bueno siendo paciente. Es un juego. —Se quedó callado antes de añadir—: Se me da bien jugar.

Estaba subestimando sus capacidades.

—Uf, entonces hazte cargo de esto.

—Por supuesto que no. Me daba la impresión de que ni a Rashid ni a ti os preocupaban las discusiones particulares de vuestro país de origen —comentó Malachiasz.

—A ver, no lo sé. Yanzin Zadar tiene derecho a estar enfadado con Paalmidesh, no es que nos hayamos portado demasiado bien con ellos. Y Rashid... dice que no le importa.

—Vaya, ¿eso dice?

—Ni se te ocurra, Malachiasz Czechowicz. ¡Qué chico más terrible! —Malachiasz se echó a reír con suavidad—. Me dirá que me vaya —continuó Parijahan—. Me dirá que haga lo correcto porque es muy noble, maldita sea.

El chico se llevó una rodilla al pecho y la rodeó con los brazos.

—No puedo hacerlo, Malachiasz. Pensaba que me desheredarían por marcharme. Estaba preparada para esa realidad, no para esta.

El chico apoyó la cabeza sobre la rodilla, pensativo. De vez en cuando, una parte de su ser temblaba, como si no estuviera del todo en el mismo terreno de la existencia de los demás. Parijahan sabía desde el principio quién era. Había hecho muy mal trabajo intentando ocultar que era un Buitre cuando estaba desesperado y solo en un reino enemigo. Ese aspecto suyo nunca la inquietó. Para ser sincera, era el chico encantador y amable de Tranavia el que siempre la hacía mostrarse más precavida. Sin embargo, era ese chico encantador y amable de Tranavia quien la estaba escuchando mientras se quejaba y quien le estaba dando tan buenos consejos.

Malachiasz señaló a Rashid, pero Parijahan lo desestimó con un movimiento de la mano.

—No se va a despertar.

—Vas a tener que contárselo. Vas a tener que contárselo a los dos, a decir verdad.

Eso era justo lo que no quería hacer.

—¿Qué ocurriría si te quedaras? —preguntó Malachiasz.

—No lo sé —contestó—. Soy la heredera de una *Travasha*. Las otras dos grandes *Travashas* presentarán sus candidatos para el trono. Un consejo compuesto por los nobles de todas las casas de Akola decidirá quién será el siguiente gobernador. Es muy probable que Yanzin Zadar intente derrocar el sistema. Siroosi lleva mucho tiempo gobernando en Akola. Sería... una deshonra para mí abandonarlo y dejar que caiga en manos de una casa diferente.

—Pero tú... —dijo Malachiasz, eligiendo con cuidado las palabras— no eres exactamente honorable.

Parijahan le lanzó una mirada de sarcasmo.

—Bueno, eso lo sabes tú.

Malachiasz le dedicó una sonrisa.

—Deberías tener cuidado —le avisó la chica—. Todo esto no me da buena espina.

—Seguro que mi participación es la causa de ese mal presentimiento —observó Malachiasz.

Sí y no. Lo que había hecho en Tranavia había sido una traición, pero no se habría enfadado tanto si le hubiera contado desde el principio cuál era el plan. Las grandes estrategias para que la divinidad derrocara a los dioses le parecían todas perfectas, pero odiaba que le mintieran. En parte por eso era una *prasīt* espantosa.

—Nadya y tú sois una combinación peligrosa —comentó Parijahan.

Malachiasz le dedicó una débil sonrisa sin esa amargura áspera habitual. El animal salvaje que había permitido que se asentara en su piel estaba ausente. «Madre santa, está enamorado de ella». Conocía a ese chico lo bastante bien como para saber que eso acabaría en desastre.

—Aquella noche hubo mucha magia en el santuario y no estoy seguro de que entendamos lo que hicimos. —Parijahan resopló y él le sonrió arrepentido—. Incluidos mis propios planes.

Se le abrió un ojo en la sien como si quisiera confirmarlo.

—¿Duele?

—Sí —contestó de manera despreocupada—. Casi en todo momento. Sufro un dolor constante.

Parijahan gruñó y se le escapó una carcajada. Apoyó la mano libre sobre la suya. Por horrible que fuera, era su amigo y no quería verlo tan destrozado.

—No calculé bien —dijo Malachiasz, encogiéndose de hombros—. A veces pasa.

No le creyó, aunque deseaba que tuviera una razón más obvia para mentir. No se había equivocado en los cálculos, para nada. Parijahan no se podía imaginar la magia que utilizaban Nadya y él y no le interesaba conocerla. Akola tenía sus propios magos, quienes se habían quedado fuera del conflicto entre Kalyazin y Tranavia porque pocas personas sabían de su existencia. Vivían en los recónditos desiertos y rara vez iban a las ciudades a comerciar.

—¿De verdad pensabas que ibas a matar a un dios y derrocar a un imperio divino así? —Chasqueó los dedos.

—Tienes razón, era un pensamiento simplista. Tengo el poder, pero no sé cómo usarlo. Me preocupa que, si lo hago, sea mi fin.

—Pero ¿y si tuvieras que usar ese poder para salvar a Tranavia?

369

Se quedó callado durante largo rato, toqueteándose de manera ausente un padrastro del pulgar.

—Entonces, ese sería el final de Malachiasz Czechowicz —dijo por fin. Parijahan soltó un débil suspiro—. ¡Menudo lío! Quizás sea un idealista, pero no estoy tan loco como para pensar que lo que Nadya planea nos va a llevar a un final apacible del conflicto. —Sonrió, pero lo hizo con tristeza.

—Entonces, ¿por qué la ayudas?

—Porque quiero hacerlo. Porque soy un maldito idealista y debo permitirme tener la esperanza de que uno de nosotros podrá solucionar este mundo confuso o, si no, voy a ahogarme bajo el peso de mi propio pesimismo desesperado. —Se encogió de hombros—. Porque me preocupa Nadya.

—Si vuelves a herirla, te mataré antes de que ella tenga la oportunidad de hacerlo —contestó Parijahan.

—A ti es a quien más temo —replicó Malachiasz.

—Deberías estar igual de asustado por ella.

—No es miedo —murmuró—. Esa no es la palabra correcta, pero ¿quizás debería serlo? Me contó algunas cosas inquietantes que había dicho su Iglesia sobre ella.

—Lo que seguro que utilizarás en una discusión sobre moralidad teológica —comentó Parijahan con sequedad.

—Las peleas son la mitad de la diversión. Y solo estás cambiando de tema porque no quieres enfrentarte a esa carta.

Parijahan frunció el ceño.

—No sé qué hacer —dijo.

—Entonces, ¿vas a ignorarla y esperar que desaparezca?

—No me ha ido mal así hasta ahora.

—Parj…

No quería que Malachiasz utilizara ese tono con ella. No tenía derecho a juzgarla. Le alisó el pelo a Rashid, demorándose. Se le había quedado dormida la pierna.

—No estoy haciendo nada porque Nadya necesita mi ayuda. No la voy a dejar contigo.

—Vale —aceptó Malachiasz—, pero... es tu padre. —La confusión y el dolor en su voz eran auténticos de una manera inquietante. Parijahan le dedicó una mirada de desesperación—. Algunos de nosotros no tenemos —continuó en voz baja.

Tenía razón, pero era mucho más complicado de lo que pensaba. Parijahan le había dicho cosas que no podían borrarse y había hecho cosas que no podría perdonarle. Pensaba que su *Travasha* enviaría a alguien para matarla, no para suplicarle con tranquilidad que volviera. Cerró los ojos y Malachiasz apoyó la cabeza sobre su hombro.

—Algunos formamos nuestra propia familia —comentó Parijahan—. No estoy segura de en qué momento me confundí tanto como para que en la mía haya un chico convertido en monstruo, pero así es.

Malachiasz resopló. Se produjo un gran silencio entre ambos antes de que él se levantara, pero solo para avivar el fuego, coger en brazos a Nadya y llevarla al interior de la tienda para que no se congelara. Parecía pequeña entre sus brazos. Su pelo negro y largo se entrelazó con los mechones blancos y rubios de la chica cuando Malachiasz inclinó la cabeza hacia la suya. Parijahan oyó el suave susurro de voces. Su amigo volvió a salir y se sentó junto a ella.

—Vete a dormir. Yo me encargo de vigilar.

—No quiero gobernar Akola —anunció Parijahan de modo inexpresivo, con la mirada fija en el fuego—. Si me quedo aquí, no tendré que hacerlo. —Enterró la cara en su hombro. Él la envolvió con un brazo. Era su terrible y poderoso amigo. Cuando se había marchado de casa, nunca supuso que se encontraría al Buitre Negro de Tranavia en un diminuto pueblo de Kalyazin, un chico ansioso y desastroso al que le pisaban los talones unos soldados kalyazíes. No quería regresar. No podía.

Interludio VI

TSAREVNA YEKATERINA VODYANOVA

La magia procedente de los santos era terriblemente imperfecta y eso era lo que los tranavianos no conseguían entender. Con su magia herética, que facilitaba tanto las cosas, no lograban comprender aquella por la que había que esforzarse. Serefin había observado con una creciente confusión en el rostro cómo Katya había sacado la mayor parte de lo que llevaba en la mochila y comenzaba a revolver entre sus cosas.

—¿Esto es...? —Cogió un puñado de setas—. Sangre y hueso, ¿por qué tienes *czaczepki towcim*?

—Solo los clérigos tienen auténtica magia —contestó Katya, eligiendo un pequeño bol de cerámica para moler un poco de savia de adivino en él—. Sé bueno y utiliza tu poder blasfemo para encender esto, por favor. —Serefin frunció el ceño. Se produjo un instante de silencio—. Perdona, ¿no me he expresado correctamente? Los dioses y yo no siempre nos llevamos bien. Me importa un rabo de rata cómo hagáis vuestra magia, pero mi opinión no cuenta, solo las de mi padre y la Iglesia.

Se habían trasladado a una de las estructuras calcinadas de una casa. A Katya le rompía el corazón ver tanta destrucción, sobre todo provocada por algo que no había molestado a los habitantes kalyazíes desde hacía décadas. Kalyazin siempre había albergado monstruos. Acechaban en los rincones: los *domovoi* se quedaban en sus casas, los *bannik*, en las termas y los *dvorovoi*, en los establos. Sin embargo, a los monstruos que de verdad hacían daño (los *zhir'oten*, los *kashyvhes* y los *drekavac*) no se los había visto desde hacía mucho tiempo. Hasta que habían resurgido.

En el pasado, Velyos había sido el dios del inframundo, los bosques y todos los monstruos que vivían allí. Cuando se liberó, se despertaron con él. Kalyazin por fin había salido de ese lugar de oscuridad y monstruos y ahora volvían a tirar de él hacia allí. Katya tenía la terrible sensación de que ese horror era irreversible. Incluso aunque Serefin pudiera romper la conexión con Velyos, la oscuridad seguiría allí para quedarse.

El tranaviano se cortó el pulgar con una cuchilla que llevaba en la manga y encendió el bol. Katya le ofreció una seta.

—Puedes venir conmigo.

Serefin frunció el ceño.

—Ya he tenido suficientes horrores divinos para toda la vida, gracias.

—Me cuesta creer que pongas mala cara a un suave alucinógeno.

—No me conoces de nada, querida. —Tenía una petaca apoyada sobre el muslo. Luego, admitió—: Si la magia de sangre aumentara con las drogas, los Buitres lo habrían descubierto hace mucho tiempo. La parte recreativa es un asunto totalmente distinto.

Katya se encogió de hombros.

—Sírvete. —Se las tendió a Ostyia, quien dudó antes de negar con la cabeza.

—Con la magia de sangre tengo bastante —comentó en voz baja.

—Sangra un poco más sobre la savia —le pidió Katya a Serefin—. La usaré para rastrear al Buitre Negro.

Serefin se removió, nervioso. «Estúpidos herejes, qué inseguros se vuelven al lidiar con una magia que no entienden», pensó Katya. Fuera lo que fuese lo que Svoyatovi Vladislav Batishchev le proporcionara sería suficiente para encontrar al Buitre Negro. Sin embargo, necesitaría hacer otros rituales para tener el poder suficiente para matar a un Buitre, sobre todo a uno tan poderoso como él.

Los clérigos podían usar el poder en cualquier momento. Las personas como Katya, dependientes de los santos, debían hacer largos y extensos rituales para conseguir una pizca de magia. Eran buenos para cazar o para encuentros solitarios, pero no servían en el campo de batalla. La magia necesitaba demasiada preparación para una recompensa tan pequeña. A Katya no le importaba. No podía imaginarse viviendo con un poder como el de los clérigos, siempre ahí, presente.

—Primero Pelageya, ahora ella, ¿qué pasa con vosotros, kalyazíes? —musitó Kacper.

—¿Habéis conocido a Pelageya? —exclamó Katya, incrédula.

—Es la consejera de mi madre —comentó Serefin con el ceño fruncido.

—Si las brujas tuvieran una madre suprema, sería Pelageya —afirmó Katya—. Yo la conocí. Es una de las últimas brujas que quedan. Bueno, se la considera sobre todo un mito, por lo que la Iglesia no ha intentado con demasiadas ganas eliminarla. —Tenía sentido que Pelageya estuviera en Tranavia en todo momento. Se portaban mucho mejor con las brujas.

Serefin miró con cautela a Katya. O, al menos, ella pensó que lo hacía. Era desconcertante no saber qué miraba a través de esos ojos fantasmales. En sí, el chico era desconcertante. No podía entender cómo había acabado un rey metido en asuntos que parecían tan propios de los kalyazíes. ¿Cómo lo había elegido un dios desterrado que llevaba dormido mil años? ¿Era culpa de la clériga? ¿O Serefin había sido elegido hacía mucho tiempo y no había manera de detener aquello? Katya disfrutaba mucho de una buena contemplación existencial de vez en cuando.

—No parece que tengas muy buena opinión de la Iglesia —observó Serefin.

—Me encanta la iglesia, pero no me gusta la Iglesia —dijo Katya—. Es complicado.

—Eso parece.

—Me da la impresión de que no tienes muy buena relación con tu familia —contraatacó Katya con una ceja levantada.

—Maté a mi padre y estoy planeando asesinar a mi hermano —contestó Serefin—. No sé a qué te refieres.

Katya atrajo parte del humo hacia su cara antes de inhalar hondo. Luego, cogió una de las setas.

—Ahora vuelvo —dijo con una sonrisa sarcástica antes de metérsela en la boca.

Los efectos eran bastante repentinos. Katya se derrumbó.

31

NADEZHDA
LAPTEVA

Grigoriy Rogov era un monje que oía las voces de los dioses caídos. Un hermano del monasterio lo envenenó.

Los Libros de Innokentiy

Malachiasz se pasaba cada vez más tiempo leyendo cuidadosamente su libro de hechizos. Sería casi una vuelta a la normalidad, porque antes estaba siempre manchándolo de sangre, pero había algo en la manera en la que se pegaba a él, alejado del resto por las noches mientras acampaban, que preocupaba a Nadya. No obstante, no conseguía convencerse de que estaba ideando una traición contra todos porque no lo haría de manera tan obvia. Cada vez que se acercaba y le colocaba la barbilla sobre el hombro, Malachiasz se esforzaba por explicarle lo que estaba haciendo (unir hechizos que los ayudaran a salir del bosque de una pieza), no se escondía. Algunas noches ignoraba el libro, se sentaba con las piernas cruzadas junto al fuego y cosía la espalda de la chaqueta que le habían destrozado las alas. Rashid juzgaba en voz alta sus puntadas.

El tranaviano se había negado a explicar lo que había visto en el poder de Nadya en el santuario y ella se preguntaba si sabría más de lo que le estaba contando, si conocía las historias del lugar al que iban. Sin embargo, por inteligente que fuera Malachiasz, a Nadya le costaba creer que un chico de Tranavia conociera aquel lugar, que supiera de Evdokiya Dobronravova, quien había hecho el peregrinaje hasta Bolagvoy, pero a quien, por el camino, había consumido Tachilvnik. La hizo pedazos su propia mente decadente y crecieron flores sobre sus huesos. Estaba segura de que no sabía que ese era el destino que Nadya le tenía preparado.

Llevaban semanas viajando y aún tenían que seguir avanzando más antes de llegar al punto donde el bosque de Dozvlatovya se convertía en Tachilvnik, el destino imposible, el punto de Kalyazin que pertenecía por completo a los monstruos. Nadie había pasado por esa parte del bosque, pero era la vía más rápida al monasterio. Si sobrevivían, llegarían en la mitad de tiempo. Sin embargo, ese «si» era enorme.

Parijahan tenía un comportamiento extraño y Nadya no estaba segura de si debería preguntarle sobre eso. Le preocupaba que estuviera tan centrada en sus propios problemas que se hubiera perdido algo. Tal vez la akolana llevaba un tiempo comportándose así. Y quizás Malachiasz se había puesto cada vez más nervioso. A lo mejor Nadya no se había dado cuenta de nada de aquello.

Perder a Kostya había sido duro, pero sería peor si el dolor de su pérdida alejara a los amigos que le quedaban. No podría soportar perder a Parijahan o a Rashid. Y a Malachiasz..., bueno, no importaba lo que pensara su corazón.

Parijahan y Malachiasz hablaban en susurros y el tono intermitente de sus voces le acariciaba los oídos. Al final, Malachiasz se separó y se marchó. Nadya frunció el ceño. Parijahan tenía los brazos cruzados sobre el pecho e ignoraba, furiosa, las miradas de Nadya y Rashid.

La clériga se dirigió hacia los árboles para seguir a Malachiasz. No intentaba ser sutil y le resultó fácil encontrar la alta figura mientras se escabullía por el bosque. Estaba de los nervios cuando lo encontró, de pie en la orilla del cauce de un río, mirando el agua que, por alguna razón, seguía fluyendo a pesar del frío gélido.

—No quiero hablar del tema —dijo cuando se acercó. Nadya frunció el ceño y él la fulminó con la mirada antes de suavizarla—. No es nada... —Se calló y le quitó importancia con un gesto de la mano.

—¿Malvado? —le propuso ella.

Se echó a reír.

—¿Esa es la palabra correcta?

—¿Para ti? Seguro que sí, Malachiasz.

Se le seguía cortando la respiración cada vez que usaba su nombre y Nadya trataba de usarlo todo lo posible. Se preguntaba si el recuerdo servía, si valía la pena evocarle la frágil ancla que lo ataba a su parte humana. Decidió al final que no importaba demasiado si no servía, seguía siendo algo que podía hacer durante el tiempo que les quedara. Además, le consolaba saber que Parijahan y él se estaban peleando por algo bueno.

—Vale —dijo al final—, estoy aquí por si quieres hablar.

—¿Te molesta? —preguntó Malachiasz—. No saber de dónde vienes y quién es tu familia.

Nadya no entendía si aquello estaba relacionado o no con algo. Sabía que le inquietaba que le hubieran borrado los recuerdos de su niñez. Por mucho que le gustara el monstruo que era, había una pizca de remordimiento por la manera en la que se había vuelto así.

La chica se encogió de hombros. Para ser sincera, nunca lo había pensado. Su sensación de pertenencia siempre había estado anclada con firmeza al interior de las paredes del monasterio. No fue hasta que comenzó a enfrentarse a tantos aspectos de su fe que se encontró dudando. Ya no sabía a dónde pertenecía. Nunca sería capaz de permanecer de nuevo entre las paredes de un monasterio porque había visto y hecho demasiado, pero el pensamiento la aterraba. Llevaba mucho tiempo callada y no solía ser ella la reflexiva, por lo que Malachiasz le dedicó una mirada de curiosidad.

—No —dijo con tranquilidad—. Me preocupa más creer que ya no tengo nada en común con quien pensé que era mi familia.

Una pausa de sorpresa, seguida de una luz engreída, le parpadeó en los ojos.

—Entonces, ¿te he convencido al fin de que tengo razón? —preguntó el tranaviano con falsa inocencia.

—No te acercas ni un poquito a la verdad —replicó Nadya.

No se trataba de que él tuviera razón y ella no. Se trataba de que Malachiasz había señalado discrepancias que Nadya no había considerado. Esta no podía racionalizar las cosas que había visto en Tranavia. Como respuesta a su sonrisa, lo fulminó con la mirada y metió aún más profundamente las manos en los bolsillos.

—Quiero saber qué me hizo tan poco valioso como para que me abandonaran con esa facilidad —susurró Malachiasz.

A Nadya se le rompió el corazón.

—Pensaba que los tranavianos consideraban que ser elegido por los Buitres era un honor.

—Lo es, pero... —Negó con la cabeza.

¿Cuánto tiempo pasaría hasta que las pequeñas cosas que Malachiasz no decía se convirtieran en otra red de mentiras? ¿Cuánto podría pasar ella por alto antes de arrepentirse? ¿Qué había hecho que no le estaba contando? Se preguntó si Marzenya lo sabría, si eso también se lo estaban ocultando. No entendía por qué debía vivir a oscuras cuando solo quería ayudar.

Nadya había recibido más instrucciones de Marzenya. Un punto específico al que ir. Su instinto la había empujado hacia el lugar correcto, pero parecía que Marzenya la quería para mucho más.

Y tal vez la chica atrapada en Tranavia habría titubeado un poco ante ese cambio de destino. Tal vez la muchacha que había estado atrapada en el oscuro corazón de la guarida del monstruo tuviera algunas dudas sobre las intenciones de Marzenya, pero perder la voz de los dioses, perderlo todo, había cambiado algo en su interior. No podía perderlo todo. No podía perder la voz de los dioses. No podía volverse inútil. Pero, vaya, estaba enfadada con Marzenya y, si aquello no funcionaba, no sabía en qué punto la dejaría.

—No lo sé —dijo Malachiasz al final—. No me gusta este bosque.

—¿Tú sin saber algo? Imposible.

—Te voy a tirar al río.

—¡No sé nadar!

—Una pena, supongo que morirás. —De repente, Malachiasz se tensó y se giró para mirar entre los árboles—. ¿Nadya? —murmuró mientras los ojos se le volvían vidriosos. A ella se le puso de punta el vello de la nuca—. ¿Cuándo se supone que llegaremos a Tachilvnik? —preguntó.

—En una semana o así. Seguimos muy al sur —contestó Nadya. Malachiasz emitió un sonido vibrante de reflexión—. Y allí se convierte en el bosque al que solo se puede acceder con una divinidad. Tranavia tiene lagos y nosotros, bosques.

Malachiasz no reaccionó porque seguía observando a través de los huecos entre los árboles. Aunque era mediodía, estaban tan metidos entre ellos que apenas se filtraba el sol entre las ramas. Con todo el mundo helado de manera permanente en medio del invierno, aquello hacía que la vida fuera aún más desalentadora.

Nadya necesitaba sus cuentas de oración. Las había relegado a un compartimento de la mochila, aunque la de Marzenya la seguía llevando en el bolsillo. La hizo rodar entre los dedos, deseando hablar con Vaclav. Un escalofrío mordaz le recorrió la piel debido al aire de un invierno intenso. Con lentitud, sacó la cuenta del bolsillo. Rozó con la yema el grabado de una calavera, solo una faceta del dominio de su diosa. Muerte. Magia. Invierno. «Invierno».

Pelageya le había hablado de que el castigo divino para Tranavia quizás no fuera tan obvio, de que el invierno era parte de este. Sin embargo, dicho invierno estaba acabando también con Kalyazin. ¿Qué estaba ocultándole Marzenya?

—Algo nos está observando —anunció Malachiasz con la voz entrecortada. Sacó una daga y el libro de hechizos.

—Magia de sangre, no de Buitre —dijo Nadya, ausente.

Malachiasz puso los ojos en blanco, pero estos permanecieron claros.

—A las cosas que habitan en este bosque no les va a gustar que lo crucemos.

Ella también podía sentirlo, algo arcaico y enfadado observándolos desde las sombras. Deseaba con toda su alma hablar con Vaclav. Si era un *leshy*, iban a tener problemas. A los guardianes de los bosques no se los conocía por ser precisamente amables. Malachiasz se estremeció. Con lentitud, enfundó la daga y se guardó en el cinturón el libro de hechizos.

—No llames la atención. Si solo nos está observando, déjalo —le pidió Nadya—. Debemos cruzar sin que se acerquen. Además, rey de los monstruos, ¿no deberían obedecerte?

Recibió una mirada significativa. Hubo un momento con los *rusałki* en el que Nadya había estado segura de que había sido la magia de Malachiasz la que había hecho que escucharan. ¿Y si hubiera sido la suya?

Esperaron a que los demás los alcanzaran, pero, cuando lo hicieron, Malachiasz pronto comenzó a deambular. Nadya no se molestó en seguirle aquella vez, sino que se puso al ritmo de Parijahan.

—No voy a preguntarte por qué os habéis peleado Malachiasz y tú —dijo Nadya cuando la akolana se puso tensa—. Sin embargo, puedes hablar conmigo si lo necesitas, ya lo sabes, ¿no?

—No es nada. Malachiasz está tan nervioso y confuso como siempre. —Nadya levantó una ceja. Parijahan le dedicó una sonrisa—. Además, no quiero que mis problemas te supongan una carga mientras lidias con todo esto —añadió.

Nadya no quería quedarse fuera porque estuviera teniendo dificultades. No deseaba que Parijahan sintiera que debía encargarse de lo que fuera ella sola porque la vida de Nadya se hubiera hecho pedazos a su alrededor.

Abrió la boca para responder cuando una magia desconocida la alcanzó. Se le cortó la respiración. La magia era casi divina. Se produjo un golpe cerca y comenzó una pelea. Nadya y Parijahan intercambiaron miradas mientras Rashid partía en dirección al revuelo.

Malachiasz tenía contra el suelo a una chica alta de pelo oscuro. Nadya estaba a punto de hacer una pregunta cuando alguien se movió cerca de su codo y lo echó hacia atrás por instinto... para golpear al rey de Tranavia en la cara. Este dio un paso titubeante hacia atrás entre maldiciones mientras levantaba las manos. La sorpresa se derritió para dejar paso al alivio.

—¿Serefin?

El rey pestañeó, le dio un ligero golpecito en la cabeza y, de repente, se centró en Malachiasz y en la chica detrás de Nadya, quien se giró, sacó el *voryen* y lo sujetó sin fuerza.

—¿Quién eres, *towy wilockna*? —siseó Malachiasz—. ¿Y qué crees que estás haciendo con esos dientes?

Los ojos de la chica relampaguearon y le escupió algo que Nadya no llegó a entender, aunque reconoció que era en kalyazí. Malachiasz soltó una carcajada sombría.

—¿Quién te ha mentido? —preguntó el Buitre con voz grave e irregular. Le presionó el esternón con una mano y le acercó una garra de hierro a la garganta. Tenía los ojos turbios y, unos segundos después, se le cubrieron de negro—. ¿Te dijeron que tenías alguna magia secreta? ¿Te llevaron a una habitación en penumbras y te susurraron en un idioma que no conocías hasta que te sentiste distinta? ¿Te contaron que eras especial y te dieron una espada mágica? ¿Te informaron de que, vaya, estabas preparada para matar a alguien como yo?

Nadya agarró a Serefin de la mano cuando la dirigía a la daga del cinturón. Se acercó a Malachiasz. La chica respiraba con dificultad, pero una sonrisa fría le curvaba los labios. Malachiasz le devolvió la sonrisa con dientes de hierro.

—¿Crees que eres una cazadora de Buitres, lobita? ¿Crees que esos dientes de mi especie que coleccionas te hacen especial? —Levantó el collar de dientes que la chica llevaba en torno al cuello con una garra de hierro—. ¿Te puedo contar un secreto? —Extendió un poco más aquella sonrisa nauseabunda—. Conozco cada diente de este collar y cada Buitre al que le has robado su tranquila vida. Lo único que eres es una chica sin magia con una daga roma y un puñado de dientes.

«Ya basta», pensó Nadya, al mismo tiempo que le colocaba la punta del *voryen* bajo la barbilla.

—Tú, de entre todas las personas, deberías saber que no puedes subestimar a una chica con una daga. —Le tocó la mejilla con la parte plana—. Déjala, ya le ha quedado claro.

Malachiasz permitió que la chica se pusiera a duras penas en pie. Apoyó los codos sobre las rodillas, con las manos acabadas en garras de hierro al descubierto de un modo amenazador.

Era alta, con rasgos finos, como si los hubieran tallado en cristal. Llevaba una chaqueta militar kalyazí de un oscuro azul marino y un *voryen* apretado en el puño. Tenía los ojos verdes y agudos dilatados de una manera extraña. ¿Qué rara y nueva compañía habría elegido Serefin? ¿Y qué estaban haciendo allí?

—¿Puedo...? ¿Puedo verla? —preguntó Nadya, estirando la mano hacia la daga. Era evidente que la chica pensaba que podría herir a Malachiasz con eso. ¿Sería otra reliquia?

La muchacha alejó los ojos del Buitre durante un breve momento y los entrecerró hacia la mano extendida de Nadya. Miró a Serefin con ironía. Este levantó las cejas y se apoyó contra un árbol. ¿Qué hacía Serefin con una cazadora de Buitres que se desenvolvía con el aspecto típico de una noble?

—Yo misma les quité los dientes —le contestó a Malachiasz.

—¿De verdad crees que no nos vuelven a crecer? —replicó él con un tono traicioneramente satisfecho—. ¿Crees que quitarnos un diente de la boca es un daño irreparable?

—Estaban muertos cuando se los quité —contestó la chica.

—Querida, se nos da muy bien sobrevivir.

La recién llegada inclinó la cabeza con una postura demasiado relajada para alguien a quien acababa de lanzar al suelo el Buitre Negro.

—¿Estás con él? —le preguntó a Nadya.

Esta apoyó la mano en el pelo de Malachiasz. Una extraña chispa de magia se prendió bajo sus dedos, pero la ignoró.

—Soy la que está haciendo que no te arranque la garganta, sí.

—Tranquila —pidió Serefin en voz baja.

—Déjame ver la daga —dijo Nadya, esta vez con mayor intensidad.

La chica se echó a reír.

—Tú no me das órdenes.

—Nadya —las interrumpió, cansado, Serefin—, déjame que te presente a la *tsarevna* Yekaterina Vodyanova. —La sangre abandonó la cara de Nadya. «¿Cómo?»—. Katya —continuó Serefin—, esta es Nadezhda Lapteva, tu clériga. Por favor, nunca permitáis que vuelva a presentar a dos kalyazíes entre sí. Tendré que curarme el orgullo herido.

La *tsarevna* tenía una expresión engreída. Le dio la vuelta al *voryen* y le tendió la empuñadura a Nadya, quien lo cogió, aturdida. La futura dirigente de Kalyazin estaba ante ella, quien se encontraba viajando con el Buitre Negro. No había manera de darle la vuelta a aquello para que saliera algo bueno. Sin embargo, a medida que reflexionaba sobre el tema, se dio cuenta de que estar con Serefin la había insensibilizado ante la idea de la realeza. Actuaría como si no le inquietara ese giro de los acontecimientos.

—¿Creías que lo matarías con esto? —Nadya acercó la parte plana a la mejilla de Malachiasz—. ¿Algo?

—Creo…

—¿No?

—Creo que lo tienes que usar por el otro lado —propuso Malachiasz con amabilidad. Hizo el movimiento de un apuñalamiento.

Nadya resopló con suavidad. Ambos sabían que no era cierto. La reliquia de hueso le había herido solo con acercársela. Aquella no era más que una daga normal. Se la tendió a Malachiasz. Este se apoyó sobre los talones y se agazapó. Se le aclararon los ojos y le desaparecieron las garras excepto una, que usó para cortarse el antebrazo. Katya se estremeció. Rebuscó en el libro de hechizos unos segundos antes de arrancar la página y envolver el cuchillo con ella. El papel se convirtió en ceniza entre sus manos. Le dio una vuelta en el aire al *voryen*, lo cogió por la punta y se lo ofreció a la *tsarevna*.

—Si quieres probarlo, apuñálame. Sobreviviría, pero te sentirías mucho mejor haciéndolo, *Wécz Joczocyść* —dijo.

Katya le enseñó los dientes. Cuando Malachiasz le lanzó el *voryen*, lo cogió por la empuñadura.

—Bueno —continuó el chico—, qué bonita coincidencia, ¿no?

—Cállate, Malachiasz —dijo Nadya.

El Buitre levantó una sola ceja y un estremecimiento de miedo la avisó de que quizás estaba yendo demasiado lejos. Sin embargo, permaneció sentado, con las piernas estiradas de manera casual. Se apoyó sobre las manos, contento con observar cómo se desarrollaba la escena.

—¿Qué hacéis aquí? —le preguntó Nadya a Serefin, muy consciente de que la *tsarevna* la estaba observando, en concreto la mano que había posado sobre el pelo de Malachiasz y el hueso que estaba haciendo rodar entre las yemas.

El ojo de Serefin tenía un aspecto etéreo y el otro lo llevaba cubierto con un parche negro. Tenía una apariencia horrible.

—Tiene a un dios antiguo parloteándole en la cabeza y estamos tratando de liberarlo —contestó Katya por él.

—Lo siento, ¿en qué punto entras tú? —Nadya estaba desconcertada ante el papel que tenía la *tsarevna* en todo aquello. ¿Cómo se había cruzado Serefin con ella? ¿No estaban en guerra? Sin embargo, supuso que lo mismo se podría decir sobre Malachiasz y ella. Ambos simbolizaban ideologías opuestas, aunque estuvieran de igual manera juntos.

Katya sonrió.

—Sé mucho sobre dioses antiguos.

A Nadya el corazón se le subió a la garganta. ¿Podría ayudarla Katya? ¿Sabría entender qué significaban todos los mensajes crípticos que había recibido? ¿Querría ayudarla al saber que estaba con el Buitre Negro? Nadya no podría echarle en cara que no quisiera tener nada que ver con una clériga mancillada.

—¿Adónde vais? —preguntó.

—A Tzanelivki —contestó Serefin mientras se restregaba el ojo, ausente.

—Hacia allí vamos nosotros también —comentó Malachiasz, confuso. Para perplejidad de Nadya, aclaró—: A Tachilvnik. —Ya no estaba contento solo con mirar, así que por fin se puso en pie. La *tsarevna* se tensó cuando se incorporó del todo, hasta su máxima altura.

—Al parecer, todos tenemos que ir a ese maldito lugar —dijo Malachiasz de manera mordaz—. ¡Qué fortuito!

Serefin entrecerró los ojos.

—No me he olvidado de lo que has hecho —anunció en voz baja.

—Me decepcionaría que así fuera. Me esforcé mucho para poner todo eso en práctica y vas tú y lo estropeas sobreviviendo.

—Sangre y hueso, siento mucho haberte fastidiado la traición. En serio, es una pena. Lo que de verdad necesita Tranavia es que el peor Buitre Negro que hemos tenido la gobierne.

Una pequeña sonrisa relampagueó en la boca de Malachiasz por un segundo.

—Tranavia ha aguantado tanto tiempo porque soy el peor. No te engañes.

Había un zumbido en los oídos de Nadya del que no podía desprenderse. Todas esas rarezas que Serefin tenía y que le recordaban a Malachiasz cuando estaba en Grazyk de repente cobraron un sentido aterrador. Los miró a los dos a la cara y sus perfiles se parecían demasiado como para que fuera una coincidencia. Serefin, antes de todo aquello, tenía los mismos ojos claros y gélidos que Malachiasz. Además, sus facciones eran similares, la misma finura en los huesos. Malachiasz era una sombra más delgada y agotada que Serefin, pero el parecido era sorprendente. «El chico moldeado con sombras y el chico moldeado con oro».

«Oh, dioses».

32

SEREFIN
MELESKI

*Se encontraba bajo las olas. En las profundidades del agua. Un
agua oscura. Las manos retorcidas de Zvezdan sostenían un ejército por si pensaba alguna vez en mirar hacia arriba y escuchar a
los sacerdotes ahogados requiriendo su gracia.*

Los Libros de Innokentiy

—Vienes aquí, acompañado de la *tsarevna* kalyazí, quien caza
Buitres, ¿qué tramas, *moje kóczk*? —Malachiasz le dedicó
una mirada enfurruñada a Serefin que decía «Buen intento».

Serefin se estremeció ante el tono mordaz de Malachiasz. Katya había llevado a Nadya a un lado y estaban hablando con interés.
Kacper parecía querer matar a Malachiasz con sus propias manos.
Estaba sentado sobre un árbol caído junto a Ostyia, quien era evidente que deseaba saber de lo que estaban hablando Katya y Nadya,
pero, tras unos minutos, se levantó para dirigirse al par de akolanos.

—¿Que qué tramo? —repitió Serefin—. Qué novedad que
tú, entre todas las personas, me preguntes eso. —Malachiasz
puso los ojos en blanco—. Sobre todo, cuando debería ser yo el
que te lo preguntara a ti.

Malachiasz hizo un vago gesto hacia donde estaba Nadya.
Mientras Serefin lo observaba, un poco horrorizado, un puñado
de ojos negros como el azabache se le abrieron en la mejilla.

Malachiasz no reaccionó mientras su cuerpo se contorsionaba y cambiaba. Sin embargo, había un estremecimiento en su figura que hacía que Serefin pensara que no estaba viendo todo su ser. Este, con lentitud, se quitó el parche.

—Estás hecho un desastre, ¿no? —El caos hecho forma. Malachiasz escondía lo que era en realidad tras una máscara que se había vuelto endeble. El horror era mucho mayor y Serefin, con el ojo perdido, podía verlo todo. Tal vez Malachiasz sí que había conseguido parecerse a un dios. Serefin había subestimado en gran medida a lo que se enfrentaba. Malachiasz frunció el ceño, perplejo, por lo que Serefin añadió—: ¿Y qué has hecho con todo ese poder?

Se produjo una grieta en la expresión de Malachiasz.

—No... lo sé.

«Mentira, está mintiendo».

—*Claro que sí. Está creando un imperio basándose en la vulnerabilidad* —anunció Velyos.

«Entonces, ¿sabes qué le ocurre?».

—*Ganar el poder de un dios y saber cómo usarlo son dos cosas muy distintas* —replicó Velyos.

Serefin alejó aquel pensamiento. Se colocó el parche sobre el ojo.

—Tienes un aspecto horrible —dijo con voz monótona.

Malachiasz le sonrió.

—Igual que tú. ¿Quién es el dios?

—No quiero hablar de eso contigo.

—Me halaga que pienses que voy a sabotearte.

Serefin resopló.

—¿No te pasaste el año pasado saboteándome?

La postura de Malachiasz era lánguida, pero le traicionaba la manera en la que se toqueteaba la piel alrededor de las cutículas. Serefin pestañeó, un poco crispado. Era la costumbre de su madre cuando tenía ansiedad.

«Es de verdad mi hermano», pensó y notó una sensación que lo hundía.

—Será mejor que contestes tú a esa pregunta —respondió Malachiasz—. Tengo recuerdos borrosos, como mucho. —«Más mentiras»—. Falta bastante para llegar a Tzanelivki —continuó—. Y estás muy lejos de casa. ¿En qué manos dejaste el trono? —El tono punzante en la voz de Malachiasz hizo que a Serefin se le pusieran los pelos de punta. ¿Cómo sabía lo que había ocurrido?—. Claro, no se lo dejaste a nadie.

Lo había dejado en manos de su madre (sangre y hueso, la madre de ambos), pero no era una cuestión sobre la que valiera la pena debatir.

—¿Y qué habrías hecho tú? —preguntó Serefin.

—Matar a Ruminski. De inmediato. Quitar de en medio al jefe para que las ratas se dispersaran.

—¿No hemos tenido ya bastantes muertes?

Malachiasz se echó a reír.

—Ni siquiera hemos empezado.

«No, ellos seguro que no».

—¿Cómo sabes todo eso?

—Soy el Buitre Negro, sigo contando con la orden.

—¿En serio?

Un estremecimiento.

—Bueno, con casi toda —aceptó Malachiasz.

—¿Qué le hiciste a Żaneta?

—Por lo que sé, sigue en las Minas de sal, donde pertenece porque es miembro de mi orden.

Serefin apretó los dientes.

—La retuviste a propósito.

—¿Creías que te facilitaría las cosas? ¿Después de que te entrometieras y destruyeras con tanta minuciosidad mis planes? Retenía algo que Nadya deseaba más y que aceptó.

—Porque es fácil manipularla.

De nuevo, una grieta.

—Le... importan otras personas —dijo Malachiasz al final.

—No lo suficiente para ayudarme a recuperar el trono.

—¿Por qué esperabas que fuera a elegir a un tranaviano cuando podía salvar a alguien de Kalyazin? —Sin embargo, Malachiasz frunció el ceño—. No importa. A Żaneta no le sentaron muy bien los cambios. A veces ocurre. Será mejor que permanezca en las Minas de sal hasta que se adapte y lo hará, solo necesita tiempo.

La concesión le sorprendió porque casi parecía que Malachiasz le estuviera intentando ayudar. Serefin se había preguntado qué había sucedido en las Minas de sal. No quería los detalles sombríos, pero aquello le tranquilizaba la mente. Al menos ahora sabía que todo había salido mal desde el principio, como sospechaba.

Dio un paso hacia Malachiasz y las palabras abandonaron sus labios sin restricciones. El otro chico pestañeó, como si quisiera alejarse, pero se mantuvo firme en su sitio.

—Sabes lo que va a hacer, ¿verdad?

Malachiasz inclinó la cabeza.

—¿Por qué? ¿Tú sí?

—¿Qué quiere su diosa, Malachiasz? —Serefin no sabía lo que estaba diciendo. ¿Qué le estaba ocurriendo?—. ¿Piensas que parará después de lo de Grazyk? Quizás quiera que toda Tranavia se arrodille, ¿no crees? —Malachiasz frunció el ceño, pero palideció—. ¿Qué hará esa valiosa clériga tuya siguiendo los caprichos de su diosa?

Malachiasz tragó saliva con hielo en la mirada.

—No creo que sea tan simple. —Se alejó un paso de Serefin y este, con un estremecimiento, se liberó.

Nadya se distanció de Katya con la cabeza baja. La *tsarevna* fue a hablar con un desgraciado Milomir, quien asintió y desapareció entre los árboles. Luego, la chica se acercó al grupo, alegre.

—Basta ya de perder el tiempo, ¿no? —preguntó.

—¿Adónde va? —contraatacó Serefin.

—Milomir no seguirá viajando con nosotros.

—En este grupo hay cuatro tranavianos —le avisó Kacper.

—Y una clériga —dijo, feliz, Katya.

Como si valiera la pena el intercambio. Nadya se removió incómoda. Le sostuvo la mirada a Malachiasz y entre ellos se cruzaron palabras no pronunciadas.

No había sido Serefin quien había hablado de Nadya, pero las palabras le resonaban en la cabeza. ¿Qué estaba haciendo? No le gustaba que fueran al mismo lugar porque ahora parecería que alguien les estaba guiando y Serefin no podía ir a dónde Velyos deseaba enviarle.

«Pero ¿y si eso significa detener a Nadya y a Malachiasz?». Quizás no tuviera otra opción.

* * *

El zumbido en la cabeza de Serefin estaba empeorando. No tenía mucho tiempo para llegar a Tzanelivki antes de que perdiera la poca libertad que le quedaba. Y, si la perdía, ¿qué le pasaría? Necesitaba más información y saber lo que estaba planeando Nadya. Sin embargo, Malachiasz la mantenía lejos cada vez que le era posible y, cuando no, era la *tsarevna* quien se le acercaba y eso era igual de malo.

Por eso, Serefin se quedaba cerca de Ostyia y Kacper, ignoraba lo mucho que Ostyia flirteaba con Katya y dejaba que Kacper se esforzara para convencerle de que iban a salir de aquella situación de una pieza.

Existía una incomodidad entre ellos dos que aún no había descubierto cómo superar. Algo los envolvía y los mantenía alejados. Para Serefin era lo inevitable: seguro que moriría. Le hacía sentir que no debería ceder a la chispa cambiante que notaba por Kacper cuando lo único que quería hacer era justo eso. Sin embargo, no sabía qué retenía al otro chico. Quizás lo mismo desde otra perspectiva.

Los bosques kalyazíes eran oscuros, con una densa maleza difícil de traspasar. Perdieron el sendero poco después de aventurarse en Dozvlatovya. Aún tenían que adentrarse mucho más, descender todavía más, mientras eran observados en todo momento. Serefin lo sentía y era evidente que Malachiasz también. Le sangraban de manera constante los brazos y las manos mientras mantenía en su sitio varios hechizos de protección. Serefin no estaba del todo seguro de cómo seguía consciente al perder tanta sangre.

Nadya era diferente a cómo se comportaba en Grazyk, pero Serefin no sabía exactamente en qué sentido. ¿Era por la misma tensión que él sentía? ¿Por la misma y pesada inevitabilidad que pendía sobre ellos y a la que estaban condenados, por la que, sin importar a dónde fueran o lo que hicieran, aquello se escapaba tanto de su control que solo terminaría en desastre? Nadya discutía de manera constante con Malachiasz, aunque siempre sobre trivialidades. Serefin tenía la sensación de que todos lo sabrían cuando esos dos pelearan sobre algo importante.

Le llevó unos días de viaje encontrar un momento a solas con Nadya. Malachiasz se había ido a buscar agua que pudieran hervir para beber. Ninguno de ellos quería arriesgarse a hacer fuego en el bosque, pero la mayoría de las noches hacerlo significaba la diferencia entre sobrevivir o morir con lentitud.

Serefin se dejó caer en el suelo junto a Nadya. Esta, con cuidado, estaba metiendo unas cuentas de madera en una cuerda, pero de cuando en cuando las sacaba todas y comenzaba de nuevo. Se mordía el labio inferior mientras trabajaba.

—Está mintiendo, lo sabes, ¿verdad? —le preguntó Serefin.

—Sí. —Nadya no levantó la cabeza.

Serefin le dedicó una mirada de soslayo y ella se la devolvió antes de continuar con el trabajo. ¿Cómo le iba a explicar el rey que veía cosas? ¿Cómo le iba a contar que sabía que cada dos palabras que salían de la boca de Malachiasz una era mentira, incluso las serias, sobre todo esas? ¿Cómo iba a confesarle que solo lo sabía? Malachiasz recordaba cada maldito acontecimiento desde que huyó de la catedral. Sabía con total certeza lo que había hecho, solo que no quería admitírselo a Nadya. ¿Por qué sacar a la luz el hecho de que su relación hacía equilibrios sobre una cuerda deshilachada?

—Lo recuerda —dijo a modo de único comentario.

Nadya se tensó. Detuvo entre los dedos aquello en lo que estaba trabajando. Sacó las cuentas de la cuerda, recolocó dos y las volvió a meter. Introdujo una nueva y ató tres nudos entre esa y la siguiente. Trabajó en silencio durante largo tiempo antes de hablar.

—No lo puedes saber —observó en voz baja.

—Nadya, lo sé.

En los ojos oscuros de la clériga se reflejaba la frialdad. ¿Por qué deseaba confiar en Malachiasz tanto después de lo que le había hecho?

—Digamos que miente —comentó Nadya—, ¿qué más da? Es una suposición bastante segura que todo lo que dice es mentira.

—Entonces, ¿por qué sigues con Malachiasz?

—Lo necesito para llegar a Bolagvoy. Ninguno llegará allí sin él.

—¿Lo sabes seguro?

—Serefin, ambos actuamos siguiendo solo mitos y esperanzas. Si las leyendas nos cuentan que no podemos traspasar el bosque, me veo tentada a creerlas. Necesitamos a alguien que sea más que humano y ese alguien, por desgracia, es él.

—Podría ser yo —murmuró Serefin, tocándose el rabillo del ojo.

Nadya levantó una ceja.

—¿Quieres arriesgarte?

«¿Arriesgarse?». Era interesante que ese lugar tuviera un nombre distinto en tranaviano y en kalyazí y no significara lo mismo en ambos idiomas. Era interesante que se necesitara a un monstruo para llegar a algún sitio.

—Además —continuó Nadya—, no ha pasado nada.

—No creo, de verdad, que ese deba ser tu sistema de medida sobre lo inofensivo que crees que es. Porque no me parece que sea cierto. Hubo una masacre en Kartevka —contestó—. Muchos kalyazíes murieron y se robaron muchas reliquias.

Serefin fue muy consciente de repente de que no estaba actuando por voluntad propia. Esa otra presencia, de pronto, estaba muy cerca. Las palabras seguían siendo de Serefin, pero había algo más empujándolas, algo a lo que le gustó mucho ver una grieta en la calma de Nadya cuando esta levantó la cabeza.

—Eso no es bueno —aceptó la clériga—, pero sigue sin ser nada comparado con lo que insinuó que podía hacer, ¿no?

—¿Sacrificarías a tu pueblo por él?

—No —contestó con brusquedad—. Quiero ser pragmática. Ahí está la diferencia.

Serefin no veía ninguna. Nadya suspiró.

—Nunca asumí que no cometiera ninguna atrocidad durante esos meses. Debería haber sido más clara, Serefin. Todavía no les ha declarado la guerra a los dioses, lo que sugiere que aún no tiene la capacidad que quiere.

—Ganar el poder de un dios y saber cómo usarlo son dos cosas muy distintas —dijo Serefin, citando a Velyos.

Nadya pestañeó.

—¿Qué?

No había visto en Malachiasz lo que había visto Serefin. Este tenía la sensación de que, incluso en su peor momento, seguiría teniendo aspecto humano. Sin embargo, eso no era lo que había visto cuando había permitido que su visión alterada incorporara a su hermano pequeño.

—¿Qué insinúas, Serefin?

—Insinúo que piensas de una manera demasiado simplista. —A Serefin lo habían apartado y las palabras ya no eran suyas—. Estás atrapada en una perspectiva muy limitada en la que confías demasiado en lo que tienes ante ti. Están tus dioses, pero ¿y si fueran solo seres con poder que han descubierto lo que pueden hacer con él? —Nadya lo observaba. Aquello no era algo sobre lo que él supiera ni le había dado razones para creer lo contrario. Casi parecía que Serefin había perdido la cabeza—. Pensamos en el poder de manera demasiado simplista —continuó porque debía hacerlo, porque aquel no era él hablando—. ¿Y si no solo existiera la magia de sangre y sea lo que sea tu poder fuera…?

—Magia divina —respondió ella en voz baja.

—Sí, eso. ¿Y si hay algo más?

Nadya frunció las cejas oscuras. Miró el collar de cuentas a medio completar y flexionó los dedos de la mano izquierda con la piel manchada de manera extraña.

—¿Y si los dioses a los que veneras no son dioses? —murmuró el tranaviano, citando las palabras de Pelageya hacía una eternidad—. ¿Y si todo se reduce al poder? —preguntó Serefin sin ser él.

—Continúa —le pidió Nadya con voz temblorosa.

—Poder divino, magia de sangre, magia de bruja y más, mucho más. Monstruos, seres que han descubierto cómo usar su poder para transcender los irrisorios vínculos mortales, aún más que los...

—Dioses —terminó Nadya en voz baja.

—Dioses —repitió—. Entonces, si alguien tiene ese tipo de poder, pero no sabe aún cómo usarlo... —Se calló. Malachiasz había aparecido en los límites del campamento, algo frustrado.

Nadya lo observó sin pestañear. Serefin había vuelto en sí, pero no sabía cómo y se preguntó si ese sería el principio del fin. Si perdía el control por completo, no habría vuelta atrás. El ser, fuera lo que fuese, lo haría suyo totalmente. Nadya se giró y buscó en su ojo destapado.

—¿Qué dios te ha elegido?

—Velyos. —Y, cuando fue a hablarle sobre el otro, se dio cuenta de que no podía. Algo lo retenía y le impedía contárselo. Las palabras se le murieron en la garganta.

Nadya no se dio cuenta de sus dificultades. Asintió una vez sin cambiar de expresión.

—Claro —susurró con voz desapasionada y extraña—. No te preocupes por Malachiasz. Pronto dejará de ser un problema para todos.

* * *

Había algo primitivo en el bosque por el que pasaban en ese momento. Estaba atrapado en el invierno, aunque aquel bosque siempre lo estaba. Con una luz tenue perpetua. Los árboles allí tenían agujas, en lugar de hojas, que no caían por el frío. Creaban un toldo de oscuridad por el que se veían obligados a pasar, aunque algo revoloteaba en los límites de su consciencia. Estaba agazapado a la espera, la lenta formación de una criatura que llevaba mil años en duermevela hasta despertarse.

La pequeña banda de inadaptados de Serefin estaba bastante bien preparada para un viaje tan largo y le alivió descubrir que Nadya sabía cómo desenvolverse por un bosque así. Sin embargo, saber que era normal que hubiera esa oscuridad en todo momento no lo hacía menos terrorífico. Saber que se estaban moviendo por una parte del mundo que era antigua, que seguía residiendo en el ocaso de la consciencia y a la que rara vez molestaban pisadas mortales no lo hacía menos inquietante.

Cuanto mayor era la profundidad a la que viajaban, más antiguo y grande se hacía todo. Los árboles se habían agrupado antes de cernirse sobre ellos, enormes e impenetrables.

—*Será como despedazar la mente. ¿Cómo lo detendrás, joven rey, joven mago? ¿Cómo evitarás perderlo todo?*

Con cada paso que daba, Serefin se fracturaba un poco más. Y el otro ser, esa otra voz horrible, tomaba un poco más de él. Además, Velyos destrozaba un poco más su alma. Serefin no iba a sobrevivir a aquello.

Malachiasz se puso a su paso. Por mucho que Serefin quisiera evitarlo por completo, era imposible.

—Debes pensar que todos somos unos ingenuos y fantasiosos —observó Serefin, utilizando un bastón para apoyarse en el suelo mientras caminaba—. Como si solo estuvieras aquí para ser bueno y útil.

—¿Crees que habrá un momento en el que pongamos un puñal en la espalda del otro? —replicó Malachiasz con suavidad—. El bosque va a matarnos mucho antes de que tengamos la oportunidad de hacerlo entre nosotros.

Serefin se estremeció. Malachiasz se tocó de manera ausente la comisura de la boca y los dedos se le humedecieron de sangre. Frunció el ceño. Sus movimientos eran temblorosos, aunque de una manera casi imperceptible, diminutos titubeos que Serefin sentía como oleadas del caos que estaba ocultando con todo su ser mientras se desmoronaba.

—Y ambos queremos lo mejor para Tranavia —continuó Malachiasz como si lo de la sangre nunca hubiera ocurrido. ¡Qué tranaviano!

—¿Me estás ofreciendo una tregua?

—No tanto como eso, no. —Utilizó un tono sutilmente asqueado.

—Hiciste que me asesinaran.

Malachiasz sonrió.

—Lo único que hice fue sugerirle a Izak que necesitaría a un poderoso mago de sangre para el hechizo.

A Serefin se le clavó una punzada en el pecho. Había sido su padre quien le había elegido para que muriera. Nunca iba a ser lo bastante bueno para su padre. Izak decidió deshacerse de él en cuanto pudo.

—Serías bueno para Tranavia —continuó Malachiasz—. A pesar de las actuales decisiones. Podría dejarme convencer para abandonar alguno de mis planes anteriores.

—Tengo a un dios kalyazí intentando desmoronarme desde dentro —contestó de manera irónica Serefin—, había solo un plan de acción. —Sintió algo extraño y reconfortante al escuchar a Malachiasz admitir que quizás no necesitaba los dos tronos. No cambiaba nada porque Serefin seguía dispuesto a continuar por su camino, pero la confirmación de que, de hecho, el Buitre Negro podía cometer errores era agradable.

Malachiasz emitió un sonido de reflexión.

—¿El mismo dios que te devolvió a la vida? —Serefin asintió—. Interesante.

—No mucho. Se ha pasado todo el tiempo diciéndome que no era su primera opción, sino Nadya, pero las circunstancias hicieron que no estuviera disponible.

Malachiasz miró hacia donde estaba la clériga, caminando junto a la *tsarevna*, más adelante.

—¿Qué planeas, Malachiasz?

—Transcender, de alguna manera —contestó—, pero no creo que se dé cuenta. No te preocupes. Son los intereses de Tranavia los que guardo en el corazón, Serefin, eso siempre.

«Claro. Tú solo instigaste un golpe que está haciendo que nos desmoronemos. Sí, los intereses de Tranavia».

—Creo que deberíamos alegrarnos de que el dios te eligiera a ti y no a Nadya —murmuró Malachiasz. Serefin le dedicó una mirada de incredulidad, pero la de su hermano era distante—. Ya es bastante peligrosa por sí sola.

33

NADEZHDA
LAPTEVA

Svoyatova Valeriya Zolotova: una clériga de Omunitsa, ahogada en una inundación que envió su diosa para acabar con la antigua ciudad de Tokhvoloshnik.

Libro de los Santos de Vasiliev

La conversación con Serefin había dejado conmocionada a Nadya. Era obvio que Malachiasz estaba mintiendo, esa no era la cuestión, pero la sugerencia de que, vaya, quizás el Buitre Negro hubiera logrado lo que quería, pero no supiera cómo controlarlo… Nadya no sabía qué hacer con eso.

Malachiasz tenía reliquias. Había asesinado a su pueblo. La magia estaba cambiando.

Nadya estaba a punto de terminar el collar de oración. Le resultaba difícil recordar el orden de las cuentas, pero, a medida que trabajaba en ellas cada noche, mientras los demás discutían sobre si arriesgarse o no a encender un fuego, al mismo tiempo que Malachiasz se sentaba agazapado sobre su libro de hechizos de un modo sospechoso, no sabía si importaba acertar con el orden correcto. O quizás sí marcara la diferencia. ¿Y si de verdad había alguna jerarquía que Nadya ignoraba, una que ni siquiera ella conocía? Además, no conseguía quitarse de encima la sensación de que le faltaba una cuenta, pero ¿de quién? Cada vez que las contaba había veinte.

—Claro que la Iglesia no quería que supieras lo de los dioses caídos —dijo Katya mientras Nadya estaba sentada junto a ella una tarde—. No quieren que nadie lo sepa. La gente tendría curiosidad e intentaría despertarlos.

—Más bien no querían que yo me enterara —comentó Nadya con el ceño fruncido.

Katya resopló.

—¿Qué te hace tan espe...? —Se interrumpió—. Vaya.

¿Era a eso a lo que se reducía? ¿La Iglesia tenía miedo de que Nadya se comunicara con los otros, con los de fuera del panteón? En teoría, ya había ocurrido. Suponía que su miedo era justificado. Lo primero que había hecho en cuanto había hablado con uno de los dioses caídos era liberarlo. Sin embargo, no sería tan fácil volver a convencerla, a no ser que supiera que no importaba.

—¿Qué haces aquí? —le preguntó Nadya.

—En general, evitar a mi padre —contestó Katya con el ceño fruncido—. Y tratar de liberar a ese chico del monstruo que tiene en la cabeza.

—En teoría, yo solté a Velyos —dijo Nadya.

—No me puedo creer que nadie te contara quién era.

Todos pensaron que era mejor protegerla, resguardarla y, después, lanzarla a los lobos.

—En realidad, Velyos no es el problema —continuó Katya—. Es la posibilidad de que Velyos pueda guiar hacia aquellos que son más antiguos. —Malachiasz se sentó junto a Nadya. Katya dudó, pero siguió hablando—: Y los otros caídos, bueno, son malos, pero hemos sobrevivido a cosas peores.

—Pero ¿hay dioses más antiguos que esos? —preguntó Nadya.

Katya asintió.

—Solo he escuchado rumores. La mayoría de los nombres los han borrado de la memoria, pero hay uno... Chyrnog. La entropía. Muy pocos lo recuerdan y eso es justo lo que quiere. —Malachiasz se puso tenso al lado de Nadya—. Tal vez esté siendo demasiado cautelosa porque no hay pruebas de que se haya agitado a ese ser tan antiguo, pero no puedo evitar sentir que esto es el comienzo de un desastre mucho mayor. Hay demasiadas cosas que la Iglesia ha hecho mal —prosiguió Katya—. Y, dioses, nunca pensé que se lo diría a la clériga, pero no parecen tener demasiada influencia sobre ti.

Nadya le dio un codazo a Malachiasz con fuerza antes de que dijera algo engreído.

—¿Qué más ha hecho mal la Iglesia? ¿La magia? —preguntó Nadya, levantando el brazo y amenazando con darle otro nuevo codazo. Malachiasz era como un perro tirando de la correa. La chica sentía lo mucho que quería formar parte de la conversación.

—Por supuesto. —Katya explicó por encima la magia a la que tenía acceso, a la vez que le dedicaba miradas desconfiadas a Malachiasz.

Tenía sentido: los rituales, las plegarias para pedirles hechizos a los santos... Era evidente que procedían de una comprensión de la magia divina, solo alterada para aquellos que no eran estrictamente elegidos por los dioses.

—¿Y eso lo acepta la Iglesia? —preguntó Nadya, dándole la vuelta a un pequeño icono que le había tendido Katya.

—No —contestó la *tsarevna*—. Es un maldito secreto. Los santos no son dioses, por lo que la magia no es sagrada.

Malachiasz gruñó, se inclinó hacia atrás y se pasó un brazo sobre los ojos.

—No más teología.

—Nadie está hablando contigo —observó Nadya. Se giró hacia Katya, confusa—. ¿Cómo, entonces?

—¿Cómo puede la *tsarevna* usar magia oculta sin que la ahorquen por eso? —preguntó con sequedad Katya—. La Iglesia mira hacia otro lado cuando se trata de los *Voldah Gorovni*. Algo tiene que matar a las abominaciones. —Nadya ignoró el pequeño resoplido de Malachiasz—. La magia kalyazí es casi segura —aceptó Katya.

—Entonces, a cualquiera que la use sin ser *Voldah Gorovni* lo colgarán si lo pillan.

Katya asintió, sin inquietarse ni ser consciente de la mirada que le estaba lanzando Malachiasz a Nadya desde su lugar ventajoso en el suelo. Nadya le cubrió la cara con una mano y lo empujó hacia un lado.

—Pero ¿cuánto tiempo se lleva usando esa magia?

—Es una magia muy muy antigua.

Nadya frunció el ceño. Eso no tenía sentido. Le habían enseñado que solo existía la magia divina, solo esa era aceptable. Malachiasz volvió a sentarse, estiró el brazo y le quitó el guante de la mano izquierda. A Katya le cambió de manera casi imperceptible la expresión por la sorpresa que mantuvo oculta con cautela. La mano de Nadya era como la de un monstruo, retorcida y corrompida. La chica se la llevó al pecho, muy avergonzada de repente. ¿Qué estaba haciendo Malachiasz?

—Espera —pidió Katya, atrapándole la mano y abriéndole los dedos—. Ese es el símbolo de Velyos.

Nadya asintió, mordiéndose el labio. Había sido una estupidez lo que había hecho, pero no había otra manera.

—Lo desperté —dijo la clériga. La oscuridad, ese poder que estaba evitando. Le había echado la culpa de perder el control de su magia a la reliquia, a acceder a un dios, pero ese no era el poder de Krsnik. Ya lo había usado y sabía la forma que tenía. Aquello era otra cosa. Como una magia oscura propia—. Kostya dijo que la Iglesia temía que me corrompieran. Sabían que me pasaba algo malo desde el principio —susurró. Tenía ganas de llorar.

¿Y si nunca había sido la esperanza que Kalyazin necesitaba para sobrevivir? ¿Y si solo iba a ser la causa de su destrucción? Se había enamorado con mucha facilidad del enemigo y había cedido a una magia muy oscura con la misma facilidad para ver cumplido su objetivo. ¿Y si nunca había sido bendecida por la divinidad, sino que era una criatura de oscuro poder? ¿Dónde quedaba Marzenya en todo eso? ¿Dónde estaba en ese momento? Nadya la buscó, pero no obtuvo respuesta y la desesperación la inundó.

—No te pasa nada malo, *towy dżimyka* —musitó Malachiasz, tomándola de la mano. A Nadya se le constriñó el corazón de manera dolorosa. No se merecía su amabilidad. Usarlo como había hecho él era una idea novedosa al principio, pero no había tenido en cuenta lo mucho que le importaba aquel chico terrible.

Katya no estaba tan segura como Malachiasz. Se echó la trenza sobre un hombro y comenzó a deshacerla y hacerla de manera ausente, al mismo tiempo que movía los largos dedos con rapidez.

—¿Crees que está relacionado con los dioses caídos? —le preguntó Katya a Malachiasz.

Este negó con la cabeza lentamente.

—Con los otros, quizás.

Nadya soltó un pequeño gemido ahogado. Tenía que estar confundido. Había hablado de su poder en términos de divinidad, no como un horror espeluznante como en el que se había convertido su propia magia.

—Es difícil saberlo —continuó Malachiasz—. No es que tengamos demasiadas personas usando esa magia para poder compararla.

Katya frunció el ceño, observándolo de manera calculadora, como si lo estuviera viendo por primera vez. Estaba contemplando al chico al que le gustaban los puzles, no al Buitre Negro. No duraría. Incluso mientras estaban sentados sobre la maleza con el peso del bosque sobre ellos, Nadya sentía un tenso hilo de odio entre Malachiasz y Katya.

El chico deslizó el dedo índice por el de Nadya antes de presionarle la palma con el nudillo. Se estremeció.

—La magia está cambiando —dijo Nadya con suavidad.

—¿Por eso estás aquí? —preguntó Katya.

Nadya asintió con lentitud. Captó el cambio en las cejas de Malachiasz. Apenas era mentira. Estaba allí para descubrir qué le había ocurrido a su magia... y hacer algo para acabar con esa guerra de una vez por todas.

—La divinidad corrompe —musitó Malachiasz—. No estamos hechos para mantener todo ese poder sin pervertirnos.

Se estremeció y un conjunto de ojos le apareció en la piel. Era una declaración evidente.

—Pero tú crees que este poder es mío.

Malachiasz no respondió, solo levantó las cejas, un ruego delicado que Nadya debía entender, pero no quería. No quería enfrentarse a la idea de que quizás había otras razones por las que la Iglesia, en la que tanto había confiado, le tuviera miedo y asumiera con tanta rapidez que iba a fallar. Si la divinidad era una cosa monstruosa de verdad, entonces, ¿en qué la convertía?

Katya observó a Serefin, de pie en el otro extremo del campamento, hablando con Ostyia y Rashid.

—¿Liberaste a Velyos?

—Sí —respondió Nadya, agradecida por alejar el foco de ella.

—Entonces, ¿por qué tiene a Serefin?

Buena pregunta. Nadya no quería seguir hablando de ese tema. Le aterraba que Serefin fracasara a la hora de librarse de aquello que Nadya quería recuperar para sí misma.

—¿Qué haría el otro si lo liberaran? —preguntó Malachiasz—. Me refiero al antiguo.

—Devorar el sol —contestó con brusquedad Katya.

Si Malachiasz mentía, quizás ya lo supiera al ser la criatura divina que era, pero solo parecía sentir curiosidad. A Nadya no le gustaba la evidente providencia divina que les estaba llevando a todos hacia el mismo lugar. En especial, no le gustaba que los tranavianos tuvieran también una palabra para Bolagvoy y que significara algo distinto para ellos. En kalyazí quería decir «asiento de los dioses» o «manantial». En tranaviano, «puerta del infierno». ¿Cómo se atrevía Marzenya a no hablarle en ese momento?

Katya y Malachiasz se evitaron mientras caminaban. El segundo se mostraba errático y su nerviosismo se volvía más visible con cada día que pasaba, algo en lo que Katya había reparado. Era difícil no hacerlo por la manera en la que siempre tenía los dedos rojos y llenos de sangre, dado que no paraba de toquetearse los padrastros y morderse las uñas hasta destrozárselas.

Era extraño que otra kalyazí que no procedía del monasterio viajara con ellos. Katya era irreverente de una manera sorprendente, incluso para Nadya, y se llevaba muy bien con Serefin, lo que sorprendía hasta el punto de que, cuando los días se convirtieron en semanas, Nadya estaba bastante segura de que eran amigos. Era raro.

Sin embargo, al final, todo aquello parecía transitorio. Los días que pasaban resultaban irreales. Estaban allí, en ese lugar, solo por el destino y las circunstancias y, cuando se rompiera el hechizo, se enfrentarían entre sí. Malachiasz y Serefin eran el enemigo, ninguna cautelosa amistad cambiaría aquello.

La manera en la que el primero, mientras caminaban, entrelazaba los dedos con los de Nadya no importaba (roces delicados y huidizos), ya que su tiempo era limitado y se desvanecía rápido. No podía pensarlo. Y no lo hizo.

Llegaron a un claro poco natural por la manera en la que los enormes árboles se interrumpían formando un círculo. Dentro había una serie de inmensas estatuas y Malachiasz se tensó aún más a su lado. Lo observó mientras dirigía la mirada hacia ella. Sus ojos pálidos eran ilegibles. No le gustaba cuando tenía una expresión tan rígida que no podía leérsela.

Nadya cogió aire. Los ojos de los dioses volvían a estar fijos en ella y lo sentía. Había cuarenta estatuas en el círculo alrededor del claro.

—Vaya, esto no es nada raro —ironizó Rashid mientras el resto del grupo lo alcanzaba.

Kacper cogió a Serefin del brazo y tiró de él hacia el bosque. Ostyia los siguió. Parijahan observó a Malachiasz con la misma cautela y desconfianza que sentía Nadya. Katya se colocó junto a Nadya, curiosa. ¿Qué se sentiría al ser un observador casual de lo divino y lo oculto como Katya? Nada de aquello la afectaría en realidad. Seguiría en su puesto de poder y el collar con los dientes de los Buitres y toda aquella locura divina daría vueltas a su alrededor.

Algunas de las estatuas parecían más antiguas que otras. Aunque Nadya nunca había visto ninguna de ellas, ninguna de esas figuras extrañas, espeluznantes y raras, reconoció de manera intrínseca a la mitad: los Veinte Grandes del panteón. Habían encontrado algo muy antiguo.

Mientras daba el primer paso más allá de la frontera que los estaba reteniendo, sintió los ojos pálidos de Malachiasz posados sobre ella. Al instante, a Nadya le sorprendió la presencia que había en el claro, la guerra que se estaba disputando a su alrededor sin que nadie lo supiera.

«Dioses, hemos iniciado algo horrible», pensó, recorriendo un lento círculo para observar cada estatua.

Conocía a veinte de las estatuas, todas figuras monstruosas con los dientes afilados y extremidades de más, con el cuerpo retorcido en algo irreal y la expresión incomprensible. Y había una a la que conocía mejor que al resto.

Quería borrar aquella imagen de su cerebro: los dientes estaban alineados por todo un cuerpo ágil, apenas humano; los cuernos elegantes y enroscados; los ocho ojos que no pestañeaban, ilegibles e inmóviles al estar grabados, y la parte superior esquelética del cuerpo. Muerte, magia e invierno. «Muerte».

Dieciocho años había vivido Nadya con aquella diosa hablándole, comunicándose a través de ella. Dieciocho años y por fin entendía con qué estaba lidiando. Nadya era muy pequeña, joven e insignificante como para enfrentarse a ese ser que había reclamado su alma. «Nuestra señora de la muerte y la magia». Por supuesto, Marzenya permanecía en silencio.

Nadya había tratado de ser la mano de la muerte que deseaba su diosa, pero seguía dudando y fallando. No era una cuestión de compasión, sino que titubeaba demasiado. Aquella no era la mínima parte de todo el horror al que se había enfrentado mientras se derrumbaba. No estaba hecha para presenciarlo. Se suponía que no debía saber nada.

Había veinte figuras más con las que enfrentarse. Eran aquellas que estaban erosionadas por el tiempo. Rozaban algo en los confines del cerebro de Nadya para lo que no encontraba las palabras. Quería desviar la mirada, no reflexionar sobre ellas. Sin embargo, sentía que la empujaban, que la atraían. Sobre todas esas ideas, había un pensamiento que la había estado persiguiendo durante meses: «¿Y si los dioses no son para nada dioses?». Caídos, espeluznantes y locos.

¿Qué estaban haciendo?

—Nadya. —El suave carraspeo de Malachiasz la sacó de sus pensamientos. Estaba teniendo problemas para respirar y él le había colocado la mano en la parte baja de la espalda. Le acunó la cara con la otra, ocultando las estatuas de sus ojos cuando la giró hacia él—. Vuelve a tierra, *towy dżimyka* —susurró.

—¿Malachiasz?

Se estremeció por el sonido de su nombre. Le observó la cara y vio cómo él asimilaba cada estatua.

—Es mucho poder —dijo el chico a modo de reflexión—. Cada estatua, un diminuto sorbo.

Se le estaba desvaneciendo la máscara. Al principio, eran fragmentos que se podían ignorar con facilidad dado que llevaba ocurriéndole durante meses. Nadya se había acostumbrado a verle los ojos abriéndosele en la piel, la decadencia consumiéndolo y las bocas con dientes extraños. Sin embargo, con el tiempo, su figura se había vuelto cada vez más sombría. Lo que había visto en las Minas de sal, ese horror cambiante y caótico, no era lo peor.

Serefin tenía razón. Malachiasz tenía todo ese poder al alcance de su mano. Y Nadya no estaba segura de que no supiera qué hacer con él. No se podía creer que no fuera capaz de aprovecharse de la pesadilla en la que se había convertido.

Malachiasz volvió a colocarse la máscara cuando miró a la chica. Era solo un chico tranaviano, guapo y solo.

—¿Estás bien? —le preguntó.

Nadya presionó la cara contra su pecho. La rodeó con los brazos y le apoyó una mano en la nuca. Necesitaba respirar. Todo el aire del claro había desaparecido y moriría allí, en el centro de ese círculo, rodeada por dioses y no dioses y… «¿Y si los dioses a los que veneramos no son dioses?». ¿Y si…?

¿Y si esa no era la pregunta correcta? ¿Y si los dioses, tal y como se presentaban, eran algo más? ¿Y si habían ascendido a ese estado partiendo de algo menor? Estaban allí. Aquello no era lo que había hecho que Nadya quisiera escapar de inmediato.

Había otros veinte. Los caídos, los perdidos. ¿Qué había ocurrido allí y qué pasaría si renacieran? ¿Y qué era ella al sentirse atraída... no solo por los caídos, sino por los antiguos, los creados de un vacío tan completo y profundo que habían sido olvidados porque recordarlos era volverse loco? Divinidad y oscuridad desconocida.

—Hay más aquí de los que pensaba que había en tu panteón —comentó Malachiasz, pensativo. Había apoyado la afilada mandíbula en la coronilla de Nadya.

—¿Crees que nos encontraremos con las personas que las tallaron? —preguntó Katya, acercándose a la estatua que Nadya, de alguna manera, sabía que era Bozidarka. La figura tenía agujeros en las manos, con la columna vertebral visible a través del torso cavernoso. La cara no tenía ojos, sino cuencas vacías, incluso en la frente. A Nadya le escoció la suya—. No a las personas originales, pero supongo que alguien las cuidará.

—Aquí no hay nadie —respondió Nadya. Aquel lugar no estaba hecho para mortales. Existían historias de clérigos que habían recorrido aquel camino, que habían sobrevivido en el monasterio de Bolagvoy durante meses en soledad antes de arrastrarse por el bosque para liberarse. Meras leyendas. Nadie había conseguido salir.

Katya resopló.

—Bueno, supongo que podré decirle a mi sacerdote cuando vuelva a Komyazalov: «Te lo dije».

Malachiasz se tiró de un trozo de hueso del pelo.

—¿Eso significa que tengo razón?

—No.

Hizo un gesto errático a los veinte originales. Nadya los observó y se estremeció cuando la palma de la mano le empezó a doler y sintió el deseo repentino de acercarse a ellos recorriéndole el cuerpo. Se giró hacia el chico. Este percibió algo detrás de ella y su rostro adquirió una palidez mortal.

—No estamos solos —comentó en voz baja.

Katya giró la cabeza y maldijo. Malachiasz se arremangó y buscó el cuchillo en el cinturón. Mago, no Buitre. Aquello hizo que Nadya se sintiera solo un poco mejor. Ella misma se sacó el *voryen* de hueso del cinturón. Malachiasz asintió con lentitud.

—La reliquia te será útil en este caso —dijo.

Katya entrecerró los ojos. Nadya se llevó la mano al collar. Había terminado de rehacerlo y con los dedos encontró la cuenta de Marzenya. A pesar de todo, aún seguía buscando primero a su diosa. «Por favor».

No obtuvo respuesta ni magia. Solo silencio. Solo la expectativa de una dedicación completa. Debía hacerlo sola. Se mordió el labio mientras observaba a Malachiasz. No tenía ni idea de qué encontraría cuando se girara, pero no le gustaba nada que le pusiera nervioso.

—*Litkiniczki* —murmuró Malachiasz.

«*Lichni'voda*», le informó su cerebro en kalyazí. Mala suerte, un oscuro augurio. Sin embargo, no se refería al concepto, sino a la criatura.

—Muévete con mucha lentitud —continuó el chico en voz baja—, aunque no importa. Nos ha visto y yo lo veo a él.

Había presagios habituales en Kalyazin, minúsculos y simples. Diminutas criaturas que auguraban pequeños desastres cuando los veías. Sin embargo, con los grandes, los monstruos, si sobrevivías a un encuentro con un *Lichni'voda*, te perseguía toda la mala suerte del augurio.

La sangre se deslizaba por los antebrazos de Malachiasz. Nadya oyó que Parijahan los llamaba, pero el chico levantó una mano.

—No traspaséis los límites —dijo con la voz lo bastante alta como para que lo oyeran.

Si el *Lichni'voda* no los había visto, el augurio no los perseguiría. Solo Nadya, Malachiasz y Katya estaban en su campo de visión. Parijahan se agachó lo justo para ver lo que Malachiasz estaba mirando. Se movió alrededor de la estatua con los ojos muy abiertos. Estaban en problemas.

—Muy bien —dijo con suavidad Malachiasz—. No hay forma de salvarse de esto, por lo que quizás podríamos matarlo, ¿no? —Se acercó a Nadya, bajó la cabeza y la besó.

Tenía la mano llena de sangre que le extendió por la barbilla cuando le levantó la cara hacia la suya. Era un ser desesperado, confuso y temeroso. Oía cómo el corazón le latía con fuerza en el pecho. Malachiasz estaba entrando en pánico, pero trataba de mantener la calma por ella. Sin embargo, no tenía que hacerlo, entendía la gravedad de la situación. Matar a esa cosa no era el problema.

Había una parte de su interior que pensaba que todo ese miedo al bosque no era necesario, que lidiarían con facilidad con lo que se toparan porque Serefin era un mago poderoso, Malachiasz, el Buitre Negro, rey de los monstruos y, por mucho que dudara de ello, Nadya tenía poder por sí misma.

No había esperado algo sacado de mitos y leyendas sobre lo que no había historias de cómo matarlo exactamente, algo que tendría más consecuencias que las provocadas por ese encuentro. Estaban condenados y sería algo muy real y difícil de evitar.

—No pasa nada —murmuró Nadya—, ¿dónde está?

Malachiasz pasó la mirada sobre su hombro.

—Solo nos observa.

—¿Crees que podemos esperar a que se vaya? El daño ya está hecho.

—Preferiría no hacerlo —dijo Katya.

Malachiasz se estremeció. No era algo en lo que tampoco quisiera pensar Nadya, no cuando estaban en un lugar tan peligroso y el alcance de la mala suerte podía ser tan mortal. Además, estaban en eso los dos juntos, así como la maldita *tsarevna* de Kalyazin.

—¿Por qué no dejamos que viniera Serefin? —musitó Malachiasz.

Nadya soltó una carcajada chirriante y asustada.

—Eres terrible. —Se puso de puntillas y le besó de nuevo. El posicionamiento de su mundo cambió un poco sobre su eje, consciente de que eso suponía un antes y un después, que los *Lichni'voda* eran cosas procedentes de mitos y esos mitos habían descendido sobre ellos—. Quizás el Buitre, en vez del mago —propuso.

Una media sonrisa curvó la boca del chico, y Nadya sintió una punzada de dolor. Dio un paso atrás y miró a Katya.

—Yo que tú me echaría hacia atrás al principio —dijo la clériga.

Malachiasz paseó los ojos pálidos entre ella y la cosa que estaba detrás. Se le dilataron las pupilas, que le cubrieron los iris incoloros. Cambió de postura de forma casi imperceptible hasta que el caos agitado comenzó a sobrepasarle. Tenía las garras al descubierto y le salían puntas de hierro de la piel, aunque más y peores porque ahora era mucho más y peor. Miró a una de las estatuas del claro.

Se le cayó la máscara y se movió demasiado rápido para que Nadya pudiera seguir sus pasos cuando la superó. Su propio poder estaba enterrado en lo más hondo, pero lo encontró. Si Marzenya no le hablaba o no podía, no pasaría nada, perfecto. Pero no iba a morir allí y estaban enfrentándose a algo mucho más antiguo que los monstruos normales de Kalyazin.

Se presionó los dedos contra la cicatriz y sintió el agudo dolor del poder. Su poder, a la espera de que lo reclamara, con una forma extraña, distorsionada y muy antigua.

El *Lichni'voda* tenía una figura casi humana, pero estaba envuelto en sombras. Un único ojo negro que no pestañeaba le ocupaba el centro de la cara. La nariz estaba incrustada como en una calavera. Tenía una boca de dientes afilados. Además, los sonidos le chirriaban en los oídos y hacían que Nadya quisiera huir. No obstante, podía sentir su poder, los trucos de la suerte al volverse agria que hacían que la magia de Malachiasz no funcionara como solía.

Malachiasz cada vez se sentía más frustrado mientras la cosa lo rodeaba y su propia magia no alcanzaba su objetivo. Nadya se pasó los dedos por el collar. Existía una jerarquía: los clérigos estaban en la parte más alta, pero le había quedado claro que no era solo una clériga, que había otro poder esperando a que abriera la puerta. Llamaba a ella, una y otra vez, pero no conseguía abrirla.

Nadya observó el claro y a cada estatua hasta que algo afilado le pasó volando cerca de la oreja, lo que atrajo su atención de nuevo hacia la criatura. No obstante, contaba con el tiempo necesario. Sabía lo que tenía que hacer mientras separaba la cuenta de Marzenya en el collar. «¿Y si los dioses que veneras no son dioses?».

¿Y si eso no importaba nada de nada, maldita sea? ¿Y si esa nunca había sido la cuestión? ¿Y si la cuestión era que había una chica capaz de acceder a la magia de lo divino, sacar el poder de lo oscuro y filtrar la magia de los bosques? ¿Y si solo se trataba de magia con una esencia peculiar? No tenía que ver con cómo Nadya la conseguía, sino con que era capaz de alcanzarla sin que la destruyera, era capaz de combinar divinidad y oscuridad para matar a un rey y quizás, solo quizás, para detener a algo más grande, viejo, espeluznante y loco.

«La divinidad sabe a cobre y cenizas», pensó, distante. Era más de lo que nunca había anticipado. Nadya abrió la puerta.

34

SEREFIN
MELESKI

Tres coronas sobre la frente de Cvjetko, las del lobo, el oso y el zorro. Tiene las garras afiladas, multitud de dientes y muerde, roe y aúlla.

Las Cartas de Włodzimierz

Tan pronto como el claro apareció ante él, Serefin se quedó ciego. No veía nada, excepto un blanco agonizante y abrasador. Sentía la sangre cayéndole de los ojos. El parche en el izquierdo, de repente, le hacía daño. Si se lo mantenía puesto un segundo más, iba a quemarle el cerebro. Se lo quitó de golpe y a punto estuvo de caerse como una piedra. Dejó escapar un grito ahogado antes de que Kacper le girara el rostro y tirara de él hacia las profundidades del bosque.

Lo que había visto se le estaba grabando a fuego en la mente, donde viviría, se transformaría y lo controlaría hasta desgarrarle las entrañas y que no quedara nada. Estaban lidiando con poderes mucho más antiguos y potentes de lo que podían entender. Serefin siempre lo había sabido, pero le había resultado demasiado fácil ignorarlo.

—Serefin —murmuró Kacper. Tuvo cuidado de tomarlo por los hombros y empujarlo hacia el suelo.

El rey se cubrió los ojos y gimió cuando Kacper le apartó las manos.

—Te vas a hacer daño —dijo con suavidad. Parecía asustado y confuso.

Serefin pestañeó con fuerza, consiguiendo unos segundos de visión. Tenía las manos ensangrentadas y el color rojo se le acumulaba bajo las uñas. Se tocó la cara y descubrió los cortes que se había hecho con ellas. Cerró los ojos.

—Está empeorando —comentó Ostyia.

—¿Has dejado de flirtear con el enemigo el tiempo suficiente para darte cuenta? —replicó Kacper.

—Eh, eh —dijo Serefin, levantando una mano—. Parad. —Le costaba hablar porque el dolor de cabeza era penetrante.

En el claro no había solo una colección olvidada de antiguas estatuas, sino también las almas de los asesinados en ese círculo, los miles de sacrificios hechos. No había sido maleza lo que habían pisado con las botas, sino los huesos antiguos esparcidos por los límites.

—Tenemos que parar esto —pidió Serefin.

—Debemos descubrir cómo sacarte de aquí —contestó Ostyia. Le había puesto las manos en la cara y, con suavidad, recorrió los cortes—. Acabas de intentar sacarte los ojos. No puedes decirnos que estás bien.

—No lo estoy —replicó—. Es evidente que no. Cógeme las manos —le pidió a Kacper porque la necesidad de arañarse los ojos lo abrumaba. El chico se las envolvió con las suyas, cálidas, sosegadas y seguras—. Muy bien —dijo Serefin con una extraña calma que no sentía—. Necesito que me dejéis inconsciente.

Kacper soltó un ruido ahogado. Un grito inhumano cruzó el bosque desde el claro. Ostyia comenzó a levantarse.

—No, que los demás se encarguen de eso —rogó Serefin, apretando los dientes—. Malachiasz está con ellas, están bien.

—No creo…

—Parad, los dos. Parad de tratar de entenderlo, de arreglarlo por vosotros mismos. No vais a poder y empeoraríais la situación.

A través de la sangre que le nublaba la visión, observó que Kacper hacía un mohín y se sintió culpable al instante. Claro que querían ayudar. Estaba sufriendo y era obvio que algo iba mal. Sin embargo, eran magos de sangre y tranavianos. No tenían ni idea de lo que estaba ocurriendo. Él mismo no la tenía.

Serefin siseó cuando algo le tiró del pecho, algo que quería arrastrarlo hacia el claro. No sabía nombrar las cosas que había visto allí. Había esperado monstruos, cosas como Velyos, aterradoras, poderosas, pero formas que pudiera racionalizar, compuestas de partes que pudiera controlar su cerebro. Sin embargo, esas estatuas… El cerebro humano no estaba hecho para ver esas cosas. Los mortales no debían conocerlas. Se suponía que se trataba de poder, de seres de vasto poder. Pero ¿qué pasaba con algo cuando tenía todo ese poder? ¿En qué se convertía una persona con ese tipo de magia ardiéndole en la sangre?

Kacper le apretó aún más las manos. ¿Había tratado de moverlas?

—*Entonces, por fin lo ves, ¿no?* —Era la voz. Serefin casi deseó que fuera Velyos. Aquella voz sin nombre y Velyos le parloteaban en el cerebro y pedían su atención. Tenía los nervios destrozados a punto de saltar—. *Ves a lo que intentas enfrentarte, pero no tienes que hacerlo. No tienes que resistirte a mí. No tienes que luchar contra Velyos. Sería muy fácil y apacible caer. Es tan fácil dejarse llevar. El entierro no requiere acción alguna, solo aceptación.*

Serefin apretó la mandíbula y atrapó un trozo de piel entre los dientes. La sangre le llenó la boca y se le escurrió por la barbilla.

—¿Serefin? —La voz de Ostyia se agudizó debido a la desesperación. No sabía cómo contarles que seguramente se recuperara porque aquellos dioses aún le necesitaban. No sabía qué ocurriría cuando por fin dejara de serles útil.

—*Todos os resistís, los de ese grano de arena al que llamáis país, aquellos que escupís sangre por una pizca de lo que podríamos daros por completo. Pronto te rendirás.*

Serefin soltó un largo y doloroso suspiro y a punto estuvo de confirmarlo. Cualquier cosa con tal de que parara. Sin embargo, apretó las manos y fue consciente de que Kacper se las seguía sosteniendo, manteniéndolas alejadas de la cara.

«Aún no me has roto».

La voz se echó a reír de manera sombría.

—*Si ese hubiera sido mi deseo, no habrías tenido la oportunidad de resistirte. Están muy cerca. Ya casi he terminado contigo. Sin embargo, si no demuestras que eres lo bastante fuerte como para mirar a la cara a esos que son mucho mejor que tú...* —La voz se calló, pero ya había dejado clara su postura.

A Serefin le palpitaba la cabeza, aunque los horrores del claro se volvieron lo bastante tenues para alejarlos. Se estremeció y sintió cómo los músculos se le derretían. Se desplomó y Kacper lo cogió a duras penas cuando cayó inconsciente.

* * *

—¿Qué te ha pasado?

Cuando Serefin se despertó, todo estaba oscuro. No sentía el claro cerca, lo que esperaba que significara que se habían alejado lo suficiente de él mientras estaba inconsciente. Gruñó y se movió para palparse los ojos doloridos. Nadya le atrapó los brazos.

—Si fuera tú, no haría eso.

Se sintió débil y dejó que se los bajara.

—¿Están muy mal?

—Parece que te has peleado con un gato muy enfadado —contestó de un modo alegre que significaba que trataba de ocultar algo. Lo imitó, pasándose ambas manos por la cara. Serefin se echó a reír, aunque le doliera—. ¿Alguna vez has pensado que quizás nos estamos equivocando al estar aquí?

Se esforzó en sentarse y sintió una débil agonía al hacerlo.

—No tengo otra opción —murmuró Serefin. Sin duda, si hubiera ignorado del todo a Velyos y al otro, estaría despedazado y le habrían hecho polvo.

Nadya se rodeó las rodillas con los brazos.

—Ojalá nunca me hubieran dado el collar. Nada de esto habría ocurrido si no fuera por mí.

—Sin embargo, estaría muerto, por lo que no te puedo culpar del todo —observó Serefin.

—Es probable que seas el único. —Había un toque malhumorado en su voz que no coincidía con la situación—. ¿Crees que cambiará algo en algún momento?

Nadya quería que la consolara diciendo que todo iría bien y Serefin deseaba creer que, de ese caos, quizás hubiera una oportunidad de conseguir la paz. Además, Katya y él aún no se habían asesinado, lo que era una buena señal. No obstante, no sabía lo que estaba ocurriendo en Tranavia, lo que le estaba consumiendo por dentro. No era lo bastante ingenuo como para pensar que no le habían arrebatado el trono en su ausencia.

—No lo sé.

Nadya exhaló con lentitud.

—Velyos quiere despertar a los otros dioses durmientes, ¿algo más?

«Hay un ser sin nombre que quiere ver muerto a Malachiasz y que no sé qué más quiere, pero te destrozará». Intentó con todas sus fuerzas contárselo porque no quería traicionar a la chica, pero, igual que antes, las palabras se negaron a traspasar sus labios. El que no tenía nombre pedía silencio. Si los dioses durmientes se despertaban, estaban perdidos. Si Malachiasz conseguía derrocar el imperio divino, estaban perdidos. Serefin debía al menos intentar salvar a Tranavia.

Negó con la cabeza. Nadya entrecerró los ojos, pero se rindió con un asentimiento.

—Quiero que tus dioses me dejen en paz —suplicó el chico.

—¿No quieres el poder que pueden otorgarte?

—Si el fin de todo esto fuera el poder, quizás me convencería —respondió con sequedad. Lo único que tenía eran polillas, estrellas y el conocimiento de que ahora era diferente. Sin embargo, no quería serlo, quería ser Serefin de nuevo, el Serefin que besaba al precioso chico tranaviano al que quería, el Serefin que sabía lo que necesitaba su país y cómo mantenerse en el trono, el Serefin que podía ser un buen rey, no el Serefin al que se habían unido aquellas cosas terroríficas.

Nadya le tocó con suavidad la cabeza, lo que fue reconfortante de una manera extraña, antes de levantarse y caminar hacia donde estaba sentada Parijahan. La chica akolana parecía cada vez más desolada a medida que viajaban. Serefin no podía entender qué estaba ocurriendo ahí.

—Bueno, ahora que no estás intentando arrancarte la cara de un arañazo —comentó Ostyia mientras tomaba posición del lugar que había dejado Nadya con una sonrisa sabihonda en los labios—, ¿Kacper?

—Ay, para.

Sonrió aún más.

—Lo sabía.

Gruñó y apoyó la cabeza en su hombro.

—Llevo años esperando a que te des cuenta —dijo la chica.

—¡Para! —le suplicó Serefin.

—Creía que te estabas acercando cuando le subiste de rango, pero no, ¡solo estabas siendo amable! ¿Cómo se suponía que te iba a decir: «Oye, Serefin, ese soldado al que acabas de ascender a un glamuroso círculo real está perdidamente enamorado de ti, pero eres demasiado regio para darte cuenta»? —Serefin suspiró—. Me alegra que lo descubrieras. —Le hizo un gesto a Kacper para que se acercara y este le tendió una taza de estaño con té.

—¿De dónde narices...?

—Vamos a estar por aquí bastante tiempo —respondió Kacper—. Malachiasz no sabe lo que está haciendo.

—¡Es complicado! —gritó Malachiasz desde el otro lado del claro. Nadya se las había ingeniado para colocarse sobre su regazo y estaba estudiando el libro de hechizos con él mientras el chico apoyaba la cabeza sobre su hombro. A pesar de lo que Serefin pensaba de Malachiasz, descubrió que le dolía el pecho al observarlos.

Devolvió la atención a la taza de té.

—¿Tú...? ¿Metiste esto? ¿Llevabas esto contigo? —Serefin se estiró hacia la mochila de Kacper detrás de ellos—. ¿Qué más tienes ahí? ¿Te cabe la cocina real?

Kacper se echó a reír y apartó a Serefin.

—Sangre y hueso, ojalá. De lo que más me arrepiento es de haberme acostumbrado a comer como vosotros.

—Es mejor que la comida de los campesinos —comentó Serefin con solemnidad.

—Ya lo creo —le confirmó Kacper.

Serefin frunció el ceño.

—Kacper, esto es muy importante. —El aludido levantó las cejas—. ¿Has traído alcohol?

—Bébete eso primero. Tal vez tenga un poco.

—Eres demasiado bueno para mí.

—Es verdad.

Mientras Serefin le daba sorbos al té, Kacper hizo lo que pudo con los cortes de su rostro. Si se le infectaban, se iba a enfrentar a un nuevo mundo de problemas.

—¿Nos vas a contar lo que está pasando? —preguntó Kacper.

Serefin dio un sorbo para evitar contestar enseguida. Seguía peleándose por entenderlo y, al parecer, no se le permitía contarle a nadie lo de ese segundo dios. El pánico lo traspasó.

Nadya y Malachiasz estaban discutiendo sobre algo al otro lado del claro, pero Serefin no conseguía oírlos lo bastante bien como para entender el motivo.

—Solo intento deshacerme de esta locura divina —dijo.

—¿Y luego?

—¿A qué te refieres? —Kacper se reclinó sobre los talones. Serefin suspiró—. Tengo que sobrevivir primero.

—No pienso volver a Grazyk si debo sufrir a la corte de Ruminski —se quejó Ostyia.

Serefin puso los ojos en blanco, pero no pudo reírse por sus palabras. Si no sobrevivía, quizás no hubiera corte alguna a la que regresar en Grazyk. Tal vez no quedara nada de Tranavia.

Katya se acercó hacia donde estaban los tres sentados. Ostyia se movió un poco y la *tsarevna* tomó asiento entre ella y Serefin. Tenía el pelo negro enmarañado y revuelto. Suspiró y apoyó la barbilla en las manos, al mismo tiempo que observaba a Nadya y a Malachiasz.

—¿Tiene tus reliquias? —le preguntó Serefin.

—No lo sé, pero ella sí tiene una con la que puede matarlo.

Serefin se tensó, por lo que se ganó un ruido de protesta por parte de Kacper.

—¿Qué?

—El hueso de la espinilla de Svoyatova Aleksandra Mozhayeva...

—Sangre y hueso, qué morbosos sois —dijo Kacper.

Katya se encogió de hombros.

—No sé de dónde la habrá sacado, pero, si algo pudiera matar a un Buitre con su poder, sería eso. —Se apoyó sobre las manos—. Ninguno de ellos es como me lo esperaba.

Todo era más fácil cuando Serefin pensaba en el chico del trono de huesos que observaba mientras Izak Meleski torturaba al hijo que había matado unas horas antes. Era más fácil cuando Serefin solo sabía que Malachiasz era el Buitre Negro con una sonrisa cruel, palabras frías y planes de traición. No quería enfrentarse al adolescente al otro lado del campamento que sonreía de manera resplandeciente a la chica kalyazí a su lado.

—Si consigo esa daga, lo único que necesitaremos será el momento correcto para atacar.

35

NADEZHDA
LAPTEVA

Svoyatovi Sergei Volkakov: incluso cuando los tranavianos le cortaron las manos y la lengua, Svoyatovi Sergei no descansó e hizo caer una montaña sobre los herejes.

Libro de los Santos de Vasiliev

—No va a ser bonito. —Malachiasz estaba mirando la frontera.

Solo había más bosque. Nadya lo notaba, el lugar en el que este pasaba de ser mortal a divino. Su mapa tenía una precisión sorprendente, aunque, si no hubiera sido así, lo habría sabido por el poder que emanaba fuera de su alcance.

—¿Y si pasas y punto? —le preguntó Malachiasz.

Lo miró. Estaba sentada en el suelo con el libro de hechizos sobre el regazo. No podía leer mucho porque el tranaviano tenía una caligrafía desastrosa. Buscaba sobre todo los esbozos doblados entre las páginas, escondidos entre los hechizos. Malachiasz fingía que no sabía lo que estaba haciendo.

—¿Quieres probarlo?

—No, solo…

—No sé nada de lo que ocurriría si es lo que quieres saber. No creo que ninguno vaya a morir en cuanto crucemos la frontera.

Malachiasz se hizo un moño mientras reflexionaba sobre la magia. Nadya siguió hojeando el libro de hechizos mientras decía:

—Me imagino que a cualquiera que entre, hará que dé media vuelta y le obligará a volver al bosque normal. —Encontró un esbozo precioso del perfil de Parijahan, cuya expresión dejaba claro que sabía que la estaba dibujando—. O lo despedazarán los monstruos.

Malachiasz emitió un sonido de admiración.

—Teorías lógicas.

—Vaya, menudo halago.

El chico puso los ojos en blanco.

—¿Crees que solo tengo que vagar por él?

—Exacto, tienes que descubrir cómo podemos pasar los demás contigo. —Aunque quizás no lo harían con él. Nadya no sabía exactamente cuándo lo iba a reclamar el bosque. Se preguntó si ya habría empezado, si su temblor ligero y ansioso no sería tan benigno. Con suavidad, alejó esos pensamientos, estaba nervioso, eso era todo, iba a ser un hechizo complicado.

—Dame el hechizo que tiene la esquina doblada.

—Monstruo. —Nadya pasó las páginas hasta la marcada, pero no la arrancó, sino que le tendió el libro—. No utilizaré tu magia demoníaca.

—Solo la tuya —contestó con voz remilgada—. Estás de buen humor —observó.

Quizás Nadya solo estaba cansada. Era agotador sentir cosas a todas horas. El augurio sombrío sobre ellos, el principio del fin… No quería pensarlo. Solo él podía guiarlos más allá de la frontera, aunque lo destruiría. Lo había llevado de la mano hacia su propia destrucción con la promesa de la absolución que, a pesar de su falta de remordimiento, deseaba.

—Utilicé poder suficiente en el claro para estar muerta… Estoy tratando de olvidarlo —contestó Nadya.

Malachiasz arrancó el hechizo del libro antes de devolvérselo. Le sangraba con lentitud el antebrazo y usó los dedos para manchar de sangre la página. Lanzó el hechizo al aire libre. Un temblor, una grieta, una visión dividida de los bosques. Apareció una pared alta y negra. Nadya silbó en voz baja y echó la cabeza hacia atrás para observarla.

—Si quieres probar tu teoría… —Malachiasz hizo un gesto dramático. Chocarse de cara con una pared no era algo que quisiera probar. Lo fulminó con la mirada—. Sin embargo, creo que tienes razón…

—Oh, me alegra oír eso. Deberías tomar por costumbre decirlo.

—Era casi indetectable —comentó el chico—. Si alguien con escasa astucia se hubiera tropezado con esto, habría tenido que volver a casa.

—O con los monstruos.

—Nadya, vas a ver muchos de esos sin necesidad de invocarlos con tanta alegría.

La chica se encogió de hombros. De todas maneras, estaban condenados a morir. Tal vez estaría bien hacerlo de manera interesante. La incertidumbre recorrió el rostro de Malachiasz.

—Saldremos de esta —dijo con suavidad.

—Qué va. El augurio ya se ha producido, pero, por favor, sigue siendo tan optimista. Te queda bien.

Malachiasz suspiró mientras se limpiaba las manos y el antebrazo. Con suavidad, tocó la pared con los dedos. Una docena de ojos negros como el azabache se le abrieron en el brazo, el cuello y la cara. Retiró la mano de golpe y soltó un suave silbido entre dientes.

—¿Valdrá la pena? —susurró Malachiasz.

«¿Valdrá la pena mostrarle a Tranavia que no será capaz de volver a derribar a Kalyazin con su magia?», pensó Nadya.

«¿Valdrá la pena acabar con esa guerra? ¿Valdrá la pena ganarse de nuevo el favor de los dioses?». «Sí».

Sin embargo, no creía que Malachiasz estuviera hablando con ella. Nadya le sostuvo la mirada clara y gélida y asintió.

—¿Podemos esperar hasta mañana? Preferiría no abrirlo ahora.

Su incomodidad era reveladora. No obstante, se estaba haciendo de noche y Nadya lo entendió. Sus ocurrencias acerca de los monstruos se acercaban demasiado a la verdad. No sabía a lo que se iban a enfrentar al otro lado. Los monstruos allí ya eran lo bastante peligrosos y, para ser sincera..., no quería perder todavía a Malachiasz.

Nadya le tendió el libro de hechizos, que se ató al cinturón antes de acuclillarse junto a ella. Le tomó la mano de la cicatriz. Las venas oscurecidas no habían seguido extendiéndose, pero parecían necrosadas. Con cuidado, el tranaviano trazó la línea de la cicatriz con el dedo índice. Le había prestado mucha atención desde aquel instante en el monasterio y la clériga aún no estaba segura de por qué. Ya no le dolía tanto, no desde el claro. Tal vez el dolor constante era en realidad su rechazo a aquel poder. Quizás usarlo no le dolería. No obstante..., no sabía si creérselo.

—Había muchas estatuas en el claro —comentó Malachiasz.

Nadya no estaba preparada para tener esa conversación.

—Cierto —aceptó. Era probable que él tuviera razón. Debió haber algún tipo de ascensión de la que no hablaban los kalyazíes, si es que la conocían—. Si te muestras petulante por algo, corto la conversación —le avisó antes de que pudiera continuar. Malachiasz solo parecía un poco engreído—. Tú mismo dijiste que ese hechizo no hizo lo que pensabas —prosiguió Nadya—. Tu estatua no estaba en ese claro.

—Pero ¿podría estarlo? No sé de dónde salieron los otros.

—¿Acaso eso importa?

—Le atribuís mucha importancia a veinte, solo a veinte, de los seres de ese claro, pero ¿qué pasa con el resto?

—En algún punto, la Iglesia debe haberlos...

—No es una cuestión de material apócrifo, Nadya.

La chica se recostó sobre las manos y rozó sus dedos con los de él. Malachiasz los entrelazó mientras miraba la pared. A Nadya se le calentó el rostro.

—No creo que estemos mirándolo desde la perspectiva correcta —musitó.

—¿«Estemos»?

Se ruborizó aún más. Dioses, lo odiaba.

—Muy bien, Malachiasz. Tenías parte de razón sobre las malditas intersecciones de poder y divinidad.

El chico sonrió de manera tan abierta que Nadya lo sintió como si le hubieran dado un puñetazo en el pecho. Había pasado mucho tiempo desde que lo había visto sonreír así por última vez.

—Era lo único que quería, gracias.

—No te acostumbres. Te equivocas en cuanto a que la intersección debilite el concepto de divinidad.

—¿Por qué crees que echaron a los demás del panteón?

Eso no lo sabía. Era evidente que existía conocimiento sobre esos dioses y lo que había ocurrido. Katya conocía algunos fragmentos, pero no los suficientes, en cualquier caso, solo meros fragmentos. Sin embargo, no se lo habían contado a Nadya porque... ¿Qué? ¿La Iglesia temía que los buscara? ¿Por qué iba a hacer eso? Si nunca le hubieran dado el collar en el que estaba atrapado Velyos, jamás habría sabido nada de los otros. A no ser que... aquel encuentro fuera inevitable. Se miró la mano.

—No creo que eso cambie nada.

Malachiasz soltó una carcajada sin aliento.

—Eres muy terca. ¿Cómo no va a cambiar nada?

—Los dioses siguen ahí. Aún puedo hablar con ellos.

Malachiasz esbozó una mueca. Nadya puso los ojos en blanco. Sí, eso no era totalmente cierto, pero, incluso aunque no le hablaran directamente, estaban ahí.

—Entonces, ¿qué hiciste en el claro? ¿Qué fue eso?

Había dejado inconsciente al monstruo con nada más que su poder.

—No lo sé.

—Dos muestras de una cantidad sorprendente de magia. Me pregunto si siempre pudiste hacerlo, pero te estabas conteniendo.

—¡Tenía mis razones! No puedo controlarlo. —Había matado a muchas personas en un momento de... ¿qué? ¿Bendición divina? Intentó no recordar lo bien que se había sentido al usar tanto poder, incluso si escapaba a su control—. No sé lo que soy. Pensé... —Nadya no sabía qué había pensado. Si hubiera podido siempre usarla así, habría acabado con la guerra hacía mucho tiempo, pero no se trataba de eso. No se trataba de qué lado de la maldita guerra tenía más poder para repartir. Si ese era el caso, Tranavia la habría terminado hacía años.

Malachiasz permanecía en silencio. Con sus largos dedos, poco a poco, encontró las horquillas con las que Nadya se sujetaba la trenza en la nuca y las abrió. El pelo le cayó sobre los hombros en pálidas ondas. Él se envolvió un mechón en torno a los dedos.

—Nadezhda Lapteva —comentó, reflexivo.

Nadya se estremeció al oír algo en su voz que no pudo identificar. Iba a traicionarlo. Ya no se trataba de lo que quería su corazón y, además, una diminuta parte de su ser deseaba herirlo por lo que había hecho.

—Una vez te dije que podías ayudar al mundo o hacerlo pedazos —dijo Malachiasz en voz baja—. Sigue siendo verdad.

—Se suponía que las cosas iban a cambiar —respondió—, pero tú...

—Hice lo que creí necesario —contestó—. Y eso tampoco provocó demasiados cambios.

Nadya levantó una ceja. «Miente».

—A todas horas se te abren ojos de sobra, Malachiasz. No puedes decir que no hayas cambiado mucho.

El chico le dedicó una sonrisa triste.

—Para ser honesto del todo, ese claro me aterró. Si tus veinte dioses pueden actuar a través de ti, los otros también.

—¿Crees que intentarán utilizarme? —«¿Por eso me miente todo el mundo?». Malachiasz asintió—. En teoría, los dioses no pueden forzar las acciones de un mortal.

—¿No pueden o no lo hacen por algún código ético que no les importaba a los otros?

Nadya frunció el ceño. Malachiasz le levantó la barbilla.

—¿Y qué podrían hacer los otros contigo ahora que hemos visto de lo que eres capaz?

—Ni siquiera consigo que los veinte que me hablaban me tengan en cuenta —comentó con sequedad—. Dudo que haya llamado la atención de los más antiguos y primitivos.

Malachiasz no parecía convencido. Para ser justos, ya había llamado la atención de uno antiguo y primitivo. Pero ese encuentro lo había forzado ella. ¿Habría ocurrido si no hubiera estado en ese punto de desesperación?

—Nadya, eres como un faro con todo ese poder. Me atrajiste de vuelta desde el otro extremo de Tranavia, incluso cuando era...

—¿Así? —propuso Nadya.

—Así —repitió Malachiasz.

—¿Cuando estabas totalmente fuera de ti? ¿Totalmente loco? ¿Un monstruo sin alma y apenas coherente?

—Bien, lo pillo.

—Sigues siendo todas esas cosas.

—Gracias.

—Sin embargo, así podías hablar conmigo, a través de las intersecciones de la divinidad —observó Nadya.

—No sé si fue la consecuencia de que me robaras mi magia y la conectaras con la tuya o solo porque me atrae lo que eres. No estoy tan seguro de que no hayas captado la atención de los dioses más antiguos y mucho más peligrosos.

Un escalofrío de miedo la traspasó. Dobló las rodillas y se las abrazó. No había pensado en el miedo de Malachiasz, pero era válido.

—Y... —Malachiasz hizo una pausa y negó con la cabeza—. Tu poder es aterrador, Nadya.

—En el monasterio...

—En el monasterio, quise ver si estabas consiguiéndolo a partir de un dios caído, pero no. No lo extraes de ningún sitio, diga lo que diga Pelageya. Sin embargo, lo que tienes parece... —Hizo una nueva pausa, buscando la palabra correcta—. Antiguo. —Nadya lo observó sin palabras—. Cuando traspasemos la pared, no sé a qué te vas a exponer —concluyó.

—No, pero por fin podrás probar parte del poder que ansías —replicó Nadya, sabiendo que solo lo decía porque la estaba asustando.

—No es por eso por lo que estoy aquí y lo sabes. —Estaba enfadado y algo peligroso y errático se le coló en la voz.

—Fingir una emoción no te va a funcionar de nuevo. Lo sabes, ¿no?

Suspiró y echó hacia atrás la cabeza.

—Nadezhda Lapteva. —En su tono se mezclaba un toque del monstruo caótico y otro del chico melancólico.

—¿En qué medida tienes intenciones ocultas?

433

A demasiada velocidad y de manera demasiado repentina, le tomó la cara entre las manos. La tocó con suavidad, pero vaya, le recordó con mucha facilidad lo rápido que podía matarla, lo rápido que podía clavarle las garras de hierro en el cráneo.

—Chica estúpida, exasperante y astuta —murmuró—. Quiero ayudarte.

—Los insultos son la manera definitiva de hacerse entender. Sigue, lo estás haciendo de maravilla.

Malachiasz dejó escapar un gruñido de frustración y apoyó la frente en la suya.

—Necesitas mi ayuda —dijo al final—. Te estoy ayudando. No es suficiente, pero lo estoy intentando.

—Nada de esto es suficiente —respondió Nadya con suavidad—. Sé que me estás mintiendo.

—¿Sí? —preguntó Malachiasz con cautela.

—Yo también estaba en el claro —le recordó—. Sé lo que vi. Se te cayó la máscara al enfrentarte a otros seres de poder.

—¿Qué crees que viste?

—No lo sé —confesó Nadya, tomándole la cara con las manos para estudiarle las facciones, los afilados pómulos y las largas pestañas. Los parpadeos y cambios se habían vuelto mundanos, a pesar del horror. Sin embargo, a su cerebro mortal no le gustaba recordar el aspecto que el chico había adoptado en el claro, lo ignoraba por completo.

¿Qué le había hecho todo ese poder? Aparte de transformarlo en un monstruo compuesto de puro caos, ¿seguía siendo mortal? Y, si lo que había dicho acerca de su propia magia era cierto..., ¿qué era ella?

—¿Se te puede matar? —preguntó Nadya.

—¿Lo vas a intentar? Ha pasado mucho tiempo desde la última vez que me acercaste el cuchillo a la garganta.

Deslizó la mano hasta envolverle el cuello. Le presionó suavemente con el pulgar la tráquea. Malachiasz se estremeció.

—¿Cortarte la garganta te mataría?

—Depende de cómo lo hicieras —dijo casi sin aliento.

Nadya abandonó la presión, pero mantuvo la mano en su garganta unos segundos más hasta que por fin la movió y le pasó los dedos por el pelo de la nuca.

—Estás tratando de preguntarme algo —observó Malachiasz.

—¿Eres inmortal?

El chico pestañeó.

—Sangre y hueso, espero que no. No creo.

—Dijiste que hay Buitres ancianos.

—Así es. Sin embargo, soy el Buitre Negro. Alguien me matará al final para conseguir el trono.

Lo dijo con total naturalidad, no como si no le importara, sino como si fuera inevitable. Aquello le rompió el corazón a Nadya.

—Sin embargo, todo ese poder debe tener un efecto inverso en ti.

Malachiasz le dedicó una mirada seca. Su cuerpo no dejaba de retorcerse sobre sí mismo. El caos hecho forma. ¿No era ese efecto lo bastante inverso? Se dio cuenta de que le estaba ocultando un gran dolor y esperó sentirse triunfal. ¿No se lo merecía por lo que había hecho? Sin embargo, no fue así. Solo era un chico con dolor.

Le acercó la cabeza hasta presionarle la frente con la suya.

—No me arrepiento de lo que hice —dijo Malachiasz—, pero sí de que tuviera que recurrir a tantas mentiras. Se suponía que no deberías ser tan estupenda. No debería importarme.

—Te importa todo demasiado. Por desgracia, es parte de tu encanto.

Aquello iba a matar a Nadya. Aquello, justo ahí, ese precioso chico con el poder monstruoso, las mentiras y el conocimiento de que nada importaba porque siempre iban a acabar traicionándose.

No sabía cómo contener aquella maraña de sentimientos. El deseo, la repulsión, el odio y el dolor. Y, dioses, esa culpa abrumadora. Había perdido demasiado: a su familia, su fe, a Kostya. Y seguía tratando de aferrarse a ese chico que era la fuente de gran parte de su dolor, incluso mientras se preparaba para destrozarlo.

Malachiasz le dio un tierno beso en la frente. Luego, con un bostezo, fue a ver quién se ocupaba de la primera guardia. Nadya observó el muro negro.

«¿Sabías lo de Velyos y Serefin?».

—*Claro que sí*.

«¿Lo detengo a él también? ¿Y si no se puede liberar? ¿Y si hace lo que quiere Velyos?».

Marzenya no estaba demasiado comunicativa. Nadya odiaba que, si tenía una pregunta sobre algo importante, la ignorara o recibiera una respuesta vaga a cambio.

—*Si haces lo que te ordeno, no tendrás que preocuparte de ese chico*.

Nadya frunció el ceño, incapaz de responder mientras volvía Malachiasz. Le dedicó una sonrisa débil y adormilada antes de colapsar junto a ella como si no tuviera huesos. La clériga se echó a reír.

—No duermas aquí fuera. Te vas a morir congelado. Venga, a la tienda.

—Solo si te vienes conmigo.

Nadya se tensó. Malachiasz abrió un ojo y la miró con un brillo travieso y retorcido. Eso no sería mantener la distancia, eso sería lanzar por la borda el escudo casual y caótico que había estado tratando de construir todo el viaje, eso sería aceptar que no les quedaba mucho tiempo.

«¿Y si esto también es difícil para él?», se preguntó, titubeante. ¿Y si se lo dijera? Justo ahora, ¿y si le dijera que en el momento en que cayera esa pared moriría? ¿Y si le avisara de alguna manera para que contemplara el lado opuesto? Sería tan fácil salvarlo... Se sentía tan entumecida por la idea de su destrucción que a veces dudaba de que fuera a ocurrir de verdad, hasta que se daba cuenta de que solo se estaba mintiendo para seguir adelante.

—Eres una pesadilla. Estoy agotada. Vamos.

Malachiasz la siguió hasta que Nadya lo tuvo de nuevo a sus pies en la tienda. Lo tapó con una manta mientras ponía los ojos en blanco. Malachiasz murmuró algo incomprensible, pero en cierta medida agradecido. Luego, le abrazó las rodillas y tiró de ella. Nadya reprimió un grito de sorpresa mientras el muchacho le besaba la frente antes de enterrar el rostro en su pelo.

—Solo consigo dormir de verdad cuando estás cerca —murmuró—. Y estoy muy cansado.

Dejó que se le abriera la delgada fractura en el corazón mientras se movía para conseguir una postura más cómoda y tiraba de la manta para cubrirlos a los dos.

«Dile la verdad». ¿Qué habría hecho si nunca le hubieran captado los Buitres? A veces se preguntaba si sería mejor o si era el trauma el que le había hecho tan cuidadoso con las personas que le importaban. No podía engañarse sobre las otras piezas: la crueldad, la frialdad, la conspiración calculada. Sin embargo, el chico exhausto con una sonrisa devastadora solo quería cerca a la chica que le importaba para poder dormir por la noche.

Nadya se maldijo por aquel chico. Le pasó los dedos por el pelo. Malachiasz tenía los ojos cerrados y ella delineó sus facciones antes de presionarle los labios con el pulgar.

—Gracias —musitó el chico.

—¿Por qué?

—Por volver. Nadie lo había hecho por mí.

Nadya se tragó una oleada amenazadora de lágrimas.

—Esto va a funcionar, ¿verdad, Malachiasz? —murmuró.

Recibió un ruido adormilado de confirmación como respuesta. Sin embargo, era tranaviano, un mago de sangre y el Buitre Negro, por el amor de los dioses, y ella era kalyazí, una campesina, la clériga. Nada podía funcionar.

Interludio VII

TSAREVNA YEKATERINA VODYANOVA

Katya esperó a que los demás se hubieran ido a dormir antes de pasar a la acción. Se había estado sintiendo más y más frustrada al creer que era imposible matar al Buitre Negro, pero ver la reliquia en manos de la clériga lo había cambiado todo.

Conocía el hueso de la espinilla de Svoyatova Aleksandra Mozhayeva. Sabía lo que podía hacer aquella arma. Simplemente no estaba segura de cómo iba a ponerle las manos encima sin que la clériga se enterara. Alguien se sentó junto a ella. Katya se tensó.

—Para ser sincero, no confío en ti aquí sola —dijo Kacper.

—Si aún no he asesinado a tu querido rey, ¿por qué lo iba a hacer ahora? —preguntó, rebuscando en la mochila. Necesitaría magia para adentrarse en la tienda y coger el *voryen* sin que la clériga o, peor, el Buitre se despertaran.

—Una estratega sabría esperar.

Katya le dedicó una sonrisa.

—Todos mis informes me dicen que es a ti a quien hay que vigilar.

Kacper gruñó.

—¿Por qué?

—La chica es noble. Llevarse bien con el rey es una rebelión. Es una maga poderosa, pero hay muchas en Tranavia. Sin embargo, tú eres más complicado.

—Te aseguro que le estás dando demasiadas vueltas —respondió.

—No lo creo.

—¿De eso se trata? De explorar.

—Eso solo serviría si me escucharan —contestó Katya—. Y no es así.

Kacper emitió otro gruñido, esta vez reflexivo, aunque con cierta incredulidad.

—Todos están confabulando sobre la mejor manera de destruirse entre sí —dijo al final—. La clériga, el Buitre, Serefin y esa chica akolana.

—¿Y Rashid no?

—Rashid hace lo que Parijahan desea —comentó Kacper—. Es amiga del Buitre, lo que podría ser peligroso.

Katya no se había dado cuenta de nada de aquello. Era a él al que había que ponerle los ojos encima.

—¿Qué haces? —preguntó Kacper.

De repente, un gemido cruzó el aire. Kacper movió la mano hacia el libro de hechizos mientras Katya, quien permanecía sentada, extendía un brazo para inmovilizarlo.

—Espera —susurró. Los gemidos eran febriles, terribles, convertidos en gritos tan aterradores que retumbaron en los huesos de Katya. Odiaba aquel lugar y se arrepentía de haberlos acompañado—. *Deravich* —murmuró.

—¿Qué?

—Un monstruo nacido de los muertos, de aquellos que murieron traumatizados. Estate quieto. Si no se percata de nuestra presencia, no pasará nada.

Katya había estado en ese claro con el *Lichni'voda*. Había visto al monstruo inhumano que era en realidad el Buitre Negro y el tipo de poder que tenía en su interior la clériga. La habían marcado junto con ellos. No le serviría de nada preocuparse por eso, pero deseaba no haber sentido tanta curiosidad.

Los gemidos se acallaron. Katya suspiró.

—No somos bienvenidos —dijo Kacper.

—En absoluto.

Katya sacó un pequeño vial de la mochila. Solo necesitaba un poco de magia y conseguir ese ligero estupor con el que contactar con un santo. Con suerte, eso bastaría.

—¿Puedes hacer la guardia por mí durante unos minutos? —le pidió a Kacper.

No esperó a que contestara para tragarse el líquido ácido y dirigirse hacia la tienda para adentrarse en ella.

Cuando volvió en sí, se encontraba fuera con el *voryen* de hueso en la mano y la respiración acelerada. No podía quitarse la sensación de encima de que, aunque hubiera tenido éxito, el Buitre lo sabía. No creía que se hubiera despertado, pero todo siempre se volvía borroso mientras usaba la magia. Los límites del mundo se atenuaban y los colores no eran los correctos. Era un estado peligroso en el que encontrarse porque nunca estaba segura de lo que acababa de hacer. Sin embargo, tenía lo que necesitaba. Con suerte, la clériga estaría lo bastante distraída como para no echarlo en falta.

36

NADEZHDA
LAPTEVA

Zlatana baila en la ciénaga, a la espera de que los caminantes oigan su alegría, esperando para tirar de ellos hacia Dziwożona y hacer un trato con la bruja que la alimenta.

Los Libros de Innokentiy

Los gritos despertaron a Nadya. Malachiasz salió de la tienda antes incluso de que ella tuviera tiempo de entender qué la había despertado. A duras penas lo siguió con los ojos nublados y la sensación de calidez de su cuerpo sobre la piel antes de que el frío devastador la espabilara de golpe.

Un segundo en el exterior de la tienda le bastó a Nadya para sentirlo. Tenían la atención de los dioses caídos. Había pensado que Velyos era otra cosa al principio. Le había contado que no era un dios y, de forma estúpida, se lo había tomado al pie de la letra. Serefin había estado lidiando con la presencia de Velyos y Nadya lo sentía. Sin embargo, allí había algo más, oscuro, profundo, más difícil de comprender, más difícil de identificar. Además, ese poder suyo recién encontrado estaba tirando de un hilo de divinidad que le conducía a sentir siempre algo. Aquello era distinto. Aquello procedía de otro dios.

Malachiasz estiró el brazo y detuvo a Nadya para que dejara de avanzar. La chica se llevó una mano a la boca.

—Estamos lidiando con poderes que escapan a nuestra comprensión —musitó—. ¿Es Velyos?

No se parecía a él, pero no había necesidad de preocuparlos más.

—Eso creo.

A Serefin se le contorsionaba el cuerpo por las convulsiones y le salía sangre de los ojos. Nadya se llevó la mano al collar y buscó la cuenta de Marzenya.

«Tengo que ayudarle», rezó.

—*Escapa a nuestro poder, niña* —contestó Marzenya.

Nadya no quería aceptar un no por respuesta. Se dejó caer en el suelo, donde Kacper estaba sujetando a Serefin para evitar que se sacara los ojos.

—Necesito un trozo de tela —pidió. Malachiasz pestañeó antes de ir a por su abrigo y regresar con un pañuelo que utilizaba para limpiarse la sangre de las manos y que, por suerte, no había usado aún.

Nadya se acercó con cuidado de evitar hacerle daño a Serefin al recordar el incidente en el barco, lo de sus ojos sangrando. Se colocó tras él y le sujetó la nuca antes de que se la estampara contra el suelo.

—Muy bien, espléndido loco —musitó mientras le ataba con fuerza la tela sobre los ojos—. Vas a ponerte bien. Resístete si puedes, pero que no te avergüence rendirte —susurró con la boca cerca de la oreja del chico. Le retiró el pelo de la frente—. Deja que vea con qué estamos lidiando. —Le deslizó una mano sobre la frente y cerró los ojos.

Consiguió un vistazo aterrador. Algo viejo y espantoso se había hecho con el alma de Serefin y la estaba sujetando con fuerza. Nadya no podía hacer nada, paralizada a los pies de un gigantesco templo de piedra mientras una mano enorme salía por la puerta. Otra mano la seguía hasta que una docena de ellas se arrastraba para escapar.

Nadya abrió los ojos y retiró la mano de la frente de Serefin. No había ninguna conexión que pudiera romper. Miró al lugar donde estaba Malachiasz, cerca, y negó con la cabeza.

—¿Qué pasa? —preguntó Kacper, con la voz llena de desesperación.

—Algo antiguo. —Se apoyó sobre los talones antes de sentarse con la cabeza de Serefin sobre el regazo—. Si no rompe esa unión con Velyos, lo va a consumir. —Sin embargo, incluso mientras hablaba, estaba segura de que no era Velyos, pero no sabía quién era y eso la aterraba.

«¿Qué le ha ocurrido?».

—¿Qué hacemos? —preguntó Ostyia, entrando en pánico.

Malachiasz se rascó la barbilla con la mirada oscura y una expresión incómoda en el rostro.

—¿Ha dado la impresión de que sabe cómo romper con esto? —le preguntó a Kacper.

—No mucha.

«¿Qué quiere?», le preguntó Nadya a Marzenya.

—*¿Tú qué crees, niña? Lo echamos hace mucho tiempo. ¿Qué más podría querer?*

«Venganza».

—*Así es.*

—Las ruinas... —comenzó a decir Katya.

—Quiere a Serefin aquí —replicó Nadya, interrumpiéndola—. ¿Cómo sabemos que acercándolo no va a desencadenar justo lo que desea?

Nadya se estremeció. No se había puesto el abrigo antes de salir. Malachiasz se quitó el suyo y se lo colocó sobre los hombros antes de agazaparse junto a ella.

—No hay nada que podamos hacer excepto continuar —le dijo—. Esperemos que nuestra trayectoria actual sea la correcta.

Nadya asintió con el ceño fruncido. Actuar siguiendo mitos y esperanzas. Era, como mucho, una ilusión y lo único que tenían, demasiado tarde para que se dieran la vuelta. Se puso en pie y Kacper ocupó su sitio, colocándose sobre el regazo con delicadeza la cabeza de Serefin.

—No lo despiertes —dijo Nadya—. Podemos esperar.

—Esto nunca habría ocurrido si no hubieras interferido con Tranavia —replicó Ostyia.

—Esto ha sucedido porque vuestro último rey y él —señaló a Malachiasz, quien tuvo la decencia de parecer triste— estuvieron jugueteando con poderes que no entendían. No tengo nada que ver con eso. Quiero ayudarle. Lo ayudaremos siguiendo hacia delante.

* * *

Tuvieron que utilizar más sangre de la que Nadya pensaba que Malachiasz podía derramar. Esperaba que se desvaneciera, pero solo continuó alimentando el hechizo con sangre, al mismo tiempo que se le agitaban las facciones y se le rompía y caía la máscara mientras permanecía a los pies de la divinidad y lo dejaba desnudo, mostrándole al mundo en lo que se había convertido.

Acabó de rodillas, con la cabeza inclinada y temblando. Durante unos instantes, a Nadya le preocupó que aquel fuera su fin antes de que el terrible chico monstruoso y brillante se esforzara en ponerse en pie y golpeara la mano contra la pared negra. Toda la estructura se desmoronó como un panel de cristal.

Se tambaleó mientras la magia se desvanecía y un poder antiguo los arrasaba como un torrente que incluso aquellos que no solían estar en contacto con la magia de manera regular habrían sentido arder en la piel. Malachiasz no recuperó la máscara, se le contrajo la cabeza y le aparecieron dedos con garras en los costados.

«Vaya». El bosque ya le estaba consumiendo la mente. Entonces, se acabó... Se fue, con esa facilidad y de forma definitiva. Mucho más fácil que clavarle un cuchillo. «Aunque no menos doloroso», pensó Nadya con el pecho constreñido.

Hizo un gesto a los demás para que se alejaran y retrocedieran mientras daba un paso hacia Malachiasz, a la vez que rebuscaba en su pozo de poder. El Buitre Negro echó la cabeza hacia atrás cuando se acercó y la miró con ojos negros e ilegibles.

—*Dozleyena, sterevyani bolen* —dijo Nadya, extendiendo una mano—. Vas a volver después de esto, ¿verdad, Malachiasz?

Sufrió un estremecimiento por el sonido de ese nombre en su lengua. Tomó aire de manera repentina y siseó entre los dientes de hierro. El miedo se le estableció en las entrañas a Nadya, diferente al que había sentido en las Minas de sal. Ya no notaba los restos de su coherencia. Ese hilo que los unía era algo animal y hostil, algo poderoso y cruel.

Se agitó en el sitio y Nadya se sobresaltó, a punto de huir por el miedo. Dio un paso hacia ella. Pestañeó con muchos ojos negros como el ónice, que se le deslizaban por sus facciones de un modo que le revolvía el estómago. Era el horror de las Minas de sal llevado al extremo mientras los pequeños pedazos que aún pertenecían a Malachiasz desaparecían. Entonces, se fundió con el bosque.

—Maldita sea —musitó Nadya, observando el punto entre los árboles por el que se había desvanecido.

Lo había empujado hacia su destrucción.

SEREFIN
MELESKI

Serefin solo pudo aguantar unos segundos sin la venda sobre los ojos. Había perdido por completo el izquierdo y el derecho se tambaleaba tanto que solo podía dar unos pasos hacia Nadya sin querer vomitar por los horrores que le arañaban la visión. Le palpitaba la cabeza por un dolor casi cegador mientras se movía con lentitud hacia donde había caído la pared de magia.

—¿Crees que hemos liberado algo al hacer eso? —preguntó con amabilidad, observando lo poco que podía ver a través de la fina tela.

Nadya tragó saliva con fuerza.

—Ni siquiera lo había pensado —susurró. Malachiasz había desaparecido, lo que no había sorprendido a Serefin, pero lo que había hecho palidecer a Nadya de forma considerable. ¿De verdad creía que era suficiente para ayudarlos a todos?—. Era... —comenzó a decir y se detuvo cuando la voz le tembló de manera peligrosa—. Era tan normal antes. No sabía... —Serefin, con mucho cuidado, le colocó una mano en el hombro. Lo hizo con cautela porque no podía ver en realidad dónde estaba la clériga. Luego, se lo apretó y Nadya le colocó la suya sobre ella tras estirar el brazo—. Tú también estás mal —le recordó la chica.

Serefin se encogió de hombros, sobre todo para ocultar su profundo terror. Era evidente que no estaba bien, pero ¿podía hacer algo al respecto?

—*Vas a abandonar todo lo demás* —siseó Velyos—. *Me dejarás todo lo demás. Esos dos se van a hacer pedazos entre sí y acabarán el trabajo por nosotros.*

«Es a ti a quien voy a abandonar».

—*Disfrutaré viéndote intentarlo. Ayúdame y conseguirás una oportunidad para matar a esa criatura.*

«¿Puede morir?».

—*Querido, cualquier ser puede morir, incluso los dioses.*

Observó a Katya, cuyas facciones habían permanecido sosegadas y no mostraba preocupación alguna. No tardarían mucho en llegar al templo a los pies de las montañas. Nadya había estimado que, como mucho, les llevaría una semana. Sin embargo, podían ocurrir muchas cosas cuando cruzaran la frontera que mantenía a raya a toda esa locura divina. Kacper se acercó a Serefin y, con cautela, le pasó el brazo en torno a la cadera.

—Necesitas ayuda —le murmuró al oído. Le rozó la mejilla con la nariz—. Deja que te ayude.

Serefin se inclinó contra Kacper y asintió, cansado.

—Están... Está haciéndose conmigo —dijo. Nadya se tensó a su otro lado—. Si comienzo a decir cosas raras o si... hago algo y resulta evidente que no soy..., bueno, yo, dejadme inconsciente. Se vuelve espeluznante cuando estoy dormido, pero será más fácil controlarme.

—Serefin... —musitó Nadya.

—No hay nada que hacer —contestó Serefin con falsa alegría—. ¿Deberíamos seguir?

Nadya se colocó un mechón de pelo tras la oreja. No se lo había trenzado y le caía suelto sobre los hombros. Cogió el libro de hechizos de Malachiasz del suelo, donde había acabado, y lo observó antes de tendérselo a Parijahan. Rashid la atrajo para abrazarla.

—Lo ha destrozado. —Le oyó Serefin que decía—. No se lo habría pedido si hubiera sabido...

Rashid la besó en la cabeza.

—Ya estaba destrozado. Quería ayudar. Fue su aportación.

Nadya asintió, dio un paso atrás y se secó los ojos rápidamente. Se giró hacia Serefin.

—Vamos.

Kacper le dio la mano.

—Solo confía en mí —murmuró—. Le daremos la vuelta a la situación como hemos hecho con todo lo demás.

Apretó la frente contra la sien de Serefin y sus labios se encontraron en un beso susurrado. Serefin extendió la mano para asegurarse de que la venda estaba sujeta con firmeza y Kacper tiró de él hacia delante.

37

NADEZHDA
LAPTEVA

Un cuchillo retorcido en las entrañas de lo divino mientras espera, observa y sabe que caerán, siempre caen, nada es eterno, excepto la oscuridad.

El Volokhtaznikon

Un segundo Nadya estaba con los demás, abriéndose paso a través de un bosque por el que no había caminado nadie desde hacía cientos de años. Al siguiente, estaba totalmente sola.

El pánico la traspasó cuando, de repente, el silencio se volvió insoportable. Era difícil no darse cuenta de la ausencia de los pasos torpes de Serefin mientras se esforzaba por seguir de la mano de Kacper, quien lo guiaba. Se giró con lentitud, temerosa de lo que se fuera a encontrar detrás. No había nada.

Sujetó el collar de oración. ¿Debería continuar sola? ¿Debería tratar de encontrar a los demás? No había manera de saber qué iba a hacer el bosque con ellos antes de permitirles llegar a su destino…, si es que se lo permitía. ¿Haberse quedado más tiempo con Malachiasz los habría salvado de los juegos del bosque o aquello era inevitable?

«¿Qué se supone que tengo que hacer?».

—*Sigue.*

La presencia de Marzenya era más fuerte y aterradora allí. Había algo en ella, sobre la diosa, que parecía... diferente. Nadya no sabía qué pensar, pero tenía razón, debía continuar.

En ese punto, los árboles eran grandes y uno solo no entraría en la amplitud del santuario del monasterio donde había crecido. Eran grandes más allá de lo imaginable. Había una oscuridad y un frío perpetuos y Nadya se sentía rara. Notaba una vibración molesta en la sangre. Sentía a dónde tenía que ir, pero no conseguía dar un paso al frente. ¿Y si debía buscar a los demás?

«Se las apañarán solos», pensó, aunque no se acercaba lo más mínimo a la verdad. Serefin estaba destrozado y apenas podía controlarse. Parijahan y Rashid no contaban con magia en un lugar donde esta se encontraba en todas partes.

Una punzada de preocupación se le clavó en lo más hondo, pero había tomado una decisión. Debía continuar y rezar para que los otros estuvieran bien, para que no se toparan con Malachiasz y para que ella tampoco lo hiciera.

Nadya se arrebujó el abrigo de Malachiasz alrededor del cuerpo y se subió las mangas demasiado largas. Olía a él de nuevo, pero era un consuelo frío. Solo había tratado de ayudarla y eso había destruido lo poco que quedaba de él. ¿Era aquello parte de la maldición? El mal augurio que revoloteaba sobre ellos acabaría atacándolos, pero no. Sabía que presionarse para cruzar la pared lo haría pedazos y se lo había pedido igualmente.

—*¿Quieres que sea esa la causa? ¿Sería más fácil soportarlo si fuera así?* —Nadya suspiró—. *No es de él de quien deberías preocuparte. Tienes asuntos mucho más importantes con los que lidiar que ese gusano.*

«Me parece que se te podrían ocurrir insultos mejores».

—*Da gracias a que sigue con vida, niña* —replicó Marzenya con sequedad.

Nadya esbozó una pequeña sonrisa. Le recordaba a las conversaciones que tenían en el pasado. Echaba de menos al resto del panteón, pero tener de vuelta a Marzenya era suficiente. Casi. Aun así, que Marzenya fuera diferente la seguía inquietando. Siempre un poco fría, un poco cruel, pero no controlaba los secretos, estos pertenecían a Vaclav. Sus palabras tenían un toque apático, como si estuviera hablando con una desconocida, en lugar de con la chica con la que había hablado durante toda su corta vida.

No obstante, se le desvaneció la sonrisa. Malachiasz no viviría mucho más tiempo, ¿verdad?

Era agobiante cómo el bosque vivía, respiraba y deseaba que Nadya se marchara. La maleza era densa y difícil de traspasar, llena de hojas devoradas por gusanos y huesos descoloridos y, además, tenía que desviarse de su camino para rodear los enormes árboles. Todo olía a humedad y decadencia, que se entrelazaban con el amargo frío punzante.

No pasó mucho tiempo antes de que el agotamiento de Nadya ralentizara sus pasos y la soledad le rodeara el corazón. Era difícil ver el final de aquello y creer que algo mejoraría.

¿Alejarse de Serefin sería otro fracaso? Si flaqueaba, Nadya y el resto del mundo estarían perdidos. No conseguía mentirse: sabía, en el fondo, qué le ocurriría si los dioses caídos se liberaban. La tomarían y no sería lo bastante fuerte para resistirse. Tal vez debería tratar de encontrarlo.

—*Sigue.*

Se mordió el labio y observó el oscuro toldo de hojas que cubría el cielo. Echaba de menos el sol; había estado en la oscuridad durante demasiado tiempo.

Salió a un claro. Malachiasz deambulaba entre las ramas bajas de un árbol, al mismo tiempo que se toqueteaba los padrastros de las uñas. A Nadya se le constriñó el pecho. Aquel era el Malachiasz de la noche de la catedral: los ojos claros delineados con kohl que hacía que parecieran más incoloros y extraños todavía y el pelo negro enmarañado con perlas doradas y fragmentos de hueso.

Llevaba la ropa con la que había desaparecido: una túnica y unas mallas negras. Había una mirada cruel e indiferente en sus ojos mientras la observaba. Nadya no sabía si estaba allí de verdad.

—¿Para qué crees que sirve todo esto? —preguntó el Buitre Negro, arrastrando las palabras.

—¿Qué?

Malachiasz hizo un gesto con la mano.

—Todo esto. El templo, los dioses, ese asunto con Serefin. ¿De qué vale hacer todo esto?

—Para detener la guerra —contestó Nadya con un tono monótono—. Serefin debe liberarse de Velyos. Yo necesito respuestas. Marzenya...

—¿La zorra que te manipula?

Nadya se quedó paralizada.

—¿Perdona?

—Ya me has oído —respondió Malachiasz con lentitud. Una sonrisa le curvó los labios mientras se dejaba caer en el suelo con movimientos tan elegantes como siempre—. No los necesitas, pero tampoco atiendes a razones, por lo que en realidad esto no sirve de nada. Seguirás siendo una irracional, la guerra continuará y nada cambiará.

—¿De qué hablas?

—Ríndete, pequeña clériga. Has perdido. Mataste al rey de Tranavia y nada cambió, excepto que tus insignificantes dioses te dieron la espalda porque te dignaste a pensar por ti misma. Kalyazin nunca va a ganar. Es inferior en fuerza e incapaz de ponerse a la altura de la magia de sangre que podría hacer un niño tranaviano. —Nadya dio un paso atrás cuando él se acercó, mirándola como un depredador. Chocó la espalda contra un árbol. Estaba atrapada. Malachiasz colocó una mano contra el tronco y se inclinó hacia ella—. Tenía razón y siempre la tendré. No eres más que una chica con una daga.

Estaba a un suspiro de distancia y notaba algo raro en el aire. El corazón se le aceleró con latidos erráticos y aterrados que no conseguía explicar porque, incluso en su peor momento, mientras arrancaba corazones y se los comía ante ella, nunca le había producido aquel instinto primitivo de miedo en su interior. Nunca había pensado que la fuera a matar de verdad, pero allí… no estaba tan segura.

La manga de Malachiasz se subió ligeramente. Nadya paseó la mirada de su brazo a su cara. Con la afilada uña de su mano izquierda, la chica le recorrió la barbilla hasta hacerle un corte que le empezó a sangrar.

—Nos condenarías a todos por culpa de tu venganza, pero, claro, lo sabes todo, Malachiasz Czechowicz… —Esperó—. Igual que sabes que no debes subestimar a la chica con una daga.

Buscó el *voryen* de hueso y el pánico se le asentó entre las costillas cuando descubrió que no lo tenía. Cerró los dedos en torno a una de las otras y la sacó de la funda para dejarla al descubierto. Dudó un segundo. Si estaba equivocada… No, si lo estaba, no le pasaría nada. Le clavó el filo entre sus costillas y le alcanzó el corazón. La sangre se le derramó por las manos, cálida. No pertenecía a Malachiasz, no era la suya. Tenía razón, debía tenerla.

Los ojos del *Telich'nevyi* se volvieron blancos y la sorpresa y la confusión le inundaron la cara. Tomó la empuñadura de la daga y dejó escapar un pequeño y doloroso gemido que sonaba a Malachiasz. Nadya cerró los ojos porque no podía verlo. «No es él, solo le han robado la cara».

Cayó al suelo, a sus pies. Nadya se estremeció y permaneció en el claro con sangre en las manos, a la vez que se obligaba a calmar los nervios antes de moverse y apartar el cuerpo con la punta de la bota.

—¿Nadya?

Se giró con el *voryen* levantado. Malachiasz miraba al cuerpo a sus pies. Nadya no estaba segura de que pudiera palidecer más de lo que estaba en ese momento. Supuso que encontrarse con el cadáver de sí mismo sería alarmante, pero, oh, dioses, aquel era él de verdad, ¿no? ¿O era otro?

Los *Telich'nevyi* también estaban sacados de los mitos kalyazíes. Cambiaban de forma con un solo pelo de la cabeza de alguien y los copiaban con tanta exactitud que sus seres queridos nunca podían diferenciarlos.

—Dale un momento y cambiará —dijo con suavidad. Si lo hubiera hecho más fuerte, se le habría roto la voz porque aquel quizás sí que fuera el Malachiasz verdadero.

—¿Lo has matado? —Su voz no sonaba bien.

—Así es.

—¿Tenía ese aspecto? —Ahora parecía más cohibido.

—Sí. —Nadya comenzó a temblar. Lo había apuñalado. Bueno, no a él, pero a la vez sí. Actuaba así por lo general, pero no era su comportamiento lo que le había dado la pista. Era una suposición, una afortunada.

—Vaya. —Fue más una exhalación ahogada que una palabra de verdad.

Se limpió la sangre de las manos y buscó a través de la maleza algo con lo que limpiar el filo.

—¿Cómo…? Eh… ¿Cómo…?

—¿Cómo supe que no te estaba matando?

Malachiasz tragó saliva con fuerza y asintió.

«Dioses, no lo sabía, en serio». Lo miró y él palideció aún más.

—Nadya —dijo en voz baja, con desesperación.

La chica negó con la cabeza.

—No..., no tenía tus mismos ojos. Además, te estremeces un poco de manera extraña cuando oyes tu nombre y no lo hizo.

Malachiasz no le quitaba los ojos de encima al cuerpo. Seguía pareciéndose a él. Nadya le giró la cara y le pasó los dedos por el lugar en el que le había cortado la mejilla al *Telich'nevyi*.

—Este lugar quiere que nos destruyamos entre nosotros —comentó Nadya. Besó a Malachiasz con un roce suave y sosegado—. No podemos permitírselo. —¡Qué fácil era mentirle!

El Buitre Negro le colocó la mano en la cadera y le hundió los dedos temblorosos en la tela de la chaqueta, su chaqueta. Nadya se giró para marcharse, pero, cuando dio un paso, Malachiasz deslizó la mano dentro de la suya y se le detuvo el corazón. Se giró. Estaba sola.

—Mierda —maldijo.

SEREFIN
MELESKI

Las voces se habían vuelto incesantes, las que se suponía que debía despertar aumentaban de volumen con cada paso. Se añadían a las otras dos que parloteaban en su subconsciente, incrementándose hasta un tono febril, una cacofonía insufrible. Había perdido la cuenta de cuántas voces había, ya no poseían las características que las hacían diferentes y se mezclaban entre sí en un coro terrible.

No creía que consiguiera resistirse mucho más tiempo. Lo mejor que podía hacer era obedecer y esperar sobrevivir para ver el final de todo eso. Le dolían los ojos. Kacper le había dado la mano y la sentía como un consuelo cálido y sólido, aunque notaba su pulso acelerado y sabía que estaba aterrado. Kacper lo estaba guiando en la dirección incorrecta. Sabía a dónde debía ir, sabía dónde estaban dormidos los caídos. Serefin se soltó. Un segundo después, estaba solo.

—¡Espera! —exclamó y dio un paso adelante, como si pudiera traer de vuelta a Kacper de dónde hubiera ido, pero no había nada a su alrededor, excepto el bosque oscuro.

Se le aceleró la respiración y le costaba tomar aire. Estiró los brazos con manos temblorosas y se quitó la venda de los ojos. La pesadilla volvió a la vida en torno a él.

Estaba en el centro de un cementerio de gigantes con enormes huesos esparcidos, creando un bosque blanco. Las polillas levantaron el vuelo de manera frenética a su alrededor, pero no eran naturales. Estaban marcadas con calaveras blancas y negras en las alas.

Serefin se presionó los ojos con las manos. Las retiró, llenas de sangre. Trató de no entrar en pánico porque, si lo hacía, cometería una estupidez y, si ese era el caso, estaba perdido. Necesitaba pensar. «Necesito despertar a esos seres durmientes». No, estaba allí para librarse de aquello. Necesitaba seguir adelante porque esa era la única forma de cortar con Velyos y los demás.

El primero lo apremiaba a través del cementerio de huesos. Caminó junto a calaveras del tamaño del enorme vestíbulo de Grazyk. Algunas eran casi humanas, pero tenían demasiadas cuencas oculares, formas raras y mandíbulas muy largas. Algunas parecían de animales: ciervos, lobos, ratas, serpientes y una que le recordó de manera aterradora a un dragón.

Unas telarañas relucientes cubrían las cuencas vacías. Una de las polillas de Serefin se quedó atrapada en una red y observó con horror como una araña del tamaño de un lobo salía de los recovecos de la calavera para devorarla.

«Cuando morí, me mostraste visiones de lo que podría ocurrirle a este mundo, ¿no?», preguntó con cautela. Grazyk ardiendo, Kalyazin convertido en un vertedero estéril, sangre cayendo del cielo... Pero ¿cuál sería el catalizador para ese tipo de apocalipsis? ¿Inacción? ¿Guerra constante?

—Así es —dijo Velyos—. *Estás a un suspiro de mi territorio. Un paso a un lado y llegarás.*

«¿Dónde estoy ahora?».

—*Esto también es mío, pero de una manera distinta. Tienes un poder excepcional, tranaviano, pero te alimentas de un suspiro de magia. La chica absorbe mucho más.*

«¿Y Malachiasz?».

Se produjo el silencio mientras Serefin continuaba, al mismo tiempo que los huesos crujían bajo sus botas.

—*Tiene el poder de un dios* —respondió Velyos al final—. *Por eso debe morir.*

Algo similar a la pena inundó a Serefin. Seguía recordando al chico con el pelo negro enmarañado de pie en la sala de los sirvientes, con las mejillas surcadas por las lágrimas, aterrado de su poder, al hermano que caminaba a su lado cuando le ofreció una tregua. No sabía si podría hacerlo al final.

—*Si quieres evitar lo que te mostré, debes continuar. Llevo demasiado tiempo colocando las piezas en su lugar y he perdido a muchos por el camino. Sin embargo, por fin he encontrado las piezas que se moverán en la dirección correcta. Estamos muy cerca, ¿sabes?, muy cerca de un cambio real.*

Serefin hizo una pausa. Durante el año que Velyos se había pasado parloteando en su cerebro, el ser se había vuelto coherente. Mucho más que cuando había hablado con él después de que lo mataran. Velyos se estaba volviendo más fuerte. Cada paso al oeste que él daba lo fortalecía.

Serefin solo quería que le dejaran de doler y sangrar los ojos. Deseaba recuperar el trono, salvar Tranavia y dormir. No estaba seguro de que fuera lo bastante fuerte para acabar con aquello.

«¿Cómo despierto a los otros?». Mejor evitarlo, pensó. Intentó alejarse de donde Velyos deseaba que fuera, pero no pudo. La única vía de escape era llegar al final.

—*Ya lo verás. Será fácil, ya casi estás. Ya has empezado el proceso y ni siquiera lo sabías. Los mortales sois muy huidizos y rápidos, pero, cuando os empujan en la dirección correcta, cargáis con la cabeza por delante hacia el abismo sin pensarlo dos veces. Eso está bien, muy bien. Es maravilloso que la canción pueda continuar.*

»*Estuvo rota, ¿sabes? Durante mucho mucho tiempo. Había una nota aquí y allí, pero la melodía necesitaba tocarse hasta el final. Estamos muy cerca, solo unos instrumentos más, un poco más de exquisita tortura y lo tenemos.*

El pánico le arañó el pecho. Cuando dio un paso al frente, el crujir del hueso sonó demasiado fuerte para sus oídos.

—*Quería a los cuatro. Los quería a todos, ¿sabes? Porque, vaya, las cosas que podría hacer si tuviera a la chica, al monstruo, al príncipe y a la reina, pero ya los tendré. Soy un ser con recursos. Me has resultado muy útil, joven príncipe convertido en rey, convertido en instrumento y augurio. Estamos muy cerca, mucho, de un principio y de un ajuste de cuentas.*

«¿Contra los otros dioses kalyazíes?». Serefin trató de encontrar algo de lógica en las palabras de Velyos.

—*¿Contra quién si no?*

Interludio VIII

KACPER
NEIBORSKI

Serefin había desaparecido. De nuevo. Había perdido a Serefin otra vez. No solo eso, había perdido a todos los demás. Al infierno podía irse la kalyazí, esa no le preocupaba, pero Ostyia estaba ahí fuera, en algún lugar, sola. Debía mantener la calma, pero lo único que quería era huir de ese maldito bosque, volver a Tranavia y fingir que nada de aquello había ocurrido, que nunca le habían asignado ser acompañante del príncipe, que nunca se había peleado con Ostyia porque lo había provocado sobre lo enamorado que estaba de Serefin delante de otros soldados y que nunca había obtenido un puesto en el círculo más íntimo de Serefin. Aquella locura, parte por parte, no había sucedido nunca.

Solo era un chico de campo. No estaba hecho para aquello. Realeza, Buitres y locuras divinas. Se le daba bien la magia de sangre, pero había muchas cosas que se le daban mejor. La magia de sangre era muy básica y normal. Todo aquello no lo era.

Sangre y hueso, esperaba que Serefin estuviera bien, pero tenía una profunda sensación abrumadora en la boca del estómago de que algo muy malo estaba a punto de ocurrir y que no había nada que pudiera hacer para detenerlo. No había sido

capaz de evitar que Serefin desapareciera. No podía hacer nada para ayudarle mientras esos seres trataban de despedazarlo, solo observar horrorizado cómo le sangraban los ojos y trataba de sacárselos, incluso aunque tuviera que partirse el cráneo para hacerlo.

Kacper deseaba no haber abandonado nunca su hogar. Se habría hecho cargo de la granja en lugar de su hermana, habría cumplido sus deberes en el frente y habría vuelto en cuanto se le hubiera acabado el contrato. Sin embargo, había tenido que conocer a ese ridículo príncipe de ojos claros con una sonrisa que iluminaba la sala llena de soldados cansados que solo querían irse a casa, un chico que bebía demasiado y que confiaba demasiado en él, que se tumbaba en el suelo de la tienda y se quejaba ante Kacper sobre cómo, al menos en el frente, podía ser Serefin mientras, en casa, debía estar tranquilo y pasar a un segundo plano para que su padre no lo tuviera en cuenta.

Kacper no sabía si podría sobrevivir sin Serefin. Se había introducido con demasiado ímpetu en la órbita del príncipe y sería un cataclismo tratar de salir de ella. Había hecho una cosa que siempre se había dicho que no haría, enamorarse más allá de sus posibilidades.

La astucia de Serefin le parecía cegadora a veces. Kacper lo había visto ganar batallas solo a base de estrategia, algunas en las que los sobrepasaban en número y fuerza. Serefin era inteligente, sabía cómo darle la vuelta a la situación en su favor. Y observar cómo todo se desmoronaba a su alrededor lo mataba.

Contempló el entorno. Todo comenzaba a parecerle igual y la poca luz que había empezaba a desvanecerse.

«No sobreviviré a una noche aquí fuera», pensó Kacper mientras el miedo lo inundaba.

Algo emitió un ruido cerca. Kacper se giró y se llevó la mano al libro de hechizos. Por lo general, prefería las armas.

Ostyia y Serefin eran mejores magos de sangre y era inteligente tener a alguien que supiera actuar sin magia. Sin embargo, un cuchillo allí no iba a servir de nada en contra del horror kalyazí que ese bosque decidiera escupir ante él.

¿Era una prueba? ¿O solo era el viejo bosque jugando con ellos porque podía, porque habían entrado en la boca del infierno y ahora estaban a su merced? En Tranavia se contaban historias sobre aquel lugar que todos habían ignorado porque Serefin se veía obligado a ir allí. Iban a morir por eso.

PARIJAHAN
SIROOSI

Parijahan esquivó los límites de una ciénaga. No dejaba de oír cosas, susurros, palabras que a veces parecían kalyazíes y otras tranavianas, pero en ocasiones oía paalmideshi y el sonido hacía que quisiera llorar. ¿Qué estaba haciendo?

Se encontraba sola. No le sorprendió demasiado cuando había levantado la cabeza y los otros habían desaparecido. Incluso Rashid. Y eso que hacía mucho tiempo que no estaba sin él. Su ausencia le rompía el corazón.

«Por favor, sobrevive», rezó, aunque sus dioses estaban muy lejos y no les importaba a los de Kalyazin. Había entrado en el territorio de unos dioses que no le pertenecían y era irónico cómo la cobardía la había llevado tan lejos. ¿Cuánto más avanzaría hasta que dejara de correr?

Soltó la mochila en el suelo y se sentó en el borde de la ciénaga. No podía pasar por eso. No podía participar en ese juego, aunque los demás sí. Lo único que tenía era un puñado de armas y su propio ingenio. Le preocupaba que este no fuera suficiente.

La carta seguía aún en el fondo de la mochila. Había tratado de no pensar en ella, de entender junto a Malachiasz qué se suponía que debía hacer. Aunque la ayuda del tranaviano no sirvió de mucho, quería que hiciera lo correcto, por raro que pareciera. ¡Ese chico se asemejaba a un puzle!

Lo correcto significaba enfrentarse a la familia, tentar una frágil paz que solo había conseguido cuando había huido de palacio una noche y no había vuelto a cruzar la frontera de Akola. Significaría presentarse ante una familia que, con toda probabilidad, la ejecutaría en vez de darle la bienvenida y ponerla al mando de la *Travasha*. Ni siquiera la quería.

Sin embargo, no aceptarla significaba condenar a Akola a una guerra civil que llevaba preparándose de manera clandestina durante décadas. Debía decidir entre ella y su país. Además, estar con personas como Nadya y Malachiasz lo empeoraba todo porque ambos morirían sin pensarlo por sus países y Parijahan no lograba obligarse a sentir lo mismo. Tal vez fuera egoísta, pero no podía parecerse a los amigos que había conocido en esa tierra amarga y fría.

Algo golpeó el agua cerca de ella y Parijahan se tensó. Había sido una locura llegar hasta allí pensando que al menos tendría la seguridad de sus compañeros para relajarse en aquel lugar lleno de magia. Metió la mano en la mochila y sacó la carta. La leyó de nuevo, aunque tenía las palabras grabadas en el cerebro.

Arrugó el papel y lo lanzó al agua turbia de la ciénaga antes de que cambiara de opinión. El agua sangró sobre ella, haciendo que se corriera la tinta. Se puso en pie. Tenía que encontrar a los demás.

38

NADEZHDA
LAPTEVA

El mundo que desean se compone de huesos rotos y sangre, siempre sangre.

El Volokhtaznikon

En las ruinas de Bolagvoy, había un altar y un estanque, lugares a los que otros antes que ella se habían dirigido para solicitar rituales perdidos. Nadya pensaba que iba a dicho altar para suplicar perdón por sus pecados y obtener una recompensa por lo que sabía. Sin embargo, en vez de eso, iba a recibir un toque de divinidad.

Se negaba a dormir. Siguió caminando, incluso cuando cayó la noche, incluso mientras todo a su alrededor quedaba tan en penumbra que apenas podía ver, incluso mientras el cuerpo comenzaba a avisarle del agotamiento. Tenía una misión y así podría conseguir respuestas. Quizás la perdonaran, encontrara la paz y algo, cualquier cosa, cambiara.

La maleza crujía bajo sus botas, a la vez que Marzenya la empujaba hacia el corazón del bosque, hacia las montañas. ¿Qué era si no un receptáculo para la voluntad de los dioses? ¿Qué otro propósito tenía? ¿Qué más quedaba? Nada, nada y nada.

Por eso, siguió adelante. Cada vez que cerraba los ojos, lo único que veía en la oscuridad tras los párpados era la daga clavada en el pecho de Malachiasz. La traición de Nadya reflejada en sus ojos antes de que se apagaran, oscuros y silenciosos. Lo había hecho sin dudarlo. ¿Qué más le haría? En realidad, ¿valía tan poco para ella?

Lo era todo y no era nada. Estaba dividida en mil direcciones, pero solo había una correcta y era hacia delante. No quedaba nada, excepto eso. Sin embargo, la sangre en sus manos, cálida y suya..., pero no, había sido la de un monstruo, aunque él también lo era. ¿Cuánto tiempo pasaría hasta que se volviera contra ella así y se viera obligada a actuar?

No podría hacerlo de nuevo. No podría hacerlo nunca más. Sin embargo, no sabía qué le esperaba en el futuro, tras esa maldición. Tal vez eso era lo peor. O quizás lo peor estuviera por llegar.

Los monstruos la dejaron tranquila, como si los retuviera una mano superior. Sin embargo, los veía: un *leshy* sentado en un altar de piedra, observándola pasar, y un oso, enorme y primitivo, deambulando por el bosque junto a ella, moviéndose en la misma dirección, hacia la montaña, cada vez más cerca. Nada importaba, excepto llegar allí, a la sede de los dioses, al estanque de divinidad..., la boca del infierno.

Nadya se tragó ese miedo porque tenía un origen tranaviano y no le pertenecía. Ella era kalyazí, elegida por los dioses, aunque quizás eso no importara, pero tenía que intentarlo.

Volvería arrastrándose hasta su diosa. Había destrozado al chico al que amaba, lo había apuñalado en el corazón. Estaba ahí fuera, más monstruo que otra cosa, y lo había dejado solo ante el destino porque aún quedaban por suceder acontecimientos más importantes. Sin embargo, primero debía llegar allí. Lo único que podía hacer era poner un pie frente a otro y continuar.

SEREFIN
MELESKI

Lo estaba consumiendo. De alguna manera, había llegado al lugar donde debía estar y la presión en el pecho se había relajado. Al pestañear, se encontró en el bosque sombrío y oscuro. Luego, todo se volvió borroso y había huesos esparcidos hasta donde alcanzaba la vista.

Después, se sentó porque estaba muy cansado. Se había resistido durante demasiado tiempo. Quería dormir. Seguro que todo iba bien si dormía. Nada lo heriría. Lo necesitaban para que despertara a los seres durmientes. Se tumbó.

El bosque tenía hambre. Sabía lo que había entrado en él, conocía esos grandes poderes que habitaban dentro, alrededor, entre y debajo de los árboles y tenía grandes planes para los pequeños insectos que correteaban mientras los observaba.

Serefin no sabía cómo podía sentir el bosque. Cerró los ojos. No se había dado cuenta de que el musgo comenzaba a subírsele por la mano mientras las raíces de los árboles empezaban a rodearle las piernas y a introducirlo cada vez más en el suave barro. De repente, podía sentir el hambre de todo lo que le rodeaba, el hambre espesa y devoradora que estaba destrozando a Malachiasz, aquel deseo que se asentaba en el corazón de cada ser que se llamaba dios, más antiguo que la propia Tierra, ese anhelo por ser necesitado y querido y por actuar, a pesar de estar muy lejos y no poder hacer nada, excepto sugerir, moldear y ser paciente.

El musgo avanzó por el brazo de Serefin. Era esa hambre la que consumía por dentro a Serefin. No era natural y no la quería. Sin embargo, durante un segundo, entendió lo que debía sentir Nadya, alguien aceptando su lugar en ese ámbito de poder demasiado amplio para comprenderlo.

Además, entendió lo que debía sentir Malachiasz, quien luchaba por algo más y trataba de posicionar todas las piezas en su lugar solo para ver cómo se derrumbaban, quien se esforzaba por convertirse en algo más allá de lo mortal, conocer ese anhelo y seguir queriendo, indagando y observando cómo todo cae al suelo con la esperanza de que, si llegara un poco más lejos, todo iría bien.

Sentía a Kacper, con su pánico, perplejidad y un amor incansable por Serefin, quien no comprendía cómo se lo iba a merecer. Y a Parijahan, la reina, ocultándose de la canción, dando la espalda y tomando una decisión. Una nota discordante que lo inquietaba de manera dolorosa. También estaba la *tsarevna*, que caminaba por el bosque con una extraña calma que los otros no tenían, quien sabía que ese lugar no la tocaría porque conocía el momento de su muerte y no era aquel.

Se hundió más. ¿No se suponía que debía resistirse a algo?

Era Serefin Meleski y la resistencia era lo único que tenía porque el bosque se estaba llevando todo lo demás. Velyos le quitaba más y más con sus largos dedos pálidos y ojos insondables que pestañeaban desde la calavera de un ciervo. Mientras diseccionaba a Serefin en partes útiles, lo empujaría más y más abajo hasta que los árboles crecieran sobre él y fuera nada y todo a la vez. Estaba ocurriendo de nuevo, pero ¿cómo?

Se encontraba demasiado cansado para luchar. Dejaría que ocurriera. Darse por vencido era la clave. No era un acto radical ni dramático despertar a aquellos que llevaban miles de años durmiendo. Lo único que necesitaba era resignarse. Lo único que necesitaba era que dijera que había tenido suficiente y se rindiera, dejara que el bosque lo despedazara.

No sabía si lo recompondrían al final, si había un final, si todo alguna vez acabaría o si seguiría cada vez más mientras él alimentara a ese bosque durante toda la eternidad.

—Eres muy melodramático. Espero que lo sepas.

Un titileo de consciencia. La mitad de las partes de Serefin estaban esparcidas y volaban por el viento y apenas quedaba la forma del chico.

—No puedes dormirte en el cambio de una era —le regañó Velyos—. *Por muy bien que suene. Levántate, rey de Tranavia, rey de oro, rey de sangre, rey de las polillas, hay mucho más que hacer.*

Sin embargo, ya había dado los primeros pasos. El bosque se estremeció mientras aquellos que había mantenido a su alcance durante mucho mucho tiempo comenzaban a pestañear y despertarse.

Estaba Velyos, que por fin se arrastraba hacia el sol tras varios siglos. Se había despertado limitado, consciente pero atrapado. Además, ahora era libre para llevar a cabo su venganza contra aquellos que lo habían limitado. El dios del inframundo, de los ríos y de los engaños.

Y Cvjetko, que había estado al lado de Velyos cuando habían tratado de alcanzar por última vez los tronos de Peloyin y Marzenya, las coronas hechas de tierra, hueso y sangre. Un dios de tres cabezas, tres seres y tres elementos que no coexistían, pero vivían en una tormenta agitada y constante.

Zlatana, de las ciénagas, la maleza y los monstruos que habitaban en los rincones oscuros del mundo indómito, enfadada por haber estado atrapada durante mucho tiempo por tan poco.

Zvezdan, de la oscuridad de las aguas.

Ljubica, de las lágrimas eternas. Lágrimas, luto, angustia y oscuridad, oscuridad y oscuridad.

Y... Chyrnog, el último, con un tipo distinto de oscuridad.

Serefin se quedó perplejo. Había más de los que había pensado.

—Cinco menores, dada la extensión de la situación. Nosotros, los inferiores a quienes están por encima o, en este caso, por debajo

—dijo Velyos con astucia—. *Chyrnog es el mayor, el más antiguo, y ha sido quien ha estado dormido durante más tiempo. Es el que dará la vuelta al mundo y creará uno nuevo. Es el que te ayudará con la segunda parte de tu misión, joven rey. Será él quien te devuelva la corona.*

Serefin sintió cómo algo espeluznante comenzaba a agitarse. Y, como otras veces, se preguntó si no habría cometido un error terrible. Entonces, se hundió del todo.

39

NADEZHDA
LAPTEVA

Sería demasiado fácil suponer que estas circunstancias se han malinterpretado con el tiempo. Pensar que esa magia es un simple acto de conexión divina entre un dios y un mortal sería una suposición arriesgada. ¿Qué pasa con Tasha Savrasova, a quien no eligió ninguno de los dioses, con una forma perversa similar a los Buitres de Tranavia, que tenía la divinidad en las palmas? ¿Qué pasa con ella?

Las Cartas de Włodzimierz

Cuando Nadya llegó a las puertas de Bolagvoy, era como si hubiera estado caminando sola por el bosque durante años. Había vivido un día y una eternidad, todo a la vez. El edificio estaba construido con madera. Era espectacular y enorme, con amplias cúpulas bulbosas. Llevaba ahí desde el comienzo de los tiempos y continuaría así incluso después de que todo se derrumbara.

—*Niña, has llegado tan lejos…* —Oía la voz de Marzenya muy cerca—. *Mucho más que cualquier otro mortal al que haya bendecido. Sabía que lo cambiarías todo, que arreglarías este mundo desmoronado.*

Nadya tragó saliva. Dentro de la iglesia había mucha luz. En las faldas de la montaña, los árboles no podían bloquear el sol con tanta facilidad. Iconos enmarcaban la entrada. Todos los santos que habían existido tenían un lugar entre esos muros. La maleza se extendía por el suelo y subía por las paredes, abundante y verde.

Era precioso, pero le producía una sensación distorsionada y profana, como si hubiera pestañeado y viera algo muy diferente, aunque no estaba segura de qué.

«¿Qué se supone que debo hacer ahora?», preguntó Nadya. «Solo quiero entenderlo. Si soy tan especial y distinta, ¿por qué me habéis tratado así?».

—*Ay, niña, ¿no lo sabías?*

Nadya había empezado a caminar hacia las puertas del santuario, pero se detuvo al no reconocer el tono en la voz de Marzenya. «¿Saber qué?».

—*Nunca te dimos la espalda, niña. ¿Creías que el chico que forjó el velo para alejar a su país de nosotros se detendría ahí?*

Nadya sintió frío. Apretó el puño. No podía ser verdad. «¿Qué?».

—*El chico que ronda los límites de nuestro territorio, que tiene el poder de cruzarlo, pero no el conocimiento, el chico que esperaba convertirse en algo más grande de lo que dicta su destino. ¿Creías que te dejaría sola para vivir tu vida según nuestros caprichos? ¿Creías que no estabas renunciando a algo grande al elegirlo a él?*

Nadya negó con la cabeza. Malachiasz no le había hecho aquello. Tenían sus diferencias, sus contrastes fundamentales, pero siempre había tratado su creencia en los dioses con una especie de respeto cauteloso (y, como mucho, irónico).

Sin embargo, tenía demasiado sentido, lo que era terrible. Por supuesto que le había ocultado aquello. Sus dioses no la abandonarían. Sin embargo, eso no explicaba todo lo demás. ¿Qué era ella?

—*Siempre estuvo en tu destino ser elegida por lo divino* —comentó Marzenya—. *¿Acaso el resto importa?*

Sí, sí importaba. Había pensado que era una simple clériga, pero era mucho más y aquello la aterraba.

«¿Qué necesitas que haga?».

—*Si te pidiera que mataras al chico de una vez por todas, ¿lo harías?* —Marzenya parecía tener curiosidad.

Nadya titubeó. Se mordió el labio inferior mientras las lágrimas le inundaban los ojos, a pesar de que un monstruo como ese no se merecía sus lágrimas.

«¿Me estás pidiendo que elija?», preguntó Nadya. Permaneció bajo el sol que penetraba por las ventanas, temblando por el peso de la divinidad. «¿Me estás pidiendo que elija entre vosotros y él?».

—*Sí.*

Kostya, su Kostya, le había dado el mismo ultimátum y le había dicho que eso no podría continuar para siempre. Nadya tenía que tomar una decisión entre Malachiasz y su devoción a los dioses. Él era un pecado que no podía ignorar.

Nadya cerró los ojos. Pensó en la sonrisa reluciente de Malachiasz, atenuada por la oscuridad que lo rodeaba, en la calidez del chico junto a ella, en la manera en la que le acariciaba la nuca cuando la abrazaba y en el deleite puro que sentía cada vez que hacía una broma horrible, en el chico ridículo de Tranavia que no podía dormir y que la quería cerca.

La clériga puso la mano en la puerta. Estaban condenados y habían acabado juntos en Kalyazin por casualidad, atraídos por las circunstancias, aunque destinados a tomar caminos opuestos. Pensó en sus ojos claros, distantes por la crueldad, en el caos agitado de su cuerpo y facciones, en su mente destrozada y en su deseo de algo que destruiría su mundo porque pensaba que era lo correcto. Sin embargo, ella era kalyazí y había más en ese mundo que el chico al que quería.

Nadya abrió la puerta. La aprobación de Marzenya la traspasó. Frente a ella había unas escaleras. Frunció el ceño, insegura sobre a dónde la llevarían. Descendían hacia la oscuridad, a una distancia lejana e imposible, y todo vibraba de una manera que le resultaba familiar. Sin embargo, Nadya no consiguió saber qué era exactamente más allá del cosquilleo bajo la piel, un horror, una vaga incomodidad. No sabía cuánto tiempo había pasado, ya que solo la respiración superficial y las paredes que parecían cerrarse sobre ella le servían de guía, antes de llegar al templo de piedra. Cubriendo el suelo había unas flores blancas radiantes que bañaban la sala con un suave brillo extraño. Posó una mano sobre una de ellas que se enrolló sobre sí misma y solo se abrió cuando se alejó.

En el extremo más alejado de la sala había un estanque profundo excavado en el suelo. Todo acerca de ese sitio parecía mucho más viejo que las ruinas de la superficie. Era un poder antiguo. Podía ver las pisadas de aquellos que habían llegado a aquel lugar antes que ella. La mayoría habían muerto allí y los huesos se esparcían entre las flores. Una caja torácica albergaba un montón de vides que se enrollaban alrededor de cada hueso y de las que salían pálidas flores. Se acercó al estanque.

—*Querías respuestas* —dijo Marzenya—. *Ha llegado la hora. Solo hay una manera de conseguirlas. Y, con esas respuestas, necesitaré que hagas algo por mí.*

«Cualquier cosa», contestó Nadya a toda velocidad. Llevaba mucho tiempo desesperada por conseguir aquello. Estaba arrodillada al borde del estanque y pasó los dedos sobre los símbolos tallados en la roca.

El agua habría sido demasiado simple, habría tenido demasiado sentido. Estaba lleno de sangre. Nadya ahogó un sollozo. Pasó la mano sobre el estanque. Era a eso a lo que había ido allí, lo que quería, pero ¿a qué precio? ¿Qué perdería a cambio? ¿Qué le quedaba por perder?

«Cualquier cosa», repitió. «Haría cualquier cosa».

Se removió e introdujo un pie en el charco de sangre. Tenía una calidez nauseabunda y se tragó la bilis que le subía por la garganta. Había escalones en el borde del estanque. ¿Cuántos antes que ella habían hecho aquello? ¿Adónde la llevaría?

Algo golpeó la base de la montaña, impidiéndole continuar. La alarma de Marzenya la sorprendió. La diosa se alejó de ella y se centró en otra cosa.

—¿Qué ha hecho ese chico? —siseó.

A Nadya le dio un vuelco el estómago. ¿Serefin o Malachiasz? Era imposible saberlo y debía continuar. Se deslizó dentro del estanque hasta las pantorrillas y dio un paso tembloroso. La sangre le llegaba a las caderas y le empapaba la tela del vestido. Con brusquedad, se quitó la chaqueta de Malachiasz. Se la llevó a la cara para aspirar su aroma casi desaparecido, antes de lanzarla a un rincón de la sala. No podía soportar el pensamiento de destrozarla. Nadya pasó una mano por la superficie. Dio otro paso y la sangre le llegó al pecho. El siguiente paso la llevaría a hundirse. Dudó. La chaqueta arrugada en la esquina le provocó una punzada. ¿Y si esta era la opción equivocada?

Sin embargo, Nadya había sido elegida por los dioses para aquello. Respiró hondo y se dejó caer, permitiendo que el estanque de sangre se la tragara por completo.

* * *

«Entonces, el pajarillo se arriesga al olvido».

Esa era la anulación, que te rompieran en mil partes y te echaran de la red del tiempo, oír la canción que representaba el presente, verlo todo ante ella, observar cómo se reproducía una y otra vez.

Aquí y allí tenía las respuestas de una forma y manera que era un ataque muy diferente a las cuidadosas piezas fragmentadas que había ido recogiendo por el camino, una jerarquía de poder que podía romperse, rasgarse, cambiar. Los dioses eran reales, existían, pero ¿eran seres benévolos? Apenas. Podían manipular esa gran canción fuera del ámbito mortal, pero no podían presionar más allá de los límites que los separaban de la mortalidad. Algunos eran agradables, otros crueles y luchaban entre sí. Aun así, tenían una cuidadosa alianza y una sola regla a seguir: podían observar y sugerir, pero no influir de manera directa en el transcurso de la mortalidad.

La magia era una bestia difícil de manejar, que no podía ser domada, aunque había algunos capaces de hacerlo. También había otros capaces de cambiar la magia a su antojo en pequeños aspectos. Mortales, poderosos y empapados de magia.

Sin embargo, ¿qué ocurría con esos que podían vivir entre realidades, los que podían pasar de un sitio a otro, convertirse en seres coherentes entre la locura mientras influían en el ámbito mortal en su camino? Observaban. Esperaban. Acompañaban a los mortales como hormigas. ¿Qué habían sido en el pasado? ¿Mortales, mágicos o una combinación de ambos? ¿Dioses caídos o humanos que habían traspasado un cierto punto de transcendencia? Aquello, al final, no era el gran misterio que le hubiera parecido hacía un año.

Los dioses eran dioses y esa no era una gran cuestión porque sí, un mortal podía ascender, pero ¿a qué precio? Los pocos que sobrevivían estaban tan cambiados que era como si nunca hubieran sido mortales. ¿Puede morir un dios? Cualquier ser puede morir.

Debajo de todo eso estaba la canción de la oscuridad. Debajo de esa cuidadosa jerarquía había un amplio océano de poder que se agitaba y mantenía en su interior a criaturas antiguas e insondables. Nadya se arrodilló en el borde de aquel lugar y contempló lo que significaba que quisiera hundirse en ese océano de poder y aceptarlo todo para sí. De alguna manera, sentía que ya lo había hecho.

Era todo y nada. Aun así, notó una punzada en la cicatriz una vez, una respuesta a esa pregunta discordante. Se permitió estirar el brazo y tocar la superficie de esa agua oscura.

El lugar en el que se encontraba cambió, ya no era una canción, y Nadya se despertó en una sala mal iluminada donde la sangre caía de las paredes y el suelo de piedra estaba lleno de nieve. Se estremeció y se rodeó con los brazos. Ante ella había varias filas de extraños frascos y distintos fragmentos de hueso, como la tienda de un farmacéutico… o el taller de una bruja.

—La magia está cambiando.

Nadya se sobresaltó. Junto a ella había una chica joven que observaba las baldas llenas de frascos. Tenía unas facciones extrañas y anchas y una larga trenza que le llegaba al suelo, cerca de los pies descalzos. Tomó uno de los frascos.

—El mundo está cambiando, pero es así como funciona. Sin embargo, la magia se suponía que fluía en una sola dirección y eso ya no es verdad.

Nadya frunció el ceño.

—Tengo un amigo que diría que todo es lo mismo.

—En esencia, sí —le confirmó la chica—. ¿Acaso no eres la prueba de ello?

—¿Lo soy? —preguntó Nadya, desesperada—. ¿Qué es todo esto?

—Fragmentos de todo. Hay cosas ocurriendo ahora mismo. Un cambio en el mundo causado por múltiples pequeños desastres, muchas opciones unidas para traernos a este punto. Lo divino y lo herético se combinan para darle a un chico el aspecto de un dios. —Nadya cogió aire con brusquedad—. Imposible antes y posible ahora. No te hagas la sorprendida, ya sabías lo que estaba estudiando. Tu pueblo también lo estudia en secreto. Una chica que tenía encerrada a la oscuridad, ¿qué harás ahora que se está despertando?

La muchacha le resultaba familiar, pero Nadya no tenía ni idea de por qué. No sabía si era real. Nadya acercó la mano.

—Una abominación y, aun así... —La muchacha hizo una pausa, pensativa—. Tal vez algo más. Ser ambos es imposible. Ambos son el agua y el aceite, pero ese chico... y tú... —La muchacha cogió un frasco atrapado en un estado perpetuo en el que una gota de sangre caía en la leche con los colores aún separados—. Esto es lo que quieres.

Sin embargo, Nadya se sintió atraída por una botella plateada con un collar de dientes atado al cuello. Lo cogió, consciente de que la chica la estaba mirando.

—¿Qué encontraré? —susurró.

—¿Qué estás buscando?

—Quiero saber qué soy.

La muchacha se encogió de hombros. Nadya, con cuidado, abrió la botella. Consiguió lo que deseaba. Una chica, como cualquier otra, una chica que podía retener un poder que condenaría a cualquier mortal, una campesina de un monasterio en las profundidades de las montañas de Kalyazin, una chica que había conocido la soledad, el hambre y la guerra, que se había perdido, amado y sorprendido, una chica que había dudado. Todo y nada. Sin embargo, ya sabía esas cosas. Dejó escapar un sonido de frustración.

—Espera un momento —le aconsejó la muchacha.

Ese océano, ese pozo, ese enorme caos agitado de poder. Espeluznante, oscuro y alocado. Sintió otra punzada de reconocimiento en la cicatriz de la palma. La emoción de la confirmación. Tapó la botella y la dejó en la balda.

—No estás formulando las preguntas correctas —observó la chica—. Sabes quién y qué eres. Eso nunca ha cambiado.

—Entonces, ¿qué lo ha hecho?

Algo había cambiado. Algo la había llevado por ese camino de destrucción donde había destrozado demasiadas cosas bajo el disfraz de estar tratando de hacer lo correcto. La chica acunó la cara de Nadya con una mano.

—Tal vez nunca estuviste destinada a salvar el mundo, hija de la muerte, quizás estés haciendo lo que se suponía que debías hacer. Has bailado en los límites de la oscuridad y la luz y te has caído. Siempre has estado cayendo. La oscuridad siempre iba a atraparte. Nunca has podido escapar. Justo para eso naciste.

Eso no podía ser posible. Sin mediar palabra, la chica le tendió a Nadya otro frasco.

—Esto no destruirá Tranavia, ¿verdad?

—Ya te lo dije —dijo la chica—, la destrucción nunca ha sido mi intención.

Nadya dejó que el frasco se le cayera de las manos y observó cómo el cristal se rompía en mil pedazos. Mitos, esperanzas y fe.

40

NADEZHDA
LAPTEVA

Este mundo espera un cambio, una rebelión, un ajuste de cuentas. Se ha estado agitando, escupiendo y transformando en algo que es muy diferente al plan que buscaban los primeros, los antiguos, los muertos. No asumas que ese plan era bueno y justo. Nunca asumas la amabilidad. Asume el olvido.

El Volokhtaznikon

Con un fuerte impulso, Nadya resurgió en la superficie, asfixiada, en busca de aire. Malachiasz la sacó del estanque mientras el pánico le reverberaba en la voz al repetir una y otra vez su nombre.

—No pasa nada —dijo ella tras escupir sangre y limpiársela de los ojos—. Estoy bien. —Dudó antes de mirar hacia donde estaba agazapado junto a ella.

Casi había desaparecido. La máscara estaba hecha pedazos, pero se aferraba a esos trozos. Tenía el pelo negro enmarañado y las facciones cambiantes. Unos cuernos negros surgían desde su cabello y se retorcían sobre sí mismos. Sin embargo, seguía teniendo los ojos de color azul claro y, con suavidad, le quitó el pelo empapado de la cara antes de limpiarle la sangre de la piel.

—¿Qué has hecho? —murmuró Malachiasz.

Nadya negó con la cabeza, sin palabras. Lo había vendido. Había elegido a Marzenya. ¿Por qué estaba allí, casi entero?

El chico le estudió el rostro y a ella le aterró que, al mirarla con tanta atención, lo descubriera, supiera lo que había hecho.

Le sujetó la cara y lo besó con intensidad. Pretendía distraerlo, pero él emitió un sonido que hizo que el calor le ardiera en las entrañas a Nadya. Quería aquello, lo deseaba a él. ¿Cuántas mentiras se había contado para alejarlo?

Malachiasz le devolvió el beso con la misma hambre desesperada que ella estaba sintiendo. Nadya se le acercó, se sentó a horcajadas sobre sus caderas y le pasó las manos por el pelo.

—Nadya —gruñó él—. No es un buen momento.

—Cállate, Malachiasz —le pidió sin aliento entre besos. No sabía si lo estaba besando por el arrepentimiento, si era una despedida o un recordatorio de que daba igual lo mucho que tratara de distanciarse de ese terrible y hermoso chico tranaviano.

No quería que fuera nada de eso. Había elegido a Marzenya porque era lo que debía hacer, pero amaba a Malachiasz de una manera horrible, dolorosa y desesperada. ¿Y si había tomado una mala decisión? La mano que acunaba el rostro de Nadya se volvió firme y aferró su barbilla; tras romper el beso, Malachiasz le giró la cabeza con brusquedad hacia un lado para posarle los labios en la mandíbula y la garganta. Cuando le rozó la clavícula con los dientes afilados, Nadya jadeó y le clavó los dedos en la nuca. Él le recorrió la columna vertebral con la otra mano antes de colocársela en la parte baja de la espalda y acercarla lo máximo posible.

Había muchas capas de ropa entre ellos. Nadya se sujetó a uno de los cuernos negros en espiral y lo utilizó para echarle la cabeza hacia atrás y poder besarlo de nuevo. Le atrapó el labio inferior entre los dientes y oyó el gruñido que le estallaba en el pecho. Malachiasz se inclinó sobre un codo mientras Nadya se desplazaba sobre él. Las flores blancas que cubrían el suelo se curvaron debido a sus movimientos. Todos los lugares que Malachiasz le rozaba seguían ardiendo mucho después de que hubiera pasado las manos sobre ellos y la presión de su boca era una tortura exquisita.

Malachiasz le metió la mano dentro de la falda para sujetarle el muslo y Nadya estaba demasiado absorta como para avergonzarse por el gemido que se le escapó y por la manera en la que le presionaba las caderas con las suyas. Tras besarlo con mayor intensidad, Malachiasz abrió los labios mientras seguía sus movimientos: cómo le deslizaba las manos por el dobladillo de la camisa y le delineaba las líneas del cuerpo sobre la piel caliente bajo sus dedos.

Malachiasz se quedó paralizado. Nadya le besó la mejilla, el puente de la nariz y los tatuajes de la frente antes de darse cuenta de que se había quedado inmóvil. La chica se echó un poco hacia atrás y observó cómo entrecerraba los ojos claros y agudizaba la mirada, a pesar de que no parecía que la estuviera observando.

—Nadya —susurró, a la vez que el pánico se le filtraba en la voz—, ¿qué has hecho?

—He...

—¿Qué has hecho? —La sujetó por los brazos y se los apretó hasta hacerle daño.

Nadya cerró los ojos porque las lágrimas amenazaban con inundarla. No sabía lo que había hecho. Solo había seguido las órdenes de la diosa. Había elegido a su diosa.

—He hecho lo que debía —musitó.

De manera abrupta, Malachiasz la bajó de su regazo mientras se ponía en pie. El pánico hacía que las facciones se le agitaran a mayor velocidad y se volvieran caóticas hasta el punto de parecer doloroso. Luego, todo se atenuó y desapareció, ya solo quedaba, ante ella, un adolescente desgarbado, roto y perdido.

—No —susurró—. Se lo está llevando todo. Me lo está quitando todo.

«¿Qué he hecho?».

—*La magia profana nunca volverá a utilizarse* —contestó Marzenya con un tono engreído—. *¿Cómo van a usar algo que no recuerdan?*

El mundo se tambaleó bajo sus pies. «Vaya». Con cuidado, se puso en pie, asustada por lo que pudiera hacer Malachiasz. Había roto algo en el entramado del universo. Había alejado el conocimiento de la magia de sangre de Tranavia. Había cambiado el mundo. Había hecho lo único que quizás podría acabar con la guerra. «Pero ¿a qué precio?».

Malachiasz se estaba riendo con un sonido espeluznante, aterrado, mientras le sangraban los ojos, oscurecidos como el ónice. Su postura cambió y toda la voluntad de Nadya por luchar se desvaneció mientras observaba al Buitre Negro.

—No, vaya, no es tan fácil —dijo Malachiasz—. Sin embargo, es inteligente, qué chica tan inteligente —escupió—. Ojo por ojo. La venganza es un plato que se sirve frío, ya veo. —Se aproximó un paso. Nadya retrocedió, pero el estanque de sangre estaba demasiado cerca y no quería caer bajo su magia una vez más—. Sangre y hueso, te subestimé —continuó con la voz velada y oscura—. Un error que no volveré a cometer.

—Malachiasz, por favor, yo...

—Ya has hecho suficiente —bramó a través de los dientes de hierro, tomándola por la mandíbula con una mano y acercándola. Los ojos se le volvieron claros durante un segundo y la traición y el dolor que vio en ellos le rompió el corazón—. Pensaste que así acabarías con la situación, ¿no? Sin más magia demoníaca.

Nadya cerró los ojos. No sabía que aquello iba a ocurrir, pero sí que llevarlo hasta allí iba a acabar con él, que destrozaría a Tranavia. Había conseguido justo lo que deseaba.

—Todo este tiempo —musitó Malachiasz—, estabas jugando a esto. No buscabas respuestas, solo me necesitabas para poder apuñalarme por la espalda.

—Igual que me hiciste tú —replicó Nadya. No dejaría que se le olvidara que él lo había hecho primero.

—¿Esta es tu venganza? —Parecía incrédulo.

No lo era. Nunca se había tratado de venganza.

—¿Así te resultaría más fácil? —preguntó ella con suavidad. La observó, dolido y enfadado. Nadya no consiguió detener las lágrimas que le recorrían las mejillas—. ¿Te resultaría más fácil representarme como la villana que solo quería herirte como me heriste tú a mí, como si solo fueras la pesadilla de mis sueños, como si fuera un juego en el que participaba para clavarte el cuchillo más hondo? Sabes que nada de eso es verdad.

—Nadezhda, para —respondió.

—Sabes que siempre elegiré a mi diosa y a mi país, igual que tú harás con los Buitres y Tranavia.

—¡Nadya!

Su diosa la había mentido, engañado y hecho creer que no era nada sin ella..., pero no era verdad. Aun así, Nadya no podía darle la espalda a aquello en lo que siempre había creído.

—Dime que no querías que esto ocurriera —le suplicó él—. Dime que no era este tu plan en todo momento.

Nadya permaneció en silencio. El Buitre Negro dejó escapar un suspiro ahogado y se alejó de ella. Se pasó una de las manos por el pelo y desenredó un trozo de hueso que llevaba atado entre los mechones. Actuó con rapidez y eficacia hasta que obtuvo un montoncito de huesos en la palma.

—Bien jugado, *towy dżimyka* —dijo—, pero tú y yo somos muy diferentes y a ti se te olvidó seguir prestando atención. Se te olvidó que este juego continuaría. ¿Se suponía que debía afectarme a mí también?

—Malachiasz…

—¿Que acabarías con todo lo que tengo, lo único que ha hecho que mi inútil vida sirva de algo? —Hizo rodar un trozo de columna entre los dedos—. Ya he superado todo eso. —Cada palabra era un golpe—. Soy mucho más —susurró, como si el corazón se le estuviera astillando. Luego, con más frialdad, añadió—: Soy un dios. Aunque has jugado de una manera admirable, has perdido. Claro que te iba a ayudar, por supuesto que esto iba a acabar así. Me has traído a donde deseaba estar.

Nadya estaba demasiado aletargada por la conmoción, ya que esas palabras eran inevitables, igual que su traición. Aquello era lo que había entre ellos en realidad, el deseo de traicionarse entre sí para llevar a cabo sus ideales. Había sido una locura creer que podía haber algo más. Había tejido una red a su alrededor, pero nunca se había liberado del torbellino en el que la había metido y eso era lo que había utilizado mientras ella se lo había permitido.

Aplastó los huesos entre las manos. El ser monstruoso y divino en el que se había convertido tomaba forma. Su figura comenzó a temblar.

Nadya pensó con rapidez. Había seres más poderosos que existían más allá de esa esfera. Oyó las puertas cerrándose en el piso superior, pero era demasiado tarde porque había retrocedido para volver a entrar en el estanque de sangre, en el olvido.

SEREFIN
MELESKI

Serefin escupió un puñado de barro. Se esforzó por ponerse en pie mientras la cabeza le daba vueltas.

—*No estás acabado, chico* —siseó una voz: Chyrnog—. *Aún tienes más cosas que hacer. Están en el templo. Quiero al chico.* —Serefin gruñó y se presionó la frente con las manos. ¿Qué había hecho? Y los dioses seguían allí, no lo habían dejado marchar. Chyrnog se echó a reír—. *¿De verdad pensaste que alguna vez serías libre? No, este es tu destino. Te rendiste. Caíste. Nos perteneces.*

Serefin trató de resistirse, de tomar el control de… algo. Sin embargo, no le quedaba nada con lo que luchar. Comenzó a caminar, aunque apenas por voluntad propia. Pronto podría dormir.

Debía liberar a Tranavia del traidor, detenerlo antes de que pusiera en marcha algún cataclismo. Solo le quedaba una cosa más por hacer. El problema es que Serefin no era en realidad quien caminaba. Aun así, se desplazó por el bosque. Por suerte, parecía normal y corriente, pero quién sabía cuánto tiempo duraría aquello. Serefin no tenía el control, los dioses se habían apoderado de él por completo.

—No —dijo al silencio, tratando de parar a sus piernas, de recuperar algún tipo de control—. No, no dejaré que hagáis esto.

Se produjo un largo silencio. El bosque estaba callado de manera extraña.

—*Muy bien, gánate tu salvación.*

Sintió una rara vibración en el subconsciente, la sensación de que algo iba mal, lo que era una tontería porque, por supuesto, algo iba mal, ¡todo! Aquel era el mundo tras acabar con su delicado y precario equilibrio. Aquello era algo que cambiaba tan astronómicamente que incluso aunque solo rozara a Serefin, este lo sentía, a pesar de no tocarlo por completo, a pesar de que a él no le afectara.

Fuera lo que fuese era terrible. Ninguno de ellos debería haber llegado a ese lugar. El bosque escupió a Kacper y a la *tsarevna*. Kacper aterrizó con fuerza a los pies de Serefin, con la nariz llena de sangre, que le cubría las manos. Serefin quiso dejarse caer por el alivio.

—Kacper —jadeó, colocándose de rodillas enfrente.

El chico parecía aturdido y miró más allá de él. Luego, pestañeó y los ojos oscuros se le aclararon solo un poco.

—¿Serefin?

Este colocó ambas manos a cada lado de la cara de Kacper y le delineó las orejas, al mismo tiempo que, con el dedo índice, le recorría el corte de la mejilla. Casi sollozaba.

«¿Qué le ha ocurrido?». ¿Acaso quería saberlo?

—Tenemos que salir de aquí, Serefin —dijo Kacper, aferrándose a él, sujetándole la camisa con los dedos para acercarlo—. Este lugar es maligno. Tenemos que escapar. Perdí… —Negó despacio con la cabeza—. No me acuerdo, no recuerdo qué perdí, pero parecía importante y ha desaparecido. Ni siquiera sé que era.

Serefin miró a Kacper con los ojos muy abiertos. O lo intentó. Uno de sus ojos estaba tan lejos, en una realidad diferente, que ni siquiera veía a Kacper ante él. No obstante, se apoyó en el otro. No había perdido el ojo derecho.

—¿No lo notas? —le preguntó Kacper, desesperado.

Serefin asintió, pero no tenía ni idea de qué era. Kacper ahogó un sollozo y Serefin lo acercó aún más para enterrarle la cara en el cuello. La respiración entrecortada de Kacper le sobresaltó cuando se aferró a él.

—Aún no he terminado lo que venía a hacer aquí —musitó Serefin contra su cuello. Lo besó—. Me queda una cosa más. —Soltó a Kacper para sacar el libro de hechizos y miró hacia donde se encontraba Katya, aturdida. Tenía un largo trío de cortes en la mejilla y la pierna derecha cubierta de sangre—. ¿Podéis encontrar a Ostyia? Dioses, y a los akolanos también, no se merecen quedarse aquí. Toma, tengo un hechizo para que no nos perdamos la pista los unos a los otros. —Lo arrancó del libro de hechizos y se lo tendió a Kacper, quien lo observó—. ¿Qué haces? Es sencillo, lo prometo.

—Serefin…

Algo en el tono de Kacper hizo que sintiera frío. No sabía qué era, un pánico ciego mezclado con auténtica confusión.

—¿Qué se supone que tengo que hacer con esto? —preguntó Kacper con delicadeza y cautela, como si tratara de no ofenderlo, aunque también como si supiera que debería saber qué hacer.

—¿A qué te refieres? Ya sabes qué tienes que hacer.

Sin embargo, despacio, Kacper negó con la cabeza. Se alejó de Serefin sin aceptar la página.

—Sé… sé dónde está el templo. Encontraré a los demás y nos reuniremos allí.

—¿Kacper?

Kacper ya se había puesto en pie y desaparecía entre los árboles. Con lentitud, Serefin arrugó el papel en un puño, a la vez que el pavor se le asentaba en el pecho. «¿Qué está pasando?».

Le sostuvo la mirada a Katya. Llevaba una larga daga de hueso en las manos.

—Creo —dijo la chica con suavidad— que todos vamos a morir aquí.

Serefin dejó escapar una carcajada. La *tsarevna* le dio la vuelta a la daga en la mano y se la tendió a Serefin con la empuñadura hacia él.

—¿Puedes matarlo? Fuera lo que fuese eso, vendrán más problemas.

Serefin aceptó el *voryen* y notó la empuñadura cálida en las manos. Sentía la suave vibración de poder en el hueso. Todos habían estado esperando con el cuchillo en la espalda de los demás. Había llegado la hora de clavarlo.

41

NADEZHDA
LAPTEVA

Un hueso roto bajo el peso de mil gusanos retorciéndose, deses-
perados por adquirir algo, frenéticos por encontrar la luz. Para
morirse de hambre, devorar y consumir.

El Volokhtaznikon

Nadya no debía estar allí. Aunque fuera una criatura de magia, no le correspondía caminar por esa esfera. Se suponía que tenía que permanecer firme en el mundo mortal. El olvido no debía ser un estado duradero, pero debía detener a Malachiasz.

Aquel era el siguiente paso en su gran plan y se había convertido en realidad. Los huesos del pelo en los que había decidido no pensar eran la magia que sentía en todo momento, las reliquias que había robado de su pueblo porque sabía que necesitaría un poco de magia más para llegar al lugar que deseaba.

Había mentido, de nuevo. Y, una vez más, ella lo había creído, ya que había deseado con todas sus ganas pensar que lo que Malachiasz había hecho no había funcionado del todo, que no sería capaz de poner en marcha el caos que quería, que se había convertido en caos. Era todo una mentira. Siempre supo lo que necesitaba hacer y dónde tenía que estar. No había querido ayudarla. Sabía que allí era donde podía acceder a los dioses que deseaba destruir. La había vuelto a engañar. La venganza es un plato que se sirve frío.

Había sido una estúpida. Quizás esa fuera la maldición que les había provocado esa criatura del claro. O quizás fueran las miles de mentiras en las que estaban atrapados. Había aprendido a no confiar en él, pero había aceptado todas las mentiras igualmente. No obstante, ¿qué había conseguido ella a cambio? Tal vez nunca la perdonara. Quizás no se lo mereciera. A lo mejor aquella era una línea que ninguno de los dos debería haber cruzado. Debía ocurrir al final. Nunca estuvieron destinados a durar.

Nadya se encontraba ahora en una esfera superior al mundo que conocía, en la de los dioses y los monstruos. Salió del estanque y lo encontró todo un poco diferente. El templo de piedra había sido tallado en hueso. Las flores se habían convertido en manchas negras sobre el suelo, cubiertas de gusanos. Cuando subió las escaleras, la iglesia de madera estaba construida en mármol pulido y las escaleras ascendían hasta las montañas.

Notó un toque enfermizo de ironía, una vuelta cruel del cuchillo que tenía clavado en el corazón. No necesitaba contar el número de peldaños que se retorcían por las montañas, ya lo sabía. Siete mil.

Siete mil escalones para llevarla hasta donde el chico al que amaba se estaba esforzando por destruir a los dioses a los que les había dedicado la vida. Como los siete mil escalones que llevaban del monasterio al que solía llamar hogar a la falda de la montaña.

Sacó el *voryen* de la funda y comenzó a subir. Si hubiera sabido que ese era el final, ¿habría seguido con el plan? No sabía la respuesta a esa pregunta. Fuera lo que fuese lo que había entre ellos debía acabar allí. Se habían traicionado entre sí. Y el mundo entero sufriría por ello. No obstante, Marzenya la había engañado también, no se había fiado de ella. Todos le habían mentido.

El suelo se tambaleó de manera traicionera. Nadya había vivido toda su vida en las montañas, por lo que sabía la terrible y rápida avalancha que se produciría. Detuvo su ascenso y esperó para ver si allí encontraba su final o si tenía un poco de tiempo.

Algunos trozos de nieve errantes se desplazaban por los peldaños ante ella. Sin embargo, los temblores continuaron. Cada uno la hacía detenerse y con todos se preguntaba si ese sería el final. Era evidente que aquello no era culpa de Malachiasz. No tenía esas enormes y extensas reservas de poder, no era... Bueno, no era Malachiasz, pero no sabía cómo actuaría ese dios del caos traído a la vida.

Los temblores no podían detenerla. Ya había subido a toda prisa esos siete mil escalones en el monasterio. Podía hacerlo de nuevo si era necesario.

Atrás dejó las dudas sobre que él no podía hacer aquello, sobre que había subestimado sus propias capacidades y no había llevado a cabo esa destrucción. No sabía cómo detenerlo ni si podía. No tenía el poder de un dios. Era solo una chica con algo de magia y una daga, pero una chica a la que él subestimaba constantemente.

Siguió subiendo más y más mientras la montaña se estremecía a su alrededor, mientras el mundo comenzaba a fracturarse. Algo se había despertado. El suyo no era el único cataclismo que había comenzado allí y el pensamiento la aterró.

Serefin había fracasado. Una parte de ella siempre había sabido que lo haría. Además, tal vez podría haberlo detenido o quizás eso habría condenado aún más al mundo. Sin embargo, a él era a quien Nadya había subestimado. Serefin, el borracho, el rey reticente que huía antes de tratar de resolver la confusión de su reino. Había quedado atrapado en la red de un dios que ella misma había liberado y estaba tan centrada en sus propias miserias que no había advertido que tal vez, solo tal vez, debería haberlo ayudado primero.

Era demasiado tarde. Unos chasquidos estrepitosos retumbaron a su alrededor. Algo se desmoronaba dentro de la montaña. Algo implacable y furioso se había liberado. Esas eran las consecuencias de sus acciones, de las de Malachiasz y de las de Serefin, todas en una espectacular pesadilla. ¿Qué encontraría al llegar a lo alto? ¿Cómo volvería a su propio plano de existencia? ¿Volvería Malachiasz con ella? ¿O ahora existiría allí para siempre? ¿Quería acaso que la acompañara en su regreso?

Nadya se sintió extraña. No pertenecía a aquel lugar. O tal vez había cambiado algo dentro de ella y aún no se habían producido esas consecuencias. La mano ya no le dolía. La cicatriz se le había oscurecido, como si la hubiera metido en tinta negra. Tenía las uñas afiladas, no como las garras de hierro de Malachiasz, sino con un filo poco natural. Sin embargo, la oscuridad había dejado de filtrarse sobre ella. Delineaba un poco su antebrazo antes de desaparecer y detenerse.

—Has metido la pata hasta el fondo.

Nadya se quedó paralizada. Había una figura sentada en las escaleras, del tamaño de un humano, pero incluso sentada comprendió que era muy alta. Tenía el pelo vaporoso, con estrellas titilando en las profundidades y una voz tan triste que hizo que Nadya quisiera tumbarse y rendirse allí mismo.

Apretó el puño de la mano izquierda. La figura la miró a través del pelo con unos ojos parecidos al vacío.

—Querían que fueras perfecta. No lo eras. —La figura se encogió de hombros—. Ahora tienes una guerra de magia embravecida en tu interior. Debe doler.

Nadya negó.

—No demasiado.

—Sin embargo, no te dejarán marchar. —La figura inclinó la cabeza—. Eso es lo raro—. Cerró los ojos y esbozó una pequeña sonrisa—. Supongo que es lo que ocurre cuando tu magia procede del mismo sitio que la mía. Me encerraron, a mí y a los que eran como yo, ¿sabes? No les gusta cuando la magia no se adapta a sus reglas inamovibles.

Un pedazo de hielo cayó cerca y, cuando Nadya se movió alrededor de la figura, porque no quedaba tiempo, esta puso una mano en alto para detenerla.

—Me llamo Ljubica. Tú y yo nos veremos mucho en el futuro. Alguien tiene que responder a tus preguntas, ¿no? Aférrate a tu mortalidad, pequeña clériga. Sí, aún eres una clériga después de todo, pero quizás unida a un tipo distinto de dios porque es lo que no quieres perder.

Desapareció, convertida en humo. Nadya frunció el ceño. Se llevó una mano al pecho dado que la urgencia crecía en su interior. Debía seguir adelante. El mundo estaba cambiando bajo sus pies y el entramado estaba variando.

En lo alto de la escalera solo había más montaña. Nadya caminó a través de la nieve mientras el suelo se empinaba de forma traicionera y el cielo se volvía de un nauseabundo color verde siniestro.

Había huellas sangrientas de pies descalzos en la nieve. Nadya las siguió, reticente, y rezó para que no fuera demasiado tarde. Lo sabría, ¿no? Sentía susurros en el aire, la sangre que la empapaba se estaba secando, volviéndose rígida e incómoda sobre su ropa. Pedacitos de su ser se desmoronaban con cada paso que daba.

A través de la nieve, con la montaña destruyéndose a su alrededor, Nadya entró en una tormenta. El corazón de esta era una guerra que se agitaba en torno a ella, pero aún era demasiado humana para verla.

Nadya se presionó la palma de la mano corrompida con los dedos. El hielo se le congeló en las pestañas. Había un pozo de poder en su interior, espeluznante, oscuro, alocado. Divino. Aún no sabía qué significaba, pero estaba desesperada y debía usarlo. Se hundió en el vórtice arremolinado de poder que sabía a veneno y cobre (cobre y cenizas), y este le recorrió los huesos hasta que sintió la sangre ardiendo. Levantó una mano... y la tormenta se detuvo a su alrededor. Una vez más, había pisadas sangrientas en la nieve. No se podía avanzar mucho más ni se podía caer mucho más lejos.

Tal vez no se trataba de dónde venía ese poder o qué significaba. Le habían estado mintiendo durante mucho tiempo y quizás lo único que tenía era a sí misma y ese poder. Tal vez era lo único que necesitaba. Nada de confiar en preciosos chicos tranavianos con sonrisas torturadas ni escuchar a una diosa que le había dado tan poco a cambio de una devoción tan ardiente.

La nieve comenzó a caer con mayor lentitud, al mismo tiempo que las pisadas se volvían más visibles. Había mucha sangre en la nieve, con pesadas gotas sobre ella que llevaban a una escena de la que Nadya quería escapar.

Su mente no conseguía entender en qué se había convertido Malachiasz. El caos era un molde perfecto para ese chico errático y ansioso. Era como si todos los cambios anteriores se hubieran multiplicado por diez. Era un horror cambiante, aunque diferente a los horrores a los que se había enfrentado, estáticos en su monstruosidad.

No estaba luchando contra todo el imperio divino. No lo consideraban lo bastante importante. Era una molestia, un mortal que había ido demasiado lejos y con el que había que lidiar. Sin embargo, Nadya reconoció a la diosa que había ante él. Muerte, magia e invierno.

—*Niña de la muerte, estás justo donde te corresponde.*

Nadya estaba demasiado lejos. Parecían estar muy cerca, pero, con cada paso que daba, los alejaba más y más. No podía detenerlo si no conseguía razonar con él. Sin embargo, en su corazón sabía que estaban más allá de la razón. Más allá de la pura fuerza bruta. No comprendía por qué estaban tan lejos de su alcance, por qué no podía tocar el dobladillo de la túnica destrozada de Malachiasz.

Nadie miraba a las caras de los dioses y sobrevivía. Nadie. Punto. Nadya había pensado que no iría más allá de aquellos sueños con monstruos con muchas articulaciones y filas de dientes y que estaría condenada al vagar subconsciente de una experiencia atormentada. Sin embargo, aquello era real. Había probado la divinidad y el olvido y había sobrevivido. Era una clériga de lo divino nacida de la oscuridad.

Además, si no detenía a Malachiasz, no habría ninguna defensa contra lo que Serefin había puesto en marcha. Sus dioses eran la única barrera contra aquellos a los que había despertado. La magia se agitaba a su alrededor como una tormenta hasta que, de pronto, traspasó lo que fuera que la hubiera atrapado en su bucle, de repente se lo permitieron, y rozó a Malachiasz en el brazo…, antes de que le desapareciera y ella atravesara el aire. Después, tenía demasiadas extremidades porque no paraba de cambiar.

No había nada del chico Buitre de Tranavia a lo que aferrarse. Atrás quedaban el mago de sangre renegado, el consejero de los reyes, el alma ansiosa y ridícula que había tratado de salvar, desesperada.

—*No hay razonamiento para el caos* —dijo Marzenya detrás de Nadya.

Esta no se giró, no lo necesitaba. Ocho ojos insondables, piel pálida y traslúcida, costillas de dientes y dedos pintados con muerte. Sus dioses eran unos monstruos glorificados. Había superado ese misterio y se dirigía hacia otro para el que seguía sin tener respuestas. ¿Acaso les importaban las personas como ella? ¿O solo era otro peón para su divina locura?

—*El caos es inevitable. Es una tormenta que atraviesa el mundo eternamente. Y hace mucho tiempo que no se produce el caos entre nosotros.*

El frío de la muerte se encontraba junto a su hombro. Los dedos de Marzenya revoloteaban sobre su piel y le aparecían moratones bajo cada centímetro que abandonaban los dedos de la diosa, a pesar de que no la tocaban en realidad.

—*Es una criatura triste, pero fuerte.*

—Lo sabías —susurró Nadya, horrorizada—. Sabías que haría algo así.

—*Claro que sí.*

Nadya trató de alcanzarlo, pero el monstruo la apartó con un gruñido mientras la sangre le salía de una boca llena de uñas irregulares de hierro. Las lágrimas se le congelaron en las mejillas a la chica, al mismo tiempo que le salía sangre de la nariz.

—Entonces, ¿este era tu plan? Traerme aquí, usarle, alejar a los dioses para… ¿qué?

—*Para que la era de magia herética se acabe* —siseó Marzenya—. *La época de lo abominable ha terminado. Los sacrificios deben hacerse para llegar a un final que represente la verdad.*

Malachiasz cayó sobre una rodilla. Se le rompió la columna y le traspasó la piel. Nadya se presionó la boca con la mano para acallar un sollozo. Marzenya la sujetó por la nuca para obligarla a mirar. La sangre le caía desde cada punto de la cabeza que le tocaba la diosa. Sin embargo, no podía seguir observando cómo se le agrietaban y doblaban los huesos antes de reconstruirse para volver a astillarse, cómo la sangre le caía de los ojos y más ojos; había demasiados y dolía verlos, dolía mirarlos.

Lo amaba. Incluso en ese instante, en ese sitio, incluso cuando había colocado en su lugar las últimas piezas de ese plan monstruoso gracias al odio hacia ella de su corazón. Su traición por la de ella.

Malachiasz moriría allí. Tenía el poder de los dioses, el conocimiento para transformarlo en un ser, pero vaya, era demasiado joven, un niño, y sabían cómo volver en su contra el poder de su caos. Ya había habido dioses del caos en el pasado y a todos ellos los consumieron igual que harían con Malachiasz. No sobreviviría.

—*Te has portado muy bien, nos has sido muy útil* —susurró Marzenya—. *Te quiero, hija mía.* —Le pasó un dedo por la mejilla a Nadya, aún sujetándole la nuca. La chica se estremeció cuando la piel se le abrió bajo la caricia de la diosa.

La clériga apartó la cara del roce de Marzenya.

—Y yo a ti —musitó, alejando la mano corrompida del lugar donde la tenía, junto al pecho, con la palma hacia Malachiasz.

La de Marzenya le bajó de la cabeza a la espalda. No necesitaría mucho, solo un roce errante de los dedos fríos y mortales, para que Nadya muriera. Su utilidad tenía un final porque, a pesar de todo lo que había hecho, seguía haciendo demasiadas preguntas. Seguía dudando demasiado. Seguía enamorada de un monstruo. ¿Se puede amar a un dios? No, eso era imposible.

Un brillo mínimo, una fracción de inteligencia en los ojos color ónice de Malachiasz. El monstruo le apretó las manos con las suyas, mortales y espeluznantes, y le clavó las garras de hierro en las palmas. Nadya notó un brote estelar de dolor distante cuando derribó el pozo tenebroso de magia en su interior y lo inundó con él. Malachiasz era oscuro, espeluznante y loco, pero, al fin y al cabo, ella también lo era con un halo amargo y quebrado de divinidad mancillada por un océano de horrores.

Marzenya la alejó cuando Malachiasz se puso a duras penas en pie. Un monstruo, un caos, pero más astuto y coherente. El Buitre Negro y un dios que controla la magia que se agita en

495

su interior, aunque solo gracias a la oscura vibración de poder de Nadya que había suavizado los límites de su caos. Un vínculo roto, un vínculo forjado de nuevo.

—Déjanos en paz —le escupió Nadya con la boca llena de sangre.

El Buitre Negro le dedicó una breve mirada mientras el roce mortal de Marzenya se volvía más palpable. Con una sonrisa torcida, Malachiasz le clavó las garras de hierro en el pecho a la diosa.

La muerte de un dios es como una estrella colapsando, desmoronándose sobre sí misma hasta que no queda nada, solo una supernova, un momento solitario de luminosidad antes del vacío.

«No». Le había dado el poder de huir, de correr, no de hacer aquello. Eso no. Ya había acabado cuando Nadya se dio cuenta de lo que había hecho Malachiasz. Lo único que quedaba era la tormenta de nieve a su alrededor y un vacío absoluto y extremo. Los otros dioses habían desaparecido. Ninguno quería arriesgarse con la rabia de un asesino de dioses.

Nadya retrocedió a trompicones por la nieve cuando Malachiasz se giró hacia ella. Lo único que quería era liberarlo y lo único que iba a conseguir a cambio de esa piedad era la muerte.

42

SEREFIN
MELESKI

Los nombres de estos dioses del caos, de estos seres de las menti-
ras, los engaños y las oportunidades, desaparecieron hace tiempo.
Sin embargo, los que los destruyeron siguieron viviendo: Mar-
zenya, Veceslav, Peloyin y Alena. Derrumbaron a los que acaba-
rían con ellos solo con su naturaleza. De ese modo, el círculo se
estira y gira y gira.

Los Libros de Innokentiy

Serefin se aferró con tanta fuerza a la daga de hueso que le dio miedo romper la empuñadura. La escena le había dejado marca. Un monstruo de partes cambiantes, dientes afilados y garras destruyendo a la de hielo, nieve y muerte. Un dios creado, una diosa asesinada.

Serefin solo tenía que hacer una última cosa antes de dormir. Atrás quedaron todos los pensamientos de regresar a Tranavia y recuperar el trono, de bajar de esta montaña. Solo quería acabar con el monstruo, su hermano pequeño, para poder dormir. Para siempre.

Eso le sonaba bien, incluso agradable. Una polilla revoloteó contra su hombro. La espantó de manera ausente. Regresó con mayor urgencia. La aplastó con la mano. No había tiempo para aquello.

—Malachiasz —gritó Serefin y la voz no le sonó normal.

El monstruo se giró y, con lentitud y reticente, abandonó a la clériga que estaba tumbada en la nieve, jadeante y ensangrentada.

—Vamos —dijo Serefin con voz delicada—. No sé si lo has sabido desde hace mucho tiempo, si lo sabes o si necesitas trascender el tiempo y el espacio por arte de magia para desenterrar recuerdos que los Buitres ocultaron, pero necesitamos hablar, tú y yo. No vale la pena volverse contra ella. Bueno, quizás sí porque es la enemiga, pero lo lamentarás.

Nadya dejó caer la cabeza sobre la nieve y se cubrió la cara con las manos. Malachiasz dio un paso hacia Serefin. Retorciéndose, agitándose, tambaleándose, con dientes, extremidades, caos y locura, hasta que todo se quedó quieto. Quieto. Se aplacó, con mayor lentitud y suavidad, hasta que lo único que quedó ante Serefin fue un chico, más alto y joven, aterrado y confuso, el que había estado de pie ante él en la sala de Grazyk, con las lágrimas recorriéndole las mejillas polvorientas al comprender lo que significaba aquel poder. Serefin no había entendido ese día lo que había hecho. Forzar a Malachiasz a revelar su poder a esa Buitre lo había condenado. Serefin lo había condenado. Y, quizás, Malachiasz pertenecía a los Buitres, pero, si no hubiera sido por él, tal vez seguiría siendo solo un chico noble criado en Grazyk. Malachiasz debía haber comprendido que eran hermanos mucho antes.

A Serefin le dio un vuelco el corazón en el pecho. Se acercó un paso más.

—Lo conseguiste —continuó—. Esa gran rebelión contra tus enemigos.

—No he acabado. No he acabado —repitió Malachiasz con desesperación—. Solo era una y hay muchos...

—¿Y qué pasará después? —preguntó Serefin. Malachiasz pestañeó. Abrió la boca y la cerró antes de humedecerse los labios agrietados y sangrientos—. ¿Qué ocurrirá cuando derroques todo el imperio divino?

—Lo haré mejor —respondió Malachiasz—. Mejoraré Tranavia.

—No puedes.

Por la forma en la que Malachiasz lo miraba, dolido, enfadado y con un profundo pozo de tristeza..., lo sabía.

—Ha pasado mucho tiempo —dijo con suavidad—. Te echaba de menos.

—No lo suficiente —escupió Malachiasz, retrocediendo un paso. Se presionó las sienes con las manos. Se le volvieron a alterar las facciones, se le abrieron ojos, le surgieron dientes de la piel donde no debía haberlos, antes de volver a curarse, pero aquello no se parecía en nada a la monstruosa exhibición de divinidad—. No lo suficiente para decírmelo, ¿no?

—No lo sabía.

—Mentiroso.

—Sí. —Serefin se encogió de hombros—. Un mentiroso, un asesino y un borracho. Tú no eres mejor. Un mentiroso, un asesino y un monstruo. Menudo par estamos hechos. Los reyes de Tranavia, un par de hermanos inútiles.

Malachiasz se estremeció como si le hubieran golpeado. Serefin dio un paso, cauteloso, consiguiendo llegar al otro chico. Malachiasz se mordía las uñas, nervioso, mientras le temblaba la figura, como si le faltaran unos segundos para convertirse en el monstruo. Tragó con fuerza. Tenía los ojos claros vidriosos por las lágrimas.

—Hermano —musitó.

Y fue el vacío roto y profundo en la voz de Malachiasz, las lágrimas recorriéndole las mejillas manchadas de sangre, lo que rompió en pedazos lo que quedaba de Serefin. No era tan cruel como había pensado. No podía hacer aquello. El chico ante él no era solo un Buitre traicionero que intentaba arruinarle la vida.

Era más que eso. A Serefin le quedaba muy poca familia, no podía matar a un hermano al que no había llegado a conocer. Malachiasz había convertido su vida en un infierno absoluto, eso era cierto, pero Serefin no podía asesinarlo a cambio. Alejó la mano de la daga de hueso que tenía en el cinturón.

—Seguro que soy la última persona de la que te gustaría oír eso —dijo Serefin—. Y, para ser sincero, podría haberme portado mejor como hermano mayor, pero...

Se sobresaltó cuando Malachiasz tiró de él para abrazarle, al mismo tiempo que le temblaban los hombros por los sollozos. Serefin se quedó paralizado, cautivo por lo mucho que lo había echado de menos y lo mucho que lo odiaba y detestaba, pero no podía soportar verlo tan roto. Le devolvió el abrazo.

El mundo relampagueó y se deformó cuando Serefin perdió el control del ojo izquierdo. La sangre fluía lenta, las sombras se arrastraban por los bordes de su visión y se llevó la mano a la empuñadura de la daga para sacarla de la funda.

«No, ya os he dado suficiente. Ya me habéis quitado bastante», pensó Serefin, resistiéndose, tratando de soltar el arma o de alejarse de Malachiasz para que viera lo que estaba a punto de suceder y pudiera al menos tratar de detenerlo. Sin embargo, no tenía el control. Lo observó, sintiéndose desesperado, mientras apretaba con más fuerza la daga. Seguía abrazando a Malachiasz con el otro brazo.

—Adiós, hermano —le susurró en el oído.

Fue una tortura alejarse de Malachiasz. Le clavó la daga en el pecho y su hermano se tensó antes de dejar escapar una exhalación de dolor. La sangre cálida se derramó sobre la mano de Serefin. Dio un paso atrás. Estaba llorando. Aquello no era lo que quería, no deseaba matarlo.

Apenas fue consciente del grito de angustia de Nadya. Debía recuperar el control. No podía acabar así. No podía vivir así.

¿De qué valdría, maldita sea? Cada vez que Velyos o Chyrnog habían hablado por él, cada vez que había ocurrido algo divino y extraño, había empezado igual. Le dolía y le sangraba el ojo izquierdo y la visión se le volvía borrosa. El ojo izquierdo era el problema.

No había ningún hechizo ni magia que pudiera romper esa conexión. Lo divino era demasiado fuerte y Serefin, demasiado mortal. Una polilla se le posó en el ojo izquierdo, obligándole a cerrarlo. El ojo estaba ansioso por ver, controlar a Serefin y usarlo para más asesinatos, más ruina en ese mundo, y así deleitarse con el sufrimiento que dejaba a su paso. Necesitaba sacárselo.

Era un impulso, una bestia irracional e incontrolable. Nadie le estaba prestando atención. Nadie se estaba dando cuenta de que se llevaba las manos a la cara. No le costaría mucho. Los ojos eran frágiles y este, más débil que los de la mayoría. Eso acabaría con todo.

Había un peligro real de que se desangrara. Y de que Nadya lo dejara allí para que se pudriera como se merecía. Sin embargo, tenía que sacárselo. Cortarse el ojo para cortar con la divinidad. Era demasiado sencillo, simple. Debería haberlo hecho antes de llegar a ese lugar del infierno, antes de que sucediera lo peor.

El dolor era un amigo conocido para Serefin. ¿Qué más daba un poco más?

Dudó. Seguía dudando. Ese instinto humano que evitaba que se hiciera daño a sí mismo lo seguía importunando. Sin embargo, no tenía el control del ojo izquierdo. Ya no era suyo. Y, si no lo era, ¿qué hacía en su cuerpo? Debía sacárselo, extraérselo…, arrancárselo.

Estaba presionando los dedos contra la cuenca y esa pequeña voz insistente, ese pequeño instinto cauteloso, se acalló. Acabó en la oscuridad y le permitió arañar, sangrar, forzar y escarbar hasta que algo cedió. Había mucha sangre, demasiada, y Serefin se quedó aturdido porque ni siquiera el estallido de dolor fue suficiente para dejarlo inconsciente. Había sobrevivido demasiado. La agonía dolorosa no era bastante para debilitarlo y dejarle dormir. Tal vez nunca dormiría. Tal vez esa era su condena. Arrancarse su propio ojo y no dormir, nunca soñar ni conocer otro momento de descanso. Lo habían elegido esos dioses y nunca sería libre.

Algo se quebró. No había querido romperse. Los cuerpos son muy frágiles y mortales, pero resistentes bajo presión. No querían romperse, pero el suyo sí lo hizo, se quebró el fragmento de piel que mantenía anclado el ojo a la cuenca, que le permitía ver y sentir, se rompió por la mitad.

Por primera vez en meses, disfrutó del silencio. Serefin había roto la conexión con los dioses. El ojo izquierdo, convertido en un caos de estrellas, cayó al suelo.

43

NADEZHDA
LAPTEVA

*Chyrnog codicia darse festines de todo lo que desea. El poder de
Alena permanece en el cielo y él lo anhela, lo ansía. Si escapara,
si rompiera los vínculos que lo mantienen a raya, la devoraría.*

El Volokhtaznikon

La pena la iba a consumir por completo. Su diosa ya no estaba. Seguía tratando de contactar con Marzenya, pero solo
sentía un vacío, amplio y silencioso. Apenas veía a Serefin a
través de las lágrimas mientras se acercaba a Malachiasz. De
repente, estaban muy cerca.

El estremecimiento de la agonía que le cruzó el rostro a
Malachiasz le envío una punzada de terror a las entrañas. Se
tambaleó, alejándose de Serefin, y Nadya necesitó un momento
para asimilar la sangre que le cubría las manos, así como la empuñadura de la daga clavada en el pecho.

«¡No!».

El suelo tembló cuando el resto del mundo de Nadya se
desmoronó. Se arrastró hasta donde Malachiasz estaba de rodillas. Solo fue consciente de lo que la rodeaba a través de fogonazos rápidos y dolorosos: las lágrimas que le caían por las
mejillas a Serefin mientras se pasaba una mano sangrienta por

el pelo, con los ojos vidriosos a causa del toque de los dioses, mirando a la nada; la expresión terrible e inexpresiva de Malachiasz, y su propio corazón palpitándole en la garganta mientras entraba en pánico.

Sin embargo, Malachiasz era el Buitre Negro. Había visto cómo lo apuñalaban y sobrevivía. No sería nada. Estaría bien. Era casi imposible matar a un Buitre y él era mucho más que eso. Acercó la mano a la empuñadura de la daga y sintió el poder que desprendía. Conocía esa arma. Sabía de lo que era capaz.

Un pavor atroz le recorrió el cuerpo. Se dejó caer de rodillas frente a Malachiasz y, dioses, había demasiada sangre, respiraba superficialmente y... aquello no podía estar ocurriendo. ¡No podía estar ocurriendo!

—Malachiasz, mírame —le susurró, aterrada y temblorosa—. Quédate conmigo.

El chico seguía sin centrar los ojos y cayó hacia delante. Nadya apenas pudo sujetarlo de los hombros para posarlo en el suelo y apoyarle la cabeza en su regazo. Le apartó el pelo de la frente. Seguro que podía hacer algo. Su magia era curativa. Frenética, la llamó y sintió un vacío inmenso al no estar Marzenya para recibir su plegaria. Luego, presionó la mano contra la herida. Bien. ¡Bien! Usaría su propio poder. Estaba desesperada, más que eso. Aquello no podía estar sucediendo. Seguro que su magia serviría. Seguro que ese pozo de poder valía de algo.

—Nadya —musitó Malachiasz con una urgencia en su voz que acaparó toda la atención de la chica. Pero ya lo sabía, ¡sabía lo peor!

No funcionaría. Había gastado todo el poder para liberarlo de Marzenya. No había nada más que pudiera hacer. Fuera lo que fuese la daga o el poder que albergaba, no había manera de detenerlos. Tenía veneno y magia y, si el puñal no hubiera hecho suficiente daño por sí solo, aquellos terminarían pronto la misión.

Esto no. No en ese momento, tras todo lo que había ocurrido. No podía perder a su diosa y a él en un único golpe terrible.

—No —dijo con fiereza—. No vas a morir por mi culpa.

—«No he podido pedir perdón por lo que hice, aunque has matado a mi diosa, bastardo impenitente».

Malachiasz jadeó en busca de aire y le llevó la mano a la cara antes de dejarle la marca de las yemas llenas de sangre en la mejilla y los labios.

—Malachiasz, por favor —dijo con la voz rota—. Sobre lo que ocurrió…

—Te quiero —anunció, interrumpiéndola—. Mucho. Quería… —Se calló con una expresión desgarradora y la sangre acumulada en la comisura de la boca.

—No —gimió Nadya. Le sujetó la mano y notó el pulso decadente bajo su piel.

No era justo. Le habían dado todo ese poder y allí estaba ella, sin nada cuando más lo necesitaba. No podía salvarlo.

—Quería mostrarte lo que era la paz —susurró Malachiasz al final.

A Nadya no le quedaba parte alguna del corazón por partírsele. Malachiasz dejó escapar el aliento, pero no volvió a inspirarlo. Se le apagaron los ojos claros y las luces en ellos se extinguieron.

Nadya esperaba que todo aquello fuera algún enorme chiste cósmico que sirviera para que él se riera de ella por ser tan dramática. Sin embargo, notó cómo la sujeción de su mano se debilitaba y la realidad comenzó a consumirla.

Un sollozo espeluznante y asustado le reverberó en el pecho. La ahogaba una pena demasiado grande para expresarla. No podía haber muerto, ¡no podía! Había trabajado duro para traerlo de vuelta, para que siguiera siendo humano, demasiado humano al final, demasiado mortal.

—No —musitó, besándole los dedos tatuados—. No, no, vuelve, por favor, vuelve.

Apoyó la frente contra la suya para darle menor distancia a las lágrimas al caer. No sabía qué hacer. Alguien le tiraba del brazo y, de manera distante, como si estuviera lejos, oyó que alguien le decía que tenían que irse. Sin embargo, no iba a alejarse de Malachiasz, no podía. El chico terrible y precioso, que al final no quería nada más que paz, no podía haber muerto.

—Nadya. —Le empujaron la cara hacia un lado y se detuvo a centímetros de la de Parijahan, manchada por las lágrimas—. Tenemos que irnos.

Negó con la cabeza y con los dedos le acarició el pelo a Malachiasz. Parijahan le quitó la daga que su amigo llevaba atada a la cadera y la metió en la bolsa, junto a su libro de hechizos. La pena le empapaba las facciones y estiró la mano para tocarle con suavidad la mejilla y cerrarle con cuidado los ojos.

—Adiós, mi querido loco —susurró.

Algo se rompió a mayor profundidad incluso dentro de Nadya.

—Parj, no puedo.

—No querría que tú también murieras aquí.

—No podemos dejarle.

El suelo se tambaleó y Parijahan estuvo a punto de caer.

—Si podemos volver y prepararle el funeral que se merece, lo haremos, lo juro. Pero, Nadya, si nos quedamos más tiempo, moriremos. Por favor, sé que parece imposible, pero tenemos que ponernos en marcha. Esta montaña se va a derrumbar a nuestro alrededor, así que tenemos que bajar ya.

Si se iban, nunca podrían volver. Debía dejarlo allí. Nadya asintió muy despacio. Haría lo que se debía hacer. Besó por última vez la boca inmóvil de Malachiasz. Cogió su *voryen* y le cortó un mechón de pelo adornado con una cuenta dorada que le quitó.

—Te quiero, Malachiasz Czechowicz —susurró—. Nunca te lo dije y ahora estaré enfadada contigo siempre y nunca podré perdonártelo.

Colocó la mano en la daga enterrada en su pecho, pero no consiguió dar el siguiente paso. Necesitaba saber qué había sucedido, cómo el chico que había sobrevivido tanto había muerto así. Otro sollozo la traspasó.

Parijahan colocó una mano sobre la de Nadya y sacó la daga.

Su angustia buscó a tientas algo a lo que aferrarse y se hundió en lo más hondo antes de aterrizar sobre aquella persona que había empuñado el cuchillo para alejar la vida del cuerpo retorcido de Malachiasz. Nadya mataría a otro rey tranaviano si debía hacerlo, haría que ese maldito círculo girara eternamente.

Sin embargo, había desaparecido. Un charco de sangre era todo lo que quedaba donde había estado. Nadya no recordaba haber llegado al final de la montaña. Que la hubieran hecho pedazos para luego volver a construirla le estaba pasando factura. No fue consciente cuando la montaña se partió por la mitad y sus dioses, por fin, se alejaron todos juntos.

* * *

Nadya se encontró en una cama cálida y seca. Era un consuelo pésimo mientras se aovillaba en un débil intento por protegerse del dolor de una pérdida que temía que nunca la abandonase.

Había algo en el ambiente que no iba bien. Algo fundamental se había desmoronado y se precipitarían aún más rápido hacia el caos. La pérdida de los dioses, de todo, era un peso tangible, un matiz en los colores del mundo. Todo parecía ir mal.

La puerta se abrió y oyó a Parijahan suspirar. La cama se agitó cuando la chica akolana se sentó junto a ella.

—Sé que estás despierta. —Nadya no dijo nada. Cerró los dedos de la mano corrompida y se la acercó al pecho—. También sé que querrás quedarte aquí para siempre hasta consumirte y convertirte en nada. No es mi intención acelerar tu luto.

—Entonces, no lo hagas —contestó Nadya, girándose al fin e incorporándose. El pelo negro de Parijahan, cuyos ojos reflejaban cansancio, se extendía por la almohada. Su amiga abrió la boca para hablar, pero la clériga puso una mano en alto—. No me cuentes en lo que ha desembocado todo esto, no me digas lo mucho que ha empeorado. No podría soportarlo. ¿Dónde estamos?

—En un pueblo a las afueras de Dozvlatovya, al oeste. Resulta que Tachilvnik en realidad es una pequeña franja de bosque cuando no trata de retenerte allí para siempre. Nadya, yo también lo siento..., la ruptura.

Nadya negó con la cabeza.

—¿Y Serefin?

—Nadie lo sabe. Encontramos a Katya y a Ostyia. Rashid está casi entero, solo se ha roto la muñeca. Pero de Kacper y Serefin no sabemos nada.

Nadya no podía sentir preocupación alguna por los chicos tranavianos. Serefin había matado a Malachiasz. Tal vez había muerto al derrumbarse la montaña. Un problema menos que resolver.

—Bien...

—Nadya...

La aludida apoyó la cabeza sobre las manos. Nunca había estado tan sola.

—Hay un sacerdote que quiere hablar contigo —comentó con cautela Parijahan.

—No.

Parijahan solo asintió.

—Murió odiándome —dijo Nadya con voz monótona.

«Te dijo que te quería», se reprendió. Sin embargo, solo lo había dicho porque se estaba muriendo. No había manera de superar su traición. Observó un cuadro de flores que había en la pared frente a ella, pero apenas las veía—. Hice algo muy malo, Parj, y…

Parijahan la hizo callar.

—No, Nadya, no merece la pena.

Nadya se llevó las rodillas al pecho y enterró la cara entre los brazos con un nudo en la garganta. Había perdido a su diosa, a todos los dioses, y al chico al que amaba y no sabía por quién debía llorar primero, quién se suponía que debía doler más, porque, justo en ese momento, le dolía todo y no entendía nada. No le quedaba nada. Había perdido en muy poco tiempo su hogar, a Kostya, a Malachiasz, todo… ¡todo!

—Era terrible, pero también muy bueno —dijo Parijahan—. Y tanto tú como yo sabemos que no querría que desfallecieras.

—Tanto tú como yo sabemos que querría que le lloráramos de la manera más dramática posible —respondió Nadya, sorbiéndose los mocos.

Parijahan se echó a reír, pero se quebró y Nadya no consiguió analizar la oleada de emociones que la inundó: rabia porque había perdido mucho y ¿cómo se atrevía nadie a sentir pena también?; arrepentimiento porque Malachiasz y Parijahan eran íntimos y Parj tenía todo el derecho del mundo de estar destrozada… Sin embargo, todo se ocultó bajo el vacío de sus pedazos esparcidos. A Nadya no le quedaba nada. Los recuerdos desaparecerían, aunque ahora pudiera aferrarse a ellos, la manera delicada y sincera con la que la había tratado durante el camino por el bosque. A pesar de que todo hubiera sido parte de un juego, Nadya sabía que eso también había sido real. Sus mentiras eran ciertas y eso era lo que las volvía tan frustrantes. Lo había odiado y querido y ahora estaba muerto.

—¿Qué desea el sacerdote?

—No —contestó Parijahan—. No, ¿sabes qué? Intentas centrarte en algo para distraerte y eso te va a matar. No me mires así, no me importa si es lo que quieres. Tú y yo vamos a quedarnos aquí y vas a tener que llorarle hasta el olvido porque lo sé, Nadya, sé lo mucho que lo querías y lo siento.

—También perdí a Marzenya —susurró Nadya.

Parijahan se incorporó con lentitud.

—¿Qué?

—Malachiasz la mató. Hizo lo que deseaba, matar a un dios. —Nadya negó con la cabeza—. Ya no me queda nada por lo que luchar. Los dioses nos han dado la espalda por mi culpa. ¿No lo sientes?

Parijahan se estremeció.

—No sé lo que eso significa.

Nadya cerró los ojos porque quería sufrir el vacío. Con un sobresalto, se dio cuenta de que sentía algo, algo mucho más antiguo, una chispa de algo con lo que podía contactar y hablar, que no era ninguno de sus dioses, pero parecido. Los dioses caídos se habían despertado, aunque no sabía lo que eso significaba. No obstante, ¿qué pasaba con las criaturas más oscuras? ¿Y con ella? Tal vez no fuera su final. O quizás todo caería a su alrededor sin importar lo que hiciera.

Lo único que sabía era que quería quedarse allí y desaparecer para siempre. Nadie sabría el destino de la clériga que había condenado al mundo, el destino de la joven que se había enamorado del chico equivocado y lo había perdido todo por culpa de ello.

«Tú y yo nos veremos mucho en el futuro», había dicho Ljubica. Nadya soltó un lento suspiro al saber con una repentina certeza penetrante que el gran juego de los dioses aún no había acabado.

Pensaba que los dioses que conocía estaban jugando, pero, a medida que avanzaba, se estaba dando cuenta de que se había liberado algo más, algo que había estado moviendo sus piezas mortales durante mucho tiempo. Ese ser estaba ganando. Ese ser lo iba a destruir todo.

Se produjo un golpe en la puerta. La persona al otro lado no esperó a que Nadya o Parijahan respondieran.

—La *tsarevna* requiere vuestra presencia de inmediato.

44

SEREFIN
MELESKI

Svoyatovy Maksim y Tsezar Belousov: elegidos por la diosa Bozidarka, ambos hermanos profetizaron la caída definitiva de Tranavia y la victoria de Kalyazin sobre los herejes. Sus profecías se consideraron apócrifas y no se tuvieron en cuenta cuando Maksim cegó y mató a Tsezar.

Libro de los Santos de Vasiliev

Si la montaña se hubiera desmoronado a su alrededor y se lo hubiera tragado, a Serefin no le habría importado. No estaba del todo seguro cómo se suponía que debía seguir viviendo tras lo que había hecho. Si sobrevivía, si la fiebre que le revolvía el cerebro no lo mataba primero, claro. Como se puede intuir, arrancarse un ojo con las malditas manos no es lo más recomendable.

Sin embargo, Serefin no sentía a Velyos. Las polillas seguían revoloteando en torno a él, nunca escaparía de la elección de un dios. No obstante, este había desaparecido y ya no podía controlarlo. Chyrnog también había desaparecido, lo que era… preocupante, como mínimo. No sabía a dónde habían ido, pero no le importaba. Debía volver a Tranavia, a casa, porque algo había ocurrido en lo alto de esa montaña y Serefin no sabía qué era, solo que lo había aterrado, solo que podía sentir que algo había cambiado y no sabía con exactitud qué. Sin embargo, había un pavor ominoso que se negaba a abandonarlo y sentía que ambas cosas estaban conectadas. ¿Qué habían hecho?

El mundo entero parecía estar mal de una manera que Serefin no conseguía expresar con palabras, como si le hubieran quitado algo a la realidad, como si todo el color se hubiera apagado. Tal vez era solo cosa suya y de su vista, ahora mejor y peor que antes en cierto modo, pero sabía que no era eso. Habían cambiado algo, lo habían roto.

En algún lugar del bosque, había perdido a Ostyia, pero tenía la esperanza de que estaría bien, confiaba en ello. No podía volver para encontrarla. No podía volver a ese horrible patio de juegos de lo divino.

Al menos tenía a Kacper, aunque actuara raro. Había vacíos en su memoria que no dejaban de ser obvios y Serefin no entendía qué significaban. Siguieron adelante, a pesar de que la fiebre no le dejaba de aumentar de temperatura y los pasos se le volvían cada vez más torpes mientras se acostumbraba a tener, de manera oficial, un solo ojo. Al menos tenía el que siempre le había permitido ver con un poco más de claridad. Una pequeña misericordia.

Si iba a morir, no quería hacerlo en Kalyazin. No estaba seguro de poder permitirse ese lujo.

Llegó un punto en el que estaba demasiado débil para caminar y Kacper tuvo que arrastrarlo hasta un pueblo kalyazí para buscar a un sanador. El único lugar al que pudieron ir fue a la iglesia, donde se sabía que había una vieja sacerdotisa a quien algún santo le proporcionaba poderes de curación.

No había tiempo para ocultar que eran tranavianos. No había manera de esconder quién era Serefin.

La sacerdotisa abrió la puerta de la destartalada iglesia de madera y miró a los chicos, llenos de sangre y agotados, antes de asentir con la cabeza y hacerles un gesto para que entraran.

Serefin estaba tan mal que no pensó que fuera demasiado pronto para entrar en una iglesia kalyazí de nuevo y dejó que Kacper lo empujara dentro.

—¿Qué te has hecho en la cara, chico? —le preguntó la sacerdotisa mientras le tocaba el rostro ensangrentado con las manos envejecidas, asimilando la cuenca vacía e infectada del ojo. Por qué no había muerto todavía debía ser un misterio—. Es muy probable que te cicatricen los arañazos de la cara. Si sobrevives —añadió.

—Por favor —dijo Kacper de forma suave con un ruego lastimero.

La mujer no pestañeó ante el acento del chico. Suspiró, asintió y se alejó de la habitación tras murmurar algo sobre buscar los instrumentos y rezar para que a los santos no les importara cuidar de un hereje tranaviano.

Kacper se sentó en un taburete junto a Serefin y le apoyó la cabeza en su hombro. El rey tiritaba con violencia y tenía la terrible sensación de que ese sería el fin.

—No quería matarlo —dijo—. Mi hermano. No...

—¿Hablas así por la fiebre o por voluntad propia? —le preguntó Kacper.

—Por propia voluntad.

Kacper asintió.

—Vas a salir de esta. Volveremos a Tranavia y nos olvidaremos de todo.

Serefin no podía hacer eso. No podía olvidarse de nada. Ostyia seguía ahí fuera, en algún lugar, esperaba, porque no podía pensar siquiera en que estuviera muerta. La sangre de su hermano seguía manchándole las manos y se había arrancado un ojo para cortar la conexión con un dios kalyazí que iba a causar el caos. Además, Kacper no recordaba cómo usar la magia. Serefin no sabía qué significaba aquello, pero le provocaba escalofríos. ¿Por qué él sí podía y su amigo no?

—Chicos, deberíais volver a vuestro país —observó la sacerdotisa cuando regresó—. En condiciones normales, os enviaría al ejército para que ardierais por vuestros pecados, pero la magia de sangre ha dejado de existir en Tranavia. Tal vez vuestro pueblo entienda por fin el error de sus métodos.

Kacper la miró, confuso. Serefin, tras palidecer, trató de incorporarse. Era un sueño, un sueño febril, y había perdido la coherencia por el dolor, eso era todo.

—¿A qué te refieres? —preguntó, tratando de parecer solo un poco interesado, consciente del dolor que le estaba produciendo farfullar como si estuviera borracho. Ojalá.

—El frente ha pedido una tregua —dijo la mujer—. Supongo que no os habrá llegado esa noticia. ¿Qué hacéis aquí? —preguntó, recelosa de repente.

—Si te dijéramos que éramos espías, ¿nos matarías más rápido? —comentó Kacper, cansado—. La verdad es demasiado larga y no tiene mucho sentido.

La sacerdotisa lo desestimó con un gesto de la mano. Los miró mientras mezclaba un emplasto en un pequeño bol de piedra.

—Simplemente habéis dejado de usar la magia de sangre. —De nuevo, Serefin miró a Kacper en busca de algún tipo de respuesta, pero este solo se encogió de hombros—. Es como si los tranavianos hubieran abierto los ojos —continuó la mujer, reflexiva—. Me pregunto qué habrá cambiado. Tal vez la guerra llegue a su fin. ¿Creéis que el rey por fin habrá comprendido la verdad del asunto?

Serefin se estremeció cuando el paño húmedo le rozó la cara. La mujer le limpió la herida lo mejor que pudo, lo que le provocó mayor dolor que el pulso constante y lacerante que le golpeaba la parte frontal del cerebro desde hacía días.

—Lo dudo —dijo al fin—. El rey ha visto demasiados horrores para rendirse con tanta facilidad.

La sacerdotisa emitió un sonido de desaprobación, pero se quedó en silencio mientras trabajaba. A Serefin la mente le iba muy rápido. Lo que le había ocurrido a Kacper les había sucedido a todos los demás. Tranavia no sobreviviría sin la magia de sangre sobre la que se había construido. Su país entero estaba a punto de caer.

Epílogo

EL CHICO PERDIDO
EN LA OSCURIDAD

Esta vez era distinta. La oscuridad era algo a lo que estaba acostumbrado íntimamente, no le suponía nada. Había vivido, avanzado y aprendido en la oscuridad. Aquello era más que eso y algo nuevo por completo.

—*Te llevo esperando mucho tiempo, chico.*

La voz no tenía edad ni fin. Le arañaba las entrañas y le hacía jirones, pero ya lo habían despedazado en otras ocasiones. Aquello no era distinto. No se podía caer a mayor profundidad. Eso pensaba, pero, en realidad, ¿qué le quedaba?

No obstante, no era así como se suponía que debía ser porque seguía manteniendo un pedazo de sí mismo en esta ocasión y se aferró a él. No quería perderlo de nuevo. No estaba dispuesto a dejarlo caer en la ciénaga de puro odio que lo esperaba, al otro lado de la orilla.

Esa chica había tratado de quitarle lo único que le había importado y el odio ardía con demasiada facilidad. Por eso se detuvo en el borde, a la espera de caer, de aquello, fuera lo que fuese, de convertirse en el olvido que sabía que sería. Porque esa daga en el pecho había hecho lo único que nadie había logrado. Sin embargo, había algo en ella. Aunque había seccionado los hilos de su vida, también había… hecho algo más.

Esa voz, esa voz única que no era suya y que no pertenecía a aquel lugar, pero que susurraba más y más y más, constante, hasta que pensó que rompería lo que le quedaba de sí mismo entre las manos solo para acallarla. Sin embargo, no podía hacerlo, aún no, había algo mal.

—*¿No estás preparado para irte todavía, asesino de dioses?* —El chico frunció el ceño. Lo había hecho, ¿no? Demasiado poco, demasiado tarde—. *Podría mantenerte aquí...*

El corazón comenzó a alterársele, pero lo sofocó. No era así como funcionaba. La muerte era la muerte y era inevitable. Siempre había sabido que iría a por él tarde o temprano. No debía rechazarla.

—*Claro, para eso tendrás que hacerme algunos favores...*

Le quedaban muchas cosas por hacer... Había mucho por terminar aún. No estaba preparado. Pero no, no, había llegado su hora. Había llegado su hora. Sin embargo, sentía un anhelo en medio del hambre. Un deseo, junto a la aceptación. No quería irse. Retrocedió. No debía alejarse de la muerte.

—*Venga, chico, no lo entiendes. No te estoy dando una opción.*

Malachiasz se despertó en la nieve llena de sangre. Y la entropía, la sentencia de muerte del mundo, se despertó con él.

Agradecimientos

Me advirtieron sobre el segundo libro, es cierto, pero creo que no hay forma de que te preparen para la lucha singular y específica que lo acompaña. *Dioses despiadados* intentó con todas sus fuerzas destrozarme y 2018 se convirtió en un agujero negro por culpa suya. Haré lo que pueda para agradecer a todos los que me ayudaron a mantener la cabeza en la superficie, pero seguro que me olvidaré de alguien, como siempre, por lo que, si estuviste cerca del caos que fue ese año, gracias.

Gracias a Vicki, quien aceptó todas mis ideas extrañas sin demasiadas interrupciones y, de alguna manera, me impulsó a que se volvieran más raras todavía.

Gracias, por y para siempre, a Thao, el mejor campeón y animador, y al resto del equipo de SDLA.

Gracias a DJ y siento todo lo que le he hecho a Serefin, sé que es tu favorito; a Megan, una publicista extraordinaria, algún día recordaré ponerlo todo en el calendario; a Jenny, Olga y al resto del equipo de Wednesday Books, es un honor para mí que cada día que paso en todo este asunto de los libros lo haga a vuestro lado, y al equipo de *marketing* de libros, sois la leche. Gracias a ti, una vez más, Mark, por el arte más *heavy metal* de las portadas de mis libros. Gracias a Anna, quien le dio el envoltorio

más sorprendente y maravilloso a *Santos crueles*. Gracias a Melanie, quien me discutió todas mis Ż polacas. Y gracias al equipo de Servicios Creativos por contar siempre con Metal Goth Aesthetic. Significa mucho para esta Metal Goth.

Mi proceso de creación de *Dioses despiadados* ha sido mucho más solitario que el de *Santos crueles*, pero me habría desmoronado si no fuera por los tempranos consejos de R. J. Anderson, R. M. Romero y Jessica Cooper. Al grupo de Slack, sabéis quiénes sois. A Stephanie Garber, Roshani Chokshi, Margaret Rogerson, Robin LaFevers, Adrienne Young y Rosamund Hodge por vuestras preciosas palabras y apoyo al principio. A Marina, Lane, Tatra, Diana, Dana, Ashely y Hannah, porque sigáis aún aquí.

Al grupo de Spell Check, Margaret Owen, L. L. McKinney, Linsey Miller, Adib Khorram y Laura Pohl, gracias por alejarme del caos de la vida real y las alocadas travesuras de DnD.

A Christine, Rory, Claire y Nicole. Este ajetreado viaje habría sido mucho menos luminoso sin vosotras cuatro (además, Claire, termina tu libro).

A todos los blogueros que demostraron tanto amor por *Santos crueles*, gracias por todo lo que hacéis. Estoy alucinada por vuestro entusiasmo y apoyo y eso significa un mundo para mí. A los libreros que lo anunciaron desde el principio (Allison, Sami, Shauna, Kiersten, Jordan y Meghan), sois todos maravillosos. A los artistas que siguen eligiendo a estos raros niños míos y creando obras de arte, gracias.

A mi familia bibliotecaria, gracias por sufrirme. Sé que puedo ser un poco desastre, pero hacéis que mi jornada laboral sea mucho más divertida. A Tim, Kara, Kyle, David, Sadie y Matt. Chicos, me mantenéis cuerda.

Como siempre, a mi familia por su incesante apoyo.

A todos los que este cerebro de mosquito ha olvidado, gracias. Sigamos haciendo arte extraño.